GONE

MICHAEL GRANT

NE
zniknęli

Faza pierwsza: NIEPOKÓJ

Tytuł oryginału: *GONE*
Wydanie pierwsze, Warszawa 2009

Typografia na okładce polskiej: *Andrzej Chojecki*

Redakcja: *Ewa Holewińska, Anna Pawłowicz*

Tekst piosenki
„A Cry For Help In A World Gone Mad"
autorstwa *Michaela A. Palma*
użyty za uprzejmą zgodą Covina High Music.

ISBN 978-83-60010-96-9

Copyright © 2008 by Michael Grant
All rights reserved.
Fotografia na okładce © 2008 by Amber Gray
Projekt okładki: *Joel Tippie*

Copyright for the Polish edition
© 2009 by Wydawnictwo Jaguar S.C.

www.seriagone.pl

Adres do korespondencji:
Wydawnictwo Jaguar S.C.
ul. Kazimierzowska 52 lok. 104
02-546 Warszawa
Tel.: 022 646 40 98
www.wydawnictwo-jaguar.pl
Kontakt z mediami w sprawie serii GONE:
anna.karczewska@buzzpr.eu

Dystrybucja i sprzedaż wysyłkowa:
L&L Firma Dystrybucyjna Sp. z o.o.
ul. Budowlanych 64 F, 80-298 Gdańsk
tel.: 058 340 55 29; fax: 058 344 13 38
e-mail: hurtownia@ll.com.pl
Strona handlowa: www.ll.com.pl
(również sprzedaż wysyłkowa)

Skład i łamanie: ALINEA, Janusz Olech
Druk i oprawa: Opolgraf S.A.

Dla Katherine, Jake'a i Julii

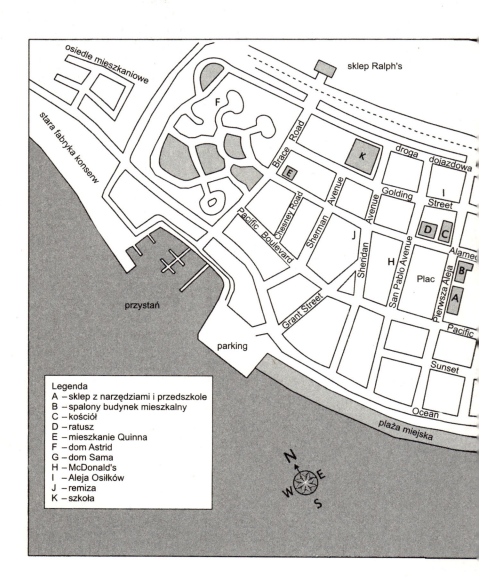

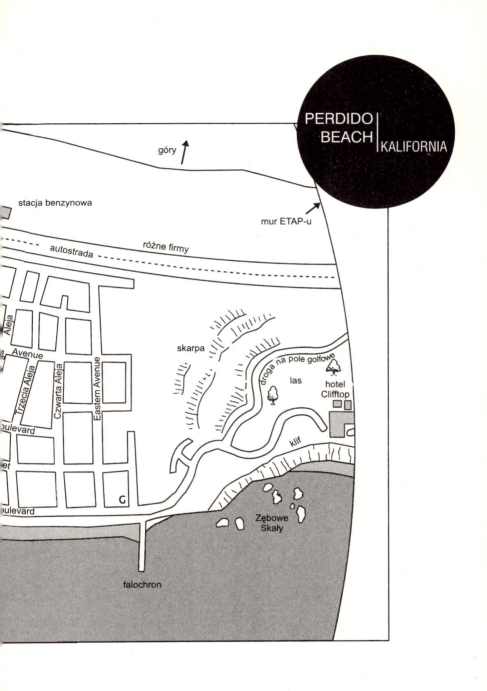

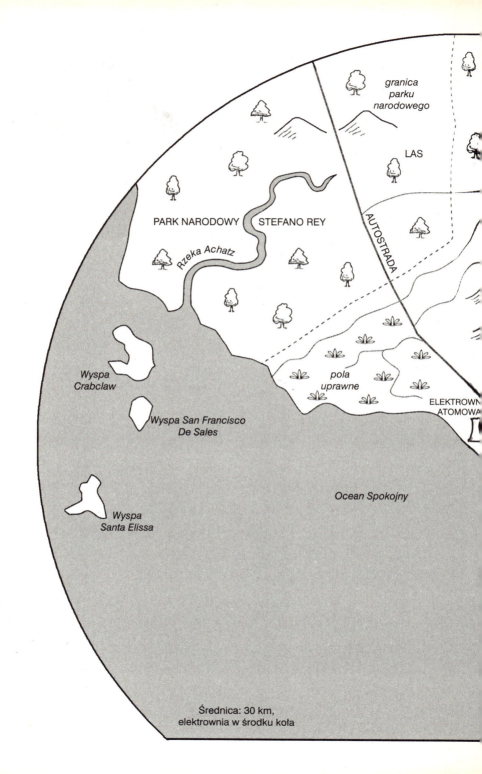

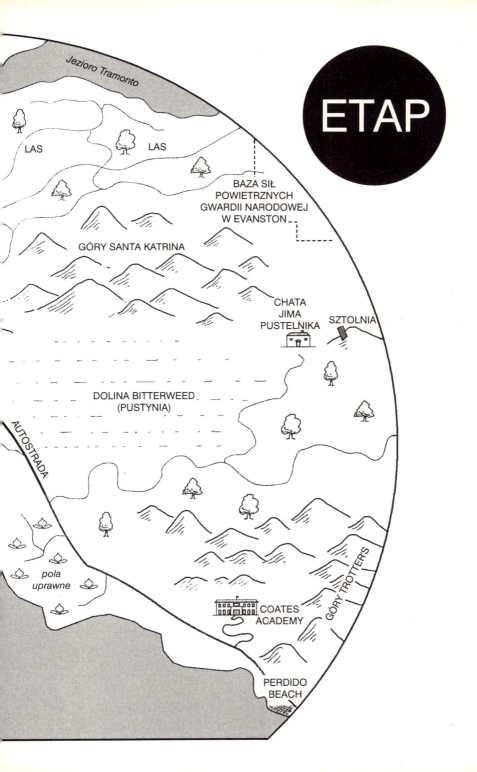

ROZDZIAŁ 1
299 GODZIN, **54** MINUTY

W jednej chwili nauczyciel opowiadał o wojnie secesyjnej. A w następnej już go nie było.

Zniknął.

Bez żadnego „puff". Bez rozbłysku. Bez wybuchu.

Sam Temple siedział na lekcji historii, gapił się na tablicę, ale myślami błądził gdzieś daleko. Byli razem z Quinnem na plaży, mieli deski, krzyczeli i szykowali się do pierwszego skoku w zimne fale Pacyfiku.

Przez chwilę myślał, że tylko sobie wyobraził zniknięcie nauczyciela. Przez chwilę miał wrażenie, że śni na jawie.

Odwrócił się do Mary Terrafino, która siedziała po jego lewej.

– Widziałaś to?

Mary uporczywie wpatrywała się w miejsce, w którym stał nauczyciel.

– Eee, gdzie jest pan Trentlake? – odezwał się Quinn Gaither, najlepszy, a może nawet jedyny przyjaciel Sama. Siedział tuż za Samem. Obaj woleli miejsca przy oknie, bo czasem, jeśli spojrzało się pod odpowiednim kątem, dawało się dostrzec wąski, srebrny pasek wody połyskującej pomiędzy zabudowaniami szkoły a położonymi dalej domami.

– Widocznie wyszedł – powiedziała Mary takim tonem, jakby sama w to nie wierzyła.

Edilio, nowy uczeń, który już wcześniej zwrócił uwagę Sama, odrzekł:

– No nie. Puff. – Palcami wykonał gest, który dość dobrze zilustrował tę koncepcję.

Uczniowie popatrywali po sobie nawzajem, wykręcając szyje to w jedną, to w drugą stronę i chichocząc nerwowo. Nikt się nie bał. Nikt nie płakał. Sytuacja wydawała się dość zabawna.

– Pan Trentlake zrobił „puff"? – spytał Quinn, tłumiąc śmiech.

– Ej – odezwał się ktoś – a gdzie Josh?

Kilka głów odwróciło się.

– A był dziś w szkole?

– No pewnie. Siedział koło mnie. – Sam poznał ten głos. Należał do Bette. Skaczącej Bette. – Po prostu, no wiecie, zniknął – powiedziała. – Tak jak pan Trentlake.

Nagle drzwi stanęły otworem, przyciągając wszystkie spojrzenia. Zaraz do środka wejdzie pan Trentlake, może nawet z Joshem, i wyjaśni, jak wykonał tę magiczną sztuczkę, a potem znowu zacznie opowiadać swoim podekscytowanym, pełnym napięcia głosem o wojnie secesyjnej, która nikogo nie obchodziła.

Ale to nie był pan Trentlake, tylko Astrid Ellison, znana jako Genialna Astrid, bo była... no, była genialna. Chodziła na wszystkie lekcje dla zaawansowanych, jakie szkoła organizowała. Z niektórych przedmiotów przerabiała nawet internetowe kursy uniwersyteckie.

Astrid miała jasne włosy do ramion i lubiła nosić wykrochmalone, białe bluzki z krótkim rękawem, które zawsze przyciągały uwagę Sama. Wiedział, że Astrid jest poza jego zasięgiem. Ale żadne prawo nie zabraniało mu o niej myśleć.

– Gdzie wasz nauczyciel? – spytała Astrid.

Wszyscy jak jeden mąż wzruszyli ramionami.

– Zrobił „puff" – odparł Quinn, jakby to było śmieszne.

– Nie ma go na korytarzu? – zainteresowała się Mary.

Astrid pokręciła głową.

– Dzieje się coś dziwnego. Moje kółko matematyczne... Było nas tylko troje plus nauczycielka. Wszyscy po prostu zniknęli.

– Co? – nie dowierzał Sam.

Popatrzyła prosto na niego. Nie mógł odwrócić wzroku, jak zawsze w podobnych sytuacjach, bo w jej spojrzeniu nie dojrzał tego wyzwania i ironii, co zwykle. Za to krył się w nim lęk. Bystre, niebieskie, ostro spoglądające oczy były teraz szeroko otwarte, ukazując zdecydowanie zbyt dużo białka.

– Nie ma ich. Po prostu... zniknęli.

– A twoja nauczycielka? – odezwał się Edilio.

– Też zniknęła – odparła Astrid.

– Zniknęła?

– Puff – powtórzył Quinn, choć już się nie śmiał, myśląc pewnie, że to co mówi, jest mało śmieszne.

Sam wsłuchał się w dobiegające zza okien dźwięki. Gdzieś w oddali, w mieście, wyły niepokojąco alarmy samochodowe. Wstał, czując lekki wstyd, jakby wcale nie powinien tego robić, i na sztywnych nogach podszedł do drzwi. Astrid odsunęła się, żeby mógł przejść. Poczuł zapach jej szamponu.

Sam spojrzał w dół korytarza, w stronę sali 211, gdzie spotykali się matematyczni maniacy. Zza następnych drzwi, z sali 213, wychylił głowę jakiś dzieciak. Minę miał na poły przestraszoną, na poły oszołomioną, jak ktoś, kto wsiada na rollercoaster.

Z drugiej strony, przy 207, rozległ się zbyt głośny śmiech uczniów. Przeraźliwie głośny. Piątoklasiści. Z drzwi naprzeciwko, z sali 208, wypadli nagle szóstoklasiści i stanęli jak wryci. Patrzyli na Sama, jakby spodziewali się, że na nich nakrzyczy.

Szkoła w Perdido Beach była małą placówką, podstawówka i gimnazjum w jednym budynku, gdzie chodzili wszyscy, od przedszkolaków do dziewiątoklasistów. Szkoła średnia znajdowała się w San Luis, o godzinę jazdy samochodem.

Sam ruszył w stronę klasy Astrid. Ona i Quinn szli tuż za nim.

Pomieszczenie okazało się puste. Krzesła przy ławkach, krzesło nauczycielki – puste. Na trzech ławkach leżały otwarte książki do matematyki. I zeszyty. Wszystkie komputery, rząd podstarzałych Macintoshy, migotały ekranami, na których nie wyświetlał się żaden obraz.

Na tablicy wyraźnie widniał napis „Wielom".

– Pisała słowo „wielomian" – powiedziała Astrid teatralnym szeptem.

– No, nie domyśliłbym się – stwierdził z drwiną w głosie Sam.

– Ja raz miałem wielomian – odezwał się Quinn. – Lekarz mi go usunął.

Astrid zignorowała tę nieudolną próbę rozbawienia towarzystwa.

– Zniknęła, kiedy pisała literę „i". Patrzyłam prosto na nią.

Wykonała lekki ruch i wskazała coś palcem. Na podłodze leżał kawałek kredy, dokładnie w miejscu, gdzie by upadł, gdyby ktoś pisał słowo „wielomian" – cokolwiek ono oznaczało – i zniknął przed postawieniem kropki nad „i".

– To nie jest normalne – zauważył Quinn.

Quinn był od Sama wyższy, silniejszy, i surfował przynajmniej równie dobrze. Ale z tym swoim kretyńskim uśmieszkiem i skłonnością do noszenia ciuchów przypominających raczej teatralne kostiumy – dziś włożył workowate szorty, buty pustynne z demobilu, różowy golf i szarą fedorę, znalezioną u dziadka na strychu – roztaczał wokół siebie aurę dziwaka, która niektórych zrażała, a u innych budziła lęk. Quinn był klasą sam dla siebie i może dlatego on i Sam tak dobrze się dogadywali.

Sam Temple nie rzucał się w oczy. Nosił dżinsy i zwyczajne T-shirty, nic, co by przyciągało uwagę. Większość życia spędził w Perdido Beach, chodząc do tej szkoły, i wszyscy wiedzieli, kim jest, choć tylko nieliczni go rozumieli. Był surferem, który nie spędzał czasu z surferami. Był bystry, ale nie należał do orłów intelektu. Był przystojny, ale nie aż tak, by dziewczyny piszczały na jego widok.

Większość dzieciaków wiedziała o Samie tyle, że mówili na niego Autobus. Zdobył to przezwisko w siódmej klasie. Klasa jechała na wycieczkę i kierowca szkolnego autobusu miał zawał serca. Jechali autostradą numer 1. Sam ściągnął mężczyznę z siedzenia, doprowadził autobus na pobocze i bezpiecznie go zaparkował, po czym spokojnie zadzwonił pod 112 z komórki kierowcy.

Gdyby choć przez chwilę się zawahał, autobus spadłby z urwiska i wleciał do oceanu.

Jego zdjęcie zamieścili w gazecie.

– Tamta dwójka i nauczycielka zniknęli. Wszyscy oprócz Astrid – podsumował Sam. – To na pewno nie jest normalne.

– Próbował się nie zająknąć, gdy wymawiał jej imię, ale bez powodzenia. Tak już na niego działała.

– Tak. Trochę tu cicho, bracie – oznajmił Quinn. – Dobra, jestem już gotów, żeby się obudzić. – Wyjątkowo nie żartował.

Ktoś krzyknął.

Cała trójka wypadła na korytarz, gdzie roiło się już od uczniów. Jak się okazało, krzyczała szóstoklasistka o imieniu Becka. Trzymała swoją komórkę.

– Nie odpowiada. Nie odpowiada! – wołała. – Nic!

Na dwie sekundy wszyscy zamarli. Potem rozległ się szmer i gwar oraz odgłos dziesiątków palców, wciskających dziesiątki klawiszy.

– Nic się nie dzieje.
– Moja mama jest w domu, odebrałaby. Nawet nie dzwoni.
– Kurczę, Internetu też nie ma. Mam sygnał, ale nic więcej.
– U mnie są trzy kreski.
– U mnie też, ale nikt nie odbiera.

Ktoś zaczął jęczeć, był to przejmujący dźwięk. Wszyscy mówili jednocześnie, a rozmowy przeradzały się w krzyk.

– Spróbuj pod 112 – powiedział przerażony głos.
– A myślisz, że do kogo dzwoniłem, idioto?
– Nie ma 112?
– Nic nie ma. Sprawdziłem połowę numerów z szybkiego wybierania i nic.

Korytarz zapełnił się uczniami, niczym podczas przerwy. Ale nikt nie pędził na następną lekcję, nie gadał, nie śmiał się, nie otwierał szafki. Nie kierowano się w żadną stronę. Ludzie po prostu stali, niczym stado bydła, zastygli w bezruchu, wyczekujący na sygnał, by pognać w panicznym bezładnym pędzie.

Rozległ się dzwonek, głośny niczym wybuch. Wszyscy wzdrygnęli się, jakby słyszeli jego dźwięk pierwszy raz.

– Co robimy? – spytało kilka głosów.
– W sekretariacie musi ktoś być, przecież dzwonek zadzwonił! – wykrzyknął jakiś chłopak.

– Ma włącznik czasowy, debilu – skontrował Howard. Howard był gnidą. Wciąż podlizywał się Orcowi, budzącemu lęk typowi z ósmej klasy. Tej góry tłuszczu i mięśni bali się nawet dziewiątoklasiści. Nikt nie wyzywał Howarda. Każde skierowane do niego obraźliwe słowo stanowiło atak na Orca.

– W pokoju nauczycielskim jest telewizor – przypomniała sobie Astrid.

Sam i Astrid, a za nimi Quinn, popędzili w stronę pokoju nauczycielskiego. Zbiegli po schodach na parter, gdzie było mniej sal lekcyjnych i uczniów. Gdy dłoń Sama znalazła się na klamce, przystanęli.

– Nie wolno nam tam wchodzić – stwierdziła Astrid.

– Przejmujesz się? – spytał Quinn.

Sam pchnął drzwi, stanęły otworem. Nauczyciele mieli lodówkę. Była otwarta. Na podłodze leżał kartonik z jagodowym jogurtem Danone, a brejowata zawartość wylewała się z niego na dywan. Włączony telewizor nie pokazywał obrazu, a jedynie zakłócenia.

Sam sięgnął po pilota. Gdzie był pilot?

Quinn go znalazł. Zaczął skakać po kanałach. Nic, nic i nic.

– Kabel odłączony – powiedział Sam, świadom, że brzmi to dość głupio.

Astrid sięgnęła za odbiornik i wykręciła kabel koaksjalny. Ekran zamigotał, a wygląd zakłóceń nieco się zmienił, ale gdy Quinn znów sprawdził kanały, ponownie nic nie znalazł.

– Zawsze można złapać kanał dziewiąty – zauważył Quinn. – Nawet bez kabla.

Astrid odezwała się:

– Nauczyciele, część uczniów, kablówka, telewizja naziemna, komórki... Wszystko zniknęło w tym samym czasie? – Zmarszczyła brwi, próbując to ogarnąć. Sam i Quinn

czekali, jakby na wyjaśnienie. Jakby za chwilę miała powiedzieć: „A, jasne, teraz rozumiem". W końcu to była Genialna Astrid. Ale powiedziała jedynie: – To nie ma żadnego sensu.
Sam podniósł słuchawkę wiszącego na ścianie telefonu stacjonarnego.
– Nie ma sygnału. Czy jest tu radio?
Nie było. Drzwi otworzyły się na oścież i do środka wbiegli dwaj chłopcy z piątej klasy. Mieli oszalałe, rozemocjonowane twarze.
– Szkoła jest nasza! – krzyknął jeden, a drugi zawył w odpowiedzi.
– Rozwalimy automat ze słodyczami – oznajmił ten pierwszy.
– Może to nie najlepszy pomysł – odparł Sam.
– Nie będziesz nam mówił, co mamy robić. – Chłopak był wojowniczo nastawiony, ale trochę jednak niepewny siebie.
– Masz rację, mały. Ale słuchaj, może spróbujmy trzymać to wszystko w kupie, dopóki się nie połapiemy, co jest grane? – zaproponował Sam.
– No to trzymaj sobie w kupie! – odkrzyknął chłopak. Drugi znowu zawył i obaj wybiegli z pokoju.
– Pewnie nie wypadało ich prosić, żeby przynieśli mi Twixa – mruknął Sam.
– Piętnaście lat – odezwała się Astrid.
– Nie, co ty, mieli gdzieś po dziesięć – sprostował Quinn.
– Nie oni. Jink i Michael, którzy chodzą ze mną na zajęcia. Obaj byli świetni z matmy, lepsi ode mnie, ale mieli trudności w uczeniu się, chyba z powodu dysleksji. Obaj byli trochę starsi. Tylko ja miałam czternaście lat.
– Zdaje się, że w naszej klasie Josh mógł mieć skończone piętnaście – zauważył Sam.
– No i co?

– No i to, że miał piętnaście lat, Quinn. Po prostu... zniknął. Puff i nie ma.
– Niemożliwe. – Quinn pokręcił głową. – Wszyscy dorośli i starsi uczniowie w szkole znikają? To nie ma sensu.
– Nie tylko w szkole – wtrąciła Astrid.
– Co? – warknął Quinn.
– A telefony i telewizja? – podsunęła.
– Nie, nie, nie, nie, nie – odparł. Kręcił głową i lekko się uśmiechał, jakby opowiedziano mu marny dowcip.
– Moja mama – powiedział Sam.
– Stary, przestań – przerwał mu Quinn. – Dobra? To nie jest śmieszne.
Pierwszy raz Sam poczuł, że znalazł się na skraju paniki. Przypominało to swędzenie u podstawy kręgosłupa. Serce mocno waliło mu w piersi, jak po wysiłku, jakby przed chwilą biegł.
Głośno przełknął ślinę. Wciągnął powietrze, niezdolny do głębszego oddechu. Spojrzał w twarz przyjaciela. Nigdy nie widział Quinna tak przestraszonego. Okulary przeciwsłoneczne skrywały jego oczy, ale usta mu drżały, a po szyi rozlewała się czerwona plama. Z kolei Astrid była spokojna, zdecydowana, marszczyła brwi w skupieniu, próbując znaleźć we wszystkim, co się działo, jakiś sens.
– Musimy to sprawdzić – uznał Sam.
Quinn wydał z siebie dźwięk, który brzmiał jak szloch. Już się poruszał, odwracał głowę. Sam złapał go za ramię.
– Puść mnie, bracie – warknął tamten. – Muszę iść do domu. Muszę zobaczyć.
– Wszyscy musimy iść i zobaczyć – potwierdził Sam. – Ale chodźmy razem.
Quinn zaczął się wyrywać, ale Sam wzmocnił uścisk.
– Quinn. Razem. Chodź, stary. To wszystko jakby zrzuciło cię z deski, wiesz? Lecisz i co robisz?

– Starasz się nie denerwować – mruknął Quinn.
– Właśnie. Ani na chwilę nie nie tracisz głowy, tak? A potem płyniesz w stronę światła.
– Surfingowa przenośnia? – spytała Astrid.

Quinn przestał się opierać. Odetchnął urywanie.
– Okej, tak. Masz rację. Razem. Ale najpierw mój dom. To pokręcone. To takie pokręcone.
– Astrid? – spytał Sam, niepewny, czy dziewczyna w ogóle chce iść z nim i z Quinnem. Miał wrażenie, że jeśli ją zapyta, postąpi bezczelnie, a jeśli nie zapyta, okaże się nieuprzejmy.

Popatrzyła tak, jakby liczyła, że wyczyta coś z jego twarzy. Nagle zrozumiał, że Genialna Astrid nie wie, co robić ani dokąd iść, zupełnie jak on. To wydawało się niemożliwe.

Z korytarza dobiegała narastająca kakofonia. Przestraszone głosy, niektóre beztroskie jakby wszystko było w porządku. W innych pobrzmiewało niemal szaleństwo.

Ten hałas nie wróżył nic dobrego, przeciwnie, budził grozę.

– Chodź z nami, Astrid, dobra? – zaproponował Sam. – Razem będziemy bezpieczniejsi.

Astrid wzdrygnęła się na słowo „bezpieczniejsi". Ale skinęła głową.

Szkoła stała się teraz groźnym miejscem. Przestraszeni ludzie robią czasem straszne rzeczy, nawet dzieci. Sam wiedział o tym z własnego doświadczenia. Strach może być niebezpieczny. Może wyrządzić krzywdę. A teraz w szkole panował obłąkańczy strach.

Życie w Perdido Beach się zmieniło. Stało się coś poważnego i potwornego.

Sam miał tylko nadzieję, że to nie jego sprawka.

ROZDZIAŁ 2

298 GODZIN, **38** MINUT

Uczniowie wysypywali się ze szkoły, pojedynczo i w niewielkich grupach. Niektóre dziewczyny szły trójkami, obejmując się nawzajem, ze łzami spływającymi po twarzach. Niektórzy chłopcy garbili się, skuleni, jakby niebo mogło spaść im na głowę, i nikogo nie obejmowali. Wielu płakało.

Sam przypomniał sobie telewizyjne wiadomości ze szkolnych strzelanin. Dzieciaki były oszołomione, przestraszone, ogarnięte histerią – albo pokrywały histerię wybuchami śmiechu i głośnymi popisami.

Bracia i siostry trzymali się blisko siebie. Tak samo przyjaciele. Niektóre młodsze dzieci, z zerówki i z pierwszej klasy, krążyły po terenie szkoły, bezładnie, bez celu. Były za małe, by trafić do własnych domów.

Przedszkolaki z Perdido Beach chodziły w większości do przedszkola Barbara's, ozdobionego przyblakłymi wizerunkami postaci z kreskówek budynku w centrum. Stał obok sklepu z narzędziami Ace, po przeciwnej stronie rynku niż McDonald's.

Sam zastanawiał się, czy maluchom z Barbara's nic nie jest. Pewnie nic. Nie jego sprawa. Ale musiał coś powiedzieć.

– Co z tymi młodszymi? – spytał. – Wyjdą na ulicę i wpadną pod samochód.

Quinn zatrzymał się i popatrzył. Nie na małe dzieci, tylko na ulicę.

– Widzisz tu jakieś samochody?

Światło zmieniło się z czerwonego na zielone. Żaden samochód nie czekał na skrzyżowaniu. Dźwięk autoalarmów stał się teraz głośniejszy – wyły trzy czy cztery różne alarmy. A może i więcej.

– Najpierw sprawdźmy, co u naszych rodziców – powiedziała Astrid. – Przecież wszyscy dorośli nie mogą zniknąć – nie była o tym przekonana, więc się poprawiła: – To znaczy, mało prawdopodobne, żeby zniknęli.

– Tak – zgodził się Sam. – Muszą być dorośli. Prawda?

– Moja mama pewnie jest w domu albo gra w tenisa – stwierdziła Astrid. – Chyba że ma spotkanie czy coś w tym stylu. Mama albo tata odbiorą mojego młodszego brata. Tata jest w pracy. Pracuje w PBNP.

PBNP była elektrownią atomową – Perdido Beach Nuclear Power. Znajdowała się zaledwie o piętnaście kilometrów od szkoły. Nikt w mieście już o tym nie myślał, ale dawno temu, w latach dziewięćdziesiątych zdarzył się wypadek. Dziwaczny, jak mówiono. Prawdopodobieństwo jeden na milion. Nic, czym warto by się przejmować.

Ludzie mówili, że właśnie dlatego Perdido Beach pozostało małym miasteczkiem i nie rozrosło się jak Santa Barbara, znajdujące się dalej na wybrzeżu. Perdido Beach przezywano Aleją Opadów Promieniotwórczych. Rzadko ktoś chciał się osiedlić w miejscowości o takiej nazwie, choć dawno usunięto wszystkie radioaktywne substancje.

Cała trójka, z Quinnem na czele, podążała szybkim krokiem przez Sheridan Avenue, po czym skręciła w prawo w Alameda.

Na rogu Sheridan Avenue i Alameda Avenue stał samochód z włączonym silnikiem. Auto uderzyło w zaparkowaną toyotę terenówkę. Alarm toyoty włączał się i gasł, przez minutę piszcząc, by potem zamilknąć.

Poduszki powietrzne w toyocie zadziałały automatycznie. Zwiotczałe białe balony zwieszały się z kierownicy i deski rozdzielczej.

W terenówce nikogo nie było. Spod pogiętej maski dobywała się para.

Sam coś zauważył, ale nie chciał mówić tego głośno.

Astrid powiedziała za niego:

– Drzwi są ciągle zablokowane. Widzicie klamki? Gdyby ktoś był w środku i wysiadł, drzwi byłyby odblokowane.

– Ktoś prowadził samochód i zniknął – stwierdził Quinn. Nie mówił tego tonem żartu. Żarty się skończyły.

Dom Quinna znajdował się o dwie przecznice stąd, przy Alameda. Quinn starał się robić dobrą minę do złej gry, zachowywać się nonszalancko. Chciał wyglądać na wyluzowanego. Ale nagle zaczął biec.

Sam i Astrid też puścili się biegiem, jednak Quinn był szybszy. Kapelusz spadł mu z głowy. Sam pochylił się i podniósł fedorę.

Gdy dogonili Quinna, ten zdążył już otworzyć drzwi wejściowe i wpaść do środka. Sam i Astrid weszli do kuchni, po czym przystanęli.

– Mamo! Tato! Mamo! Hej!

Quinn był na górze i wołał. Z każdym okrzykiem jego głos przybierał na sile. Słowa stawały się głośniejsze i szybsze, a szloch wyraźniejszy, więc pozostałej dwójce coraz trudniej było udawać, że go nie słyszą.

Pędem zbiegł po schodach, wciąż wzywając swoją rodzinę, ale odpowiadała mu jedynie cisza.

Nadal miał okulary przeciwsłoneczne, więc Sam nie widział oczu przyjaciela. Ale po policzkach Quinna spływały łzy, które słychać było także w jego urywanym głosie. Sam niemal czuł, jak tamtego ściska za gardło, bo jego ściskało tak samo. Nie wiedział, co może w tym momencie zrobić, by pomóc przyjacielowi.

Położył fedorę Quinna na blacie.

Tamten zatrzymał się w kuchni. Ciężko dyszał.

– Nie ma jej tu, stary. Nie ma jej. Telefony nie działają. Zostawiła jakąś kartkę albo coś? Widziałeś kartkę? Poszukaj.

Astrid pstryknęła włącznikiem światła.

– Prąd ciągle jest.

– A jeśli oni nie żyją? – spytał Quinn. – To nie może dziać się naprawdę. To tylko jakiś koszmar czy coś. To... to przecież niemożliwe. – Podniósł telefon, wcisnął guzik i nasłuchiwał. Wcisnął guzik jeszcze raz i znów przyłożył telefon do ucha, a następnie wybrał numer, dźgając przyciski palcem wskazującym i bez przerwy mamrocząc coś pod nosem.

W końcu odłożył telefon i wbił w niego tępy wzrok. Wpatrywał się w aparat, jakby myślał, że zaraz zacznie dzwonić.

Sam pragnął dostać się do własnego domu. A zarazem się bał. Chciał poznać prawdę i jednocześnie nie chciał jej znać. Ale nie mógł popędzać Quinna. Gdyby teraz zmusił go do wyjścia, to zupełnie jakby kazał mu się poddać, jakby powiedział, że jego rodziców już nie ma.

– Wczoraj wieczorem pokłóciłem się ze starym – wyznał Quinn.

– Nie myśl tak – odparła Astrid. – Jedno wiemy na pewno: ty tego nie zrobiłeś. Żadne z nas tego nie zrobiło.

Położyła mu dłoń na ramieniu i ten gest zdał się dla niego sygnałem, by ostatecznie się załamać. Otwarcie się rozpłakał, zdjął okulary i rzucił je na terakotę.

– Wszystko będzie dobrze – głos Astrid brzmiał tak, jakby chciała przekonać Quinna, ale także siebie samą.
– Tak – potwierdził Sam, wcale w to nie wierząc.
– Pewnie, że będzie. To tylko jakiś... – Nie przyszło mu do głowy żadne sensowne zakończenie tego zdania.

– Może to Bóg – odezwał się Quinn, podnosząc wzrok z nagłą nadzieją. Oczy miał zaczerwienione i patrzył na nich z nagłym przypływem maniakalnej energii. – Tak, to Bóg.

– Może – odparł Sam.

– A co innego to mogło być, nie? N-n... no... no... no... – Wziął się w garść i przestał bezładnie jąkać. – Będzie dobrze. – Myśl o jakimś wyjaśnieniu, jakimkolwiek, nieważne jak głupim, zdawała się podnosić na duchu. – Hmm, jasne, że będzie dobrze. Na pewno będzie dobrze.

– Teraz dom Astrid – powiedział Sam. – Jest bliżej.

– Wiesz, gdzie mieszkam? – zdziwiła się dziewczyna.

To nie był dobry moment, by przyznać, że raz śledził ją w drodze do domu, bo zamierzał z nią pogadać, może zaprosić do kina, ale zabrakło mu odwagi. Wzruszył ramionami.

– Pewnie cię kiedyś widziałem.

Po dziesięciu minutach dotarli do domu Astrid, dwupiętrowego, w miarę nowego budynku z basenem z tyłu. Astrid nie była bogata, ale miała znacznie ładniejszy dom niż dom Sama. Przypominał on Samowi dom, w którym mieszkał, zanim odszedł jego ojczym. Ojczym też nie był nadzwyczajnie bogaty, ale miał dobrą pracę.

Sam czuł się dziwnie w domu Astrid. Wszystko wydawało się tu estetyczne, a nawet wykwintne. Ale przedmioty pochowano. Na wierzchu nie było nic, co mogłoby się zniszczyć. Na rogach stołów przymocowano małe, plastikowe poduszeczki. Gniazdka elektryczne miały zabezpieczenia przed dziećmi. Noże w kuchni umieszczono w przeszklonym kredensie z blokadą na klamce. Także pokrętła piekarnika były zabezpieczone.

Astrid zauważyła, że on zauważył.

– To nie z mojego powodu – powiedziała ostro. – Chodzi o małego Pete'a.

– Wiem. On jest... – Nie znał właściwego słowa.

– Jest autystykiem – podpowiedziała Astrid swobodnie, jakby nie było to nic wielkiego. – No, nikogo tu nie ma – oznajmiła. Jej ton świadczył, że się tego spodziewała, i to było w porządku.

– Gdzie twój brat? – spytał Sam.

Wtedy Astrid krzyknęła. Nie sądził, że w ogóle jest do tego zdolna.

– Nie wiem, dobra? Nie wiem, gdzie on jest! – Zakryła usta dłonią.

– Zawołaj go – podsunął Quinn dziwnym, starannym, oficjalnym tonem. Wstydził się swojego wybuchu. Ale ten wybuch jeszcze niezupełnie się skończył.

– Zawołać? Nie odpowie – wycedziła przez zaciśnięte zęby. – Ma autyzm. Poważny. On nie... on nie nawiązuje relacji. Nie odpowie, jasne? Mogłabym wrzeszczeć jego imię cały dzień.

– W porządku, Astrid. Sprawdzimy – odezwał się Sam. – Jeśli tu jest, to go znajdziemy.

Skinęła głową, wstrzymując łzy.

Przeszukali dom kawałek po kawałku. Zaglądali pod łóżka i do szaf. Bezskutecznie.

Przeszli przez ulicę do domu kobiety, która czasem opiekowała się małym Pete'em. Tam też nikogo nie było. Sprawdzili we wszystkich pokojach. Sam czuł się jak włamywacz.

– Musi być z moją mamą, a może tata zabrał go ze sobą do elektrowni. Robi tak, kiedy nikt inny nie może zaopiekować się Pete'm. – Sam słyszał rozpacz w jej głosie.

Minęło może pół godziny od nagłego zniknięcia dorosłych. Quinn zachowywał się dziwnie. Astrid robiła wrażenie, jakby miała rozlecieć się na kawałki. Ledwie minęło południe, ale Sam zaczął się zastanawiać, co przyniesie noc. Dni stawały się coraz krótsze, był już bowiem 10 listopada, zbliżało się Święto Dziękczynienia. Krótkie dni, długie noce.

– Nie zatrzymujmy się – powiedział. – Nie martw się o małego Pete'a. Znajdziemy go.

– Czy to ma być zapewnienie pro forma czy konkretne zobowiązanie?

– Przepraszam?

– Nie, to ja przepraszam. Więc, pomożesz mi znaleźć Pete'a? – spytała.

– Jasne. – Sam chciał dodać, że pomógłby jej wszędzie, w każdej chwili, zawsze. Zamiast tego ruszył w kierunku swojego domu, wiedząc już bez cienia wątpliwości, co tam zastanie, ale i tak musiał to sprawdzić. I coś jeszcze. Chciał sprawdzić, czy aby na pewno nie zwariował.

Sprawdzić, czy dom wciąż stoi na swoim miejscu.

To wszystko zakrawało na czyste szaleństwo. Ale dla Sama szaleństwo zaczęło się już jakiś czas temu.

Lana setny raz wykręciła szyję, by spojrzeć w tył i sprawdzić, co z psem.

– Nic mu nie jest. Uspokój się – powiedział dziadek Luke.

– Może wyskoczyć.

– Jest głupi, to fakt. Ale nie sądzę, żeby wyskoczył.

– Nie jest głupi. To bardzo mądry pies. – Lana Arwen Lazar siedziała na przednim siedzeniu poobijanego, niegdyś czerwonego pickupa swojego dziadka. Patrick, jej płowy labrador, jechał z tyłu, z uszami łopoczącymi na wietrze i wywalonym ozorem.

Patrick dostał imię na cześć Patryka Rozgwiazdy, niezbyt rozgarniętego bohatera z serialu *Bob Gąbka*. Chciała, żeby siedział z nią z przodu. Dziadek Luke się nie zgodził.

Dziadek włączył radio. Muzyka country.

Dziadek Luke był stary. Wiele dzieciaków ma młodych dziadków. Nawet drudzy dziadkowie Lany, ci z Las Vegas, byli znacznie młodsi. Ale dziadek Luke był stary i miał pomarszczoną skórę. Jego dłonie i twarz miały ciemnobrązową barwę, po części od słońca, a po części dlatego, że był Indianinem z plemienia Chumash. Nosił przepocony słomkowy kapelusz kowbojski i ciemne okulary.

– Co mam robić przez resztę dnia? – spytała Lana.

Dziadek Luke skręcił, by ominąć wybój.

– Rób, co tylko chcesz.

– Nie masz telewizora, DVD, Internetu ani nic.

Tak zwane ranczo dziadka leżało na takim odludziu, a sam mężczyzna był tak skąpy, że jedynym sprzętem technicznym, jaki posiadał, było stare radio, które najwyraźniej odbierało tylko jakąś stację religijną.

– Wzięłaś trochę książek, prawda? Albo możesz wyczyścić stajnię. Albo wspiąć się na wzgórze. – Podbródkiem wskazał wzgórza. – Ładne tam widoki.

– Na wzgórzu widziałam kojota.

– Kojoty są niegroźne. Na ogół. Stary brat kojot jest zbyt sprytny, żeby zadzierać z ludźmi. – Słowo „kojot" wymawiał jako „kaj-ołt".

– Siedzę tu już tydzień – narzekała Lana. – Czy to nie wystarczy? Ile mam tu tkwić? Chcę wrócić do domu.

Starzec nawet na nią nie spojrzał.

– Twój tata przyłapał cię, jak podprowadzałaś z domu wódkę dla jakiegoś łobuza.
– Tony nie jest łobuzem – odpaliła.
Dziadek Luke wyłączył radio i spojrzał ponownie na wnuczkę.
– Chłopak, który w ten sposób wykorzystuje dziewczynę i wciąga ją w swoje kłopoty, to łobuz.
– Gdybym jej dla niego nie wzięła, pewnie próbowałby użyć sfałszowanego dowodu i dopiero narobiłby sobie kłopotów.
– Nawet nie „pewnie". Piętnastolatek, który pije, na pewno wpadnie w kłopoty. Ja zacząłem pić, jak byłem w twoim wieku, miałem czternaście lat. Alkohol zmarnował mi trzydzieści lat życia. Teraz jestem trzeźwy od trzydziestu jeden lat, sześciu miesięcy, pięciu dni, niech będą dzięki Bogu w niebiosach i twojej babce, świeć Panie nad jej duszą.
– Znowu włączył radio.
– No i masz piętnaście kilometrów do najbliższego sklepu monopolowego w Perdido Beach.
Roześmiał się.
– Tak. To też pomaga.
Przynajmniej miał poczucie humoru.
Samochód skakał jak oszalały blisko krawędzi suchego jaru, głębokiego pewnie na trzydzieści metrów, a na jego dnie znajdowało się drugie tyle piachu, bylice, karłowate sosny, derenie i sucha trawa. Jak mówił dziadek Luke, kilka razy w roku padał deszcz i wtedy woda rwała dnem jaru, czasami bardzo gwałtownym strumieniem.
Ciężko było to sobie wyobrazić, gdy tak patrzyła w dół długiego zbocza.
I nagle, bez ostrzeżenia, półciężarówka zjechała z drogi.
Lana wbiła wzrok w pusty fotel kierowcy, gdzie jeszcze ułamek sekundy wcześniej siedział dziadek.

Zniknął.

Samochód zjeżdżał prosto w dół. Pas bezpieczeństwa szarpnął dziewczynę.

Pickup nabierał prędkości. Uderzył w młode drzewko i złamał je.

Pędził w dół w chmurze pyłu, podskakując tak mocno, że Lana uderzała głową o podsufitkę, jej ramię obijało się o okno, a zęby dzwoniły. Chwyciła kierownicę, która wyrywała się jak oszalała i w tym samym momencie auto przewróciło się na dach.

Obróciło się jeszcze raz. I znowu.

Lana wysunęła się z pasa i bezradnie przetoczyła się po kabinie. Kierownica tłukła ją niczym mieszadło w zmywarce. Szyba zmiażdżyła jej ramię, dźwignia zmiany biegów przypominała pałkę, waląca ją po twarzy, lusterko wsteczne stłukło się na jej potylicy.

Pickup się zatrzymał.

Lana leżała twarzą w dół z niemożliwie powyginanym ciałem. Pył dławił ją w płucach. W ustach miała pełno krwi. Jedno z oczu, czymś zasłonięte, niczego nie widziało.

To, co widziało drugie, z początku wydawało się nie mieć sensu. Tkwiła w pickupie nogami do góry i patrzyła na niskie kaktusy, rosnące pod dziwnym kątem.

Musiała się wydostać. Ustawiła się najlepiej, jak mogła i sięgnęła do drzwi.

Jej prawa ręka ani drgnęła.

Spojrzała na nią i krzyknęła. Prawe przedramię, od łokcia po nadgarstek, nie tworzyło już linii prostej. Było wygięte niczym rozpłaszczona litera „V" i obrócone tak, że wierzch dłoni kierował się na zewnątrz. Nierówne krawędzie złamanych kości mogły w każdej chwili przebić się przez skórę.

Zaczęła się miotać w panice.

Ból był tak straszny, że oczy odpłynęły jej w tył głowy i zemdlała.

Ale nie na długo. Nie na wystarczająco długo.

Gdy się ocknęła od bólu w ręce, lewej nodze, potylicy i szyi, żołądek aż podszedł jej do gardła. Zwymiotowała na sfatygowaną podsufitkę pickupa.

– Pomocy – wychrypiała. – Pomocy. Niech ktoś mi pomoże!

Ale nawet w tej męczarni wiedziała, że nie pomoże jej nikt. Całe kilometry dzieliły ją od Perdido Beach, gdzie mieszkała jeszcze rok temu, kiedy to rodzice przeprowadzili się do Las Vegas. Droga nie prowadziła donikąd z wyjątkiem rancza. Najwyżej raz w tygodniu przejeżdżał tędy jakiś człowiek, zwykle zagubiony turysta albo staruszka, która grywała w warcaby z dziadkiem Lukiem.

– Umrę – powiedziała Lana do nikogo.

Ale jeszcze nie umarła, a ból nie ustępował. Musiała się wydostać z tego samochodu.

Patrick. Co się stało z Patrickiem?

Wychrypiała jego imię, ale bez rezultatu.

Przednia szyba była pokruszona, lecz dziewczyna nie była w stanie wykopać jej na zewnątrz zdrową nogą.

Jedyna możliwa droga wyjścia wiodła przez boczne okno przy fotelu kierowcy, które znajdowało się za nią. Wiedziała, że samo odwrócenie się spowoduje rozdzierający ból.

I wtedy pojawił się Patrick, który szturchał ją czarnym nosem. Dyszał i piszczał, cały niespokojny.

– Dobry pies – powiedziała.

Patrick zamerdał ogonem.

Nie był to niestety superbohaterski pies z dziecięcych kreskówek. Nie wyciągnął Lany z dymiącego wraku. Ale został przy niej, gdy przez godzinę przechodziła piekło, wypełzając na piasek.

Wreszcie spoczęła z głową w cieniu bylicy. Patrick zlizywał jej krew z twarzy.

Zdrową ręką Lana sprawdziła obrażenia. Jedno oko pokrywała krew z rozcięcia na czole. Miała złamaną nogę, a przynajmniej tak skręconą, że nie dało się na niej stanąć. Coś bolało ją w dolnej części pleców, przy nerkach. Górna warga zupełnie zdrętwiała. Wypluła zakrwawiony kawałek ukruszonego zęba.

Zdecydowanie największą grozę budził stan prawej ręki. Nie była w stanie na nią spojrzeć. Spróbowała się podnieść, ale natychmiast porzuciła te wysiłki: ból okazał się nieznośny.

Znowu straciła przytomność. Ocknęła się znacznie później. Słońce paliło bezlitośnie. Patrick leżał skulony przy niej. Po niebie krążyło kilka sępów z szeroko rozpostartymi, czarnymi skrzydłami. Czekały.

ROZDZIAŁ 3
298 GODZIN, **05** MINUT

– Ta ciężarówka – Sam wskazał ręką rozbity samochód. – Kolejna kraksa.

Ciężarówka firmy FedEx przedarła się przez żywopłot i uderzyła w wiąz na czyimś podwórzu. Silnik pracował na jałowym biegu.

Natknęli się na dwie dziewczynki, czwartoklasistkę i jej młodszą siostrę, bez entuzjazmu grające w piłkę na trawniku przed swoim domem.

– Naszej mamy nie ma – wyjaśniła starsza. – Po południu powinnam iść na lekcję pianina. Ale nie wiem, jak tam dojechać.

– A ja chodzę na stepowanie. Kupujemy kostiumy na występ – dodała młodsza. – Będę biedronką.

– Wiecie, jak się dostać na rynek? W mieście?

– Chyba tak.

– Powinnyście tam pójść.

– Nie wolno nam ruszać się z domu – oznajmiła młodsza.

– Nasza babcia mieszka w Laguna Beach – powiedziała czwartoklasistka. – Mogłaby po nas przyjechać. Ale nie możemy się do niej dodzwonić. Telefon nie działa.

– Wiem. Może idźcie poczekać na babcię na rynku, co? – Dziewczynka wpatrywała się w Sama nic nierozumiejącym wzrokiem. – Ej, nie denerwujcie się za bardzo, dobra? Macie w domu jakieś ciastka albo lody?
– Chyba tak.
– No, nikt nie zabrania wam jeść słodyczy, prawda? Wasi rodzice niedługo się pojawią, tak myślę. Ale tymczasem zjedzcie po ciastku i idźcie na rynek.
– To jest twoje rozwiązanie? Zjeść ciastko? – spytała Astrid.
– Nie, moim rozwiązaniem jest pobiec na plażę i poczekać, aż to wszystko się skończy – odparł Sam. – Ale ciastko nigdy nie zaszkodzi.

Szli dalej, Sam, Quinn i Astrid, kierując się na wschód od centrum. Sam mieszkał z mamą w niedużym, jednopiętrowym, na pozór ciasnym domku z małym, ogrodzonym ogródkiem na tyłach. Od frontu nie było prawdziwego podwórka, tylko chodnik. Mama Sama nie zarabiała zbyt wiele, pracując jako nocna pielęgniarka w Coates Academy. Tata trzymał się z daleka, tak zresztą było zawsze. Stanowił w życiu Sama zagadkę. A w zeszłym roku odszedł także jego ojczym.

– To tutaj – oznajmił chłopak. – Nie chcemy się popisywać dużym domem i w ogóle.
– No, mieszkacie blisko Beach Town – zauważyła Astrid, wskazując, że jedyną zaletą tego miejsca jest jego lokalizacja.
– Tak. Dwie minuty piechotą. Mniej, jeśli pójdę na skróty przez podwórze tej posesji, gdzie mieszka gang motocyklowy.
– Gang motocyklowy? – powtórzyła.
– Właściwie nie cały gang, a tylko Zabójca i jego dziewczyna Wspólniczka. – Astrid zmarszczyła brwi i Sam dodał: – Przepraszam. Kiepski żart. To nie jest dobra okolica.

Gdy już się tu znalazł, nie chciał wchodzić do środka. Matki na pewno nie ma.

A w domu było coś, czego Quinn, a już zwłaszcza Astrid nie powinni zobaczyć.

Poprowadził ich po trzech wyblakłych od słońca, pomalowanych na szaro, drewnianych stopniach, które skrzypiały pod naciskiem stóp. Ganek był wąski, a parę miesięcy temu ktoś ukradł fotel bujany, który matka wystawiła tam, by mieć gdzie posiedzieć trochę wieczorem przed pójściem do pracy. Teraz musieli wyciągać krzesła z kuchni.

Wieczór był dla nich najlepszą porą, stanowił początek dnia pracy dla matki, a koniec dla Sama. Chłopak wracał ze szkoły, a mama była już na nogach, przespawszy większą część dnia. Piła herbatę, Sam zaś napój gazowany albo sok. Pytała, jak mu poszło w szkole, a on w sumie niewiele o tym mówił, miło było jednak pomyśleć, że mógłby powiedzieć, gdyby chciał.

Sam otworzył drzwi. W środku panowała cisza, nie licząc szumu lodówki. Sprężarka była stara i głośna. Gdy ostatnim razem rozmawiali na ganku z nogami opartymi na poręczy, mama zastanawiała się, czy zlecić naprawę sprężarki, czy też taniej będzie po prostu kupić używaną lodówkę. I jak przywieźć ją do domu bez ciężarówki.

– Mamo? – rzucił chłopak w pustkę salonu.

Nie rozległa się żadna odpowiedź.

– Może jest na wzgórzu – odezwał się Quinn. „Na wzgórzu", tak miejscowi określali Coates Academy, prywatną szkołę z internatem. Wzgórze przypominało raczej prawdziwą górę.

– Nie – odrzekł Sam. – Zniknęła, jak pozostali.

Kuchenka była włączona. Rondel spalił się na węgiel. W środku nic nie było. Sam zakręcił kurek.

– To może być problem w całym mieście – stwierdził.

– Tak, niewyłączone kuchenki, samochody z pracującymi silnikami – przyznała Astrid. – Ktoś powinien zrobić obchód, sprawdzić, czy wszystko jest powyłączane, czy małe dzieci mają jakąkolwiek opiekę. No i są jeszcze leki i alkohol, a niektórzy ludzie mają pewnie broń.

– W tej okolicy niektórzy trzymają w domu niezły arsenał – potwierdził Sam.

– To robota Boga – odezwał się Quinn. – Znaczy, jak inaczej, nie? Nikt inny nie mógł tego zrobić. Sprawić, że wszyscy dorośli zniknęli?

– Wszyscy powyżej piętnastego roku życia – poprawiła Astrid. – Piętnastolatek to nie dorosły. Wierz mi, chodziłam z nimi do klasy. – Przeszła niepewnie przez salon, jakby czegoś szukała. – Mogę skorzystać z łazienki, Sam?

Z ociąganiem pokiwał głową, przerażony, że dziewczyna tu jest. Zajmowanie się domem nie było specjalnością ani jego, ani matki. Panował jakiś porządek, ale nie taki, jak u Astrid.

Zamknęła drzwi od łazienki. Sam usłyszał dźwięk płynącej wody.

– Co zrobiliśmy? – spytał Quinn. – Tego nie ogarniam. Czym wkurzyliśmy Boga?

Sam otworzył lodówkę. Zaczął się wpatrywać w jedzenie. Mleko. Parę napojów gazowanych. Połowa małego arbuza, położona przekrojoną stroną na talerzu. Jajka. Jabłka. I cytryny do herbaty mamy. To co zwykle.

– Znaczy, czymś sobie na to zasłużyliśmy, nie? – ciągnął Quinn. – Bóg nie robi takich rzeczy bez powodu.

– Myślę, że to nie Bóg.

– Chłopie, to musiał być on.

Astrid wróciła.

– Może Quinn ma rację. To wszystko nie może mieć zwyczajnej przyczyny – powiedziała. – Prawda? To nie ma sensu. Niemożliwe, a jednak się zdarzyło.

– Rzeczy niemożliwe też się czasem zdarzają – stwierdził Sam.

– Nieprawda – utrzymywała Astrid. – Wszechświat ma swoje prawa, w końcu tego uczymy się na fizyce. Wiecie, na przykład, jeśli idzie o ruch, że nic nie może dorównać prędkości światła. Albo prawo ciążenia. Niemożliwe rzeczy się nie zdarzają. Właśnie to oznacza słowo „niemożliwe".

– Przygryzła wargę. – Przepraszam. To nie pora na wykłady, prawda?

Sam zawahał się. Jeśli im pokaże, przekroczy tę granicę, już mu nie odpuszczą. Uczepią się go, aż powie im wszystko.

Będą patrzeć na niego inaczej. Będą przerażeni, tak jak on.

– Pójdę do siebie zmienić koszulkę, dobra? Zaraz wrócę. W lodówce jest picie. Śmiało.

Zamknął za sobą drzwi do pokoju.

Nie znosił tego pomieszczenia. Okno wychodziło na ślepy zaułek, a przez beznadziejną szybę niewiele było widać. W pokoju nawet w słoneczne dni panował półmrok, nocą – zupełna ciemność.

Sam nie cierpiał ciemności.

Mama kazała mu zamykać dom na noc, kiedy była w pracy. „Teraz ty jesteś głową rodziny – mawiała. Ale tak czy siak, czułabym się lepiej, gdybym wiedziała, że zamknąłeś drzwi".

Nie lubił, kiedy mówiła, że jest głową rodziny. Że teraz nią jest.

Teraz.

Może nie miała nic szczególnego na myśli. Ale jak mogła nie mieć? Minęło osiem miesięcy, odkąd ojczym uciekł z ich dawnego domu. Sześć miesięcy, odkąd przeprowadzili się do tej nędznej rudery w kiepskiej dzielnicy, a matka musiała przyjąć nisko płatną pracę w niedogodnych godzinach.

Dwie noce temu przeszła burza z piorunami i na jakiś czas zgasło światło. Sam przebywał w zupełnych ciemnościach, nie licząc słabych lśnień błyskawic, w których nawet znajome rzeczy w pokoju wyglądały upiornie.

Udało mu się na trochę zasnąć, ale zbudził go donośny grzmot. Z przerażającego sennego koszmaru został wyrwany w atramentową ciemność pustego domu.

Tego było już za wiele. Zawołał matkę. Taki twardziel, jak on, czternasto-, niemal piętnastoletni, w ciemnościach krzyczący „Mamo". Wyciągnął rękę, odpychając mrok.

A potem... światło.

Pojawiło się chyba w szafie, choć niezupełnie. Chciał przysłonić je drzwiami, ale blask po prostu przez nie przenikał. Jakby ich w ogóle nie było. Drzwi szafy były więc częściowo zamknięte, choć nie do końca. Na ich szczycie powiesił niedbale kilka koszulek, by przesłonić blask, ale to kiepskie oszustwo nie mogło długo trwać. W końcu mama zobaczy... kiedy już wróci.

Otworzył szafę.

Światło wciąż tam było.

Blask obejmował małą przestrzeń, ale świecił jaskrawo. Unosił się tam bez ruchu, przez nic niepodtrzymywany. Nie lampa ani żarówka, po prostu mała kula czystego światła.

Wydawało się to niemożliwe. A jednak tam było. Światło po prostu się pojawiło, gdy Sam go potrzebował, a potem już zostało.

Dotknął kuli. Jego palce przeszły przez nią i odczuł jedynie lekkie ciepło.

– Tak, Sam – szepnął do siebie. – Ciągle tu jest.

Astrid i Quinn myśleli, że wszystko zaczęło się dzisiaj, ale Sam wiedział, jak było naprawdę. Zwykłe życie zaczęło się rozpadać osiem miesięcy temu. Na chwilę znowu powróciła normalność. A później pojawiło się światło.

Czternaście lat normalności w życiu Sama. A potem normalność zaczęła wypadać z szyn.

Dzisiaj zaś rozbiła się i spłonęła.

– Sam?

Astrid wołała go z salonu. Zerknął na drzwi, niespokojny, że wejdzie i zobaczy. Pospiesznie zrobił, co się dało, by znów zakryć światło, po czym wrócił do pozostałych.

– Twoja mama pisała na laptopie – stwierdziła Astrid.

– Pewnie sprawdzała maile.

Gdy jednak usiadł przy stole i popatrzył na ekran, zobaczył otwarty dokument Worda, a nie okno przeglądarki.

Był to pamiętnik. Zaledwie trzy akapity.

> *To się stało ostatniej nocy. Chciałabym opowiedzieć o tym G. Ale pomyślałaby, że zwariowałam. Mogłabym stracić pracę. Uznałaby, że biorę narkotyki. Gdybym mogła rozstawić wszędzie kamery, zdobyłabym jakiś dowód. Ale nie mam dowodu, a „matka" C. jest bogata i hojna dla CA. Wyleciałabym za drzwi. Nawet gdybym powiedziała komuś całą prawdę, wzięliby mnie za histeryczkę.*
>
> *Prędzej czy później C. albo któryś z pozostałych zrobi coś poważnego. Komuś stanie się krzywda. Jak S. z T.*
>
> *Może przycisnę C. Nie sądzę, żeby się przyznał. Czy gdyby wiedział wszystko, sprawiłoby to jakąś różnicę?*

Sam wpatrywał się w dokument. Nie został zapisany na dysku. Przejrzał pulpit na ekranie i znalazł folder oznaczony jako „Dziennik". Kliknął na niego. Okazał się chroniony hasłem. Gdyby matka zapisała tę ostatnią stronę, także ona stałaby się niedostępna.

„CA" – to było proste. Coates Academy. A „G" oznaczało zapewne dyrektorkę szkoły, Grace. „S" – też łatwe: Sam. Ale kim był „C"?

Jedna linijka zdawała się pulsować, gdy na nią patrzył: „Jak S. z T.".

Astrid czytała mu przez ramię. Starała się czynić to dyskretnie, ale wyraźnie zerkała na ekran. Zamknął laptop.

– Chodźmy.

– Dokąd? – spytał Quinn.

– Wszędzie, byle dalej stąd – odparł Sam.

ROZDZIAŁ 4
297 GODZIN, **40** MINUT

– Chodźmy na rynek – powiedział Sam. Zatrzasnął za sobą drzwi domu i zamknął je na klucz, który następnie wsunął do kieszeni dżinsów. Jeśli ktokolwiek coś wie albo jeśli zostali jacyś dorośli, trzeba ich szukać właśnie tam.

Perdido Beach leżało na cyplu na południowy zachód od przybrzeżnej autostrady. Od północnej strony drogi wyrastały wzgórza o barwie suchego brązu, przetykanego zielenią. Ciąg ich grzbietów dochodził do morza na północny zachód i południowy wschód od miasta, ograniczając dostęp do tego wybrzuszenia lądu.

Perdido Beach miało zaledwie nieco ponad trzystu mieszkańców – a teraz jeszcze znacznie mniej. Najbliższy supermarket znajdował się w San Luis, a najbliższe duże centrum handlowe trzydzieści kilometrów dalej. W północnej części miasteczka góry dochodziły tak blisko do morza, że nie było miejsca na budynki, z wyjątkiem wąskiego pasa, gdzie wznosiła się elektrownia atomowa. Dalej rozciągał się park narodowy, las prastarych sekwoi.

Perdido Beach pozostało sennym miasteczkiem prostych, obsadzonych drzewami ulic i – głównie starszych – tynkowanych domów parterowych w stylu hiszpańskim, o dachach płaskich albo skośnych, krytych pomarańczową dachówką. Większość ludzi miała trawniki, równo przystrzyżone i zielone. Maleńkie centrum wokół rynku obsadzono palmami. Obok znajdowały się prostokątne miejsca parkingowe.

Perdido Beach miało hotel wypoczynkowy na południu, Coates Academy na wzgórzach i elektrownię, ale poza tym mieściło się tutaj ledwie parę firm: sklep z narzędziami Ace, McDonald's, kawiarnia o nazwie Bean There, bar kanapkowy Subway, kilka sklepów spożywczych i jeden warzywny, a także stacja benzynowa Chevron przy autostradzie.

Im bardziej Sam, Astrid i Quinn zbliżali się do rynku, tym więcej napotykali dzieciaków, zmierzających w tę samą stronę. Zupełnie jakby wszystkie dzieci w miasteczku doszły do wniosku, że chcą być razem. Może szukały czegoś, co by je zjednoczyło, a może sprawiła to dojmująca samotność w domach, w których atmosfera przestała być nagle domowa.

Pół przecznicy dalej Sam poczuł zapach dymu i zobaczył uciekające dzieci.

Rynek stanowił niewielką, otwartą przestrzeń, rodzaj parku ze spłachetkami trawy i fontanną na środku, która niemal nigdy nie działała. Były tu ławki i brukowane chodniki, a także kosze na śmieci. U szczytu placu stały obok siebie skromny ratusz i kościół. Rynek okalały sklepy, niektóre zamknięte od lat. Nad częścią sklepów znajdowały się mieszkania. Dym wydobywał się z okna mieszkania na drugim piętrze nad zamkniętą kwiaciarnią i obskurną agencją ubezpieczeniową. Gdy Sam zatrzymał się, zdyszany, z okna w górze strzelił pomarańczowy płomień.

Kilkadziesiąt dzieciaków stało i patrzyło. Ten tłum wydał się chłopakowi bardzo dziwny. Po chwili pojął, dlaczego: nie było w nim dorosłych, jedynie dzieci.

– Ktoś tam jest? – zawołała Astrid. Nikt nie odpowiedział.

– Ogień może się rozprzestrzenić.

– Nie można zadzwonić pod 112 – ktoś zauważył.

– Jeśli się rozprzestrzeni, może się spalić pół miasta.

– Widzisz gdzieś strażaka? – Bezradne wzruszenie ramion.

Przedszkole stało ściana w ścianę ze sklepem z narzędziami i jedynie wąski zaułek oddzielał oba budynki od pożaru. Sam doszedł do wniosku, że mają dość czasu, by zabrać dzieci z przedszkola, o ile będą działać szybko, ale na stratę sklepu z narzędziami nie mogli sobie pozwolić.

Przynajmniej czterdzieścioro dzieciaków stało obok i się gapiło. Najwyraźniej nikt nie zamierzał nic robić.

– Świetnie – powiedział Sam. Złapał dwóch chłopaków, których trochę znał. – Wy idźcie do przedszkola. Powiedzcie, żeby zabrać stamtąd maluchy.

Tamci patrzyli na niego bez ruchu.

– No już. Idźcie. Zróbcie to! – nakazał ostrzej, a oni ruszyli biegiem.

Wskazał dwóch innych.

– Ty i ty. Lećcie do sklepu żelaznego, weźcie najdłuższy wąż, jaki znajdziecie. I końcówkę do niego. Zdaje się, że w tym zaułku jest kranik. Zacznijcie lać wodę na ścianę sklepu z narzędziami i na dach.

Wbili w niego tępy wzrok.

– Chłopaki, nie jutro, tylko teraz. No już! Biegiem! Quinn? Lepiej idź z nimi. Trzeba zmoczyć ściany sklepu, bo wiatr przeniesie ogień w tamtą stronę.

Quinn się zawahał.

Dzieciaki tego nie rozumiały. Jak mogły nie widzieć, że muszą coś zrobić, zamiast stać z założonymi rękami?

Sam przepchnął się na czoło zgromadzenia.

– Ej, słuchajcie, to nie Disney Channel. Nie możemy po prostu patrzeć, co się dzieje. Nie ma dorosłych. Nie ma straży pożarnej. To my jesteśmy strażą pożarną.

Wśród zebranych był Edilio.

– Sam ma rację – przytaknął. – Czego ci potrzeba, Sam? Jestem z tobą.

– Dobra. Quinn? Węże ze sklepu z narzędziami. Edilio? Weźmy grube węże z remizy i podłączmy je do hydrantu.

– Będą ciężkie. Potrzebuję paru silnych gości.

– Ty, ty, ty, ty. – Sam kolejno łapał ich za ramiona i potrząsał. – Chodźcie. Ty. Ty. Jazda!

I wtedy rozległo się zawodzenie.

Sam zamarł.

– Ktoś tam jest – jęknęła jakaś dziewczyna.

– Cicho – syknął i wszyscy umilkli, wsłuchując się w ryk i trzask płomieni, odległe wycie autoalarmów, a potem krzyk:

– Mamusiu!

I znowu:

– Mamusiu!

Ktoś zaczął falsetem przedrzeźniać ten głos:

– Mamusiu, boję się.

Był to Orc, którego cała sytuacja najwyraźniej naprawdę bawiła. Inni odsunęli się od niego.

– Co? – spytał.

Howard, który nigdy nie odstępował go na krok, wyszczerzył się szyderczo.

– Spokojnie. Sam Autobus nas wszystkich uratuje. Prawda, Sam?

– Edilio. Idź – powiedział cicho Sam. – Przynieś, co tylko się da.

– Stary, nie możesz iść tam na górę – stwierdził Edilio. – W remizie powinni mieć butle tlenowe i w ogóle. Czekaj, wszystko przyniosę. – Już biegł, gnając przed sobą grupkę silnych chłopców.

– Ej, tam na górze! – krzyknął Sam. – Możesz podejść do drzwi albo do okna?

Patrzył w górę, wyciągając szyję. Budynek miał sześć okien od frontu i jedno z boku, od strony zaułka. Ogień buchał z najdalszego okna po lewej, ale teraz dym zaczął się dobywać także z drugiego z okien. Pożar się rozprzestrzeniał.

– Mamusiu! – krzyknął głos. Był czysty, niezdławiony dymem. Jeszcze nie.

– Jeśli chcesz tam iść, owiń sobie głowę. – Astrid podała mu wilgotną chustkę, którą od kogoś pożyczyła i zmoczyła.

– Czy ja powiedziałem, że tam wchodzę? – spytał.

– Nie zrób sobie krzywdy – odparła.

– Dobra rada – zauważył oschłym tonem i owinął sobie mokrą tkaninę wokół głowy, osłaniając usta i nos.

Złapała go za ramię.

– Słuchaj, Sam, to nie ogień zabija ludzi, tylko dym. Jeśli wciągniesz za dużo dymu, twoje płuca spuchną i napełnią się płynem.

– A ile to jest za dużo? – spytał głosem stłumionym przez chustkę.

Uśmiechnęła się.

– Nie wiem wszystkiego.

Chciał złapać ją za rękę. Bał się. Potrzebował kogoś, kto dodałby mu odwagi. Ale to nie był właściwy moment. Zdobył się więc na wątły, drżący uśmiech i powiedział:

– Raz kozie śmierć.

– Dawaj, Sam! – zawołał jakiś krzepiący głos. Po chwili z tłumu podniósł się chór zachęcających okrzyków.

Wejście do budynku było otwarte. W środku widniały skrzynki na listy, tylne drzwi kwiaciarni oraz ciemne, wąskie schody, wiodące na górę.

Sam dotarł niemal do szczytu schodów, gdy natknął się na ścianę gęstego, kłębiącego się dymu. Mokra tkanina w niczym nie pomogła. Jeden wdech i już opadł na kolana, krztusząc się i dławiąc. Zaczęły go szczypać oczy, w jednej chwili pełne napływających łez.

Klęcząc, natrafił na więcej powietrza.

– Ej, słyszysz mnie? – wychrypiał. – Krzycz, muszę cię usłyszeć.

„Mamusiu" zabrzmiało teraz słabo, z korytarza po lewej, prowadzącego do drugiej części budynku. Może dzieciak wyskoczy z okna i ktoś go złapie, powiedział sobie Sam. Głupotą byłoby narażać się na śmierć, jeśli maluch mógł po prostu wyskoczyć.

Smród dymu był nieznośny, ohydny i wszechobecny. Zawierał w sobie coś kwaśnego, jakby mieszał się z zapachem zsiadłego mleka.

Sam nie podnosząc się z kolan, popełzł korytarzem. Było dziwnie. Niesamowicie. Złachmaniony chodnik pod nim wyglądał tak zwyczajnie: przyblakły orientalny wzór, postrzępione krawędzie, trochę okruszków i zdechły karaluch. Żarówka powyżej paliła się, sącząc blade światło przez złowrogą szarość.

Dym kłębił się powoli i opadał, zmuszając go, by szukał powietrza coraz niżej.

Musiało tu być sześć albo siedem mieszkań. Nie wiedział, które było właściwe, bo dziecko już nie krzyczało. Ale pożar wybuchł zapewne w najbliższym mieszkaniu z prawej. Dym wydobywał się spod tych drzwi, gęsty, szybki i gwałtowny niczym górski potok. Miał do dyspozycji czas mierzony w sekundach, a nie minutach.

Położył się na plecach. Dym, sączący się spod drzwi, przypominał odwrócony wodospad, wznoszący się kaskadą do góry. Kopnął w drzwi, ale nic to nie dało. Zamek znajdował się wyżej. Jego kopniak tylko wstrząsnął drzwiami. Aby je wyważyć, musiał wstać, prosto w ten zabójczy dym.

Bał się. Ogarnęła go wściekłość. Gdzie ludzie, którzy powinni zająć się ogniem? Gdzie dorośli? Dlaczego on musiał to robić? Był tylko dzieckiem. I dlaczego nikt inny nie okazał się na tyle szalony, żeby wbiec do płonącego budynku?

Był wściekły na nich wszystkich, a jeśli Quinn miał rację, że sprawił to Bóg – był też wściekły na Boga.

Ale jeśli sprawił to Sam... jeśli on zapoczątkował te wszystkie wydarzenia... to nie powinien wściekać się na nikogo z wyjątkiem siebie.

Wciągnął tyle powietrza, ile mógł, zerwał się na nogi i rzucił się na drzwi jednym gwałtownym ruchem.

Znów nic.

Jeszcze raz.

Nic.

Teraz musiał już odetchnąć, po prostu musiał, ale dym był wszędzie, w jego nosie, w oczach, oślepiał go. Uderzył jeszcze raz i wtedy drzwi się otworzyły, a on upadł na podłogę, twarzą w dół.

Dym, uwięziony w pomieszczeniu, wyleciał na korytarz, zakotłował się na zewnątrz niczym lew, który wyrwał się z klatki. Przez kilka sekund na poziomie podłogi pojawiła się smużka powietrza i Sam zaczerpnął tchu. Musiał się wysilić, by natychmiast nie wykrztusić powietrza z powrotem. Gdyby to zrobił, umarłby, dobrze o tym wiedział.

Na sekundę w mieszkaniu zrobiło się trochę jaśniej. Przypominało to niewielką dziurę w chmurach, kuszącą kawałkiem czystego nieba przed ponownym zaciągnięciem kotary.

Dziecko leżało na podłodze, dławiąc się i kasząc. Po prostu małe dziecko, dziewczynka, najwyżej pięcioletnia.

– Jestem – zacharczał Sam zduszonym głosem.

Musiał wyglądać przerażająco. Potężny kształt, spowity dymem, z zasłoniętą twarzą, z osmalonymi włosami i skórą.

Pewnie wyglądał jak potwór. To było jedyne wyjaśnienie.

Bo dziewczynka, ta przerażona, ogarnięta paniką dziewczynka, uniosła obie ręce i z jej pulchnych rączek wystrzeliły strugi czystego ognia.

Ogień. Tryskający z małych rączek.

Ogień!

Wymierzony w niego.

Płomień o włos minął Sama. Z szumem strzelił obok jego głowy i trafił w ścianę z tyłu. Jak napalm, zagęszczona benzyna, płynny ogień, przylgnął do muru i zapłonął w jednej chwili z szaleńczą natarczywością.

Sam przez sekundę mógł się tylko gapić, oniemiały.

Szaleństwo.

Absurd.

Dziewczynka krzyknęła z przerażeniem i znowu podniosła ręce. Tym razem nie spudłuje.

Tym razem go zabije.

Nie myśląc, reagując bezwiednie, Sam wyciągnął rękę. Błysnęło światło, jasne niczym eksplodująca gwiazda.

Mała padła na plecy.

Sam podpełzł do niej, drżący, ze ściśniętym żołądkiem. Chciał krzyczeć i powtarzał w myślach: nie, nie, nie, nie.

Wziął dziewczynkę w ramiona. Bał się, że odzyska przytomność, a jednocześnie bał się, że jej nie odzyska. Wstał.

Ściana po jego prawej zaczęła zapadać się do środka niczym rwący się karton. Odpadał tynk, odsłaniając strukturę ściany, deski i kantówki. Wewnątrz płonął ogień.

Fala gorąca, jak po otwarciu piekarnika, wstrząsnęła chłopakiem. Astrid mówiła, że to nie ogień zabija. Najwyraźniej nie widziała tego ognia i nie przypuszczała, że małe dziecko może strzelać płomieniami z rąk.

Sam trzymał dziecko w ramionach. Ogień za plecami i po prawej palił mu rzęsy, parzył ciało.

Okno na wprost.

Rzucił się naprzód. Upuścił małą jak worek ziemniaków i walnął w okno obiema dłońmi. Dym kłębił się wokół, gnany płomieniami w stronę nowego źródła tlenu.

Sam na oślep odszukał dziewczynkę w mroku. Podniósł ją i nagle, niczym cud, ujrzał parę rąk, czekających, by złapać małą. Te ręce, wyłaniające się z dymu, wyglądały niemal nadnaturalnie.

Sam osunął się na parapet, na wpół wychylony przez okno. Ktoś go złapał, wyciągnął i zsunął po aluminiowej drabinie. Jego głowa uderzała o szczebelki, ale w najmniejszym stopniu mu to nie przeszkadzało, bo wokół było światło i powietrze, a przez zmrużone, załzawione oczy widział błękitne niebo.

Edilio i chłopak o imieniu Joel zanieśli Sama na chodnik.

Ktoś polał go wodą z węża. Myśleli, że się pali, czy jak? A może się palił?

Otworzył usta i łapczywie łykał zimną wodę, obmywającą mu twarz.

Ale nie był w stanie zachować przytomności. Odpłynął. Unosił się na plecach na łagodnych falach.

Była tam jego matka. Siedziała w wodzie tuż obok. Opierała podbródek na kolanach. Nie patrzyła na niego.

– Co? – spytał.
– Pachniało jak pieczony kurczak – powiedziała.
– Co? – powtórzył.
Matka wyciągnęła rękę i mocno plasnęła go twarz. Otworzył oczy.
– Przepraszam – powiedziała Astrid. – Musiałam cię obudzić.
Uklękła przy nim i przyłożyła mu coś do ust. Plastikową maskę. Tlen.
Zakaszlał i odetchnął. Ściągnął maskę i zwymiotował na chodnik, zgięty w pół niczym pijak w zaułku.
Astrid dyskretnie odwróciła wzrok. Później będzie się wstydził. Teraz cieszył się, że zwymiotował.
Zaczerpnął więcej tlenu.
Quinn trzymał ogrodowy szlauch. Edilio popędził przykręcić jeden z większych węży do hydrantu. Woda pociekła cienką strużką, a potem, gdy Edilio popracował kluczem z długą rączką i całkowicie otworzył hydrant, trysnęła niczym gejzer. Chłopcy, trzymający końcówkę węża, musieli się z nią zmagać, jakby walczyli ze wściekłym pytonem. W innej sytuacji byłoby to zabawne.
Sam usiadł. Nadal nie mógł mówić.
Skinął głową w stronę, gdzie kilkoro dzieciaków przyklękło wokół małej podpalaczki. Była czarna, nie tylko z powodu swojej rasy, ale także warstwy pokrywającej skórę sadzy. Włosy z jednej strony miała wypalone. Z drugiej widniał mysi ogonek, związany różową gumką.
Sam wiedział, poznał to po pełnych powagi pozach dzieci. Wiedział, ale i tak musiał spytać. Głos miał cichy i chrapliwy.
Astrid pokręciła głową.
– Przykro mi.
Skinął głową.

— Pewnie jej rodzice zostawili zapaloną kuchenkę, kiedy zniknęli — powiedziała dziewczyna. — Najpewniej właśnie to wywołało pożar. Albo papieros.

Nie, pomyślał Sam. Nie, to było coś innego.

Dziewczynka miała moc. Tę samą moc, co Sam, a przynajmniej podobnego rodzaju.

Moc, której w panice użył, by stworzyć niesamowite światło.

Moc, którą raz wykorzystał i omal kogoś nie zabił.

Moc, którą właśnie posłużył się znowu, pieczętując los osoby, którą tak bardzo starał się uratować.

Nie był jedyny. Nie tylko on był dziwolągiem. Oprócz niego była — być może już nie — przynajmniej jedna osoba.

Z jakiegoś powodu ta myśl wcale go nie pocieszała.

ROZDZIAŁ 5
291 GODZIN, **07** MINUT

Nad Perdido Beach zapadła noc.

Latarnie uliczne włączyły się automatycznie. W niewielkim tylko stopniu rozpraszały ciemność, rzucały za to głębokie cienie na przestraszone twarze.

Po rynku kręciła się niemal setka dzieci. Wydawało się, że każde ma batonik i napój gazowany. Splądrowano mały sklep, ten, w którym sprzedawano głównie piwo i chipsy kukurydziane. Sam zgarnął batonik PayDay i napój Dr Pepper. Wszystkie batoniki Reese, Twix i Snickers rozeszły się, zanim dotarł na miejsce. Zostawił na ladzie dwa dolary jako zapłatę. Pieniądze zniknęły po paru sekundach.

Zanim pożar stracił impet, spłonęła połowa budynku mieszkalnego. Dach się zapadł. Wyglądało na to, że parter przetrwa, choć sklepy zupełnie poczerniały od wewnątrz. Dym unosił się teraz w smużkach, a nie w kłębach, i wszędzie panował okropny smród.

Ale sklep z narzędziami i przedszkole zostały ocalone.

Ciało dziewczynki wciąż leżało na chodniku. Ktoś nakrył je kocem. Sam był mu za to wdzięczny.

Wraz z Quinnem siedzieli na trawie blisko środka placu, koło nieczynnej fontanny. Quinn kołysał się w przód i w tył, obejmując ramionami kolana.

Skacząca Bette podeszła bliżej i stanęła zakłopotana przed Samem. Był z nią jej młodszy braciszek.

– Sam, myślisz, że mogą bezpiecznie iść do mojego domu? Musimy coś zabrać.

Wzruszył ramionami.

– Bette, wiem tyle samo, co ty.

Skinęła głową, zawahała się przez chwilę i odeszła.

Wszystkie ławki w parku były zajęte. Niektóre z nich zajęły rodzeństwa. Umocowały jakieś prześcieradła do oparć i poręczy, tworząc prowizoryczne namioty. Wiele dzieci wróciło do swoich pustych domów, inne jednak lepiej czuły się w grupie. Niektóre znajdowały w tłumie pocieszenie. Inne chciały po prostu na bieżąco wiedzieć, co się dzieje.

Dwójka dzieciaków, których Sam nie znał, zapewne piątoklasistów, podeszła, by spytać:

– Wiesz, co się stanie?

Pokręcił głową.

– Nie. Nie wiem.

– Co powinniśmy zrobić?

– Chyba po prostu na trochę tu zostać, wiecie?

– Znaczy tutaj?

– Albo wracajcie do domów. Prześpijcie się we własnych łóżkach. Co wam bardziej odpowiada.

– Nie boimy się ani nic w tym stylu.

– Nie? – spytał Sam z powątpiewaniem. – Ja tak się boję, że się zmoczyłem.

Jeden z tamtych uśmiechnął się.

– Nieprawda.

– Masz rację. Ale nie wstyd się bać, to nic złego. Każdy się tu boi.

Podobne sytuacje zdarzały się co chwila. Dzieciaki podchodziły do Sama i zadawały mu pytania, na które nie znał odpowiedzi.

Chciał, żeby przestały.

Orc i jego koledzy wyciągnęli krzesła ogrodowe ze sklepu z narzędziami i usadowili się dokładnie pośrodku tego miejsca, które kiedyś było najruchliwszym skrzyżowaniem w Perdido Beach. Siedzieli tuż pod sygnalizatorem, na którym nadal na przemian zapalało się to zielone, to żółte, to znów czerwone światło.

Howard krzyczał na jakiegoś niskiej rangi przybocznego lizusa, który zapalił podpałkę do grilla i usiłował zrobić ognisko. Ekipa Orca przyniosła ze sklepu parę drewnianych trzonków od siekier oraz kijów bejsbolowych i bezskutecznie usiłowała je podpalić.

Wzięli także metalowe pałki i młotki. Trzymali je przy sobie.

Sam nie poruszył tematu dziewczynki, która wciąż leżała na chodniku. Gdyby o niej wspomniał, miałby obowiązek coś zrobić. Wykopać grób i ją pochować. Przeczytać fragment Biblii albo coś powiedzieć. Tymczasem nie znał nawet jej imienia. Podobnie jak pozostali.

– Nie mogę go znaleźć. – Był to głos Astrid, która pojawiła się po przynajmniej godzinnej nieobecności. Poszła szukać swojego braciszka. – Pete'a tu nie ma. Nikt go nie widział.

Sam podał jej napój gazowany.

– Masz. Zapłaciłem. A dokładniej: próbowałem.

– Normalnie nie piję takich rzeczy.

– A czy tu jest „normalnie"? – warknął Quinn.

Nie patrzył na nią. Oczy miał niespokojne, jego wzrok prześlizgiwał się z osoby na osobę, z przedmiotu na przedmiotu. Wyglądał jak spłoszony ptak, ani na chwilę nie nawiązywał kontaktu wzrokowego. Bez okularów przeciwsłonecznych i fedory wydawał się dziwnie nagi.

Sam martwił się o niego. Zwykle to on, Sam, a nie Quinn, bywał przesadnie poważny.

Astrid nie zwróciła uwagi na nieuprzejmość Quinna.

– Dzięki, Sam – powiedziała. Wypiła pół puszki, ale nie usiadła. – Dzieciaki mówią, że to wojskowym coś poszło nie tak. Albo że to terroryści. Albo kosmici. Albo Bóg. Mnóstwo teorii. Zero odpowiedzi.

– A ty w ogóle wierzysz w Boga? – spytał Quinn. Dążył do kłótni.

– Tak, wierzę – odparła. – Ale nie w takiego, który bez powodu sprawia, że ludzie znikają. Bóg powinien być miłością. To mi nie wygląda na miłość.

– To wygląda jak najgorszy piknik świata – stwierdził Sam.

– To się chyba nazywa wisielczy humor – powiedziała dziewczyna. Zauważywszy puste spojrzenia Sama i Quinna, dodała: – Przepraszam. Mam ten denerwujący zwyczaj analizowania, co mówią inni. Albo się do tego przyzwyczaicie, albo dojdziecie do wniosku, że nie możecie mnie znieść.

– Przychylam się do drugiej opcji – mruknął Quinn.

– Co to jest wisielczy humor? – spytał Sam.

– No wiesz, od wisielca na szubienicy. Czasami ludzie, kiedy się denerwują albo czegoś boją, zaczynają żartować. – A potem dodała, z lekkim żalem: – Oczywiście, niektórzy, kiedy się denerwują albo boją, stają się pedantyczni. A jeśli nie wiesz, co to znaczy „pedantyczny", podpowiem ci. W słowniku moje zdjęcie stanowi ilustrację tego pojęcia.

Sam roześmiał się.

Zbliżył się do nich chłopczyk, najwyżej pięcioletni, trzymający pluszowego misia o smutnych oczach.

– Wiecie, gdzie jest moja mama?

— Nie, mały. Przykro mi — powiedział Sam.
— Możecie do niej zadzwonić? — Głos malca drżał.
— Telefony nie działają — odparł Sam.
— Nic nie działa — wypalił Quinn. — Nic nie działa i jesteśmy tu zupełnie sami.
— Wiesz, co myślę? — zwrócił się do chłopczyka Sam. — Myślę, że w przedszkolu mają ciastka. To zaraz naprzeciwko. Widzisz?
— Nie wolno mi przechodzić przez ulicę.
— Możesz to zrobić. Będę patrzył, dobra?

Mały stłumił szloch, a potem ruszył w stronę przedszkola, ściskając misia.

— Dzieci do ciebie przychodzą, Sam — odezwała się Astrid. — Mają nadzieję, że coś zrobisz.
— Co mam zrobić? Mogę najwyżej zaproponować, żeby zjadły ciastko — odrzekł nieco zbyt ostrym tonem.
— Uratuj je, Sam — wtrącił gorzkim tonem Quinn. — Uratuj je wszystkie.
— Boją się, tak jak my — stwierdziła Astrid. — Nikt nie rządzi, nie mówi innym, co mają robić. Wyczuwają w tobie przywódcę. Liczą na ciebie.
— Nie jestem żadnym przywódcą. Boję się tak samo, jak reszta. Jestem tak samo zagubiony.
— Wiedziałeś, jak się zachować, kiedy mieszkanie się paliło — przypomniała.

Sam zerwał się na nogi. Kierowały nim nerwy, ale nagły ruch przyciągnął spojrzenia dziesiątek dzieci w pobliżu. Wszystkie patrzyły na niego tak, jakby miał zaraz czegoś dokonać. Poczuł, że ściska go w żołądku. Nawet Quinn patrzył na niego wyczekująco.

Sam zaklął pod nosem. A potem zaczął mówić, na tyle głośno, by jego słowa dało się usłyszeć w promieniu kilku metrów.

– Słuchajcie, musimy się trzymać. Ktoś się zorientuje, co się stało, i nas znajdzie, nie? Więc po prostu się uspokójmy, nie róbmy nic głupiego, pomagajmy sobie nawzajem i spróbujmy być dzielni.

Sam zdziwił się, słysząc szmer głosów, powtarzających jego słowa, przekazujących je dalej, jakby była to jakaś genialna wypowiedź.

– Jedynym, czego powinniśmy się bać, jest sam strach – szepnęła Astrid.

– Co?

– Tak powiedział prezydent Roosevelt, kiedy cały kraj się bał z powodu Wielkiego Kryzysu – wyjaśniła.

– Wiesz – odezwał się Quinn – jedyną zaletą tej sytuacji było to, że urwałem się z lekcji historii. Teraz lekcja historii przyszła do mnie.

Sam roześmiał się. Nie była to może wielka pociecha, ale dobrze było wiedzieć, że Quinn wciąż ma poczucie humoru.

– Muszę znaleźć swojego brata – oznajmiła Astrid.

– Gdzie on może być? – spytał Sam.

Wzruszyła bezradnie ramionami. Zdawało się, że marznie w cienkiej bluzce. Sam żałował, że nie ma kurtki, którą mógłby jej dać.

– Gdzieś z moimi rodzicami. Najprawdopodobniej tam, gdzie pracuje tata albo gdzie mama gra w tenisa. W Clifftop.

Clifftop był to hotel tuż przy plaży, gdzie Sam najbardziej lubił surfować. Chłopak nigdy nie był w środku ani nawet na terenie hotelu.

– Myślę, że raczej Clifftop – stwierdziła Astrid. – Głupio mi pytać, ale pójdziecie ze mną?

– Teraz? – spytał Quinn z niedowierzaniem. – W nocy?

Sam wzruszył ramionami.

– To lepsze niż siedzieć tutaj. Może znajdziemy tam telewizor.

57

Quinn westchnął.

– Słyszałem, że w Clifftop mają świetne jedzenie. I pierwszorzędną obsługę. – Wyciągnął rękę i Sam pomógł mu wstać.

Szli przez tłum. Dzieciaki wołały Sama i pytały, co się dzieje oraz co mają robić. A on odpowiadał:

– Trzymajcie się. Będzie dobrze. Po prostu cieszcie się wakacjami. Cieszcie się batonikami, dopóki możecie. Rodzice niedługo wrócą i wszystko wam zabiorą.

A dzieci kiwały głową, śmiały się albo nawet dziękowały, jakby coś im dał.

Usłyszał, że powtarzają jego imię. Dobiegły go strzępki rozmów. „Byłem wtedy w autobusie". Albo: „Stary, wbiegł prosto do tego budynku". Albo: „Widzisz, powiedział, że będzie dobrze".

Ściśnięty żołądek bolał go coraz bardziej. Wiedział, że wyjście w noc przyniesie mu ulgę. Chciał się oddalić od wszystkich tych przerażonych twarzy, które czegoś od niego oczekiwały.

Podeszli do obozowiska Orca na skrzyżowaniu. Niemrawe ognisko trzaskało, topiąc asfalt pod żarem. W wypełnionym lodem kubełku spoczywał sześciopak piwa Coors. Jeden z kumpli Orca, wielkolud o twarzy dziecka, zwany Cookie, wydawał się zamroczony.

– Ej! Dokąd się wybieracie? – spytał Howard, gdy podeszli bliżej.

– Na spacer – odrzekł Sam.

– Dwaj głupi surferzy i geniusz?

– Zgadza się. Nauczymy Astrid surfować. Masz z tym problem?

Howard roześmiał się i przyjrzał Samowi od stóp do głów.

– Myślisz, że tu rządzisz, co, Sam? Sam Autobus. Wielka mi rzecz. Nie robisz na mnie wrażenia.

– Szkoda, bo przez całe życie marzę tylko o tym, żeby zrobić na tobie wrażenie – odparł.

Howard wykrzywił twarz.

– Musisz nam coś przynieść.

– O czym ty mówisz?

– Nie chcę, żeby Orcowi było przykro – wyjaśnił Howard. – Niezależnie od tego, po co idziecie, część powinniście przynieść jemu.

Orc rozparł się w skradzionym krześle, wyciągnął nogi i ledwie zwracał na nich uwagę. Jego wzrok, którego nigdy nie umiał skupić na dłużej w jednym miejscu, teraz też przenosił się to tu, to tam. Mruknął jednak:

– Tak.

W chwili, gdy się odezwał, kilku chłopaków z jego ekipy zainteresowało się grupką Sama. Jeden, wysoki i chudy, nazywany Pandą z uwagi na ciemno podkrążone oczy, groźnie uderzył metalową pałką o asfalt.

– Czyli jesteś wielkim bohaterem? – stwierdził.

– Zmień płytę – odparł Sam.

– Nie, nie Sammy, on nie uważa, że jest od nas lepszy. – Howard wyszczerzył się. Zaczął parodiować zachowanie Sama podczas pożaru. – Ty weź wąż, ty zabierz dzieciaki, zrób to, zrób tamto, ja tu dowodzę, jestem... Sam, Sam Surfer.

– Pójdziemy już – oznajmił Sam.

– Ajajaj – odrzekł Howard i teatralnym gestem wskazał sygnalizator świetlny w górze. – Poczekaj na zielone.

Przez kilka pełnych napięcia sekund Sam zastanawiał się, czy powinien wdać się w bójkę, czy raczej jej uniknąć. Po chwili światło się zmieniło, a Howard roześmiał się i ich przepuścił.

ROZDZIAŁ 6

290 GODZIN, **07** MINUT

Przez jakiś czas nikt nic nie mówił.

Ulica pustoszała i ciemniała. W końcu doszli do drogi na plażę.

– Fale dziwnie brzmią – zauważył Quinn.

– Płasko – zgodził się Sam. Miał poczucie, jakby śledziło go wiele oczu, mimo że znalazł się już daleko od placu.

– Jeszcze jak płasko, bracie – odparł Quinn. – Jakby było lustro. Ale front niskiego ciśnienia jest blisko. Miała na dłużej przyjść duża fala. A tymczasem słychać raczej jezioro.

– Prognozy pogody nie zawsze się spełniają – stwierdził Sam. Uważnie nasłuchiwał. Quinn lepiej niż on odczytywał warunki atmosferyczne. Zdawało się, że rytm fal niesie w sobie coś dziwnego, ale Sam nie był tego pewien.

Choć tu i ówdzie, po lewej stronie, połyskiwały światła – domów, dalej latarń – było jednak ciemniej niż zazwyczaj. Wciąż jeszcze trwał wczesny wieczór, najwyżej pora kolacji. Wszędzie powinny palić się światła. Tymczasem widno było tylko tam, gdzie oświetleniem sterowały włączniki czasowe albo gdzie światło zostawiano na cały dzień.

W jednym z domów migotała niebieska poświata z telewizora. Gdy Sam zajrzał przez okno, zobaczył dwoje dzieci, jedzących chipsy i gapiących się na szumiący na ekranie śnieg.

Zniknęły normalne odgłosy tła, drobne dźwięki, które ledwie się zauważało – dzwoniące telefony, silniki samochodów, rozmowy. Słyszeli każdy swój krok. Każdy oddech. Gdy jakiś pies zaczął szaleńczo szczekać, wszyscy podskoczyli.

– Kto nakarmi tego psa? – odezwał się Quinn.

Nikt nie znał odpowiedzi. W całym miasteczku było mnóstwo psów i kotów. W pustych domach bez wątpienia przebywały też niemowlęta. Wszystkiego było zbyt wiele. Zbyt wiele problemów do rozwiązania.

Sam spojrzał w stronę wzgórz, odruchowo mrużąc oczy przed światłami. Czasami, gdy zapalano jupitery na boisku, dawało się dostrzec odległe światła z Coates Academy. Ale nie tego wieczoru. Teraz po tamtej stronie pozostał tylko mrok.

Jakaś część Sama nie mogła się pogodzić z myślą, że jego matka zniknęła. Ta część chciała wierzyć, że kobieta tam jest, w pracy, jak każdego innego wieczoru.

– Gwiazdy zostały na swoich miejscach – odezwała się Astrid. A po chwili dodała: – Zaraz. Nie. Są gwiazdy w górze, ale nie ma tych tuż nad horyzontem. Zdaje się, że Wenus powinna niedługo zachodzić. Nie ma jej.

Cała trójka zatrzymała się, spoglądając w stronę oceanu. Stali nieruchomo. Słyszeli jedynie łagodną, rytmiczną regularność plusku fal.

– Zabrzmi to dziwnie, ale horyzont znajduje się wyżej, niż powinien – zauważyła Astrid.

– Obserwował ktoś zachód słońca? – spytał Sam.

Okazało się, że nikt.

– Chodźmy dalej – powiedział Sam. – Trzeba było wziąć rowery albo deskorolki.

– Czemu nie samochód? – spytał Quinn.

– Umiesz prowadzić? – odpowiedział pytaniem Sam.
– Widziałem, jak to się robi.
– Widziałam w telewizji operację na otwartym sercu – wtrąciła Astrid. – To nie oznacza, że będę próbowała ją przeprowadzić.
– Oglądasz w telewizji operacje serca? – zainteresował się Quinn. – To wiele wyjaśnia.

Droga skręcała, oddalając się od brzegu w stronę Clifftop. Jasno świecił dyskretny neon z nazwą hotelu, rozciągnięty w poprzek drogi między starannie przyciętymi żywopłotami. Eleganckie wejście frontowe rozświetlone było niczym na Boże Narodzenie. W hotelu bardzo wcześnie zawieszono sznury migoczących lampek.

Obok stał pusty samochód z otwartymi drzwiami oraz bagażnikiem. Na wózku hotelowego boya leżały walizki.

Gdy podeszli bliżej, automatyczne drzwi rozsunęły się szeroko.

Hol był przestronny, z wygiętym w łuk kontuarem z polerowanego jasnego drewna i terakotową posadzką. Lśniące mosiężne okucia prowadziły wzrok w stronę pogrążonego w cieniu baru. W rzędzie wind jedna była otwarta, jakby czekała.

– Nikogo nie widać – odezwał się Quinn przygnębionym szeptem.

– Nie – przyznał Sam. W barze znajdował się wyłączony telewizor. W recepcji nikogo nie było, w holu ani w barze też nie. Po posadzce niósł się pogłos ich kroków.

– Na kort tenisowy tędy – Astrid poprowadziła ich za sobą. – Pewnie tam była moja mama i mały Pete.

Korty były oświetlone, ale nie dobiegał z nich odgłos piłek, uderzanych rakietami. W ogóle nie rozlegał się żaden dźwięk.

Wszyscy troje zobaczyli to w tej samej chwili.

Dokładnie przez środek najdalszego kortu, przecinając ładnie utrzymany teren i dzieląc na pół basen, przebiegała bariera.

Ściana.

Lekko migotała.

Trudno było stwierdzić czy jest przezroczysta, bo sączące się przez nią światło było mleczne, nieostre i wcale nie jaśniejsze od otoczenia. Ściana zdawała się mieć lekko lustrzaną powierzchnię, trochę jak mrożone szkło. Nie wydawała żadnego odgłosu. Nie wibrowała. Zdawało się niemal, że pochłania dźwięki.

Może to tylko taka membrana, pomyślał Sam. Gruba na milimetr. Coś, co pęknie jak balon po dotknięciu palcem. A może to w ogóle jedynie iluzja. Ale instynkt, lęk, poczucie pustki w żołądku – wszystko to mówiło mu, że patrzy na ścianę. Nie na iluzję, nie na kotarę, ale na ścianę.

Bariera pięła się w górę i stopniowo bladła na tle nocnego nieba. Rozciągała się jak okiem sięgnąć w prawo i w lewo. Nie przeświecały przez nią żadne gwiazdy, ponad nią gwiazdy pojawiały się znowu.

– Co to jest? – spytał Quinn. W jego głosie pobrzmiewała trwoga.

Astrid pokręciła tylko głową.

– Co to jest? – powtórzył Quinn z większym naciskiem.

Powolnymi krokami zbliżyli się do bariery. Byli gotowi uciec w każdej chwili, ale odczuwali potrzebę, by podejść bliżej.

Wkroczyli na ogrodzony siatką teren i ruszyli przez kort. Bariera przecinała siatkę, która zaczynała się słupkiem, a kończyła rozmigotaną pustką przeszkody.

Sam pociągnął siatkę. Ani drgnęła. Mimo że szarpał z całej siły, z bariery nie wysuwał się ani kawałek sznurka.

– Ostrożnie – szepnęła Astrid.

Quinn cofnął się, pozwalając Samowi objąć dowodzenie.

– Ma rację, bracie, uważaj.

Sam stał zaledwie półtora metra od ściany z wyciągniętymi rękami. Zawahał się. Zauważył na ziemi zieloną piłkę tenisową i po chwili ją podniósł.

Rzucił w kierunku bariery.

Odbiła się.

Złapał piłkę w locie i obejrzał. Żadnych śladów. Żadnych znaków, które świadczyłyby o tym, że zrobiła coś więcej, niż tylko się odbiła.

Zrobił trzy ostatnie kroki i tym razem już bez wahania przycisnął palce do bariery.

– Aaa! – Oderwał momentalnie dłoń.

– Co? – spytał Quinn.

– Zapiekło. Oj, stary. Boli. – Potrząsnął ręką, by uśmierzyć ból.

– Pokaż – zażądała Astrid.

Wyciągnął rękę.

– Teraz już nie boli.

– Nie widać żadnego oparzenia – stwierdziła, obracając jego dłoń.

– Nie – zgodził się Sam. – Ale wierzcie mi, nie chcecie tego dotykać.

Sam odczuwał dotyk Astrid jak swoiste porażenie prądem. Miała zimne palce. To mu się podobało.

Quinn wziął krzesło, stojące przy jednej z linii bocznych. Było to ciężkie krzesło z kutego żelaza. Uniósł je wysoko, po czym uderzył nogami w barierę.

Bariera nie ustąpiła.

Uderzył znowu, jeszcze mocniej, tak mocno, że odrzuciło go w tył.

Bariera nie ustąpiła.

I nagle Quinn zaczął krzyczeć, przeklinać, szaleńczo tłukąc krzesłem w barierę.
Sam nie mógł podejść na tyle blisko, by go powstrzymać i przy tym nie oberwać. Położył rękę na ramieniu Astrid.
– Pozwól mu się wyładować.
Quinn raz za razem walił krzesłem w barierę. Na gładkiej powierzchni nie pojawił się żaden ślad.
W końcu opuścił krzesło, usiadł na asfalcie, złapał się za głowę i zawył.

W McDonald'sie paliło się jasne światło, gdy do środka wszedł Albert Hillsborough. Wył alarm przeciwpożarowy. Pojedyncze dźwięki, biiip, biiip, biiip, natarczywie domagały się uwagi pomiędzy głośniejszymi, gniewniejszymi jękami alarmu.
Dzieciaki wślizgnęły się za ladę, by wziąć pączki i duńskie ciasteczka. Pudło z zabawkami do zestawu Happy Meal, nawiązującymi do filmu, którego Albert jeszcze nie widział, leżało otwarte, dookoła poniewierały się rozrzucone zabawki. W pojemniku nie było frytek, ale na podłodze walało się ich całkiem sporo.
Albert czuł się nieco skrępowany, gdy podchodził do drzwi kuchni i próbował je otworzyć. Były zamknięte na klucz. Wrócił i przeskoczył ladę.
Miał wrażenie, że bezprawnie przebywa po drugiej stronie kontuaru.
Kosz spalonych, czarnych frytek spoczywał w rozgrzanym oleju. Albert znalazł ręcznik, złapał kosz za uchwyt i wyjął go z tłuszczu. Umieścił go na uchwycie, by olej spłynął, jak należy. Frytki smażyły się od rana.
– Chyba są już gotowe – mruknął sam do siebie.
Timer nie przestawał piszczeć. Chwilę mu to zajęło, ale wreszcie znalazł właściwy guzik i nacisnął. Jeden z dźwięków umilkł.

Na grillu leżały trzy małe, czarne ciasteczka. Hamburgery, które – podobnie jak frytki – smażyły się o jakieś dziesięć godzin za długo.

Znalazł łopatkę, podniósł hamburgery i wrzucił do kosza. Mięso już dawno przestało dymić, ale w pobliżu nie było nikogo, kto mógłby wyłączyć alarm przeciwpożarowy. Albert potrzebował kilku minut, by wymyślić, jak wspiąć się na górę, nie lądując przy tym na rozpalonym grillu, i nacisnąć przycisk.

Cisza przyniosła mu wręcz fizycznie odczuwaną ulgę.

– Od razu lepiej. – Albert zszedł na dół. Zastanawiał się, czy powinien wyłączyć frytkownice i grill. Tak byłoby najbezpieczniej. Wszystko wyłączyć i wyjść na zewnątrz. Na pogrążony w mroku plac, gdzie gromadziły się dzieciaki, przestraszone, wypatrujące ratunku, który nie nadchodził. Ale tak naprawdę nikogo tam nie znał.

Albert miał czternaście lat i był najmłodszy z sześciorga rodzeństwa. A także najmniejszy. Jego trzej bracia i dwie siostry mieli od piętnastu do dwudziestu siedmiu lat. Sprawdził już w domu i żadnego z nich tam nie było. Wózek inwalidzki matki okazał się pusty. Podobnie jak kanapa, na której zwykle odpoczywała, oglądając telewizję i narzekając na bóle pleców. Pozostał tylko jej koc, nic poza tym.

Dziwnie się czuł, gdy był sam nawet przez chwilę. Gdy żaden apodyktyczny brat ani siostra nie mówili mu, co ma robić. Nie mógł sobie przypomnieć, kiedy ostatni raz nikt nim nie dyrygował.

Teraz wszedł do kuchni w McDonald'sie i czuł się tu bardziej sam, niż potrafił to sobie wyobrazić.

Znalazł zamrażarkę. Pociągnął za duży, chromowany uchwyt, a stalowe drzwi otworzyły się z sykiem i podmuchem zimnej pary.

Wewnątrz ujrzał metalowe półki, na nich wyraźnie oznakowane pudła z hamburgerami, duże foliowe torby z kawałkami kurczaka i frytkami. Mniejsze pudełka zawierały ciasteczka. Najwięcej było hamburgerów.

Podszedł do chłodni, nie tak zimnej i nieskazitelnej jak zamrażarka, za to ciekawszej. Czekały tu pokryte folią tace z plastrami pomidorów, torby z sałatą, duże plastikowe tuby z sosem do Big Maców, majonezem i keczupem, opakowania plasterków żółtego sera.

Znalazł niewielką świetlicę, przystrojoną plakatami o zasadach bezpieczeństwa, z dwujęzycznymi napisami, po angielsku i hiszpańsku. Pod ścianą ustawiono wielkie pudła z papierowymi kubkami i opakowaniami z woskowanego papieru, a także nijakie, metalowe walce, wypełnione ekstraktem coca coli.

Dalej, przy tylnych drzwiach, stały wysokie regały na kółkach, zastawione bułkami i babeczkami.

Wszystko miało swoje miejsce. Wszystko było uporządkowane i czyste, choć z tłustym połyskiem.

W pewnej chwili – Albert nie zauważył, w którym dokładnie momencie – przestał postrzegać wszystkie zgromadzone produkty jako ciekawostkę, a zaczął w nich widzieć zapasy. W umyśle przeliczał pojedyncze składniki na Big Maki, kanapki z kurczakiem, McMuffiny z jajkiem.

Jego siostra, Rowena, nauczyła go gotować. Przy niepełnosprawnej matce musieli umieć dbać o siebie. Rowena pełniła nieoficjalną funkcję kucharki do dwunastych urodzin Alberta, kiedy część kuchennych obowiązków przeszła na niego.

Umiał upichcić ryż z czerwoną fasolą, ulubione danie mamy. Umiał robić hot dogi, a także tosty z bekonem. Nigdy nie przyznał się Rowenie, ale lubił gotować. Było to znacznie lepsze niż sprzątanie, którym, niestety, wciąż musiał się zajmować, choć był teraz dodatkowo odpowiedzialny za wieczorne posiłki w piątki i soboty.

Kierownik McDonald'sa miał niewielki gabinet, drzwi były otwarte na oścież. W środku znajdowało się małe biurko, zamknięty sejf, telefon, komputer i półka na ścianie, uginająca się pod ciężarem kilku grubych podręczników.

Usłyszał jakiś dźwięk. Głosy. A potem uderzenie o pojemnik ze słomkami i natychmiastowe przeprosiny. Dwóch siódmoklasistów opierało się o ladę i patrzyło w górę, na tablicę z menu, jakby chcieli coś zamówić.

Albert wahał się, ale tylko przez chwilę. Powiedział sobie, że da radę, niemal zaskoczony własnym pomysłem.

– Witamy w McDonald's – powiedział. – Czym mogę służyć?

– Jest otwarte?

– Czego sobie życzycie?

Tamci wzruszyli ramionami.

– Dwa zestawy numer jeden?

Albert spojrzał na klawiaturę komputera. Był to gąszcz oznaczonych kolorami guzików.

– A co do picia?

– Pomarańczową fantę?

– Już się robi – powiedział Albert. Znalazł kotlety hamburgerów w szufladzie chłodziarki pod grillem. Wydały przyjemny odgłos, gdy rzucił je na ruszt.

Na półce dostrzegł papierową czapeczkę. Włożył ją na głowę.

Podczas gdy mięso skwierczało, otworzył gruby podręcznik i zaczął szukać w indeksie hasła „frytki".

ROZDZIAŁ 7
289 GODZIN, **45** MINUT

Lana leżała w ciemności i patrzyła na gwiazdy.

Nie widziała już sępów, choć nie odleciały daleko. Kilka próbowało wylądować w pobliżu, ale Patrick je przepłoszył. Wiedziała jednak, że ciągle tam są. Bała się. Bała się śmierci. Bała się, że już nigdy nie zobaczy mamy i taty, którzy pewnie nawet nie wiedzieli, że zaginęła. Co wieczór dzwonili do dziadka Luke'a i z nią rozmawiali, powtarzali, że ją kochają... a przy tym nie pozwalali wrócić do domu.

– Chcemy, żebyś odpoczęła od miasta, kochanie – mówiła matka. – Musisz mieć czas, żeby pomyśleć i oczyścić umysł.

Lana była wściekła na rodziców. Zwłaszcza na matkę. Gniew palił tak gorąco, że niemal przyćmiewał ból.

Ale nie do końca. Nie na długo. Ból stał się teraz całym jej światem. Ból i strach.

Zastanawiała się, jak może wyglądać. Tak naprawdę nigdy nie była ładna – uważała, że jej oczy są zbyt małe, a ciemne włosy zbyt proste, by cokolwiek z nimi zrobić. Ale teraz, gdy twarz pokryła się siniakami, skaleczeniami i zakrzepłą krwią, przypominała pewnie stwora z horroru.

Gdzie był dziadek Luke? Ledwie pamiętała tych kilka sekund przed kraksą, a wspomnienie samego zdarzenia stało się mglistą plamą, porwanymi obrazami przestrzeni, wirującej wokół jej obijanego ciała.

To wszystko było pogmatwane. Nie miało sensu. Jej dziadek po prostu zniknął z samochodu. Najpierw był, a w następnej chwili już go nie było. Nie przypominała sobie, by drzwi otworzyły się albo zamknęły, zresztą czemu staruszek miałby wyskoczyć?

Wariactwo.

Niemożliwe.

Jednego była pewna: z ust dziadka nie padło ani słowo ostrzeżenia. W mgnieniu oka zniknął, a ona poleciała w przepaść.

Lana odczuwała dojmujące pragnienie. Najbliższym znanym jej miejscem, gdzie mogła się napić, było ranczo. Zapewne dzieliło ją od niego najwyżej półtora kilometra. Gdyby jakoś wydostała się na drogę... Ale nawet za dnia i w pełni sił taka wspinaczka graniczyłaby z niemożliwością.

Lekko uniosła pulsującą bólem głowę, odwróciła się, aż zobaczyła pickupa. Leżał ledwie parę metrów dalej, kołami do góry, wyraźnie widoczny na tle gwiazd.

Coś przemknęło po jej szyi. Patrick usiadł, skupiony na cichych słowach Lany.

– Nie pozwól, żeby coś mnie dorwało, piesku – poprosiła.

Patrick szczeknął, tak jak miał to w zwyczaju, kiedy chciał się bawić.

– Nie mam dla ciebie nic do jedzenia – powiedziała. – Nie wiem, co się z nami stanie.

Położył się z powrotem, opierając głowę na łapach.

– Pewnie mama będzie zadowolona – mruknęła. – Pewnie będzie bardzo zadowolona, że kazała mi tu przyjechać.

Nie zauważyłaby lśniących w ciemnościach oczu, ale Patrick błyskawicznie się zerwał, zjeżył sierść i zawarczał tak, jak nigdy jeszcze nie słyszała.

– Co się dzieje, piesku?

Zielone oczy, unoszące się nad ziemią, bezcielesne. Patrzyły prosto na nią. Mrugnęły niespiesznie, po czym znów się otworzyły.

Patrick szczekał jak szalony, skacząc w przód i w tył.

Puma ryknęła. Dźwięk był szorstki, głęboki, warkotliwy.

– Odejdź! – krzyknęła Lana. – Zostaw mnie! – Jej głos brzmiał żałośnie, słaby i świadomy swojej słabości.

Patrick podbiegł z powrotem do Lany, a potem odwrócił się, znów zebrawszy się na odwagę i stanął naprzeciwko drapieżnika.

Błyskawicznie rozpętała się walka, eksplozja warkotów, psich i kocich, mocnych, budzących grozę dźwięków. W pół minuty było po wszystkim i połyskujące oczy pumy pojawiły się znowu nieco dalej. Mrugnęły, popatrzyły przez chwilę i już ich nie było.

Patrick wrócił powoli. Przycupnął ciężko obok dziewczyny.

– Dobry piesek, dobry piesek – zagruchała. – Przepędziłeś tę starą pumę, prawda? Dobry piesek. Dobry.

Patrick niemrawo zamerdał ogonem.

– Zrobiła ci krzywdę, piesku?

Sprawną ręką przeciągnęła po psim grzbiecie. Sierść okazała się mokra, śliska w dotyku. Mogła to być tylko krew. Zaczęła macać dokładniej. Patrick zaskamlał z bólu.

I wtedy poczuła strużkę krwi. Pies miał w szyi głęboką ranę. Krew wypływała z niej w rytmie uderzeń serca, a wraz z nią z czworonoga uchodziło życie.

– Nie, nie, nie! – zawołała Lana. – Nie możesz umrzeć. Nie możesz umrzeć.

Gdyby umarł, została by sama na pustyni, niezdolna nawet do ruchu. Sama.

Puma wróci.

A potem sępy.

Nie. Nie. Do tego nie może dojść.

Nie.

Strachu nie dało się powstrzymać, stłumić go rozsądnymi argumentami, stawić mu oporu. Lana zaczęła krzyczeć z przerażenia.

— Mamusiu! Mamusiu! Mamusiu! Chcę do mamy! Na pomoc, niech ktoś mi pomoże! Mamusiu, przepraszam, przepraszam, chcę do domu, chcę do domu!

Szlochała i bełkotała, a samotność i strach stały się jeszcze bardziej dojmujące niż ból w poobijanym ciele. Dławiły ją w płucach.

Była sama. Sama ze swoim bólem. A wkrótce zęby pumy...

Patrick musiał żyć. Musiał. Tylko on jej został.

Przytuliła psa najmocniej, jak mogła, by ból nie odebrał jej przy tym świadomości. Położyła dłoń na jego ranie i przycisnęła na tyle mocno, na ile starczyło jej odwagi.

Zatamuje krew.

Przytrzyma go i nie pozwoli, by uszło z niego życie.

Zatrzyma to życie w nim, a wtedy pies nie umrze.

Ale krew wciąż ciekła między jej palcami.

Skupiła całą swoją uwagę na zachowaniu przytomności, by tamować krew i trzymać przyjaciela przy życiu.

— Dobry piesek — wyszeptała spierzchniętymi wargami.

Walczyła ze snem. Ale pragnienie i głód, ból i lęk, samotność i panika — tego było dla niej zbyt wiele. Po dłuższej chwili Lana zasnęła.

Sam, Quinn i Astrid spędzili znaczną część nocy na poszukiwaniu małego Pete'a w hotelu. Astrid rozpracowała hotelowy system zabezpieczeń i zrobiła plastikową kartę--klucz, otwierającą wszystkie drzwi.

Sprawdzali każdy pokój. Nie znaleźli ani brata Astrid, ani nikogo innego.

Zmęczeni, zatrzymali się w ostatnim pokoju, który przecinała bariera. Zupełnie jakby pośrodku pokoju ktoś wzniósł ścianę.

– Przechodzi przez telewizor – zauważył Quinn. Wziął pilota i nacisnął czerwony guzik włącznika. Nic się nie stało.

Odezwała się Astrid:

– Chciałabym wiedzieć, jak to wygląda po drugiej stronie bariery. Czy czyjaś połowa telewizora właśnie się tam włączyła?

– Jeśli tak, może będą mi mogli powiedzieć, czy Lakersi wygrali – mruknął pod nosem Quinn, nikomu jednak, włącznie z nim samym, nie było do śmiechu.

– Twój brat jest pewnie bezpieczny po drugiej stronie bariery, Astrid – odezwał się Sam. – Z twoją mamą, prawdopodobnie – uzupełnił.

– Tego nie wiem – warknęła. – Muszę założyć, że jest sam, bezradny i że tylko ja mogę mu pomóc.

Skrzyżowała ręce i mocno ścisnęła.

– Przepraszam. Zabrzmiało, jakbym była na ciebie zła – powiedziała po chwili.

– Nie. Zabrzmiało, jakbyś była po prostu zła. Nie na mnie – odparł Sam. – Dziś nie zrobimy nic więcej. Już prawie północ. Chyba powinniśmy wrócić do tego dużego pokoju, który mijaliśmy.

Astrid skinęła głową, a Quinn wyglądał, jakby miał się zaraz przewrócić. Znaleźli apartament. Był tam obszerny balkon, z którego rozciągał się widok na ocean w dole. Po lewej stronie wszystko zasłaniała bariera. Sięgała daleko w morze, tak daleko, że nie widzieli jej końca. Wyglądała jak ciągnący się od hotelu mur. Nieskończony mur.

W skład apartamentu wchodził pokój z podwójnym łóżkiem i drugi, z dwoma pojedynczymi. Wszystko wyglądało luksusowo. Był też chłodzony barek z alkoholem, piwem, zimnymi napojami, orzeszkami, Snickersem, czekoladą Toblerone i paroma innymi przekąskami.

– Pokój chłopaków – wymamrotał Quinn, po czym padł twarzą na jedno z pojedynczych łóżek. W ciągu kilku sekund już spał.

Sam i Astrid przez chwilę stali na balkonie, dzieląc się czekoladą. Oboje długo się nie odzywali.

– Jak myślisz, co to jest? – spytał w końcu Sam. Nie musiał wyjaśniać, co ma na myśli.

– Chwilami mam wrażenie, że to sen – odrzekła. – Dziwne, że nikt się nie pojawił. Znaczy, powinno się tu roić od żołnierzy, naukowców i dziennikarzy. Nagle znikąd pojawia się przedziwna ściana, większość ludzi w mieście znika i nie ma żadnych wozów transmisyjnych?

Sam doszedł już w tej kwestii do pewnego ponurego wniosku. Zastanawiał się, czy doszła do niego i Astrid.

Owszem.

– Nie sądzę, żeby to była prosta ściana, która odcina nas od południa, wiesz? Myślę, że bariera zatacza koło. Może nas otaczać ze wszystkich stron. W sumie, skoro nikt nie przybył nam na ratunek, wydaje mi się to bardzo prawdopodobne. A tobie?

– Mnie też. Jesteśmy w pułapce. Ale dlaczego? I dlaczego zniknęli wszyscy, którzy skończyli piętnaście lat?

– Nie wiem.

Pozwolił, by milczenie trochę się przeciągnęło. Nie chciał zadawać następnego pytania, które przyszło mu do głowy, niepewny, czy chce usłyszeć odpowiedź. W końcu odezwał się:

– Co się dzieje, kiedy ktoś kończy piętnaście lat?

Zwróciła na niego swoje niebieskie oczy, a on odpowiedział spojrzeniem.

– Kiedy masz urodziny, Sam?

– Dwudziestego drugiego listopada – odparł. – Pięć dni przed Świętem Dziękczynienia. Za dwanaście dni. Nie, tylko jedenaście, jeśli już po północy. A ty?

– Dopiero w marcu.

– Marzec bardziej mi się podoba. Albo lipiec czy sierpień. Pierwszy raz żałuję, że nie jestem młodszy.

Aby nie patrzyła na niego tak, jak patrzyła, i aby mu nie współczuła, ciągnął:

– Myślisz, że oni jeszcze gdzieś żyją?

– Tak.

– Myślisz tak dlatego, że naprawdę tak myślisz, czy dlatego, że chcesz, żeby żyli?

– Tak – powtórzyła i uśmiechnęła się. – Sam?

– Aha.

– Byłam tego dnia w autobusie szkolnym. Pamiętasz?

– Niezbyt – parsknął śmiechem. – Moje piętnaście minut sławy.

– Byłeś najdzielniejszą, najfajniejszą osobą, jaką kiedykolwiek znałam. Wszyscy tak uważali. Zostałeś bohaterem całej szkoły. A potem... nie wiem. Tak jakbyś... przygasł.

Trochę go to zabolało. Przecież wcale nie przygasł.

– Wiesz, kierowcy nie dostają zawału co drugi dzień – stwierdził.

Roześmiała się.

– Myślę, że jesteś jednym z takich ludzi, którzy radzą sobie w życiu po prostu... żyjąc. A potem dzieje się coś złego, a ty przy tym jesteś. Wychodzisz z szeregu i robisz, co należy. Jak dzisiaj, przy tym pożarze.

– No, prawdę mówiąc, wolę tę drugą część. Tę, w której po prostu żyję własnym życiem.

Astrid skinęła głową, jakby zrozumiała, ale potem powiedziała:
- Tym razem tak nie będzie.
Zwiesił głowę i popatrzył na trawnik. Po kamiennej alejce wędrowała jaszczurka. Szybko, wolno, szybko... a potem zniknęła.
- Słuchaj, nie spodziewaj się po mnie zbyt wiele, dobra?
- Dobra, Sam. - Wypowiedziała te słowa, ale nie tak, jak chciała. - Jutro to wszystko rozgryziemy.
- I znajdziemy twojego brata.
- I znajdziemy mojego brata.
Odwróciła się. Sam został na balkonie. Nie słyszał fal. Wiał bardzo słaby wietrzyk. Czuł jednak zapach kwiatów w ogrodzie poniżej. Słona woń Pacyfiku też się nie zmieniła.

Powiedział Astrid, że się boi, i była to prawda. Ale kłębiły się w nim też inne uczucia. Przesycała go pustka zbyt cichej nocy. Był sam. Nawet w towarzystwie Astrid i Quinna - był sam. Wiedział coś, czego oni nie wiedzieli.

Zmiana była tak poważna, że nie potrafił ogarnąć jej umysłem.

Wszystkie fakty łączyły się ze sobą, był tego pewien. To, co zrobił ojczymowi, to, co nastąpiło w jego pokoju, to, co się stało z małą podpalaczką, zniknięcie wszystkich powyżej piętnastego roku życia i ta nieprzenikniona, niesamowita bariera - wszystko stanowiło elementy tej samej układanki.

I pamiętnik jego matki, tak, on też.

Czuł się zalękniony, przytłoczony, samotny. Choć w pewnym sensie mniej samotny niż w ostatnich miesiącach. Władająca ogniem dziewczynka stanowiła dowód, że nie tylko on dysponuje mocą.

Nie był jedynym dziwolągiem.

Uniósł ręce i popatrzył na swoje dłonie. Różowa skóra, zgrubienia od smarowania deski surfingowej, linia życia, linia przeznaczenia. Po prostu dłoń.

Jak? Jak to się stało?

Co oznaczało?

A jeśli nie był jedyny, to czy ponosił odpowiedzialność za tę katastrofę?

Wyciągnął ręce w stronę bariery, jakby chciał jej dotknąć.

W chwili paniki mógł stworzyć światło. W chwili paniki mógł spalić czyjąś rękę. Ale na pewno nie mógł spowodować całej tej sytuacji.

Ta myśl przyniosła mu ulgę. Nie, nie zrobił tego.

Ale ktoś zrobił. Lub coś.

ROZDZIAŁ 8
287 GODZIN, **27** MINUT

– Nie ruszaj się, próbuję ci zmienić pampersa – zwróciła się Mary Terrafino do małej dziewczynki.
– To nie pampers – odparła mała. – Pieluchy są dla dzidziusiów. To majteczki do treningu czystości.
– Przepraszam – powiedziała Mary. – Nie wiedziałam.
Skończyła naciągać majteczki i uśmiechnęła się, ale dziewczynka zalała się łzami.
– Mamusia zawsze wkłada mi majteczki.
– Wiem, skarbie – odparła Mary. – Ale dzisiaj robię to ja, dobra?
Sama miała ochotę się rozpłakać. Tak bardzo jak jeszcze nigdy dotąd. Zapadła noc. Ona i jej dziewięcioletni brat John rozdali ostatnie serowe krakersy Goldfish. Rozdali wszystkie kartoniki z sokiem. Niemal skończyły im się pieluchy. Przedszkole Barbara's nie było przystosowane do całodobowej opieki nad dziećmi. Mieli do dyspozycji ograniczony zapas pieluch.
W większym z dwóch pomieszczeń przebywało dwadzieścioro ośmioro dzieci. Pilnowali ich Mary i John oraz dziesięciolatka o imieniu Eloise, która miała na oku głównie

swojego czteroletniego braciszka. Eloise była dość odpowiedzialna. Parę innych dzieciaków nie umiało poradzić sobie z sytuacją i po prostu porzuciło rodzeństwo, nawet nie próbując zostać i pomóc.

Mary i John rozpuścili mleko w proszku i napełnili butelki. Robili posiłki z tego, co znaleźli w przedszkolu, i ze wszystkiego, co udało się Johnowi zdobyć. Czytali na głos książki z obrazkami. W kółko puszczali płyty z piosenkami Raffiego.

Mary milion razy wypowiedziała słowa: „Nie martw się, wszystko będzie dobrze". Wielokrotnie przytulała każde z dzieci, zdawało się wręcz, że stoi przy taśmie produkcyjnej i rozdaje uściski.

Mimo to dzieci wciąż płakały, tęskniąc do matek. Wciąż pytały: „Kiedy przyjdzie moja mama? Czemu jej tu nie ma? Gdzie jest?". Rozdrażnionymi i przestraszonymi głosikami domagały się: „Chcę być z mamą. Chcę do domu. Teraz".

Mary aż się trzęsła z wyczerpania.

Opadła na bujany fotel i omiotła pomieszczenie wzrokiem. Łóżeczka. Maty na podłodze. Tu i tam skulone dzieci. Większość z nich spała. Z wyjątkiem dwuletniej dziewczynki, która nie przestawała płakać. I maleństwa, które raz po raz wpadało w spazmatyczny szloch.

Jej brat John walczył ze snem, co i rusz podrywał głowę, by za chwilę opuścić ją niżej... jeszcze niżej. Siedział skulony na krześle po drugiej stronie sali, bujając prowizoryczną kołyskę, będącą tak naprawdę podłużną żardinierą, zabraną ze sklepu z narzędziami. Pochwyciła jego wzrok i powiedziała:

– Jestem z ciebie taka dumna, John.

Posłał jej swój charakterystyczny, słodki uśmiech i Mary omal nie pękła. Wargi jej zadrżały, a do oczu napłynęły łzy. Ściskało ją w gardle i odczuwała ból w piersi.

– Chcę siusiu! – zawołał jakiś głos.

Mary zlokalizowała jego źródło.

– Chodź, Cassie, pójdziemy – powiedziała. Łazienka znajdowała się tuż przy sali. Mary poszła pierwsza, a potem zaczekała, opierając się o ścianę. Po wszystkim podtarła małej pupę.

– Moja mama zawsze to robi – stwierdziła Cassie.
– Wiem, skarbie.
– Mama zawsze tak do mnie mówi.
– Skarbie? Chcesz, żebym nazywała cię inaczej?
– Nie. Ale chcę wiedzieć, kiedy mama przyjdzie. Tęsknię za nią. Zawsze ją przytulam, a ona mnie całuje.
– Wiem. Ale dopóki nie wróci, może ja cię pocałuję?
– Nie. Tylko mama.
– Dobrze, skarbie. Wracaj do łóżka.

Po powrocie do sali Mary podeszła do Johna.

– Hej, braciszku. – Zmierzwiła mu rude loki. – Wszystko nam się kończy. Rano będziemy mieli kłopot. Muszę iść i zobaczyć, co da się znaleźć. Możesz tu zostać przez jakiś czas?

– Tak. Mogę dalej podcierać tyłki.

Mary wyszła w noc, na pogrążony w ciszy plac. Kilkoro dzieciaków spało na ławkach. Inne tłoczyły się w niewielkich grupkach przy latarkach. Zauważyła Howarda, przechadzającego się z napojem Mountain Dew w jednej ręce i kijem bejsbolowym w drugiej.

– Widziałeś Sama? – spytała Mary.
– A czego chcesz od Sama?
– Nie mogę się zajmować wszystkimi tymi maluchami, kiedy pomaga mi tylko John.

Howard wzruszył ramionami.

– A kto cię prosił?

Tego było za wiele. Mary była wysoka i silna. Howard, choć chłopak, nie dorównywał jej wzrostem. Postąpiła dwa kroki w jego stronę i przybliżyła twarz do jego twarzy.

– Słuchaj, gnojku. Bez opieki te dzieci umrą. Rozumiesz? Są tam niemowlęta, które trzeba karmić i przewijać, i chyba tylko ja zdaję sobie z tego sprawę. A pewnie jeszcze więcej małych dzieci jest w domach, zupełnie samych. Nie wiedzą, co się dzieje, nie wiedzą, co jeść, są śmiertelnie przerażone.

Howard cofnął się o krok, niepewnie podniósł kij, by po chwili go opuścić.

– To co mam robić? – wystękał.
– Ty? Nic. Gdzie Sam?
– Poszedł.
– Jak to poszedł?
– Znaczy on, Quinn i Astrid poszli.

Mary zamrugała oczami. Czuła się kompletnie głupia.

– Kto dowodzi?
– Myślisz, że jak Sam co parę lat lubi zgrywać wielkiego bohatera, to zaraz dowodzi?

Mary była w autobusie dwa lata temu, kiedy kierowca, pan Colombo, miał atak serca. Siedziała z nosem utkwionym w książce i nie zwracała na nic uwagi, ale podniosła wzrok, poczuwszy, że pojazd gwałtownie skręca. Zanim zorientowała się w sytuacji, Sam prowadził już autobus i zjeżdżał powoli na pobocze.

Przez kolejne dwa lata Sam był tak cichy, tak skromny i tak wycofany z życia szkolnej społeczności, że Mary jakby zapomniała o tej chwili heroizmu. Podobnie jak większość ludzi.

A jednak wcale nie była zaskoczona, gdy to właśnie Sam wystąpił z szeregu podczas pożaru. I w pewnym sensie przyjęła za pewnik, że jeśli ktoś ma dowodzić, to jest to właśnie on. Poczuła gniew, że teraz go tu nie ma. Potrzebowała pomocy.

– Idź i przyprowadź Orca – poleciła.
– Nie mówię Orcowi, co ma robić, suko.

- Słucham? – warknęła. – Jak mnie nazwałeś?
Howard przełknął ślinę.
- OK, nie miałem nic złego na myśli, Mary.
- Gdzie Orc?
- Chyba śpi.
- Obudź go. Potrzebuję pomocy. Nie mogę dłużej czuwać. Potrzebuję przynajmniej dwóch osób z doświadczeniem w opiece nad dziećmi. A poza tym pieluch, butelek, smoczków, jakichś płatków i mleka.
- Dlaczego miałbym to wszystko zrobić?

Nie miała na to odpowiedzi.

- Nie wiem – przyznała. – Może dlatego, że nie jesteś ostatnią szują? Może tak naprawdę jesteś porządnym człowiekiem?

W odpowiedzi doczekała się sceptycznego spojrzenia i szyderczego parsknięcia.

- Słuchaj, dzieciaki zrobią, co Orc każe – wyjaśniła Mary. – Boją się go. Proszę tylko o to, żeby Orc zachowywał się jak Orc.

Howard zastanowił się. Niemal widziała w jego głowie kółka wirujących myśli.

- Dobra, nieważne – powiedziała. – Pogadam o tym z Samem, jak wróci.
- Jasne, to wielki bohater, nie? – odparł z sarkazmem.
- Ale zaraz, gdzie on jest? Widzisz go?
- Pomożesz mi czy nie? Muszę wracać.
- Dobra. Skołuję te rzeczy. Ale lepiej pamiętaj, kto ci pomógł. Pracujesz dla Orca i dla mnie.
- Opiekuję się małymi dziećmi. Jeśli dla kogoś pracuję, to dla nich.
- Mówię wyraźnie, pamiętaj, kto był gotów do pomocy, kiedy jej potrzebowałaś. – Odwrócił się na pięcie i oddalił dumnym krokiem.

– Dwoje opiekunów i jedzenie – zawołała za nim.

Wróciła do budynku. Troje dzieci płakało i lada chwila także inne mogły wybuchnąć płaczem. John skakał od kołyski do maty na podłodze.

– Wróciłam – powiedziała Mary. – Prześpij się, John.

John po prostu padł. Zachrapał, zanim jeszcze legł na podłodze.

– Już w porządku – zwróciła się do pierwszego rozpłakanego dziecka. – Wszystko będzie dobrze.

ROZDZIAŁ 9
277 GODZIN, **06** MINUT

Sam spał w ubraniu i obudził się zbyt wcześnie. Spędził noc na kanapie w dużym pokoju hotelowego apartamentu. Podczas biwaków na plaży przekonał się, że Quinn mówi przez sen. Zamrugał powiekami i zobaczył Astrid, smukły cień na tle słońca. Stała przy oknie, ale patrzyła na niego. Szybko wytarł usta w poduszkę.

– Przepraszam, zaśliniłem się przez sen.

– Nie chciałam cię budzić, ale spójrz na to.

Zza górskiego grzbietu nad miastem wzeszło poranne słońce. Jego promienie, które skrzyły się i tańczyły na wodzie, zdawały się niezdolne, by dotknąć szarości bariery. Zakrzywiała się, sięgając daleko w morze, niczym wyłaniający się z wody mur.

– Jaką ma wysokość? – zastanawiał się na głos Sam.

– Powinnam umieć to obliczyć – stwierdziła Astrid. – Mierzysz od podstawy ściany do pewnego punktu, potem określasz kąt i... nieważne. Musi mieć przynajmniej kilkadziesiąt metrów. Znajdujemy się na wysokości trzech pięter, a do krawędzi jeszcze daleko. O ile jest jakaś krawędź.

– Jak to „o ile jest jakaś krawędź"?

– Nie mam pewności. Nie bierz zbyt poważnie niczego, co mówię. Po prostu głośno myślę.

– Więc myśl na tyle głośno, żebym usłyszał – zaproponował Sam.

Wzruszyła ramionami.

– Dobra. Może nie być krawędzi. Może to nie mur, tylko kopuła.

– Ale widzę niebo – sprzeciwił się Sam. – Widzę chmury. Przesuwają się.

– Racja. No to wyobraź sobie coś takiego: trzymasz w ręce kawałek czarnego szkła. Takie bardzo duże, bardzo ciemne szkło z okularów przeciwsłonecznych. Obracasz je w jedną stronę i staje się nieprzejrzyste. Obracasz w inną i wygląda jak lustro. Patrzysz w nie prosto i niemal widzisz światło, które przez nie przechodzi. Wszystko zależy od kąta i...

– Słyszycie to? – spytał Quinn. Podszedł znienacka drapiąc się w kroczu.

Sam zaczął uważnie nasłuchiwać.

– Silnik. I to niedaleko.

Wybiegli z pokoju, pognali po schodach na dół i przez podwójne drzwi wypadli na hotelowy dziedziniec. Pobiegli za róg, z powrotem na kort tenisowy.

– To Edilio. Ten nowy – powiedział Sam.

Edilio Escobar siedział w otwartej kabinie małej, żółtej koparki. Patrzyli, jak podjeżdża pod barierę i opuszcza łyżkę. Łyżka przebiła trawę i uniosła w górę grudę ziemi.

– Próbuje zrobić podkop – Quinn puścił się biegiem i pod wpływem impulsu wskoczył do koparki. Edilio zerwał się, ale z uśmiechem usiadł z powrotem.

Wyłączył silnik.

– Cześć. Pewnie to zauważyliście, co? – Kciukiem wskazał barierę. – Przy okazji, nie dotykajcie.

Sam smętnie pokiwał głową.
- Tak. Wiemy.
Edilio znów zapuścił silnik i wykopał jeszcze trzy łyżki ziemi. Następnie zeskoczył, wziął łopatę i usunął ostatnie centymetry ziemi spomiędzy wykopu i bariery.
Bariera ciągnęła się dalej, nawet pod ziemią.
Pracując razem, Edilio, Sam i Quinn wykopali półtorametrowy dół za pomocą koparki i łopaty. Nie natrafili na dolną krawędź bariery.
Ale Sam nie chciał przestać. Mur musiał mieć jakiś kres. Musiał. Łopata uderzała o skałę i Sam nie mógł wepchnąć jej głębiej. Każda kolejna porcja ziemi była lżejsza od poprzedniej.
- Może przydałby się młot pneumatyczny. Albo chociaż jakieś kilofy, żeby to rozbić. - Dopiero wtedy, nie słysząc odpowiedzi, zdał sobie sprawę, że tylko on jeszcze kopie. Pozostali stali wokół i przyglądali się.
- Tak, może - przemówił wreszcie Edilio. Pochylił się, by podać Samowi rękę i wyciągnąć go z dołu.
Sam wygramolił się, odrzucił łopatę na bok i strzepnął ziemię z dżinsów.
- To był dobry pomysł, Edilio.
- Jak to, co zrobiłeś podczas pożaru, stary - odparł tamten. - Uratowałeś sklep z narzędziami i przedszkole.
Sam nie chciał myśleć o tym, co uratował, a czego nie.
- Bez ciebie nie uratowałbym nawet własnego tyłka. No i bez Quinna i Astrid - dodał po chwili namysłu.
Quinn posłał Ediliowi ostre spojrzenie.
- Czemu tu jesteś? - spytał.
Edilio westchnął i oparł łopatę o barierę. Otarł pot z czoła i rozejrzał się po świetnie utrzymanym terenie hotelu.
- Moja mama tu pracuje - wyjaśnił.

Quinn uśmiechnął się znacząco.
- Jest menedżerem?
- Pracuje przy sprzątaniu - odparł beznamiętnie Edilio.
- Tak? A gdzie mieszkacie?
Edilio wskazał barierę.
- Tam. Mniej więcej trzy kilometry stąd autostradą. Mamy przyczepę kempingową. Mieszka z nami tata i dwóch młodszych braci. Rozchorowali się, więc mama zostawiła ich w domu. Alvaro, mój starszy brat, jest w Afganistanie.
- Jest w wojsku?
- W siłach specjalnych. - Edilio uśmiechnął się z dumą.
- Elitarna jednostka.

Nie był zbyt duży, ale zdecydowanie wyprostowana poza sprawiała, że zdawał się wysoki. Oczy miał ciemne, z pozoru niemal bez białek, łagodne, ale nie zalęknione. Chropowate, pobrużdżone dłonie sprawiały wrażenie, jakby pochodziły z innego ciała. Edilio trzymał ręce nieco przed tułowiem, z dłońmi obróconymi lekko naprzód, jakby szykował się, by coś złapać. Wydawał się zupełnie nieruchomy, lecz zarazem gotów do działania w każdej chwili.

- To głupie, jeśli się nad tym zastanowić. Ludzie po drugiej stronie bariery wiedzą, co się stało. Znaczy, niemożliwe, żeby nie zauważyli, że nagle zostaliśmy oddzieleni.
- No i? - spytał Sam.
- Mają lepszy sprzęt niż my i w ogóle, nie? Mogą kopać znacznie głębiej, dostać się pod barierę. Albo ją ominąć. Albo przelecieć górą. Tracimy tylko czas.
- Nie wiemy, jak głęboko i jak wysoko sięga bariera - stwierdziła Astrid. - Wydaje się kończyć na wysokości kilkudziesięciu metrów, ale to może być złudzenie optyczne.
- Nad nią, pod nią, obok niej albo przez nią - wyliczył Edilio. - Musi być jakiś sposób.

– Mniej więcej taki jak wtedy, kiedy przeszliście z Meksyku przez zieloną granicę? – spytał Quinn.

Sam i Astrid spojrzeli na Quinna piorunującym wzrokiem, wstrząśnięci.

Edilio wyprostował się jeszcze bardziej i, mimo że był od Quinna o piętnaście centymetrów niższy, zdawało się, że patrzy na niego z góry. Spokojnym, cichym głosem wyjaśnił:

– Moi rodzice pochodzą z Hondurasu. Musieli przebyć cały Meksyk, zanim w ogóle dotarli do granicy. Moja mama pracuje jako pokojówka. Mój ojciec to robotnik rolny. Mieszkamy w przyczepie i jeździmy starym rzęchem. Wciąż mam lekki akcent, bo mówiłem po hiszpańsku, zanim nauczyłem się angielskiego. Coś jeszcze chcesz wiedzieć?

– Nie chciałem się ciebie czepiać, amigo – odparł Quinn.

– To dobrze – powiedział Edilio.

Tak naprawdę nie była to groźba. Zresztą Quinn miał dziesięć kilogramów przewagi. Ale to on cofnął się o krok.

– Musimy iść – stwierdził Sam. Potem zwrócił się do Edilia, tłumacząc: – Szukamy młodszego brata Astrid. On... potrzebuje opieki. Astrid uważa, że może być w elektrowni.

– Mój ojciec jest tam inżynierem – wyjaśniła dziewczyna.

– Ale to jakieś piętnaście kilometrów stąd.

Sam zawahał się, czy prosić Edilia, by z nimi poszedł. To by rozdrażniło Quinna. Quinn nie zachowywał się normalnie, co w sumie nie było takie dziwne, biorąc pod uwagę bieżące wydarzenia, ale Sama to niepokoiło. Z drugiej strony Edilio zachował w chwili pożaru zimną krew. Wystąpił z szeregu.

Astrid podjęła decyzję za niego.

– Edilio? Chcesz iść z nami?

Teraz Sam poczuł lekką irytację. Czy Astrid uważała, że on nie zdoła się wszystkim zająć? Że potrzebuje Edilia?

Dziewczyna odwróciła się do niego i przewróciła oczami.

— Pomyślałam, że od razu przejdę do rzeczy i skończymy z tym męskim pozerstwem.

— Nie jestem pozerem — mruknął Sam.

— Jak będziemy się przemieszczać? — spytał Edilio.

— Raczej nie powinniśmy próbować prowadzić samochodu, jeśli to masz na myśli — odrzekł Sam.

— Może coś mam. Nie samochód, ale lepsze to niż przejście piętnastu kilometrów piechotą. — Edilio poprowadził ich do drzwi garażowych, ukrytych na tyłach basenowej przebieralni. Uniósł je, ukazując dwa wózki golfowe z logotypami hotelu Clifftop po bokach. — Dozorcy i ochroniarze jeżdżą nimi na pole golfowe po drugiej stronie autostrady.

— Prowadziłeś już coś takiego? — spytał Sam.

— Tak. Tata bierze czasem fuchę na polu golfowym. Jako gospodarz terenu. Chodzę z nim i pomagam.

To uprościło decyzję. Nawet Quinn musiał dostrzec logikę tej wypowiedzi.

— Dobra — powiedział z niechęcią w głosie. — Ty prowadź.

— Możemy pojechać prostą drogą do autostrady — zaproponował Sam. — Skręcamy w pierwszą w prawo.

— Omijasz centrum — zauważyła Astrid. — Nie chcesz, żeby dzieciaki podchodziły do ciebie i pytały, co mają robić.

— Chcesz dojechać do PBNP? — spytał Sam. — Czy wolisz patrzeć, jak stoję i mówię ludziom, że nie mają się czego bać, oprócz samego strachu?

Roześmiała się i zdaniem Sama był to najsłodszy dźwięk, jaki kiedykolwiek słyszał.

— Pamiętasz — stwierdziła.

— Tak. Pamiętam. Roosevelt. Wielki Kryzys. Czasami, jeśli mocno wysilę umysł, wychodzi mi nawet mnożenie.

— Obrona przez żart — zadrwiła Astrid.

Przecięli parking i wyjechali na drogę. Ostro skręcili w prawo w niedawno wybetonowany zjazd. Jadąc pod górę, wózek golfowy zwolnił do prędkości niewiele większej niż tempo marszu. Wkrótce zobaczyli, że droga kończy się na barierze. Zatrzymali się i patrzyli z powagą na nieoczekiwaną przeszkodę.

– Jak w kreskówce o Strusiu Pędziwietrze – odezwał się Quinn. – Jeśli namalujesz na tym tunel, będziemy mogli przejechać, ale Kojot walnie w barierę.

– Dobra. Wracamy na drogę nad urwiskiem, ale przez boczne uliczki dostajemy się na autostradę. Nie zbliżamy się do placu – powiedział Sam. – Musimy znaleźć małego Pete'a. Nie chcę się zatrzymywać i gadać z bandą dzieciaków.

– Tak. Poza tym nie chcemy, żeby ktoś ukradł wózek – dodał Edilio.

– Właśnie. Jeszcze to – przyznał Sam.

– Stój! – krzyknęła Astrid i Edilio wdepnął hamulec.

Astrid zeskoczyła z siedzenia i potruchtała z powrotem do czegoś białego przy skraju drogi. Uklękła i wzięła patyk.

– To mewa – stwierdził Sam, zdziwiony, że dziewczyna się przejmuje. – Może rozbiła się o barierę, co?

– Możliwe. Ale spójrz na to. – Uniosła patykiem ptasią nogę.

– Tak?

– Ma błonę, oczywiście. Tak jak powinna. Ale zwróć uwagę na te sterczące pazury. To szpony. Jak u drapieżnika. Jak u jastrzębia albo orła.

– Jesteś pewna, że to zwykła mewa?

– Znam się na ptakach – wyjaśniła. – To nie jest normalne. Mewy nie potrzebują pazurów. Więc ich nie mają.

– Czyli ten ptak jest jakiś porąbany – powiedział Quinn. – Możemy już jechać?

Astrid wstała.

– To nie jest normalne.

Quinn parsknął śmiechem.

– Astrid, nie jesteśmy nawet w tej samej strefie czasowej, co normalnie. A ty przejmujesz się tym? Nogą ptaka?

– Ten ptak może być pojedynczym odmieńcem, przypadkową mutacją – powiedziała dziewczyna – albo nagle pojawił się zupełnie nowy gatunek. Wyewoluował.

– No i co z tego? – zapytał Quinn.

Astrid szykowała się, by coś powiedzieć. Potem pokręciła lekko głową, jakby powiedziała sobie „nie".

– Nieważne, Quinn. Jak wspomniałeś, daleko nam teraz do normalności.

Znowu wsiedli do wózka i ruszyli z prędkością dwudziestu kilometrów na godzinę. Skręcili w Trzecią ulicę, oddalając się od miasta, a potem pojechali Czwartą, cichą i zacienioną, bardzo nędzną. Była to ulica w starej dzielnicy mieszkalnej, niedaleko od domu Sama.

Wszystkie samochody, które widzieli, były albo zaparkowane, albo rozbite. Nie widzieli żadnych ludzi, z wyjątkiem kilkorga dzieciaków, przechodzących przez jezdnię. Z wnętrza domu dobiegły dźwięki z telewizora, szybko jednak doszli do wniosku, że to film z DVD.

– Przynajmniej prąd ciągle jest – powiedział Quinn. – Nie zabrali nam DVD. MP-trójki też będą działać, nawet bez dostępu do sieci. Ciągle mamy muzykę.

– „Oni" – zauważyła Astrid. – Najpierw był Bóg, a teraz „oni".

Dotarli do autostrady i zatrzymali się.

– O! Można dostać gęsiej skórki.

Pośrodku autostrady rozkraczył się tir firmy UPS. Naczepa odpadła od ciągnika i leżała na boku, niczym porzucona zabawka. Sam ciągnik stał prosto, ale zjechał na pobocze. O jego przód rozbił się kabriolet chrysler sebring.

Nie wyglądał najlepiej. Zderzenie było czołowe i tak zgniotło samochód, że miał teraz połowę swojej normalnej długości. W dodatku się spalił.

– Kierowcy wyparowali, jeden i drugi – stwierdził Quinn.

– Przynajmniej nikomu nie stała się krzywda – powiedział Edilio.

– Chyba że w samochodzie było dziecko – zauważyła Astrid.

Nikt nie zaproponował, żeby to sprawdzić. Żaden z pasażerów nie mógł przetrwać wypadku i późniejszego pożaru. Nikt nie chciał sprawdzać, czy na tylnym siedzeniu nie ma małego ciałka.

Autostrada miała po dwa pasy ruchu w każdą stronę plus pas pośrodku. Zawsze panował na niej ruch, nawet w środku nocy. A teraz panowały tu tylko cisza i pustka.

Edilio parsknął nieco drżącym śmiechem.

– Ciągle się spodziewam, że lada chwila przejedzie nas jakaś wielka ciężarówka.

– Prawie by mi ulżyło – mruknął Quinn.

Edilio wcisnął pedał, elektryczny silnik zwiększył obroty i wyjechał na autostradę, omijając przewróconą naczepę UPS.

Było to dziwne doświadczenie. Jechali wolniej niż dobry rowerzysta po autostradzie, gdzie zwykle nikt nie poruszał się mniej niż setką. Minęli sklep z tłumikami i warsztat Jiffy Lube, a potem przysadzisty biurowiec, gdzie mieściła się kancelaria prawnicza i biuro rachunkowe. W kilku miejscach samochody z autostrady uderzyły w zaparkowane auta. Jakiś kabriolet wjechał do pralni, tłukąc szybę. Zapakowane w folię ubrania walały się na masce samochodu i na siedzeniach.

Wszędzie po drodze panowała cmentarna cisza. Jedynymi odgłosami był szum opon i nasilony terkot elektrycznego silnika.

Miasto znajdowało się po lewej stronie. Po prawej teren wznosił się stromo, tworząc ostry górski grzbiet, który górował nad Perdido Beach i stanowił coś w rodzaju muru. Nigdy dotąd Sam nie uświadomił sobie z taką mocą, że miasto już wcześniej odgradzały od świata bariery – góry od północy i wschodu, ocean od zachodu i południa. Ta droga, ta cicha, pusta droga, stanowiła jedyny szlak, który pozwalał tu dotrzeć, a także stąd się wydostać.

Przed nimi znajdowała się stacja benzynowa Chevron. Samowi wydało się, że dostrzega jakiś ruch.

– Stajemy? – spytał.

– Może mają jedzenie. Jest tam sklep samoobsługowy, nie? – przypomniał Quinn. – Jestem głodny.

– Powinniśmy jechać dalej – stwierdziła Astrid.

– Edilio? – naciskał Sam.

Tamten wzruszył ramionami.

– Nie chcę wpadać w paranoję. Ale kto wie?

– Mnie się wydaje, że powinniśmy jechać dalej – powiedział Sam.

Edilio skinął głową i zjechał wózkiem na lewą stronę jezdni.

– Jeśli będą tam jakieś dzieciaki, uśmiechniemy się, pomachamy i powiemy, że się nam spieszy – zaproponował Sam.

– Tak jest, proszę pana – rzucił Quinn.

– Nie przeginaj, bracie. Głosowaliśmy – odparł Sam.

– Tak. Jasne.

Na stacji bez wątpienia byli ludzie. Lekki wiatr niósł w ich stronę rozdartą torebkę po Doritos niczym czerwono--złoty liść.

Gdy pojawił się wózek golfowy, na drogę wyszedł chłopak, a za nim drugi. Pierwszym był Cookie, drugiego Sam nie rozpoznał.

– Hej, Cookie! – zawołał, gdy zbliżyli się na dwadzieścia metrów.

– Cześć, Sam – odrzekł Cookie.

– Szukamy młodszego brata Astrid.

– Czekajcie – nakazał Cookie. Miał metalowy kij bejsbolowy. Ten drugi trzymał młotek do krokieta w zielone paski.

– Nie, stary, mamy misję do wykonania, przyjedziemy później. – Sam im pomachał, a Edilio nie zdjął nogi z pedału gazu. Od tamtych dzieliło ich kilka metrów i lada chwila mieli ich minąć.

– Zatrzymać wózek! – zawołał jakiś głos ze stacji. W ich stronę biegł Howard, a za nim Orc. Cookie zastąpił pojazdowi drogę.

– Uważaj, kolego – ostrzegł Edilio.

Cookie w ostatniej chwili odskoczył. Drugi chłopak mocno zamachnął się młotkiem. Drewniany trzonek uderzył w stalowy pręt, podtrzymujący daszek wózka. Obuch odłamał się i o włos minął głowę Quinna.

Edilio nie przestawał jechać, ominąwszy napastników. Quinn odwrócił się.

– Ej, omal nie urwałeś mi głowy, debilu! – zawołał.

Ujechali może z dziesięć metrów i wciąż się oddalali, gdy Orc wrzasnął:

– Łapcie ich, głupki!

Cookie był wielki, ale nie szybki. Lecz ten drugi, trzymający złamany młotek, radził sobie lepiej. Puścił się biegiem. Howard i Orc znajdowali się dalej, ale też biegli. Orc okazał się zbyt ciężki i wolny, więc Howard zostawił go w tyle.

Chłopak z młotkiem dogonił uciekających.

– Lepiej się zatrzymajcie – wydyszał, biegnąc obok.

– Raczej nie – odparł Sam.

– Koleś, trafię cię tym kijem – zagroził chłopak, ale dyszał coraz ciężej. Niezdarnie zamachnął się złamanym końcem trzonka.

Sam złapał trzonek i wyrwał mu go z rąk. Tamten potknął się i runął jak długi. Sam z pogardą odrzucił kij.

Howard znalazł się bliżej, biegł tuż za wózkiem. Astrid i Quinn patrzyli ze spokojem, jak gna ze wszystkich sił, wymachując chudymi rękami. Obejrzał się i zobaczył, że Orc za nim nie nadąża.

– Howard, co ty w ogóle wyprawiasz, stary? – spytał Quinn rozsądnym tonem. – Jesteś jak pies, który pędzi za ciężarówką. Co zrobisz, jak już nas dogonisz?

Chłopak zrozumiał i zwolnił.

– Co za pościg – prychnął Edilio. – Może pokażą nas w wiadomościach.

Odpowiedział mu nerwowy śmiech.

Pięć minut później już nikt się nie śmiał.

– Ściga nas terenówka – zauważyła Astrid. – Musimy zjechać.

– Nie uderzą w nas – odparł Quinn. – Nawet Orc nie jest aż takim wariatem.

– Może chcą w nas uderzyć, a może nie – powiedziała dziewczyna – ale tego hummera prowadzi czternastolatek. Naprawdę chcesz być na jego drodze?

Quinn skinął głową.

– Szykuje się niezła zadyma.

ROZDZIAŁ 10

274 GODZINY, **27** MINUT

Hummer lawirował po drodze, zbaczał to w jedną, to w drugą stronę, lecz było pewne, że w końcu ich dogoni.

– Jechać dalej czy stanąć? – spytał Edilio. Kłykcie jego zaciśniętych na kierownicy dłoni zupełnie pobielały.

– Teraz skopią nam tyłki! – krzyknął Quinn. – Trzeba było się po prostu zatrzymać. Mówiłem, żeby się zatrzymać, ale nie...

Hummer zmniejszał dystans z szokującą prędkością.

– Rąbną w nas! – zawołała Astrid.

Quinn wyskoczył z wózka, puszczając się biegiem. W tej samej chwili hummer stanął. Cookie i chłopak od młotka wysiedli i pognali za Quinnem.

– Zatrzymaj się – rzucił Sam. Wyskoczył, ruszając przyjacielowi na pomoc.

Quinn próbował przeskoczyć rów przy drodze, ale źle wylądował. Ci dwaj znaleźli się przy nim, a zanim zdołał się pozbierać, Cookie uderzył go pięścią w plecy.

Sam rzucił się na Cookiego, założył mu dźwignię i pchnął go w przód z całym impetem.

Cookie upadł ciężko na brzuch. Wcześniej pozbył się kija, żeby mieć wolne ręce do bójki i teraz Sam zwinnie sięgnął po porzucone narzędzie. Młotek, Edilio i Quinn stoczyli krótką, lecz gwałtowną bójkę, po której Edilio i Quinn utrzymali się na nogach, podczas gdy tamten leżał na ziemi. Orc i Howard zdążyli już jednak wysiąść z terenówki.

Orc zamachnął się swoim kijem bejsbolowym i trafił Edilia z tyłu na wysokości kolan. Edilio padł jak worek cementu.

Ściskając kij Cookiego, Sam pognał naprzód, by znaleźć się pomiędzy Orkiem a Ediliem.

– Nie chcę się z tobą bić! – krzyknął Sam.
– Wiem, że nie chcesz – odparł z pewnością siebie Orc.
– Nikt nie chce się ze mną bić.

Astrid podeszła do nich szybkim krokiem.
– Natychmiast przestańcie! – zawołała. Miała zaciśnięte pięści. Łzy napłynęły jej do oczu. Była jednak wściekła, a nie smutna. – Niepotrzebne nam te bzdury.

Howard stanął między Orkiem a dziewczyną.
– Odejdź, Astrid, Orc musi dać temu gnojkowi nauczkę.
– Odejść? – odpaliła Astrid. – Nie będziesz mi mówił, co mam robić, ty... ty bezkręgowcu.
– Astrid, nie mieszaj się – powiedział Sam. Edilio usiłował trzymać się na nogach, ale ledwie mógł ustać.

O dziwo, Orc powiedział:
– Ej! Pozwól Astrid mówić.

Naładowany adrenaliną Sam niemal go nie słyszał. Po chwili jednak te słowa do niego dotarły, więc nie otworzył już ust.

Dziewczyna wzięła głęboki wdech. Włosy miała w dzikim nieładzie. Twarz jej poczerwieniała. W końcu, usiłując nie dopuścić do dalszej bójki, bąknęła:

— Nie szukamy zwady.

— Mów za siebie — mruknął Cookie.

— To szaleństwo — ciągnęła Astrid. — Szukamy tylko mojego brata.

I tak już wąskie niby szparki oczy Orca zwęziły się jeszcze bardziej.

— Tego kretyna?

— To autystyk — warknęła Astrid.

— Tak. Mały Pe-tyn. — Orc się wyszczerzył, ale dał spokój kolejnym żartom.

— Trzeba się było zatrzymać, Sammy. — Howard cmoknął wargami, z żalem kręcąc głową.

— Też mu to mówiłem. A teraz co? — Quinn gestykulował gwałtownie, wściekły na Sama.

Howard z rozbawieniem skinął głową w jego stronę.

— Trzeba było posłuchać kumpla, Sam. Mówiłem ci wczoraj, że musisz zadbać o Orca.

— Zadbać? Co to znaczy? — spytała Astrid.

Howard zwrócił na nią swoje zimne oczy.

— Trzeba okazać kapitanowi Orcowi trochę szacunku, o to mi chodziło.

— Kapitanowi? — Sam powstrzymał się od śmiechu.

Howard podszedł bliżej, odważny, gdy Orc stał tuż za nim.

— Tak. Kapitanowi. Ktoś musiał wyjść przed szereg i objąć dowodzenie, nie? Ty pewnie byłeś zajęty, może surfowałeś czy coś, więc kapitan Orc zgłosił się na ochotnika, żeby dowodzić.

— Dowodzić czym? — spytał Quinn.

— Żeby wszyscy przestali biegać jak wariaci.

— Właśnie — przytaknął Orc.

— Małolaty wywalały wszystko do góry nogami i brały sobie, co tylko chciały — ciągnął Howard.

– Właśnie.

– A te wszystkie szczyle, które biegają tu i tam... Nie było nikogo, kto by je uspokoił albo zmienił im pieluchy. Orc dopilnował, żeby miały opiekę. – Howard uśmiechnął się szeroko. – Pocieszył je. A przynajmniej dopilnował, żeby ktoś to zrobił.

– Zgadza się – powiedział Orc takim tonem, jakby pierwszy raz usłyszał o swoich dokonaniach.

– Nikt inny nie próbował zapanować nad sytuacją, więc Orc to zrobił – ciągnął Howard. – I teraz jest kapitanem, dopóki nie wrócą dorośli.

– Tyle że oni nie wracają – wtrącił Orc.

– Zgadza się – potwierdził Howard. – Jest dokładnie tak, jak mówi kapitan.

Sam zerknął na Astrid. Rzeczywiście ktoś musiał się postarać, żeby ludzie przestali zachowywać się jak wariaci. Co prawda, nie wybrałby do tego zadania Orca, ale prawdą też było, że nie chciał się tym zająć sam.

O walce wszyscy już niemal zapomnieli. Teraz, gdy obie strony stały naprzeciwko siebie, nie było wątpliwości, kto by wygrał, gdyby zaczęła się znowu. Liczebnie siły były wyrównane – cztery osoby na cztery – ale w skład czwórki chłopców wchodził Orc, który liczył się przynajmniej za trzech.

– Chcemy tylko poszukać małego Pete'a – powiedział w końcu Sam, kryjąc gniew.

– Tak? Kiedy czegoś szukasz, najlepiej poruszać się powoli – rzucił Howard ze znaczącym uśmieszkiem.

– Chcecie wziąć ten wózek golfowy – domyślił się Sam.

– O tym właśnie mówię, Sammy. – Howard rozłożył ręce w pojednawczym geście.

– Znaczy, ludzie płacą podatki, nie? – odezwał się Młotek.

– Właśnie – zgodził się Howard. – To taki podatek.

99

— A kim ty w ogóle jesteś? – wyzywającym tonem zwróciła się do Młotka Astrid. – Nigdy nie widziałam cię w szkole.
— Chodzę do Coates Academy.
— Moja mama jest tam nocną pielęgniarką.
— Już nie – odparł chłopak.
— Dlaczego jesteś tutaj?
— Nie umiałem się z tamtymi dogadać. – Młotek próbował wypowiedzieć to zdanie jak żart, ale lęk w jego oczach zepsuł cały efekt.
— Są tam jacyś dorośli? – spytał z nadzieją Sam.
— O – powiedział Howard. – Sammy chce do mamusi.
— Weźcie wózek – zgodził się Sam.
— Nie próbuj zgrywać cwaniaka, tracisz czas. Widzisz, ja cię znam – ciągnął Howard. – Sam Autobus. Pan strażak. Najpierw jesteś bohaterem, ale potem znikasz. Prawda? Tak już masz, pojawiasz się i znikasz. Wczoraj wieczorem wszyscy nawijali: „Gdzie jest Sam? Gdzie jest Sam?" A ja musiałem tłumaczyć: „Dzieciaki, Sam poszedł sobie z Genialną Astrid, bo nie może się ciągle zadawać z takimi przeciętniakami, jak my. Sam musiał iść z tą piękną blondynką, swoją dziewczyną."

— Astrid nie jest moją dziewczyną – zaoponował Sam i natychmiast tego pożałował.

Howard wybuchnął śmiechem, zachwycony, że go sprowokował.

— Widzisz, Sam, zawsze musisz przebywać w swoim małym świecie, za dobry dla wszystkich, a ja i kapitan Orc, i nasi chłopcy, zawsze będziemy w pobliżu. Ty odchodzisz, my wchodzimy.

Sam czuł, że Astrid i Quinn patrzą na niego, czekając, aż zaprzeczy słowom Howarda. Ale jaki by to miało sens? Wyczuwał pełne napięcia oczekiwanie zebranych na placu dzieci, że wystąpi naprzód, tak jak powiedział Howard.

A on chciał tylko uciec. Skorzystał z szansy, żeby odejść stamtąd z Astrid.

– Nudzi mnie to – mruknął Orc.

Howard uśmiechnął się.

– Dobra, Sam. Możecie poszukać małego Petyna, ale kiedy wrócicie, lepiej miejcie miły prezent dla kapitana. Kapitan to szef ETAP-u.

– Czego?

Howard wyraźnie ucieszył się z pytania.

– Sam to wymyśliłem. ETAP. Ekstremalne Terytorium Alei Promieniotwórczej. Aleja Promieniotwórcza i zero dorosłych. – Zaniósł się złowrogim śmiechem. – Nie martw się, Astrid, to tylko ETAP. Ogarniasz? Tylko ETAP.

Słońce mocno grzało w twarz. Lana otworzyła oczy. Złowrogie skrzydlate kształty unosiły się wysoko, przesłaniały słońce, powracały. Sępy patrzyły na nią i czekały, pewne rychłego posiłku.

Język miała tak napuchnięty, że wypełniał jej usta, niemal dławiąc. Wargi spękane. Umierała.

Rozejrzała się w poszukiwaniu ciała swojego nieszczęsnego psa. Powinien być obok niej. Ale żadnego ciała nie zobaczyła.

Dobiegło ją znajome szczekanie.

– Patrick?

Przypadł do niej w podskokach, rozemocjonowany, zachęcając ją do zabawy.

Podniosła zdrową rękę i dotknęła psiego karku. Sierść miał posklejaną zakrzepłą krwią. Dotknęła miejsca śmiertelnego ugryzienia. Rana się zabliźniła. Wyczuwała tam strup, ale krew przestała płynąć, a Patrick, sądząc po zachowaniu, czuł się już lepiej.

Czyżby wszystko jej się przyśniło? Nie, zaschnięta krew była wyraźnym dowodem.

Wysiliła umysł, by przypomnieć sobie ostatnie świadome chwile tej nocy. Modliła się? Czy to był cud? Nie pamiętała, wiele, ale nie należała do osób, które zaprzątały sobie głowę modlitwą.

Czy ona to spowodowała? Czy w jakiś sposób wyleczyła Patricka?

Niemal się roześmiała. Zaczynała majaczyć. Traciła zmysły. Wyobrażała sobie różne rzeczy.

Wariowała z bólu, pragnienia i głodu.

Wariowała.

Wyczuła jakiś paskudny zapach. Chorobliwe słodki i paskudny.

Spojrzała na swoją strzaskaną rękę. Mięso, naprężone, rozciągnięte mięso, które ledwo utrzymywało połamane kości, było ciemne, czarne z zielonymi krawędziami. Śmierdziało potwornie.

Lana zaczerpnęła kilka głębokich oddechów, cała roztrzęsiona, walcząc z falą przerażenia. Słyszała o gangrenie. Następowała, gdy tkanki obumierały albo krążenie było odcięte. Jej ręka umierała. Ten smród był wonią gnijącego ludzkiego ciała.

Sęp wylądował z łopotem skrzydeł ledwie parę metrów od niej. Przyglądał jej się paciorkowatymi oczami, wyginając nieopierzoną szyję. Ptak też znał ten zapach.

Patrick wrócił biegiem i sęp odleciał z ociąganiem.

– Nie dostaniecie mnie – wychrypiała Lana, ale słabość własnego głosu tylko jeszcze bardziej ją przestraszyła. Sępy ją dopadną. Na pewno.

Był przy niej jednak Patrick, który wyzdrowiał mimo śmiertelnej na pozór rany.

Lana przyłożyła lewą dłoń do mięsa tuż poniżej kości prawej ręki. Było gorące w dotyku. Zdawało się opuchnięte pod skorupą zakrzepłej krwi.

Zamknęła oczy i pomyślała: cokolwiek to sprawiło, cokolwiek uleczyło Patricka, chcę teraz tego samego dla siebie. Nie chcę umierać. Nie chcę umierać.

Wtedy odpłynęła, myśląc o domu. O swoim pokoju. Plakaty na ścianach, łapacz snów wiszący na oknie, zapomniane maskotki w wiklinowym koszu, wypchana ubraniami szafa, kolekcja azjatyckich wachlarzy, którą wszyscy uważali za dziwactwo.

Nie czuła już złości na rodziców. Po prostu za nimi tęskniła. Bardziej niż czegokolwiek innego pragnęła bliskości mamy. I taty też. Wiedziałby, jak ją uratować.

Dręczyły ją gorączkowe sny, obrazy, od których ciężko dyszała, jej serce waliło niczym młot pneumatyczny.

Czuła, że unosi się na cienkiej skorupie stałego lądu. Ląd przypominał powłokę balonu. Poniżej znajdowała się otwarta przestrzeń, pełna wirujących chmur i nagłych strumieni ognia. Jeszcze dalej był potwór, coś rodem z jej dzieciństwa, potwór, który często zaskakiwał ją we śnie.

Wykuty z żywego kamienia – szorstka, powolna, chytra bestia o płonących, czarnych oczach.

A wewnątrz tego strasznego monstrum widniało serce. Tyle że to serce świeciło zielonym, a nie czerwonym blaskiem. I przypominało jajo, tak popękane, że sączyło się z niego jasne, bolesne światło.

Przebudziła się gwałtownie od własnego płaczu.

Usiadła, jak zawsze po koszmarach w swoim łóżku.

Usiadła.

Ból był potworny. W głowie pulsowała krew. Plecy... Spojrzała na swoją prawą rękę.

Przez chwilę zapomniała o oddychaniu. Zapomniała nawet o bólu w głowie, plecach i nodze. Zapomniała o tym wszystkim. Bo ból w prawej ręce zniknął.

Przedramię było proste. Znów tworzyło prostą linię od łokcia do nadgarstka.

Gangrena też zniknęła. Podobnie jak odór śmierci.

Skórę wciąż pokrywała warstwa zakrzepłej krwi, ale to było nic, zupełnie nic w porównaniu z tym, jak ręka wyglądała wcześniej.

Drżąc na całym ciele, uniosła ją w górę.

Ręka się poruszyła.

Powoli zacisnęła dłoń w pięść.

Palce się złączyły.

To nie było możliwe. To nie było możliwe. Patrzyła na coś, co nie mogło się zdarzyć.

Ale ból nie kłamał. A palący ból w prawej ręce stał się teraz niczym więcej niż tępym pulsowaniem.

Lana położyła lewą rękę na złamanej nodze.

Nie nastąpiło to szybko. Zajęło wiele czasu, bo była bardzo osłabiona pragnieniem i głodem. Trzymała jednak dłoń na nodze, aż godzinę później zrobiła coś, czego miała nie zrobić już nigdy: Lana Arwen Lazar wstała.

Dwa sępy przycupnęły na wywróconym pickupie.

– Chyba czekałyście na próżno – oznajmiła im dziewczyna.

ROZDZIAŁ 11

273 GODZINY, **39** MINUT

Sam, Quinn, Edilio i Astrid poruszali się pieszo, ścigani obelgami i śmiechem.

– Quinn, Edilio, wszystko gra? – spytała Astrid.

– Nie licząc wielkiego siniaka, który pewnie będę miał na środku pleców? – odrzekł Quinn. – Jasne. Oprócz tego, że bez powodu dostałem łomot, czuję się doskonale. Świetny plan, bracie. Wyszło ekstra! Oddaliśmy wózek golfowy, zostaliśmy pobici i upokorzeni.

Sam czuł chęć, by nakrzyczeć na przyjaciela, ale się powstrzymał. Quinn miał trochę racji. Sam głosował za tym, żeby zignorować blokadę, a potem za to zapłacili.

Słowa Howarda bolały. Zupełnie jakby ten mały drań zerwał z niego skórę i pokazał światu, jaki jest naprawdę. Nie że uważał się za lepszego od wszystkich – tu Howard się mylił – ale że nie chciał wystąpić z szeregu. Sam miał swoje powody, ale one teraz nie liczyły się tak bardzo jak to, że zawstydzono go przed przyjaciółmi.

– Nic mi nie będzie, to drobiazg – zwrócił się Edilio do Astrid. – Muszę się tylko rozruszać, a wszystko przejdzie.

— O tak, super, bądź twardy — zadrwił Quinn. — Może lubisz, jak cię biją. Ja nie. A teraz mamy przejść całą drogę do elektrowni? I po co, żeby poszukać jakiegoś dzieciaka, który pewnie nawet nie wie, że zaginął?

Sam musiał znowu powstrzymać przypływ gniewu. Najłagodniej, jak umiał, powiedział:

— Bracie, nikt cię nie zmusza, żebyś szedł.

— Mówisz, że nie powinienem? — Quinn zrobił dwa szybkie kroki i złapał go za ramię. — Chcesz powiedzieć, że powinienem odejść?

— Nie, stary. Jesteś moim najlepszym przyjacielem.

— Jedynym.

— Tak. Zgadza się — przyznał Sam.

— Chodzi mi tylko o to, że... kto umarł i zrobił cię królem? — spytał Quinn. — Zachowujesz się, jakbyś był tu szefem. Jak to się stało? Dlaczego słucham twoich rozkazów?

— Nie słuchasz rozkazów — odparł gniewnie Sam. — Nie chcę, żeby ktokolwiek słuchał moich rozkazów. Gdybym tego chciał, zostałbym w mieście i mówił wszystkim, co mają robić. — Cichszym głosem dodał: — Możesz objąć przywództwo, Quinn.

— Nie powiedziałem, że chcę — naburmuszył się Quinn. Ale złość już mu przechodziła. Posłał posępne spojrzenie Ediliowi i ostrożnie zerknął na Astrid. — To po prostu dziwne, bracie. Wcześniej byliśmy tylko we dwóch, nie?

— Tak — zgodził się Sam.

Jękliwym głosem Quinn mówił dalej:

— Chcę tylko wziąć nasze deski i iść na plażę. Chcę, żeby wszystko było jak dawniej. — Potem niespodziewanie wykrzyknął: — Gdzie są wszyscy? Dlaczego po nas nie przyszli? Gdzie są moi ro-dzi-ce?

Znowu ruszyli w drogę. Edilio lekko utykał, Quinn zaś zostawał w tyle, mamrocząc coś pod nosem. Sam szedł obok Astrid, nieustannie zakłopotany jej obecnością.

– Dobrze poradziłaś sobie z Orkiem – zagadnął.
– Dzięki.
– Pomagałam mu na zajęciach wyrównawczych z matmy. – Uśmiechnęła się cierpko. – Trochę się mnie boi. Ale nie możemy za bardzo na to liczyć.

Szli środkiem autostrady. Dziwnie się czuli, widząc pod nogami żółtą linię.

– Ekstremalne Terytorium Alei Promieniotwórczej – powiedziała Astrid.
– Tak. Pewnie się przyjmie, co?
– Może to nie tylko żart – ciągnęła Astrid. – Może naprawdę chodzi o Aleję Promieniotwórczą?

Sam spojrzał na nią ostro.
– Masz na myśli awarię w elektrowni jądrowej?

Wzruszyła ramionami.
– Nie jestem pewna, czy w ogóle mam coś na myśli.
– Ale sądzisz, że te sprawy mogą być powiązane? Że elektrownia wybuchła albo coś?
– Prąd ciągle płynie. Perdido Beach czerpie zasilanie z elektrowni. Światła się palą. Więc w taki czy inny sposób elektrownia ciągle działa.

Edilio przystanął.
– Ej. Dlaczego idziemy piechotą?
– Bo ten cymbał Orc i jego przyboczny Howard ukradli nam wózek golfowy – odparł Quinn.
– Patrzcie – powiedział Edilio i wskazał samochód, który zjechał z drogi i zatrzymał się w rowie. Na bagażniku dachowym zamontowane miał dwa rowery.
– Źle bym się czuła, zabierając komuś rower – stwierdziła Astrid.

107

– Daj spokój – rzucił Quinn. – Nie zauważyłaś? To zupełnie nowy świat. To ETAP.

Dziewczyna podniosła głowę i popatrzyła na mewę, krążącą niedaleko.

– Tak, Quinn. Zauważyłam.

Wzięli rowery i pojechali, po dwie osoby na jednym, Quinn usiadł na kierownicy Edilia, Astrid – na Sama. Jej rozwiane włosy omiatały mu twarz, lekko drażniąc. Ale żałował, gdy znaleźli jeszcze dwa rowery.

Autostrada nie dochodziła do samej elektrowni. Musieli skręcić w boczną drogę. Przy zakręcie znajdowała się imponująca kamienna wartownia i czerwono-biały szlaban, jak na przejeździe kolejowym. Był opuszczony. Ominęli go na rowerach.

Droga wiła się wśród zboczy, pokrytych wyschniętą trawą i więdnącymi, żółtymi kwiatkami polnymi. Przy elektrowni nie było domów ani biur. Ze wszystkich stron otaczały ją dziesiątki hektarów bez żadnych zabudowań. Strome zbocza, rzadkie kępy drzew, łąki i wyschnięte strumienie.

Dalej droga skręcała ku skalistemu wybrzeżu. Widok zapierał dech w piersiach, ale fale, zwykle rozszalałe, były teraz łagodne, potulne. Droga to się wznosiła, to opadała, kilka razy skręcała o sto osiemdziesiąt stopni, kryła się między wzgórzami, by kawałek dalej odsłonić kolejny widok na ocean.

– Niedługo jest następna brama – powiedziała Astrid.

– Jeśli będzie tam strażnik, rzucę mu się na szyję – odrzekł Quinn.

– Cały ten teren jest bez przerwy obserwowany i patrolowany – stwierdziła Astrid. – Mają tu niemal prywatną armię, która pilnuje elektrowni.

– Już nie – zauważył Sam.

Podeszli do ogrodzenia ze stalowej siatki, zwieńczonej drutem kolczastym. Ogrodzenie sięgało skał po lewej i znikało wśród skał po prawej. Tutaj wznosiła się znacznie większa wartownia, niemal twierdza. Wyglądała, jakby mogła wytrzymać zmasowany atak. Brama była podwyższonym fragmentem siatki, który otwierał się po naciśnięciu przycisku.

Przestali pedałować i stanęli, patrząc na przeszkodę.

– Jak tam wejść? – zastanawiała się Astrid.

– Ktoś musi się wspiąć na bramę – powiedział Sam.

– Nożyce-papier-kamień?

Trzej chłopcy zagrali w nożyce-papier-kamień i Sam przegrał.

– Stary. Papier? No co ty – zadrwił Quinn. – Każdy wie, że w pierwszej rundzie trzeba pokazać nożyce.

Sam szybko wdrapał się na siatkę, ale drut kolczasty go zatrzymał. Zdjął koszulkę i owinął ją wokół tej części drutu, która mogła sprawić najwięcej kłopotów. Ostrożnie przełożył nogę na drugą stronę i krzyknął, skaleczywszy się w udo. Po chwili znalazł się już po drugiej stronie. Zeskoczył na ziemię, zostawiając koszulkę na drucie.

Wszedł do wartowni. Klimatyzacja była włączona na maksimum i od razu pożałował straty koszulki.

Rząd kolorowych monitorów pokazywał drogę, którą właśnie przyjechali, a także zmieniające się widoki z zewnątrz: ocean, skały i góry. Widać też było kilka wejść do elektrowni, których sforsowanie wymagało użycia karty z kodem.

W łazience Sam zauważył zawieszony na haczyku elektroniczny identyfikator na pasku. Założył go sobie na szyję.

W schowku przy głównym pomieszczeniu znalazł szaro-zieloną koszulkę w wojskowym stylu, o kilka rozmiarów za dużą. Przy ścianie stał zamykany stojak z pistoletami maszynowymi. Pomieszczenie cuchnęło olejem i siarką.

Długo patrzył na pistolety. Broń automatyczna kontra kije bejsbolowe.

– Daj sobie z tym spokój – mruknął do siebie.

Zostawił stojak i mocno zatrzasnął drzwi. Przez chwilę jego dłoń spoczywała na klamce. Potem pokręcił głową. Nie. Sprawy nie zaszły tak daleko.

Jeszcze nie.

Pokusa przyprawiła go o zawroty głowy. Co się z nim działo, że w ogóle, choćby przez sekundę, to rozważał?

Nacisnął guzik, by otworzyć bramę.

– Co tak długo? – zapytał podejrzliwie Quinn.

– Szukałem koszulki.

Elektrownia znajdowała się na zupełnym odludziu, stanowiąc rozległy, przytłaczający kompleks przypominających magazyny budynków, zdominowany przez dwie ogromne, betonowe, dzwoniaste kopuły.

Sam całe życie spędził w cieniu elektrowni. Można było odnieść wrażenie, że pracuje w niej połowa mieszkańców Perdido Beach. Dorastając, słuchał recytowanych z pamięci zapewnień. Nie bał się energetyki atomowej. Ale teraz, widząc elektrownię na własne oczy – jasną, kolczastą bestię, przykuczniętą nad morzem, u stóp gór – zaczął się denerwować.

– Można by tu pomieścić wszystkie domy z Perdido Beach – powiedział. – Nigdy nie widziałem jej z bliska. Jest wielka.

– Przypomina mi się, jak byłem w Rzymie i widziałem Bazylikę Świętego Piotra, tę wielką katedrę – odezwał się Quinn. – Wiecie, człowiek czuje się mały, kiedy patrzy na coś takiego. Myśli sobie, że może powinien uklęknąć, tak na wszelki wypadek.

– Głupie pytanie, wiem, ale nie będziemy napromieniowani, co? – spytał Edilio.

— To nie jest Czarnobyl — odparła cierpko Astrid. — Tam nie mieli nawet obudów bezpieczeństwa. To te dwie wielkie kopuły. Tutejsze reaktory znajdują się w obudowach bezpieczeństwa, więc gdyby coś się stało, radioaktywne gazy czy para zostaną w środku.

Quinn klepnął Edilia w plecy, udając przyjaciela.

— I dlatego nie ma się czym przejmować. Tyle że, eee, nazywają tę okolicę Aleją Promieniotwórczą. Zastanawiam się, czemu. Skoro wszystko jest bezpieczne i w ogóle.

Quinn i Sam znali tę historię, ale na użytek Edilia Astrid wskazała dalszą z dwóch kopuł.

— Widzisz, że różnią się kolorem? Jedna kopuła wydaje się nowsza. W tamtą trafił meteor. Prawie piętnaście lat temu. Ale jakie są szanse, że coś takiego znowu się zdarzy?

— A jakie były szanse, że zdarzy się pierwszy raz? — mruknął Quinn.

— Meteor? — powtórzył Edilio i spojrzał na niebo. Słońce dawno minęło już zenit i chyliło się ku zachodowi nad wodą.

— Mały meteor, lecący z ogromną prędkością — ciągnęła Astrid. — Uderzył w obudowę bezpieczeństwa i ją rozwalił. Dosłownie wyparowała. Walnął w reaktor i leciał dalej. W sumie nawet dobrze, że leciał tak szybko.

Sam ujrzał ten obraz w swojej głowie. Wyobraził sobie wielki kosmiczny kamień, który gna w dół z niewiarygodną prędkością, ciągnie za sobą smugę ognia i rozbija betonową kopułę.

— Dlaczego dobrze? — spytał.

— Bo wbił się w ziemię i zabrał do krateru koło dziewięćdziesięciu procent uranu z reaktora. Zapadł się na głębokość niemal trzydziestu metrów. Więc w zasadzie po prostu zasypali dół, zabetonowali i odbudowali reaktor.

— Słyszałem, że ktoś zginął — wtrącił Sam.

Astrid skinęła głową.

— Jeden z inżynierów. Zdaje się, że pracował blisko reaktora.

— Chcesz powiedzieć, że pod ziemią jest masa uranu i nikt nie powinien myśleć, że to niebezpieczne? — spytał Edilio sceptycznym tonem.

— Masa uranu i kości jednego faceta — uzupełnił Quinn.

— Witaj w Perdido Beach, nasze motto brzmi: „Promieniowanie? Jakie promieniowanie?".

Astrid ich poprowadziła. Wiele razy bywała w elektrowni ze swoim ojcem. Znalazła nieoznakowane, nierzucające się w oczy drzwi w ścianie jednego z budynków. Sam przeciągnął kartę przez szczelinę i drzwi otworzyły się ze zgrzytem.

Wewnątrz ujrzeli ogromne pomieszczenie o wysokim sklepieniu z krzyżujących się żelaznych belek i malowanej betonowej podłodze. Znajdowały się tam cztery potężne maszyny, każda większa od lokomotywy. Panował nieznośny hałas.

— To są turbiny! — zawołała Astrid, przekrzykując zgiełk.
— Uran wchodzi w reakcję, która rozgrzewa wodę i powstaje para. Para przechodzi tutaj, obraca turbiny i wytwarza prąd.

— Czyli turbin nie napędzają gigantyczne chomiki?! — wydarł się Quinn. — Ktoś wprowadził mnie w błąd!

— Najpierw rozejrzyjmy się tutaj! — wykrzyknął Sam. Popatrzył na Quinna.

Quinn oddał mu powolny, szyderczy salut.

Rozeszli się po hali. Astrid przypomniała im, że mały Pete zwykle nie wychodzi, gdy ktoś go woła. Istniał tylko jeden sposób, by go znaleźć: zajrzeć w każdy kąt, w każde miejsce, gdzie dziecko mogłoby stanąć, usiąść albo się schować.

Małego Pete'a nie było w hali.

W końcu Astrid dała im znak, by szli dalej. Gdy przeszli przez dwoje drzwi, wreszcie znowu słyszeli się nawzajem.

– Chodźmy do nastawni – zaproponowała Astrid i poprowadziła ich mrocznym korytarzem do wyglądającej nieco przestarzale nastawni. Przypominała pomieszczenie kontrolne NASA z czasów podboju kosmosu. Staroświeckie komputery, rozmigotane monitory i zdecydowanie zbyt wiele paneli ze zbyt wieloma światełkami, przełącznikami i złączami starej generacji.

Właśnie tam siedział na podłodze, kołysząc się lekko w przód i w tył, grając w grę na podręcznej konsolce z wyłączonym dźwiękiem. Mały Pete.

Astrid nie podbiegła do niego. Patrzyła z miną, która według Sama wyrażała coś podobnego do rozczarowania. Zdawało się wręcz, że nieco się skurczyła.

Ale potem zmusiła się do uśmiechu i podeszła do brata.

– Petey – powiedziała spokojnym głosem. Jakby nigdy nie zaginął, jakby cały czas byli razem i nie było nic dziwnego w tym, że zobaczyła go zupełnie samego w środku elektrowni jądrowej, grającego w Pokemony na Game Boyu.

– Dzięki Bogu, że nie był przy reaktorach – odezwał się Quinn. – Zamierzałem powiedzieć głośne NIE-E-E, gdybyśmy mieli tam szukać.

Edilio skinął głową na znak zgody.

Mały Pete miał cztery lata i jasne włosy jak starsza siostra. Piegowaty, niemal dziewczęcy, był ślicznym dzieckiem. Nie wydawał się opóźniony czy głupi. Właściwie, gdyby ktoś nie znał prawdy, uznałby go za zwykłe, pewnie nawet mądre dziecko.

Gdy jednak Astrid go przytuliła, jakby nawet tego nie zauważył. Dopiero po niemal minucie podniósł rękę znad konsolki i dotknął jej włosów w jakimś nieobecnym geście.

– Jadłeś coś? – spytała dziewczyna. Po chwili zmieniła pytanie: – Głodny?

Miała szczególny sposób rozmawiania z Pete'em, gdy chciała, by zwracał na nią uwagę. Trzymała jego głowę w swoich dłoniach, ograniczając mu pole widzenia i na wpół zakrywając uszy. Przybliżała jego twarz do swojej i mówiła spokojnie, powoli, z wyraźną artykulacją.

– Głodny? – powtórzyła wolno, ale z naciskiem.

W oczach małego Pete'a pojawił się błysk. Skinął głową.

– Dobra – powiedziała Astrid.

Edilio przyglądał się przestarzałym urządzeniom elektronicznym, pokrywającym większą część jednej ze ścian. Zmarszczył czoło.

– Wszystko wygląda normalnie – poinformował.

Quinn przybrał drwiący ton.

– Przepraszam, jesteś nie tylko kierowcą wózka golfowego, ale i inżynierem jądrowym?

– Patrzę tylko na odczyty, stary. Myślę, że zielony znaczy „dobrze", nie? – Podszedł do niskiego, łukowatego stołu, podtrzymującego trzy monitory komputerowe przed trzema sfatygowanymi obrotowymi krzesłami. – Nawet nie mogę tego przeczytać – przyznał, wpatrując się w jeden z ekranów. – Same cyfry i symbole.

– Pójdę do kuchni poszukać czegoś do jedzenia dla Pete'a – oznajmiła Astrid. Ruszyła do wyjścia, ale Pete zaczął kwilić. Przypominało to dźwięk wydawany przez szczeniaka, który czegoś chce.

Astrid popatrzyła na Sama błagalnie.

– Na ogół nie zdaje sobie sprawy z mojej obecności. Nie chcę go zostawiać, kiedy nawiązuje kontakt.

– Przyniosę jedzenie – powiedział Sam. – Co lubi?

– Czekolady nigdy nie odmawia. On... – Chciała coś powiedzieć, ale się powstrzymała.

– Coś mu przyniosę – obiecał.

Edilio podszedł do urządzenia, które wydawało się tu najnowocześniejsze – ekranu plazmowego, przymocowanego do ściany.

Quinn też patrzył na ekran, obracając się powoli na jednym z inżynierskich krzeseł.

– Zobacz, czy możesz przełączyć na inny kanał, bo ten jest nudny.

– To mapa – stwierdził Edilio. – Tu jest Perdido Beach. Tu jakieś miasteczka na wzgórzach. Pokazuje obszar aż do San Luis.

Mapa jaśniała jasnym błękitem, bielą i różem, z czerwonym kółkiem, niczym tarcza celownicza, w samym środku.

– Różowym oznaczona jest strefa potencjalnych opadów, na wypadek, gdyby kiedyś nastąpiła emisja – wyjaśniała Astrid. – Czerwony to najbliższy obszar intensywnego promieniowania. Komputer zbiera dane o wiatrach, ukształtowaniu lądu, prądach morskich i tak dalej, żeby dopasować obraz.

– Różowy i czerwony, tam jest zagrożenie? – spytał Edilio.

– Tak. To obszar, gdzie opad przekroczy dopuszczalny poziom.

– Spory teren – stwierdził Edilio.

– Ale to dziwne – powiedziała Astrid. Pomogła Pete'owi wstać na nogi i podeszła bliżej do mapy. – Nigdy nie widziałam, żeby tak to wyglądało. Zwykle opad idzie w głąb lądu, wiecie, z powodu przewagi wiatrów od morza. Czasami ten obszar rozciąga się aż do Santa Barbara. Albo przechodzi przez park narodowy, zależnie od pogody.

Różowy wzór stanowił idealne koło. Obszar czerwony wyglądał jak tarcza wewnątrz tego zewnętrznego kółka.

— Komputer nie odbiera danych o pogodzie z satelitów — stwierdziła Astrid. — Dlatego powrócił pewnie do ustawień standardowych, czyli czerwonego koła o promieniu piętnastu kilometrów i różowego o promieniu stu pięćdziesięciu kilometrów.

Sam popatrzył na mapę, z początku nic z niej nie rozumiejąc. Potem zaczął dostrzegać miasto, plaże, które znał, inne miejsca.

— Całe miasto znajduje się wewnątrz czerwonego kółka — zauważył.

Astrid skinęła głową.

— Czerwona strefa sięga południowego krańca Perdido Beach.

— Tak.

Sam zerknął na nią, by sprawdzić, czy widzi to, co on.

— Przechodzi dokładnie przez Clifftop.

— Tak — powiedziała powoli. — Rzeczywiście.

— Myślisz, że...

— Tak — odrzekła. — Myślę, że to zdumiewający zbieg okoliczności. Bariera wydaje się pokrywać ze skrajem obszaru zagrożenia. — Po chwili dodała: — Przynajmniej z tego, co o niej wiemy. Nie wiemy, czy obejmuje całą czerwoną strefę.

— Czy to znaczy, że nastąpił jakiś wyciek promieniowania?

Astrid pokręciła głową.

— Nie sądzę. Wszędzie wokół wyłyby alarmy, ostrzegające przed radiacją. Ale najdziwniejsze, że to jak związek przyczynowo-skutkowy, tylko na odwrót. ETAP odciął dostęp do danych meteorologicznych, przez co komputer wszedł w tryb standardowy. Najpierw ETAP, a potem mapa pokazuje wartości domyślne. Więc dlaczego bariera miałaby odwzorowywać układ mapy, który sama wywołała?

Sam pokręcił głową i uśmiechnął się z żalem.

– Chyba jestem zmęczony. Pogubiłem się. Pójdę poszukać czegoś do jedzenia.

Ruszył korytarzem w kierunku wskazanym przez Astrid. Kiedy obejrzał się, stała nieruchomo, wpatrzona w mapę, z ponurym wyrazem twarzy.

Zauważyła, że na nią patrzy. Ich oczy się spotkały. Wzdrygnęła się, jakby ją na czymś przyłapał. Obronnym gestem objęła ramieniem małego Pete'a, który znów zajął się grą. Astrid zamrugała powiekami, spojrzała w dół, odetchnęła głęboko, urywanie i rozmyślnie odwróciła wzrok.

ROZDZIAŁ 12
272 GODZINY, 47 MINUT

– Kawa – Mary wypowiedziała to słowo tak, jakby mogło mieć magiczną moc. – Kawa. Tego mi trzeba.

Weszła do zagraconego, małego pokoju nauczycielskiego w przedszkolu Barbara's i zaczęła szukać w lodówce czegokolwiek, co można by podać małej dziewczynce, która nie chciała jeść. Niemal wpadła do lodówki, tak była zmęczona, i wtedy zauważyła ekspres do kawy.

To właśnie robiła jej mama, gdy czuła się zmęczona. Wszyscy to robili, gdy czuli się zmęczeni.

W odpowiedzi na jej rozpaczliwą prośbę o pomoc Howard dostarczył jedną paczkę pieluszek. Były to Huggies dla noworodków. Bezużyteczne. Przysłał ponad osiem litrów mleka oraz kilka paczek chipsów i krakersów Goldfish. Przysłał też Pandę, który okazał się bardziej niż bezużyteczny. Mary podsłuchała, jak groził laniem płaczącemu trzylatkowi, i wyrzuciła go z budynku.

Natomiast bliźniaczki Anna i Emma przyszły pomóc z własnej woli. Ludzi wciąż było o wiele za mało, ale Mary zdołała przynajmniej przespać pełne dwie godziny.

Później jednak, gdy obudziła się tego ranka – nie, to było popołudnie – czuła się zupełnie zdezorientowana. Była tak nieprzytomna, że nie tylko nie miała pojęcia, która godzina, ale przez pierwszych kilka sekund nie wiedziała nawet, gdzie się znajduje.

Nigdy dotąd nie parzyła kawy, ale widywała, jak to się robi. Przyglądała się teraz ekspresowi zaczerwienionymi oczami. Obok leżały łyżka i filtry.

Pierwsza próba skończyła się długim, bezowocnym oczekiwaniem. Siedziała i w stanie podobnym do śpiączki przez dziesięć minut wpatrywała się w urządzenie, nim zdała sobie sprawę, że zapomniała nalać wody. Kiedy naprawiła swój błąd, maszyna buchnęła strumieniem pary. Po kolejnych pięciu minutach Mary miała już dzbanek aromatycznej kawy.

Nalała ją do filiżanki i ostrożnie skosztowała. Napój okazał się bardzo gorący i bardzo gorzki. Nie mogła marnować mleka, miała za to trochę cukru. Zaczęła od dwóch łyżeczek.

Teraz kawa była lepsza.

Może nie dobra, ale lepsza niż poprzednio.

Zaniosła filiżankę z powrotem do głównej sali. Płakało przynajmniej sześcioro dzieci. Trzeba było zmienić pieluchy. I nakarmić najmłodsze dzieci. Znowu.

Trzyletnia dziewczynka o rzadkich jasnych włosach zauważyła Mary i podbiegła. Dziewczyna bez namysłu sięgnęła w dół. Kawa rozlała się na szyję i ramię dziecka.

Mała krzyknęła.

Mary jęknęła ze strachu.

– O Boże.

– Co się stało? – John podbiegł natychmiast.

Dziewczynka zaczęła wyć.

Mary zamarła.

– Co powinniśmy zrobić? – wykrzyknął John.

Pędem dopadła do nich Anna z małym dzieckiem na rękach.

– O mój Boże, co się stało?

Dziewczynka nie przestawała krzyczeć.

Mary ostrożnie odstawiła filiżankę na blat. Potem wybiegła z pomieszczenia i z budynku.

Z płaczem pognała do swojego domu, który znajdował się dwie przecznice dalej. Otworzyła drzwi. Przez łzy niewiele widziała. Szloch wstrząsał całym jej ciałem.

W środku panowały chłód i spokój. Wszystko wyglądało jak zawsze. Było jednak cicho, tak cicho, że jej łkanie brzmiało jak chrapliwy głos zwierzęcia.

Próbowała się uspokoić.

– Wszystko będzie dobrze, wszystko będzie dobrze.

To samo kłamstwo, które powtarzała dzieciom. Powstrzymała swój przejmujący szloch.

Usiadła przy stole kuchennym. Oparła głowę na rękach, chcąc popłakać jeszcze trochę, bezgłośnie. Ale czas na łzy już minął.

Przez chwilę słuchała po prostu własnego oddechu. Patrzyła na słoje drewna, z którego wykonano stół. Była tak wyczerpana, że słoje zdawały się wirować.

Nie była w stanie uwierzyć, że mamy i taty nie ma w domu.

Gdzie byli? Gdzie oni wszyscy byli?

Na piętrze miała swój pokój, łóżko.

Nie mogła tego zrobić. Nie mogła iść spać. Gdyby zasnęła, nie obudziłaby się przez wiele godzin.

Dzieci jej potrzebowały. Jej nieszczęsny brat, John, musiał dawać sobie radę, gdy ona straciła panowanie nad sobą.

Mary otworzyła lodówkę. Lody Ben & Jerry's o smaku toffi i czekolady. Batoniki Dove. Mogła je zjeść, a wtedy poczułaby się lepiej.

Mogła je zjeść, a wtedy poczułaby się gorzej.

Gdyby zaczęła, nie mogłaby przestać. Gdyby zaczęła jeść, mając takie samopoczucie, nie powstrzymałaby się, a w końcu wstyd stałby się tak wielki, że zmusiłaby się do zwymiotowania wszystkiego.

Odkąd skończyła dziesięć lat, cierpiała na bulimię. Obżarstwo, a potem zwracanie, raz za razem, w przyspieszającym cyklu coraz mniej obfitych wymiotów. Z tego powodu miała w pewnej chwili osiemnaście kilogramów nadwagi, a jej zęby stały się szorstkie i odbarwione od kwasów żołądkowych.

Miała wystarczająco dużo sprytu, by długo ukrywać swoją chorobę, ale w końcu rodzice się dowiedzieli. Przyszedł czas na terapeutów i specjalny obóz, a gdy to nie pomogło, na leki. Gdy o tym pomyślała, przypomniała sobie, że powinna wziąć buteleczkę z szafki z lekarstwami.

Przyjmowała teraz prozac i czuła się lepiej. Kontrolowała swoje odżywianie. Już nie wymiotowała. Zrzuciła część nadwagi.

Ale czemu teraz miałaby nie jeść? Czemu?

Owionęło ją zimne powietrze z lodówki. Lody, czekolada – miała je przed sobą. Przecież jej nie zaszkodzą. Tylko raz. Teraz, gdy była śmiertelnie przerażona, samotna i taka zmęczona.

Tylko jeden batonik Dove.

Wyciągnęła go z pudełka i drżącymi, niespokojnymi palcami rozerwała opakowanie. W mgnieniu oka batonik znalazł się w jej ustach, taki pyszny, taki zimny. Aksamitna, tłusta czekolada rozpuszczała się na języku. Polewa chrupnęła pod jej zębami, a ze środka wypłynęło miękkie, przepyszne, waniliowe nadzienie.

Zjadła cały batonik. Pochłonęła go niczym wilk.

Złapała lody Ben & Jerry's. Znowu zaczęła płakać, wkładając je do mikrofalówki, by topniały przez dwadzieścia sekund. Chciała, by nabrały płynnej konsystencji, by przypominały zimną, czekoladową zupę. Chciała siorbać przy jedzeniu.

Rozległ się dzwonek mikrofalówki.

Wzięła łyżkę, taką dużą, do zupy. Zerwała wieczko i najpierw łyżką, a potem wprost z opakowania, duszkiem, wlała sobie do gardła pół litra czekolady, w swojej łapczywości niemal nie czując smaku.

Płakała i jadła, oblizywała ręce, otrząsała łyżkę.

Wylizała wieczko.

„Dosyć", powiedziała sobie.

Wyciągnęła dwa duże, czarne foliowe worki na śmieci. Do jednego wrzuciła wszystko, czym mogła nakarmić dzieci: krakersy, masło orzechowe, miód, ryżowe płatki Chex, batoniki Nutri-Grain, orzechy nerkowca.

Drugi worek zaniosła na górę. Wepchnęła do niego poszewki i prześcieradła, papier toaletowy, ręczniki – zwłaszcza ręczniki, mogły bowiem zastąpić pieluchy.

Znalazła buteleczkę z prozakiem. Otworzyła ją i przechyliła nad dłonią. Zielono-pomarańczowe, podłużne tabletki. Wzięła jedną i połknęła, popijając wodą z podetkniętej pod kran dłoni.

Zostały tylko dwie.

Zaciągnęła worki pod drzwi frontowe.

Potem wróciła na górę, do swojej łazienki. Starannie zamknęła za sobą drzwi.

Uklękła przed sedesem, podniosła klapę i wetknęła sobie palec do gardła, aż odruch wymiotny wyrzucił jedzenie z jej żołądka.

Gdy skończyła, wyszczotkowała zęby. Znów zeszła na dół. Chwyciła worki i zaczęła wlec je do przedszkola.

– Przypuszczam, że mały Pete nie utrzyma równowagi na kierownicy roweru – odezwał się Sam do Astrid.
– Nie utrzyma – przyznała.
– Dobra, w takim razie pójdziemy pieszo. Która jest, czwarta? Może lepiej zostać tu na noc i ruszyć rano. – Przypomniawszy sobie wcześniejsze narzekania Quinna, spytał: – Co ty na to, Quinn? Zostajemy czy idziemy?

Przyjaciel wzruszył ramionami.

– Jestem skonany. Poza tym mają tu automat ze słodyczami.

W gabinecie dyrektora elektrowni znajdowała się kanapa, na której Astrid mogła się położyć z małym Pete'em. Odrętwiałemu Ediliowi zaproponowała poduszki.

Sam i Quinn przeszukali budynek, aż natrafili na izbę chorych. Były tam szpitalne łóżka na kółkach.

Quinn roześmiał się.

– Jest dobra fala, bracie.

Sam zawahał się. Ale wtedy Quinn ruszył biegiem, rozpędził łóżko na kółkach, wskoczył na nie i nawet zdołał utrzymać równowagę, dopóki nie wpadł na ścianę.

– Dobra – powiedział Sam. – Ja też tak umiem.

Przez kilka minut „surfowali" na łóżkach po pustych korytarzach. Sam zaś odkrył, że nadal potrafi się śmiać. Miał wrażenie, że ostatni raz surfował z Quinnem sto lat temu.

Zaparkowali łóżka w nastawni. Żaden z nich nie znał się na znajdujących się tu urządzeniach, ale miejsce wydawało się właściwe.

Okazało się, że Edilio znalazł pięć skafandrów przeciwradiacyjnych, które wyglądały niemal jak kosmiczne, każdy z kapturem, maską przeciwgazową i małą butlą tlenową.

– Ładnie – powiedział Quinn. – Tak na wszelki wypadek?

Edilio wydawał się nieswój.

– Właśnie, na wszelki wypadek.

Gdy Quinn uśmiechnął się drwiąco, tamten dodał:

– Nie sądzisz, że wszystko zdarzyło się z powodu tego miejsca? Spójrz na tę mapę, chłopie. Czerwone kółko, które przypadkiem kończy się tam, gdzie jest bariera? Może ten cały Howard miał rację, wiesz? Ekstremalne Terytorium Alei Promieniotwórczej? Co za niezwykły zbieg okoliczności.

Astrid była wyraźnie znużona.

– Od promieniowania nie pojawiają się bariery ani nie znikają ludzie.

– Ale jest śmiertelnie groźne, prawda? – naciskał Edilio.

Quinn westchnął i wepchnął swoje łóżko w ciemny kąt, znudzony dyskusją. Sam czekał na odpowiedź Astrid.

– Promieniowanie może cię zabić – zgodziła się dziewczyna. – Może zabić cię szybko albo powoli, wywołać raka albo tylko złe samopoczucie. Albo w ogóle nic. Może też powodować mutacje.

– W rodzaju mewy, która ni z tego, ni z owego ma szpony jak jastrząb? – spytał znacząco Edilio.

– Tak, ale na to potrzeba bardzo długiego czasu. Nie wystarczy jedna doba. – Wstała i wzięła małego Pete'a za rękę. – Muszę położyć go do łóżka. – Obejrzała się jeszcze przez ramię. – Nie martw się, Edilio, przez noc nie staniesz się mutantem.

Sam wyciągnął się na swoim łóżku. Nastawnię rozświetlał przyćmiony blask, mimo że Astrid znalazła wyłącznik światła. Świeciły monitory i ciekłokrystaliczne wyświetlacze.

Sam wolałby chyba zostawić więcej światła. Wątpił, by udało mu się zasnąć.

Leżał, wspominając ostatnie wspólne surfowanie z Quinnem. Dzień po Halloween. Świeciło blade, listopadowe słońce, ale wspomnienia były jasne i wyraźne. Widział w nich każdy głaz, kamyk, każdego kraba, oświetlonego złotymi promieniami. W jego pamięci każda fala była cudowna, niemal jak żywa istota, niebiesko-zielono-biała. Fale wzywały go, zachęcały, by zapomniał o troskach i przyszedł się bawić.

Potem sceneria się zmieniła. Na szczycie urwiska stała matka, uśmiechając się i machając do niego. Pamiętał ten dzień. Niemal zawsze przesypiała poranne godziny, gdy on surfował. Tym jednak razem przyszła popatrzeć.

Miała na sobie niebiesko-białą, kwiecistą, portfelową spódnicę i białą bluzkę. Jej włosy, znacznie jaśniejsze niż jego, powiewały na wietrze. Wydawała się słaba i bezradna. Chciał krzyknąć, by cofnęła się od krawędzi.

Ale nie mogła go usłyszeć.

Krzyczał do niej, a ona go nie słyszała.

Gwałtownie przebudził się ze wspomnienia, które stało się snem. Nie było tu okien, więc nie dało się zobaczyć, czy na zewnątrz panuje dzień, czy noc. Ale wszyscy inni spali.

Zsunął się z łóżka i wstał, starając się nie wydać żadnego dźwięku. Po kolei sprawdził, co u pozostałych. Quinn wyjątkowo nie mówił przez sen. Edilio chrapał na poduszkach, które dała mu Astrid. Ona z kolei skuliła się na skraju kanapy, w gabinecie. Po drugiej stronie spał Pete.

Druga noc bez rodziców. Pierwsza w hotelu, a druga tutaj, w elektrowni.

Gdzie spędzą jutrzejszą noc?

Sam nie chciał wracać do siebie. Pragnął odzyskać matkę, ale nie dom.

Na biurku w gabinecie dyrektora zauważył iPoda. Nie liczył za bardzo na muzyczny gust dyrektora, który – sądząc po rodzinnym zdjęciu na blacie – miał około sześćdziesiątki. Ale Sam nie przypuszczał, by udało mu się z powrotem zasnąć.

Przekradł się przez gabinet tak cicho, jak tylko umiał, niemal muskając rękę Astrid. Obszedł biurko, leciutko odsuwając krzesło i starannie unikając gabloty z pucharami, głównie golfowymi.

Dostrzegł nagły ruch u swoich stóp. Szczur. Odskoczył i wpadł na gablotę.

Rozległ się donośny brzęk.

Mały Pete otworzył oczy.

– Przepraszam – zaczął Sam, ale zanim zdołał wypowiedzieć kolejną sylabę, chłopiec zaczął wrzeszczeć. Był to zwierzęcy odgłos. Rozdzierający, natarczywy, powtarzający się krzyk.

– W porządku – powiedział Sam. – To...

Dźwięki uwięzły mu w gardle. Nie mógł mówić.

Nie mógł oddychać.

Chwycił się za gardło. Poczuł niewidzialne ręce, które zaciskały się na jego szyi, stalowe palce, odbierające mu powietrze. Tłukł w nie dłońmi i próbował je oderwać, a mały Pete cały czas krzyczał i machał rękami niczym ptak, próbujący zerwać się do lotu.

Mały Pete krzyczał.

Edilio i Quinn już biegli w ich stronę.

Sam poczuł, że krew napływa mu do oczu, przesłaniając pole widzenia. Serce mu waliło. Płuca wysilały się, lecz nie mogły wciągnąć powietrza.

– Petey, Petey, wszystko w porządku – powiedziała Astrid, uspakajając brata, głaszcząc go po głowie, tuląc go do siebie. W jej oczach widniały rozpacz i strach.

– Miejsce przy oknie, Petey. Miejsce przy oknie, miejsce przy oknie, miejsce przy oknie.

Sam zatoczył się na biurko.

Astrid znalazła Game Boya. Włączyła urządzenie.

– Co się dzieje? – wykrzyknął Quinn.

– Usłyszał hałas – zawołała w odpowiedzi Astrid. – To go przestraszyło. Kiedy się boi, szaleje. W porządku, Pete, w porządku, jestem przy tobie. Masz tu swoją grę.

Sam chciał krzyknąć, że nic nie jest w porządku, że się dusi, ale nie mógł wydać z siebie dźwięku. Kręciło mu się w głowie.

– Ej, Sam, co ty wyprawiasz? – spytał Quinn.

– Dusi się! – zawołał Edilio.

– Możesz uciszyć tego głupiego dzieciaka? – wykrzyknął Quinn.

– Nie przestanie, dopóki wszyscy się nie uspokoją – powiedziała Astrid przez zaciśnięte zęby. – Miejsce przy oknie, Petey, idź na swoje miejsce przy oknie.

Sam opadł na jedno kolano.

To było szaleństwo.

Wkrótce miał umrzeć.

Zawładnął nim strach.

Jego świat czerniał.

Ręce odpychały pustkę.

Nagle rozbłysło jasne światło.

Zupełnie jakby w dyrektorskim gabinecie wybuchła mała supernowa.

Nieprzytomny Sam padł na ziemię.

Dziesięć sekund później odzyskał zmysły. Leżał na plecach, a nad nim pochylały się przestraszone twarze Quinna i Edilia.

Mały Pete milczał. Jego piękne oczy były wlepione w grę elektroniczną.

– Czy on żyje? – spytał Quinn głosem, który zdawał się płynąć z bardzo daleka.

Sam zaczerpnął ostry, nagły haust powietrza. Potem jeszcze jeden.

– Nic mi nie jest – wychrypiał.

– Nic mu nie jest? – spytała Astrid z paniką w głosie, starała się jednak nie zdenerwować znowu Pete'a.

– Skąd się wzięło to światło? – spytał Edilio. – Widzieliście je?

– Stary, widzieli je nawet na księżycu. – Oczy Quinna były szeroko otwarte.

– Wychodzimy stąd – rzucił Edilio.

– Gdzie możemy... – zaczęła Astrid.

Edilio przerwał jej:

– Nie obchodzi mnie to. Byle nie tutaj.

– Słusznie – stwierdził Quinn. Wyciągnął rękę i pociągnął Sama, pomagając mu wstać.

Samowi ciągle kręciło się w głowie i drżały mu nogi. Opór nie miał sensu, na wszystkich twarzach wokół niego widniała panika. To nie był właściwy moment, żeby się kłócić albo coś wyjaśniać.

Nie wiedział, czy zdoła cokolwiek powiedzieć, więc wskazał tylko drzwi i skinął głową.

Puścili się biegiem.

ROZDZIAŁ 13
258 GODZIN, **59** MINUT

Niczego ze sobą nie wzięli, po prostu biegli. Prowadził Quinn, za nim gnali Edilio, Astrid i mały Pete, na końcu zaś, zataczając się, gonił ich Sam.

Biegli, aż minęli główną bramę. Zdyszani, przystanęli i zgięci w pół, oparli dłonie na kolanach. Dookoła panowała ciemność. O tej porze elektrownia jeszcze bardziej kojarzyła się z żywym, oddychającym stworem. Oświetlały ją dziesiątki punktowych reflektorów, przez co majaczące powyżej wzgórza wydawały się jeszcze ciemniejsze.

– Dobra, co to było? – chciał wiedzieć Quinn. – Co to było?

– Po prostu Petey spanikował – odparła Astrid.

– Tak, tyle wiem – odrzekł. – Ale co ze światłem, które zgasło?

– Nie wiem – z trudem wychrypiał Sam.

– Co cię dusiło, bracie?

– Dusiłem się i już – odparł Sam.

– Dusiłeś się i już? Powietrzem?

– Nie wiem, może... może lunatykowałem czy jakoś... wziąłem coś do jedzenia i się zadławiłem. – Wymówka była

kiepska. Pełne niedowierzania spojrzenia Quinna i Edilia świadczyły, że tego nie kupują.
— Pewnie tak — powiedziała Astrid.
Jej słowa były tak niespodziewane, że nawet Sam nie zdołał ukryć zdumienia.
— Co innego mogło sprawić, że się dusił? — ciągnęła. — A to światło stanowiło pewnie jakiś wewnętrzny system alarmowy.
— Bez urazy, Astrid, ale gadasz bzdury. — Edilio oparł ręce na biodrach, podszedł do Sama i dodał: — Stary, pora, żebyś zaczął mówić prawdę. Szanuję cię. Ale jak mam cię szanować, skoro mnie okłamujesz?
Sam dał się zaskoczyć. Jeszcze nigdy nie widział Edilia rozzłoszczonego, pozostali zresztą też nie.
— Co masz na myśli? — Próbował zyskać na czasie.
— Coś się tu dzieje, chłopie, i chodzi o ciebie, prawda? — mówił Edilio. — To światło? Widziałem je już wcześniej. Tuż przed tym, jak cię wyciągnąłem z tego płonącego budynku.
Quinn odwrócił się gwałtownie.
— Co? Co ty gadasz?
— Mur i znikający ludzie to jeszcze nie wszystko — wyjaśnił Edilio. — Dzieje się tu coś jeszcze. Coś, co dotyczy ciebie, Sam. I Astrid też, skoro tak od razu próbowała was kryć.
Sam z zaskoczeniem zdał sobie sprawę, że tamten ma rację. Astrid też wiedziała. Nie tylko on miał swoje tajemnice. Poczuł ulgę. Nie musiał zmagać się z tym samotnie.
— Dobra. — Wziął głęboki wdech i próbował poukładać myśli, zanim zacznie wyrzucać je wszystkie z siebie. — Po pierwsze, nie wiem, co to takiego, jasne? — zaczął cicho. — Nie wiem, skąd się to bierze. Nie wiem, jak to się dzieje. Wiem tylko tyle, że czasem... pojawia się... światło.

– O czym ty mówisz, bracie? – spytał Quinn.

Sam podniósł ręce, kierując dłonie w stronę przyjaciela.

– Mogę... Stary, wiem, że to brzmi jak brednie, ale czasami światło po prostu tak jakby strzela z moich rąk.

Quinn parsknął śmiechem.

– Nie, to nie brzmi jak brednie. Brednie są wtedy, kiedy mówisz, że lepiej ode mnie śmigasz po falach. A to jest już choroba psychiczna. Totalny odpał. Pokaż, jak to robisz.

– Nie wiem jak – przyznał Sam. – Zdarzyło mi się to cztery razy, ale nie umiem zrobić tego na zawołanie.

– Cztery razy strzeliłeś laserami z rąk? – Głos Quinna balansował na granicy między śmiechem a krzykiem. – Znam cię prawie całe życie i teraz zmieniłeś się w Green Lanterna? Akurat.

– To prawda – odezwała się Astrid.

– Bzdura. Jeśli prawda, zróbcie to. Pokażcie.

– Próbuję ci wytłumaczyć – odparł Sam – że dzieje się tak, tylko kiedy wpadnę w panikę. Nie kontroluję tego, to się po prostu dzieje samo.

– Właśnie powiedziałeś, że zdarzyło się to cztery razy. Widziałem błysk podczas pożaru. Widziałem teraz. A dwa pozostałe razy?

– Poprzednio w moim domu. Zrobiło się... to znaczy ja zrobiłem... to światło. Takie jak z żarówki. Było ciemno. Śnił mi się koszmar. – Napotkał spokojne spojrzenie Astrid i nagle zapaliła się inna żarówka. – Widziałaś to – oskarżył ją. – Widziałaś światło w moim pokoju. Cały czas wiedziałaś.

– Tak – przyznała. – Wiedziałam od pierwszego dnia. A jeśli chodzi o Pete'a, wiem jeszcze dłużej.

Edilio nie dawał za wygraną.

– Pożar, tutaj, ta żarówka, w sumie trzy razy.

– Pierwszy raz to zdarzyło się z Tomem – powiedział Sam. Imię to nic nie znaczyło dla Edilia, ale Quinn je znał.

– Twoim ojczymem? – spytał ostro kumpel. – To znaczy byłym ojczymem?
– Tak.

Quinn patrzył na niego surowo.

– Nie mówisz tego, co mi się wydaje, prawda?

– Myślałem, że chce skrzywdzić mamę – wyjaśnił Sam. – Myślałem... Spałem, obudziłem się, zszedłem po schodach, oni byli w kuchni i krzyczeli, zobaczyłem Toma z nożem, a potem ten błysk strzelił mi z rąk.

Poczuł, że do oczu napływają mu palące łzy. Nie odczuwał smutku. Raczej ulgę. Jeszcze nigdy nikomu o tym nie mówił. Jakby ogromny ciężar spadł mu z barków. Ale jednocześnie dostrzegł, że Quinn cofnął się o krok, zwiększając dzielącą ich odległość.

– Moja mama wiedziała, ma się rozumieć. Kryła mnie na ostrym dyżurze. Tom krzyczał, że do niego strzeliłem. Lekarze zobaczyli oparzenie, więc wiedzieli, że to nie postrzał. Mama wcisnęła im jakieś kłamstwo, że Tom wpadł na piekarnik, czy coś w tym stylu.

– Musiała wybrać, czy chronić ciebie, czy wspierać męża – stwierdziła Astrid.

– Tak. A Tom zdał sobie sprawę, kiedy już uśmierzyli mu ból... zdał sobie sprawę, że skończy na oddziale psychiatrycznym, jeśli dalej będzie mówił, że pasierb strzelał do niego promieniami światła.

– Spaliłeś rękę swojego ojczyma? – głos Quinna zabrzmiał piskliwie.

– Ej, zaraz. Co zrobił? – spytał Edilio. Tym razem to on był zaskoczony.

– Jego ojczym ma hak zamiast dłoni, chłopie – wyjaśnił Quinn. – Musieli mu obciąć rękę, mniej więcej tutaj.

– Wykonał na własnym przedramieniu gest rąbania siekierą.

– Widziałem go jakiś tydzień temu, w San Luis. Miał taki

jakby hak, ze szczypcami czy czymś takim. Kupował papierosy i podawał sprzedawcy pieniądze tym hakiem. – Zademonstrował obrazowo, co ma na myśli, używając dwóch palców w charakterze szczypiec protezy. – Czyli jesteś jakimś dziwolągiem? – drążył. Najwyraźniej nadal nie podjął decyzji, czy jest zdenerwowany, czy rozbawiony.

– Nie ja jedyny – powiedział Sam obronnym tonem. – Ta dziewczynka z pożaru. Myślę, że to ona wznieciła ogień. Na mój widok wpadła w panikę. Zupełnie jakby z rąk tryskał jej płynny ogień.

– Więc też strzeliłeś – domyślił się Edilio. – Zrobiłeś tę swoją sztuczkę. – Sam widział w mroku tylko zarys jego twarzy. – Właśnie to cię gryzło. Myślisz, że zrobiłeś jej krzywdę.

– Nie wiem, jak nad tym panować. Nie prosiłem o to. Nie wiem, co zrobić, by się tego pozbyć. Cieszę się tylko, że nie skrzywdziłem małego Pete'a. Dusiłem się.

Quinn i Edilio zwrócili teraz uwagę na chłopca. Mały Pete przetarł zaspane oczy i skierował wzrok gdzieś obok nich, obojętny na ich obecność, może nawet nieświadom ich istnienia. Być może zastanawiał się, czemu stoi w wilgotną noc przed elektrownią jądrową. A być może nad niczym się nie zastanawiał.

– On też – oskarżycielsko stwierdził Quinn. – Dziwoląg.

– Nie wie, co robi – odparła Astrid.

– Niezbyt mnie to pociesza – warknął Quinn. – Jaki numer odstawia? Strzela rakietami z tyłka czy jak?

Astrid pogładziła włosy braciszka i przesunęła palcami po jego policzku.

– Miejsce przy oknie – szepnęła. A potem zwróciła się do pozostałych: – Miejsce przy oknie to takie zaklęcie. Pomaga mu znaleźć spokojne miejsce. Chodzi o krzesło przy oknie w moim pokoju.

— Miejsce przy oknie — odezwał się niespodziewanie mały Pete.
— On mówi — zauważył Edilio.
— Umie mówić — wyjaśniła Astrid. — Ale nieczęsto mu się to zdarza.
— Umie mówić. Świetnie. Co jeszcze robi? — spytał z przekąsem Quinn.
— Wydaje się zdolny do wielu rzeczy. Między nami na ogół dobrze się układa. Zwykle tak naprawdę mnie nie zauważa. Ale kiedyś prowadziłam z nim terapię, pracowaliśmy z książką z obrazkami, którą czasem ogląda. Pokazuję mu obrazek i próbuję nakłonić, by wypowiedział odpowiednie słowo. Nie wiem, tego dnia miał chyba zły humor. Może trochę za mocno złapałam go za rękę i przytknęłam jego palec do obrazka, bo na tym polega terapia. Rozzłościł się. I nagle już mnie tam nie było. W jednej chwili byłam w jego pokoju, a w następnej już u siebie.

Zapadła grobowa cisza, gdy cała czwórka spoglądała na małego Pete'a.

— To może zdoła zabrać nas z ETAP-u i przenieść z powrotem do naszych rodziców — odezwał się w końcu Quinn.

Znowu milczenie. W pięcioro stali na środku drogi. Za sobą mieli buczącą, jasno oświetloną elektrownię, a przed sobą ciemną jezdnię.

— Ciągle czekam, aż się roześmiejesz, Sam — powiedział Quinn. — Wiesz, powiedz: nabrałem was. Powiedz, że to jakiś numer. Że tylko mnie wkręcasz.

— Znaleźliśmy się w nowym świecie — wtrąciła Astrid. — Słuchaj, jeśli chodzi o Pete'a, wiem o tym od jakiegoś czasu. Próbowałam wierzyć, że to jakiś cud. Tak jak ty, Quinn, chciałam wierzyć, że robi to Bóg.

– Jak to? – spytał Edilio. – Znaczy, mówicie, że to się działo, zanim jeszcze zaczął się ETAP.

– Słuchaj, mówią, że jestem mądra, ale to nie znaczy, że coś z tego rozumiem – przyznała Astrid. – Wiem tylko, że zgodnie z prawami biologii i fizyki dzieją się rzeczy niemożliwe. W ludzkim ciele nie ma żadnego narządu, który wytwarzałby światło. A to, co zrobił Petey, umiejętność przenoszenia obiektów z miejsca na miejsce? Naukowcom udało się dokonać tego z paroma atomami. Nie z całymi istotami ludzkimi. To wymagałoby więcej energii, niż wytwarza cała ta elektrownia. Co w zasadzie oznacza, że prawa fizyki trzeba napisać od nowa.

– Jak się pisze od nowa prawa fizyki? – spytał z namysłem Sam.

Astrid rozłożyła ręce.

– Z trudem radzę sobie na zaawansowanym kursie fizyki. Aby zrozumieć, co się dzieje, człowiek musiałby być Einsteinem czy Heisenbergiem, to ten poziom. Wiem tylko, że rzeczy niemożliwe się nie zdarzają. Więc albo to się nie dzieje, albo zasady w jakiś sposób się zmieniły.

– Jakby ktoś włamał się do komputera wszechświata – powiedział Quinn.

– Właśnie – potwierdziła Astrid, zaskoczona, że chłopak zrozumiał. – Jakby ktoś włamał się do komputera wszechświata i na nowo go zaprogramował.

– Zostały tylko dzieciaki, jest jakiś wielki mur, a mój najlepszy kumpel został nagle magikiem – ciągnął Quinn. – A myślałem sobie: dobra, cokolwiek się dzieje, nadal mam swojego brata, swojego najlepszego przyjaciela.

– Nadal jestem twoim przyjacielem, Quinn – stwierdził Sam.

Tamten westchnął.

– Tak. No, ale nie jest tak samo, prawda?

— Są pewnie jeszcze inni — odezwała się Astrid. — Inni, tacy jak Sam i Petey. I dziewczynka, która umarła.

— Musimy utrzymać wszystko w tajemnicy — uznał Edilio. — Nikomu nie możemy powiedzieć. Ludzie nie lubią takich, których uważają za lepszych od siebie. Jeśli zwykłe dzieciaki się dowiedzą, zaczną się kłopoty.

— A może nie — odrzekła Astrid z nadzieją w głosie.

— Jesteś mądra, Astrid, ale jeśli myślisz, że ludzie się z tego ucieszą... to nie znasz ludzi — stwierdził Edilio.

— Ja na pewno nie będę kłapał dziobem — zapewnił Quinn.

— Dobra, Edilio ma chyba rację — przyznała dziewczyna. — Przynajmniej na razie. A zwłaszcza nie możemy puścić pary z gęby na temat Pete'a.

— Nic nie powiem — potwierdził Edilio.

— Wy wiecie. To wystarczy — odrzekł Sam.

Ruszyli w kierunku odległego miasta. Szli w milczeniu. Najpierw zwartą grupą. Potem Quinn wysunął się na czoło. Edilio oddalił się nieco w bok. Astrid nie odstępowała małego Pete'a.

Sam pozwolił sobie zostać trochę z tyłu. Pragnął ciszy i spokoju. Jakaś jego część chciała oddalać się coraz bardziej, by w końcu pozostali o nim zapomnieli.

Był jednak teraz związany z tymi ludźmi. Wiedzieli, kim — czym — jest. Znali jego tajemnicę. I nie zwrócili się przeciwko niemu.

Dobiegł go głos Quinna, śpiewającego „Pieski małe dwa". Przyspieszył kroku, by dogonić przyjaciół.

ROZDZIAŁ 14
255 GODZIN, **42** MINUTY

Sam, Astrid, Quinn i Edilio padli wyczerpani na trawnik na placu. Mały Pete wciąż stał, grając w swoją grę, zupełnie obojętny, jakby całonocny, piętnastokilometrowy marsz był zwykłym spacerem. Wschodzące słońce wyławiało kontury gór za nimi i rozświetlało zbyt spokojny ocean.

Trawa była mokra od rosy, która przesiąkła przez koszulkę Sama. Pomyślał: nigdy nie zdołam tu zasnąć. I po chwili już spał.

Obudziły go promienie słońca na powiekach. Zamrugał i usiadł. Rosa już wyschła i trawa stwardniała od upału. Wokół kręciło się wiele dzieciaków. Nie widział jednak swoich przyjaciół. Może poszli szukać jedzenia? Sam był głodny.

Gdy wstał, zauważył, że tłum się porusza. Wszyscy zmierzali w tym samym kierunku, do kościoła.

Dołączył do tej fali. Obok zobaczył znajomą dziewczynę. Spytał, co się dzieje.

Wzruszyła ramionami.

– Po prostu idę za resztą.

Sam też szedł, aż tłum zaczął zwalniać. Wtedy wskoczył na oparcie parkowej ławki, balansując niepewnie, ale za to widząc wszystko ponad głowami innych.

Cztery samochody jechały przez Armada Avenue. Poruszały się jednostajnym tempem, niczym na paradzie. Wrażenie potęgował jeszcze fakt, że trzeci samochód był kabrioletem z opuszczonym dachem. Wszystkie cztery były ciemne, potężne, kosztowne. Kolumnę zamykała czarna terenówka. Pojazdy miały włączone reflektory.

– Ktoś jedzie nam na ratunek? – zawołał do Sama jakiś piątoklasista.

– Nie widzę radiowozów, więc wątpię. Lepiej trzymaj się z boku, młody.

– Czy to kosmici?

– Wtedy zobaczylibyśmy raczej statki kosmiczne, a nie BMW.

Konwój czy jak to nazwać, podjechał do krawężnika u szczytu placu i zatrzymał się.

Ze wszystkich samochodów wysiadły dzieci. Miały na sobie czarne spodnie i białe koszule. Dziewczyny nosiły czarne plisowane spódniczki i dopasowane kolorystycznie podkolanówki. Podobnie jak chłopcy, miały granatowe marynarki z dużą tarczą, naszytą na wysokości serca. Wszyscy przyjezdni nosili też krawaty w granatowo-czarno-złote paski.

Na tarczy widniały ozdobne litery „C" i „A", wyszyte złotą nicią na tle, które przedstawiało złotego orła i pumę. Pod spodem umieszczono łacińskie motto Coates Academy: *Ad augusta per angusta*. „Do wielkich osiągnięć przez wąskie ścieżki".

– To dzieciaki z Coates. – Był to głos Astrid. Ona i mały Pete stali obok Edilia. Sam zeskoczył z ławki, by znaleźć się przy nich.

– Starannie wyćwiczony pokaz – powiedziała Astrid, jakby czytała Samowi w myślach.

Gdy ci z Coates wysiedli z samochodów, tłum cofnął się o krok. Zawsze istniała rywalizacja między dziećmi z miasta, które uważały się za „normalne", a tymi z Coates, na ogół bogatymi i – choć akademia starała się to ukryć – dość dziwnymi.

Coates Academy było miejscem, gdzie majętni rodzice posyłali uczniów, których inne szkoły uznały za „trudnych".

Przybysze ustawili się w szeregu. Może nie dorównywali porządkiem i precyzją oddziałowi wojskowemu na defiladzie, ale widać było, że to ćwiczyli.

– Prawie jak armia – odezwała się Astrid cichym głosem.

Po chwili w kabriolecie podniósł się chłopak, ubrany w jasnożółty sweter w serek zamiast marynarki. Uśmiechnął się niepewnie i zwinnie wspiął się z tylnego siedzenia na bagażnik. Lekko, autoironicznie machnął dłonią, jakby chciał pokazać, że sam nie wierzy w to, co robi.

Był przystojny, nawet Sam to dostrzegał. Miał ciemne włosy i ciemne oczy, podobnie jak on. Ale twarz chłopca zdawała się świecić wewnętrznym blaskiem. Promieniał pewnością siebie, pozbawioną jednak arogancji czy protekcjonalności. Wydawał się autentycznie skromny, nawet gdy stał tak naprzeciw wszystkich i patrzył ponad ich głowami.

– Cześć – powiedział. – Jestem Caine Soren. Pewnie już się zorientowaliście, że ja... że jesteśmy z Coates Academy. Albo że wszyscy mamy kiepski gust w kwestii ubioru.

W tłumie rozległy się pojedyncze śmiechy.

– Lekki dowcip, żeby rozluźnić atmosferę – odezwała się Astrid, ciągnąc swój szeptany komentarz.

Kątem oka Sam zauważył Młotka. Chłopak odwracał wzrok i kulił się, jakby próbował się ukryć. Był z Coates.

Jak on to powiedział? Że nie umiał się z nimi dogadać? Coś takiego.

– Wiem, że między dzieciakami z Coates Academy i z Perdido Beach toczy się tradycyjna rywalizacja – mówił dalej Caine. – To stare dzieje. Wygląda na to, że wpakowaliśmy się w to, co się dzieje, razem. Mamy teraz takie same problemy. I powinniśmy współpracować, by sobie z nimi radzić, nie sądzicie?

W odpowiedzi wiele osób pokiwało głowami.

Głos miał wyraźny i może ciut wyższy niż Sam, ale silny i zdecydowany. Umiał tak patrzeć na tłum przed sobą, jakby każdemu z osobna spoglądał w oczy.

– Wiesz, co się stało? – spytał jakiś głos.

Caine pokręcił głową.

– Nie. Pewnie nie wiemy nic więcej od was. Zniknęli wszyscy, którzy mieli piętnaście lat albo więcej. I jest jeszcze mur, bariera.

– Nazywamy to ETAP-em – powiedział głośno Howard.

– Etapem? – zainteresował się Caine.

– E-T-A-P. Ekstremalne Terytorium Alei Promieniotwórczej.

Caine myślał nad tym przez chwilę, a potem parsknął śmiechem.

– Doskonałe. Ty to wymyśliłeś?

– Tak.

– Trzeba zachować poczucie humoru, kiedy świat nagle zdaje się bardzo dziwnym miejscem. Jak się nazywasz?

– Howard. Jestem prawą ręką kapitana. Kapitana Orca.

Przez tłum przeszedł szmer niepokoju. Caine natychmiast to zauważył.

– Mam nadzieję, że ty i kapitan Orc dołączycie do mnie i do pozostałych, którzy chcą usiąść i pogadać o planach na przyszłość. Bo my mamy pewien plan na przyszłość. – Podkreślił ostatnie zdanie machnięciem dłoni, jakby odcinał się od przeszłości.

– Chcę do mamy! – wykrzyknął nagle jakiś mały chłopiec.

Wszyscy ucichli. Malec powiedział to, co wszyscy czuli.

Caine zeskoczył z samochodu i podszedł do chłopca. Przyklęknął i wziął go za ręce.

– Wszyscy chcemy odzyskać rodziców – powiedział łagodnie, ale na tyle głośno, by stojący najbliżej wyraźnie go słyszeli. – Wszyscy. I wierzę, że to nastąpi. Wierzę, że zobaczymy nasze mamy i ojców, starszych braci i siostry, a nawet nauczycieli. Wierzę w to. A ty?

– Tak – chlipnął mały.

Caine przytulił go mocno ze słowami:

– Bądź silny. Bądź silnym chłopcem swojej mamy.

Caine wstał. Pozostali otoczyli go kręgiem, stając blisko, ale z dużym szacunkiem.

– Wszyscy musimy być silni. Razem musimy przez to przejść. Jeśli będziemy współpracować, by wybrać dobrych przywódców i robić, co należy, na pewno damy radę.

Dzieci stojące w tłumie wydawały się teraz nieco wyższe. Na twarzach, wcześniej zmęczonych i przestraszonych, pojawił się wyraz determinacji.

Sam był wręcz zahipnotyzowany tym widowiskiem. W zaledwie kilka minut Caine tchnął nadzieję w zalęknioną, przygnębioną grupę.

Astrid też wydawała się urzeczona, choć Samowi zdawało się, że dostrzega w jej oczach chłodny błysk sceptycyzmu.

On też był sceptyczny. Wyćwiczone pokazy nie budziły jego zaufania. Nie dowierzał urokowi osobistemu. Ale ciężko było nie zauważyć, że Caine przynajmniej próbuje dotrzeć do dzieciaków z Perdido Beach. Trudno mu było nie wierzyć, choćby tylko trochę. A jeśli chłopak naprawdę miał plan, to chyba dobrze? Wyglądało na to, że nikt inny kompletnie nie wie, co robić.

Caine znowu podniósł głos.

– Jeśli nikt z was nie ma nic przeciwko temu, chciałbym pożyczyć wasz kościół. Chciałbym usiąść z waszymi przywódcami, w obecności naszego Pana, i omówić mój plan, a także wszelkie zmiany, których chcielibyście dokonać. Czy znajdzie się, no, może dziesięć osób, które mogą mówić w waszym imieniu?

– Ja – odezwał się Orc, przepychając się naprzód. Wciąż trzymał kij bejsbolowy. Zdobył też policyjny kask, jeden z tych czarnych, plastikowych kasków, jakie nosili funkcjonariusze z Perdido Beach podczas swych rowerowych patroli.

Caine omiótł osiłka przenikliwym spojrzeniem.

– Kapitan Orc, jak się domyślam.

– Tak. To ja.

Caine wyciągnął dłoń.

– To dla mnie zaszczyt, kapitanie.

Orcowi opadła szczęka. Zawahał się. Sam pomyślał, że zapewne pierwszy raz w burzliwym życiu Orca ktoś powiedział, że spotkanie z nim to zaszczyt. I pewnie pierwszy raz ktoś zechciał podać mu rękę. Chłopak był wyraźnie zdezorientowany. Zerknął na Howarda.

Howard spoglądał to na Orca, to na Caine'a, próbując ocenić sytuację.

– Oddaje ci hołd, kapitanie – stwierdził.

Orc chrząknął, przełożył kij z prawej dłoni do lewej i wyciągnął swoją grubą łapę. Caine chwycił ją oburącz i z powagą popatrzył osiłkowi w oczy.

– Gładko poszło – mruknęła Astrid pod nosem.

Wciąż trzymając rękę Orca, Caine rzucił:

– No, kto jeszcze reprezentuje Perdido Beach?

Odezwała się Skacząca Bette.

– Sam Temple wszedł do płonącego domu, by ratować małą dziewczynkę. Może wystąpić przynajmniej w moim imieniu.

Rozległ się pomruk aprobaty.

– Tak, Sam to prawdziwy bohater – dał się słyszeć jakiś głos.

– Mógł zginąć – poparł go inny.

– Tak, Sam to nasz człowiek.

Uśmiech Caine'a pojawił się i zniknął tak szybko, że Sam nie był pewien, czy naprawdę go widział. Przez ten ułamek sekundy dostrzegł wyraz triumfu na twarzy tamtego. Caine podszedł prosto do niego, przyjazny i bezpośredni, wyciągając rękę.

– Na pewno znajdą się lepsi ode mnie – powiedział Sam, cofając się.

Tamten jednak złapał go za łokieć i nie dał za wygraną, dopóki nie uścisnął mu dłoni.

– Sam, tak? Wygląda na to, że prawdziwy z ciebie bohater. Jesteś spokrewniony z naszą szkolną pielęgniarką, Connie Temple?

– To moja matka.

– Nie dziwię się, że ma dzielnego syna – powiedział Caine z uczuciem. – To bardzo dobra kobieta. Widzę, że jesteś nie tylko odważny, ale i skromny, ale ja... Proszę cię o pomoc. Potrzebuję jej.

Po wzmiance o matce, wszystkie elementy układanki zaczęły do siebie pasować. Caine. „C.". Jakie istniały szanse, że „C." to jakiś inny uczeń Coates?

Prędzej czy później C. albo któryś z pozostałych zrobi coś poważnego. Komuś stanie się krzywda. Jak S. z T.

– Dobra – powiedział Sam. – Jeśli inni tego chcą.

143

Padło kilka innych imion, a Sam bez przekonania, ale lojalnie zaproponował Quinna.

Oczy Caine'a wędrowały od Sama do Quinna i na ułamek sekundy pojawił się w nich cyniczny, znaczący błysk. Momentalnie jednak zniknął, zastąpiony przez wyćwiczony wyraz pokory i zdecydowania.

– W takim razie chodźmy razem – powiedział Caine. Odwrócił się i ruszył po schodach kościoła. Pozostali wybrańcy podążyli za nim.

Jedna z uczennic Coates, ciemnooka, bardzo ładna dziewczyna, zatrzymała Sama i wyciągnęła dłoń. Sam uścisnął ją.

– Jestem Diana – powiedziała, nie puszczając go. – Diana Ladris.

– Sam Temple.

Jej oczy o barwie nocy napotkały jego spojrzenie i Sam, czując się nieswojo, chciał odwrócić wzrok, ale jakoś nie potrafił.

– Ach – westchnęła, jakby ktoś powiedział jej coś fascynującego. Potem puściła jego rękę i uśmiechnęła się drwiąco. – Proszę, proszę. Chyba lepiej chodźmy do środka. Nie chcemy, żeby Nieustraszony Przywódca został bez świty.

Kościół był wzniesiony sto lat wcześniej przez bogatego właściciela fabryki konserw. Świątynię katolicką, zniszczoną i porzuconą. Pokryty cynowymi płytami, ewidentnie brzydki budynek stał w pobliżu przystani.

Kościół, ze swoimi strzelistymi łukami, kilkoma posągami świętych i pięknymi, sfatygowanymi ławami z drewna, był tak duży, że zdawał się nie pasować do Perdido Beach. Spośród sześciu szpiczastych okien, w trzech zachowały się oryginalne witraże, przedstawiające różne epizody z dziejów Jezusa. Trzy pozostałe padły przez lata ofiarami wandali, pogody, a może trzęsień ziemi, i w ich miejsce wstawiono tańsze witraże o abstrakcyjnym wzorze.

Gdy Astrid weszła do kościoła, uklękła na jedno kolano i przeżegnała się, patrząc na przytłaczająco wielki krucyfiks nad ołtarzem.

– Tutaj chodzisz do kościoła? – spytał szeptem Sam.

– Tak. A ty?

Pokręcił głową. Pierwszy raz był w środku. Jego matka była niepraktykującą żydówką. O wyznaniu ojca się nie mówiło, Sam zaś osobiście niezbyt interesował się religią. W tym kościele czuł się mały i zdecydowanie nie na miejscu.

Caine pewnym siebie krokiem podszedł do ołtarza. Sam ołtarz nie był zbyt okazały, ot, zwykły prostopadłościan z białego marmuru, do którego prowadziły trzy stopnie kryte czerwonym dywanem.

W sumie do środka weszło piętnaście osób, w tym Sam Temple, Quinn, Astrid i mały Pete, Alfred Hillsborough i Mary Terrafino. Elwood Booker, najlepszy sportowiec z dziewiątej klasy, i jego dziewczyna Dahra Baidoo, Orc, który naprawdę nazywał się podobno Charles Merriman, Howard Bassem i Cookie, którego prawdziwe nazwisko brzmiało Tony Gilder.

Ze strony Coates Academy, oprócz Caine'a Sorena, był Drake Merwin, uśmiechnięty i wesoły chłopak o złośliwym spojrzeniu i potarganych włosach barwy piasku. Dołączyła również Diana Ladris. I jeszcze jasnowłosy, wyglądający na zagubionego piątoklasista w dużych okularach, którego przedstawiono Samowi jako Komputerowego Jacka.

Wszystkie dzieciaki z Perdido Beach usiadły w ławach, przy czym w pierwszym rzędzie rozparł się Orc ze swoją bandą. Komputerowy Jack usiadł z boku, tak daleko od innych, jak się dało. Drake Merwin stał i uśmiechał się drwiąco, z dłońmi złożonymi na piersiach, po lewej stronie od Caine'a. Diana Ladris patrzyła na pozostałych, stojąc przy jego prawym boku.

Sam kolejny raz uświadomił sobie, że ci z Coates przećwiczyli wszystko rano, poczynając od przyjazdu kawalkady samochodów – co musiało wymagać kilku godzin treningu w prowadzeniu aut – aż po tę prezentację. Musieli zacząć planowanie i próby tuż po tym, jak zaczął się ETAP.

Ta myśl budziła niepokój.

Gdy wszyscy zostali już sobie przedstawieni, Caine żwawo przeszedł do wyjaśniania swojego planu.

– Musimy pracować razem – ogłosił. – Trzeba zorganizować to tak, żeby nic nie uległo zniszczeniu, i rozwiązywać problemy na bieżąco. Myślę, że przede wszystkim powinniśmy dbać o zachowanie tego, co jest. Kiedy bariera zniknie i wrócą ludzie, których nie ma, zobaczą, że wykonaliśmy kawał dobrej roboty i utrzymaliśmy porządek.

– Kapitan już to robi – wtrącił Howard.

– Bez wątpienia dobrze się spisał – zgodził się Caine, schodząc po schodkach w kierunku Orca. – Ale to ciężkie brzemię. Dlaczego kapitan Orc ma wykonywać całą pracę sam? Uważam, że potrzebujemy systemu i planu. Kapitanie – zwrócił się bezpośrednio do osiłka – na pewno nie chcesz zajmować się rozdziałem żywności, opieką nad chorymi i działalnością przedszkola, czytać wszystkiego, co musiałbyś czytać i pisać tego, co musiałbyś napisać, by wprowadzić w Perdido Beach jakiś system.

– Domyślił się, że Orc to prawie analfabeta – szepnęła Astrid.

Orc zerknął na Howarda, który wyglądał na urzeczonego Caine'em. Wzruszył ramionami. Zgodnie ze słowami Astrid, po wzmiance o czytaniu i pisaniu poczuł się nieswojo.

– No właśnie – powiedział Caine, jakby wzruszenie ramion Orca oznaczało potwierdzenie. Wrócił na scenę i zwrócił się do wszystkich: – Wygląda na to, że mamy niezawodne źródło energii elektrycznej. Ale łączność wysiadła. Mój przyjaciel Komputerowy Jack uważa, że da się uruchomić sieć komórkową. – Rozległ się podniecony pomruk i Caine wzniósł ręce. – Nie mówię, że będziemy mogli zadzwonić do kogokolwiek poza... jak brzmiało to genialne określenie Howarda... ETAP-em? Ale przynajmniej będziemy mogli porozumiewać się między sobą.

Wszystkie oczy skierowały się na Komputerowego Jacka, który przełknął ślinę, przytaknął skinięciem głowy, poprawił okulary i oblał się rumieńcem.

– To potrwa, ale razem damy radę – ciągnął Caine. Dla podkreślenia swojego zdecydowania uderzył zaciśniętą prawą dłonią w otwartą lewą. – Oprócz szeryfa, który pilnowałby przestrzegania zasad – a do tego zadania moim zdaniem największe kwalifikacje ma Drake Merwin, bo jego ojciec to porucznik policji drogowej – będziemy potrzebowali szefa straży pożarnej do nagłych wypadków i na tę funkcję mianuję Sama Temple'a. W związku z tym, co opowiadano o jego śmiałej akcji podczas pożaru, wybór uważam za oczywisty, a wy?

Obecni zaczęli kiwać głowami i rozległy się potakiwania.

– Przeciąga cię na swoją stronę – szepnęła Astrid. – Wie, że stanowisz dla niego konkurencję.

– Nie ufasz mu – mruknął na to Sam.

– Manipuluje ludźmi – dodała dziewczyna. – Co wcale nie znaczy, że jest zły. Może być w porządku.

– Sam uratował sklep z narzędziami i przedszkole – odezwała się Mary. – No i prawie uratował tę małą. A skoro już o tym mowa, ktoś powinien ją pochować.

– Właśnie – powiedział Caine. – Z Bożą pomocą nie będzie więcej takiej potrzeby, ale ktoś musi grzebać zmarłych. Tak jak ktoś musi pomagać tym, którzy się rozchorują albo zranią. No i ktoś powinien opiekować się małymi dziećmi.

Głos zabrała Dahra Baidoo.

— Mary świetnie zajmowała się smarka... znaczy przedszkolakami — stwierdziła. — Ona i jej brat John.
— Ale potrzebujemy pomocy — wtrąciła szybko Mary. — Nie mamy czasu, żeby się przespać. Brakuje nam pieluch, jedzenia i... — westchnęła — wszystkiego. John i ja znamy już te dzieci i możemy wszystko nadzorować, ale potrzebna nam pomoc. Dużo pomocy.

Caine wyglądał, jakby się wzruszył, niemal jakby lada chwila miał uronić łzę. Podszedł szybko do Mary, pomógł jej wstać i otoczył ją ramieniem.

— Szlachetna z ciebie osoba, Mary. Ty i twój brat będziecie mogli wybrać sobie pomocników... Jak myślisz, ilu ludzi trzeba do opieki nad maluchami?

Mary dokonała w głowie obliczeń.

— Nasza dwójka i może jeszcze czworo innych — oznajmiła. Potem, nabrawszy pewności dodała: — Właściwie potrzebujemy czterech osób rano, czterech po południu i czterech w nocy. I jeszcze pieluch i mleka w proszku. No i musimy mieć taką możliwość, żeby prosić innych o przynoszenie nam różnych rzeczy, na przykład jedzenia.

Caine pokiwał głową.

— Nie ma nic ważniejszego niż opieka nad najmłodszymi. Mary i John, macie pełne prawo dobrać sobie tylu ludzi, ilu potrzebujecie, i żądać dostawy wszelkich rzeczy, które się wam przydadzą. Jeśli ktoś się sprzeciwi, Drake i jego ludzie, w tym kapitan Orc, dopilnują, żebyście wszystko dostali.

Mary wydawała się oszołomiona i wdzięczna.

W przeciwieństwie do Howarda.

— Zaraz, co takiego? Wcześniej nic nie powiedziałem, ale mówisz, że Orc ma pracować dla tego gościa? — Kciukiem wskazał Drake'a, który właśnie wyszczerzył się w uśmiechu niczym rekin. — My nie pracujemy dla nikogo. Kapitan Orc nie pracuje dla nikogo ani pod niczyim przywództwem. Nie słucha niczyich rozkazów.

Sam zobaczył, że przez przystojną twarzy Caine'a przemknął wyraz zimnej wściekłości, który jednak błyskawicznie zniknął.

Orc też musiał to dostrzec, bo wstał, a Cookie poszedł za jego przykładem. Obaj ściskali kije bejsbolowe. Drake, wciąż się uśmiechając, stanął między nimi a Caine'em. Kroiła się bójka.

Diana Ladris, o dziwo, uważnie patrzyła na Sama, jakby Orc jej nie obchodził.

Caine westchnął, uniósł ręce i obiema dłońmi przygładził włosy.

Naraz rozległo się dudnienie, które poniosło się po posadzce i ławach. Nieznaczny wstrząs. Sam, podobnie jak większość Kalifornijczyków, przeżywał podobne chwile już wiele razy.

Wszyscy zerwali się na nogi, doskonale wiedząc, co robić w razie trzęsienia ziemi.

Potem jednak rozbrzmiał rozdzierający dźwięk, stal i drewno zaczęły się skręcać i krucyfiks oddzielił się od ściany. Zerwał się ze śrub, które utrzymywały go na miejscu, jakby szarpnął nim jakiś niewidzialny olbrzym.

Nikt nawet nie drgnął.

Na ołtarz spadł deszcz kawałków tynku i kamyków.

Krzyż runął naprzód. Leciał niczym drzewo, ścięte piłą łańcuchową.

Caine opuścił ręce po bokach. Twarz miał posępną, zaciętą, gniewną.

Krucyfiks, przynajmniej trzyipółmetrowy, spadł z impetem na pierwszą ławę. Uderzenie było głośne i nagłe niczym samochodowa kraksa.

Orc i Howard odskoczyli w bok. Cookie był zbyt wolny. Pozioma belka krzyża trafiła go w prawe ramię.

W jednej chwili padł na ziemię. Wokół jego ramienia pojawiła się plama krwi.

Wszystko to zdarzyło się tak szybko, że dzieciaki, które zerwały się na nogi, nie miały nawet czasu puścić się biegiem.

– Pomocy, pomocy! – krzyczał Cookie.

Leżał na posadzce i wył. Krew przesączała się przez materiał koszulki i spływała na płyty posadzki.

Elwood zepchnął z niego krzyż i Cookie wrzasnął.

Caine ani drgnął. Drake Merwin nie odrywał zimnego spojrzenia od Orca. Wciąż trzymał skrzyżowane na piersi ręce i wydawał się zupełnie niewzruszony.

Diana Ladris nadal skupiała uwagę na Samie. Znaczący uśmieszek na jej twarzy nawet nie drgnął.

Astrid złapała Sama za ramię.

– Wyjdźmy stąd – szepnęła. – Musimy pogadać.

Diana to widziała.

– Aaa, aaa, pomocy, o rany, ale boli! – darł się Cookie.

Orc i Howard nie zrobili najmniejszego ruchu, by pomóc leżącemu towarzyszowi.

Caine, zupełnie spokojny, odezwał się:

– To straszne. Czy ktoś zna się na pierwszej pomocy? Sam? Twoja mama była pielęgniarką.

Mały Pete, który dotąd siedział cicho i nieruchomo niczym kamień, zaczął się coraz szybciej kołysać. Zamachał rękami, jakby opędzał się od roju pszczół.

– Muszę go stąd zabrać, nakręca się – oznajmiła Astrid, po czym wzięła brata, by go wynieść. – Miejsce przy oknie, Pete, miejsce przy oknie.

– Nie jestem pielęgniarką – wybuchnął Sam. – Nie wiem...

Dahra Baidoo pierwsza wyrwała się z oszołomienia, by uklęknąć przy miotającym się, krzyczącym Cookiem.

– Trochę znam się na pierwszej pomocy. Elwood, pomóż mi.

– Zdaje się, że mamy nową pielęgniarkę – oznajmił Caine, podekscytowany i przejęty nie mniej niż dyrektor szkoły, ogłaszający nazwisko wyróżnionego ucznia.

Diana odwróciła się, podeszła do Caine'a i szepnęła mu coś do ucha. Ciemne oczy chłopaka omiatały wstrząśniętych obecnych, jakby po kolei ich oceniał. Zdobył się na pusty uśmiech i niepostrzeżenie skinął Dianie głową.

– Zebranie zostaje odroczone, dopóki nie pomożemy naszemu rannemu przyjacielowi... jak on się nazywa? Cookie?

Głos Cookiego był jeszcze bardziej naglący, błagał o pomoc, ocierał się o histerię.

– Boli, bardzo boli, o Boże.

Caine poprowadził Drake'a i Dianę nawą, obok Sama, po czym wyszli z kościoła w ślad za Astrid i małym Pete'em.

Drake przystanął w połowie drogi, obejrzał się i pierwszy raz się odezwał.

– Kapitanie Orc? – powiedział rozbawionym głosem. – Niech twoi ludzie... ci, którzy nie są ranni... ustawią się na zewnątrz. Musimy ustalić wasze... eee, obowiązki. – Wykrzywiając się w uśmiechu, dorzucił wesoło: – Później.

ROZDZIAŁ 15

251 GODZIN, **32** MINUTY

Do Jacka dopiero po dłuższym czasie dotarło, że powinien pójść za Caine'em i pozostałymi i opuścić kościół. Zbyt gwałtownie wstał, uderzając się przy tym o ławę. Hałas przyciągnął uwagę cichego chłopca, nazwanego wcześniej przez Caine'a bohaterem.

– Przepraszam – rzucił Jack.

Pospiesznie wyszedł na zewnątrz. Z początku nie zobaczył żadnych kolegów z Coates. Przed kościołem kłębiło się wiele osób, rozmawiających o tym, co zaszło wewnątrz. Wycie Cookiego było tylko trochę stłumione.

Jack zauważył wysoką, jasnowłosą dziewczynę, którą widział w środku, oraz jej młodszego brata.

– Przepraszam, wiesz, gdzie poszli Caine i reszta?

Dziewczyna, nie pamiętał jej imienia, spojrzała mu w oczy.

– Są w ratuszu. A gdzie indziej mógłby być nasz nowy przywódca?

Jackowi często umykały niuanse w wypowiedziach innych. Wychwycił jednak jej zimny sarkazm.

– Przepraszam za kłopot. – Poprawił okulary na nosie, próbując się jednocześnie uśmiechnąć. Przechylił głowę i rozejrzał się w poszukiwaniu ratusza.

– To tam. – Wskazała ręką. A potem dodała: – Jestem Astrid. Naprawdę myślisz, że możesz włączyć telefony?

– Jasne. Ale to potrwa. Teraz sygnał idzie z twojego telefonu do wieży, tak? – Mówił protekcjonalnym tonem, a dłońmi starał się ukazać kształt wieży i promieniujących od niej fal. – Potem jest przesyłany do satelity, a później w dół, do routera. Ale teraz nie możemy wysyłać sygnału do satelity, więc...

Przerwał mu wstrząsająco głośny krzyk bólu z wnętrza kościoła. Aż się wzdrygnął.

– Skąd wiesz, że nie możemy dosięgnąć satelity? – spytała.

Zaskoczony, zamrugał powiekami i zrobił chytrą minę, którą robił zawsze, gdy ktoś kwestionował jego znajomość techniki.

– Wątpię, żebyś zrozumiała.

– Sprawdź mnie, mały – odparła.

Ku zaskoczeniu Jacka, najwyraźniej nadążała za wszystkim, co mówił. Zaczął więc tłumaczyć, jak mógłby przeprogramować kilka dobrych komputerów, by służyły jako prymitywne routery sieci telefonicznej.

– Nie byłby to szybki system. To znaczy, nie mógłby obsłużyć więcej niż, powiedzmy, kilkanaście połączeń jednocześnie, ale na podstawowym poziomie powinien działać.

Braciszek Astrid zdawał się patrzeć na dłonie Jacka, którymi ten nerwowo teraz gestykulował. Jack niepokoił się, przebywając z dala od Caine'a. Zanim przyjechali z Coates Academy, Drake Merwin ostrzegł wszystkich, że mają do minimum ograniczyć rozmowy z uczniami z Perdido Beach.

A ostrzeżenie ze strony Drake'a to była poważna sprawa.
- Lepiej już pójdę - powiedział Jack.
Astrid go zatrzymała.
- Czyli znasz się na komputerach.
- Tak. Technika to moja specjalność.
- Ile masz lat?
- Dwanaście.
- Młody jesteś jak na takie umiejętności.
Zaśmiał się lekceważąco.
- Nic z tego, co mówiłem, nie jest takie trudne. Może większość by tego nie potrafiła, ale dla mnie to łatwizna.

Nigdy nie był nieśmiały, gdy szło o jego zdolności techniczne. Pierwszy prawdziwy komputer dostał na swoją czwartą Gwiazdkę. Rodzice wciąż opowiadali, jak tego pierwszego dnia spędził przy maszynie czternaście godzin, robiąc przerwy tylko na batoniki Nutri-Grain i soki w kartonikach.

W wieku pięciu lat z łatwością instalował już programy i nawigował po sieci. Gdy skończył sześć, rodzice zwracali się do niego, by pomagał im przy komputerze. Jako ośmiolatek miał własną stronę internetową, a w szkole pełnił nieoficjalną funkcję pomocy technicznej.

W wieku dziewięciu lat włamał się do systemu komputerowego miejscowej policji, by skasować mandat, który ojciec jego kolegi dostał za przekroczenie prędkości.

Jego rodzice dowiedzieli się o tym i wpadli w panikę. W kolejnym semestrze był już w Coates Academy, która słynęła jako odpowiednie miejsce dla inteligentnych, ale trudnych dzieci.

Ale on nie był trudny i czuł się dotknięty. W każdym razie pobyt w Coates Academy wcale nie pomógł mu trzymać się z dala od kłopotów. Przeciwnie, poznał uczniów, których rodzice Jacka mogliby uznać za nieodpowiednie towarzystwo dla swojego syna.

— A co byłoby dla ciebie trudne, Jack? — spytała Astrid.
— Prawie nic — odparł zgodnie z prawdą. — Ale najbardziej chciałbym uruchomić Internet. Tutaj, w tym... jak to się tam nazywa.
— Zdaje się, że nazywamy to ETAP-em.
— Tak. Tutaj, w ETAP-ie. Myślę, że mamy jakieś dwieście dwadzieścia pięć porządnych komputerów, sądząc po liczbie domów i firm. Powierzchnia jest stosunkowo mała, więc dość łatwo byłoby ustawić Wi-Fi. To proste. A gdybym miał do dyspozycji choćby parę G5, mógłbym uruchomić przynajmniej ograniczony system lokalny.

Uśmiechnął się radośnie na tę myśl.
— Byłoby wspaniale. Powiedz mi, Komp... naprawdę powinnam nazywać cię Komputerowym Jackiem?
— Wszyscy tak do mnie mówią. A czasem po prostu Jack.
— Dobra, Jack. Co zamierza Caine?

Dał się zaskoczyć.
— Co?
— Co zamierza? Mądry z ciebie chłopak, na pewno czegoś się domyślasz.

Jack chciał odejść, ale nie miał pojęcia, jak to zrobić. Astrid podeszła bliżej i położyła mu dłoń na ramieniu. Popatrzył na jej rękę.
— Wiem, że coś knuje — ciągnęła dziewczyna. Jej młodszy brat skierował na Jacka swoje okrągłe jak spodki, nieobecne oczy. — Wiesz, o co mi chodzi?

Tamten powoli pokręcił głową.
— Uważam, że jesteś miły — powiedziała. — Jesteś bardzo mądry, więc ludzie nie zawsze dobrze cię traktują. Boją się twojego talentu. I próbują cię wykorzystać.

Jack przyłapał się na tym, że kiwa głową.
— Ale nie wydaje mi się, żeby Drake był miły. Nie jest, prawda?

Jack zachował milczenie. Nie chciał niczego zdradzić. Potrafił zrozumieć maszyny znacznie szybciej niż ludzi. Ludzie na ogół nie byli równie interesujący.
— To łobuz, prawda? Znaczy Drake.

Wzruszył ramionami.
— Tak myślałam. A Caine?

Nie odpowiedział, więc też nic nie mówiła, pytanie zaś wisiało w powietrzu. Jack przełknął ślinę i próbował odwrócić wzrok, jednak nie było to łatwe.
— Caine — powtórzyła wreszcie Astrid. — Coś jest z nim nie tak, prawda?

Opór Komputerowego Jacka skruszał, w przeciwieństwie do jego czujności. Zniżył głos do szeptu.
— Umie robić różne rzeczy — przyznał. — Umie...
— Jack. Tu jesteś.

Oboje podskoczyli. Była to Diana Ladris. Wesoło skinęła głową w kierunku Astrid.
— Mam nadzieję, że twojemu braciszkowi nic się nie stało. Jak stamtąd wybiegłaś, pomyślałam, że może jest chory.
— Nie, nic mu nie jest.
— Szczęściarz z niego, że cię ma — powiedziała Diana.

Z tymi słowami ujęła rękę Astrid, jakby chciała ją uścisnąć. Ale Jack wiedział, do czego zmierza.

Astrid cofnęła dłoń.

Diana miała miły uśmiech, teraz jednak zniknął z jej twarzy. Jack zastanawiał się, czy mogłaby skończyć z Astrid. Pewnie nie. Zwykle potrzebowała więcej czasu, by odczytać poziom mocy danej osoby.

Odgłos diesla powstrzymał nadciągającą konfrontację. Chłopiec o latynoskich rysach jechał koparką przez ulicę.
— Kto to? — spytała Diana.
— Edilio — wyjaśniła Astrid.
— Co on robi?

Chłopiec w koparce zaczął kopać rów na samym środku trawnika, blisko chodnika, gdzie pod kocem leżały omijane przez wszystkich zwłoki dziewczynki.
- Co on robi? – powtórzyła Diana.
- Chyba chce pogrzebać zmarłą – odrzekła cicho Astrid.
Diana zmarszczyła brwi.
- Caine nie powiedział mu, żeby to zrobił.
- A co to ma za znaczenie? – spytała Astrid. – Trzeba to zrobić. Chyba pójdę tam i zobaczę, czy mogę pomóc. Wiesz, o ile Caine nie miałby nic przeciwko temu.

Diana nie uśmiechnęła się, ale też się nie wykrzywiła, co Jack widział już nie raz.
- Wydajesz się miła, Astrid – powiedziała. – Dam głowę, że jesteś jedną z tych zdolnych dziewczyn w typie Lisy Simpson, co to mają masę świetnych pomysłów i przejmują się ratowaniem planety czy takimi tam. Ale wszystko się zmieniło. To już nie jest twoje dawne życie. To jakby... Wiesz, jak to jest? Jakbyś przywykła do życia w dobrej dzielnicy, a teraz przeprowadziła się na ulicę, gdzie trzeba walczyć o swoje. Nie wyglądasz mi na twardą, Astrid.
- Wiesz, co jest przyczyną ETAP-u? – spytała Astrid, nie dając się zastraszyć.

Diana wybuchnęła śmiechem.
- Kosmici. Bóg. Nagła zmiana w kontinuum czasoprzestrzennym. Słyszałam, jak ktoś nazwał cię Genialną Astrid, więc pewnie przyszły ci do głowy wyjaśnienia, których ja nawet się nie domyślam. Nieważne. To się stało. A my w tym tkwimy.
- Czego chce Caine? – spytała Astrid.

Jack nie mógł uwierzyć, że Astrid nie czuje się onieśmielona wobec pewnej siebie Diany. Z większością ludzi tak właśnie było. Większość ludzi nie potrafiła stawić jej czoła. A gdy próbowali, to żałowali.

Jackowi zdało się, że ciemne oczy Diany rozświetlił błysk podziwu.

– Czego chce Caine? Tego, czego chce. I dostanie to – odpowiedziała Diana. – A teraz pędź na ten pogrzeb. Nie wchodź mi w drogę. I opiekuj się braciszkiem. Jack?

Dźwięk własnego głosu wyrwał Jacka z transu.

– Tak.

– Chodź.

Ruszył krok w krok za nią, wyraźnie jednak zawstydzony swoim nagłym, psim posłuszeństwem.

Zaczęli wchodzić po schodach ratusza. Caine, nie zaskakując tym nikogo, kto go znał, zajął gabinet burmistrza. Siedział za masywnym mahoniowym biurkiem, kołysząc się powoli na boki w zbyt dużym krześle, obitym czerwoną skórą.

– Gdzie byłaś? – spytał.

– Poszłam po Jacka.

W jego oczach pojawił się błysk.

– A gdzie się podział nasz Komputerowy Jack?

– Nigdzie – odparła. – Po prostu się zgubił.

Jack ze zdumieniem zdał sobie sprawę, że Diana go kryje.

– Natknęłam się na tę dziewczynę – ciągnęła. – Tę blondynkę z dziwnym młodszym bratem.

– Tak?

– Mówią na nią Genialna Astrid. Chyba jest związana z tym chłopakiem od pożaru.

– Nazywa się Sam – przypomniał jej Caine.

– Myślę, że powinniśmy mieć na Astrid oko.

– Odczytałaś ją? – spytał.

– Uzyskałam tylko częściowy odczyt, więc nie mam pewności.

Z irytacją rozłożył ręce.

– Czemu muszę błagać o informacje? Powiedz.
– Ma jakieś dwie kreski.
– Masz jakieś pojęcie, co to za moc? Zapalarka? Śmigaczka? Kameleon? Oby nie następna Dekka. Ciężko z nią było. I mam nadzieję, że nie kolejna Czytaczka, jak ty.

Diana pokręciła głową.
– Nie mam pojęcia. Nie jestem nawet pewna, czy ma dwie kreski.

Caine pokiwał głową, po czym westchnął, jakby na jego barkach spoczywał ciężar spraw całego świata. – Wpisz ją na listę, Jack. Genialna Astrid: dwie kreski. Ze znakiem zapytania.

Jack wyciągnął swój palmtop. Nie miał już oczywiście Internetu, ale inne funkcje ciągle działały. Wpisał kod PIN i otworzył plik.

Lista rozwinęła się. Widniało na niej dwadzieścia osiem nazwisk, wyłącznie uczniów Coates. Przy każdym nazwisku znajdowała się cyfra: jeden, dwa, trzy. Tylko jednemu przypisano czwórkę: Caine Soren.

Jack skupił się na wprowadzaniu informacji.
Astrid. Dwie kreski. Znak zapytania.
Starał się nie myśleć, co to oznacza dla tej ładnej, jasnowłosej dziewczyny.

– Poszło lepiej, niż myślałem – zwrócił się Caine do Diany. – Przewidziałem, że pojawi się jakiś miejscowy osiłek, z którym będziemy sobie musieli poradzić. I mówiłem, że będzie jakiś naturalny przywódca. Osiłek ma pracować dla nas, a na przywódcę trzeba mieć oko, aż będziemy gotowi, żeby sobie z nim poradzić.

– Ja będę go miała na oku – zaproponowała Diana. – Jest uroczy.

– Odczytałaś go?

Jack widział, jak Diana wzięła Sama za rękę. Dlatego zdumiał się, gdy odparła:

– Nie. Nie miałam okazji.

Jak zmarszczył brwi, niepewny, czy powinien jej przypomnieć. Ale to byłoby głupie. Dziewczyna na pewno wiedziała, czy wykonała odczyt, czy też nie.

– Zrób to, jak tylko nadarzy się okazja – polecił Caine.
– Widziałaś, jak wszyscy na niego patrzą? A kiedy spytałem o nominacje, jego nazwisko padło pierwsze. Nie podoba mi się, że to syn siostry Temple. Fatalny zbieg okoliczności. Odczytaj go. Jeśli ma moc, może nie będziemy mogli czekać, żeby się nim zająć.

Lana wyzdrowiała.

Była jednak słaba, głodna, spragniona.

Pragnienie było najgorsze. Nie miała pewności, czy sobie z nim poradzi.

Przeszła jednak przez piekło i przeżyła. I to dawało nadzieję.

Słońce wisiało wysoko, ale jeszcze nie dotykało jej swoimi promieniami. Wąwóz pogrążony był w cieniu. Lana wiedziała, że ma największe szanse, jeśli dotrze z powrotem do rancza, zanim ziemia stanie się gorąca niczym ciasto zaraz po wyjęciu z piekarnika.

– Nie myśl o jedzeniu – wychrypiała. Podniosło ją na duchu odkrycie, że wciąż może mówić.

Próbowała wspiąć się z powrotem na drogę, pomimo rozbitych kolan i obtartych dłoni. Po chwili zrozumiała, że nic z tego. Nawet Patrick nie mógł wdrapać się na górę. Było po prostu zbyt stromo.

Pozostawało tylko iść dnem rozpadliny, aż dokądś ją ona zaprowadzi. Marsz nie należał do łatwych. W większości miejsc ziemia była twarda, w innych jednak dziewczyna ślizgała się i lądowała na czworakach.

Po każdym kolejnym upadku trudniej było wstać. Patrick ciężko dyszał i częściej dreptał, niż skakał, równie zmęczony i obolały jak ona.

– Tkwimy w tym oboje, prawda, piesku? – zagadnęła.

Gałęzie krzewów kaleczyły jej nogi, kamienie raniły stopy. Miejscami trzeba było omijać gęstwiny ciernistych krzaków. Raz nie dało się ich obejść i Lana musiała przedrzeć się środkiem z czasochłonną ostrożnością, zbierając zadrapania, które niczym ogień paliły jej odsłonięte nogi.

Gdy jednak przeszła, przyłożyła dłonie do zadraśnięć i ból ustąpił. Mniej więcej po dziesięciu minutach nie było już śladu po obrażeniach.

Lana była przekonana, że to cud. Nie posiadała mocy uzdrawiania psów ani ludzi. Nigdy dotąd tego nie robiła. Nie miała pojęcia, w jaki sposób do tego doszło. Jej umysł skupiał się na pilniejszych sprawach: jak pokonać następne wzniesienie, minąć kolejną kępę jeżyn albo gdzie w tej spieczonej okolicy znaleźć wodę i jedzenie.

Żałowała, że nie zwracała większej uwagi na układ terenu, gdy jeździła na ranczo i z powrotem. Czy wąwóz prowadził do rancza czy też je omijał? Czy dom dziadka był daleko? Czy szła na ślepo w głąb pustyni? Czy ktoś jej szukał?

Ściany rozpadliny nie były już tak wysokie, wciąż jednak wydawały się strome. Jar się zwężał. To na pewno dobry znak. Skoro się zwężał i stawał płytszy, to chyba zbliżała się do jego końca?

Opuściła wzrok na ziemię, wypatrując węży, gdy nagle Patrick stanął jak wryty.

– Co jest, piesku? – Sama jednak zobaczyła, o co chodzi. Wąwóz był przegrodzony murem. Mur wznosił się niewiarygodnie wysoko, znacznie wyżej niż ściany jaru, a zrobiono go z... z czegoś, czego nigdy dotąd nie widziała.

Sama wielkość nieoczekiwanej przeszkody w połączeniu z niedopasowaniem do tego miejsca wzbudziła w niej lęk. Ale najwyraźniej nic się w jej pobliżu nie działo. Mur był po prostu murem. Wydawał się przejrzysty niczym rozwodnione mleko i lekko połyskiwał. To było niedorzeczne. Mur tam, gdzie nie miało prawa być żadnego muru.

Podeszła bliżej, ale Patrick nie chciał iść w jej ślady.

– Musimy zobaczyć, co to takiego, piesku – ponagliła.

Patrick miał inne zdanie. Nie był w najmniejszym stopniu zainteresowany, co to takiego.

Z bliska zobaczyła swoje niewyraźne odbicie.

– To pewnie dobrze, że nie widzę siebie lepiej – mruknęła, widząc włosy sztywne od zaschniętej krwi. Była brudna. Ubranie miała podarte i nie chodziło wcale o artystyczny, modny styl. Było całe w strzępach.

Pokonała kilka ostatnich kroków i dotknęła bariery palcem.

– Auć!

Zawyła i cofnęła rękę. Przed kraksą określiłaby ten ból jako nieznośny. Teraz wiedziała już, co znaczy prawdziwy ból. Nie zamierzała jednak dotykać przeszkody ponownie.

– Jakieś elektryczne ogrodzenie? – spytała Patricka. – Skąd się tu wzięło?

Teraz nie miała już wyboru, musiała wdrapać się na ścianę wąwozu. Niestety, Lana była niemal pewna, że ranczo znajduje się na lewo od rozpadliny, a z tej strony wspinaczka była niemożliwa. Potrzebowałaby lin i karabińczyków.

Sądziła, że zdoła wspiąć się z prawej, przechodząc po obalonym głazie na kruszącą się półkę. Ale wtedy, o ile nie pomyliła kierunków, wąwóz odgrodziłby ją od rancza.

Mogła też wrócić tą samą drogą, którą przyszła. Dotarcie tutaj zajęło jej pół dnia. Minąłby cały dzień, zanim wróciłaby do punktu wyjścia. Umarłaby w miejscu, z którego wyruszyła.

– Chodź, Patrick. Wynośmy się stąd.

Zdawało jej się, że minęła wieczność, nim wdrapała się na ścianę wznoszącą się po prawej. Wszystko to pod milczącym, złowrogim spojrzeniem muru, o którym Lana zaczęła myśleć jak o żywej istocie, potężnej, złej sile, chcącej zatrzymać ją za wszelką cenę.

Gdy w końcu dotarła na górę, zamrugała powiekami, osłoniła oczy i uważnie się rozejrzała. Niemal się załamała. Ani śladu drogi. Ani śladu rancza. Jedynie górski grzbiet i najwyżej półtora kilometra równiny, po pokonaniu której będzie musiała przystąpić do dalszej wspinaczki.

I nadal ten mur. Mur, którego nie powinno być.

Z jednej strony drogę przegradzał jej wąwóz, z drugiej góry, z trzeciej zaś mur, który przecinał krajobraz i wyglądał, jakby spadł z nieba.

Jedyna droga prowadziła z powrotem tam, skąd Lana przyszła. Wąski pasek płaskiego obszaru wił się wzdłuż rozpadliny.

Osłoniła oczy i zamrugała w promieniach słońca.

– Czekaj – powiedziała do psa. – Tam coś jest.

Przytulone do bariery, niedaleko podnóża gór. Czy naprawdę była to plama zieleni, połyskująca w rozedrganych falach upału? Na pewno jakiś miraż.

– Co myślisz, Patricku?

Pies stał zupełnie obojętnie. Do reszty stracił ducha. Był w jeszcze gorszej formie niż jego pani.

– Chyba nie mamy lepszego wyjścia niż miraż – stwierdziła Lana.

Ruszyli przed siebie. Słońce prażyło niemiłosiernie wprost w nieosłoniętą głowę dziewczyny. Czuła, że jej ciało się poddaje, a duszę dręczą wątpliwości. Ostatkiem sił ścigała miraż. Zginie, podążając za głupią fatamorganą.

Ale plama zieleni nie znikała. Przeciwnie, rosła, w miarę jak zmniejszał się dzielący ich dystans. Świadomość Lany przypominała teraz rozmigotaną świecę. Rozbłyskała i przygasała. Przez kilka sekund dziewczyna zachowywała czujność, by po chwili gubić się w oparach snu.

Lana zachwiała się, niemal oślepła od nieustępliwego blasku słońca, gdy nagle zauważyła, że z piachu przeszła na trawę.

Jej stopy poczuły sprężyste źdźbła.

Był to maleńki trawnik, trzy i pół na trzy i pół metra. Pośrodku znajdował się obrotowy zraszacz. Nie był włączony. Gumowy wąż prowadził za mały drewniany domek.

Domek był naprawdę niewielki, miał tylko jedną izbę. Za nim stała waląca się drewniana szopa. I coś co wyglądało na wiatrak, a tak naprawdę było śmigłem samolotu, zamontowanym na pięciometrowej, rozsypującej się wieży.

Lana chwiejnym krokiem poczłapała wzdłuż węża, by dotrzeć do jego początku. Wydobywał się ze stalowego zbiornika, przysypanego piaskiem, ustawionego na podwyższeniu z podkładów kolejowych pod prowizorycznym wiatrakiem. Zardzewiała rura sterczała z ziemi. Obok Lana dostrzegła zawory i złączki. Wąż przymocowany był do kranika, przyspawanego do zbiornika.

– To studnia, Patricku.

Lana zaczęła gorączkowo majstrować słabymi palcami przy złączce węża.

Odczepił się.

Przekręciła kurek. Trysnęła woda, gorąca i przesycona zapachem minerałów oraz rdzy.

Lana piła. Patrick też.

Pozwoliła, by woda omyła jej twarz. By spłukała krew. By rozmiękczyła pozlepiane włosy.

Nie pokonała jednak tak długiej drogi dla jednej chwili przyjemności. Zakręciła kurek. Ostatnia kropla zadrgała na mosiężnej krawędzi kranu. Dziewczyna wzięła ją na palec i użyła do obmycia zakrwawionego oka.

A potem, pierwszy raz od dawna, roześmiała się.

– Jeszcze żyjemy, co, piesku? – powiedziała. – Jeszcze żyjemy.

ROZDZIAŁ 16

171 GODZIN, **12** MINUT

– Najpierw musisz zagotować wodę. Potem wrzucasz makaron – wyjaśnił Quinn.

– Skąd wiesz? – Sam marszczył czoło, obracając niebieskie pudełko makaronu rotini w poszukiwaniu instrukcji.

– Z milion razy widziałem, jak moja mama to robi. Woda najpierw musi się zagotować.

Sam i Quinn gapili się na duży garnek z wodą stojący na kuchence.

– Jak będziesz się gapił, to się nie zagotuje – odezwał się Edilio.

Sam i Quinn odwrócili oczy. Edilio parsknął śmiechem.

– Tak się tylko mówi. To nie jest prawda.

– Wiedziałem – odparł Sam. A po chwili się zaśmiał. – No dobra, nie wiedziałem.

– Może po prostu podgrzejesz ją swoimi magicznymi rękami – podsunął Quinn.

Sam nie zwrócił na niego uwagi. Żarty Quinna na ten temat tylko go drażniły.

Remiza była dwupiętrowym budynkiem z pustaków. Na dole znajdował się garaż, w którym stały wóz strażacki i ambulans.

Drugą kondygnację zajmowały pomieszczenia mieszkalne. Duży pokój z kuchnią, podłużnym stołem i kilkoma niepasującymi do siebie leżankami. Były tu drzwi, prowadzące do osobnego, wąskiego pokoiku z piętrowymi łóżkami dla sześciu osób.

W głównym pomieszczeniu panował nastrój niemal pogodny, choć nie do końca. Na ścianach wisiały zdjęcia strażaków, zarówno sztywnych, w oficjalnych pozach, jak i wygłupiających się z kolegami. Wisiały listy dziękczynne od różnych ludzi, w tym te ilustrowane, od pierwszoklasistów, uczestników wycieczki szkolnej. Wszystkie zaczynały się słowami „Drogi Panie Strażaku".

Pośrodku stał duży, okrągły stół, na którym widniały ślady gwałtownie przerwanej partii pokera – porzucone karty, chipsy, cygara w popielniczkach.

Była tu także zadziwiająco dobrze zaopatrzona spiżarnia: sos pomidorowy w słoikach, zupy w puszkach, pudełka makaronu, a nawet czerwona puszka z ciasteczkami domowej roboty, nieco już czerstwymi, ale nawet jadalnymi, jeśli potrzymało się je przez piętnaście sekund w mikrofalówce.

Sam objął funkcję szefa straży pożarnej. Nie dlatego, że chciał, lecz dlatego, że najwyraźniej tego oczekiwali po nim inni. Miał nadzieję, że nie dostaną wezwania, bo po trzech dniach w remizie wszyscy troje wiedzieli tylko, jak uruchomić wóz strażacki, ale nie mieli pojęcia, jak go prowadzić albo wykorzystać do konkretnych celów.

Raz zdarzyło się, że przybiegł dzieciak, krzycząc „Pożar!". Sam, Quinn i Edilio z wielkim trudem przeciągnęli wąż strażacki i klucz do hydrantu sześć przecznic dalej tylko po to, by przekonać się, że brat dzieciaka wsadził puszkę do mikrofalówki. Dym pochodził po prostu ze spalonej kuchenki.

Wiedzieli za to, gdzie w karetce znaleźć rzeczy przydatne w nagłych wypadkach. Poza tym ćwiczyli na zewnątrz z tym wielkim wężem i hydrantem, mogli więc być szybsi i skuteczniejsi niż Edilio podczas pierwszego pożaru.

Znakomicie opanowali też zjeżdżanie po rurze.

– Skończyło się pieczywo – oznajmił Edilio.

– Nie potrzebujesz chleba, jeśli masz makaron – odparł Sam. – Jedno i drugie to węglowodany.

– A kto tu mówi o zdrowym żywieniu? Do posiłku powinno być pieczywo.

– Myślałem, że u was jada się tortille – powiedział Quinn.

– Tortilla to pieczywo.

– No ale nie mamy pieczywa – stwierdził Sam. – Żadnego.

– Za jakiś tydzień już nikt nie będzie go miał – zauważył Quinn. – Pieczywo musi być świeże. Po jakimś czasie pleśnieje.

Minęły trzy dni, odkąd Caine ze swoją grupą przyjechał do miasta i w zasadzie przejął władzę. Przez te trzy dni nikt nie przybył im na ratunek. Trzy dni pogłębiającej się depresji. Trzy dni powolnego oswajania się z myślą, że tak wygląda życie, przynajmniej na razie.

ETAP – wszyscy posługiwali się już tą nazwą – trwał od pięciu dni. Pięć dni bez dorosłych. Pięć dni bez matek, ojców, starszych braci i sióstr, nauczycieli, policjantów, sprzedawców, pediatrów, księży, dentystów. Pięć dni bez telewizji, Internetu i telefonów.

Na początku Caine został zaakceptowany. Ludzie chcieli mieć świadomość, że ktoś wszystkim zawiaduje. Chcieli odpowiedzi. Chcieli zasad. Caine świetnie sobie poradził z umocnieniem swojej władzy. Za każdym razem, gdy Sam miał z nim do czynienia, był pod wrażeniem – tamten umiał wszystko robić z całkowitą pewnością siebie, jakby właśnie do tego się urodził.

Ale w ciągu trzech zaledwie dni narosły też wątpliwości dotyczące głównie Caine'a i Diany, a jeszcze bardziej Drake'a Merwina. Niektórzy twierdzili, że potrzebny jest ktoś, kto budzi lekki strach, bo gwarantuje to przestrzeganie zasad. Inni się z tym zgadzali, ale zwracali uwagę, że Caine budzi coś więcej niż lekki strach.

Ci, którzy sprzeciwiali się Caine'owi albo któremuś z jego tak zwanych szeryfów, narażali się na to, że ktoś ich uderzy, popchnie lub przewróci. W jednym przypadku skończyło się zaciągnięciem do toalety i wepchnięciem głowy do sedesu. Lęk przed Drakiem zaczął zajmować miejsce lęku przed nieznanym.

– Mogę zrobić świeże tortille – oznajmił Edilio. – Potrzebuję tylko mąki, trochę tłuszczu, soli i proszku do pieczenia. Mamy wszystko.

– Zostaw to na wieczór meksykański – powiedział Quinn. Wziął od Sama makaron i wrzucił do garnka.

Edilio zmarszczył brwi.

– Słyszeliście coś?

Sam i Quinn zamarli. Najgłośniejszym słyszalnym dźwiękiem był bulgot gotującej się wody.

A potem wszyscy to usłyszeli. Zawodzący głos.

Sam zrobił trzy kroki w stronę rury, oplótł ją nogami i rękami, po czym zjechał przez dziurę w podłodze, by wylądować w jaskrawo oświetlonym garażu poniżej.

Garaż był otwarty. Ktoś leżał na progu – dziewczyna, sądząc po długich, rudawych włosach. Próbowała pełznąć, poruszała się, ale bez wyraźnego kierunku.

Trzy postacie zbliżyły się do podjazdu od strony ulicy.

– Pomóżcie mi – poprosiła cicho dziewczyna.

Sam ukląkł przy niej. Wzdrygnął się, wstrząśnięty.
- Bette?
Lewy bok Skaczącej Bette pokrywała krew. Jej głowa była rozcięta nad skronią. Dyszała i jęczała, jakby padła po przebiegnięciu maratonu i próbowała wykrzesać z siebie resztkę sił, by przeczołgać się przez linię mety.
- Bette, co się stało?
- Próbują mnie złapać – załkała i złapała go za ramię.
Trzy mroczne sylwetki zbliżyły się do granicy kręgu światła. Jedną z nich był bez wątpienia Orc. Tylko on był tak wysoki. Edilio i Quinn stanęli w bramie garażu.
Sam puścił Bette i stanął obok Edilia.
- Chcecie oberwać, to oberwiecie! – krzyknął Orc.
- Co tu się dzieje? – spytał Sam. Przymrużył oczy i rozpoznał dwóch pozostałych chłopaków: Karla, siódmoklasistę ze szkoły, i Chaza, ucznia ósmej klasy z Coates Academy. Wszyscy byli uzbrojeni w aluminiowe kije bejsbolowe.
- Nie twoja sprawa – odparł Chaz. – Coś tu załatwiamy.
- Co? Orc, uderzyłeś Bette?
- Łamała zasady – powiedział osiłek.
- Bijesz dziewczynę? – spytał z oburzeniem Edilio.
- Zamknij się, ty Meksie – warknął Orc.
- Gdzie Howard? – spytał Sam, by trochę zyskać na czasie i zastanowić się, co dalej. Jedną bójkę z Orkiem już przegrał.
Tamten przyjął pytanie jak zniewagę.
- I bez Howarda dam ci radę.
Podszedł prosto do Sama, stanął pół metra przed nim i oparł sobie kij na ramieniu, jakby szykował się do gry. Niczym pałkarz, gotowy na następną piłkę. Tyle że głowa Sama była znacznie większa niż bejsbolowa piłka i pudło było raczej niemożliwe.
- Odejdź, Sam – nakazał Orc.

– Dobra, nie będę znów przez to przechodził – odezwał się Quinn. – Pozwól mu ją zabrać, Sam.

– Nie ma żadnego „pozwól" – wtrącił Orc. – Robię, co chcę.

Sam zauważył jakiś ruch za plecami osiłka. Ulicą ktoś się zbliżał, dwadzieścia osób, może więcej. Orc też ich dostrzegł i odwrócił głowę.

– Nie uratują cię – powiedział i mocno zamachnął się kijem.

Sam uchylił się. Kij świsnął tuż przy jego głowie, a Orc wykonał półobrót, gnany impetem uderzenia.

Sam stracił równowagę, ale Edilio był w pogotowiu. Wydał z siebie ryk i rzucił się na Orca. Sięgał mu do ramienia, ale zdołał zwalić napastnika z nóg. Osiłek legł jak długi na betonie.

Chaz przyskoczył do Edilia i próbował odciągnąć go od Orca.

Tłum dzieciaków, które przybiegły ulicą, ruszył naprzód. Rozległy się gniewne słowa i pogróżki, wszystkie skierowane pod adresem Orca.

Sam zauważył, że krzyczą, ale nikt nie rzucił się do nierównej walki.

Przez zgiełk przedarł się jakiś głos.

– Nie ruszać się! – wrzasnął Drake.

Orc odepchnął Edilia i skoczył na nogi. Zaczął kopać przeciwnika, buty Nike w rozmiarze pewnie z pięćdziesiąt raz po raz trafiały w ręce, którymi zasłaniał się Edilio. Sam skoczył na pomoc koledze, ale Drake był szybszy. Stanął za Orkiem, złapał go za włosy, odciągnął jego głowę w tył i uderzył go łokciem w twarz.

Orc zawył ze wściekłości, a z nosa popłynęła mu krew.

Drake uderzył go jeszcze raz i puścił. Orc upadł na chodnik.

– „Nie ruszać się". Którego słowa nie rozumiesz? – spytał Drake.

Orc podniósł się na kolana, a potem ruszył na Drake'a z impetem. Ten błyskawicznie odskoczył w bok. Wyciągnął rękę i zwrócił się do Chaza:

– Daj mi to.

Chaz podał mu kij.

Drake przyłożył Orcowi w żebra krótkim, ostrym wyrzutem kija w przód. Potem poprawił uderzeniem w nerki i jeszcze w bok głowy. Każdy cios był starannie wymierzony, dokładny, skuteczny.

Orc przewrócił się na plecy, bezradny.

Drake przyłożył mu grubszy koniec kija do gardła.

– Facet, naprawdę musisz nauczyć się słuchać, kiedy mówię.

Potem roześmiał się, cofnął o krok, zakręcił kijem w powietrzu, złapał go i oparł sobie na ramieniu. Wyszczerzył się do Sama.

– A teraz może mi powiesz, co tu jest grane, panie komendancie straży.

Sam stawiał już czoło szkolnym brutalom. Nigdy nie widział czegoś takiego, jak akcja Drake'a Merwina. Orc był od niego przynajmniej dwadzieścia kilogramów cięższy, ale Drake dał sobie z nim radę jak z figurką ze sklepu z zabawkami.

Sam wskazał Bette, wciąż się kulącą.

– Zdaje się, że Orc ją uderzył.

– Tak? No i?

– No i nie zamierzałem pozwolić, żeby zrobił to znowu – odparł Sam najspokojniej, jak potrafił.

– Nie wyglądało to, jakbyś szykował się do ratowania kogokolwiek. Raczej, jakby on zaraz miał ci urwać głowę – stwierdził Drake.

– Bette nie zrobiła nic złego – zawołał młody, piskliwy głos z tłumu.

– Zamknij się – powiedział Drake, nawet się nie odwracając. Wskazał Chaza. – Ty. Wyjaśnij, o co tu chodzi.

Chaz miał wygląd sportowca, niemal sięgające ramion jasne włosy i modne okulary. Ubrany był w mundurek Coates Academy, brudny i pomięty po wielu dniach noszenia.

– Ta dziewczyna coś robiła. – Wskazał Bette. – Używała mocy.

Sam poczuł zimny dreszcz, wędrujący wzdłuż kręgosłupa. Powiedział „mocy". Jakby chodziło o coś, o czym można niedbale wspomnieć w przypadkowej rozmowie. Jakby było to powszechne zjawisko, o którym wszyscy wiedzieli.

Drake uśmiechnął się znacząco.

– Co masz na myśli, Chaz? – W jego tonie wyraźnie pobrzmiewała groźba.

– Nic – odparł szybko tamten.

– Pokazywała magiczną sztuczkę – zawołał jakiś głos. – Nikomu nie zrobiła nic złego.

– Kazałem jej przestać. – Orc znowu stał na nogach i patrzył na Drake'a z nieskrywaną nienawiścią, ale i pewnym respektem.

– Orc jest zastępcą szeryfa – zauważył Drake. – Więc kiedy komuś mówi, żeby przestał robić coś złego, ten ktoś ma przestać. Jeśli ta dziewczyna nie chciała słuchać... chyba dostała to, na co zasłużyła.

– Nie macie prawa bić ludzi – oświadczył Sam.

Uśmiech Drake'a kojarzył się z rekinem: zbyt wiele zębów, zbyt mało humoru.

– Ktoś musi pilnować, żeby ludzie przestrzegali zasad, prawda?

– Jakieś zasady zabraniają magicznych sztuczek? – spytał Edilio.

– Tak – odrzekł Drake. – Ale niektórzy chyba o tym nie wiedzieli. Chaz? Daj komendantowi straży egzemplarz najnowszych reguł.

Sam bez patrzenia przyjął pomiętą, złożoną kartkę papieru.

– Proszę – powiedział Drake. – Teraz już znasz zasady.

– Nikt tu nie uprawia magii – odezwał się pojednawczo Quinn.

– W takim razie wykonałem swoją robotę – odparł Drake i zaśmiał się z własnego żartu. Rzucił Chazowi kij bejsbolowy. – Dobra. Niech wszyscy wracają do domów.

– Bette zostanie tu jakiś czas – powiedział Sam.

– Wszystko mi jedno.

Orc i pozostali ruszyli za Drakiem. Tłum rozstąpił się przed nimi.

Sam ukląkł przy Bette.

– Opatrzymy cię.

– O co chodzi z tymi magicznymi sztuczkami? – spytał równocześnie Quinn.

Pokręciła głową.

– To nic takiego.

– Małe kule światła wychodziły jej z rąk – wyjaśnił jakiś głos. – To był fajny numer.

– Dobra, słyszeliście, co powiedział Drake: idźcie stąd – powiedział głośno Quinn. – Wracajcie wszyscy do domu.

Sam, Quinn i Edilio wnieśli Bette do środka i posadzili ją w ambulansie. Edilio użył sterylnych chusteczek, by otrzeć jej krew z twarzy, potem nałożył maść antybiotykową i wreszcie, za pomocą dwóch plastrów, zamknął ranę.

– Możesz zostać tu na noc, Bette – zaproponował Sam.

– Nie, muszę iść do domu, brat będzie mnie potrzebował – odrzekła. – Ale dzięki. – Zdobyła się na uśmiech, skierowany do Edilia. – Przepraszam, że przeze mnie cię skopał.

Zawstydzony Edilio wzruszył ramionami.
- Nic takiego.

Sam wyszedł, by odprowadzić Bette do domu. Quinn i Edilio poczłapali po schodach na górę.

Quinn podszedł do garnka i za pomocą łyżki durszlakowej wyciągnął kilka rotini. Skosztował.
- Smakuje jak breja.
- Rozgotowane - zgodził się Edilio, patrząc mu przez ramię.
- Cheerios? - zaproponował Quinn.

Wziął sobie trochę i zaczął nucić pod nosem, nie chcąc wdawać się w rozmowę z Ediliem. Doszło do tego, że ledwie mógł go ścierpieć. Za jego wesołość. Za znajomość niemal każdego tematu. A teraz jeszcze za to, że rzucił się na Orca niby jakiś meksykański komandos.

To była głupota, myślał Quinn, atakować kogoś takiego jak Orc. To straszne, co spotkało Bette, ale jaki sens miało wszczynanie walki z kimś, kogo nie można pokonać? Załóżmy, że Drake by się nie zjawił - Edilio ma szczęście, że jeszcze chodzi.

Wrócił Sam. Skinął głową Ediliowi, a na Quinna ledwie spojrzał.

Quinn zacisnął zęby. Wspaniale. Teraz Sam był na niego zły, że nie nadstawił karku. Wielki bohater. Quinn pamiętał wiele sytuacji, gdy kumpel robił się blady na widok fal, na które on wskakiwał. Wiele takich sytuacji.
- Makaron jest do niczego - oznajmił.
- Odprowadziłem Bette do domu. Mam nadzieję, że nic jej nie będzie - powiedział Sam. - Mówiła, że dobrze się czuje.
- Bette ma to samo, co ty, prawda? - spytał Quinn, gdy Sam usiadł i zaczął jeść swoje płatki.

– Tak. Może w trochę mniejszym stopniu, tak mi się zdaje. Z tego, co mówiła, potrafi tylko sprawić, że jej dłonie świecą.

– Czyli jeszcze nikomu nie spaliła ręki, co? – Quinna męczyło już spojrzenie Sama, w którym kryła się mieszanka współczucia i pogardy. Miał dosyć obrażania tylko dlatego, że zostało mu trochę zdrowego rozsądku i pilnował swoich spraw.

Sam podniósł głowę. Oczy zwęziły mu się w szparki i wyglądał, jakby miał ochotę zacząć kłótnię na ten temat. Zacisnął jednak tylko usta w cienką, posępną linię, odepchnął miskę z jedzeniem i nic nie powiedział.

Quinn ciągnął:

– To dlatego nie możesz nikomu powiedzieć. Ludzie uznaliby cię za wybryk natury. Widzisz, co się z takimi dzieje.

– Bette nie jest wybrykiem natury – odpowiedział Sam z wymuszonym spokojem przez zaciśnięte zęby. – To po prostu dziewczyna ze szkoły.

– Nie gadaj głupstw, Sam – odparł Quinn. – Bette, mały Pete, dziewczynka z pożaru, ty. Skoro jest was czworo, to jest i więcej. Normalnym ludziom się to nie spodoba. Uznają, że jesteście niebezpieczni albo coś.

– A ty tak uważasz, Quinn? – spytał cichym głosem Sam. Ale nadal starał się nie patrzeć mu w oczy.

Znalazł w tylnej kieszeni kartkę z zasadami, rozłożył ją i rozprostował na stole.

– Mówię tylko, żebyś rozejrzał się dookoła – powiedział Quinn. – Dzieciaki mają wystarczająco wiele powodów do strachu. Jak normalni ludzie...

– Możesz przestać mówić o „normalnych ludziach"? – warknął Sam.

Odezwał się Edilio, który zawsze łagodził spory między tymi dwoma:

– Przeczytaj na głos te zasady, stary.

Sam westchnął. Ostrożnie rozłożył kartkę, przebiegł ją wzrokiem i wydał z siebie nieelegancki odgłos.

– Punkt pierwszy mówi, że Caine jest burmistrzem Perdido Beach i całego obszaru znanego pod nazwą ETAP.

Edilio parsknął.

– Jaki skromny!

– Punkt drugi. Drake został mianowany szeryfem i ma prawo egzekwować przestrzeganie zasad. Punkt trzeci, ja jestem szefem straży pożarnej i mam reagować w nagłych wypadkach. Świetnie. Szczęściarz ze mnie. – Podniósł wzrok i poprawił się: – Szczęściarze z nas.

– Miło, że pamiętasz i o nas, mizernych – wypalił Quinn.

– Punkt czwarty, nikomu nie wolno wchodzić do sklepów ani niczego brać bez pozwolenia burmistrza albo szeryfa.

– Masz z tym jakiś problem? – spytał Quinn. – Ludzie nie mogą po prostu grabić sklepów, kradnąc, co popadnie.

– Nie mam z tym problemu – zgodził się niechętnie Sam. – Punkt piąty mówi, że musimy pomagać Mateczce Mary w przedszkolu, dawać jej to, o co poprosi i udzielać pomocy, jeśli jej zażąda. Dobra. Szóste: nie zabijaj.

– Poważnie? – spytał Quinn.

Sam uśmiechnął się lekko, jak to czynił wtedy, gdy miał dosyć kłótni i spodziewał się, że wszyscy inni też będą mieli dosyć.

– Żartowałem – powiedział.

– Dobra, przestań się wygłupiać i czytaj dalej.

– Próbuję tylko zachować poczucie humoru, kiedy świat wokół nas rozpada się na kawałki – wyjaśnił Sam. – Punkt szósty: wszyscy musimy pomagać w takich zadaniach, jak przeszukiwanie domów i tym podobne. Siódmy: wszyscy mamy przekazywać informacje o złych zachowaniach Drake'owi.

– Czyli mamy być donosicielami – sprecyzował Edilio.

– Nie martw się, tu nie ma policji imigracyjnej – powiedział Quinn. – A zresztą, gdyby ktoś wiedział, jak cię odesłać do Meksyku, jadę z tobą.

– Do Hondurasu – poprawił Edilio. – Nie do Meksyku. Mówię to z dziesiąty raz.

– Punkt ósmy. Przeczytam tak, jak go napisano – ciągnął Sam. – Zakazane są sztuczki magiczne oraz wszelkie działania mogące wywołać lęk lub niepokój.

– Co to znaczy? – spytał Quinn.

– To znaczy, że Caine najwyraźniej wie o mocy.

– Też mi nowość. – Edilio pokiwał głową nad swoją miską płatków. – Dzieciaki mówią o tym tak, jakby chodziło o dzieło Boga. Zawsze powtarzałem, że Caine ma moc. Mówią, że on jest jak mag. Znaczy, wiecie, jak magik.

Odpowiedział mu Quinn:

– E tam, chłopie, gdyby sam miał moc, nie kazałby Orcowi i Drake'owi ścigać tych, którzy jej używają.

– Pewnie, że by kazał – odparł Sam. – Gdyby chciał mieć ją jako jedyny.

– Pogięło cię, bracie?

– Punkt dziewiąty – czytał dalej Sam. – Nastąpiła sytuacja wyjątkowa. Podczas trwającego kryzysu nikomu nie wolno krytykować ani ośmieszać osób wykonujących swoje oficjalne obowiązki, ani też im w tym przeszkadzać.

Quinn wzruszył ramionami.

– No, faktycznie mamy kryzys, prawda? Jeśli to nie jest kryzys, to nie wiem, co nim jest.

– Czyli nie możemy nic powiedzieć? – Sam z niedowierzaniem kręcił głową. Próba pojednania nie powiodła się. Znowu czuł się zawiedziony Quinnem.

– Zupełnie jak w szkole, nie? – argumentował Quinn. – Nie wolno obrażać nauczycieli. No, przynajmniej nie w ich obecności.

– W takim razie na pewno spodoba ci się punkt dziesiąty: Szeryf może uznać powyższe zasady za niewystarczające w sytuacjach wyjątkowych. W takich przypadkach szeryf ma prawo sformułować nowe zasady, niezbędne do zachowania porządku i zapewnienia bezpieczeństwa ludziom.

– Sformułować – prychnął Quinn. – Brzmi, jakby Astrid pomagała to pisać.

Sam odsunął papier od siebie.

– Nie. To nie jej styl. – Splótł dłonie, położył je na stole i oznajmił: – Nie podoba mi się to.

Edilio miał na twarzy taki sam wyraz niepokoju.

– Tak, stary, coś tu nie gra. Napisali, że Caine i Drake mogą robić, co chcą i kiedy chcą.

– Do tego się to sprowadza – zgodził się Sam. – Ludzie zaczynają podejrzewać się nawzajem. Caine ich na siebie napuszcza.

Quinn wybuchnął śmiechem.

– Nie rozumiesz, bracie. Ludzie już są podejrzliwi. To nie są normalne czasy, nie? Jesteśmy odcięci od świata, nie mamy żadnych dorosłych, żadnej policji, nauczycieli ani rodziców, i jeszcze, bez obrazy, niektórzy z nas ulegają mutacji czy czemuś podobnemu. Zachowujesz się, jakbyś chciał, żeby wszystko toczyło się po staremu, jakby nie było ETAP-u.

Sam stracił cierpliwość.

– A ty zachowujesz się, jakbyś uważał, że Bette zasłużyła na bicie. Dlaczego nie jesteś wkurzony? Dlaczego nie przeszkadza ci, że dziewczyna, którą znamy i która nikomu nic nie zrobiła, obrywa od Orca?

– A, więc o to ci chodzi? Że to niby moja wina? – Quinn wstał i odgarnął włosy z czoła. – Słuchaj, Sam, nie mówię, że to bicie było w porządku, dobra? Ale czego się spodziewasz? Już tak jest, że ludzie są prześladowani, bo noszą nieodpowiednie ciuchy, są kiepscy w sporcie czy coś.

I to wtedy, kiedy obok są nauczyciele i rodzice. Takie jest życie. Myślisz, że teraz, kiedy wszystko się pochrzaniło, ludzie zaczną myśleć: „O, Sam umie strzelać piorunami z oczu i w ogóle, ale fajnie"? Nie, bracie, to nie tak.

Ku zaskoczeniu Quinna i jeszcze większemu zaskoczeniu Sama, wtrącił się Edilio.

– Ma rację. Jeśli jest więcej ludzi, wiesz, takich jak ty i Bette, będą kłopoty. Niektórzy z mocą, inni bez. Ja przywykłem, że jestem obywatelem drugiej kategorii. – Posłał Quinnowi posępne spojrzenie, które ten zignorował. – Ale inni będą zazdrościć albo się bać, a zresztą wszyscy są nakręceni, więc będą szukali kogoś, na kogo można zwalić winę. Po hiszpańsku mówimy *cabeza de turco*. Ktoś, kogo obwiniasz o wszystkie swoje problemy.

– Kozioł ofiarny – przełożył Quinn.

Edilio skinął głową.

– Właśnie. Kozioł ofiarny.

Quinn szeroko rozłożył ręce w geście urażonej niewinności.

– A co ja mówiłem? Właśnie tak: jesteś inny, więc zostajesz ofiarą. Starasz się zachowywać jak ktoś lepszy, szlachetny, ale jeszcze nie kumasz, Sam. Dawniej najgorsze, co mogło nas spotkać, to wpaść w kłopoty, dostać naganę, pałę czy coś. Jeśli nawalisz teraz, dostajesz w łeb kijem bejsbolowym. Zawsze byli chuliganami, ale wcześniej rządzili dorośli. A teraz? Teraz chuligani rządzą. To inna gra, bracie, zupełnie inna. Gramy według zasad chuliganów.

ROZDZIAŁ 17
169 GODZIN, **18** MINUT

– Potrzebuję więcej pigułek – krzyknął Cookie głosem, który ku przerażeniu Dahry Baidoo w ogóle nie słabł ani nie chrypł.

– Za wcześnie – powtórzyła Dahra setny już raz w ciągu trzech ostatnich dni.

– Daj mi te cholerne pigułki! – darł się Cookie. – To boli! Tak bardzo boli.

Dahra przycisnęła ręce do uszu, próbując coś zrozumieć z tego, co czytała. Pewnie bez trudu dowiedziałaby się, co robić, gdyby tylko nadal miała Internet. Wystarczyłoby otworzyć Google i wpisać „vicodin" oraz „przedawkowanie". Trudniej było uzyskać konkretną odpowiedź z grubego *Podręcznika medycznego* o pozaginanych rogach, który ktoś przyniósł jej z jedynego gabinetu lekarskiego w Perdido Beach.

Problem polegał także na tym, że podawała mieszankę wszystkiego, od ibuprofenu przez vicodin po tylenol z kodeiną. W książce nie napisali, jak uśmierzać ból, łącząc trochę tego i trochę tamtego, ale nie mając niczego w wystarczającej ilości.

Elwood, chłopak Dahry, skulił się nieprzytomny w fotelu. Był wiernym przyjacielem, przynajmniej jeśli chodzi o dotrzymywanie jej towarzystwa. Zawsze pomagał jej też podnieść Cookiego, by wsunąć mu basen pod tyłek, gdy tego potrzebował.

To, co mógł zrobić, miało jednak swoje granice. Nie chciał czyścić basenu. Nie chciał przytrzymywać kaczki, kiedy pacjent musiał oddać mocz.

Robiła to Dahra. Przez trzy dni, odkąd została osobą odpowiedzialną za to zaniedbane, mroczne, pozbawione okien i radości podziemne królestwo cierpienia pod kościołem, Dahra robiła najróżniejsze rzeczy, które nigdy wcześniej nie przyszłyby jej do głowy. Rzeczy, których bez wątpienia robić nie chciała, włącznie z aplikowaniem siedmioletniemu cukrzykowi codziennych zastrzyków insuliny.

Rozległo się pukanie do drzwi. Dahra odwróciła się na krześle od biurka oraz kręgu światła, padającego na niemal bezużyteczną książkę.

Przyszła Mary Terrafino z dziewczynką, która wyglądała na jakieś cztery lata.

– Cześć, Mary – przywitała ją Dahra. – Co się dzieje?

– Przepraszam, że zawracam głowę – powiedziała Mary. – Wiem, jaka jesteś zajęta. Ale ona ma bóle brzucha.

Dziewczynki uścisnęły się. Nie znały się, zanim zaczął się ETAP, ale teraz były dla siebie jak siostry.

Dahra uklękła, by spojrzeć małej w oczy.

– Cześć, skarbie. Jak masz na imię?

– Ashley.

– Dobra, Ashley, zmierzymy ci temperaturę i zobaczymy, co się dzieje. Możesz tu podejść i usiąść na stole?

Dahra wsunęła elektroniczny termometr w nową plastikową osłonkę i włożyła go w usta małej.

– Nieźle to opanowałaś – stwierdziła Mary i uśmiechnęła się.

Niespodziewanie wrzasnął Cookie, tak głośno i okropnie, że Ashley omal nie połknęła termometru.

– Kończą mi się środki przeciwbólowe – westchnęła Dahra. – Nie wiem, co robić. Zabraliśmy wszystko z gabinetu lekarskiego i czasami dostajemy lekarstwa, znalezione podczas przeszukiwania domów. Ale jego tak boli...

– Lepiej z nim? Znaczy z tym ramieniem?

– Nie – odrzekła Dahra. – Nie będzie lepiej. Mogę tylko oczyszczać ranę. – Sprawdziła termometr. – Trzydzieści siedem. Czyli w normie. Połóż się i pozwól mi zbadać. Nacisnę na twój brzuszek. Może trochę łaskotać.

– Dasz mi zastrzyk? – spytała dziewczynka.

– Nie, kochanie. Chcę tylko sprawdzić twój brzuszek. – Dahra nacisnęła opuszkami palców jedno miejsce, po czym puściła. – Bolało?

– Łaskotało.

– Co badasz? – spytała Mary.

– Sprawdzam, czy to nie zapalenie wyrostka. – Wzruszyła ramionami. – To w sumie wszystko, co wiem. Kiedy sprawdzam „ból brzucha", może to być wszystko, od zaparcia po raka żołądka. Pewnie musi się załatwić. – Zwróciła się do małej: – Robiłaś dziś kupkę?

– Chyba nie.

– Posadzę ją na sedesie – powiedziała Mary.

– Niech wypije trochę wody. Wiesz, parę kubków.

Mary ścisnęła ją za rękę.

– Wiem, że nie jesteś lekarką, ale dobrze cię mieć.

Dahra westchnęła.

– Próbuję czytać tę książkę. Ale przede wszystkim się jej boję. Istnieje milion chorób, o których nawet nie słyszeliśmy i o których wolę nie myśleć.

— Wyobrażam sobie.

Mary wyraźnie się ociągała. Dahra spytała, co ją gnębi?

— Słuchaj, wiem, że to dziwne i w ogóle — zaczęła Mary, zniżając głos do poufnego szeptu. — Ale cokolwiek ci powiem...

— Z nikim nie rozmawiam o tym, co się tu dzieje — zapewniła Dahra dość chłodnym tonem.

— Wiem. Przepraszam. To nie... Znaczy, to trochę krępujące.

— Mary, ja już nie wiem, co to znaczy „krępujące". Teraz normą jest „poniżające" i „obrzydliwe", więc nie ruszy mnie nic, co powiesz.

Tamta pokiwała głową. Splotła palce i pospiesznie oznajmiła:

— Słuchaj, biorę prozac.

— Po co?

— Mam pewne, wiesz, pewne problemy. Rzecz w tym, że mi się skończył. Wiem, że to nie takie ważne, jak inne rzeczy, które robisz. — Rzuciła okiem na Cookiego. — Po prostu, kiedy nie mam tabletek, to... — Gwałtownie wciągnęła powietrze i wydała z siebie westchnienie, niemal szloch.

— Nie ma sprawy — zapewniła Dahra. Chciała pociągnąć ją za język, ale instynkt podpowiedział jej, że lepiej dać spokój. — Zobaczę, co mam. Wiesz, jakie dokładnie tabletki bierzesz?

— Czterdzieści miligramów, raz dziennie.

— Muszę się odlać — jęknął żałośnie Cookie.

Dahra podeszła do szafki, w której trzymała leki. Niektóre umieszczone były w dużych, białych flakonach aptecznych, inne w mniejszych, brązowych, zakręcanych buteleczkach. Miała też parę paczek z próbkami, wziętych z gabinetu lekarskiego.

Elwood obudził się z prychnięciem.
– O, kurczę! Zasnąłem.
– Cześć, Elwood – powiedziała Mary.
– Mhm – mruknął chłopak, oparł głowę na dłoni i znowu zasnął.
– Miło z jego strony, że ci pomaga – zagadnęła Mary.
– Jest do niczego – odparła ostro Dahra. Po chwili jednak odpuściła. – Ale przynajmniej tu jest. Mogę dać ci trochę tabletek dwudziestomiligramowych, żebyś brała po dwie. – Wytrząsnęła tabletki na dłoń tamtej. – Masz tu zapas na tydzień. Przepraszam, ale nie mam buteleczki ani nic.

Mary z wdzięcznością wzięła leki.
– Dobry z ciebie człowiek, Dahro. Jak to wszystko się skończy, wiesz, kiedyś, możesz zostać lekarką.

Dahra zaśmiała się gorzko.
– To ostatni zawód, jaki bym sobie wybrała.

Szpitalne drzwi otworzyły się nagle. Obie dziewczyny odwróciły się gwałtownie i zobaczyły Skaczącą Bette. Weszła chwiejnym krokiem, przyciskając prawą rękę do głowy.
– Głowa mnie boli – wydusiła z siebie. Ledwo można ją było zrozumieć, mówiła bardzo niewyraźnie. Jej lewa ręka wydawała się bez życia, wisiała sztywno u boku. Gdy zrobiła parę kroków naprzód, dostrzegły, że powłóczy lewą nogą.

Dahra podbiegła, by złapać mdlejącą dziewczynę.
– Elwood, obudź się! – zawołała.

Dahra, Elwood i Mary na wpół zanieśli, a na wpół zaciągnęli Bette na stół, gdzie wcześniej badana była Ashley.
– Chcę kupkę – oznajmiła Ashley.
– O Boże, muszę dostać więcej pigułek! – zawył Cookie.
– Cicho bądź! – krzyknęła Dahra. Zatkała uszy rękami i zacisnęła powieki. – Niech wszyscy będą cicho.

Bette leżała teraz na stole, szepcząc: – Przepraszam.
– Brzmiało to raczej jak „sefrasam".

– Nie mówiłam do ciebie, Bette – zapewniła Dahra.
– Połóż się. – Spojrzała jej w twarz i zwróciła się do Elwooda: – Przynieś książkę.

Położyła otwarty *Podręcznik medyczny* na brzuchu Bette i zaczęła szybko kartkować indeks.

– Mm o boji – jęknęła Bette. Podniosła zdrową rękę, by dotknąć krwawego guza z boku głowy.

– Ktoś cię uderzył, Bette? – spytał Elwood.

Bette zdawała się zdezorientowana. Zmarszczyła brwi, jakby pytanie nie miało sensu. Stęknęła z bólu.

– Jedna strona jej ciała nie działa, jak należy – powiedziała Dahra. – Zobaczcie, jak opadają jej usta. I oczy. Nie pasują do siebie.

– Mmm bajo boji – jęknęła Bette.

– Chyba chce powiedzieć, że bardzo boli ją głowa – domyśliła się Mary. – Co robimy?

– Nie wiem, może przeprowadzę trepanację czaszki? – Głos Dahry zbliżał się do pisku. – A potem szybko zrobię operację Cookiemu. Żaden problem. Przecież mam tę głupią książkę. – Poderwała książkę i cisnęła nią przez pomieszczenie. Podręcznik zaszeleścił na śliskim linoleum.

Dahra próbowała zaczerpnąć kilka głębokich wdechów. Mała Ashley płakała. Mary patrzyła na Dahrę tak, jakby ta straciła rozum. Cookie na przemian domagał się pigułek i krzyczał, że musi siusiu.

– Ajmije je oim bjaem – odezwała się Bette. Złapała Mary za ramię. – Mnim im bja.

Jej twarz wykrzywiła się z bólu. A potem jej rysy wygładziły się.

– Bette – powiedziała Dahra.

– Bette. Nie rób tego!
– Bette – szepnęła znów Dahra.
Przyłożyła dwa palce do jej szyi.
– Co powiedziała? – spytał Elwood.
Odpowiedziała mu Mary:
– Chyba prosiła, żebyśmy zaopiekowali się jej bratem.
Dahra oderwała palce od szyi Bette. Pogłaskała ją po twarzy.
– Czy ona... – Mary nie była w stanie dokończyć pytania.
– Tak – szepnęła Dahra. – Pewnie miała krwotok wewnętrzny, a nie tylko zewnętrzny. Ktokolwiek uderzył ją w głowę, zabił ją. Elwood, idź do remizy po Edilia. Powiedz mu, że musimy pochować Bette.
– Jest teraz z Bogiem – szepnęła Mary.
– Nie wiem, czy w ETAP-ie jest Bóg – odparła Dahra.
O pierwszej w nocy pogrzebali Bette na placu, obok małej podpalaczki. Nie mieli miejsca do przechowywania zwłok ani sposobu, by przygotować je do pochówku.
Edilio wykopał grób koparką. Odgłosy maszyny, wycie silnika i gwałtowne ruchy łyżki, zdawały się potwornie głośne i nie na miejscu.
Na pogrzebie był Sam, razem z Astrid i małym Pete'em, Mary, Albert, który przyszedł z McDonald'sa, Elwood, zastępujący Dahrę, która musiała zostać z Cookiem, a także bliźniaczki Anna i Emma. Młodszy brat Bette, dziewięciolatek, też tam był. Szlochał w objęciach Mary. Quinn wolał nie brać w tym udziału.
Sam i Edilio przenieśli ciało Bette przez kilkadziesiąt metrów, dzielących podziemia kościoła od placu.
Nie potrafili wymyślić sposobu na łagodne i godne opuszczenie Bette do grobu, więc w końcu po prostu ją wturlali. Rozległ się odgłos, jakby ktoś rzucił tam worek z piaskiem.

– Powinniśmy coś powiedzieć – zaproponowała Anna.
– Może jakieś wspomnienia o Bette.

Tak zrobili, opowiadając nieliczne zapamiętane historie. Żadne z nich blisko się z nią nie przyjaźniło.

Astrid zaczęła modlitwę.

– Ojcze nasz, któryś jest w niebie, święć się imię twoje.
– Mały Pete powtarzał za nią. Wypowiedział więcej słów, niż ktokolwiek słyszał z jego ust. Pozostali, wszyscy z wyjątkiem Sama, dołączyli do modlitwy.

Po kolei każde z nich rzuciło garść ziemi i cofnęło się, a Edilio dokończył dzieła za pomocą koparki.

– Jutro zrobię krzyż – oznajmił, gdy skończył.

Gdy ceremonia dobiegała końca, pojawili się Orc i Howard. Chwilę stali w mroku niczym zjawy i patrzyli. Nikt się do nich nie odezwał. Odeszli po kilku minutach.

– Źle zrobiłem, że pozwoliłem jej iść do domu – zwrócił się Sam do Astrid.

– Nie jesteś lekarzem. Nie mogłeś wiedzieć, że ma krwotok wewnętrzny. A zresztą, co byś zrobił? Pytanie brzmi: co dalej?

– Co zamierzasz? – spytał Sam.

– Orc zamordował Bette – stwierdziła beznamiętnie Astrid. – Może nie chciał, ale to i tak morderstwo.

– To fakt. Zabił ją. Więc co planujesz?

– Możemy przynajmniej zażądać, żeby ukarano Orca.

– Zażądać od kogo? – odrzekł Sam. Zapiął kurtkę na suwak. Robiło się chłodno. – Chcesz domagać się sprawiedliwości od Caine'a?

– Pytanie retoryczne – skomentowała Astrid.

– Czyli takie, na które nie spodziewam się odpowiedzi?

Astrid skinęła głową. Przez chwilę żadne z nich nie miało nic do powiedzenia. Mary i bliźniaczki wróciły do przedszkola, zabierając młodszego brata Bette.

Nagle odezwał się Elwood, nie zwracając się jednak do nikogo konkretnego:

– Nie wiem, czy Dahra długo tak jeszcze wytrzyma. – Potem wyprostował się i pomaszerował z powrotem do szpitala.

Edilio stanął obok Sama i Astrid.

– Nie można nad tym przejść do porządku dziennego – stwierdził. – Słyszycie? Jeśli odpuścimy, do czego to doprowadzi? Nie wolno pozwolić, żeby ludzie się bili i żeby znów ktoś kogoś zatłukł na śmierć.

– Masz jakąś propozycję? – spytał chłodno Sam.

– Ja? Jestem Meksykańcem, zapomniałeś? Nie urodziłem się tu, nawet nie znam tych ludzi. Nie jestem geniuszem ani nie mam żadnych mocy. – Kopnął w górkę świeżej ziemi z całej siły, jakby był to ktoś, komu chciał zrobić krzywdę. Wydawało się, że chce powiedzieć coś więcej, ale tylko przygryzł wargę, odwrócił się i odszedł.

Odezwał się Sam:

– Caine ma Drake'a i Orca, Pandę i Chaza, słyszałem też, że Młotek się z nim dogadał. I pewnie jeszcze paru innych.

– Boisz się ich? – spytała Astrid.

– Tak, boję się.

– Dobra – odrzekła – ale bałeś się też wejść do płonącego budynku.

– Nie rozumiesz tego? – spytał tak zapalczywie, że dziewczyna cofnęła się o krok. – Wiem, czego chcecie, ty i inni. Chcecie, żebym został anty-Caine'em. Nie podobają wam się jego działania i chcecie, żebym go wykopał. Czegoś nie skumaliście. Nawet gdybym to zrobił, nie byłbym lepszy od niego.

– Na pewno się mylisz, Sam. Jesteś...

– Tamtej nocy, kiedy pierwszy raz użyłem mocy. Kiedy skrzywdziłem swojego ojczyma. Myślisz, że co czułem?

– Smutek. Żal. – Popatrzyła na jego twarz, jakby tam mogła wyczytać odpowiedź. – Pewnie lęk.

– Tak. To wszystko. I jeszcze jedno. – Podniósł dłoń i o centymetry od jej nosa zacisnął palce w pięść. – Czułem przypływ energii, Astrid. Przypływ energii. Pomyślałem: o mój Boże, zobaczcie, jaką mam moc. Zobaczcie, co potrafię! Wielki, szalony przypływ energii.

– Władza psuje – powiedziała cicho.

– Tak – przyznał z sarkazmem w głosie. – Słyszałem o tym.

– Władza psuje, a władza absolutna psuje absolutnie. Zapomniałam, kto to powiedział.

– Popełniam wiele błędów, Astrid. Tego nie chcę popełnić. Nie chcę być taki. Nie chcę być drugim Caine'em. Chcę... – Rozłożył ręce w szerokim, bezradnym geście. – Chcę tylko iść posurfować.

– Nie będziesz zepsuty. Nie będziesz robił takich rzeczy.

Wcześniej się odsunął. Podeszła bliżej, by zmniejszyć dzielący ich dystans.

– Skąd ta pewność?

– Z dwóch powodów. Po pierwsze, nie leży to w twojej naturze. Oczywiście, że władza wywołała przypływ energii. Ale ty to odepchnąłeś. Nie chwyciłeś, a odepchnąłeś. To powód pierwszy. Jesteś sobą, a nie Caine'em, Drakiem czy Orkiem.

Sam chciał przytaknąć, przyjąć jej słowa do wiadomości, ale miał poczucie, że wie lepiej.

– Nie bądź taka pewna.

– I powód drugi: masz mnie – dodała Astrid.

– Mam?

– Tak.

To sprawiło, że gniew i frustracja zupełnie z niego odpłynęły. Przez dłuższą chwilę czuł się zagubiony i patrzył jej w oczy. Stała tuż obok. Jego serce biło coraz szybszym rytmem, który sprawił, że całe jego ciało zaczęło drżeć.

Dzieliły ich ledwie centymetry. Zmniejszył jeszcze ten dystans o połowę.

– Nie mogę cię pocałować, kiedy twój brat patrzy – szepnął.

Astrid cofnęła się, złapała małego Pete'a za ramiona i odwróciła go, by patrzył gdzie indziej.

– A teraz?

ROZDZIAŁ 18
164 GODZINY, **32** MINUTY

Albert opuścił ceremonię pogrzebową i przeszedł przez plac do McDonald'sa. Żałował, że nie ma z kim porozmawiać. Może gdyby zapalił światła, ktoś przyszedłby na późnego hamburgera.

Ale tłumek rozproszył się, zanim chłopak zdążył otworzyć drzwi wejściowe do McDonald'sa – swojego McDonald'sa – i plac opustoszał. Zrobiło się cicho, nie licząc buczenia przewodów wysokiego napięcia.

Albert stał z kluczykami w ręce i czapeczką pracownika baru McDonald's w drugiej – zdjął ją z szacunku dla zmarłej – i pozwolił, by owionął go mrok i złe przeczucia. Był urodzonym optymistą, ale nocny pogrzeb młodej dziewczyny, zamordowanej przez tych drani... nie należał do zjawisk, które podnoszą na duchu.

Albert cieszył się samotnością od początku ETAP-u. Owszem, martwił się o braci i siostry. Tęsknił za mamą. Ale w jednej chwili z najmłodszego spośród sześciorga dzieci, z kozła ofiarnego, przepracowanego i niedocenianego, stał się odpowiedzialnym i szanowanym członkiem tego dziwnego, nowego społeczeństwa.

To wszystko nie zmieniało faktu, że teraz, czując w nozdrzach zapach świeżej ziemi i pełen niepokoju, dręczącego jego umysł, wolałby oglądać jeden z makabrycznych seriali kryminalnych, które tak lubiła jego matka, podkradając przy tym prażoną kukurydzę z salaterki na jej kolanach.

Najważniejsze pytania dotyczące ETAP-u – zaczynające się od „co", „dlaczego" i „jak" – nieszczególnie zajmowały Alberta. Należał do osób praktycznych, a zresztą były to kwestie zajmujące raczej kogoś takiego jak Astrid. A wydarzenia tego wieczoru, zabójstwo Bette – tu sytuację powinni rozwiązać Sam i Caine.

Niepokój Alberta budziło zupełnie co innego: nikt nie pracował. Nikt, oprócz Mary i Dahry, a czasami jeszcze Edilia. Wszyscy pozostali snuli się i rozczulali nad sobą, wszczynali bójki albo po prostu bez ustanku grali w gry wideo i oglądali filmy na DVD. Przypominali szczury, żyjące w opuszczonym domu: jedli, co się nawinęło, robili, co im się podobało, a gdy czegoś dotknęli, było potem brudniejsze i bardziej zdewastowane, niż przedtem.

Taka sytuacja nie mogła dłużej trwać. Wszyscy tylko zabijali czas, a jeśli nie zamierzali robić nic innego, czas musiał w końcu zabić ich.

Albert wierzył, że tak się stanie. Wiedział to. Nie umiał jednak nikomu tego wytłumaczyć, nie umiał nakłonić innych, by go słuchali. Nie potrafił mówić ze spokojem i pewnością siebie, jak Caine, ani z mądrością i dystansem, jak Astrid. Kiedy Albert się odzywał, ludzie nie słuchali go z takim skupieniem jak Sama.

Potrzebował słów kogoś innego, by wyjaśnić, co podpowiada mu instynkt.

Wsunął klucze do kieszeni i ruszył ulicą zdeterminowanym krokiem, który odbijał się echem od pogrążonych w mroku witryn. Najmądrzej byłoby iść do domu i się przespać. Wkrótce zacznie świtać. Wiedział jednak, że nie zaśnie. Sam, Caine, Astrid i Komputerowy Jack mieli swoje sprawy, którymi się zajmowali i na których się znali, ale ta sprawa należała do Alberta.

– Nie możemy być szczurami – mruknął do siebie.
– Musimy być... – Ale nawet gdy próbował wytłumaczyć to samemu sobie, nie umiał znaleźć właściwych słów.

Filia biblioteki okręgowej w Perdido Beach nie robiła wielkiego wrażenia. Zakurzone, ciemne, nisko sklepione pomieszczenie uderzyło go wonią stęchlizny, gdy otworzył drzwi wejściowe. Nigdy dotąd tu nie wchodził i był zdziwiony, że drzwi są otwarte, a neonowe rurki szyldu nadal migoczą i brzęczą.

Albert rozejrzał się i parsknął śmiechem.

– Nikogo tu nie było, odkąd zaczął się ETAP – powiedział do regału z pożółkłymi książkami w miękkiej oprawie.

Spojrzał na stare, dębowe biurko bibliotekarki. Nigdy nie wiadomo, gdzie można znaleźć batonik. Znalazł puszkę miętówek. Wyglądały, jakby czekały tam od dłuższego czasu, by poczęstowały się nimi dzieci, które nigdy nie przyszły.

Włożył jedną do ust i zaczął iść między regałami. Wiedział, że musi się czegoś dowiedzieć, ale nie wiedział czego. Większość książek sprawiała wrażenie, jakby ostatni raz ktoś sięgał po nie jeszcze przed narodzinami Alberta.

Znalazł wielotomową encyklopedię. Przypominała Wikipedię, tyle że była papierowa i bardzo nieporęczna. Usiadł na wyświechtanym dywanie i otworzył pierwszy tom. Nie wiedział, czego szuka, ale po chwili zrozumiał, od czego zacząć. Wysunął z półki tom z literą „P" i odnalazł hasło „praca". Były dwie główne definicje. Jedna dotyczyła pracy jako terminu z dziedziny fizyki.

Druga definicja mówiła o „rodzaju działalności niezbędnym do przetrwania społeczeństwa".

– Właśnie – mruknął Albert. – O to mi chodzi.

Zaczął czytać. Przeskakiwał z jednego tomu do drugiego, rozumiejąc tylko część z tego, co czyta, ale dosyć, by podążyć za jednym wątkiem, a potem za innym. Polegało to na tym samym, co klikanie w hiperłącza, chociaż dłużej trwało i wymagało przewracania stron.

„Praca" doprowadziła go do „siły roboczej", a potem „wydajności" i kogoś, kto nazywał się Karol Marks, a dalej do drugiego, jakiegoś Adama Smitha.

Albert nigdy nie traktował nauki zbyt poważnie. Ale też to, czego uczył się w szkole, nie miało w jego mniemaniu najmniejszego znaczenia. A ta wiedza się liczyła. Teraz liczyło się wszystko.

Powoli zapadł w sen, a po jakimś czasie przebudził się gwałtownie, czując na sobie czyjś wzrok.

Obrócił się, zerwał na nogi i głośno odetchnął z ulgą, zobaczywszy, że to tylko kot. Rudy i pasiasty, trochę gruby, pewnie stary. Miał różową obróżkę i mosiężną tabliczkę w kształcie serca. Stał, pewny siebie i opanowany, dokładnie pośrodku przejścia między regałami. Patrzył na chłopaka zielonymi oczami. Ogon mu drgał.

– Cześć, kotku – powiedział Albert.

Kota już nie było.

Zniknął.

Albert zatrząsł się z przerażenia, twarz nagle zapłonęła mu bólem. Kot był na nim, na jego twarzy i wbijał mu w głowę ostre pazury. Zwierzę syknęło, obnażając we wściekłym grymasie podobne do igieł zęby o milimetr od oczu chłopaka.

Albert wrzasnął, wzywając pomocy. Spróbował odpędzić kota krzykiem. Ten mocniej wbił w niego pazury. Chłopak wciąż trzymał w prawej ręce tom encyklopedii – ten z literą „S". Zamachnął się, chcąc uderzyć zwierzaka.

Kot zniknął. Albert został – z nabitym guzem na czole.

Kot natomiast znajdował się teraz po drugiej stronie pomieszczenia. Siedział spokojnie na biurku bibliotekarki.

To było niemożliwe. Nic nie poruszało się z taką prędkością. Nic.

Albert wziął urywany wdech i zaczął cofać się w stronę drzwi na ulicę.

Bez żadnego ruchu, który Albert mógłby dostrzec, kot znalazł się na jego karku. Atakował go jak szalony, drapiąc, szarpiąc, sycząc.

Chłopak znowu zamachnął się ciężkim tomem i znowu cios trafił prosto w niego, bo teraz kot przycupnął na regale i patrzył na niego zielonymi oczami, które wyrażały drwinę i chłodną pogardę.

Zamierzał znowu zaatakować.

Albert instynktownie uniósł encyklopedię, by zasłonić twarz.

Poczuł, jak księga drga gwałtownie w jego dłoniach.

Koci pysk, wykrzywiony gniewem, znalazł się o centymetry od jego twarzy.

Ale księga wciąż była na swoim miejscu.

A kot był w ... księdze.

Nie, raczej ją przenikał.

Wstrząśnięty chłopak patrzył, jak oczy kota ciemnieją i jak uchodzi z niego zwierzęca dusza.

Upuścił encyklopedię na podłogę.

Ciężki, oprawny w niebieską skórę tom przepołowił kota tuż za przednimi łapami. Zupełnie jakby ktoś przeciął zwierzę i przykleił dwie jego połówki do księgi. Z tylnej okładki sterczała tylna część kota.

Albert dyszał, w równym stopniu z przerażenia, co z wysiłku. To coś na podłodze – to było nieprawdopodobne. Sposób, w jaki poruszał się kot też był nieprawdopodobny.

– Koszmar. Przyśnił ci się koszmar – powiedział do siebie.

Jeśli jednak był to sen, to wyjątkowo realistyczny. Zapach stęchlizny nie mógł mu się przyśnić. Nie mogła mu się przyśnić zawartość kociego pęcherza i jelit, opróżnionych w chwili śmierci.

Albert przypomniał sobie, że przy biurku widział torebkę bibliotekarki. Drżącymi rękami wysypał jej zawartość na blat: szminka, portfel, puder, telefon komórkowy.

Podniósł encyklopedię. Była ciężka. Łączna waga kota i księgi wynosiła z dziesięć kilogramów. Ten „kot w książce" był masywny, zbyt duży, by łatwo zmieścić się do torebki.

Ale musiał to komuś pokazać. Nieprawdopodobne zjawisko. Tyle że prawdziwe. Potrzebował kogoś innego, kto by potwierdził, że mu się to nie przyśniło, ani że nie zwariował.

Nie mógł to być Caine. Sam? Pewnie przebywał w remizie, ale to nie była sprawa dla Sama, a raczej dla Astrid. Dwie minuty później stał już na jej jasno oświetlonym ganku.

Astrid ostrożnie otworzyła drzwi, wyjrzawszy wcześniej przez judasza.

– Albert? Jest środek... O Boże, co się stało z twoją twarzą?

– Przydałyby mi się plastry – odparł. Zapomniał, jak musi wyglądać. Zapomniał o bólu. – Tak. Potrzebuję pomocy. Ale nie po to przyszedłem.

– No to...

– Astrid. Potrzebuję... – Język odmówił mu posłuszeństwa. Teraz, gdy był już bezpieczny, ogarnął go strach i przez chwilę chłopak nie mógł wydobyć z siebie słowa ani w ogóle żadnego dźwięku.

Astrid wciągnęła go do środka i zamknęła drzwi.

– Potrzebuję... – zaczął jeszcze raz i znowu nie zdołał powiedzieć nic więcej. Zdławionym głosem wydusił z siebie tylko: – Po prostu spójrz.

Rzucił dziwną hybrydę kota i książki na orientalny dywan.

Astrid umilkła i znieruchomiała.

– Zaatakował mnie. Był taki szybki. Nawet nie widziałem, jak się rusza. Najpierw był w jednym miejscu, a potem był na mnie. Nie skoczył. Po prostu się... pojawił.

Astrid uklękła, by ostrożnie dotknąć księgi. Próbowała ją otworzyć, ale ciało kota przechodziło przez wszystkie strony i spajało je ze sobą. Kot nie zrobił w tomie dziury. Raczej stopił się w jedno z papierem.

– Co to jest, Astrid? – spytał Albert błagalnym tonem.

Nic nie powiedziała, tylko patrzyła. Albert niemal widział trybiki, obracające się w jej głowie. Nie udzieliła mu jednak odpowiedzi i po dłuższej chwili chłopak pogodził się z faktem, że się jej nie doczeka. Nie dało się wyjaśnić czegoś, co nie mogło istnieć.

Ale widziała to coś. Coś absurdalnego. Nie zwariował.

Po chwili, która zdawała się ciągnąć bardzo długo, dziewczyna szepnęła:

– Chodź, Albercie. Zróbmy coś z tymi zadrapaniami.

Lana leżała w pogrążonym w mroku domku, nasłuchując tajemniczych odgłosów pustyni, płynących z zewnątrz. Coś wydawało cichy, śliski dźwięk, niczym dłoń, głaszcząca jedwab. Coś innego rozbrzmiewało niczym werble – jakiś mały owad-dobosz – które po kilku sekundach zwalniały i cichły, by po chwili zagrać znowu.

Wiatrak skrzypiał denerwująco. Krótko, bez ładu i składu. Nie było prawdziwego wiatru, jedynie ciche podmuchy, które przesuwały wyblakłe drewniane łopaty o ćwierć obrotu... skrzyp... albo o pół obrotu... skrzyp, skrzyp... albo ledwie je trącały, wydając odgłos przypominający piszczenie pisklęcia.

Na tle tych wszystkich dźwięków rozbrzmiewało uspokajające chrapanie Patricka. Chrapał, przestawał i znowu chrapał, a raz na jakiś czas cicho skomlał, co wydawało jej się bardzo ujmujące.

Jej ciało wyzdrowiało. Wszystkie obrażenia zostały w cudowny sposób wyleczone. Zmyła z siebie zaskorupiałą krew. Miała wodę, żywność i dach nad głową.

Ale umysł Lany był jak silnik, ustawiony na zawrotne obroty. Trybiki jej myśli kręciły się jak oszalałe, wirując wśród wspomnień o bólu i przerażeniu, o pustym siedzeniu dziadka, o upadku ze zbocza, o drapieżnych ptakach, o pumie.

Lecz chociaż były to drastyczne sceny, przypominały jedynie świeżą farbę, rozchlapaną na trwalszych wspomnieniach. Na obrazach wiążących się z domem. Ze szkołą. Z centrum handlowym. Z samochodem taty i minibusem mamy. Z basenem miejskim. Z fantastyczną, rozmigotaną panoramą Las Vegas, widoczną z okna jej pokoju.

Wszystkie te obrazy razem, wirujące w jej głowie, podsycały tylko nieustanny, palący gniew.

Powinna być w domu, a nie tutaj. Powinna przebywać w swoim pokoju. Z przyjaciółkami. Nie sama.

Ale była sama i słuchała niesamowitych odgłosów, skrzypienia, chrapania.

Gdyby była trochę ostrożniejsza... Próbowała wepchnąć butelkę wódki do torebki, tej ulubionej, z koralikami. Torebka była zbyt mała, ale wystarczające rozmiary miała tylko jej torba na książki, a tej brać nie chciała, bo nie pasowała do stroju.

I dlatego ją złapała. Z powodu mody, szykownego wyglądu.

A teraz...

Ogarnęła ją potężna fala wściekłości na matkę. Miała wrażenie, że utonie we własnym gniewie.

To matka była wszystkiemu winna. Ojciec robił tylko to, co mu kazała. Musiał ją popierać, chociaż był milszy, nie tak surowy i wymagający.

O co taka afera? Że chciała dać Tony'emu butelkę wódki? Przecież nie prowadził samochodu.

Matka Lany po prostu nie rozumiała Las Vegas. Vegas to nie Perdido Beach. W Las Vegas Lana musiała sobie radzić z presją. To było miasto, a nie miasteczko. I to nie byle jakie miasto. W Vegas dzieciaki szybciej dorastały. Tam były wymagania, nawet wobec siódmo- i ósmoklasistów, a co dopiero wobec dziewczyny z dziewiątej klasy, takiej jak ona.

Głupia matka. To jej wina.

Chociaż trudno winić matkę o bezbarwny, budzący grozę mur na pustyni. Tak, o to trudno ją winić.

Może to była sprawka kosmitów. Może teraz jakieś okropne stwory goniły jej rodziców przez ulice Las Vegas, jak w *Wojnie światów*. Może.

Ta myśl zdała się Lanie dziwnie pocieszająca. W końcu jej przynajmniej nie gonili żadni obcy w wielkich trójnożnych machinach. Może ten mur stanowił obronę przed kosmitami. Może po tej jego stronie była bezpieczna.

Butelka wódki nie była jedyną rzeczą, którą wykradła dla Tony'ego. Podprowadziła też dla niego trochę xanaksu matki. A raz ukradła butelkę wina ze sklepu całodobowego.

Nie była naiwna. Nigdy nie wierzyła, że Tony ją kocha. Wiedziała, że ją wykorzystuje. Ale i ona go na swój sposób wykorzystywała. Tony miał w szkole wysokie notowania, które i jej przynosiły pożytek.

Patrick warknął i bardzo gwałtownie podniósł łeb.

– Co się dzieje, piesku?

Zawinęła się z wąskiego łóżka, po czym przykucnęła w ciemności, milcząca i przestraszona.

Na zewnątrz coś było. Słyszała ruch. Ciche stąpanie miękkich łap.

Patrick wstał w dziwny sposób, jakby w zwolnionym tempie. Zjeżył sierść na grzbiecie. Wpatrywał się intensywnie w drzwi.

Rozległo się drapanie, zupełnie jakby inny pies próbował dostać się do środka.

A potem Lana usłyszała – albo zdawało jej się, że słyszy – niewyraźny szept: „Wyjdź".

Patrick powinien szczekać, ale nie szczekał. Stał sztywno, dyszał nieco zbyt głośno i patrzył z przesadnym skupieniem.

– Wyobraźnia płata ci figle – mruknęła do siebie, chcąc dodać sobie otuchy.

– Wyjdź – znów dobiegł ją chropawy szept.

Lana poczuła, że musi oddać mocz, jednak w domku nie było pomieszczenia przypominającego łazienkę.

– Jest tam ktoś? – zawołała.

Brak odpowiedzi. Może to tylko złudzenie. Może wiatr.

Podkradła się do drzwi i zaczęła nasłuchiwać. Nic. Zerknęła na Patricka. Pies wciąż jeżył sierść, ale trochę się rozluźnił. Zagrożenie, czymkolwiek było, oddaliła się.

Lekko uchyliła drzwi. Nic. W każdym razie nic, co mogła zobaczyć, a Patrick wyraźnie przestał się denerwować.

Nie miała wyjścia, musiała pobiec do wychodka. Patrick w podskokach pognał za nią.

Wychodek był zwykłą, drewnianą kabiną, surową, niezbyt cuchnącą i dość czystą. Oczywiście nie było w nim światła, musiała więc po omacku znaleźć deskę i papier toaletowy.

W pewnej chwili zaczęła chichotać. W końcu to dość zabawne, siusiać w wychodku, z psem na straży.

Do domku wracała już niespiesznie. Przez chwilę patrzyła na nocne niebo. Księżyc opuszczał się już w stronę zachodniego horyzontu. Gwiazdy... Cóż, gwiazdy wyglądały dziwnie. Choć nie miała pewności, czemu tak uważa.

Podjęła powrotny marsz i zamarła. Drogę do domu zagradzał jej kojot. Nie wyglądał jednak jak żaden z kojotów, które pokazywał jej dziadek. Tamte nie osiągały nawet rozmiarów Patricka. Ale ten potargany, płowej barwy zwierzak dorównywał wielkością wilkowi.

Patrick nie widział ani nie słyszał, jak zwierzę się zbliża, i teraz zdawał się niemal zbyt wstrząśnięty, by zareagować. Pies, który skoczył do walki z pumą, sprawiał wrażenie niepewnego i zastraszonego.

Dziadek opowiadał Lanie o pustynnych zwierzętach. O kojotach, które należało traktować z szacunkiem, ale nie ze strachem. O jaszczurkach, zaskakujących niespodziewanym przyspieszeniem. O jelonkach, podobnych raczej do przerośniętych szczurów niż do Bambiego. O dzikich osłach, tak różnych od swoich udomowionych pobratymców. I o grzechotnikach, które nie stanowiły zagrożenia, o ile ktoś nosił buty i miał otwarte oczy.

– Sio! – krzyknęła Lana i zamachała rękami, jak kazał jej robić dziadek, gdyby kiedyś zanadto zbliżyła się do kojota.

Kojot nawet nie drgnął.

Zamiast tego zaskomlał głośno, aż dziewczyna odskoczyła w tył. Kątem oka dostrzegała ciemne kształty gnające w jej stronę, trzy albo cztery zwinne cienie.

Teraz Patrick zareagował. Warknął złowrogo, odsłonił zęby i zjeżył sierść. Kojot jednak zignorował psa, a jego towarzysze szybko się przybliżali.

Lana słyszała, że kojoty nie stanowią zagrożenia dla ludzi, ale teraz w to nie wierzyła. Gwałtownie uskoczyła w prawo z nadzieją, że zmyli kojota, ale zwierzę okazało się o wiele za szybkie.

– Patrick, bierz go! – ponagliła bezradnie psa.

Ale Patrick nie zdobył się na nic więcej niż warkot. Za kilka sekund dotrą pozostałe kojoty, a wtedy...

Lana nie miała wyboru: musiała dostać się do domku. Albo zginąć.

Wrzasnęła najgłośniej, jak umiała, i puściła się biegiem prosto na kojota na swojej drodze.

Zwierzę wzdrygnęło się, zaskoczone.

W mroku mignęło coś małego i ciemnego. Kojot zapiszczał z bólu.

Lana minęła go w mgnieniu oka. Dziesięć schodków przed drzwiami domku. Dziesięć, dziewięć, osiem, siedem, sześć...

Patrick wyprzedził ją w panice i wpadł do środka.

Lana zatrzasnęła za sobą drzwi, nawet nie zwalniając. Wyhamowała, odwróciła się, podbiegła z powrotem do drzwi i rzuciła się na nie.

Kojoty jednak jej nie ścigały. Miały inne problemy. Słyszała skomlenie, odgłosy bólu i wściekłości.

Po jakimś czasie skomlenie stało się rzadsze i cichsze, aż w końcu ustało. Rozległ się inny głos kojota: dzikie wycie, wycie do księżyca.

A potem cisza.

Rano, gdy słońce jasno świeciło, a wszystkie nocne strachy ulotniły się, Lana znalazła kojota martwego, w odległości trzydziestu metrów od drzwi. U jego pyska wisiała połowa ciała węża o szerokiej, romboidalnej głowie. Został przegryziony na pół, ale wcześniej zdążył wstrzyknąć jad do układu krwionośnego kojota.

Przez dłuższy czas wpatrywała się w głowę gada. Bez wątpienia był to wąż. A jednak miała pewność, że widziała, jak ten wąż lata.

Lana odsunęła tę myśl. A jednocześnie zapomniała o szepcie, który słyszała, bo latające węże i szepczące kojoty wielkości doga niemieckiego... Żadna z tych rzeczy nie była możliwa. Istniało słowo na określenie ludzi wierzących w niemożliwe rzeczy: wariaci.

– Wygląda na to, że dziadek nie był wcale takim znów wielkim specem od pustynnych zwierząt – powiedziała do Patricka.

ROZDZIAŁ 19

132 GODZINY, **46** MINUT

– Nie musisz gościa lubić, bracie, ale on robi dobre rzeczy. – Quinn szykował się, by zapukać do drzwi ich trzeciego już tego ranka domu. Chodzili we trójkę: Sam, Quinn i dziewczynka z Coates, Brooke. Stanowili „grupę poszukiwawczą numer trzy".

Był ósmy dzień ETAP-u. Piąty dzień, odkąd Caine przyjechał i przejął władzę.

Drugi dzień, odkąd Sam pocałował Astrid przy świeżo wykopanym grobie.

Caine zorganizował dziesięć grup poszukiwawczych, które miały poruszać się po mieście, na początek sprawdzając systematycznie kolejne kwadraty ulic. Pomysł polegał na tym, by wejść do wszystkich domów przy każdej z czterech ulic. Mieli sprawdzić, czy wyłączone są piekarnik i klimatyzacja, telewizory i światło wewnątrz, a zapalić światła na ganku. Mieli też wyłączyć automatyczne systemy nawadniające i bojlery.

Gdyby nie umieli sobie z czymś poradzić, powinni dopisać to do listy dla Edilia. Edilio zawsze umiał rozgryźć kwestie techniczne. Biegał po Perdido Beach z pasem z narzędziami i dwojgiem dzieciaków z Coates w roli „pomocników".

Grupy miały też szukać zagubionych dzieci, niemowląt, które mogły zostać bez opieki, uwięzione w łóżeczkach. A także zwierząt domowych.

W każdym domu robili listę przydatnych rzeczy, takich jak komputery, oraz tych niebezpiecznych, na przykład broni czy narkotyków. Mieli notować, ile znaleźli jedzenia, i zabierać wszystkie leki, by wysłać je Dahrze. Pieluchy i mleko w proszku trafiały do przedszkola.

To był dobry plan.

Caine miewał dobre pomysły – bez wątpienia. Przydzielił Komputerowemu Jackowi zadanie opracowania awaryjnego systemu łączności. Jack postanowił skorzystać ze starych rozwiązań: umieścił krótkofalówki w ratuszu, remizie, przedszkolu i opuszczonym domu, w którym przebywał Drake i część jego szeryfów.

Ale Caine nie podjął żadnych działań przeciwko Orcowi.

Sam poszedł do niego, by zażądać interwencji.

– Co mam zrobić? – spytał Caine. – Bette łamała zasady, a Orc jest szeryfem. To była tragedia dla wszystkich. Orc czuje się z tym fatalnie.

A zatem Orc wciąż krążył po ulicach Perdido Beach. O ile Sam wiedział, na jego kiju wciąż była krew Bette. I teraz lęk przed tak zwanymi szeryfami wzrósł dziesięciokrotnie.

– Miejmy to za sobą – powiedział Sam. Nie zamierzał wdawać się w dyskusję na temat Caine'a w obecności Brooke. Zakładał, że dziesięciolatka jest szpiegiem. Tak czy owak, miał zły nastrój, bo wśród domów, które mieli wkrótce odwiedzić, był także jego własny.

Quinn zapukał, a potem zadzwonił.

– Nic. – Złapał za klamkę. Drzwi były zamknięte na klucz. – Dawajcie młot.

Każda grupa miała wózek albo zabrany ze sklepu z narzędziami, albo pożyczony z czyjegoś ogródka. W wózku wozili ciężki młot.

Sprawdzanie pierwszych dwóch domów zajęło im dwie godziny. Minie wiele czasu, zanim wszystkie domy w Perdido Beach zostaną przeszukane i zabezpieczone.

– Zajmiesz się tym? – spytał Sam, chcąc powierzyć zadanie Quinnowi.

– Młotem? Po to żyję, bracie.

Quinn dźwignął młot i uderzył nim w drzwi, tuż poniżej klamki. Drewno pękło i Quinn pchnął drzwi.

W ich nozdrza uderzył odór.

– O rany, co tu zdechło? – powiedział Quinn, jakby to był dowcip.

Żart jednak nie wypalił.

Tuż za drzwiami, na drewnianej podłodze, leżał smoczek. Cała trójka wbiła w niego wzrok.

– Nie, nie, nie. Nie mogę tego zrobić – jęknęła Brooke.

Wszyscy troje stali na ganku, nie chcąc wchodzić do środka. Nikt też jednak nie potrafił zamknąć drzwi i po prostu odejść.

Ręce Brooke trzęsły się tak mocno, że Sam ujął ją za nadgarstki i przytrzymał.

– W porządku – powiedział. – Nie musisz wchodzić.

Była pulchna, piegowata i miała suche jak słoma, rude włosy. Nosiła mundurek Coates i aż do tej chwili zdawała się bardzo tajemnicza. Nie żartowała, nie śmiała się, tylko robiła to, co należało, słuchając poleceń Sama.

– Po prostu... po Coates... – zająknęła się.

– Co z Coates? – spytał Sam.

Zaczerwieniła się.

– Nic. Wiesz, wszyscy dorośli zniknęli. – Czując, że powinna powiedzieć coś jeszcze, dodała: – Nie chcę już widzieć więcej strasznych rzeczy, dobra?

Sam posłał Quinnowi porozumiewawcze spojrzenie, ten jednak wzruszył tylko ramionami.

– Tam jest martwe małe dziecko. Nie musimy wchodzić, żeby się tego dowiedzieć.

– Jest tam ktoś? – krzyknął Sam. Potem zwrócił się do Quinna: – Nie możemy tak tego zostawić.

– Może powinniśmy porozumieć się z Caine'em.

– Nie widzę, żeby chodził od domu do domu – warknął Sam. – Siedzi na tyłku i zachowuje się jak cesarz Perdido Beach. – Gdy nikt nie podjął tematu, Sam polecił: – Dajcie mi jeden z tych dużych worków na śmieci.

Quinn oderwał worek od rolki.

Dziesięć minut później Sam skończył. Powlókł worek ze smutną zawartością przez dywan do drzwi frontowych. Podniósł go za taśmę zaciskającą i wyniósł na wózek.

– Jak wynoszenie śmieci – powiedział do nikogo. Ręce mu się trzęsły. Czuł taki gniew, że najchętniej by komuś przyłożył. Gdyby dorwał w swoje ręce tego, kto był za to wszystko odpowiedzialny, po prostu by go udusił.

Był zły głównie na samego siebie. Tak naprawdę nigdy nie znał tej rodziny. Był to dom samotnej matki, permanentnie zmieniającej narzeczonych. Miała małego synka. Ich rodziny nie przyjaźniły się, trudno byłoby nawet nazwać ich znajomymi, ale mimo wszystko powinien był pamiętać, żeby sprawdzić, co z dzieckiem. Powinien był o tym pamiętać, ale zapomniał.

Nie oglądając się na Quinna i Brooke, Sam odezwał się:

– Otwórzcie okna. Wpuśćcie trochę powietrza. Możemy wrócić, kiedy już nie będzie tak... kiedy ten zapach się ulotni.

— Bracie, ja tam nie wejdę — oświadczył Quinn.

Sam szybko pokonał dzielący ich dystans. Widząc jego minę, Quinn cofnął się o krok.

— Wziąłem to dziecko i włożyłem do worka, tak? Więc teraz ty tam idź i otwórz okna. Już.

— Stary, naprawdę powinieneś wyluzować — zauważył Quinn. — Nie jestem na twoje rozkazy.

— Nie, ty jesteś na rozkazy Caine'a — odparował Sam.

Quinn wyciągnął rękę w niemal szyderczym geście.

— Wkurzam cię? Może po prostu spalisz mi rękę, czarodzieju?

Przez lata swojej znajomości Sam i Quinn kłócili się wiele razy. Ale odkąd zaczął się ETAP, a zwłaszcza odkąd Sam powiedział kumplowi prawdę o sobie, zwykłe nieporozumienia szybko robiły się bardzo toksyczne. Stali teraz twarzą w twarz, jakby za chwilę w ruch miały pójść pięści. Sam był wystarczająco wściekły, by zacząć bójkę.

— Ja to zrobię — odezwała się Brooke.

Sam, wciąż patrząc w twarz Quinna z odległości zaledwie centymetrów, powiedział:

— Nie chcę, żeby między nami tak było.

Quinn rozluźnił mięśnie i zmusił się do uśmiechu.

— Nie ma sprawy.

Sam zwrócił się do Brooke.

— Otwórz okna. A potem idź do Edilia, żeby wykopał następny grób. Ja pójdę do swojego domu. Dobrze by było, gdybyś mogła zaciągnąć wózek do centrum. Ale jeśli nie dasz rady, zrozumiem.

Nie mówiąc już ani słowa do Quinna, wypadł na zewnątrz, lecz przystanął na końcu chodnika.

— Brooke, sprawdź, czy znajdziesz jego zdjęcie z mamą, dobra? Nie chcę, żeby był pochowany sam. Powinien...

Nie mógł powiedzieć nic więcej. Na poły oślepiony niespodziewanymi łzami, ruszył ulicą, poczłapał po schodach do swojego domu, którego nie znosił, i zatrzasnął za sobą drzwi.

Dopiero po dłuższej chwili się zorientował, że laptop mamy zniknął.

Podszedł do stołu. Dotknął blatu, dokładnie w miejscu, gdzie stał komputer, jakby chciał się upewnić, czy wyobraźnia nie płata mu figli.

A potem zauważył, że szuflady i szafki są otwarte. Żywności nie zabrano, tylko porozrzucano, i część trafiła na podłogę.

Pognał do swojego pokoju. Światło ciągle tam było. Ubrania, którymi nieudolnie próbował je zasłonić, zostały zrzucone.

Ktoś wiedział.

Ale to nie wszystko. W sypialni jego matki też przetrząśnięto szuflady i szafę.

Mama trzymała w szafie zamykaną, płaską, szarą skrzynkę z metalu. Sam o tym wiedział, bo mama mu o niej wspominała.

– Gdyby cokolwiek mi się stało, tam jest mój testament. – Była bardzo poważna. Potem dodała: – Wiesz, gdybym wpadła pod autobus.

– W Perdido Beach nie ma autobusów – zauważył.

– Hmm. To chyba tłumaczy, dlaczego ciągle się spóźniają – powiedziała, po czym parsknęła śmiechem i przyciągnęła syna do siebie, by go uścisnąć.

Tuląc go, szepnęła:

– Sam, w środku jest też twój akt urodzenia.

– Dobra.

– Tylko od ciebie zależy, czy zechcesz go zobaczyć.

Zesztywniał w jej ramionach. Sugerowała, że ma szansę sprawdzić, co mówi jego akt urodzenia. Wymieniono tam trzy nazwiska: jego własne, matki i ojca.

– Może. A może nie – odrzekł.

Przytuliła go mocno, ale delikatnie się odsunął i stanął przed nią. Chciał coś powiedzieć. Przeprosić za to, co się stało z Tomem. Spytać, czy w jakiś sposób wystraszył też swojego prawdziwego ojca.

Ale jego życie kryło wiele tajemnic. I chociaż matka złożyła tę propozycję, był świadom, że nie chce, by poznał wszystkie sekrety.

Sam wiedział o skrzynce od kilku miesięcy. Wiedział też, gdzie jest kluczyk.

Teraz skrzynka zniknęła.

Nie miał większych wątpliwości, kto ją zabrał, kto przeszukał dom.

Teraz Caine wiedział już, że Sam ma moc.

Wziął swój rower. W tej chwili rozpaczliwie chciał być z Astrid. Tylko ona mogła nadać temu wszystkiemu sens.

Większość dzieciaków poruszała się teraz na rowerach – nie zawsze swoich – albo deskorolkach. Tylko najmłodsi chodzili pieszo. Gdy przejeżdżał przez plac, zmierzając do domu Astrid, ujrzał całą procesję najmłodszych, maszerującą przez ulicę. Prowadził Brat John. Mateczka Mary pchała dwumiejscowy wózek. Jakaś dziewczyna w mundurku Coates niosła dziecko na rękach. Dwoje innych nastolatków, mających dziś dyżur, prowadziło kolumnę mniej więcej trzydzieściorga przedszkolaków. Jak na grupę maluchów, panowała tu wyjątkowa powaga, choć nie obywało się zupełnie bez harców, bo w pewnej chwili Mary krzyknęła:

– Julia i Sophie, wracajcie do szeregu!

Bliźniaczki, Emma i Anna, szły na końcu. Sam znał je w miarę dobrze, raz nawet umówił się z Anną na randkę. Emma pchała wózek dziecięcy, a Anna wózek ze sklepu Ralph's, załadowany przekąskami, pieluchami i butelkami do karmienia dzieci.

Sam zatrzymał się i poczekał, aż przejdą. Trzymały się przejścia – uznał, że słusznie. Lepiej, żeby maluchy uczyły się przechodzić przez jezdnię tak, jakby panował normalny ruch. Niektóre dzieciaki próbowały prowadzić samochody, często z opłakanymi skutkami. Caine wprowadził zasady także w tej kwestii: nikt nie mógł prowadzić, z wyjątkiem niektórych ludzi jego i Edilia, który teoretycznie mógł usiąść za kierownicą karetki albo wozu strażackiego. Jeśli tylko nauczy się, jak to się robi.

– Co tam, Anno? – spytał uprzejmie Sam.
– Cześć, Sam. Gdzie się podziewałeś?
Wzruszył ramionami.
– Byłem w remizie. Teraz właściwie tam mieszkam.
Anna wskazała maluchy, maszerujące przed nią.
– Obowiązki przy dzieciach.
– Męczarnia – uznał.
– Całkiem w porządku. Nawet to lubię.
– I jest w tym świetna – zawołała Mary przez ramię.
– Zmiana pieluchy zajmuje mi niecałą minutę – oznajmiła Anna ze śmiechem. – Nawet mniej, jeśli to jedynka.
– Dokąd się wybieracie?
– Na plażę. Zrobimy sobie piknik.
– Super. No to na razie – pożegnał się Sam.
Anna pomachała mu, odchodząc.
– Hej, złóż Annie i mnie życzenia urodzinowe! – zawołała Emma.
– Wszystkiego najlepszego – powiedział. Stanął na pedałach i rozpędził rower, kierując się do domu Astrid.
Poczuł lekki smutek, wspominając swoją randkę z Anną. Była miłą dziewczyną. Wtedy jednak randki niezbyt go jeszcze interesowały. Umówił się z nią, bo czuł, że tak trzeba. Nie chciał, żeby inni mieli go za głupka. Matka też

ciągle go pytała, czy z kimś chodzi, więc zabrał Annę do kina. Pamiętał nawet film: *Gwiezdny pył*.
Podwiozła ich jego matka. Tego wieczoru miała wolne. Zostawiła ich pod kinem i odebrała po seansie. Poszli jeszcze z Anną do pizzerii California Pizza Kitchen i zjedli na spółkę pizzę z grillowanym kurczakiem.
Urodziny?
Sam ostro zawrócił i pomknął rowerem z powrotem w stronę miejsca, gdzie napotkał przedszkolaki. Doścignięcie ich nie zajęło mu wiele czasu. Wycieczka właśnie dochodziła do plaży. Maluchy gramoliły się przez wydmę, śmiały się i zdejmowały buty, by wbiec na piasek, a Mateczka Mary tonem nauczycielki krzyczała:
— Pilnujcie butów, nie zgubcie ich! Alex, weź swoje!
Anna i Emma zaparkowały sklepowy wózek, pełny jedzenia, pieluch i butelek. Emma odpinała pasy dziecku, które przywiozła w wózku.
— Sprawdź mu pieluchę — przypomniała jej Mateczka Mary.
Sam rzucił rower i puścił się biegiem, bez tchu przypadając do Anny.
— Sam, co się stało?
— Które urodziny? — wydyszał.
— Co?
— Które urodziny, Anno?
Minęła dłuższa chwila, zanim dziewczyna pojęła jego strach. Zanim dotarła do niej przyczyna tego lęku.
— Piętnaste — odpowiedziała szeptem.
— O co chodzi? — spytała Emma, wyczuwając nastrój bliźniaczej siostry. — To nic nie znaczy.
— Nic — szepnęła Anna.
— Pewnie macie rację — przyznał Sam.
— O mój Boże — powiedziała Anna. — Czy my znikniemy?

— Kiedy się urodziłyście? — spytał. — O jakiej porze dnia?
Wymieniły przestraszone spojrzenia.
— Nie wiemy.
— Nikt nie zniknął od pierwszego dnia, więc prawdopodobnie...
I wtedy Emma zniknęła.
Anna wrzasnęła.
Pozostali też to zauważyli, także maluchy.
— O mój Boże! — krzyknęła Anna. — Emma. Emma. O Boże!
Chwyciła dłonie Sama, a on mocno ją przytrzymał.
Strach udzielił się niektórym z małych dzieci. Mary podeszła bliżej.
— Co się dzieje? Straszycie dzieci. Gdzie Emma?
Anna powtarzała tylko „o mój Boże" i wołała siostrę po imieniu.
— Gdzie Emma? — spytała znowu Mary. — Co się dzieje?
Sam nie chciał tego tłumaczyć. Anna tak mocno naciskała palcami na jego dłonie, że odczuwał ból. Wbiła w niego spojrzenie szeroko otwartych oczu.
— W jakim odstępie się urodziłyście? — spytał.
Anna tylko patrzyła w niemym przerażeniu.
Sam ściszył głos do naglącego szeptu.
— W jakim odstępie się urodziłyście, Anno?
— Sześciu minut — wyszeptała.
— Trzymaj mnie za ręce, Sam — powiedziała. — Nie puszczaj mnie, Sam — błagała.
— Nie puszczę, Anno. Nie puszczę cię — zapewnił.
— Co się stanie?
— Nie wiem, Anno.
— Pójdziemy tam, gdzie są nasi rodzice?
— Nie wiem.
— Czy ja umrę?

– Nie, Anno. Nie umrzesz.
– Nie puszczaj mnie, Sam.
Mary stała teraz przy nich z dzieckiem na rękach. Podszedł też John. Niektóre z dzieci patrzyły z powagą i niepokojem na twarzach.
– Nie chcę umrzeć – powtórzyła Anna. – Nie... nie wiem, jak to jest.
– Nic ci się nie stanie.
Uśmiechnęła się.
– To była miła randka. Kiedy wyszliśmy razem...
– To prawda.
Przez ułamek sekundy zdawało się, że dziewczyna zmienia się w niewyraźną plamę. Zbyt szybko, by była to prawda. Kontury jej postaci się rozmyły, a Sam mógłby niemal przysiąc, że uśmiechnęła się jeszcze.
Jego palce zacisnęły się w pustce.
Przez bardzo długi czas nikt się nie ruszył ani nic nie powiedział.
Maluchy nie płakały. Starsi tylko patrzyli przed siebie.
Palce Sama wciąż zdawały się pamiętać dotyk dłoni Anny. Wpatrywał się w miejsce, gdzie była jej twarz. Nadal widział jej błagalny wzrok.
Nie mógł się powstrzymać i wyciągnął rękę w miejsce, gdzie stała dziewczyna. Chciał dotknąć twarzy, której już nie było.
Ktoś załkał. Ktoś krzyknął. Dołączyły do niego inne głosy, przedszkolaki zaniosły się płaczem.
Samowi zrobiło się niedobrze. Kiedy zniknął jego nauczyciel, zupełnie się tego nie spodziewał. Tym razem wiedział. Wiedział, co się święci, jakby stał skamieniały na torach kolejowych, niezdolny, by odskoczyć na bok.

ROZDZIAŁ 20

131 GODZIN, 03 MINUTY

– To się po prostu stało – oświadczył Drake.

Caine siedział w swym za dużym skórzanym fotelu, który wcześniej należał do burmistrza Perdido Beach. Wydawał się w nim bardzo mały. I taki młody. Co gorsza, obgryzał paznokieć u kciuka, a więc wyglądało to prawie tak, jakby ssał palec.

Diana leżała na kanapie, czytała czasopismo i niemal nie zwracała uwagi, co się dzieje wokół.

– Co się stało?

– Te dwie dziewczyny, które kazałeś mi śledzić. Właśnie wykonały wielki skok. Zrobiły „puff", jak to mówi ten głupek Quinn.

Caine zerwał się na nogi.

– Tak jak przewidywałem. – Wcale nie wydawał się zadowolony z faktu, że miał rację. Obszedł biurko i ku wielkiej radości Drake'a, wyrwał magazyn z rąk Diany i cisnął nim przez pomieszczenie. – Może byś tak uważała, o czym mówimy?

Dziewczyna westchnęła i powoli usiadła, strzepując jakieś kłaczki ze swojej bluzki.

– Nie wkurzaj mnie, Caine – ostrzegła. – To ja powiedziałam, że powinniśmy zacząć zbierać akty urodzenia.

Drake nie omieszkał poszukać papierów Diany w gabinecie szkolnego psychologa, dzień po nastaniu ETAP-u. Nie znalazł ich jednak. Dziewczyna zostawiła za to otwartą teczkę Drake'a i narysowała uśmiechniętą buźkę przy słowie „sadysta".

Drake już wcześniej jej nie cierpiał. Ale po tym wydarzeniu nienawiść do Diany stała się niemal treścią jego egzystencji.

Wkurzyło go, że Caine przełknął jej bezczelną odpowiedź.

– Tak, to był dobry pomysł – przyznał Caine. – Bardzo dobry.

– Był tam ten chłopak Diany, Sam – odezwał się Drake.

Diana nie odpowiedziała na zaczepkę.

– Trzymał jedną z bliźniaczek za rękę, kiedy znikała – dodał. – Patrzył jej prosto w oczy. Wiecie, pierwsza dziewczyna odpada i już wszyscy wiedzą, co się kroi. Ta druga zaczęła się mazać. Byłem za daleko i nie słyszałem, co mówi, ale było widać, że prawie się zmoczyła.

– Sadyzm – powiedziała Diana. – Czerpanie przyjemności z cierpienia innych.

Drake rozciągnął usta w swym rekinim uśmiechu.

– Nie boję się słów.

– Gdybyś się ich bał, nie byłbyś psychopatą.

– Przestańcie, oboje – przerwał im Caine. Opadł z powrotem na zbyt duży fotel i znowu zaczął obgryzać kciuk. – Jest siedemnasty listopada. Mam pięć dni, żeby znaleźć na to sposób.

– Pięć dni – powtórzył jak echo Drake. – Nie wiem, co byśmy zrobili, gdyby cię zabrakło. – Posłał Dianie spojrzenie, które mówiło, że dokładnie wiedział, co by wtedy zrobił.

Komputerowy Jack, jak zwykle podekscytowany i z wytrzeszczonymi oczami, wpadł do pomieszczenia, niosąc otwarty laptop.

– Czego? – warknął Caine.

– Włamałem się do niego – oznajmił z dumą Jack. Gdy w odpowiedzi napotkał tępe spojrzenia, wyjaśnił: – To laptop siostry Temple.

Na twarzy Caine'a odmalowała się konsternacja.

– Co? A! Świetnie. Mam ważniejsze problemy. Daj go Dianie. I wyjdź.

Komputerowy Jack podał laptop dziewczynie i wymknął się za drzwi.

– Mała gnida, nie? – skomentował Drake.

– Odczep się od niego. Jest użyteczny – uprzedził Caine. – Drake, co dokładnie widziałeś, kiedy dziewczyna... odpłynęła?

– Jeśli chodzi o pierwszą, nie patrzyłem dokładnie na nią, kiedy to się stało. Od drugiej już nie odrywałem oczu. W jednej chwili była, a potem już nie.

– O pierwszej siedemnaście?

Tamten wzruszył ramionami.

– Mniej więcej.

Caine walnął dłonią w biurko.

– Nie interesuje mnie „mniej więcej", idioto! – krzyknął. – Próbuję to rozgryźć. Nie chodzi tylko o mnie, Drake. Wszyscy dorastamy. Też kiedyś znajdziesz się w tej sytuacji. Będziesz czekał na zniknięcie.

– Dwunastego kwietnia, ledwie minutę po północy, Drake – wtrąciła Diana. – Nie, żebym zapamiętała dokładny dzień, godzinę i minutę czy... – Umilkła, czytając coś z komputerowego monitora.

— Co? — spytał Caine.

Diana zignorowała go, ale było wyraźnie widać, że znalazła coś nad wyraz ciekawego w pamiętniku Connie Temple. Podniosła się z kocią gracją i gwałtownym szarpnięciem otworzyła szafkę z dokumentami. Wyciągnęła szarą metalową skrzynkę i z niemal nabożną czcią postawiła ją na biurku Caine'a.

— Nikt jej jeszcze nie otwierał? — spytała.

— Bardziej interesował mnie laptop siostry Temple — odparł Caine. — A co?

— Przydaj się na coś, Drake — nakazała Diana. — Wyłam ten zamek.

Drake wziął nóż do listów, wsunął ostrze w tani zamek i przekręcił. Rygiel puścił.

Diana otworzyła skrzynkę.

— Wygląda to jak testament. I... o, to ciekawe, wycinek z gazety o tej historii z autobusem szkolnym, o której słyszeliśmy. No i... jest!

Uniosła plastikową koszulkę, chroniącą wymyślnie wydrukowany akt urodzenia. Popatrzyła na niego i wybuchła śmiechem.

— Dosyć tego, Diano — ostrzegł Caine. Uniósł się i wyrwał jej dokument z ręki. Wlepił w niego spojrzenie i zmarszczył brwi. Potem opadł ciężko na fotel, jakby był marionetką, której ktoś odciął sznurki.

— Dwudziesty drugi listopada — powiedziała Diana, uśmiechając się mściwie.

— Zbieg okoliczności — odparł Caine.

— Jest od ciebie o trzy minuty starszy.

— To przypadek. Nie jesteśmy do siebie podobni.

— Jak nazywają się bliźniacy, którzy nie są identyczni? — Diana przyłożyła palec do ust, parodiując głębokie zamyślenie. — A tak, bliźnięta dwujajowe. To samo łono, ci sami rodzice, dwa różne jajeczka.

Caine wyglądał tak, jakby lada chwila miał zemdleć. Drake nigdy nie widział go w takim stanie.

– To niemożliwe.

– Żaden z was nie zna swojego prawdziwego ojca – przypomniała Diana. Była miła, niemal współczująca. – A ile razy mi mówiłeś, że nie jesteś podobny do swoich rodziców?

– To nie ma sensu – wydyszał Caine. Wyciągnął dłoń do Diany, która po chwili wahania pozwoliła się złapać za rękę.

– O czym wy mówicie? – spytał Drake. Nie podobało mu się, że jako jedyny nic nie rozumie. Żadne z nich jednak nie zwróciło na niego uwagi.

– W pamiętniku też o tym jest – powiedziała Diana. – Siostra Temple. Wiedziała, że jesteś mutantem. Przypuszczała, że masz jakąś niewiarygodną moc i najwyraźniej miała też domysły co do innych. Podejrzewała cię o spowodowanie różnych obrażeń, których powodu nikt inny się nie domyślał.

Drake parsknął śmiechem, gdy w końcu zrozumiał.

– Mówisz, że siostra Temple była matką Caine'a?

Twarz Caine zapłonęła nagłym gniewem.

– Zamknij się, Drake.

– Dwaj mali chłopcy urodzili się dwudziestego drugiego listopada – powiedziała Diana. – Jeden został z matką. Drugiego adoptowała inna rodzina.

– Była twoją matką, ale cię porzuciła i zostawiła sobie Sama? – spytał Drake, śmiejąc się radośnie z upokorzenia Caine'a.

Caine odsunął się od Diany i wyciągnął ręce w stronę Drake'a.

– Błąd – powiedziała dziewczyna, choć nie było jasne, do którego z nich się zwraca.

Coś uderzyło Drake'a w pierś. Jakby wpadł pod ciężarówkę. Jakaś siła poderwała go z ziemi i rzuciła na ścianę. Rozbił szklane ramki dwóch oprawionych druków i bezładnie spadł na podłogę.

Otrząsnął się. Chciał się zerwać i rzucić na Caine'a, wykończyć go, zanim ten dziwoląg znowu zdoła go uderzyć. Ale Caine stał tuż nad nim, z czerwoną twarzą i odsłoniętymi zębami.

– Pamiętaj, kto tu rządzi – upomniał go niskim, gardłowym, niemal zwierzęcym głosem.

Drake skinął głową. Był pokonany. Na razie.

– Wstawaj – nakazał tamten. – Mamy robotę.

Astrid wyszła na ganek z małym Pete'em. Było to najlepsze miejsce, by złapać trochę słońca. Siedziała w dużym, białym, wiklinowym fotelu bujanym i opierała stopy o barierkę. Jej gołe nogi świeciły bielą w słonecznych promieniach. Zawsze była blada i nie należała do osób dbających o opaleniznę, ale dzisiaj czuła, że potrzebuje słońca. Czas z małym Pete'em spędzała najczęściej pod dachem. Po kilku takich dniach dom zmieniał się w więzienie.

Zastanawiała się, czy tak się czuła jej matka. Czy to tłumaczyło, dlaczego matka po spędzeniu z chłopcem kilku dni i nocy zaczynała gwałtownie szukać pierwszej lepszej wymówki, by wcisnąć go każdemu, kto zechciał się nim zaopiekować?

Na ulicy, przy której mieszkała Astrid, nastąpiły podczas ETAP-u, jak wszędzie w miasteczku, drobne zmiany. Samochody nie ruszały się z miejsca. Nie było żadnego ruchu. Trawniki zarastały. Kwiaty w ogródku dwa domy dalej, o które pan Massilio zawsze tak dbał, traciły barwę i więdły. Chorągiewki na kilku skrzynkach pocztowych uniesione były w górę, czekając na listonosza, który nie przychodził.

Po jezdni przesuwał się ospale poruszany wiatrem otwarty parasol, pokonując za każdym razem ledwie parę centymetrów. Kilka domów dalej jakieś dzikie zwierzę – a może głodny domowy pupilek – przewróciło pojemnik na śmieci, rozsypując na podjeździe poczerniałe skórki od banana, mokre gazety i kości kurczaka.

Astrid zauważyła Sama, pedałującego zawzięcie na rowerze. Powiedział, że przyjedzie, by zabrać ją do sklepu, i czekała na niego, ulegając nieprzyjemnej huśtawce emocji. Chciała go zobaczyć. I bardzo się tym denerwowała.

Pocałunek był bez wątpienia pomyłką.

A może nie.

Sam rzucił rower na trawnik i wszedł po schodach.

– Cześć, Sam. – W głosie Astrid pobrzmiewała nerwowość. Opuściła nogi i usiadła prosto.

– Anna i Emma właśnie zniknęły.

– Co?

– Stałem przy nich. Patrzyłem. Trzymałem Annę za rękę, kiedy to się stało.

Astrid podniosła się i bez zastanowienia objęła go ramionami, tak jak obejmowała małego Pete'a, gdy próbowała go pocieszyć.

Ale w przeciwieństwie do Pete'a, Sam zareagował, niezgrabnie odpowiadając na uścisk. Jego twarz znalazła się w jej włosach i usłyszała tuż przy swoim uchu jego urywany oddech. I zdawało się, że mogą znowu to zrobić, znowu się pocałować, ale potem, oboje jednocześnie, odsunęli się od siebie.

– Bała się – mówił Sam. – Anna. Widziała, jak Emma zniknęła. Urodziły się w odstępie sześciu minut. Czyli najpierw Emma. A potem Anna, która na to czekała. Wiedziała, co zaraz nastąpi.

– To straszne. Chodź do środka. – Rzuciła okiem na braciszka. Jak zwykle grał na swojej konsolce.

Zaprowadziła Sama do kuchni i nalała mu szklankę wody. Wypił połowę jednym haustem.

– Mam pięć dni – oznajmił z przejęciem. – Pięć dni. Nawet nie tydzień.

– Nie wiesz tego na pewno.

– Przestań, dobra? Po prostu przestań. Nie opowiadaj mi, że wszystko będzie dobrze. Nie będzie.

– OK – odparła. – Masz rację. Z jakiegoś powodu piętnaście lat to granica, po osiągnięciu której znikasz.

To potwierdzenie wyraźnie go uspokoiło. Potrzebował prawdy podanej bez osłonek. Astrid przyszło do głowy, że w ten sposób może pomóc Samowi, nie tylko teraz, ale i w przyszłości. O ile mieli jakąś przyszłość.

– Unikałem tego. Nie myślałem o tym. Wmawiałem sobie, że to nie nastąpi. – Zmusił się do cierpkiego uśmiechu, głównie chyba na jej użytek. Widział w niej odbicie własnego lęku i teraz próbował go opanować. – Ale wszystko ma swoje dobre strony. Nie muszę się martwić, jak dołujące będzie w ETAP-ie Święto Dziękczynienia.

– Może jest sposób, by sobie z tym poradzić – powiedziała ostrożnie Astrid.

Popatrzył na nią z nadzieją, jakby mogła znać rozwiązanie. Pokręciła głową, więc powiedział:

– Nikt nawet nie szuka wyjścia z ETAP-u. Może istnieje droga ucieczki. Nic nie wiemy, a możliwe, że w barierze jest jakaś szeroka, otwarta brama. Na przykład na morzu. Albo na pustyni czy w parku narodowym. Nikt nawet nie szukał.

Astrid powstrzymała chęć, by określić jego domniemania jako „chwytanie się brzytwy".

Powiedziała coś innego:

– Jeśli można stąd wyjść, to można i wejść. A cały świat musi wiedzieć, co się stało. Perdido Beach, elektrownia, zablokowana nagle autostrada, niemożliwe, by świat to przeoczył. A przecież oni mają więcej ludzi i środków niż my. Zaprzęgli pewnie do pracy połowę naukowców świata. Ale my nadal jesteśmy w tym samym miejscu.

– Wiem o tym. – Był teraz spokojniejszy. Siedział na jednym ze stołków barowych, stojących rzędem przy kuchennym blacie. Przeciągnął dłonią po granitowej powierzchni, jakby napawał się gładkością kamienia. – Myślałem o tym. A może jajko?

– Hmm. Skończyły mi się jajka.

– Nie, to znaczy, pomyśl o jajku. Kurczaczek wybija sobie wyjście z jajka, prawda? Ale jeśli ty spróbujesz dostać się do jajka, całe się rozpadnie. – Wykonał palcami ilustrujący to gest. Gdy nie odpowiadała, sposępniał i stwierdził:
– Kiedy się nad tym zastanawiałem, miało to sens.

– Właściwie pewien sens to ma – przyznała.

Był wyraźnie zaskoczony. W oczach zalśnił mu błysk, który lubiła, a na ustach pojawił się półuśmiech.

– Zaskoczyłem cię – zauważył.

– Trochę tak. Analogia może się okazać trafna.

– Mówisz o analogii, żeby mi przypomnieć, że jesteś ode mnie mądrzejsza – zażartował.

Ich oczy się spotkały. Po chwili oboje z zawstydzeniem odwrócili wzrok.

– Nie żałuję, wiesz – odezwał się. – Znaczy, zły czas, złe miejsce, ale i tak nie żałuję.

– Chodzi ci o...

– Tak.

– Ja też nie – zapewniła. – Dla mnie to był pierwszy raz. Wiesz, jeśli nie liczyć tego pocałunku z Alfredem Slavinem w pierwszej klasie.

– Pierwszy raz?
– Tak. A dla ciebie?
Pokręcił głową i skrzywił się z żalem. A po chwili dodał:
– Ale pierwszy raz na serio.
Zapadło milczenie, ale dobrze się z tym czuli.
W końcu odezwała się Astrid.
– Sam, co do tej skorupki jajka: mówisz, że jeśli ludzie z zewnątrz spróbują przebić barierę, to może nam to czymś zagrozić. I tamci o tym wiedzą. Że być może tylko my możemy bezpiecznie przerwać barierę i się wydostać. Być może cały świat czeka i patrzy, w nadziei, że będziemy umieli się wykluć. – Otworzyła szafkę i wyjęła na wpół opróżnioną paczkę ciastek. Położyła je na blacie i wzięła jedno. – To dobra teoria, ale zdajesz sobie chyba sprawę, że mało prawdopodobna.
– Wiem. Ale nie chcę tu po prostu bezczynnie siedzieć i czekać, aż przyjdzie na mnie czas. Może jednak z ETAP-u można jakoś wyjść.
– Co zamierzasz?
Wzruszył ramionami. Umiał robić to w sposób, który nie wyrażał wątpliwości czy niepewności, lecz kojarzył się bardziej ze zrzucaniem ciężaru, uwalnianiem się od czegoś.
– Na początek chcę pójść wzdłuż bariery i zobaczyć, czy nie ma jakiejś bramy. Może wystarczy przez nią przejść i wszyscy tam będą, wiesz? Moja mama, twoi rodzice. Anna i Emma.
– Nauczyciele – podsunęła.
– Nie psuj sielskiej wizji – odparł.
– Co będzie, jeśli znajdziesz bramę, Sam? Przejdziesz przez nią? Co będzie z tymi, którzy zostaną w ETAP-ie?
– Też wyjdą.
– Nie będziesz miał pewności, czy to brama, dopóki przez nią nie przejdziesz. A drogi powrotnej może nie być.

– Astrid, za pięć dni znikam. Puff. Nie ma mnie.
– No tak, musisz myśleć o sobie – powiedziała bezbarwnym tonem.

Wydawał się dotknięty.

– Przecież to nie fair...

Cokolwiek chciał powiedzieć, umknęło, w tej bowiem chwili rozległy się dwa donośne dźwięki. Jednym był łoskot, dobiegający z zewnątrz, drugim zaś wrzask małego Pete'a.

Astrid pobiegła do drzwi, wpadła do pomieszczenia i zastała Pete'a zwiniętego w kulkę, roztrzęsionego, wyjącego, na granicy ataku histerii.

Obok niego na podłodze leżał kamień.

A na chodniku ze śmiechu zwijali się Panda, chłopak z Coates, o imieniu Chris i Quinn. Panda i Chris trzymali kije bejsbolowe. Ten drugi miał też biały worek na śmieci. W środku znajdowała się konsola do gier.

– Rzuciliście kamieniem w mojego brata? – zawołała Astrid, nieustraszona w swoim gniewie. Opadła na kolana tuż przy chłopczyku.

Sam był już w połowie trawnika i zmierzał zdecydowanym krokiem w ich stronę.

– Co zrobiłeś, Pando?

– Ignorował mnie – powiedział tamten.

– Panda się tylko wygłupiał, Sam – odezwał się Quinn. Stanął pomiędzy kumplem a Pandą.

– Rzucanie kamieniem w bezbronne dziecko to wygłupy? – spytał Sam. – I co ty w ogóle robisz z tym gnojkiem?

– Kogo nazywasz gnojkiem? – spytał Panda. Mocniej zacisnął dłoń na kiju, choć widać było, że tak naprawdę nie zamierza bić.

– Kogo nazywam gnojkiem? Każdego, kto rzuca kamieniami w małe dzieci – odparł Sam, nie ustępując.

Quinn uniósł pojednawczo ręce.

– Słuchaj, wyluzuj, bracie. Wykonywaliśmy tylko drobną misję dla Mateczki Mary. Poprosiła Pandę o pomoc, wysłała go na poszukiwanie misia jakiegoś dzieciaka, nie? Robiliśmy coś dobrego.

– Robicie coś dobrego? Co? Kradniecie? – Sam wskazał worek w ręce Chrisa. – A wracając pomyśleliście, żeby rzucić kamieniem w autystyczne dziecko?

– Ej, odczep się – odarł Quinn. – Niesiemy tę grę Mary, żeby miała czym zająć dzieci.

Mały Pete krzyczał teraz Astrid do ucha, więc nie słyszała całej rozmowy, a jedynie strzępki gniewnych zdań, które wymieniali coraz bardziej naburmuszony Quinn i ogarnięty zimną wściekłością Sam.

Potem Sam obrócił się na pięcie i ruszył z powrotem do niej, a Quinn pokazał mu za plecami wyprostowany środkowy palec, po czym pomaszerował dalej ulicą z Pandą i tym chłopakiem z Coates.

Sam opadł gwałtownie na krzesło na ganku. Przez dziesięć minut, których potrzebowała Astrid, by uspokoić braciszka i znowu zająć go grą, Sam wrzał z wściekłości.

– Robi się do niczego. Gorzej niż do niczego – oznajmił. Po chwili napięcie trochę zelżało i dodał: – Poradzimy sobie z tym.

– Znaczy ty i Quinn?

– Tak.

Astrid miała ochotę zakończyć tę rozmowę. Zrozumiała jednak, że muszą ją odbyć prędzej czy później.

– Nie sądzę, żeby mu przeszło.

– Nie znasz go zbyt dobrze.

– Jest o ciebie zazdrosny.

– No jasne, jestem taki strasznie przystojny – powiedział, siląc się na dowcip.

– Różnicie się od siebie. Kiedy życie toczy się zwyczajnie, jesteście prawie tacy sami. Ale kiedy staje się dziwne i przerażające, kiedy następuje kryzys, stajecie się nagle zupełnie innymi ludźmi. Tak naprawdę to nie jego wina, ale Quinn nie jest dzielny. Nie jest silny. A ty jesteś.

– Nadal chcesz, żebym był wielkim bohaterem.

– Chcę, żebyś był tym, kim jesteś. – Została przy braciszku, ale wyciągnęła dłoń i wzięła Sama za rękę. – Sam, sprawy przybiorą gorszy obrót. Teraz wszyscy są w szoku. Boją się. Ale nawet nie zdają sobie sprawy, jak bardzo powinni się bać. Prędzej czy później skończy się żywność. Prędzej czy później elektrownia stanie. Będziemy siedzieć w ciemnościach, głodni i zrozpaczeni. Kto będzie nami wtedy dowodził? Caine? Orc? Drake?

– Wiesz – odrzekł oschłym tonem – mówisz tak, jakby chodziło o zabawę.

– Dobra, nie będę ci się naprzykrzać – powiedziała, czując, że powinna ustąpić. Żądała niemożliwego od tego chłopaka, którego ledwie znała. Wiedziała jednak, że właśnie to należy zrobić.

Wierzyła w niego.

Zastanawiała się dlaczego. Tak naprawdę nie było to logiczne. Nie wierzyła w przeznaczenie. Całe życie polegała na swoim umyśle, na rozumieniu faktów. Teraz pchała ją do tego jakaś jej część, z której istnienia ledwie zdawała sobie sprawę, jakaś pogrzebana, zaniedbana część umysłu. Zmuszała ją, by wywierać na Samie presję.

Ale miała pewność.

Zwróciła twarz na małego Pete'a, by Sam nie zobaczył malującej się na niej troski. Wciąż jednak trzymała go za rękę.

Miała pewność. Tak jakby zapytano ją, ile jest dwa plus dwa.

Puściła jego dłoń. Wzięła głęboki, urywany wdech. I teraz nie miała już pewności. Jeszcze bardziej zmarszczyła czoło.

– Chodźmy do sklepu – odezwała się.

Myślami był gdzie indziej, czymś przejęty, więc nie zauważył, jak Astrid patrzy na swoje dłonie z wyrazem skupienia na twarzy. Po chwili wytarła je o szorty.

– Tak – powiedział. – Lepiej iść, dopóki jeszcze możemy.

ROZDZIAŁ 21
129 GODZIN, **34** MINUTY

– Pokaż mi swoją listę – zażądał Howard. Siedział przed sklepem Ralph's, na krześle ogrodowym z nogami na drugim krześle. Na przenośnym odtwarzaczu DVD oglądał *Spider--mana 3*. Ledwie podniósł wzrok, gdy się zbliżyli.

– Nie mam listy – odparła Astrid.

Howard wzruszył ramionami.

– Musisz mieć. Bez listy nikt nie wejdzie.

– Dobra, masz kawałek papieru i ołówek? – spytał Sam.

– Tak się składa, że mam – odrzekł tamten. Wyciągnął mały kołonotatnik z kieszeni luźnej skórzanej kurtki, po czym podał go Astrid.

Sporządziła listę i oddała Howardowi.

– Możecie wziąć tyle świeżych towarów, na przykład warzyw, ile chcecie. I tak się zepsują. Lody się prawie skończyły, ale może zostały jakieś Popsicle. – Zerknął na małego Pete'a. – Lubisz Popsicle, Pe-tynie?

– Mów dalej – wtrącił Sam.

– Jeśli chcecie coś w puszkach albo na przykład makaron, musicie mieć specjalne pozwolenie od Caine'a albo jednego z szeryfów.

– O czym ty mówisz? – spytała Astrid.

– Mówię, że możecie wziąć sałatę i jajka, ciastka i mleko, bo niedługo minie im termin przydatności, ale oszczędzamy na przykład zupy w puszkach i w ogóle rzeczy, które się nie psują.
– OK, to chyba ma sens – przyznała.
– Tak samo papier. Wszyscy dostają po jednej rolce papieru toaletowego. Więc niech wam starczy na długo.
– Znowu zerknął na listę. – Tampony? Jaki rozmiar?
– Zamknij się – zgasił go Sam.

Howard roześmiał się.

– Wchodźcie. Ale wszystko sprawdzę przy wyjściu i jeśli coś będzie nie tak, każę wam odnieść.

W sklepie panował straszny bałagan. Zanim Caine wyznaczył wartownika, ukradziono niemal wszystkie przekąski. A młodzi rabusie nie byli porządni ani ostrożni. Na podłodze walały się rozbite słoiki z majonezem, przewrócone półki i kawałki szkła ze stłuczonych drzwi chłodziarek.

Wszędzie latały muchy. Zaczynało już cuchnąć jak w śmietniku. W kilku lampach sufitowych przepaliły się żarówki, więc wokół panował mrok. Kolorowe plakaty wciąż wisiały pod sufitem, informując o promocjach i obniżkach.

Sam wziął wózek, a Astrid podniosła małego Pete'a i posadziła go w środku.

Kwiaty w małym kąciku kwiaciarskim były w kiepskim stanie. Parę balonów, może dziesięć, z folii poliestrowej mylar z napisem „Urodziny" albo życzeniami na Święto Dziękczynienia wciąż unosiło się w powietrzu, stopniowo jednak traciły wysokość.

– Może poszukam indyka. – Astrid lustrowała wzrokiem wystawione produkty, związane ze Świętem Dziękczynienia: proszek do placków z dynią, mielone mięso, sos żurawinowy, farsz do indyków.

– Umiesz upiec indyka?
– Mogę znaleźć przepis w sieci. – Westchnęła. – Nic z tego. Może mają gdzieś tu książkę kucharską.
– Co z sosem żurawinowym?
– Nie możemy wziąć niczego w puszkach.

Sam poszedł do działu warzywnego, a potem przystanął, zauważając, że Astrid wciąż patrzy na sezonową ekspozycję. Płakała.

– Co się stało?

Astrid otarła łzy, ale do oczu napłynęły jej kolejne.

– Zakupy zawsze robiliśmy we troje: mama, Petey i ja. Co tydzień. Mieliśmy wtedy czas na rozmowę. Wiesz, chodziliśmy po sklepie wolno, rozmawialiśmy o tym, co by tu zjeść i o innych sprawach. Nigdy dotąd nie byłam tu bez mamy.

– Ja też nie.

– Dziwne uczucie. Wygląda tak samo, ale jest inaczej.

– Nic nie jest już takie samo – powiedział Sam. – Ale ludzie dalej muszą jeść.

Odpowiedziała mu niepewnym uśmiechem.

– Dobra, róbmy zakupy.

Spakowali sałatę, marchew i ziemniaki. Sam poszedł za ladę, by wziąć dwa steki i zawinąć je w papier. Muchy aż roiły się na kawałkach mięsa, które zostały na wierzchu, gdy ekspedienci zniknęli. Ale mięso z wnętrza gabloty wydawało się nietknięte.

– Coś jeszcze dla pani? – spytał.

– Skoro nikt inny jej nie chce, mogę też wziąć tę pieczeń.

Sam pochylił się w przód i popatrzył na towary.

– OK, poddaję się. Gdzie ta pieczeń?

– Tamto duże. – Postukała w szkło. – Mogę ją włożyć do lodówki.

— Oczywiście. Pieczeń. — Podniósł mięso i położył na płachcie woskowanego papieru do pakowania. — Wiesz, że kosztuje dwadzieścia pięć dolarów za kilo czy coś koło tego?
— Proszę dopisać mi do rachunku.
Ruszyli dalej w stronę szafki z nabiałem. Stał tam Panda, nerwowo trzymając w pogotowiu kij.
— Znowu ty? — warknął Sam.
Panda nie odpowiedział.
Astrid krzyknęła.
Sam odwrócił się i zdołał dostrzec Drake'a Merwina, zanim coś uderzyło go w bok głowy. Zatoczył się na puszkę z parmezanem, rozrzucając jakieś zielone pojemniki.
Zobaczył ruch kija, próbował go nawet zablokować, ale kręciło mu się w głowie i nie mógł skupić wzroku.
Kolana ugięły się pod nim, kiedy osunął się na podłogę.
Jakby za mgłą zobaczył szybko poruszające się dzieciaki, czworo lub pięcioro. Dwoje z nich złapało Astrid, wykręcając jej ręce.
Rozległ się głos dziewczyny. Sam z początku go nie poznał, aż usłyszał, jak Panda mówi:
— Diana?
— Zakryjcie mu dłonie — nakazała Diana.
Sam opierał się, ale mięśnie odmawiały mu posłuszeństwa. Coś chwyciło go za lewą rękę, potem za prawą. Silne palce trzymały go mocno.
Kiedy udało mu się w końcu skupić, popatrzył tępo na to, co się stało. Nadgarstki miał związane krawatem, a na każdą dłoń naciągnięto balon z mylaru, umocowany taśmą klejącą.
Diana Ladris uklękła, zniżając twarz do jego poziomu.
— To mylar. Powierzchnia, która odbija światło. Więc nie próbowałabym używać tego twojego hokus-pokus. Sam byś sobie usmażył rączki.

233

– Co robicie? – zająknął się Sam.
– Twój brat chce odbyć z tobą miłą rozmowę.

To nie miało sensu i Sam nie był pewien, czy dobrze usłyszał. Jedyną osobą, którą kiedykolwiek nazywał „bratem", był Quinn.

– Puśćcie Astrid – powiedział Sam.

Drake minął Dianę i kopnął Sama, przewracając go na plecy. Stanął nad nim i przytknął koniec swojego kija bejsbolowego do jego jabłka Adama. Poprzedniego wieczoru tak samo postąpił z Orkiem.

– Jeśli będziesz grzeczny, będziemy mili dla twojej dziewczyny i jej braciszka debila. Jeśli sprawisz kłopoty, dam jej popalić.

Mały Pete zaczął wyć.

– Ucisz tego dzieciaka, albo zrobię to za ciebie – warknął Drake do Astrid. A potem zwrócił się do Howarda, Pandy i pozostałych: – Weźcie naszego bohatera i wrzućcie go do sklepowego wózka.

Sam został podniesiony, po czym opuszczono go do wózka.

Pchał go Howard.

– Sammy, Sammy. Sam Autobus to teraz Sam Wózek, co?

Drake nachylił się i ostatnim, co Sam zobaczył, był pasek taśmy izolacyjnej, którą zaklejono mu oczy.

Pchali go autostradą w sklepowym wózku przez miasto. Nic nie widział, ale czuł wstrząsy. Słyszał tylko śmiech i szyderstwa Howarda i Pandy.

Usiłował zorientować się, dokąd zmierzają. Po jakimś czasie, który zdawał mu się bardzo długi, poczuł, że pną się pod górę.

Howard zaczął narzekać:
– Kurczę, niech ktoś mi pomoże pchać ten wózek. Freddie, pomóż!

Wózek przyspieszył na chwilę, a potem znowu zwolnił. Sam słyszał ciężkie oddechy.

– Weź paru tych ludzi, którzy stoją z założonymi rękami – zażądał Freddie.

– Ej, ty, chodź tu i pomóż mi pchać.

– Nie ma mowy.

Quinn. Serce Sama podskoczyło. Quinn mu pomoże.

Wózek zatrzymał się.

Howard odezwał się:

– Co, boisz się, że twój koleżka dowie się, co robiłeś?

– Zamknij się – odparł Quinn.

– Sammy, jak myślisz, kto dał nam cynk, że idziesz po zakupy z Astrid? No?

– Zamknij się, Howard – powiedział Quinn z rozpaczą w głosie.

– Jak myślisz, kto nam powiedział o twojej mocy?

– Nie wiedziałem, że to zrobią – zapewnił Quinn. – Nie wiedziałem, bracie.

Do Sama dotarło, że nawet nie jest zaskoczony. Mimo to zdrada Quinna bolała bardziej niż cokolwiek, co zrobił mu Drake. Chciał na niego nawrzeszczeć. Chciał go nazwać Judaszem. Ale krzycząc, złoszcząc się czy płacząc, wydałby się słaby.

– Nie wiedziałem, bracie, naprawdę – powtórzył Quinn.

– Tak. Myślałeś, że może chcemy tylko urządzić zebranie fanklubu Sama Temple'a – Howard zarechotał z własnego dowcipu. – A teraz łap i pchaj.

Wózek znowu ruszył.

Sam odczuwał ból. Quinn go zdradził. Astrid była z Drakiem i Dianą. I nic nie mógł zrobić.

Zdawało się, że droga trwa wiecznie. Ale w końcu stanęli.

235

Bez ostrzeżenia wózek przechylił się i Sam wylądował na chodniku. Przewrócił się na dłonie i kolana, po czym próbował ukradkiem rozedrzeć mylar o beton.

Od kopniaka w biodra zaparło mu dech.

– Hej! – krzyknął Quinn. – Nie musisz go kopać.

Czyjeś dłonie złapały Sama za ramiona i po chwili dobiegł go głos Orca:

– Jeśli wywiniesz jakiś numer, oberwiesz.

Poprowadzili go, potykającego się, w górę schodów. Były tam drzwi, które sądząc po odgłosie sprawiały wrażenie dość dużych. Potem dźwięk ich kroków poniósł się echem po linoleum.

Przystanęli. Otworzyły się kolejne drzwi. Orc kopnął go z tyłu w zgięcie kolan i Sam padł na twarz.

Orc usiadł na nim okrakiem, złapał go za włosy i gwałtownie pociągnął jego głowę w tył.

– Zdjąć taśmę – rozkazał jakiś głos.

Howard chwycił krawędź taśmy i oderwał ją razem z częścią brwi Sama.

Sam natychmiast poznał pomieszczenie, w którym się znalazł. Szkolna sala gimnastyczna.

Leżał na gładkich klepkach podłogi, a Caine stał przed nim ze skrzyżowanymi ramionami i patrzył nań z satysfakcją.

– Hej, Sam – powiedział.

Sam przekręcił głowę w lewo i w prawo. Orc, Panda, Howard, Freddie i Chaz, wszyscy uzbrojeni w kije bejsbolowe. Quinn starał się zniknąć mu z oczu.

– Masz tu dużo ludzi, Caine. Muszę być groźny.

Caine z namysłem pokiwał głową.

– Lubię być ostrożny. Oczywiście Drake ma dziewczynę. Więc na twoim miejscu nie próbowałbym sprawiać kłopotów. Drake to brutal i świr.

Howard roześmiał się.

– Dajcie mu wstać – rozkazał Caine.

Orc zszedł z pleców Sama, ale najpierw wbił mu kolano w żebra. Sam wstał, roztrzęsiony, ale zadowolony, że nie musi już leżeć na podłodze.

Uważnie przyjrzał się Caine'owi. Spotkali się na placu, zaraz po przyjeździe tamtych dzieciaków, później widywał go już tylko przelotnie.

Caine obserwował go z równą uwagą.

– Czego ode mnie chcesz? – spytał Sam.

Caine zaczął obgryzać paznokieć u kciuka, a potem opuścił ręce wzdłuż boków, co wyglądało niemal tak, jakby stawał na baczność.

– Gdybyśmy się mogli zaprzyjaźnić.

– Marzysz o tym, żeby zostać moim nowym kumplem?

Caine wybuchnął śmiechem.

– Widzisz? Masz poczucie humoru. Nie mogłeś go odziedziczyć po matce. Nigdy nie wydawała mi się zbyt zabawna. Może masz to po ojcu?

– Nie wiem.

– Nie? Czemu?

– Masz laptop mojej mamy. Masz wszystkie jej osobiste dokumenty. I masz Quinna, który odpowiada na pytania na mój temat. Więc domyślam się, że już znasz odpowiedź.

Caine pokiwał głową.

– Tak. Twój ojciec zniknął wkrótce po twoich narodzinach. Pewnie nie był tobą zachwycony, co? – Zaśmiał się z własnego dowcipu, a paru jego przybocznych zawtórowało mu bez przekonania, nie do końca rozumiejąc, o co chodzi. – Ale nie przejmuj się. Tak się składa, że mój biologiczny ojciec też zniknął. Matka również.

Sam nie odpowiedział. Ręce zdrętwiały mu od więzów. Bał się, ale za nic w świecie nie chciał tego okazać.

— Nie wolno nosić wyjściowych butów w sali gimnastycznej — powiedział bez sensu.

— Czyli twój ojciec znika, a ciebie nawet nie interesuje, dlaczego? — spytał Caine. — Ciekawe. Ja zawsze chciałem wiedzieć, kim byli moi prawdziwi rodzice.

— Niech zgadnę. Jesteś młodym czarodziejem, wychowanym przez mugoli.

Uśmiech Caine'a stał się lodowaty. Wyciągnął rękę. Niewidzialna pięść uderzyła Sama w twarz. Zatoczył się w tył. Ustał, ale kręciło mu się w głowie, a z nosa pociekła krew.

— Tak. W pewnym sensie — powiedział Caine.

Wyciągnął teraz obie ręce i Sam poczuł, że odrywa się od podłogi.

Caine uniósł go mniej więcej na metr, po czym złączył palce i Sam ciężko spadł.

Podniósł się powoli. Lewa noga mu dygotała. Chyba miał zwichniętą kostkę.

— Mamy system mierzenia mocy — oznajmił Caine. — Właściwie wymyśliła go Diana. Umie odczytać człowieka, jeśli złapie go za ręce. Określa, jaką ma moc. Opisuje to jak zasięg w komórce. Jedna kreska, dwie, trzy. Wiesz, co ja mam?

— Świra? — Sam wypluł krew, która napłynęła mu do ust.

— Cztery kreski, Sam. Jestem jedyną sprawdzoną przez nią osobą, która ma cztery kreski. Mógłbym cię podnieść do sufitu albo rzucić o ścianę. — Zilustrował swoją wypowiedź zamaszystymi ruchami rąk.

— Znalazłbyś pracę w cyrku — odparował przytomnie Sam.

— Ooo, twardziel z ciebie. — Caine wydawał się zły, że Sam nie podziwia jego zdolności.

— Słuchaj, Caine, mam związane ręce, a wokół mnie stoi pięciu twoich zbirów z kijami bejsbolowymi, i mam się ciebie bać, bo znasz sztuczki magiczne? — Specjalnie powiedział o pięciu zbirach, nie zaś sześciu. Nie zamierzał do nich zaliczać Quinna.

Caine zauważył to i posłał Quinnowi podejrzliwe spojrzenie. Ten wciąż wyglądał jak dziecko, które nie wie, gdzie stanąć ani co ze sobą począć.

— A jeden z tych pięciu — ciągnął Sam — jest mordercą. Morderca i banda tchórzy. Oto twoja świta, Caine.

Oczy Caine'a otworzyły się szerzej. Odsłonił zęby, wściekły, i nagle Sam pofrunął jak wystrzelony z katapulty.

Sala gimnastyczna zawirowała wokół niego.

Mocno uderzył w obręcz kosza do gry i o szklaną tablicę. Na chwilę zawisł na obręczy, a potem spadł na plecy.

Pociągnęły go niewidzialne ręce o przerażającej sile, zupełnie jakby porwało go tornado. W końcu spoczął u stóp Caine'a.

Tym razem wstał bardzo powoli. Do strużki krwi z nosa dołączyła druga, płynąca z czoła.

— Niektórzy z nas zyskali dziwne moce. Zaczęło się to kilka miesięcy temu — wyjaśnił swobodnym tonem Caine. — Byliśmy jak tajny klub. Frederico, Andrew, Dekka, Brianna, kilkoro innych. Razem pracowaliśmy, by je rozwijać. Dopingowaliśmy się nawzajem. Widzisz, na tym polega różnica między ludźmi z Coates a wami, z miasteczka. W szkole z internatem ciężko utrzymać coś w tajemnicy. Ale wkrótce stało się jasne, że moja moc to zupełnie inna sprawa. Co ci właśnie zrobiłem? Nikt inny tego nie potrafi.

— Tak, to było super — odparł buntowniczym tonem Sam. — Możesz powtórzyć?

— Podpuszcza cię. — Do pomieszczenia weszła Diana, wyraźnie niezadowolona z tego, co widzi.

— Próbuje udowodnić, że jest twardzielem — warknął Caine.

– Tak. I udowodnił. Mów dalej.
– Uważaj, jak ze mną rozmawiasz, Diano – syknął.
Dziewczyna podeszła do niego wolnym krokiem i stanęła obok. Skrzyżowała ramiona na piersi i pokręciła głową z udawaną troską, patrząc na Sama.
– Kiepsko wyglądasz.
– Będzie wyglądał jeszcze gorzej – zagroził Caine.
Diana westchnęła.
– Układ jest taki, Sam: Caine chce od ciebie paru odpowiedzi.
– Czemu nie spyta Quinna?
– On ich nie zna, a ty znasz, więc słuchaj: jeśli nie odpowiesz na pytania naszego Nieustraszonego Przywódcy, Drake zacznie bić Astrid. A powinieneś wiedzieć, że Drake ma nie po kolei w głowie. Nie mówię tego, żeby cię przestraszyć, tylko dlatego, że to prawda. Ja jestem zła, a Caine ma manię wielkości, ale Drake jest po prostu rąbnięty. Może ją zabić, Sam. I zacznie za pięć minut, chyba że wrócę i powiem, żeby tego nie robił. Więc...
Sam przełknął krew i żółć.
– Jakie pytania?
Diana przewróciła oczami i odwróciła się do Caine'a.
– Widzisz, jakie to proste?
O dziwo, Caine to przyjął. Nie było gróźb, ataku na dziewczynę, tylko kipiący gniew, uraza i... akceptacja.
On się w niej kocha, uświadomił sobie ze zdumieniem Sam. Gdy widział ich razem, nigdy nie okazywali sobie otwarcie sympatii, ale to było jedyne możliwe wyjaśnienie.
– Opowiedz mi o swoim ojcu – odezwał się Caine.
Sam wzruszył ramionami i aż się skrzywił z bólu, wywołanego tym ruchem.
– Nie było go w moim życiu. Mama nie lubiła o nim mówić.

— Twoja matka. Siostra Temple.
— Tak.
— Nazwisko na twoim akcie urodzenia, w rubryce „ojciec"? Jest tam napisane „Taegan Smith".
— Zgadza się.
— Taegan. Niezwykłe imię. Bardzo rzadkie.
— Co z tego?
— Z kolei „Smith" to dość pospolite nazwisko. Takie, którego można użyć, by ukryć swoją prawdziwą tożsamość.
— Słuchaj, odpowiadam na twoje pytania, wypuść Astrid.
— Taegan — powtórzył Caine. — Tutaj, na akcie urodzenia. Matka: Constance Temple. Ojciec: Taegan Smith. Data urodzenia: dwudziesty drugi listopada. Godzina urodzenia: dwudziesta druga dwadzieścia. Szpital Regionalny w Sierra Vista.
— Więc teraz możesz mi postawić horoskop.
— W ogóle cię to nie interesuje?
Sam westchnął.
— Interesuje mnie, co się dzieje. Dlaczego zaczął się ETAP. Jak go zatrzymać albo jak z niego uciec. Na liście moich zmartwień biologiczny ojciec, którego nigdy nie znałem i który nic dla mnie nie znaczył, zajmuje bardzo odległe miejsce.
— Wypadasz za pięć dni, Sam. Interesuje cię to?
— Wypuść Astrid.
— Dalej, Caine. Do rzeczy — powiedziała Diana.
Caine uśmiechnął się szyderczo.
— Interesuje mnie kwestia znikania. Wiesz czemu? Bo nie chcę umrzeć. I nie chcę nagle znaleźć się z powrotem w zwykłym świecie. Podoba mi się w ETAP-ie.
— Myślisz, że tak się właśnie dzieje? Przeskakujemy do zwykłego świata?
— To ja zadaję pytania — warknął Caine.
— Wypuść Astrid.

– Rzecz w tym – ciągnął Caine – że ty i ja mamy coś wspólnego. Urodziliśmy się w odstępie ledwie trzech minut.

Po plecach Sama przeszedł dreszcz.

– Trzy minuty – powtórzył tamten, podchodząc bliżej. – Ty pierwszy. A potem ja.

– Nie – powiedział Sam. – To niemożliwe.

– Możliwe – odparł Caine. – Tak jest. Jesteśmy... braćmi.

Drzwi otworzyły się. Do środka wszedł Drake Merwin. Czegoś szukał.

– Czy ona tu jest?

– Kto? – spytała Diana.

– A jak myślisz? Ta blondyna i jej przygłupiasty braciszek.

– Pozwoliłeś jej uciec? – zdziwił się Caine, na chwilę zapominając o Samie.

– Nie pozwoliłem. Byli ze mną w pokoju. Dziewczyna mnie wkurzała, więc jej przyłożyłem. Wtedy zniknęli. I już.

Caine posłał Dianie mordercze spojrzenie.

– Nie – powiedziała na to dziewczyna. – Miała jeszcze parę miesięcy do piętnastych urodzin. A zresztą jej brat ma cztery lata.

– Więc jak? – Caine zmarszczył brwi. – Czy to może być moc?

Diana pokręciła głową.

– Odczytałam Astrid znowu po drodze tutaj. Ma ledwo-ledwo dwie kreski. Nie ma mowy. Teleportować dwie osoby?

Twarz Caine'a pobladła.

– Debil?

– To autystyk, żyje w swoim świecie – zaprotestowała Diana.

– Odczytałaś go?

– To małe autystyczne dziecko, czemu miałabym go odczytywać?

Caine odwrócił się do Sama.

– Co o tym wiesz? – Uniósł rękę w geście groźby. Jego twarz znalazła się o centymetry od Sama i krzyknął: – Gadaj!

– Wiem, że lubię patrzeć, jak się boisz, Caine.

Niewidzialna pięść powaliła go na łopatki.

Diana pierwszy raz okazała niepokój. Drwiący uśmieszek zniknął z jej twarzy.

– Jedyny raz widzieliśmy teleportację u Taylor w Coates. Ale ona mogła przemieścić się tylko przez pokój. Miała trzy kreski. Jeśli ten dzieciak może teleportować siebie i siostrę przez ściany...

– Może mieć cztery – powiedział cicho Caine.

– Tak – potwierdziła. – Może mieć cztery. – Gdy wymawiała słowo „cztery", spojrzała prosto na Sama. – Może nawet więcej.

Caine zaczął wydawać polecenia:

– Orc, Howard, zamknijcie Sama, zwiążcie go, żeby nie mógł zdjąć tych balonów z rąk, a potem weźcie Freddiego do pomocy. Kiedyś kładł już tynki, wie, co robić. Weźcie to, czego wam potrzeba, ze sklepu z narzędziami. – Chwycił Drake'a za ramię. – Znajdź Astrid i tego dzieciaka.

– Jak mam ich złapać, skoro w każdej chwili mogą zniknąć?

– Nie mówiłem, że masz ich złapać – odparł Caine. – Weź broń. Zastrzel ich, zanim cię zobaczą.

Sam rzucił się na Caine'a i wpadł na niego, zanim ten zdążył zareagować. Impet rzucił obu na podłogę. Sam uderzył przeciwnika głową w nos. Caine powoli usiłował się podnieść, ale najpierw Drake i Orc dopadli Sama i zaczęli go kopać.

Sam jęknął z bólu.

— Nie wolno ci zabijać ludzi, Caine. Zwariowałeś?
— Uderzyłeś mnie w nos — powiedział tamten.
— Masz świra. Potrzebujesz pomocy. Jesteś szaleńcem.
— Tak — odrzekł Caine, dotykając swojego nosa i krzywiąc się z bólu. — Ciągle mi to mówią. To samo powiedziała mi siostra Temple... matka. Ciesz się, że muszę mieć cię przy sobie, Sam. Muszę zobaczyć, jak znikasz, znaleźć sposób, żeby to samo nie spotkało mnie. Orc, zabierz stąd tego bohatera. No idź, Drake!
— Jeśli zrobisz im krzywdę, Drake, wytropię cię i zabiję! — krzyknął Sam.
— Nie strzęp sobie języka — zwróciła się do niego Diana.
— Nie znasz Drake'a. Twoja dziewczyna już nie żyje.

ROZDZIAŁ 22

128 GODZIN, **32** MINUTY

Astrid chciała zwymyślać Drake'a i Dianę, potępić ich, zażądać wyjaśnień, uświadomić im, jak podłym trzeba być człowiekiem, by wykorzystywać ETAP jako pretekst do posługiwania się przemocą.

Musiała jednak uspokoić małego Pete'a. Brat był dla niej najważniejszy. Ten bezradny, niekochany brat o pustej twarzy.

Żywiła do niego urazę. Przez niego musiała zachowywać się jak matka, choć miała tylko czternaście lat. To nie było w porządku. W tym wieku powinna żyć z fantazją, błyszczeć swoim intelektem, tym podobno wspaniałym darem. A tymczasem została niańką autystycznego dziecka.

Wprowadzono ich oboje z udawaną uprzejmością do sali lekcyjnej. Nie była to klasa, w której Astrid miała lekcje, choć wyglądała podobnie. Wszystko było boleśnie znajome: otwarte na ławkach książki, prace uczniów na ścianach.

– Usiądź. Możesz poczytać książkę, jeśli chcesz – zaproponowała Diana. – Wiem, że lubisz takie rzeczy.

Astrid podniosła jedną z książek.

– Tak, matematyka dla czwartej klasy. Po prostu uwielbiam.

– Wiesz, naprawdę cię nie lubię – oznajmiła Diana.

Drake oparł się o ścianę i uśmiechnął z drwiną.

– Oczywiście, że mnie nie lubisz – odparła Astrid. – Przy mnie czujesz się gorsza.

Oczy Diany zabłysły.

– Nie czuję się gorsza od nikogo.

– Naprawdę? Zwykle, jak ktoś robi złe rzeczy, to ma świadomość, że coś z nim jest nie tak. Wiesz? Nawet jeśli to w sobie tłumi, zdaje sobie sprawę, że jest chory.

– Tak – odparła lakonicznie Diana. – Źle mi z tym. Z moim złym sercem i w ogóle. Daj mi rękę.

– Co?

– Obiecuję, że cię nie zarażę swoją podłością. Daj rękę.

– Nie.

– Drake. Zmuś ją.

Drake oderwał się od ściany.

Astrid wyciągnęła rękę. Diana ujęła ją w swoje dłonie i przytrzymała.

– Czytasz ludzi – stwierdziła Astrid. – Powinnam się była domyślić wcześniej. Masz moc, prawda? – Popatrzyła na Dianę jak na okaz w laboratorium.

– Tak – przyznała tamta i puściła rękę Astrid. – Czytam ludzi. Ale nie martw się, odczytuję tylko poziomy mocy, a nie twoje sekretne myśli o tym, jak bardzo chciałabyś chodzić z Samem Temple.

Astrid wbrew sobie zarumieniła się. Diana ją wyśmiała.

– Przecież to oczywiste. Jest uroczy. Dzielny. Mądry, chociaż nie aż tak, jak ty. Wprost idealny.

– To przyjaciel.

– Mhm. Niedługo się dowiemy, jak dobry z niego przyjaciel. Wie, że cię mamy. Jeśli nie powie Caine'owi wszystkiego, co Caine chce wiedzieć, i nie zrobi tego, co Caine zechce, Drake zrobi ci krzywdę.

Astrid zrobiło się słabo.

– Co?

Diana westchnęła.

– No, od tego mamy Drake'a. Lubi zadawać innym ból. Nie trzymamy go tu z powodu jego elokwencji.

Drake wyglądał tak, jakby miał ochotę przyłożyć Dianie. Jego wąskie, gadzie oczy zwęziły się jeszcze bardziej. Diana spostrzegła to.

– No dalej, podnieś na mnie rękę – powiedziała szyderczym tonem. – Caine cię zabije. – A potem zwróciła się do Astrid: – Lepiej bądź grzeczna, bo jest cały nabuzowany.

I wyszła.

Astrid czuła na sobie wzrok Drake'a, ale nie mogła na niego spojrzeć. Wlepiała oczy w podręcznik do matematyki. Potem zerknęła na braciszka, który siedział i grał w swoją głupią grę, niezborny i nieczuły.

Poczuła się zażenowana własnym gniewem. Zażenowana, że nie potrafi spojrzeć na zbira, który niefrasobliwie opiera się o ścianę.

Nie miała wątpliwości, że Sam zrobi, co w jego mocy, by ją ratować. Ale Caine mógł poprosić o coś, czego Sam nie mógł mu dać.

Musiała pomyśleć. Musiała opracować plan. Była przestraszona, przemoc fizyczna zawsze napawała ją lękiem. Bała się pustki, którą wyczuwała w Drake'u Merwinie.

Przysunęła swoją ławkę do małego Pete'a i położyła mu dłoń na ramieniu. Żadnej reakcji. Wiedział o jej obecności, ale nic nie okazywał, pochłonięty swoją grą.

Wciąż nie patrząc na Drake'a, Astrid przemówiła:

– Nie przeszkadza ci, że Diana traktuje cię jak jakąś dziką bestię na smyczy?

– A ty się nie przejmujesz, że wszędzie łazisz z tym przygłupem? – odparował Drake. – Że debil trzyma się ciebie jak przyklejony?

– Nie jest debilem – powiedziała spokojnie Astrid.

– O! Debil to złe słowo?

– To autystyk.

– Debil – upierał się tamten.

Popatrzyła na niego. Zmusiła się, by popatrzeć mu w oczy.

– Debilizm to słowo, którego się już nie używa. Kiedy go używano, oznaczało upośledzenie umysłowe. Petey nie jest w tym sensie upośledzony. Ma przynajmniej przeciętny iloraz inteligencji, a może nawet wyższy. Więc to słowo nie pasuje.

– Tak? Hmm. Bo ja lubię słowo „debil". W sumie chciałbym usłyszeć, jak ty je wypowiadasz. Debil.

Astrid poczuła, że przerażenie odbiera jej siły. Nie miała cienia wątpliwości, że chłopak chce ją skrzywdzić. Przez chwilę wytrzymywała jego spojrzenie, ale potem opuściła oczy.

– Debil – nalegał. – Powiedz to.

– Nie – szepnęła.

Drake wolnym krokiem przeszedł przez pomieszczenie. Nie miał broni. Nie potrzebował. Oparł pięść na stole i pochylił się.

– Debil – powtórzył. – Powiedz: „Mój brat jest debilem".

Nie była w stanie wydusić z siebie ani słowa. Przełykała łzy. Chciała wierzyć, że jest dzielna, ale teraz, gdy ten psychopata znalazł się tuż obok, wiedziała, że to nieprawda.

– Mój... brat... No dalej, mów ze mną. Mój... Mów!

Wymierzył jej policzek tak szybki, że ledwie dostrzegła ruch jego dłoni. Twarz jej płonęła.

– Mów. Mój...

– Mój... – szepnęła.

– Głośniej, chcę, żeby ten mały debil słyszał. Mój brat to debil.

Drugi cios był tak mocny, że omal nie spadła z krzesła.

– Powiesz to, dopóki masz jeszcze ładną buzię, albo zaraz ją rozkwaszę. Twój wybór. Mój brat to debil.

– Mój brat to debil – powiedziała drżącym głosem.

Drake roześmiał się z zadowoleniem i podszedł do małego Pete'a, który podniósł wzrok znad gry i zdawał się rejestrować, co się dzieje. Drake zbliżył się do niego, po czym jedną ręką pociągnął Astrid za włosy, tak by jej usta znalazły się przy uchu chłopczyka.

– Jeszcze raz, głośno i wyraźnie – nakazał. Przytknął twarz dziewczyny niemal do skroni małego Pete'a i krzyknął:

– Mój brat to!...

I wtedy Astrid opadła na swoje łóżko.

Na swoje łóżko. W swoim pokoju.

Pete siedział po turecku na miejscu przy oknie ze swoją grą elektroniczną w ręce.

Od razu wiedziała, co się stało. Ale i tak czuła się zdezorientowana. W jednej chwili w szkole, w następnej – we własnym pokoju.

Nie mogła spojrzeć mu w oczy. Twarz płonęła jej od uderzeń, ale jeszcze bardziej ze wstydu.

– Dziękuję, Petey – wyszeptała.

Orc zaciągnął Sama z sali gimnastycznej do siłowni.

Howard rozejrzał się, zastanawiając się, co zrobić.

– Howard, przecież ty nie możesz na to spokojnie patrzeć – błagał Sam. – Nie możesz pozwolić, żeby Caine zabił Astrid i małego Pete'a. Orc, nawet tobie musi to przeszkadzać. Nie chciałeś zabić Bette. To przekracza wszelkie granice.

– Tak. To przekracza wszelkie granice – przyznał Howard z przejęciem, wykrzywiając usta w jedną stronę.

– Musicie mi pomóc. Pozwólcie mi iść za Drakiem.

– Raczej nie, Sammy. Ja widziałem, co potrafi Drake. A obaj widzieliśmy, co potrafi Caine. – Następnie Howard zwrócił się do Orca: – Połóżmy go na tej ławce. Na plecach. Przywiążemy mu nogi do tego słupka.

Orc podniósł Sama i rzucił go na ławkę.

– Orc, to będzie zabójstwo z zimną krwią – powiedział Sam.

– Ja cię nie zabiję, koleś – odparł Orc. – Ja cię tylko wiążę.

– Drake idzie zamordować Astrid. Ona pomogła ci zdać matmę. Możesz temu zapobiec.

– Miała nikomu o tym nie mówić – mruknął Orc. – Zresztą matmy już nie ma.

Sznurem przywiązali jego łydki do nóg ławki. Innym sznurem skrępowali go w pasie.

– No, teraz będzie dobrze – powiedział Howard. – Założymy obciążenie na gryf. Przywiążemy ręce Sama do drążka i opuścimy w prowadnicach. Zajmie się utrzymywaniem gryfu nad swoją szyją.

Orc nie rozumiał, więc Howard mu pokazał. Wtedy Orc nałożył ciężary na gryf.

– Ile umiesz wycisnąć, Sam? – spytał Howard. – Może nałożymy po dwie dwudziestki? Razem z gryfem wyjdzie sto kilo.

– W życiu tyle nie wyciśnie – uznał Orc.

– Chyba masz rację. Będzie co najwyżej w stanie utrzymać sztangę, żeby go nie udusiła.

– To nie jest w porządku, Howard – odezwał się Sam. – Wiesz, że to nie w porządku. To nie w waszym stylu. Jesteście łobuzami, ale nie mordercami.

Howard westchnął.

– Sammy, to zupełnie inny świat, nie zauważyłeś? To ETAP.

Orc opuścił sztangę. Gryf spoczął na związanych dłoniach Sama, które naciskały na jego jabłko Adama. Sam z całej siły pchnął sztangę do góry, ale nawet w najlepszej formie nie wycisnąłby stu kilogramów. Stać go było tylko na to, by dalej oddychać.

Orc wybuchnął śmiechem.

– Chodź, stary, lepiej wracajmy do Caine'a, bo ominie nas zabawa.

Howard ruszył za nim, ale przystanął przy drzwiach.

– To trochę dziwne, Sam. Tej pierwszej nocy pomyślałem: Sam Autobus niedługo zacznie wszystkim rządzić, jeśli nie będziemy uważać. Wszyscy na ciebie liczyli. Wiesz o tym. Ale nie, ty tak tego nie rozegrałeś. Bez słowa poszedłeś sobie z Astrid. – Roześmiał się. – Jasne, to niezła laska, co? A teraz Caine rządzi ETAP-em, a Drake załatwi twoją dziewczynę.

Sam zmagał się z obciążeniem, ale nie miał szans podnieść sztangi. Nawet gdyby chwycił ją pod odpowiednim kątem, nie dałby rady.

Ale Howard, mimo swojego sprytu, przeoczył jeden szczegół: w tej pozycji Sam mógł dosięgnąć zębami mylaru, zakrywającego mu ręce.

Próbował rozerwać folię, lecz szło to powoli, a on nie miał czasu. Nie wątpił, że mały Pete teleportował siebie i Astrid do domu. Drake ich tam znajdzie.

Sam próbował chwycić mylar między zęby, folia jednak była śliska i twarda. A gdy się na tym skupił, zapomniał o trzymaniu sztangi nad szyją.

Ciężar przycisnął mu kłykcie do gardła. Pchnął, ale łapały go już skurcze w rękach. Mięśnie słabły.

Mógł rozedrzeć mylar i uwolnić ręce albo bronić się przed uduszeniem. Nie był w stanie robić obu tych rzeczy naraz.

A nawet gdyby uwolnił ręce, to co? Nie był taki, jak Caine. Nie panował nad swoimi mocami. Mógł rozedrzeć mylar i nadal nic by mu to nie dało.

Gryf zsunął się niżej.

Sam miał folię w zębach.

Gryzł ją, próbując zrobić dziurkę, którą mógłby powiększyć.

Drake z pewnością wyszedł już ze szkoły i zmierzał do celu. Czy musiał jeszcze zatrzymać się po drodze, by zdobyć broń?

Astrid na pewno wiedziała, że po nią przyjdą. Wiedziała, że niebezpiecznie byłoby zostać w domu. Ale czy umiała działać wystarczająco szybko?

I dokąd mogła pójść?

Sam poczuł, że jego zęby się zetknęły. Wygryzł dziurę.

Ale ledwie łapał oddech.

Niemal nie zauważył, że drzwi się otworzyły.

Usłyszał szybkie kroki i jeden z okrągłych obciążników zsunął się z gryfu. Zaczerpnął tchu.

– Trzymaj się, bracie.

Quinn zdjął pozostałe obciążniki.

Drżącymi rękami Sam odsunął gryf od swojej szyi.

– Nie wiedziałem, że to zrobią, bracie, nie wiedziałem, stary – przekonywał Quinn. Był tak blady, jakby nigdy w życiu nie widział słońca. – Musisz mi wierzyć, Sam. – Majstrował przy sznurach. Sam usiadł.

Quinn przypominał wrak człowieka. Widać było, że płakał, oczy miał czerwone i opuchnięte.

– Bóg mi świadkiem, nie wiedziałem.

– Muszę dotrzeć do Astrid przed Drakiem – gorączkował się Sam.

– Wiem. Wiem. To wszystko porąbane.

Sam miał już swobodne nogi, więc spróbował wstać.

– Czy to kolejna sztuczka? Pójdą za mną do Astrid?

– Nie, stary. Pobiją mnie, jeśli się dowiedzą, że cię wypuściłem. – Quinn rozłożył ręce w błagalnym geście. – Musisz mnie zabrać ze sobą.

– Jak mogę ci zaufać, Quinn?

– Jeśli mnie tu zostawisz, jak myślisz, co mi zrobi Caine?

Sam nie miał czasu na kłótnie. Podjął szybką decyzję.

– Lepiej się módl, żeby Astrid nie spotkała krzywda, Quinn. A jeśli robisz to, żeby mnie wystawić, postaraj się, żebym nie przeżył.

Quinn nerwowo oblizał wargi.

– Nie musisz mi grozić, bracie.

– Nie nazywaj mnie tak – odparł Sam. – Nie jestem twoim bratem.

ROZDZIAŁ 23

128 GODZIN, **22** MINUTY

Astrid poczuła przypływ ulgi, po której napłynęła jeszcze silniejsza fala nienawiści do samej siebie. Pozwoliła się Drake'owi sterroryzować. Nazwała małego Pete'a debilem.

Ręce jej się trzęsły. Zdradziła swojego brata. Nie znosiła go za to, kim był, i zdradziła go, by ratować siebie. A teraz odczuwała większą złość wobec siebie niż kiedykolwiek wobec niego.

Musiała pomyśleć, co robić. I to szybko.

Drake znowu ją złapie. Na pewno Caine albo ta wredna Diana domyślą się, co się stało.

Drake potrzebował tylko kilku sekund, by do nich pobiec i o wszystkim opowiedzieć. Kolejnych kilka sekund i Caine zrozumie, co się wydarzyło. Jeśli Diana naprawdę potrafiła odczytywać moc, będzie wiedziała, że to nie Astrid dokonała teleportacji. Będzie wiedziała, że to mały Pete.

Ona i Pete muszą odejść. Ale dokąd?

Tam, gdzie Drake nie będzie szukał, a Sam ich znajdzie.

O ile uciekł.

O ile jeszcze żył.

Jej mózg pracował w zwolnionym tempie. Zupełnie nie mogła się skupić. Wciąż widziała tę straszną, chorą twarz, czuła na policzkach pieczenie po ciosach otwartej dłoni, gorąco, które pozostawało i łączyło się ze wstydem.

– Myśl, głupia – zbeształa się. – Myśl. Tylko w tym jesteś dobra.

Nie mogli iść przez miasto. Nie mogli wziąć samochodu – było za późno na naukę jazdy.

Jej myśli obsesyjnie powracały do chwili, gdy strach wziął górę, gdy nie mogła już wytrzymać, gdy zdradziła brata. Raz po raz w myślach słyszała własne słowa: „Mój brat to debil".

Clifftop. Pokój, w którym nocowali.

Tak. Sam się domyśli. Ale Quinn też tam był. Mógł dojść do tych samych wniosków.

Astrid zawahała się. Nie było jednak czasu na rozważanie za i przeciw. Drake by się nie zastanawiał. Teraz pewnie ruszył już za nimi.

Nie mogła znów stawić mu czoła.

– Petey, musimy iść. – Astrid złapała brata za rękę i pociągnęła za sobą. Po schodach na dół. Nie miała czasu, by się zatrzymywać.

Drzwi frontowe. Nie, lepiej tylnymi.

Szli – bo małego Pete'a rzadko dało się nakłonić do biegu – przez podwórko. Drewniany płot był dość niski, ale i tak przekonanie Pete'a, by się na niego wspiął, wymagało wysiłku i czasu. Przeszli przez podwórko sąsiada.

– Trzymajmy się z dala od ulic – powiedziała sobie.

Mijali podwórko za podwórkiem, raz wymknęli się na ulicę, gdy przejście okazało się zatarasowane, a potem znowu wrócili na podwórka i w zaułki.

Nikogo nie widzieli. Ale nie mogli mieć pewności, czy nikt ich nie obserwuje.

Dotarli do wzgórza, które wyznaczało skraj miasta i początek terenu Clifftop. Zaczęli się przedzierać przez porastające wydmy zarośla. Astrid ciągnęła za sobą małego Pete'a, za wszelką cenę chcąc poruszać się szybko. Bała się jednak zrobić coś, co mogłoby wywołać u brata atak histerii.

Clifftop się nie zmienił. Bariera wciąż tam była. W holu nadal panowała czystość, jasność i pustka.

Astrid miała elektroniczny klucz, który zrobili sobie pierwszej nocy. Znalazła apartament, otworzyła drzwi i opadła na łóżko.

Leżała tak, dysząc i patrząc na sufit. Do jej uszu dochodził szum klimatyzatora.

Mogła wytłumaczyć się ze słów, które Drake włożył w jej usta. One nic nie znaczyły. Po prostu słowa. Nie obchodziły małego Pete'a.

Ale nie mogła się wytłumaczyć z lęku. Wstydziła się go.

Przyłożyła sobie zimną dłoń do policzka, by sprawdzić, czy faktycznie wciąż jest taki gorący, jak jej się wydawało.

– Dokąd idziemy, Sam? – spytał z niepokojem Quinn. Poruszali się dość szybko, może nie biegiem, ale truchtem.

Sam prowadził ich prosto przez miasto, przez plac, jakby nie obchodził go pościg.

– Znajdziemy Astrid, zanim zrobi to Drake – wyjaśnił.

– Sprawdźmy w jej domu.

– Nie. Dobrze, że jest genialna, bo nie musisz się zastanawiać, czy zrobi coś głupiego. Na pewno wie, że musi wiać z domu.

– Dokąd by poszła?

Sam pomyślał przez chwilę.

– Do elektrowni.

– Do elektrowni?

– Tak. Weźmiemy łódź i popłyniemy wzdłuż brzegu.

– Dobra. Ale, bracie... znaczy, stary, nie powinniśmy być trochę dyskretniejsi, zamiast zasuwać przez środek miasta?

Sam nie odpowiedział. Wybrał prostą drogę zamiast ukrywać się między innymi dlatego, że miał nadzieję zgarnąć Edilia z remizy. A po drugie, chciał wiedzieć, czy Quinn zdradzi go przy pierwszej nadarzającej się okazji.

Była też kwestia taktyki, którą Sam intuicyjnie rozumiał: Caine miał więcej władzy, więc on musiał zrównoważyć to szybkością działania. Im dłużej toczyła się gra, tym większe szanse na zwycięstwo miał Caine.

Dotarli do remizy. Edilio siedział w szoferce wozu strażackiego z włączonym silnikiem. Zauważył Sama i Quinna i wychylił się przez okno.

– W samą porę, zamierzam go wypróbować, wybrać się na... – Umilkł, ujrzawszy krew na twarzy Sama.

– Edilio! Chodź. Musimy iść.

– Dobra, chłopie, wezmę tylko...

– Nie. Teraz. Drake szuka Astrid. Zamierza ją zabić.

Edilio wyskoczył z wozu.

– Dokąd?

– Do przystani. Weźmiemy łódź. Myślę, że Astrid pójdzie do elektrowni.

Wszyscy trzej potruchtali w kierunku przystani. Sam wiedział, że Orc i Howard zostali w szkole z Caine'em. Drake zmierzał do domu Astrid. To oznaczało, że kilku zbirów wciąż włóczy się po mieście, ale Sam nie przejmował się zbytnio żadnym z nich.

Dostrzegli Młotka i jakiegoś chłopaka z Coates, którzy rozsiedli się na schodach ratusza. Żaden ich nie zaczepił, gdy przebiegali obok.

Przystań nie była duża, zaledwie czterdzieści miejsc na łodzie, z czego mniej więcej połowa zajęta. Był też suchy dok i pordzewiały, blaszany magazyn, gdzie kiedyś znajdowała się fabryka konserw, dziś natomiast – warsztaty szkutnicze. Niektóre łodzie tkwiły na blokach, wyciągnięte z wody. Wyglądały niezdarnie, jakby najlżejszy powiew mógł je przewrócić.

Nikogo nie było. Nikt nie zagrodził im drogi.

– Co bierzemy? – spytał Sam. Osiągnął swój pierwszy cel, ale nic nie wiedział o łodziach. Zerknął na Edilia, lecz zobaczył tylko, jak tamten wzrusza ramionami.

– Dobra. Coś, co zabierze pięć osób. Motorówka. I to z pełnym bakiem. Quinn, sprawdź łodzie z prawej, Edilio z lewej. Ja pójdę na koniec portu. W drogę.

Rozdzielili się i zaczęli iść przystanią, przyskakując do każdej łodzi, która wyglądała obiecująco, szukając kluczyków, próbując oszacować ilość paliwa. A czas uciekał.

Oczyma duszy Sam ujrzał Drake'a, przeszukującego dom Astrid z pistoletem w ręce. Zapewne starał się zachować ostrożność w obawie, że Astrid i mały Pete po prostu znowu się teleportują. Drake nie wiedział, że Pete nie panuje nad swoją mocą, na pewno więc starał się działać dyskretnie i cierpliwie.

To działało na ich korzyść. Im mniej pewnie czuł się Drake, tym wolniej się poruszał.

Nagle rozległ się ryk silnika. Sam skoczył z łodzi, którą oglądał, z powrotem na pomost. Pognał przez przystań i zobaczył Quinna, siedzącego dumnie w otwartej motorówce Boston Whaler.

– Zatankowana do pełna – zawołał Quinn, przekrzykując niemrawy warkot silnika.

– Dobra robota – pochwalił Sam. Wskoczył do łodzi. – Edilio, odpływamy.

Edilio zdjął cumy z knag i wsiadł do motorówki.

– Ostrzegam, że mogę dostać choroby morskiej.

– To chyba nie jest nasze największe zmartwienie? – prychnął Sam.

– Włączyłem silnik, ale nie wiem, jak sterować – oznajmił Quinn.

– Ja też nie – przyznał Sam. – Ale chyba się nauczę.

– Hej! Hej! – Był to grzmiący głos Orca. – Zatrzymać się!

Orc, Howard i Panda znajdowali się na krańcu przystani.

– Młotek – pokiwał głową Sam. – Widział nas. Musiał im powiedzieć.

Trzech łobuzów puściło się biegiem.

Sam gorączkowo popatrzył na kontrolki. Silnik warczał, a niezacumowana łódź oddalała się od przystani, lecz o wiele za wolno. Nawet Orc mógł z łatwością przeskoczyć pas wody, dzielący ich od pomostu.

– Gaz – Edilio wskazał dźwignię z czerwoną gałką. – Tym się przyspiesza.

– Jasne. Trzymajcie się.

Sam lekko przesunął dźwignię w górę. Łódź szarpnęła w przód i uderzyła w sterczący z wody pachołek. Sama omal nie zwaliło z nóg, na szczęście utrzymał równowagę. Edilio złapał się relingu. Quinn ciężko usiadł na dziobie.

Dziób otarł się o pachołek i przypadkiem skierował się na otwarte wody.

– Może lepiej trochę wolniej – powiedział z wahaniem Edilio.

– Stać! Zatrzymać łódź! – krzyknął zdyszany Orc, pędząc pomostem. – Przywalę ci w ten głupi łeb!

Sam sterował – miał nadzieję, że w dobrą stronę – i powoli oddalał się od brzegu. Teraz Orc nie miał już szans pokonać dzielącego ich dystansu.

– Caine was zabije! – krzyknął Panda.

– Quinn, ty zdrajco! – wydarł się Howard.

– Powiedz im, że cię zmusiłem – poradził Sam.
– Co?
– Zrób to – syknął Sam.
Quinn wstał, przytknął złożone dłonie do ust i wrzasnął:
– Zmusił mnie!
– Teraz powiedz im, że płyniemy do elektrowni.
– Stary...
– Zrób to – nalegał Sam. – I pokaż.
– Płyniemy do elektrowni! – zawołał Quinn i ręką wskazał północ.
Sam puścił koło sterowe, odwrócił się i mocno uderzył go lewym sierpowym. Quinn aż usiadł.
– Co do...
– Musiało wypaść wiarygodnie – wyjaśnił Sam. Nie były to przeprosiny.

Łódź była już w bezpiecznej odległości od brzegu. Sam uniósł wysoko nad głowę rękę z wyprostowanym środkowym palcem, lekko popchnął dźwignię do przodu i skręcił na północ, w stronę elektrowni.

– W co ty grasz? – spytał Edilio ze zdziwieniem. Odsunął się od Sama, na wypadek, gdyby ten postanowił przyłożyć teraz jemu.

– Nie będzie jej w elektrowni – powiedział Sam.
– Będzie w Clifftop. Płyniemy na północ, tylko dopóki Orc nas widzi.

– Okłamałeś mnie – stwierdził Quinn oskarżycielskim tonem. Dotykał swojego podbródka, upewniając się, że jego szczęka wciąż trzyma się na miejscu.

– Tak.
– Nie ufałeś mi.

Orc, Howard i Panda zniknęli im z oczu, zapewne pobiegli z powrotem do miasta, by przekazać informacje Caine'owi. Sam, zyskawszy pewność, że sobie poszli, obrócił koło sterowe, przesunął dźwignię całkowicie do przodu i skierował się na południe.

Drake zajął pusty dom niedaleko od placu, niecałą minutę piechotą od ratusza. Kiedyś dom należał do mieszkającego samotnie mężczyzny. Był mały, miał tylko dwa pokoje, bardzo schludne i uporządkowane, tak jak Drake lubił.

Właściciel – Drake zapomniał, jak się nazywał – posiadał broń. W sumie trzy sztuki: dwulufową śrutówkę, myśliwską strzelbę na naboje .30 z celownikiem optycznym i półautomatyczny pistolet Glock kaliber 9 milimetrów.

Drake bez przerwy trzymał wszystkie trzy sztuki broni naładowane. Leżały na stole w jadalni, jak na wystawie, coś, na co mógł popatrzeć z uwielbieniem.

Teraz podniósł strzelbę. Łoże było gładkie niczym szkło, wypolerowane na wysoki połysk. Broń pachniała stalą i oliwą. Wahał cię, czy brać strzelbę, bo nigdy dotąd nie strzelał z broni długiej. Nie miał tak naprawdę pojęcia, jak się posługiwać celownikiem optycznym. Ale to przecież nie mogło być trudne.

Założył skórzany pas i sprawdził, czy jego ramiona mają swobodę ruchów. Strzelba była ciężka i dość długa. Gumowana kolba sięgała mu z tyłu do uda. Uważał jednak, że da sobie radę.

Potem wziął pistolet. Ścisnął karbowaną rękojeść i palcem dotknął spustu. Uwielbiał trzymać tę broń w dłoni.

Ojciec nauczył go strzelać ze swojego służbowego pistoletu. Drake wciąż pamiętał pierwszy raz. Ładowanie nabojów do magazynka. Wsuwanie magazynka w rękojeść. Odciąganie zamka, by wprowadzić nabój do lufy. Pstrykanie bezpiecznikiem.

Pstryk. Zabezpieczony.

Pstryk. Odbezpieczony.

Przypomniał sobie, jak ojciec uczył go trzymać rękojeść mocno, ale bez przesady. Oprzeć prawą dłoń na lewej i starannie wycelować, ustawić się bokiem, by zmniejszyć powierzchnię, w którą mógłby celować przeciwnik. Ojciec musiał krzyczeć, bo obaj mieli nauszniki.

– Jeśli strzelasz do celu, musisz widzieć muszkę pośrodku szczerbinki! Unieś broń, aż celownik znajdzie się tuż pod celem! Powoli wypuść powietrze i naciśnij!

Ten pierwszy huk, odrzut, sposób, w jaki pistolet podskoczył o piętnaście centymetrów – wszystko to było wyraźnie zapisane w pamięci Drake'a, podobnie jak inne wspomnienia.

Pierwszy strzał zupełnie minął cel.

Tak samo stało się z drugim, bo poczuwszy odrzut za pierwszym razem, odruchowo się wzdrygnął.

Przy trzecim strzale trafił w dolny róg tarczy.

Tego pierwszego dnia wystrzelał całe pudełko amunicji i kiedy skończył, trafiał już we wszystko, w co mierzył.

– A co, kiedy nie strzelam do tarczy? – spytał ojca. – Co, kiedy strzelam do człowieka?

– Nie strzelaj do ludzi – powiedział mu tata. Ale potem się rozluźnił, wyraźnie zadowolony, że może się czymś podzielić ze swoim sprawiającym kłopoty synem. – Różne osoby podadzą ci różne techniki. Ale jeśli o mnie chodzi... powiedzmy, że zatrzymuję samochód i widzę, że kierowca sięga po broń i może będę musiał oddać szybki strzał. Po prostu wskazuję go. Tak jakby lufa była szóstym palcem. Wskazujesz i jeśli musisz strzelać, zużywasz pół magazynka, paf, paf, paf, paf.

– Dlaczego strzelasz tyle razy?

– Bo jeśli już musisz strzelać, to strzelasz, żeby zabić. W takiej sytuacji nie celujesz dokładnie w głowę czy serce, mierzysz w środek i liczysz na szczęśliwy traf, ale jeśli ci się nie uda, jeśli trafisz tylko w ramię czy brzuch, to sama prędkość pocisków powali go na ziemię.

Drake nie sądził, by potrzebował aż sześciu nabojów do zabicia Astrid.

Ze szczegółami, niczym w zwolnionym tempie przypomniał sobie, jak postrzelił Holdena, dzieciaka z sąsiedztwa, który lubił przychodzić i go drażnić. To był postrzał w udo, w dodatku z broni małokalibrowej, a i tak tamten omal nie umarł. Przez ten „wypadek" Drake wylądował w Coates.

Teraz trzymał Glocka kaliber 9 milimetrów, nie tak potężnego, jak dziesięciomilimetrowy Smith & Wesson ojca, ale i tak groźniejszy od pięcioipółmilimetrowego pistoleciku, którego użył przeciwko Holdenowi.

Jeden strzał powinien wystarczyć. Jeden w tę przemądrzałą blondynkę i jeden w debila. To będzie super. Wróci, złoży meldunek Caine'owi i powie: „Dwa cele, dwa naboje". To zgasi ten wkurzający uśmieszek na twarzy Diany.

Dom Astrid nie znajdował się zbyt daleko. Sztuka polegała na tym, że musiał ją dorwać, zanim jej braciszek użyje swojej mocy, by znowu zniknąć.

Drake nie cierpiał mocy. Był tylko jeden powód, dla którego to Caine, a nie Drake wszystkim rządził: Caine miał moc.

Ale Caine rozumiał, że należy kontrolować dzieciaki, które dysponują mocą. A kiedy Caine i Diana będą już miały wszystkich tych poparańców pod kontrolą, co mogło powstrzymać Drake'a przed przejęciem władzy za pomocą dziewięciomilimetrowej magii?

Ale na to jeszcze przyjdzie czas.

Obserwował dom Astrid z pewnej odległości. Szukał jakiegoś znaku, który wskazałby, w którym pokoju przebywa dziewczyna.

Obszedł dom i wszedł na tylny taras. Drzwi były zamknięte. Każdy, kto zamykał na klucz tylne drzwi, tym bardziej zamykał frontowe. Ale może nie okna. Wskoczył na poręcz i wychylił się, by dosięgnąć okna. Z łatwością je otworzył. Niełatwo było prześliznąć się przez okno, nie robiąc przy tym hałasu.

Przez dziesięć minut przeszukiwał wszystkie pomieszczenia, zaglądając do szaf, pod łóżka i za zasłony, a nawet na pawlacze.

Na chwilę ogarnęła go panika. Astrid mogła być wszędzie. Wyjdzie na głupka, jeśli jej nie znajdzie.

Dokąd mogła pójść?

Sprawdził w garażu. Nic. Ani samochodu, ani Astrid. Była jednak kosiarka. A tam, gdzie była kosiarka, powinien też być... tak, kanister z benzyną.

Zadał sobie pytanie, co by się stało, gdyby dziewczyna i debil teleportowali się do płonącego budynku.

Otworzył kanister, poszedł do kuchni i zaczął rozlewać benzynę na blaty, a potem w salonie, na zasłony, w jadalni – na stół i jeszcze na kotary przy drzwiach frontowych.

Nie mógł znaleźć zapałki. Oderwał z rolki papierowy ręcznik i podpalił go od kuchenki. Rzucił płonący zwitek papieru na stół w jadalni i wyszedł głównymi drzwiami, nie zamykając ich za sobą.

– Tutaj się już nie ukryje – powiedział do siebie.

Pognał z powrotem na plac i po schodach wbiegł do kościoła. Kościół miał dzwonnicę. Nie była zbyt wysoka, ale zapewniała dobry widok.

Wspiął się po spiralnych schodach. Pchnął klapę umocowaną na zawiasach i wdrapał się do ciasnego, zakurzonego, pełnego pajęczyn pomieszczenia, gdzie w oczy rzucał się przede wszystkim dzwon. Uważał, by go nie dotknąć, bo dźwięk poniósłby się daleko.

Okiennice były zatrzaśnięte. Wprawdzie miały ukośne otwory wentylacyjne, które wpuszczały powietrze i wypuszczały dźwięk, ale dawało się przez nie patrzeć tylko w dół. Za pomocą kolby wybił pierwszą z nich. Spadła na ziemię. Dzieciaki na placu podniosły wzrok. Zlekceważył je. Rozwalił trzy pozostałe okiennice, poleciały na dół w ślad za pierwszą. Teraz miał nieograniczony widok we wszystkich kierunkach ponad pomarańczowymi dachami Perdido Beach.

Zaczął od domu Astrid, który zaczynał już dymić. Za każdym razem, gdy zauważył, że ktoś idzie, biegnie albo jedzie na rowerze, przyglądał mu się przez celownik strzelby.

Czuł się jak Bóg. Musiał tylko nacisnąć spust.

Ale żadna z poruszających się postaci w dole nie wyglądała jak Astrid. Nie przegapiłby tych jasnych włosów. Nie. Astrid nie było.

I nagle, w chwili, gdy już miał się poddać, dostrzegł jakiś ruch na przystani. Przesunął strzelbę i nagle w jasnym kółku celownika wyraźnie ukazał się Sam Temple. Na chwilę celownik zatrzymał się na jego piersi. Ale potem chłopak zniknął. Wskoczył na łódź.

Niemożliwe. Caine trzymał Sama w szkole. Jak on się wydostał?

Edilio i Quinn także byli w łodzi. Odpływali. Drake widział białą, spienioną wodę za śrubą.

Quinn. To dzięki niemu Sam uciekł. Nie było innej możliwości.

Drake postanowił odbyć z Quinnem miłą pogawędkę.

Na pomoście dostrzegł Orca, który wymachiwał kijem bejsbolowym i krzyczał, zupełnie bezradny. Łódź nabrała prędkości i zatoczyła łuk na północ, pozostawiając długi, biały ślad, rysujący się na wodzie niczym strzałka.

Nie było wątpliwości, że Sam spróbuje znaleźć Astrid. Zmierzał na północ.

Do elektrowni. Bez wątpienia.

Drake zaklął i znowu przez chwilę poczuł niemal rozpaczliwy lęk. Za nic w świecie nie chciał sprawić zawodu Caine'owi. Nie martwił się, że Caine coś mu zrobi – w końcu go potrzebował – wiedział jednak, że jeśli nie zdoła wypełnić rozkazów, Diana go wyśmieje.

Odłożył strzelbę. Jak dotrzeć do elektrowni przed Samem?

Nie miał szans. Nawet jeśli weźmie łódź, będzie mógł tylko ich gonić. Samochodem? Może. Nie znał jednak drogi, a poza tym łodzią było bliżej. Minie trochę czasu, zanim dotrze do przystani i... Ale zaraz. Chwileczkę.

Motorówka zawracała.

– Sprytny jesteś, Sam – szepnął Drake. – Ale nie dość sprytny.

Przez celownik widział twarz Sama, stojącego za sterem, z włosami, które rozwiewał wiatr. Sam uciekł Caine'owi, przechytrzył Orca i teraz, pewny siebie, pędził na południe.

Drake nie miał szans trafić z takiej odległości. Wiedział o tym.

Skierował broń na południe i zatrzymał celownik na barierze. Ona zatrzyma Sama.

Plaża u podnóża klifu? Jeśli dziewczyna tam była, Drake nie miał szans dotrzeć na miejsce, zanim Sam dopłynie tam motorówką. Jeśli tam była, to po wszystkim.

Ale jeśli nie... Jeśli była, powiedzmy, w tym hotelu, w Clifftop? Wtedy może zdążyć, o ile będzie działał szybko.

Jak wspaniale byłoby zastrzelić ją na oczach Sama Temple.

ROZDZIAŁ 24

127 GODZIN, **45** MINUT

Tylko dzięki przypadkowi Astrid zobaczyła łódź. Podeszła do okna jedynie po to, by zaciągnąć zasłony. I wtedy kątem oka dostrzegła motorówkę, jedyną rzecz na wodzie.

Przez krótką chwilę zastanawiała się, czy to dorośli – ktoś, kto przybywał, by uratować ich z ETAP-u. Ale nie, gdyby ratunek przychodził spoza ETAP-u, nie byłaby to pojedyncza łódź.

A zresztą Astrid była przekonana, że nikt się nie zjawi. Nie teraz. A może nawet nigdy.

Zmrużyła oczy, ale nie była w stanie zobaczyć, kto jest na łodzi. Gdyby tylko miała lornetkę. Zdawało jej się, że dostrzega trzy osoby. Może cztery. Nie miała pewności. Ale bez wątpienia motorówka się zbliżała.

Uklękła, by sprawdzić, co zostało w chłodzonym barku. Podczas poprzedniego pobytu ona, Sam i Quinn opróżnili go niemal do cna. Do jedzenia zostało tylko trochę orzeszków nerkowca.

Musiała nakarmić małego Pete'a, i to jak najprędzej, zanim przybędą tu ci, którzy płynęli łodzią.

– Chodź, Petey – podniosła go z krawędzi łóżka.
– Chodź, zjemy coś. Amciu, amciu? – dodała, używając słów, które czasem przynosiły efekt. – Amciu, amciu?

Mogli iść do hotelowej restauracji i pewnie coś by tam znaleźli. Może dałoby się zrobić kanapkę z kurczakiem albo przynajmniej zjeść jakiś jogurt. Mogli też po prostu opróżnić barki w innych pokojach.

Otworzyła drzwi. Wyjrzała na korytarz. Był pusty.

– Niech będą batoniki – powiedziała, uświadamiając sobie, że po prostu nie ma dość odwagi, by zejść do restauracji.

W pokoju obok był barek, ale brakowało kluczyka w zamku. Sprawdziła jeszcze trzy pokoje, nim do niej dotarło, że pierwszego wieczora miała po prostu szczęście. Wszystkie lodówki były zamknięte. Ale może do wszystkich pasuje ten sam kluczyk?

– Wracamy do naszego pokoju – powiedziała.
– Amciu, amciu – zaprotestował Pete.
– Amciu, amciu – potwierdziła. – Chodź, Petey.

Znowu wyszli na korytarz i wtedy usłyszała dzwonek windy.

Czy to Sam? Znieruchomiała, rozdarta między strachem a nadzieją.

Strach zwyciężył.

Winda znajdowała się na końcu korytarza, za zakrętem. Astrid miała kilka sekund.

– Idziemy – syknęła i lekko popchnęła małego Pete'a naprzód. Drżącymi palcami wsunęła kartę do szczeliny i wyjęła ją z powrotem. Za szybko. Jeszcze raz. Zielona dioda znowu się nie zapaliła. Jeszcze raz i usłyszała, jak drzwi windy się zamykają.

To on! Nagle zrozumiała, że to Drake.

– Zdrowaś Mario, łaskiś pełna, Pan z tobą... – Była to jedyna modlitwa, jaka przyszła jej na myśl.

Spróbowała znowu. Dioda mrugnęła na zielono.

Nacisnęła na klamkę.

I wtedy go zobaczyła. Stał na końcu korytarza ze strzelbą na ramieniu i pistoletem w ręce.

Astrid omal nie zemdlała. Drake wyszczerzył się w uśmiechu. Podniósł pistolet i wycelował.

Astrid wepchnęła Pete'a do pokoju i wpadła tam za nim. Zatrzasnęła i zaryglowała drzwi. Potem jeszcze zaciągnęła łańcuch. Rozległ się niewiarygodnie głośny huk.

W drzwiach widniała dziura wielkości dziesięciocentówki, z której sterczał kawałek metalu.

Kolejna eksplozja i klamka zawisła, na wpół oderwana od drzwi.

Mały Pete mógł ich uratować. Mógł. Miał moc. Ale wciąż zachowywał się spokojnie. Obojętnie. Był bezużyteczny.

Balkon. To jedyna droga.

– Petey, chodź!

– Amciu, amciu – sprzeciwił się.

Drake naparł na drzwi, ale wytrzymały. Rygiel nadal tkwił na swoim miejscu. Drake strzelał raz za razem, ogarnięty furią. Bał się, że dziewczyna i Pete znowu się teleportują.

Musiała sprawić, by uwierzył, że tak się stało.

Zaciągnęła brata do balkonu, odsunęła drzwi i spojrzała w dół. Ziemia była za daleko, o wiele za daleko. Jednak dokładnie pod nimi znajdował się inny balkon.

Przeszła przez balustradę, śmiertelnie przerażona i rozdygotana, ale nic innego jej nie pozostało.

Jak miała nakłonić małego Pete'a, by poszedł w jej ślady? Zafiksował się teraz na jedzeniu.

– Game Boy – syknęła i niemal przytknęła mu zabawkę do twarzy. – Chodź, Petey, chodź, Game Boy.

Poprowadziła go, położyła jego dłoń na barierce, tylko jedną dłoń, bo znów skupił się na grze, na tej głupiej grze, zbyt spokojny, by użyć swej mocy, zbyt nieprzewidywalny.

– Błogosławionaś Ty między niewiastami i błogosławiony owoc żywota Twojego, Jezus – załkała.

Przecież to nie ma prawa się udać. Wiedziała, że sama da radę, ale jak miała zmusić swojego braciszka, by też skoczył?

Był mały. Mogła go podnieść. I utrzymać tak przez kilka sekund, których potrzebowali.

– Święta Mario, Matko Boża...

Lewą ręką złapała barierkę, prawą chwyciła małego Pete'a za nadgarstek. Rozhuśtała go, przytrzymała końcami palców, a potem puściła. Trafił wprost na krzesło na balkonie poniżej.

To było twarde lądowanie. Był oszołomiony.

Astrid usłyszała, że Drake znowu rzuca się na drzwi. Rozległ się trzask, gdy rygiel ustąpił. Teraz utrzymywał je tylko słaby łańcuch. Mógł go bez trudu sforsować.

– ...módl się za nami grzesznymi...

Opuściła się i spadła niemal prosto na małego Pete'a. Nie miała czasu myśleć o ostrym bólu w nodze, o krwi i rozcięciu. Złapała Pete'a, przytuliła go, przytrzymała przy sobie i cofnęła się, przywierając plecami do przesuwnych, szklanych drzwi balkonowych.

– Miejsce przy oknie, miejsce przy oknie, mały, miejsce przy oknie – szepnęła, przyciskając mu usta do ucha.

Słyszała Drake'a w pokoju powyżej. Słyszała, jak wychodzi na balkon.

Byli poza zasięgiem jego wzroku. Chyba że wychyli się wystarczająco daleko.

„...teraz i w godzinę śmierci naszej" – dokończyła modlitwę w myślach, mocno trzymając brata.

„Amen".
Usłyszała, jak Drake przeklina.
Udało im się. Pomyślał, że zniknęli.
„Dziękuję, Panie" – modliła się w duchu Astrid.
Wtedy mały Pete zajęczał.
Upuścił grę, gdy wylądował na balkonie. Wieczko się otworzyło i jedna z baterii gdzieś się poturlała. Teraz Pete chciał uruchomić grę, ale nie mógł.
Astrid omal nie rozpłakała się w głos. Drake przestał kląć.
Podniosła wzrok i zobaczyła go, wychylonego daleko za barierkę. Na jego twarzy rysował się szeroki uśmiech rekina.
W dłoni miał pistolet, ale nie mógł wycelować, więc przełożył jedną nogę przez balustradę i przycupnął, tak jak wcześniej Astrid. Teraz widział ich wyraźnie.
Złożył się do strzału, roześmiał się.
I nagle zawył z bólu. A potem spadł.
Astrid doskoczyła do balustrady. Drake leżał na trawie, na plecach, nieprzytomny. Strzelba znalazła się pod nim, pistolet zaś wypadł mu z ręki.
– Astrid! – Sam stał na górnym balkonie, wciąż trzymając lampę, którą uderzył Drake'a w rękę.
– Sam!
– Wszystko dobrze?
– Tak, tylko muszę znaleźć baterię Pete'a. – Zabrzmiało to głupio i niemal parsknęła śmiechem.
– Na brzegu stoi łódź.
– Dokąd płyniemy?
– Może gdzieś dalej?

ROZDZIAŁ 25

127 GODZIN, **42** MINUTY

Minęły dwa dni od spotkania Lany z mówiącymi kojotami. Dwa dni, odkąd życie uratował jej latający wąż.

Świat oszalał.

Tego ranka Lana podlała trawnik, starając się mieć na baczności przed kojotami i wężami. Zwracała uwagę na każde szczeknięcie, warknięcie czy ruch Patricka. To był jej systemem wczesnego ostrzegania. Dawniej byli właścicielką i zwierzęciem, może nawet parą przyjaciół. Ale teraz stali się zespołem. Partnerami w grze o przetrwanie. Zmysły Patricka i jej inteligencja.

Podlewanie trawnika wydawało się niezbyt rozsądnym, skoro nie miała pewności, czy wody wystarczy dla niej samej. Ale właściciel tej sypiącej się pustynnej siedziby uwielbiał swój trawnik. Może tak właśnie wyrażał się jego bunt wobec pustyni. Buntował się, mimo że sam postanowił żyć tutaj, na kompletnym odludziu.

A zatem, czy pielęgnacja trawnika była aż takim szaleństwem w tym szalonym świecie?

Mężczyzna, do którego należał domek, nazywał się Jim Brown. Dowiedziała się tego z dokumentów w szufladzie jego biurka. Nie znalazła zdjęcia, ale obliczyła, że miał tylko czterdzieści osiem lat, więc zdaniem Lany był nieco zbyt młody, by porzucić cywilizację i podjąć życie pustelnika.

Szopa na tyłach domku była wyładowana po sam dach racjami żywnościowymi. Nie było tam niczego świeżego, ale puszkowanych sucharów, masła orzechowego, brzoskwiń, sałatek owocowych, chili, mielonki i dań wojskowych wystarczyłoby dla Lany i Patricka na przynajmniej rok. Może na dłużej.

Telefonu tu nie było. Nie było też telewizora ani żadnych urządzeń elektronicznych. Brakowało klimatyzatora, który złagodziłby ostry popołudniowy skwar. W ogóle nie było elektryczności. Z urządzeń mechanicznych znajdował się tu jedynie wiatrak napędzający pompę, która doprowadzała wodę z warstwy wodonośnej w ziemi, i kamień szlifierski na pedały do ostrzenia kilofów, łopat i pił. Widziała również sporo kilofów, łopat, pił i młotów.

Dostrzegła też ślady samochodu osobowego albo ciężarówki. Odciski opon wiodły przez piasek do wiaty, przylegającej do jednej ze ścian domu. W pojemniku na śmieci leżały puste bańki po oleju, a obok dwie czerwone, stulitrowe, stalowe beczki, które śmierdziały tak, jakby były pełne benzyny.

Z tyłu znajdował się stos schludnie poukładanych podkładów kolejowych. Obok leżała sterta mniejszych kawałków drewna, głównie starych desek ze śladami po gwoździach.

Jim Pustelnik – jak Lana zaczęła o nim myśleć – musiał wyjechać, może nawet na zawsze. Może spotkało go to samo, co jej dziadka, a ona była jedyną osobą, która przetrwała na całym świecie.

Nie chciałaby przebywać w domku, gdyby wrócił. Skąd miała wiedzieć, czy można ufać człowiekowi, który żył w rozpalonej dolinie pomiędzy pylistymi wzgórzami, między którymi nie było żadnej drogi, a przy tym miał trawnik zielony niczym pole golfowe.

Lana skończyła podlewać trawnik i przed zakręceniem wody wesoło opryskała wężem nos Patricka.

– Chcesz trochę chili, piesku? – spytała.

Poprowadziła go z powrotem do środka. W domku było gorąco jak w piecu i Lana już od progu zaczęła się pocić, ale nie zamierzała narzekać na takie drobiazgi. Nie po tym, przez co przeszła.

Gorąco? Wielka rzecz. Miała wodę, jedzenie i wszystkie kości całe.

Puszka z chili była bardzo duża. Z braku lodówki musieli zużyć wszystko, nim by się zepsuło, więc czekało ich chili na wszystkie posiłki, dopóki się nie skończy. Ale przynajmniej mieli sałatkę owocową na deser. Może jutro Lana otworzy jedną z wielkich puszek budyniu waniliowego i przez kilka dni będzie jadła wyłącznie budyń.

Nie było piekarnika, a tylko jednopalnikowa kuchenka. Żadnego zlewu. Przy stole stało krzesło, a pod ścianą – niewygodna prycza. Za jedyną ozdobę służył wyświechtany perski dywan pośrodku jedynego pomieszczenia. Najlepiej siedziało się na cuchnącym, ale wygodnym fotelu, który stał na tym dywanie. Fotel zaciął się w pozycji półleżącej, ale Lanie to nie przeszkadzało. Właśnie to jej teraz odpowiadało: wygoda i pełne dystansu spojrzenie na świat.

Jedyną rozrywkę stanowiło czytanie. Jim Pustelnik miał dokładnie trzydzieści osiem książek. Sporządziła ich spis. Były wśród nich stosunkowo nowe powieści Patricka O'Briana, Dana Simmonsa, Stephena Kinga i Dennisa Lehane'a, a także trochę książek takich autorów, jak Thoreau – filozoficznych, jak przypuszczała. Były też klasyki, których tytuły brzmiały znajomo: *Oliver Twist*, *Wilk morski*, *Wielki sen*, *Ivanhoe*.

Nic jej szczególnie nie zachwyciło, nie znalazła książek J.K. Rowling czy Meg Cabot ani w ogóle żadnej literatury dla młodzieży. Ale pierwszego dnia przeczytała całą *Dumę i uprzedzenie*, a teraz brała się za *Wilka morskiego*. To nie były łatwe książki. Ale akurat czasu przecież jej nie brakowało.

– Nie możemy tu zostać, Patricku – powiedziała, gdy pies rzucił się na miskę z chili. – Prędzej czy później trzeba będzie iść. Moi przyjaciele na pewno się martwią. Wszyscy się martwią. Nawet mama i tata. Pewnie myślą, że nie żyjemy.

Ale już wypowiadając te słowa, nabrała wątpliwości. Dokonawszy przeglądu zapasów żywności, nie miała wiele do roboty, więc przez większość czasu siedziała na drewnianym fotelu i czytała albo po prostu patrzyła na pustynny krajobraz. Podciągała fotel pod drzwi, gdzie miała trochę cienia, i spoglądała na trawnik oraz wzgórza dookoła. Nauczyła się nowego odruchu: czytała jeden akapit, podnosiła wzrok i rozglądała się, sprawdzając czy nie zbliża się jakieś zagrożenie, zerkała na Patricka, po czym wracała do lektury.

Po jakimś czasie poczucie nieskończonej pustki odcisnęło piętno na jej optymizmie, który nigdy nie był szczególnie silny.

Bariera wciąż tkwiła na swoim miejscu. Znajdowała się za domkiem, poza jej polem widzenia, chyba że Lana odchodziła trochę dalej.

Lana podeszła do drzwi z blaszanym kubkiem wody. Zamierzała ją wypić, znowu spoglądając na trawnik i nagle zobaczyła Patricka, który gnał w jej stronę. Miał zjeżoną sierść. Machał głową, jakby dostał jakiegoś ataku.

– Do domu! – krzyknęła.

Przytrzymała drzwi otwarte. Patrick wpadł do środka. Zatrzasnęła drzwi i zaciągnęła zasuwę.

Patrick wbiegł na dywan, potknął się, przeturlał dwa razy i usiadł. Miał coś w pysku. Coś żywego.

Lana podeszła ostrożnie. Nachyliła się, by zobaczyć.

– Legwan rogaty? Złapałeś go? Przeraziłeś mnie niemal śmiertelnie z powodu jaszczurki? – Poczuła, że serce wali jej jak młotem. – Wypluj to. Wielkie nieba, piesku, liczę na ciebie, a ty dostajesz świra przez głupią jaszczurkę?

Patrick nie chciał oddać zdobyczy. Lana postanowiła mu ją zostawić. Legwan i tak już nie żył, a Patrick miał w sumie prawo do własnego szaleństwa.

– Wynieś go na zewnątrz i możesz go sobie zatrzymać – powiedziała. Skierowała się ku drzwiom, ale najpierw przykucnęła, by wyprostować dywan. I wtedy zauważyła klapę w podłodze. Odwinęła dywan dalej, zakładając go na fotel.

Zawahała się, niepewna, czy chce zobaczyć, co się kryje pod podłogą. Może Jim Pustelnik okaże się Jimem Seryjnym Zabójcą?

Ale nie miała nic lepszego do roboty. Odsunęła fotel i zrolowała dywan. Zobaczyła stalowe kółko we wgłębieniu deski. Pociągnęła.

Pod spodem leżały równo ułożone sztabki o długości piętnastu, może dwudziestu centymetrów, dwa razy mniejszej szerokości i trzy razy mniejszej grubości.

Lana nie miała najmniejszych wątpliwości, co to takiego.

– Złoto, piesku. Złoto.

Sztabki były ciężkie, ważyły po około dziesięć kilogramów, może więcej. Było ich w sumie czternaście. Czternaście razy przynajmniej dziesięć kilo.

Lana nie miała pojęcia, ile warte może być złoto, ale wiedziała, ile kosztuje para złotych kolczyków.

– Tu jest mnóstwo kolczyków – powiedziała.

Patrick ze zdziwieniem zajrzał do dziury.

– Wiesz, co to znaczy, piesku? Całe to złoto i wszystkie kilofy i łopaty na zewnątrz? Jim Pustelnik to poszukiwacz złota.

Wybiegła na dwór, kierując się w stronę wiaty, w której Jim musiał parkować swój samochód. Patrick pomknął za nią, licząc na zabawę. Czasami rzucała mu złamany trzonek od siekiery, ale dzisiaj pies miał przeżyć rozczarowanie.

Lana pierwszy raz ruszyła za śladami opon. Stawały się coraz mniej wyraźne, ale wciąż były widoczne. Jakieś trzydzieści metrów od domu ślady rozdzielały się. Jedne odciski, na oko starsze, prowadziły na południowy wschód, zapewne w stronę Perdido Beach. Nieco świeższe kierowały się ku podnóżu góry, na północ.

Sądziła, że Perdido Beach leży o jakieś dwadzieścia pięć czy trzydzieści kilometrów od domku, co oznaczało bardzo długi marsz w upale. Jeśli jednak kopalnia złota znajdowała się u stóp góry, dystans wydawał się przynajmniej dziesięć razy mniejszy. Jim Pustelnik i jego samochód mogli przebywać właśnie tam. Zresztą i tak mogła go znaleźć, nawet jeśli pojechał gdzie indziej.

Pomysł ponownego zapuszczenia się w głuszę wywołał w niej opór. Ostatnim razem znalazła się o krok od śmierci. Kojoty też mogły się gdzieś czaić. Ale dwa kilometry do kopalni? To leżało w zasięgu jej możliwości.

Napełniła plastikowy dzbanek wodą. Napiła się, po czym napoiła psa. Kieszenie załadowała sobie racjami żywnościowymi. Więcej jedzenia włożyła do ręcznika, który związała w tobołek. Nasmarowała się wyciągniętym z apteczki kremem z filtrem przeciwsłonecznym.

– Patrick, idziemy na spacer.

Edilio wyszczerzył się w uśmiechu, gdy Astrid zajęła miejsce po lewej stronie motorówki Boston Whaler.

– Dzięki Bogu. Mamy teraz przynajmniej na łódce kogoś inteligentnego.

Edilio i Quinn zepchnęli motorówkę z piasku z powrotem na łagodne fale. Weszli na pokład, po czym wysunęli stopy za burtę, by otrzepać je z piasku.

Sam wyprowadził łódź na morze, w stronę bariery. Liczył, że Drake nie żyje, a przynajmniej odniósł poważne obrażenia. Nie miał jednak pewności i chciał się oddalić, zanim ten psychopata znów zacznie do nich strzelać.

Uświadomił sobie, że nigdy dotąd nie życzył nikomu śmierci. Minęło osiem dni, odkąd zaczął się ETAP. Przez tych osiem dni widział tyle szaleństwa, że mogło mu wystarczyć na całe życie. A teraz marzył o śmierci jednego ze swoich rówieśników.

Kiedy pchnął przepustnicę w przód i znalazł się poza zasięgiem wszelkich pocisków, poczuł się znacznie lepiej. Było to najbliższe surfowaniu uczucie, jakiego doznał od początku ETAP-u. Niskie fale nie robiły wrażenia, ale gdy motorówka lądowała na nich z cudowną siłą, drżenie przenosiło się na jego nogi i wywoływało uśmiech. Wokół latały słone kropelki, a Sam nie umiał być ponury, gdy wodna mgiełka chłostała go po twarzy.

– Dzięki, Edilio. Tobie też, Quinn – powiedział. Wciąż był wściekły na Quinna, ale teraz wszyscy jechali na tym samym wózku, a raczej płynęli tą samą łodzią.

– Zobaczymy, jak mi będziesz dziękował, kiedy zarzygam cały pokład – odparł Edilio, który pozieleniał na twarzy.

Sam napomniał się w duchu, by utrzymywać bezpieczny dystans od bariery, ale zarazem chciał płynąć blisko niej. Wciąż łudził się nadzieją, że napotkają jakąś wyrwę, bramę, otwór, przez który będą mogli wypłynąć i zostawić całe to wariactwo poza sobą.

Daleko na północy widział klify, okalające zatoczkę przy elektrowni. Dalej, przypominając tylko plamę we mgle, rysował się kontur najbliższej z kilku prywatnych wysepek.

Astrid odszukała kamizelki ratunkowe i właśnie wkładała jedną małemu Pete'owi. Edilio również wziął kamizelkę, Quinn zaś odmówił.

Astrid znalazła też małą lodówkę, a w niej chłodne napoje gazowane, bochenek chleba, masło orzechowe i dżem.

– Z głodu nie umrzemy – stwierdziła. – Przynajmniej nie od razu.

Bariera ciągnęła się po lewej stronie, niczym straszliwy, przytłaczający mur. Fale uderzały o nią niecierpliwym rytmem.

Sam czuł się jak ryba w akwarium, a mur ETAP-u przypominał ścianę zbiornika. Stanowił tu taką samą tajemnicę, jak na lądzie.

Motorówka mknęła wzdłuż bariery, aż znalazła się na tyle daleko, że Clifftop wydawał się nie większy niż budowla z klocków LEGO, przycupnięta na wąskim, piaszczystym pasie. Perdido Beach wyglądało jak obraz olejny – kropki i plamy koloru, tworzące zarys miasta bez ukazywania szczegółów.

– Chciałbym czegoś spróbować – oznajmił Sam.

Zgasił silnik i pozwolił łodzi się kołysać. Zdawało się, że motorówka ma zamiar dryfować wzdłuż muru. Był tu prąd – słaby, a jednak wyraźny. Oddalając sie od lądu płynął wzdłuż bariery w stronę pełnego morza.

– Mamy kotwicę? – spytał Sam.

W odpowiedzi usłyszał odgłos torsji. Odwrócił wzrok, gdy Edilio zwracał obiad.

– Nieważne – powiedział. – Poszukam.

Nie znalazł kotwicy. Zauważył za to, że Astrid robi kanapki z masłem orzechowym i dżemem. Wziął od niej jedną.

Nie zdawał sobie sprawy, że jest aż tak głodny. Wepchnął sobie pół kanapki do ust.

– Właśnie dlatego nazywają cię Genialną Astrid – wymamrotał niewyraźnie.

– Chłopie, nie mów o jedzeniu – jęknął Edilio.

Sam przeszukał niewielką łódź. Nigdzie nie było kotwicy, znalazł jednak plastikowe odboje, które powiesił na burcie, na wypadek gdyby otarł się o barierę. Był też zwój niebiesko-białej nylonowej liny. Jeden jej koniec umocował do knagi, drugim zaś obwiązał sobie nogę w kostce. Ściągnął koszulkę i zrzucił buty, zostając w samych szortach. Chwilę grzebał w którejś bakiście, aż znalazł długi śrubokręt.

– Co robisz? – spytał Quinn.

Sam nie zwrócił na niego uwagi.

– Edilio, przeżyjesz?

– Mam nadzieję, że nie – odparł Edilio przez zaciśnięte zęby.

– Zanurkuję i zobaczę, czy mogę się dostać pod barierę.

Twarz Astrid wyrażała sceptycyzm i niepokój, ale Sam widział, że dziewczyna jest pogrążona w myślach. Pewnie musiała oswoić się ze świadomością, że omal nie zginęła od kuli.

Odezwał się Quinn:

– Wciągnę cię, jeśli utkniesz.

Sam skinął głową, wciąż nie mając chęci rozmawiać z Quinnem. Nie miał pewności, czy kiedykolwiek to nastąpi. Wyskoczył za burtę.

Uwielbiał wodę. Zimna, aż przyprawiała o dreszcze, ale przyjemna. Roześmiał się, czując smak soli.

Zaczerpnął kilka głębokich oddechów, wstrzymał ostatni z nich i zanurkował. Płynął, mocno machając nogami i wolną ręką, podczas gdy w drugiej, wyciągniętej dłoni trzymał śrubokręt, uważając by przypadkiem nie dotknąć muru. Nie chciał na niego wpaść. Dotknięcie bariery palcem bolało. Gdyby było to ramię albo udo, też nie byłoby miło.

Nurkował coraz głębiej. Żałował, że w przystani nie przyszło mu do głowy, żeby wziąć sprzęt do nurkowania, a przynajmniej maskę i płetwy, wtedy jednak miał inne zmartwienia. Woda wydawała się dość czysta, ale mimo to widoczność w cieniu bariery była ograniczona.

Gdy zaczęło brakować mu powietrza, machnął śrubokrętem w stronę przegrody. W nic nie trafił i poczuł chwilowy przypływ euforii, która jednak zniknęła, gdy następne uderzenie napotkało na twardy opór.

Pomknął ku powierzchni, by zaczerpnąć powietrza.

Bariera sięgała przynajmniej na pięć metrów pod powierzchnię wody. Jeśli nawet miała swój koniec, do jego znalezienia potrzebował akwalungu i płetw.

Łódź kołysała się o piętnaście metrów od mlecznego muru. Usłyszał charakterystyczny trzask i syk, gdy Astrid otworzyła puszkę coca coli dla małego Pete'a. Quinn siedział na dziobie, trzymając linę, a Edilio wciąż wyglądał tak, jakby lada chwila miał znowu wymiotować.

Sam niespiesznie podpłynął do łodzi, zbyt zachwycony kontaktem swojej skóry z wodą, by martwić się, że nie znalazł wyjścia z ETAP-u.

Usłyszał dźwięk silnika i odgłos prującego fale dziobu, zanim jeszcze zobaczył motorówkę. Zamachał nogami, by unieść głowę nad wodę i się rozejrzeć.

– Hej! – krzyknął.

Quinn usłyszał silnik w tej samej chwili.

– Zbliża się łódź! Szybko! – zawołał.

– Skąd?

– Z miasta – zameldował Quinn. – Szybko – powtórzył.

ROZDZIAŁ 26

126 GODZIN, **10** MINUT

Sam płynął najszybciej, jak potrafił, i wkrótce jego dłoń chwyciła krawędź burty Boston Whalera. Quinn wciągnął go na pokład. Sam przelazł przez burtę, po czym upadł i przeturlał się po pokładzie.

W mgnieniu oka stanął na nogi i ujrzał zbliżającą się dużą motorówkę, ślizgacz. Dzieliło ją od nich najwyżej czterysta metrów. Powodowała potężną falę dziobową. Za sterem stał chłopak, którego Sam nie poznawał z tej odległości. Obok niego Howard i Orc w tak bojowych postawach, jakby walczyli o życie. Drake'a na łodzi nie było.

– Nie uciekniemy im – stwierdził Quinn.

Zdawało się, że adrenalina uspokoiła perystaltykę Edilia.

– Może i nie, ale nie dowiemy się, jeśli nie spróbujemy.

– Nie, Quinn ma rację – powiedział Sam. – Astrid, pilnuj małego Pete'a.

Edilio gwałtownymi ruchami rąk wybrał linę. Nie mogli pozwolić, by ciągnęła się po wodzie, bo istniała obawa, że wkręci się w śrubę.

Gdy tylko lina znalazła się na pokładzie, Sam pchnął przepustnicę i łódź szybko nabrała prędkości, płynąc wzdłuż bariery. Motorówka Orca wykonała zwrot i rozpoczęła pościg.

Astrid, przyciskając braciszka do siebie, wyjrzała za burtę.

– Goni nas, ale nie próbuje przechwycić! – zawołała.

Sam dopiero po chwili zrozumiał, co miała na myśli. Gdyby ścigająca ich motorówka popłynęła pod odpowiednim kątem, mogła z łatwością odciąć im drogę. Ale sternik na to nie wpadł.

W ostatniej chwili skręcił w prawo, próbując znaleźć się tuż za Samem, ale zwrot okazał się nieudolny, a prędkość zbyt duża. Motorówka otarła się prawą burtą o barierę z zaskakująco donośnym łoskotem. Po chwili, gdy śruby znowu zaczęły młócić wodę, skoczyła naprzód i minęła Whalera.

– Trzymajcie się – uprzedził Sam.

Fala, wywołana przez wyścigową motorówkę, uderzyła w Whalera i pchnęła go na barierę. Sam zachwiał się, ale wytrzymał, bosymi stopami zapierając się o rozkołysany pokład.

Boston Whaler stanął dęba i gdy śruba na powrót odnalazła wodę, nabrał prędkości. Wystrzelili po prawej stronie ślizgacza, tak blisko, że Sam mógłby wyciągnąć rękę i przybić z Howardem piątkę.

Oddalali się od lądu, skacząc z jednego grzbietu fali na drugi, a bariera przemykała za ich lewą burtą.

Ale druga łódź była znacznie szybsza. Sternik oprzytomniał i z rykiem gnał za Samem, młócąc śrubą jego kilwater.

– Zatrzymaj się, głupku! – wydarł się do Sama Orc.

Sam zignorował żądanie. Jego myśli pędziły. Jak mógł uciec? Miał wolniejszą łódź. Zwrotniejszą, ale zdecydowanie wolniejszą. A tamta motorówka była na tyle wielka i ciężka, że mogła bez trudu zmiażdżyć Boston Whalera.

– Zatrzymajcie się albo was staranujemy! – krzyknął Orc.

– Nie bądź głupi, Sammy! – zawołał Howard wyższym głosem, ledwie słyszalnym przez ryk silników i szum wody.

Astrid znalazła się nagle przy jego boku.

– Sam! Możesz coś zrobić?

– Mam pewien pomysł.

– Mówisz o... – zaczęła pełnym napięcia szeptem.

– Nie wiem, jak to zrobić, Astrid, to się po prostu dzieje samo z siebie. A to nie jest odpowiedni moment, żeby bawić się w rycerza Jedi.

Także Edilio był już obok nich.

– Masz plan?

– Niezbyt dobry.

Chwycił mikrofon radia, przymocowany obok przepustnicy. Nacisnął guzik.

– Mówi Sam. Słyszycie mnie? Odbiór.

Obejrzawszy się, zobaczył wyraz zdumienia na twarzy Howarda. Tak, odbierali sygnał. Howard podniósł swój mikrofon i zmarszczył brwi.

Sam włączył przycisk na swoim radiu.

– Howard, trzymaj guzik wciśnięty – wyjaśnił. – Jak już skończysz, mówisz „odbiór" i puszczasz. Odbiór.

– Musicie się zatrzymać – powiedział Howard, a jego głos zabrzmiał szorstko przez mały głośnik. – A... odbiór.

– Raczej tego nie zrobimy. Drake próbował zabić Astrid. Ty i Orc omal nie zabiliście mnie. Odbiór.

Wymyślenie jakiegoś kłamstwa zajęło Howardowi całą minutę.

— Wszystko w porządku, Sammy, Caine zmienił zdanie. Mówi, że jeśli będziecie grzeczni, puści was wszystkich wolno. Odbiór.

— Wierzę ci bez zastrzeżeń — odrzekł z sarkazmem Sam.

Jeszcze bardziej przybliżył łódź do bariery. Płynęli teraz tak blisko, że mógł jej dotknąć.

Znowu przycisnął guzik.

— Jeśli spróbujecie mnie staranować, możecie wpakować się na barierę — ostrzegł. — Odbiór.

Nastąpiła chwila ciszy. A potem odezwał się inny głos, słaby, ale słyszalny. Musiał dochodzić z radiostacji na brzegu.

— Załatwcie go — rozkazał głos. — Załatwcie go albo nie wracajcie.

Caine. Posługiwał się radiem, za pomocą którego utrzymywał łączność z Drakiem, przedszkolem i remizą.

Teraz odezwał się Howard:

— Hej, Caine, jest z nimi Astrid i debil. I Quinn.

— Co? Powtórz. Astrid jest z nimi?

Odpowiedział mu Sam, napawając się tą chwilą, nawet jeśli triumf miał trwać bardzo krótko.

— Zgadza się, Caine. Twój ulubiony psychol cię zawiódł.

— Załatwić wszystkich — rozkazał Caine.

— A jeśli użyją mocy? — zaskamlał Howard.

— Gdyby mogli użyć mocy, już by to zrobili — odparł Caine z chichotem, który dał się słyszeć nawet za pośrednictwem radiowych fal. — Żadnych wymówek. Załatwcie ich. Bez odbioru.

— Sam, jeśli umiesz, zrób to — powiedziała Astrid.

— Co? — spytał Edilio. — A, to.

Radio znowu zatrzeszczało.

— Liczę od dziesięciu, Sam — oznajmił Howard. — Potem

dajemy gaz i was taranujemy. Nie musi tak być, ale nie mamy wyboru. Dziesięć...

— Edilio, Astrid i mały Pete, padnijcie na pokład. Quinn, ty też.

— Dziewięć.

Edilio pociągnął Astrid w dół. Położyli się na płask na pokładzie, a mały Pete znalazł się między nimi.

— Osiem.

— Lepiej, żeby to był dobry plan, bracie — powiedział Quinn. Po chwili przykucnął przy Astrid.

— Siedem... Sześć...

Dziób motorówki tamtych wznosił się za rufą Whalera niczym wielki, czerwony tasak, kołyszący się w górę i w dół, torujący sobie drogę do nich. Ryk wszystkich trzech silników odbił się echem od bariery, zniekształcony i wzmocniony.

— Pięć...

Miał plan. Tyle że samobójczy.

— Cztery...

— Wszyscy gotowi?

— Na co?

— Trzy...

— Uderzy w nas!

— To twój plan? — zaskrzeczał przeraźliwie Quinn.

— Dwa...

— Mniej więcej — odparł Sam.

— Jeden!

Sam słyszał, jak dwa silniki szybkiej motorówki wchodzą na wysokie obroty. Czerwony tasak dziobu skoczył naprzód. Zupełnie jakby łódź miała silnik rakietowy.

Sam przesunął dźwignię przepustnicy na luz i skręcił tak, by lewą burtą otrzeć się o barierę.

Whaler gwałtownie zwolnił.

— Trzymajcie się!

Kucnął, a potem przyklęknął na mokrym pokładzie, jedną ręką trzymając koło sterowe. Szarpnął nim w prawo, a następnie wyrównał. Przykrył głowę wolną ręką, krzycząc, by trzymali nerwy na wodzy.

Boston Whaler zwalniał. Motorówka wyścigowa – nie.

Wysoki, ostry jak sztylet dziób przejechał po lewej części rufy Boston Whalera.

Rozległ się trzask rozpruwanego włókna szklanego. Wstrząs odrzucił Sama od steru. Tylna część Whalera zanurkowała, a cała piątka wraz z łodzią znalazła się nagle pod powierzchnią. Sam zaczął krzyczeć. Krzyczał i wierzgał, byle nie dostać się w zasięg śrub, które młóciły wodę tuż nad jego głową.

Motorówka Orca przesłoniła słońce jaskrawą czerwienią i śnieżną bielą. Dwa wielkie silniki ryknęły.

Ale ślizgacz nie do końca zmiażdżył przeciwniczkę. Zamiast tego, uderzywszy Whalera pod pewnym kątem, wyskoczył w górę niczym samochód kaskadera po najechaniu na rampę. Obrócił się w powietrzu i grzmotnął górną częścią w barierę, roztrzaskując sobie szybę i miażdżąc relingi.

Motorówka uderzyła mocno w wodę, upadając bokiem pięć metrów przed Boston Whalerem. Rozległ się huk, a potem motorówka tamtych weszła głęboko pod powierzchnię. Sam myślał już, że zatonie, ale po chwili wynurzyła się z powrotem niczym okręt podwodny i wyprostowała.

Whaler miał poważne uszkodzenia. Rufa była strzaskana, relingi z lewej strony zniknęły, a silnik z czarną osłoną przekrzywił się, choć wciąż się trzymał. W poszyciu z włókna szklanego na dziobie widniała spora wyrwa. Po pokładzie przelewało się jakieś pół metra wody. Panel z instrumentami przechylił się w przód i w bok, tak że koło sterowe wykrzywiło się, a dźwignia przepustnicy została wyrwana ze swojego miejsca i wisiała luzem. Zalany wodą silnik zgasł.

Ale Samowi nic się nie stało.

– Astrid! – krzyknął, przerażony, gdy nie zobaczył jej od razu.

Mały Pete stał i patrzył, jakby ostatnie wydarzenia przedarły się wreszcie do jego świadomości.

Quinn i Edilio podskoczyli i wychylili się z tyłu. Zobaczyli smukłą dłoń Astrid, ściskającą reling. Wciągnęli ją na pokład, podtopioną i krwawiącą ze skaleczenia na nodze.

– Wszystko z nią w porządku?

Edilio skinął głową, zbyt przemoczony, by odpowiedzieć.

Sam przekręcił kluczyk, licząc na szczęście. Potężny silnik Mercury ryknął. Przepustnica się zacięła, ale pchając z całej siły, zdołał przesunąć ją w przód. Skrzywione koło sterowe nadal się obracało.

Smukła motorówka dryfowała tuż przed nimi, unieruchomiona. Orc unosił się na wodzie i krzyczał z wściekłości. Howard miotał się w kółko, szukając kamizelki ratunkowej, podczas gdy sternik usiłował ponownie uruchomić silniki. Niestety, wyglądało na to, że nie są uszkodzone.

Teraz albo nigdy.

Drżącymi palcami Sam odwiązał linę od swojej kostki i chwycił luźny koniec w zęby. Wskoczył do wody i przepłynął kilka metrów, dzielących Whalera od szybkiej łodzi.

– Płynie tutaj! Jego łódź tonie! – zawołał sternik, błędnie interpretując sytuację.

Ale Howard nie dał się zwieść.

– On coś kombinuje.

Sam zanurkował. Musiał to zrobić teraz, zanim tamten uruchomi silniki. Gdy śruby zaczną się kręcić, będzie za późno. Istniało też zagrożenie, że Sam straci palce albo nawet całą dłoń.

Zmagając się z siłą wyporu, Sam utrzymał się pod powierzchnią, szeroko otwierając oczy i palcami starając się wyczuć... Jest. Jedna śruba.

Owinął nylonową linę wokół prawej turbiny i zacisnął najmocniej, jak potrafił. Potem przesunął się w lewo, wydmuchując resztkę powietrza, by pozostać pod wodą.

Usłyszał kliknięcie zapłonu – chłopak za sterem przekręcał kluczyk. Jeden ruch jego dłoni i...

Silnik zaskoczył. Sam w panice odepchnął się od motorówki.

Obie śruby drgnęły i obróciły się. Zaraz jednak prawa się zatrzymała. Lewa wirowała jeszcze przez chwilę i także stanęła.

Ostatkiem sił Sam owinął linę wokół lewej turbiny, nogami odbił się od rufy i wynurzył parę metrów dalej, by zaczerpnąć powietrza.

Usłyszał, że silniki znowu ruszają i jeszcze raz się zacinają.

Sternik szybkiej motorówki zrozumiał już, co się stało, a Howard skoczył na rufę i wykrzykiwał wściekłe pogróżki.

Sam zaczął płynąć w stronę Whalera, który obijał się o barierę.

– Sam! – rozbrzmiał krzyk Astrid. – Za tobą!

Cios nadszedł znikąd.

Samowi zakręciło się w głowie. Nie mógł skupić wzroku. Mięśnie kończyn mu się rozluźniły.

Poznał już ten stan. Tak samo było wtedy, gdy spadł z deski, a ona wróciła i go uderzyła. Jakiś zakątek jego umysłu wiedział, co robić: unikać paniki, poczekać kilka sekund, aż umysł się rozjaśni.

Tyle że to nie była deska surfingowa. Kolejne uderzenie przeszło obok głowy, trafiając w obojczyk.

Ostry ból pomógł mu się skupić.

Zobaczył, że Howard wznosi długi, aluminiowy bosak do trzeciego ciosu i tym razem bez trudu zrobił unik. Gdy bosak plasnął o wodę, Sam rzucił się naprzód, padając na niego całym ciężarem.

Howard stracił równowagę, a Sam szarpnął. Tamten puścił bosak i upadł na lewy silnik.

Sam znowu odwrócił się w stronę Whalera, ale za późno. Orc już go dopadał. Jedną ręka próbowała chwycić Sama za szyję, ale to pięść drugiej okazała się szybsza.

Orc trafił jednak najpierw w wodę, a dopiero potem w nos Sama, tak więc cios był spowolniony. Mimo to wystarczająco silny.

Sam zwinął się w kłębek i obiema nogami z całej siły kopnął napastnika w splot słoneczny. Jego kopniak również okazał się wolniejszy z powodu oporu wody, ale pchnął Sama w tył.

Sam lepiej pływał, lecz jego przeciwnik miał więcej siły. Gdy Sam próbował uciec, tamten złapał go za pasek szortów i mocno przytrzymał.

Howard zerwał się już na nogi i wykrzykiwał w kierunku Orca słowa zachęty oraz pochwały. Walka toczyła się tuż przy zgruchotanym dziobie Whalera. Sam wykonał przewrót w tył, uderzył bosymi stopami w kadłub, odepchnął się i zanurkował. Liczył, że kiedy głowa Orca się zanurzy, ten wpadnie w panikę i puści go. Udało się. Sam był wolny. Wolny, ale uwięziony w ciasnym kącie pomiędzy murem ETAP-u a dziobem łodzi.

Twarz przeciwnika zmieniła się w przerażającą maskę furii. Osiłek płynął w kierunku Sama, więc ten nie miał wyboru. Zaczekał, po czym złapał Orca za koszulkę, obrócił się i, używając jego własnego impetu, pchnął go twarzą na barierę.

Orc wrzasnął. Zaciekle zamachał rękami i zawył znowu.

Sam odepchnął się nogami, używając ciała przeciwnika jak pływackiego słupka. Kopniak pchnął tamtego na mur, tym razem bokiem. Orc zaryczał jak zwierzę.

Sam podpłynął do łodzi i chwycił się prawego nadburcia.

– Edilio, ruszaj!

Edilio pchnął dźwignię naprzód, podczas gdy Sam, z pomocą Astrid i Quinna, podciągnął się na pokład.

Z wody dobiegały niewyraźne przekleństwa Orca. Howard wyciągał do niego rękę, a sternik stał jak wryty, nie wiedząc, co robić.

Lina była mocno przywiązana do knagi na pokładzie. Knaga nie miała szans tego wytrzymać, ale ostre pociągnięcie mogło zniszczyć przynajmniej jedną z zatrzymanych śrub.

Edilio odwrócił Whalera od bariery.

– Uważaj na linę, Sam – powiedział.

Ostrzeżenie nadeszło w samą porę, bo lina naprężyła się i wystrzeliła z wody, omal nie łamiąc przy tym Samowi ręki.

Whaler zatrząsł się. Knaga oderwała się od pokładu. Ale napęd szybkiej motorówki nie nadawał się już do użytku.

– To było szaleństwo – stwierdził ze śmiechem Edilio.

– Przeszła ci już choroba morska?

Radio zatrzeszczało i ożyło. Rozległ się znajomy głos Howarda, teraz przygaszony i pełen lęku, niemal płaczliwy.

– Mówi Howard. Uciekli.

Słaby głos z brzegu odpowiedział:

– Dlaczego mnie to nie dziwi?

Znowu odezwał się Howard:

– Nasza łódź nie działa.

– Sam – powiedział Caine. – Jeśli mnie słyszysz, braciszku, lepiej żebyś wiedział, że cię zabiję.

– „Braciszku"? O co mu chodzi? – spytała Astrid.
– To długa historia.

Uśmiechnął się. Mieli mnóstwo czasu na opowieści. Udało im się uciec. Jednak zwycięstwo okazało się połowiczne. Nie mogli teraz wrócić do domu.

– Dobra – odezwał się Sam. – Pozostała nam tylko ucieczka.

Nastawił ster na taki kurs, by podążać wzdłuż łuku bariery. Astrid znalazła butelkę po wybielaczu z obciętą szyjką i przystąpiła do żmudnego zadania wybierania wody z łodzi.

ROZDZIAŁ 27
125 GODZIN, **57** MINUT

Dojście do końca śladów kół zajęło Lanie znacznie więcej czasu, niż się spodziewała. Odcinek, który oceniła na półtora kilometra, okazał się liczyć niemal pięć. A dźwiganie wody i jedzenia w takiej spiekocie nie ułatwiało sprawy.

Było już popołudnie, gdy, powłócząc nogami, obeszła wystające skały u podnóża góry. Tam jej zdumionym oczom ukazało się coś, co wyglądało jak opuszczona osada górnicza. Kiedyś musiała być spora: około tuzina budynków wciskało się w wąski skalny wyłom o stromych ścianach. Teraz trudno było odróżnić jeden od drugiego – wyglądały po prostu jak sterty poszarzałego drewna – dawniej jednak tworzyły zapewne coś na kształt ulicy, nie dłuższej niż sto metrów.

To miejsce budziło dreszcz. Było ciche, ponure, z oknami bez szyb, wyglądającymi jak wpatrzone w nią oczy.

Za pozostałościami głównej ulicy, poza zasięgiem wzroku przypadkowego przechodnia – choć Lana nie wyobrażała sobie, po co ktoś miałby przychodzić do tej opustoszałej, brzydkiej osady – widniała solidniejsza budowla. Wzniesiono ją z tego samego szarego drewna, wciąż jednak trzymała się mocno i przykryta była blaszanym dachem. Miała mniej więcej wielkość garażu na trzy samochody. Ślady prowadziły właśnie tam.

– Chodź, piesku – powiedziała dziewczyna.

Patrick wybiegł naprzód, powąchał chwasty przy drzwiach i wrócił z uniesionym wysoko ogonem.

– Czyli w środku nikogo nie ma – zapewniła sama siebie Lana. – Inaczej byś zaszczekał.

Otworzyła drzwi na oścież, nie chcąc wkradać się do środka niby jakaś bohaterka horroru.

Światło słońca wpadało do środka przez dziesiątki dziur i szczelin w blaszanym dachu, a także otworów po sękach w ścianach. Mimo to było dość ciemno.

W środku stała półciężarówka. Większa od samochodu jej dziadka, z dłuższą platformą.

– Halo? Halo? – Zaczekała. Potem powtórzyła znowu: – Halo?

Najpierw sprawdziła samochód. Bak był do połowy pełny. Kluczyków nie mogła znaleźć. Przeszukała każdy centymetr kwadratowy półciężarówki. Bez skutku.

Nieco zdenerwowana, zaczęła przeczesywać resztę pomieszczenia. Znajdowała się tu głównie jakaś maszyneria. Coś, co wyglądało na kruszarkę. Coś innego, co przypominało dużą kadź z podstawionymi palnikami. W kącie stała butla z gazem.

– Dobra. Albo znajdziemy kluczyki i pewnie zabijemy się, prowadząc – Lana przedstawiła sytuację słuchającemu uważnie Patrickowi – albo spróbujemy przejść w upale nie wiadomo ile kilometrów do Perdido Beach i może umrzemy z pragnienia.

Patrick szczeknął.

– Masz rację. Szukajmy dalej kluczyków.

Oprócz wysokich podwójnych drzwi frontowych, były też mniejsze, z tyłu. Za nimi Lana znalazła mocno wydeptaną ścieżkę, która wiła się wśród hałd kamieni, mijała cmentarzysko zardzewiałych maszyn i kończyła się okolonym drewnem otworem w ziemi. Wyglądał on niby otwarte ze zdziwienia usta, nierówny kwadrat czerni z dwoma złamanymi wspornikami z grubych belek, przypominającymi sterczące zęby.

Do kopalni prowadził wąski tor kolejowy.

– Chyba nie chcemy tam wchodzić – odezwała się Lana.

Patrick ostrożnie zbliżył się do otworu. Zjeżył sierść na karku i warknął.

Nie patrzył jednak na wejście do kopalni.

Lana usłyszała kroki miękkich łap. Górskim zboczem, na podobieństwo bezgłośnej lawiny, pędziła wataha kojotów, licząca około dwudziestu lub więcej osobników.

Gnały z góry z oszałamiającą szybkością.

Gdy się zbliżały, Lana usłyszała, że mówią pełnymi napięcia, gardłowymi głosami.

– Pokarm... pokarm.

– Nie – powiedziała do siebie.

Nie. Musiało jej się wydawać.

W panice obejrzała się przez ramię na szopę, która teraz znajdowała się daleko w dole. Prawe skrzydło watahy już nadbiegało, by odciąć jej drogę.

– Patrick! – krzyknęła i rzuciła się ku wejściu do kopalni.

W chwili, gdy weszli, temperatura spadła o dziesięć stopni. Zupełnie jakby znaleźli się w klimatyzowanym pomieszczeniu. Nie było tu światła oprócz tego, które sączyło się z zewnątrz, i oczy Lany nie miały czasu, by przywyknąć do mroku.

W powietrzu unosił się paskudny słodkawy zapach.

Patrick odwrócił się przodem do kojotów i zjeżył się. Kojoty kłębiły się przed wejściem do kopalni, ale nie wchodziły.

Lana, na wpół oślepiona, macała w ciemności w poszukiwaniu czegoś – czegokolwiek. Znalazła kamienie wielkości męskiej pięści. Zaczęła rzucać nie celując. Po prostu gorączkowo ciskała kamienie w stronę drapieżników.

– Idźcie sobie. Sio! Wynoście się!

Żaden z pocisków nie trafił w cel. Kojoty bez większego wysiłku robiły zgrabne uniki, jakby się z nią bawiły.

Stado rozdzieliło się na dwie grupy. Jeden z drapieżników, nie największy, ale z pewnością najbrzydszy, ruszył naprzód z wysoko podniesionym łbem. Jedno z przerośniętych uszu było na wpół oderwane, miał też świerzb, na bocznej części chytrego pyska widniały plamy nagiej skóry, a zęby po lewej były odsłonięte wskutek jakiejś dawnej rany.

Przywódca stada warknął na Lanę.

Wzdrygnęła się, ale uniosła duży kamień w geście groźby.

– Cofnij się – ostrzegła.

– Ludzi nie ma. – Głos był niewyraźny, brzmiał jak chrzęst butów na mokrym żwirze, ale miał w sobie wysoką nutę.

Przez kilka długich sekund Lana tylko patrzyła. To było niemożliwe. Wyglądało jednak na to, że słowa dobiegły z pyska zwierzęcia.

– Co?

– Wyjdź – powiedział kojot. Tym razem nie było mowy o pomyłce. Widziała, jak porusza szczęką, dostrzegła ruch języka za ostrymi zębami.

– Nie umiesz mówić – rzuciła. – To nie jest prawda.

– Wyjdź.

– Zabijecie mnie – odparła.

— Tak. Wyjdź, to umrzesz szybko. Jeśli zostaniesz, będziesz umierać powoli.

— Umiesz mówić — stwierdziła, czując się tak, jakby już do reszty zwariowała.

Drapieżnik nie odpowiedział.

Lana grała na czas.

— Czemu nie mogę zostać w kopalni?

— Ludzi nie ma.

— Dlaczego?

— Wyjdź.

— Chodź, Patrick — powiedziała drżącym szeptem. Zaczęła cofać się, wchodząc głębiej w ciemność.

Natrafiła na coś stopą. Szybko zerknęła w dół i zobaczyła nogę, sterczącą z zakrwawionego kombinezonu. Znalazła źródło smrodu. Jim Pustelnik nie żył już od dłuższego czasu.

Przeskoczyła nad zwłokami w tył, tak że znalazły się pomiędzy nią a kojotem.

— Zabiłeś go — rzuciła go oskarżycielskim tonem.

— Tak.

— Dlaczego? — Zauważyła dużą, prostokątną latarkę. Szybko się schyliła, by ją podnieść.

— Ludzi nie ma.

Kojot szczeknął jakiś rozkaz do swojej watahy i pozostałe osobniki wbiegły do tunelu, przeskakując nad trupem. Lana i Patrick odwrócili się i zaczęli uciekać.

Biegnąc, dziewczyna manipulowała przy latarce, próbując znaleźć włącznik. Wokół panowała już niemal absolutna ciemność.

Omal się nie przewróciła od ostrego bólu w kostce, ale zatoczyła się i ruszyła dalej naprzód. Znalazła włącznik i nagle kopalniany korytarz wypełnił się niesamowitym światłem, które ukazywało jedynie poszarpane skały i naprężone drewniane stemple. Cienie wyglądały jak szponiaste palce, zaciskające się wokół niej.

Kojoty, zaskoczone światłem, cofnęły się. Ich oczy błyszczały, a zęby układały się w niewyraźne, białe grymasy.

A potem ruszyły na nią.

Szczęki jednego zacisnęły się na jej łydce i dziewczyna padła bezładnie na ziemię. Kojoty tłoczyły się nad nią. Czuła ich odór i ciężar.

Spróbowała podeprzeć się łokciami. Drugie szczęki zacisnęły się na jej ramieniu i znów upadła, wiedząc, że już nigdy się nie podniesie. Słyszała przerażone ujadanie Patricka, znacznie głębsze i głośniejsze niż podniecone szczeknięcia kojotów.

Nagle drapieżniki ją puściły. Zawyły, zaczęły skakać i kręcić głowami na lewo i prawo.

Lana leżała, krwawiąc od dziesiątków ukąszeń, w kręgu niesamowitego blasku, rzucanego przez latarkę.

Przywódca stada warknął i kojoty uspokoiły się, przynajmniej trochę, chociaż wyraźnie coś je przestraszyło – i nadal się tego bały.

Panowało wśród nich nerwowe poruszenie. Nadstawiły uszu i obróciły się w stronę głębszego cienia w dalszej części korytarza. Jakby coś słyszały.

Lana wysiliła słuch, ale jej własny chrapliwy oddech był zbyt głośny. Serce waliło jej niczym kafar, zdawało się, że jego uderzenia za chwilę połamią jej żebra.

Kojoty już nie atakowały. Coś się zmieniło. Coś w powietrzu. Coś w ich niezgłębionych psich umysłach. Ze zdobyczy zmieniła się w więźnia.

Przywódca stada zbliżył się powoli i obwąchał ją.

– Idź, człowieku.

Schyliła się nisko i przyłożyła dłoń do najgorszego z ugryzień. Ból złagodniał i rana zaczęła się zabliźniać.

Krew wciąż jednak wypływała z licznych drobnych skaleczeń, gdy wstała i ruszyła w głąb tunelu. Patrick szedł tuż obok, kojoty zaś trzymały się z tyłu.

Schodzili coraz niżej. Szyny skończyły się i weszli do części tunelu, która sprawiała wrażenie nowszej. Belki, którymi podparto strop, wciąż były tu zielone, a łebki gwoździ lśniły. Podłoża nie pokrywała tak gruba warstwa pokruszonych kamieni i pyłu.

To tutaj pracował Jim Pustelnik, przekopując się w dół i podążając za żyłą jasnożółtego metalu.

Idąc, Lana doznała nowego rodzaju lęku. Przeżyła już paniczny, dławiący strach przed śmiercią. To było coś innego. Nowe uczucie zmieniało jej mięśnie w galaretę, zdawało się wysączać ciepło z jej krwi, wypełniając tętnice lodowatą wodą, żołądek zaś – żółcią.

Marzła. Marzła do szpiku kości.

Jej nogi zdawały się ważyć po pięćdziesiąt kilogramów, aż mięśnie nie wystarczały, by je podnosić i popychać naprzód.

Każda cząstka jej umysłu krzyczała: „uciekaj, uciekaj, uciekaj!". Nie mogłaby jednak biec, nie była do tego fizycznie zdolna. Jedyna droga prowadziła naprzód i Lana czuła, że w głąb kopalni ciągnie ją jakaś potężna wola, która nie należy do niej.

W końcu Patrick skapitulował. Podkulił ogon i zaczął uciekać, przeciskając się między pełnymi pogardy dzikimi psami.

Chciała go przywołać, ale z jej pozbawionych czucia warg nie dobył się żaden dźwięk.

Coraz głębiej. Coraz zimniej.

Światło latarki osłabło i dziewczyna zauważyła, że ściany świecą nikłym, zielonym blaskiem.

To było blisko.

To. Czymkolwiek było, było blisko.

Latarka wypadła z odrętwiałych palców.

Oczy uciekły jej w górę i gwałtownie upadła na kolana, obojętna na ból wywołany przez ostre kamienie.

Lana czekała klęcząc i nic prawie nie widząc.

W jej głowie zagrzmiał głos. Jej plecy wygięły się w łuk i dziewczyna przewróciła się na bok. Każde zakończenie nerwowe, każda komórka krzyczała z bólu. Takiego bólu, jakby gotowano ją żywcem.

Nigdy się nie dowie, ile to trwało. Nigdy też nie przypomni sobie słów, które usłyszała, o ile w ogóle były to słowa. Obudzi się później, wyciągnięta z jaskini przez dwa kojoty.

Wywlokły ją z tunelu w noc. I cierpliwie czekały, czy przeżyje, czy umrze.

ROZDZIAŁ 28

123 GODZINY, **52** MINUTY

Sam, Edilio, Quinn, Astrid i mały Pete płynęli wzdłuż muru ETAP-u w stronę morza. Podążając za krzywizną bariery, najpierw oddalali się od lądu, a potem zaczęli się znów do niego zbliżać.

W murze nie było żadnej wyrwy. Żadnej drogi ucieczki.

Słońce zachodziło, gdy od północy mijali kilka prywatnych wysepek. Przy jednej osiadł na mieliźnie jacht. Sam zastanawiał się, czy nie skręcić, by przyjrzeć mu się bliżej, ale w końcu postanowił tego nie robić. Chciał za wszelką cenę zbadać całą barierę. Jeśli miał żyć uwięziony jak złota rybka, chciał przynajmniej zobaczyć całe akwarium.

Mur ETAP-u dochodził do brzegu pośrodku parku narodowego Stefano Rey, zatoczywszy długi półokrąg na dziwnie spokojnym morzu.

Brzeg był niezdobyty, niczym twierdza z poszarpanych skał i klifów, oblewanych złotym blaskiem słońca.

– Jak tu pięknie – powiedziała Astrid.

– Wolałbym, żeby było brzydko, ale żeby dało się wylądować – odrzekł Sam.

Fale wciąż były spokojne, ale niewiele było trzeba, by skały wybiły otwór w i tak uszkodzonym Boston Whalerze.

Ruszyli na południe, płynąc wzdłuż brzegu, licząc na miejsce do lądowania, zanim skończy się paliwo i zapadnie noc.

Zauważyli maleńki spłachetek piasku, o długości najwyżej trzech i pół metra i dwukrotnie mniejszej szerokości. Sam uznał, że przy odrobinie szczęścia zdoła wpłynąć tam łodzią i wyciągnąć ją na brzeg. Łódź jednak wkrótce nie będzie nadawała się do użytku, a oni zostaną zmuszeni, by poruszać się pieszo, bez mapy, u podnóża dwudziestometrowego urwiska.

– Ile mamy paliwa, Edilio?

Edilio wsunął patyk do zbiornika i wyjął go z powrotem.

– Niedużo. Ze dwa i pół centymetra.

– Dobra. Chyba nie mamy wyjścia. Zapnijcie kamizelki ratunkowe.

Sam pchnął dźwignię naprzód, celując prosto w maleńką plażę. Musiał utrzymać właściwą prędkość, by leniwa fala nie rzuciła go na skały, piętrzące się po obu stronach.

Łódź wpłynęła na piasek. Astrid zachwiała się, ale Edilio złapał ją, zanim upadła. Cała czwórka szybko wysiadła. Małego Pete'a nie dało się skłonić, by samodzielnie opuścił motorówkę albo choćby zauważył istnienie pozostałych. Sam zatem, pełen obaw, że malec w każdej chwili może dostać szału, co groziło, że zacznie kogoś dusić, teleportuje się albo choćby będzie wrzeszczał, wyniósł go na brzeg.

Edilio zabrał z łodzi zestaw przetrwania, na który składało się parę plastrów, pudełko zapałek, dwie flary alarmowe i maleńki kompas.

– Jak wprowadzić małego Pete'a na ten klif? – zastanawiał się głośno Sam. – Nie jest to zbyt ciężka wspinaczka, ale...
– Umie się wspinać – stwierdziła Astrid. – Czasami wchodzi na drzewa. Kiedy chce.

Na twarzach Sama i Edilia odmalował się identyczny wyraz powątpiewania.

– Umie – powtórzyła dziewczyna. – Muszę sobie tylko przypomnieć odpowiednie słowa. Coś z kotem.

– Dobra.

– Raz wszedł na drzewo za kotem.

– Nie wiem, czy nadal mamy tu pływy – odezwał się Quinn – ale jeśli tak, niedługo tę plażę zaleje woda.

– Charlie Tuńczyk – powiedziała Astrid.

Trzej chłopcy wbili w nią zdziwione spojrzenia.

– Kot – wyjaśniła. – Nazywał się Charlie Tuńczyk. – Przykucnęła przy braciszku. – Petey. Charlie Tuńczyk? Charlie Tuńczyk? Pamiętasz?

– To zupełne wariactwo – mruknął pod nosem Quinn.

– Dobra, a może ty, Edilio, pójdziesz pierwszy, potem ty, Astrid, a mały Pete ruszy za tobą. Quinn i ja pójdziemy z tyłu, na wypadek, gdyby Pete się pośliznął.

Okazało się, że Astrid miała rację – chłopczyk umiał się wspinać. Prawdę mówiąc, niemal wyprzedził siostrę w drodze na górę. Mimo to dopiero o zmroku dotarli na szczyt klifu. Gdy w końcu opadli na trawę i sosnowe igły u stóp strzelistych drzew, potrzebowali wszystkich plastrów, które zabrał Edilio.

– Chyba musimy spać tutaj – powiedział Sam.

– Jest ciepło – zauważyła Astrid.

– Jest ciemno – stwierdził Sam.

– Rozpalmy ognisko – zaproponowała.

– Żeby niedźwiedzie nie podchodziły, co? – zgodził się Edilio zdenerwowanym tonem.

– To mit, niestety – odparła Astrid. – Dzikie zwierzęta często widują ogień. Jakoś szczególnie się go nie boją.

Edilio żałośnie pokręcił głową.

– Astrid, czasami twoja wiedza niezbyt pomaga.

– Rozumiem – odrzekła. – Chciałam powiedzieć, że niedźwiedzie, jak wszystkie dzikie zwierzęta, panicznie boją się ognia.

– Ściemnia się. – Edilio zerkał nerwowo w atramentowo czarne cienie pod drzewami.

Astrid i Edilio pilnowali małego Pete'a, podczas gdy Sam i Quinn szukali drewna na opał.

Quinn, którego zdenerwowanie miało więcej niż jeden powód, odezwał się:

– Nie chcę ci się naprzykrzać ani nic, Sam, ale, bracie, skoro naprawdę masz w sobie jakąś magię, to powinieneś się uczyć, jak jej używać.

– Wiem – odrzekł Sam. – Wierz mi, gdybym wiedział, jak zapalić światło, już bym to zrobił.

– Zawsze bałeś się ciemności.

Sam odpowiedział dopiero po dłuższej chwili.

– Nie sądziłem, że o tym wiesz.

– To nic takiego. Każdy się czegoś boi – powiedział cicho Quinn.

– A ty czego się boisz?

– Ja? – Quinn przystanął, trzymając kilka patyków, i zastanowił się. – Chyba boję się być nikim. Wielkim... zerem.

Zebrali dosyć drewna oraz sosnowych igieł na rozpałkę i wkrótce zapłonęło wesołe, choć mocno dymiące ognisko.

Edilio wlepił wzrok w płomienie.

– Od razu lepiej, nawet jeśli to nie odstrasza niedźwiedzi. No i nie jestem już na tej łodzi. Lubię stały ląd.

Nie musieli ogrzewać się przy ogniu, ale Sam i tak cieszył się ciepłem. Pomarańczowy blask odbijał się słabo od pni i konarów, przez co noc zdawała się jeszcze ciemniejsza. Ale gdy ogień płonął, mogli udawać, że są bezpieczni.

– Zna ktoś jakieś historie o duchach? – zapytał półżartem Edilio.

– Wiecie, na co bym miała ochotę? – odezwała się Astrid. – Na krakersy przekładane piankami. Byłam kiedyś na obozie. To był tradycyjny obóz z łowieniem ryb, jazdą konną i tym okropnym śpiewaniem przy ognisku. I z jedzeniem krakersów z piankami. Wtedy mi nie smakowały, głównie dlatego, że nie chciałam być na tym obozie. Ale teraz...

Sam popatrzył na nią poprzez płomienie. Wykrochmalone białe bluzki z czasów przed ETAP-em ustąpiły miejsca T-shirtom. Nie budziła już w nim takiego lęku. Nie po tym, gdy tyle razem przeszli. Wciąż jednak była tak piękna, że czasami musiał odwracać wzrok. A przez to, że ją pocałował, teraz każda myśl o niej wywoływała falę wspomnień, zapachów, doznań, smaków.

Zaczął przebierać palcami i przygryzł wargę, by ból nie pozwolił mu dalej myśleć o Astrid, jej koszulce, włosach i skórze.

– Nie czas i nie miejsce – mruknął pod nosem.

Mały Pete siedział i gapił się w ogień. Sam zastanawiał się, co się dzieje w jego głowie. Jaka moc kryje się za tymi niewinnymi oczami.

– Głodny – odezwał się chłopczyk. – Amciu, amciu.

Astrid przytuliła go.

– Wiem, braciszku. Jutro zdobędziemy jedzenie.

Jedno po drugim, poczuli, że ich powieki stają się ciężkie. Po kolei wyciągnęli się na ziemi, umilkli, zasnęli. Sam został ostatni. Ogień przygasał. Ciemność napływała ze wszystkich stron.

Usiadł ze skrzyżowanymi nogami – po turecku, jak to nazywali, gdy chodził do przedszkola – po czym odwrócił dłonie wierzchem do góry i oparł je na kolanach.

Jak? Jak to się stało? Jak go to spotkało? Jak miał kontrolować moc, by pojawiała się na życzenie?

Zamknął oczy i próbował sobie przypomnieć panikę, która go ogarniała, gdy zdarzało mu się wywoływać światło. Nietrudno było przypomnieć sobie te emocje, lecz nie był w stanie ich poczuć.

Najciszej, jak umiał, odszedł od ogniska. Ciemność pod drzewami mogła skrywać tysiące zagrożeń. Zmierzał w stronę swojego lęku.

Sosnowe igły chrzęściły mu pod nogami. Zatrzymał się dopiero wtedy, gdy z trudem dostrzegał blask żaru za sobą i nie czuł żywicznego dymu.

Wzniósł ręce, tak jak robił to Caine, wyciągając dłonie, jakby pokazywał komuś, by się zatrzymał – albo jak pastor, błogosławiący wiernych.

Przywołał swój strach przed koszmarem, kryjącym się w jego pokoju, panikę, gdy dusił go mały Pete, błyskawiczną reakcję, gdy mała podpalaczka próbowała go zabić.

Nic. To się nie uda. Nie mógł udawać strachu, a próby wzbudzenia w sobie lęku przed ciemnym lasem też nie dawały efektu.

Obrócił się. Za nim rozległ się jakiś dźwięk.

– Nic z tego, prawda? – spytała Astrid.

– Prawie wyszło. Przestraszyłaś mnie tak, że mało brakowało – odparł.

Podeszła bliżej.

– Chcę ci powiedzieć o czymś okropnym.

– Okropnym?

– Zdradziłam Pete'a. Drake. Chciał, żebym obraziła

brata. - Tak mocno zaciskała palce, że samo patrzenie sprawiało ból.

Sam ujął jej dłonie.

- Co zrobił?
- Nic. Tylko...
- Tylko co?
- Uderzył mnie parę razy, nie było tak źle, ale...
- Uderzył cię? - Czuł się, jakby połknął łyk kwasu. - Uderzył cię?

Astrid skinęła głową. Chciała wyjaśnić, ale głos odmówił jej posłuszeństwa. Wskazała więc policzek, miejsce, gdzie dłoń Drake'a trafiała z taką siłą, że głowa latała jej na boki. Uspokoiła się i spróbowała jeszcze raz.

- To nic wielkiego. Ale ja się bałam. Sam, tak się bałam. - Podeszła bliżej, może chcąc poczuć jego ramiona wokół siebie.

Sam cofnął się o krok.

- Mam nadzieję, że on nie żyje - powiedział. - Mam nadzieję, że nie żyje, bo inaczej go zabiję.

- Sam.

Miał zaciśnięte pięści. Zdawało mu się, że mózg gotuje mu się w czaszce. Jego oddech stał się płytki i chrapliwy.

- Sam - szepnęła. - Spróbuj teraz.

Patrzył nie rozumiejąc.

- Teraz! - krzyknęła.

Uniósł ręce, wyciągnął dłonie, wymierzył w drzewo.

- Aaaaaach! - krzyknął i z jego rąk wystrzeliły błyskawice jasnego, zielonkawego światła.

Opuścił ręce po bokach, dysząc, oszołomiony tym, czego dokonał. Drzewo zwęgliło się. Zaczęło upadać, z początku powoli, potem szybciej, aż w końcu gruchnęło ciężko o kępę krzewów.

Astrid stanęła za nim i otoczyła go ramionami. Poczuł jej łzy na swoim karku, jej oddech w swoim uchu.

– Przepraszam, Sam.

– Przepraszasz?

– Nie możesz przywołać strachu, kiedy tylko chcesz, Sam. Ale gniew to strach, skierowany na zewnątrz. Gniew jest łatwy.

– To była manipulacja? – Rozsunął jej ręce i odwrócił się twarzą do niej.

– Z Drakiem było tak, jak ci powiedziałam – odparła. – Ale nie zamierzałam ci o tym mówić, dopóki nie zobaczyłam, jak próbujesz. Powtarzałeś, że to strach pozwala twojej mocy działać. Więc pomyślałam...

– Tak. – Miał dziwne poczucie klęski. Właśnie pierwszy raz przyzwał światło z własnej woli. Odczuwał jednak smutek, a nie radość. – Czyli muszę być wściekły, a nie przestraszony. Muszę chcieć wyrządzić komuś krzywdę.

– Nauczysz się nad tym panować – powiedziała. – Będziesz lepiej sobie z tą umiejętnością radził i nie będziesz musiał wzbudzać w sobie rzeczywistych emocji, by używać mocy.

– To dopiero będzie coś, nie? – odrzekł z gorzką ironią. – Będę mógł kogoś spalić, nic nie czując.

– Przykro mi, Sam, naprawdę. To znaczy przykro mi z twojego powodu, przykro mi, że to musi się stać. Masz prawo bać się swojej mocy. Ale tak naprawdę potrzebujemy jej.

Stali, każde osobno, choć dzieliło ich tylko pół metra. Umysł Sama znajdował się gdzieś daleko, odtwarzając wspomnienia, które wydawały się odległe o milion lat. A może tylko o osiem dni.

– Przykro mi – szepnęła znów Astrid i wsunęła dłonie pod ręce Sama, by przyciągnąć go do siebie.

Oparł podbródek na głowie dziewczyny, patrząc ponad nią. Widział ognisko, widział ciemność wszędzie wokół, ciemność, która budziła w nim grozę, odkąd był małym dzieckiem.

– Czasem łapiesz falę. A czasem to fala łapie ciebie – przemówił w końcu.

– To ETAP, Sam. To nie ty. To tylko ETAP.

ROZDZIAŁ 29
113 GODZIN, 33 MINUTY

Lana zaczepiła stopą o korzeń i upadła na ręce i kolana. Patrick podskoczył, by na nią spojrzeć, ale utrzymywał dystans.

Gryz, osobisty dręczyciel Lany, kłapnął na nią zębami.

– Już wstaję, już wstaję – mruknęła.

Miała podrapane dłonie. Zakrwawione kolana.

Wataha gnała daleko z przodu, zwierzęta lawirowały między bylicami, przeskakiwały przez rowy, przystawały, by obwąchać nory gryzoni, i szły dalej.

Lana nie mogła nadążyć. Nie miało znaczenia, jak szybko biegła, kojoty zawsze ją wyprzedzały, a gdy zostawała z tyłu, Gryz kąsał ją po łydkach, czasami do krwi.

Gryz stał nisko w hierarchii stada i koniecznie chciał dowieść swojej wartości przed Przywódcą Stada. Nie był jednak brutalny, nie tak, jak niektóre z kojotów, więc nie szarpał i nie rwał jej zębami, najczęściej tylko warczał i szczerzył kły. Kiedy jednak opóźniała przemieszczanie się stada swoim powolnym, niezdarnym, ludzkim biegiem,

Przywódca Stada warczał na Gryza i przewracał go, podczas gdy ten skamlał i korzył się.

Patrick miał najniższy status ze wszystkich, niższy nawet niż Lana. Był dużym, silnym psem, ale podskakiwał, merdając ogonem i wywieszając język, czym wzbudzał pogardę kojotów.

Kojoty polowały w pojedynkę i potrafiły łapać nawet najszybsze zające i wiewiórki. Patricka zostawiły samemu sobie, a że był znacznie wolniejszy, zwykle chodził głodny.

Lana dostała jedną ze zdobyczy Przywódcy Stada – na wpół zjedzonego, lecz wciąż półżywego zająca – nie była jednak głodna. Jeszcze.

Niemal zapomniała, że otaczająca rzeczywistość była nieprawdopodobna. Niesamowite, jak szybko pogodziła się z realiami świata, wyznaczanymi przez ogromną barierę. Nie do wiary, że potrafiła leczyć dotykiem i miała tego świadomość. Śmieszne, że pogodziła się z faktem, iż Przywódca Stada potrafi mówić, i to po angielsku, choć zniekształcając wyrazy.

Absurd. Obłęd.

Ale wydarzenia, które nastąpiły w głębi tej jaskini, tam, gdzie kryła się dysząca ciemność, z dala od słońca, z dala od krainy rozumu, zabiły w niej resztki wątpliwości. Pojęła, że świat zwariował, że ona sama zwariowała.

Teraz jednak miała za zadanie przeżyć. Nie analizować czy rozumieć, tylko przeżyć.

Jej buty zaczęły się już rozpadać. Ubranie miała podarte w kilku miejscach. Była brudna. Musiała załatwiać się na dworze, jak pies.

Jej nogi i ręce były raz po raz obcierane przez ostre skały, rozcinane przez ciernie, kąsane przez komary. Raz ugryzł ją osaczony szop. Ale za każdym razem rany goiły się błyskawicznie. Bolały, za każdym razem bolały, ale Lana je leczyła. Sama.

Biegli przez całą noc. Kojoty goniły za następnym posiłkiem.

Nie minęło więcej niż dwanaście godzin, ale zdawało się, że upłynęła cała wieczność.

– Jestem człowiekiem – powtarzała sobie. – Jestem mądrzejsza od niego. Mam przewagę. Jestem istotą ludzką.

Jednak tutaj, w głuszy, wśród ciemnej, pustynnej nocy, nie miała przewagi. Była wolniejsza, słabsza, niezdarna.

Aby dodać sobie otuchy, Lana rozmawiała z Patrickiem albo z matką. To też było szaleństwo.

– Bardzo mi się tu podoba, mamo – powiedziała na głos.
– Odchudzam się. Dieta kojota. Nic nie jeść i cały czas biegać.

Wpadła do dziury w ziemi i poczuła, jak jej kostka wykręca się i pęka. Ból był potworny. Ale ból potrwa tylko minutę. Bardziej dojmujące było wyczerpanie, a rozpacz boleśniejsza.

Pojawił się Przywódca Stada. Stanął na skalnym nawisie i popatrzył na nią z góry.

– Biegnij szybciej – nakazał.

– Czemu mnie więzicie? – spytała. – Zabijcie mnie albo wypuśćcie.

– Ciemność mówi: nie zabijać – odparł kojot swym wysilonym, wysokim, nieludzkim głosem.

Nie spytała, o jakiej „Ciemności" mowa. Słyszała jej głos w swojej głowie, na dnie kopalni złota Jima Pustelnika. Była to blizna na jej duszy, blizna, wobec której jej moc była bezradna.

– Tylko wam przeszkadzam – załkała. – Zostawcie mnie tutaj. Dlaczego chcecie, żebym szła z wami?

– Ciemność mówi: ty nauczasz. Przywódca Stada się uczy.
– Czego się uczysz? – wykrzyknęła. – O czym ty mówisz?
Przywódca Stada skoczył na nią, przewrócił na plecy i stanął z obnażonymi zębami nad odsłoniętą szyją Lany.
– Zabijać ludzi. Zwoływać wszystkie stada. Przywódca Stada przywódcą wszystkich. Zabijać ludzi.
– Zabijać ludzi? Dlaczego?
Kojot ślinił się. Długa strużka śliny opadła z jego pyska na jej policzek.
– Nienawidzimy ludzi. Ludzie zabijają kojoty.
– Trzymajcie się z dala od miast, to nikt nie będzie zabijał kojotów – sprzeciwiła się Lana.
– Wszystko dla kojotów. Wszystko dla Przywódcy Stada. Żadnych ludzi. – Nie mógł długo ciskać gromów swym wysilonym, nieziemskim głosem, ale wystarczyło mu kilka słów, by wyrazić wściekłość i nienawiść. Lana nie wiedziała, jak brzmiałby głos zdrowego na umyśle kojota, gdyby umiał mówić, ale nie miała wątpliwości, że ten tutaj był obłąkany.

Zwierzęta nie cierpią na manię wielkości, nie myślą o unicestwianiu całych gatunków. Ten pomysł nie pochodził od Przywódcy Stada. Zwierzęta myślą o pożywieniu, przetrwaniu i prokreacji, o ile w ogóle myślą.

To coś w kopalni. Ciemność. Przywódca Stada był jej ofiarą, a zarazem sługą.

Ciemność wypełniła Przywódcę Stada swoją złą ambicją. Nie była jednak w stanie nauczyć go sposobów walki z ludźmi. Gdy Lana pojawiła się w kopalni złota, Ciemność wykorzystała okazję, by się dziewczyną posłużyć.

Moc Ciemności miała swoje granice, niezależnie od tego, jaką budziła grozę. Musiała posługiwać się kojotami – i Laną – by wypełnić swoją wolę. Także jej wiedza była ograniczona.

Dziewczyna już wiedziała, co musi robić.

– Dalej, zabij mnie – powiedziała. Odchyliła głowę, nadstawiając się prowokacyjnie. – Śmiało.

Jedno szybkie ugryzienie i będzie po wszystkim. Pozwoli, by krew płynęła. Nie uleczy rany, lecz poczeka, aż tętnice wypompują z niej życie na pustynny piach.

W tym momencie jakaś jej część nie miała pewności, czy nie blefuje. Ciemność otworzyła drzwi w jej umyśle. Drzwi do czegoś niemal równie przerażającego, jak sama Ciemność.

– Dalej – rzuciła zwierzęciu wyzwanie. – Dalej, zabij mnie.

Kojot zachwiał się. Wydał z siebie niespokojny, miauczący dźwięk. Nigdy nie schwytał bezradnej zdobyczy, która nie walczyła o życie.

Przyjęta taktyka zdała egzamin. Lana odepchnęła mokry pysk Przywódcy Stada. Wstała, wciąż odczuwając ból w kostce.

– Jeśli chcesz mnie zabić, to zabij.

Brązowo-żółte oczy zwierzęcia świdrowały ją, ale nie cofnęła się.

– Nie boję się ciebie.

Przywódca Stada wzdrygnął się. Ale potem jego oczy skierowały się na Patricka i znów na nią w chytrym, krzywym spojrzeniu.

– Zabić psa.

Tym razem to Lana się wzdrygnęła. Wiedziała jednak instynktownie, że nie może okazać słabości.

– Dalej. Zabij go. Nie będziesz miał czym mi grozić.

Pobrużdżony pysk kojota znów wyrażał zagubienie. Myśl była złożona. Zawierała w sobie więcej niż jeden ruch, niczym w partii szachów, wymagającej przewidywania, co się stanie dwa lub trzy posunięcia później.

Serce Lany zabiło mocniej.

Tak, górowały nad nią siłą i szybkością. Ale ona była istotą ludzką, zdolną do myślenia.

Kojoty w pewnym stopniu się zmieniły. Niektóre miały pyski i języki, umożliwiające wysiloną mowę, były też większe i silniejsze niż normalnie, a nawet mądrzejsze, niż by wynikało z ich natury. Ale wciąż były kojotami, prostymi stworzeniami, kierującymi się głodem, poszukiwaniem partnera, pragnieniem posiadania swojego miejsca w stadzie.

A Ciemność nie nauczyła ich kłamać ani blefować.

– Ciemność mówi: ty nauczasz – powtórzył Przywódca Stada, wkraczając z powrotem na znajomy teren.

– Dobra – odparła Lana, intensywnie rozmyślając i próbując podjąć decyzję, jak poprowadzić tę rozmowę. Szukając przewagi. – Zostawcie mojego psa. I przynieście mi porządne jedzenie. Takie, które jedzą ludzie, a nie brudnego, do połowy zeżartego zająca. Wtedy będę was uczyć.

– Ludzkiego jedzenia tu nie ma.

„Zgadza się, ty brudny, wyleniały zwierzu" – pomyślała Lana, gdy kolejne posunięcie ułożyło się w jej umyśle. Ludzkiego jedzenia tu nie ma.

– Zauważyłam – powiedziała, tłumiąc triumf w swoim głosie i nadając twarzy obojętny wyraz, by nic nie zdradzić. – Więc zabierzcie mnie w miejsce, gdzie rośnie trawa. Wiesz, o czym mówię. Tam, gdzie na pustyni jest kawałek zieleni. Zabierzcie mnie tam albo zaprowadźcie z powrotem do Ciemności. I powiedz Ciemności, że nie umiesz nade mną zapanować.

Przywódcy Stada się to nie spodobało i wyraził swoją frustrację nie ludzką mową, lecz serią gniewnych szczeknięć, po których reszta watahy zaczęła się nerwowo kulić.

Odwrócił się od niej z wściekłością, niezdolny ani do opanowania, ani zamaskowania swoich prostych emocji.

– Widzisz, mamo – szepnęła Lana, przyciskając uzdrawiające dłonie do swojej kostki. – Czasami nieposłuszeństwo to dobra rzecz.

W końcu Przywódca Stada bez słowa począłapał na północny wschód. Poruszał się, a wataha za nim, powoli, w takim tempie, by Lana mogła nadążyć.

Patrick ruszył krok w krok za swoją panią.

– Są mądrzejsze od ciebie, piesku – szepnęła Lana do swojego psa. – Ale nie ode mnie.

– Obudź się, Jack.

Komputerowy Jack zasnął przy klawiaturze. Spędzał noce w ratuszu, pracując nad spełnieniem swojej obietnicy, że uruchomi prymitywny system telefonii komórkowej. Nie było to proste. Ale podobało mu się.

I odrywało myśli od innych spraw.

Zbudziła go Diana. Szarpnęła go za ramię.

– O, cześć – wymamrotał.

– Klawiatura na policzku? Nie do twarzy ci z nią.

Jack dotknął policzka i zaczerwienił się. Miał na nim kwadratowe odciski po klawiszach.

– Dzisiaj wielki dzień – oznajmiła Diana, przechodząc przez pomieszczenie do małej lodówki. Wyciągnęła puszkę z napojem, otworzyła ją, podniosła roletę i piła, wyglądając przez okno na plac.

Komputerowy Jack poprawił okulary. Z jednej strony były trochę krzywe.

– Wielki dzień? Czemu?

Roześmiała się znacząco.

– Jedziemy do domu z wizytą.

– Do domu? – Jack załapał dopiero po kilku sekundach. – Znaczy do Coates?

– No co ty, Jack, powiedz to tak, jakbyś się ucieszył.

– Po co jedziemy do Coates?

Podeszła do niego i położyła mu dłoń na policzku.

– Taki mądry. A jednak czasami taki tępy. Czytałeś kiedyś tę listę, którą Caine każe ci trzymać? Pamiętasz Andrew? Farciarz obchodzi piętnaste urodziny. Musimy tam dotrzeć przed godziną zagłady.

– Muszę jechać? Mam tyle pracy...

– Nieustraszony Przywódca ma plan, który dotyczy też ciebie – odparła. Rozłożyła ręce w dramatycznym geście, jakby była iluzjonistą, prezentującym swoją sztuczkę. – Sfilmujemy tę doniosłą chwilę.

Jack był zarazem przestraszony i podniecony tym pomysłem. Uwielbiał wszystko, co dotyczyło techniki, zwłaszcza gdy miał przy tym szansę popisać się swoją wiedzą. Ale – podobnie jak wszyscy – słyszał, co spotkało bliźniaczki, Annę i Emmę. Nie chciał patrzeć, jak ktoś umiera albo znika.

A jednak... akcja zapowiadała się fascynująco.

– Im więcej kamer, tym lepiej – zaczął myśleć na głos, już pracując nad problemem, już wyobrażając sobie rozmieszczenie sprzętu. – Jeśli to się dzieje błyskawicznie, będziemy potrzebowali szczęścia, żeby uchwycić dokładnie ten ułamek sekundy... Kamery cyfrowe. Najdroższe i najbardziej zaawansowane, jakie Drake zdoła znaleźć. Każda musi mieć statyw. I będziemy potrzebowali dużo oświetlenia. Najlepiej, gdybyśmy mieli proste tło, wiesz, takie jak biała ściana czy coś podobnego. Nie, czekaj, może nie biała, może zielona, wtedy mogę wykorzystać technikę chroma key. I jeszcze... – urwał, zawstydzony, że go poniosło. Nie podobało mu się to, co chciał za chwilę powiedzieć.

– I co jeszcze?

– Słuchaj, nie chcę, żeby Andrew stała się krzywda.

– I co jeszcze, Jack? – naciskała Diana.

– No, co jeśli Andrew nie będzie chciał po prostu spokojnie stać? Jeśli się poruszy? Albo spróbuje uciec?

Trudno było odczytać wyraz jej twarzy.

– Chcesz, żeby był związany?

Jack odwrócił wzrok. Nie to chciał powiedzieć. Niezupełnie. Andrew był całkiem miły... jak na łobuza.

– Nie mówię, że chcę, żeby był związany – powiedział, kładąc nacisk na słowo „chcę". – Ale jeśli wyjdzie z kadru, z miejsca, w które wycelowane będą kamery...

– Wiesz, Jack, czasami mnie niepokoisz – stwierdziła Diana.

Poczuł, że się czerwieni.

– Nie moja wina – zapewnił żarliwie. – Co mam robić? A zresztą, za kogo ty się uważasz? Robisz, co ci każe Caine, tak samo jak ja.

Jack jeszcze nigdy nie pozwolił sobie przy Dianie na tak gniewną reakcję. Skulił się, spodziewając się uszczypliwej riposty.

Odpowiedź jednak okazała się łagodna.

– Wiem, kim jestem, Jack. Nie należę do miłych osób. – Przyciągnęła obrotowe krzesło i usiadła obok niego. Na tyle blisko, że czuł się nieswojo. Jack dopiero niedawno zaczął w ogóle zauważać dziewczęta. A Diana była piękna.

– Wiesz, dlaczego mój ojciec posłał mnie do Coates? – spytała.

Jack pokręcił głową.

– Kiedy miałam dziesięć lat, czyli byłam młodsza od ciebie, odkryłam, że mój ojciec ma kochankę. Wiesz, kto to jest kochanka?

Wiedział. A przynajmniej tak mu się zdawało.

– Więc powiedziałam matce o tej kochance. Byłam zła na ojca, bo nie chciał mi kupić konia. Matka dostała szału. Były straszne sceny. Mnóstwo krzyku. Matka chciała rozwodu.

– Rozwiedli się?

– Nie. Nie zdążyli. Następnego dnia moja mama poślizgnęła się i spadła ze stromych schodów, które mamy w domu. Nie umarła, ale nie może już nic robić. – Przez chwilę naśladowała osobę, która ledwie potrafi unieść głowę. – Ma pielęgniarkę na pełny etat i tylko leży w swoim pokoju.

– Przykro mi – powiedział.

– Tak. – Klasnęła w dłonie, dając sygnał, że to koniec wspólnego spędzania czasu. – Chodźmy. Weź torbę ze sprzętem. Nieustraszony Przywódca nie lubi zwlekania.

Jack usłuchał. Zaczął się pakować – drobne narzędzia, pendrive, kartonik z sokiem. Wszystko włożył do torby ze znakiem Hogwartu.

– Twoja mama zrobiła sobie krzywdę, ale to nie znaczy, że jesteś zła – powiedział.

Diana puściła do niego oko.

– Powiedziałam policji, że to sprawka ojca. Że widziałam, jak ją popchnął. Aresztowali go, pisali o tym we wszystkich gazetach. Jego biznes się sypnął. Gliniarze w końcu się połapali, że kłamię. A ojciec wysłał mnie do Coates Academy.

– Chyba faktycznie zrobiłaś coś gorszego niż ja, żeby trafić do Coates – przyznał.

– To tylko część historii. Chcę powiedzieć, że nie wydajesz mi się złym człowiekiem. I mam poczucie, że później, kiedy się zorientujesz, co jest grane, będzie ci z tym źle. No, wiesz, poczucie winy.

Przestał się pakować i wyprostował się, trzymając w ręce dyndające douszne słuchawki.

– Co masz na myśli? Jak to „co jest grane"?

– Daj spokój, Jack. Twój mały palmtop zagłady? Lista, którą trzymasz dla Caine'a? Wszyscy popaprańcy? Wiesz, o co chodzi z tą listą. Wiesz, co spotka popaprańców.

– Nic nie robię. Trzymam tylko listę dla ciebie i Caine'a.
– Ale jak będziesz się z tym czuł? – spytała.
– Jak to?
– Nie rżnij głupa. Jak się będziesz czuł, kiedy Caine zajmie się tymi z listy?
– To nie moja wina – odparł z rozpaczą.
– Śpisz jak kamień, Jack. Przed chwilą, na przykład, wzięłam cię za tę pulchną rączkę. Nie wiadomo, czy jeszcze kiedyś będziesz trzymał dziewczynę za rękę. Zakładając, że w ogóle lubisz dziewczyny.

Jack wiedział, co Diana za chwilę powie. Dostrzegła jego lęk i uśmiechnęła się triumfalnie.

– No, co to jest, Jack? Jaką masz moc?

Pokręcił głową z obawą, że nie zdoła nic powiedzieć.

– Nie dopisałeś do listy własnego nazwiska. Ciekawe dlaczego? Wiesz, że Caine wykorzystuje wszystkich, którzy są mu wierni. Wiesz, że dopóki będziesz całkowicie lojalny, nic ci nie grozi. – Nachyliła się tak blisko, że czuł jej oddech. – Masz dwie kreski, Jack. A miałeś zero. To znaczy, że twoje moce się rozwijają. To znaczy... niespodzianka... że mocy przybywa. Mam rację?

Skinął głową.

– I nie raczyłeś nas poinformować. Zastanawiam się, co to oznacza w kwestii twojej lojalności?

– Jestem lojalny – wypalił Komputerowy Jack. – Jestem absolutnie lojalny. Nie musisz się o mnie martwić.

– Co umiesz robić?

Jack przeszedł przez pomieszczenie na rozdygotanych nogach. Bez żadnego ostrzeżenia życie stało się nagle niebezpieczne. Otworzył szafę. Wyciągnął krzesło. Było stalowe, funkcjonalne, bardzo solidne. Oprócz oparcia, gdzie metalową ramę ściśnięto, aż pojawił się na niej idealny odcisk palców. Jakby wykonano ją z gliny, a nie ze stali.

Usłyszał nagły, gwałtowny okrzyk Diany.

– Uderzyłem się w palec u nogi – wyjaśnił Jack. – Bardzo bolało. Złapałem krzesło, kiedy skakałem na jednej nodze i krzyczałem.

Diana zbadała metal, końcami palców przesuwając po krawędzi odcisku.

– Proszę, proszę. Jesteś silniejszy, niż się wydaje, co?

– Nie mów Caine'owi – powiedział błagalnym tonem.

– Jak myślisz, co by ci zrobił? – spytała.

Ogarnęło go przerażenie. Przerażała go ta dziwna dziewczyna – jej postępowanie zdawało się nie mieć sensu. Nagle znał już odpowiedź. Wiedział, jak się odgryźć.

– Wiem, że robiłaś odczyt Samowi Temple. Widziałem cię – rzucił oskarżycielsko. – Powiedziałaś Caine'owi, że tego nie zrobiłaś, ale to nieprawda. Ma cztery kreski, tak? Sam, znaczy. Caine dostałby świra, gdyby wiedział, że jeszcze ktoś ma cztery kreski.

Nawet przez chwilę się nie zawahała.

– Tak. Sam ma cztery kreski. I Caine by oszalał. Ale Jack... Twoje słowo przeciwko mojemu? Jak myślisz, komu uwierzyłby Caine?

Jack nie miał już nic. Żadnej broni. Załamał się.

– Nie pozwól, żeby mnie skrzywdził – szepnął.

Zatrzymała się.

– Zrobi to. Umieści cię na liście. Chyba że ja będę cię chronić. Prosisz mnie o ochronę?

Dostrzegł promyk nadziei w swoim osobistym mroku.

– Tak. Tak.

– Powiedz to.

– Chroń mnie, proszę.

Wydawało się, że jej oczy topnieją, z lodowatych stały się niemal ciepłe. Uśmiechnęła się.

– Będę cię chronić. Ale jest jedna rzecz. Od tej chwili należysz do mnie. Kiedy cię o coś poproszę, ty to zrobisz. Bez zadawania pytań. I masz nikomu nie mówić o swojej mocy ani o naszej umowie.

Znowu skinął głową.

– Należysz do mnie, Jack. Nie do Caine'a. Nie do Drake'a. Do mnie. Jesteś moim własnym małym Hulkiem. I jeśli będę cię potrzebowała...

– Zrobię, co tylko zechcesz.

Pocałowała go w policzek, pieczętując układ.

– Wiem, że zrobisz – szepnęła mu do ucha. – A teraz chodźmy.

ROZDZIAŁ 30

108 GODZIN, **12** MINUT

Quinn śpiewał piosenkę. Jej tekst stanowił coś w rodzaju ponurego hołdu dla surfingu.

– Jaka radosna – skomentowała oschle Astrid.

– To zespół Weezer – powiedział Quinn. – Wiedzieliśmy ich z Samem w Santa Barbara. Weezer. Jack Johnson. Insect Surfers. Świetny koncert.

– Nigdy o nich nie słyszałam – stwierdziła Astrid.

– Kapele surferskie – wyjaśnił Sam. – No, Weezer może nie za bardzo, to raczej ska-punk. Ale Jack Johnson pewnie by ci się spodobał.

Wychodzili z parku narodowego Stefano Rey, podążając w dół po suchym górskim zboczu. Drzewa były tu mniejsze i rosły rzadziej wśród wysokiej, wyschniętej trawy.

Tego ranka natknęli się na kemping. Niedźwiedzie zżarły większość znajdującej się tam żywności, ale zostało jej i tak dosyć, żeby cała piątka zjadła porządne śniadanie. Mieli teraz plecaki, jedzenie i śpiwory, należące do obcych ludzi. Edilio i Sam zaopatrzyli się w dobre noże, a Quinn miał za zadanie nieść latarki i baterie, które znaleźli.

Śniadanie nieco poprawiło wszystkim humory. Mały Pete prawie się uśmiechał.

Szli, mając barierę po lewej stronie. Było to niesamowite doświadczenie. Bariera często przecinała drzewa na pół, ich konary sięgały muru i znikały. Albo sterczały z niego. Gałęzie, które wystawały z bariery, nie opadały, ale wyraźnie obumierały. Liście były zwiotczałe, najwyraźniej odcięte od substancji odżywczych.

Od czasu do czasu Sam sprawdzał jakiś rów albo zaglądał za głaz, szukając miejsca, gdzie bariera nie sięga. Wkrótce jednak uznał to za bezcelowe. Bariera zasłaniała każdy wykrot, każdy kanał. Obejmowała każdą skałę i przecinała każdy krzak.

Nie miała przerw.

Nie miała końca.

Jak zauważyła wcześniej Astrid, wykonano ją doskonale.

– Jaką muzykę lubisz? – spytał Sam.

– Niech zgadnę – wtrącił Quinn. – Klasyczną. I jazz. – Komicznie przeciągnął słowo „jazz".

– Właściwie...

– Wąż! – wykrzyknął Edilio. Cofnął się niemal tanecznym krokiem, potknął się i upadł, po czym podniósł się z zażenowaną miną. Po chwili spokojniejszym tonem dodał: – Tu jest wąż.

– Pokażcie – powiedziała z zapałem Astrid. Ostrożnie zbliżyła się do miejsca, gdzie stali Sam i Quinn, zachowując jeszcze większą ostrożność.

– Nie lubię węży – przyznał Edilio.

Sam uśmiechnął się.

– Tak, zorientowałem się, kiedy się z takim wdziękiem odsunąłeś. – Strzepnął z pleców Edilia trochę pyłu i suchych liści.

– Powinniście na to spojrzeć! – zawołała nagląco dziewczyna.

– Sama sobie spójrz – odparł Edilio. – Ja już raz widziałem. Jeden rzut oka na węża zupełnie mi wystarczy.

– To nie wąż – stwierdziła. – Przynajmniej nie tylko wąż. Raczej nic nam nie grozi, leży w szczelinie w ziemi.

Sam podszedł z ociąganiem. Tak naprawdę nie chciał oglądać węża. Ale nie chciał też okazać się tchórzem.

– Tylko go nie przestrasz – powiedziała Astrid. – Może być zdolny do lotu. Przynajmniej krótkiego.

Sam zamarł.

– Słucham?

– Podchodź powoli.

Podkradł się bliżej. I ujrzał to, co tam było. Na początku zobaczył tylko trójkątną głowę, wystającą z głębokiej na jakieś trzydzieści centymetrów jamy, pełnej opadłych liści.

– To grzechotnik?

– Już nie – odrzekła Astrid. – Stań za mną. – Gdy zajął wskazane miejsce, powiedziała: – Zobacz. Mniej więcej piętnaście centymetrów za głową.

– Co to? – Przy wężowym ciele zwieszały się płaty skórzastej skóry, niepokrytej łuską, ale szarej i poprzetykanej czymś, co wyglądało jak różowe żyłki.

– Wyglądają jak szczątkowe skrzydła – stwierdziła.

– Węże nie mają skrzydeł – zauważył Sam.

– Kiedyś nie miały – odparła ponuro.

Oboje cofnęli się powoli. Na powrót dołączyli do Edilia, Quinna i małego Pete'a, który podnosił wzrok ku niebu, jakby się spodziewał, że ktoś pojawi się z tamtej strony.

– Co to było? – spytał Quinn.

– Grzechotnik ze skrzydłami – odrzekł Sam.

– Aha. To dobrze, bo myślałem, że mamy za mało zmartwień – skomentował Quinn.

– Mnie to nie dziwi – odezwała się Astrid. Gdy wszystkie oczy skierowały się na nią, wyjaśniła: – Znaczy, to oczywiste, że w ETAP-ie trwa jakaś przyspieszona mutacja. Właściwie, biorąc pod uwagę Pete'a, Sama i innych, mutacja musiała się zacząć przed ETAP-em. Ale podejrzewam, że ETAP przyspiesza ten proces. Widzieliśmy zmutowaną mewę. Potem był teleportujący się kot Alberta. Teraz to.

– Ruszmy się – powiedział Sam, głównie dlatego, że nie było sensu tak stać i gapić się. Wszyscy szli teraz ostrożniej, ze wzrokiem wbitym w ziemię, bardzo uważając, na co mogą nadepnąć.

Zatrzymali się na drugie śniadanie, gdy mały Pete zaczął tracić cierpliwość, usiadł i ogłosił strajk. Sam pomógł przygotować posiłek, a potem wziął swoją puszkę brzoskwiń i batonik Power, po czym usiadł w pewnym oddaleniu od pozostałych. Musiał pomyśleć. Wszyscy czekali, aż przedstawi jakiś plan, czuł to.

Znajdowali się wciąż nieco powyżej dna doliny, na otwartej, pozbawionej cienia przestrzeni. Grunt był kamienisty. Słońce paliło. Nie wyglądało na to, żeby mieli natrafić na jakieś schronienie czy skrawek cienia. Widzieli tylko barierę, która ciągnęła się i ciągnęła, bez końca. Z tej wysokości powinni zobaczyć także coś ponad nią, ale Astrid miała rację: nieważne, gdzie się stało, bariera wydawała się równie wysoka i równie nieprzenikniona.

Lekko połyskiwała w słońcu, ale właściwie się nie zmieniała, była taka sama za dnia i nocą. Zawsze miała tę samą barwę lekko skrzącej się szarości. Po prostu odbijała światło i czasami zdawało się, że widać otwór, drzewo, które sięga za barierę czy element terenu, który przechodzi przez jakąś dziurę. Zawsze jednak było to tylko złudzenie optyczne, gra świateł i cieni.

Raczej poczuł, niż usłyszał, że Astrid podchodzi do niego z tyłu.

– To sfera, prawda? – powiedział. – Otacza nas ze wszystkich stron. Jest pod nami i nad nami.

– Tak mi się wydaje – przyznała.

– Dlaczego w nocy widzimy gwiazdy? Dlaczego widzimy słońce?

– Nie mam pewności, czy widzimy słońce – odparła. – Może to iluzja. Może jakieś odbicie. Nie wiem. – Celowo stąpnęła na małą gałązkę i z trzaskiem złamała ją na pół. – Naprawdę nie wiem.

– Nie cierpisz mówić „nie wiem", prawda?

Roześmiała się.

– Zauważyłeś.

Sam westchnął i zwiesił głowę.

– To strata czasu, nie? Znaczy, szukanie wyjścia.

– Może nie być wyjścia – potwierdziła Astrid.

– Czy świat ciągle tam jest? Po drugiej stronie bariery?

Usiadła przy nim, dość blisko, ale nie dotykając go.

– Wiele o tym myślałam. Podobała mi się twoja idea jajka. Ale prawdę mówiąc, myślę, że bariera to nie tylko mur. Mur nie wyjaśnia tego, co się z nami dzieje. Z tobą, z Pete'em, z ptakami, z kotem Alberta i z wężami. I nie wyjaśnia, czemu nagle zniknęli wszyscy, którzy mają więcej niż piętnaście lat. I dalej znikają.

– A co by to wyjaśniało? – Podniósł rękę. – Czekaj, nie chcę cię zmuszać, żebyś znowu powiedziała: nie wiem.

– Pamiętasz, jak Quinn użył sformułowania, że ktoś włamał się do komputera wszechświata?

– Przejmujesz teraz pomysły Quinna? Gdzie się podział twój geniusz?

Zignorowała tę drwinę.

— Wszechświatem rządzą określone zasady. Jak systemem operacyjnym komputera. Nic z tego, co widzimy, nie może się dziać pod oprogramowaniem naszego wszechświata. To, że Caine umie przemieszczać przedmioty siłą umysłu. To, że ty strzelasz światłem z rąk. To nie są tylko mutacje. To pogwałcenie praw natury. Przynajmniej w takim znaczeniu, jak my je pojmujemy.

— No i?

— No i... — Pokręciła z żalem głową, nie wierząc, że wypowiada te słowa. — No i to chyba oznacza... że nie jesteśmy już w starym wszechświecie.

Wbił w nią wzrok.

— Jest tylko jeden wszechświat.

— Teoria wielu wszechświatów powstała już dawno temu — zauważyła Astrid. — Ale może stało się coś, co zaczęło zmieniać zasady rządzące starym wszechświatem. Tylko w małym stopniu, na niewielkim obszarze. Ale efekt tych działań rozprzestrzeniał się i w pewnym momencie stary wszechświat nie mógł już pomieścić nowej rzeczywistości. Powstał nowy wszechświat. Bardzo mały. — Odetchnęła głęboko, z ulgą, jakby właśnie pozbyła się wielkiego ciężaru. — Tylko wiesz co, Sam? Dużo wiem, ale do Stephena Hawkinga sporo mi brakuje.

— Jakby ktoś zawirusował oprogramowanie starego wszechświata.

— Właśnie. Zaczęło się od czegoś małego. Od przemian, zachodzących w jednostkach. Petey. Ty. Caine. Dzieci, a nie dorośli, bo nie są w pełni ukształtowane, łatwiej je zmienić. A potem, tego ranka, stało się coś, co zaburzyło równowagę. Może nastąpiło kilka takich zdarzeń.

— Jak się przedostać przez tę barierę, Astrid?

Położyła dłoń na jego ręce.

— Nie jestem pewna, czy w ogóle można się przedostać. Kiedy mówię, że to inny wszechświat, mam na myśli, że możemy nie mieć żadnego punktu stycznego ze starym wszechświatem. Może jesteśmy jak bańki mydlane, które unoszą się obok siebie i mogą się połączyć. Ale może te bańki dzieli miliard kilometrów.

— Więc co jest po drugiej stronie bariery?

— Nic — odparła. — Nie ma drugiej strony. Bariera to koniec wszystkiego, co istnieje, tutaj, w tym nowym wszechświecie.

— Dołujesz mnie — stwierdził, bezskutecznie starając się, by zabrzmiało to beztrosko.

Splotła swoje palce z jego palcami.

— Mogę się mylić.

— Pewnie się dowiemy za... Którego mamy dzisiaj? Za niecały tydzień.

Astrid nie miała na to odpowiedzi. Siedzieli razem i patrzyli na pustynię. W oddali człapał samotny kojot, opuszczonym nosem usiłując wywęszyć zdobycz. Para myszołowów zataczała na niebie leniwe kręgi.

Po jakimś czasie Sam odwrócił się do Astrid i znalazł jej usta. Zdawało się to proste i naturalne. Tak proste i naturalne, aż Sam miał wrażenie, że serce wyrwie mu się z piersi.

Odsunęli się bez słowa. A potem oparli się o siebie, napawając się tym tak zwyczajnym kontaktem fizycznym.

— Wiesz co? — odezwał się w końcu Sam.

— Co?

— Nie mogę spędzić następnych czterech dni, skulony ze strachu.

Skinęła głową, a on bardziej poczuł, niż zobaczył ten ruch.

— Dodajesz mi odwagi, wiesz? — powiedział.

— Właśnie myślałam, że już nie chcę, żebyś był odważny — odparła Astrid. — Chcę, żebyś był ze mną. Chcę, żebyś był bezpieczny i nie szukał kłopotów, tylko został ze mną, żebyś był blisko.

— Za późno — rzucił z wymuszoną lekkością. — Jeśli zniknę, co spotka ciebie i małego Pete'a?

— Sami damy sobie radę — skłamała.

— Mieszasz mi w głowie, wiesz? — spytał.

— Nie jesteś taki mądry jak ja, więc łatwo namieszać ci w głowie.

Uśmiechnął się. Potem znów spoważniał. Dłonią pogładził jej włosy.

— Rzecz w tym, Astrid, że mogę spędzić ten czas, bojąc się i szukając możliwości ucieczki. Albo mogę spędzić go z podniesioną głową. Może wtedy, jeśli zniknę, przynajmniej ty i mały Pete...

— Możemy wszyscy po prostu... — zaczęła.

— Nie. Nie możemy. Nie możemy po prostu ukrywać się wśród drzew, jedząc liofilizowane porcje turystyczne. Nie możemy po prostu się chować.

Wargi Astrid zadrżały i dziewczyna otarła łzy, które właśnie zaczęły napływać do oczu.

— Musimy wrócić. Przynajmniej ja muszę. Muszę stawić im czoło.

Jakby dla podkreślenia swoich słów, Sam wstał. Wziął Astrid za rękę i pociągnął ją za sobą. Razem wrócili do pozostałych.

— Edilio. Quinn. Popełniłem wiele błędów. I może teraz popełniam następny. Ale zmęczyło mnie już unikanie walki. Zmęczyły mnie próby ucieczki. Bardzo, ale to bardzo się martwię, że wszyscy przeze mnie zginiecie. Musicie sami postanowić, czy chcecie iść ze mną. Ale muszę wrócić do Perdido Beach.

– Będziemy walczyć z Cainem? – spytał Quinn z niepokojem.

– Nareszcie – odetchnął Edilio.

– Witamy w McDonald's – powiedział Albert. – Czym mogę służyć?

– Cześć, Albert – odrzekła Mary. Podniosła wzrok na menu, gdzie wiele pozycji zasłonięto przyklejonymi taśmą kawałkami czarnego kartonu. Sałatki zniknęły bardzo szybko. Koktajli mlecznych nie było, bo zepsuła się maszyna.

Albert czekał cierpliwie i uśmiechał się do dziewczynki towarzyszącej Mary, która zauważyła ten uśmiech.

– O, przepraszam – powiedziała – powinnam was sobie przedstawić. To jest Isabella. Isabello – Albert.

– Witaj w McDonald's – rzucił chłopak.

– Isabella jest nowa. Grupa poszukiwawcza właśnie ją znalazła i przyprowadziła.

– Nie ma mojej mamy i taty – oznajmiła mała.

– Moich rodziców też nie ma – odrzekł Albert.

– Dla mnie chyba Big Mac i duże frytki – poprosiła Mary. – A dla Isabelli zestaw dziecięcy.

– Nuggetsy z kurczaka czy hamburger?

– Nuggetsy.

– A tego Big Maca chcesz z bagietką, bułką angielską czy z gofrem?

– Z gofrem?

Wzruszył ramionami.

– Przykro mi, nigdzie nie można znaleźć świeżego pieczywa. Używam wszystkich mrożonek, które się nadają. No i oczywiście nie ma sałaty, ale o tym wiesz.

– Nadal masz specjalny sos?

– Mam ze dwieście litrów sosu do Big Maców. Jeśli chodzi o ogórki konserwowe, starczy ich na wieki. Zacznę szykować zamówienie. Na twoim miejscu wziąłbym bagietkę.

— No to niech będzie bagietka.

Albert opuścił kosz z frytkami do wrzącego oleju. W drugim koszu umieścił porcję nuggetsów. Włączył oba timery. Sprawnie przemieścił się do grilla i rzucił na niego trzy mięsne krążki.

Wyjął bagietkę, wycisnął trochę sosu, posypał siekaną cebulą, dodał dwa plasterki ogórka.

Czekał i patrzył, jak w części jadalnej Mary próbuje rozweselić Isabellę. Dziewczynka była poważna i zdawało się, że lada chwila może zalać się łzami.

Albert przewrócił kotlety na drugą stronę i nałożył pokrywę, by przyspieszyć smażenie.

Rozległ się sygnał timera. Podniósł kosz, potrząsnął nim, by pozbyć się resztek oleju, po czym wrzucił frytki do opakowania. Szybki ruch solniczką. Następnie wyciągnął nuggetsy.

Napawał się swoimi tanecznymi ruchami, które ćwiczył i doskonalił przez ostatnich... Ile dni minęło? Osiem? Dziewięć? Dziewięć dni prowadzenia baru McDonald's.

— Super — powiedział Albert z cichą satysfakcją.

Od czasu zdarzenia, które wszyscy określali teraz sformułowaniem „Kot Alberta", Albert pozostawał w McDonald'sie, a przynajmniej w jego pobliżu. W restauracji nie było teleportujących się kotów.

Położył zamówione rzeczy na dwóch tacach i zaniósł je do jedynego zajętego stolika.

— Dzięki — powiedziała Mary z uśmiechem wdzięczności.

— Skończyły się normalne zabawki promocyjne — oznajmił Albert. — Ale mam inne, wiesz, drobiazgi z Ralph's czy coś. Więc w zestawie Happy Meal jest zabawka. Tyle że nie taka, jak zwykle.

Isabella wyciągnęła ze swojego opakowania małą plastikową laleczkę z jasnoróżowymi włosami. Nie uśmiechnęła się, ale zabawkę wzięła.

– Jak długo ten lokal może być otwarty? – spytała Mary.
– Mięsa do hamburgerów mam mnóstwo. Pierwszego dnia ETAP-u przejeżdżała ciężarówka dostawcza. Musiałaś ją widzieć, uderzyła w sklep z tłumikami. Tak czy siak, kiedy tam poszedłem, silnik ciągle pracował, więc działała też chłodziarka. Cała tutejsza chłodnia jest pełna. Do tego mam hamburgery w zamrażarkach w całym mieście. – Z zadowoleniem pokiwał głową. – Szesnaście tysięcy dwieście osiemdziesiąt kotletów. Sprzedaję około dwustu pięćdziesięciu dziennie. Czyli starczy plus minus na dwa miesiące. Frytki skończą się wcześniej.

– Co potem?

Albert zawahał się, jakby nie miał pewności, czy powinien zagłębiać się w temat, ale potem, zadowolony, że ma z kim podzielić się swoimi troskami, powiedział:

– Słuchaj, nie możemy żyć bez końca, licząc tylko na jedzenie, które zostało. Mamy do dyspozycji wszystko, co jest tutaj, do tego jedzenie w sklepie spożywczym i w domach, tak?

– To mnóstwo żywności. Usiądź z nami.

Poczuł się nieswojo.

– W podręczniku jest napisane, że nie siadamy z klientami. Ale chyba mogę zrobić sobie przerwę i usiąść przy stoliku obok.

Mary uśmiechnęła się.

– Wciągnąłeś się w to.

Albert skinął głową.

– Kiedy skończy się ETAP, chciałbym, żeby przyszedł tu menedżer regionalny i powiedział: „No, no, dobra robota, Albercie".

— To coś więcej niż dobra robota. Dzięki tobie ludzie myślą, że istnieje jakaś nadzieja, wiesz?
— Dzięki, Mary, fajnie, że to mówisz. — Pomyślał, że to najmilsza rzecz, jaką od kogokolwiek w życiu usłyszał, i aż się zaczerwienił. Wiele dzieciaków przychodziło i tylko narzekało, że nie ma dokładnie tego, czego sobie życzyły.
— Ale martwisz się, co będzie dalej? — drążyła Mary.
— Teraz jest dużo jedzenia. Ale już występują braki. Prawie nie ma batoników ani chipsów. Niedługo skończą się napoje gazowane. A w końcu zostaniemy bez niczego.
— A kiedy będzie „w końcu"?
— Nie wiem. Ale niedługo ludzie zaczną walczyć o jedzenie. Zużywamy to, co mamy. Nie wytwarzamy żywności.

Mary odgryzła dwa kęsy Big Maca.
— Czy Caine o tym wie?
— Mówiłem mu. Ale pochłaniają go inne sprawy.
— To dość poważny problem — stwierdziła.

Albert nie chciał rozmawiać na smutne tematy, nie kiedy ktoś jadł to, co przygotował. Ale to Mary zadała pytanie, a w mniemaniu Alberta Mary była święta, zupełnie jak święci w kościele. Wzruszył ramionami.
— Staram się robić swoje.
— Możemy wytwarzać żywność? — zastanawiała się na głos Mary.
— To chyba zadanie dla Caine'a albo... dla kogoś podobnego — powiedział ostrożnie.

Skinęła głową.
— Wiesz co? W sumie mnie nie obchodzi, kto rządzi. — Ja muszę zajmować się dziećmi.
— A ja mam ten lokal — zgodził się Albert.
— A Dahra ma szpital — dodała Mary. — A Sam miał remizę.
— Tak.

Dla Alberta była to dziwna chwila. Podziwiał Mary, uważał, że to najpiękniejsza osoba, jaką kiedykolwiek poznał – nie licząc jego mamy – i chciał jej ufać. Ale nie miał pewności, czy może. Martwiło go to, co się dzieje w Perdido Beach. A jeśli Mary patrzyła na to inaczej? Co, jeśli powie Drake'owi, że Albert narzeka?

Drake mógłby kazać mu zamknąć lokal. A Albert nie widział, co miałby ze sobą zrobić, gdyby stracił bar. Praca pozwalała mu nie myśleć o tym, co się stało. I pierwszy raz w swoim życiu był kimś ważnym. W szkole był po prostu jednym z uczniów. A teraz stał się Albertem Hillsborough – biznesmenem.

Biorąc pod uwagę wszystkie aspekty, chciał, by Caine i Drake zniknęli. Ale jedyna osoba, która mogła stawić im czoło i rządzić, przebywała gdzieś daleko. I była ścigana.

– Jak kanapka? – spytał Mary.

– Wiesz co? – Uśmiechnęła się i zlizała keczup z palca. – Myślę, że z bagietką smakuje lepiej niż zwykle.

ROZDZIAŁ 31

100 GODZIN, **13** MINUT

Z Perdido Beach do Coates wlekli się okropnie. Za kierownicą siedział Panda, jeszcze bardziej nerwowy niż zwykle i – jak się Jackowi zdawało – przerażony. Było ciemno i Panda powtarzał, że nigdy nie prowadził po ciemku. Przez całe pięć minut szukał włącznika świateł, a potem próbował się zorientować, jak on działa.

Caine siedział przy nim i obgryzał kciuk, milczący, lecz przejęty. Kilka razy dokładnie odpytywał Jacka z procedury nagrywania wielkiego odejścia Andrew. Z jakiegoś powodu Jack stał się odpowiedzialny za to, o czym zdecydował Caine. Jeśli się uda, to Caine ogłosi swój sukces. W przeciwnym razie wina bez wątpienia spadnie na Jacka.

Diana, która siedziała obok Jacka, miała wyjątkowo mało do powiedzenia. Jack zastanawiał się, czy obawia się powrotu do Coates w takim stopniu jak on.

Jack był wciśnięty między Dianę a Drake'a. Drake trzymał na kolanach automatyczny pistolet. Bardziej szary, niż czarny.

Jack nigdy nie widział pistoletu z bliska. A już z pewnością nigdy nie widział pistoletu w rękach chłopaka, którego uważał za wariata.

Drake nie potrafił zostawić broni w spokoju. Ciągle na przemian zabezpieczał ją i odbezpieczał. Otworzył okno i celował do mijanych znaków drogowych, ale nie strzelał.

— Wiesz, jak się tym posługiwać? Czy może postrzelisz się w stopę? — spytała w końcu Diana.

— Nie będzie z niego strzelał — warknął Caine, zanim Drake zdążył odpowiedzieć. — To tylko rekwizyt. Chcemy, żeby Andrew był grzeczny. A wiesz, jaki potrafi być trudny. Pistolet działa na ludzi uspokajająco.

— Tak, wiem, mnie zupełnie uspokaja — odparła Diana.

— Zamknij się — powiedział Drake.

Diana parsknęła swoim charakterystycznym śmiechem, po czym znowu umilkła.

Jack się pocił, chociaż wieczór był chłodny, a Caine opuścił szyby. Jack czuł, że może zwymiotować. Miał ochotę powiedzieć, że jest chory i nie może jechać, wiedział jednak, że Caine nie pozwoliłby mu zostać w domu. Przez cały dzień czuł się coraz gorzej, gdy w pośpiechu zbierał potrzebny sprzęt. Spędził ten czas z Drakiem, szukając w domach kamer i statywów. I miał już dosyć Drake'a Merwina.

Zbliżyli się do bramy. Była imponująca; dwa skrzydła z kutego żelaza wznosiły się na sześć metrów. Przymocowana była do kamiennych, jeszcze wyższych kolumn. Motto Akademii, *Ad augusta per angusta*, widniało na dwóch pozłacanych tablicach, które łączyły się po zamknięciu bramy.

— Zatrąb. Ten, kto pilnuje bramy, widocznie zasnął — nakazał Drake.

Panda krótko nacisnął klakson. Gdy nie doczekał się odpowiedzi, przytrzymał go dłużej. Dźwięk brzmiał płasko, stłumiony przez drzewa.

— Drake — rzucił Caine.

Drake wysiadł z pistoletem w dłoni i ruszył do bramy. Otworzył ją i przeszedł do kamiennej wartowni. Wyłonił się z niej po kilku sekundach i wsiadł z powrotem do samochodu.

Caine zmarszczył brwi, patrząc we wsteczne lusterko.

– To niepodobne do Benna. Benno zawsze wypełnia rozkazy.

Benno był osiłkiem, któremu Caine powierzył władzę nad Coates. Jack nigdy go nie lubił – zresztą nie lubił go nikt – ale Caine miał rację: Benno był draniem, który robi to, co każe większy drań. Nie miał własnego zdania. I nie był na tyle głupi, by sądzić, że może zlekceważyć rozkazy Caine'a.

– Coś tu nie gra – stwierdził Panda.

– Nic tu nie gra – odparła Diana.

Panda przejechał przez bramę. Od szkoły dzieliło ich jeszcze czterysta metrów. Jechali w milczeniu. Panda zatrzymał samochód na końcu podjazdu, przed budynkiem.

We wszystkich oknach paliły się światła. Jedno z okien na pierwszym piętrze zostało zniszczone, tak że wyraźnie widać było salę lekcyjną.

Pod jedną ze ścian piętrzyły się deski. Tablica była popękana i uszkodzona. Wszystkie rysunki i plakaty, które kiedyś ozdabiały klasę, spłonęły albo zwinęły się od gorąca. Na trawniku leżał spory fragment ceglanej ściany.

– Niedobrze – powiedziała Diana, przeciągając samogłoski.

– Kto ma taką moc? – spytał gniewnie Caine.

– Chłopak, do którego przyjechaliśmy – odparła. – Chociaż to spore zniszczenia, jak na kogoś z trzema gwiazdkami.

– Benno stracił kontrolę – skomentował Drake. – Mówiłem, że Benno to mięczak.

– Chodźcie – polecił Caine i wysiadł na żwir, a reszta poszła w jego ślady. – Panda, wejdź po schodach i otwórz drzwi. Zobaczymy, co nas czeka.

– Nie ma mowy – odrzekł Panda drżącym głosem.

– Tchórz – Caine wyciągnął dłonie przed siebie i nagle Panda wzbił się w powietrze. Uderzył o drzwi i bezwładnie spadł na ziemię. Podniósł się powoli, a potem znów się przewrócił.

– Noga mnie boli. Nie mogę nią ruszyć – jęknął.

W tym momencie drzwi otworzyły się, uderzając leżącego Pandę. Ze środka wylało się światło i Jack ujrzał kilka kształtów, które przypominały małpy, próbujące się wydostać z budynku, krzyczące, wyjące, przerażone.

Postacie niezdarnie zbiegły ze schodów. Każda niosła grubo ciosany blok betonu. Ale Jack oczywiście wiedział, że wcale nie niosą tych bloków. Zabetonowano im dłonie.

Jack starał się o tym nie myśleć. Nie chciał zastanawiać się nad prymitywnym i okrutnym rozwiązaniem problemu nielojalnych osób, obdarzonych mocami. Ale odkąd zauważył, że posiada moc, niemal nie myślał o niczym innym.

Dość wcześnie odkryli, że nadnaturalne moce najwyraźniej skupiają się w dłoniach.

Nie, Jack poprawił się surowo, nie „odkryli" – to on odkrył. Zaobserwował to. I powiedział Caine'owi. A Caine kazał Drake'owi zrobić tę straszną rzecz.

– Pamiętaj, do kogo należysz – szepnęła mu do ucha Diana.

– Dajcie jeść! Dajcie jeść! Musimy jeść! – wykrzyknęli nieszczęśnicy z blokami betonu.

Był to chór słabych, pełnych rozpaczy głosów, tak błagalnych, że Jack odczuł panikę. Nie może tu zostać. Nie może być wśród tych ludzi. Odwrócił się, ale Drake złapał go za ramię i pociągnął naprzód.

Nie było ucieczki.

Dziwolągi domagały się jedzenia.

Dziewczyna o imieniu Taylor, której przedramiona powyżej betonu były całe poczerwieniałe, a twarz pokryta brudem, upadła u stóp Jacka.

– Jack – wychrypiała. – Głodzą nas. Benno nas karmił, ale zniknął. Nic nie jedliśmy... Błagam...

Jack zgiął się wpół i zwymiotował na żwir.

– Dramatyzujesz, Jack – powiedziała Diana.

Caine wchodził już po schodach, a Drake podbiegał, by go dogonić.

Diana podniosła Jacka i pchnęła go naprzód, obok dzieciaków z zabetonowanymi rękami.

Jack zobaczył sylwetkę Caine'a w drzwiach. Drake pędził, by stanąć z przodu, jak przystało na wiernego pieska.

Raptem rozległ się huk, jakby przeleciał nad nimi ponaddźwiękowy odrzutowiec.

Drake poleciał w tył, na Caine'a. Pistolet wypadł mu z ręki. Caine utrzymał równowagę, ale Drake padł na kolana i jęczał, zatykając dłońmi uszy.

Caine wyciągnął rękę przed siebie, nawet się nie oglądając. Rozcapierzył palce.

Fragment ściany na trawniku rozpadł się na pojedyncze cegły. Unosiły się teraz i odlatywały, jedna za drugą, jakby wyrosły im skrzydła.

Przelatywały obok głowy Caine'a i ku otwartym drzwiom, szybkie niczym pociski z karabinu maszynowego.

Drzwi zatrzasnęły się. Cegły zaczęły się przez nie przebijać. Drewno pękało z hukiem, przypominającym walenie młota pneumatycznego. W ciągu kilku chwil drzwi zmieniły się w stertę kawałków drewna.

Caine roześmiał się, szydząc z tego, kto stał po drugiej stronie drzwi.

– Andrew, to ty? Myślisz, że możesz ze mną walczyć?

Ruszył naprzód, wciąż ciskając w powietrze ceglanymi pociskami.

– Twoje czary zaczęły działać, Andrew! – wołał. – Ale i tak mi nie dorównasz.

Przeszedł przez zniszczony otwór drzwiowy.

Diana uchylała się przed lecącymi cegłami, a na jej twarzy malowało się podniecenie.

– Chodź, Jack – powiedziała. – Chyba nie chcesz przegapić tego widowiska.

W środku znajdował się wielki hol, który Jack dobrze znał. Wysoki na trzy piętra, zdominowany przez masywny żyrandol. Z dwóch stron bliźniacze schody prowadziły na górę.

Cegły roztrzaskały już część schodów na kawałki. Hałas był potworny.

Andrew, chłopak, którego Jack zapamiętał jako dosyć miłego – nawet nie gnębił innych, dopóki nie ujawniła się jego moc – stał jak wryty mniej więcej trzy metry od Caine'a. Jego spodnie znaczyła mokra plama na wysokości krocza.

Kanonada cegieł skończyła się równie niespodziewanie, jak się zaczęła.

Andrew niepewnie ruszył do drugich schodów.

– Nie zmuszaj mnie, żebym te schody też zniszczył – ostrzegł Caine. – Mielibyśmy spory kłopot.

Wola walki opuściła Andrew. Ręce mu opadły. Wyglądał jak dziecko, przyłapane właśnie przez matkę na czymś niewłaściwym. Czuł się winny. Przestraszony. Chciał się jakoś dogadać.

– Caine. Nie wiedziałem, że to ty, stary. Myślałem, że... no wiesz... atakuje nas Frederico. – Głos mu drżał. Dłońmi próbował zasłonić plamę na spodniach.

– Freddie? A co on ma z czymkolwiek wspólnego?

– Benno zniknął. A ktoś musi rządzić, nie? Frederico próbował przejąć władzę, chociaż Benno kumplował się bardziej ze mną niż z nim, i potem...

– Freddiem zajmę się później – przerwał mu Caine. – Za kogo ty się uważasz, że próbujesz rządzić, Andrew?

– A co miałem zrobić? – wił się Andrew. – Benno wyparował. Frederico nawijał, że przejmuje władzę. Ale ja chciałem cię tylko zastąpić, Caine. – Ten pomysł wyraźnie dopiero przed chwilą przyszedł mu do głowy. – Nic więcej nie robiłem, po prostu cię zastępowałem. Frederico gadał, że... no wiesz... Caine to cienias, zapomnijcie o nim, teraz ja rządzę...

Caine przestał go słuchać i posłał wściekłe spojrzenie Jackowi.

– Jakim cudem przegapiliśmy urodziny Benna?

Jack nie miał odpowiedzi. Zrobiło mu się niedobrze. Bezradnie wzruszył ramionami. A potem zaczął majstrować przy swoim palmtopie, chcąc dowieść, że urodziny Benna nastąpiły zbyt wcześnie.

Odezwała się Diana.

– Caine, a może czasami w szkolnych aktach są błędy? Może jakaś zgrzybiała sekretarka wpisała jedynkę zamiast siódemki czy coś? Nie obwiniaj Jacka. Wiesz, że Jack nie popełniłby błędu z liczbami.

Caine dalej wbijał wzrok w Jacka. W końcu wzruszył ramionami.

– Możliwe. Zresztą i tak mamy Andrew, który szykuje się do swojego wielkiego skoku.

Andrew oblizał wargi, a potem próbował się roześmiać.

– Nie zamierzam stąd spadać. Widzisz, Benno spał. Koleś miał moc, ale spał wtedy. Więc myślę, że jeśli masz moc, to nie znikasz, o ile nie śpisz i jesteś, no wiesz, gotowy.

Diana wybuchnęła głośnym, nerwowym śmiechem.

Caine wzdrygnął się. A potem przemówił:
– Ciekawa teoria, Andrew. Sprawdzimy ją.
– Co to znaczy?
– Chcemy tylko popatrzeć – wyjaśnił Drake.
– Tylko nie... Nie zamierzacie mnie zabetonować, co? Nadal jestem twoim człowiekiem, Caine, w życiu nie użyłbym mocy przeciwko tobie. Znaczy, gdybym wiedział, że to ty.
– Pozwalasz tym popaprańcom głodować – warknęła Diana. – Rozumiem, czemu się boisz zabetonowania.
– Kończy nam się jedzenie – jęknął Andrew.
– Drake, zastrzel tę szuję – powiedziała Diana.
Drake tylko się roześmiał.
– Myślę, że zrobimy to w stołówce – oznajmił Caine. – Jack, masz swój sprzęt?
Jack aż podskoczył ze zdumienia, że znów się do niego zwracają.
– Nie. Nie. M-m-muszę po niego wrócić.
– Drake, zabierz tego jąkałę i przynieście rzeczy – nakazał Caine. – Diano, weź Andrew za rękę i zaprowadź go do stołówki.

Gdy świeciło słońce, ten dźwięk wydawał się niemal intrygujący. Lecz teraz, w ciemnościach, szczekliwe wycie przyprawiało ich o dreszcze.
– To tylko kojot – stwierdził Sam. – Nie przejmuj się nim.
Ledwie widzieli, gdzie stawiają stopy, więc posuwali się powoli i ostrożnie.
– Może trzeba było rozbić obóz w tamtym wąwozie – odezwał się Edilio.
– Jak tylko znajdziemy w miarę płaskie miejsce do rozłożenia śpiworów, chętnie się zatrzymam – przyznał Sam.

Parę godzin wcześniej natknęli się na głęboki, stromy jar, którego nie dało się ominąć. Jego ściany właściwie uniemożliwiały wspinaczkę. Mały Pete bardzo się przeraził, gdy ciągnęli go na górę, i wszyscy się bali, że może coś zrobić.

– Hawaje – zaczął powtarzać Quinn, gdy mały Pete wył. – Hawaje.

– Dlaczego ciągle mówisz „Hawaje", stary? – zainteresował się Edilio.

– Jeśli zwariuje i postanowi zabrać nas w magiczną podróż, chcę trafić na Hawaje, a nie z powrotem do domu Astrid.

Edilio myślał nad tym przez chwilę.

– Jestem za. Hawaje, Pete, Hawaje.

Ale mały Pete nikogo nie próbował teleportować ani dusić.

Po lewej stronie bariera coraz bardziej oddalała się, niemal niewidoczna w blasku wschodzącego księżyca. Sam postanowił nadal podążać za nią. Nie miał już nadziei, że znajdzie wyjście, ale był to jedyny sposób na odnalezienie drogi do domu, jaki przyszedł mu do głowy. Prędzej czy później krzywizna bariery doprowadzi ich z powrotem do Perdido Beach.

Rozległo się zaskakująco głośne poszczekiwanie.

– Kurczę, ale blisko – powiedział Edilio.

Sam skinął głową.

– Z tamtej strony. Może trochę skręcimy, co?

– Myślałem, że kojoty to pryszcz – mruknął Edilio.

– Bo tak jest. Zazwyczaj.

– Chyba nie myślisz o kojotach, którym wyrastają skrzydła – powiedział Edilio.

– Myślę, że jest coraz więcej piasku, a coraz mniej kamieni – zauważyła Astrid. – Petey od dłuższej chwili się nie potknął.

– Za kiepsko widzę, żeby mieć pewność – stwierdził Sam. – Ale zatrzymajmy się za pięć minut, tak czy owak. Po drodze wszyscy szukajcie drewna na ognisko.

- Skoro nie widzę ziemi, jak mam szukać drewna? - spytał Quinn.
- Patrzcie! - Sam wyciągnął rękę. - Tam coś jest. Chyba... Wygląda jak... Nie wiem, budynek czy coś.
- Nic nie widzę - powiedział Quinn.
- Tam jest po prostu ciemniej niż dookoła. Nie widać gwiazd.

Skręcili w tamtą stronę. Liczyli, że znajdą jedzenie, wodę albo dach nad głową.

Nagle stopa Sama natrafiła na sprężystą powierzchnię, która skojarzyła mu się z miękkimi igłami leśnego poszycia. Pochylił się i dotknął czegoś, co mogło być tylko trawą.

- Czekajcie.

Sam zachowywał ostrożność, gdy chodziło o używanie latarek. Baterie, które mieli, mogły się wyczerpać, ciemność nie.

- Quinn. Poświeć tu trochę.

Tego koloru nie dało się z niczym pomylić, nawet w ostrym, białym świetle.

Quinn powoli omiótł otoczenie snopem światła, który po chwili padł na jakiś domek. Obok stał wiatrak.

Ostrożnie podeszli bliżej i cała piątka stanęła przy drzwiach. Quinn oświetlił klamkę, a Sam dotknął jej, chwycił i zamarł.

Usłyszał odgłos biegu, stłumione tupanie w ciemności za nimi.

- Do środka, idioci! - krzyknął czyjś głos. Dziewczęcy głos.

Quinn błyskawicznie obrócił snop światła - coś pędziło w jego stronę.

Dostrzegł też inne poruszające się kształty, niczym fale szarości w mroku.

Światło przeskoczyło z biegnącego psa na przerażoną twarz potarganej, brudnej dziewczyny.

– Uciekajcie! Uciekajcie! – krzyknęła.

Sam nacisnął klamkę. Zanim jednak zdążył otworzyć drzwi, dziewczyna wpadła na niego i przewróciła go, więc runął jak długi na drewnianą podłogę i poślizgnął się, ciągnąc za sobą dywan. Pies wylądował mu na piersi, odbił się i skoczył dalej.

Quinn krzyknął z bólu. Zgubił latarkę. Wciąż jednak świeciła – na podłogę z desek. Rzucił się po nią. W jej blasku Sam zobaczył nogi Astrid i upadającego Edilia.

Rozległ się chór gniewnych szczeknięć. Dziewczyna, która przewróciła Sama, usiłowała wstać, a pies ujadał i warczał. Rozbrzmiewały też inne warknięcia, a zwinne sylwetki pospiesznie się do nich przybliżały.

– Drzwi! Zamknijcie drzwi! – wrzasnęła rozpaczliwie dziewczyna.

Coś na nią skoczyło, coś szybkiego i zaciekłego, warczącego.

Sam zerwał się na nogi, złapał drzwi i próbował je zatrzasnąć, ale uniemożliwiało mu to jakieś porośnięte sierścią stworzenie. Usłyszał skamlenie, warknięcie, a potem poczuł w nodze nagły ból. Żelazne szczęki zaciskały mu się na kolanie, tak silne, że mogły kruszyć kości.

Sam poślizgnął się, upadł na drzwi, zatrzaskując je. Pysk zwierzęcia, tego dzikiego, warczącego stworzenia, znalazł się naprzeciwko jego twarzy. Zęby kłapnęły o centymetry od jego oczu.

Wyciągnął ręce do przodu i napotkał szorstką sierść, a pod nią naprężone mięśnie.

Poczuł potworny, ostry ból w ramieniu i wiedział, że to zęby bestii zacisnęły się na nim. Zwierzę potrząsało nim, rozrywając jego ciało, wgryzając się głębiej.

Krzyknął ze strachu i pozbawionymi czucia pięściami zaczął okładać bestię. Wszystko na nic. Zęby błyskawicznie przeniosły się z ramienia na szyję. Krew polała mu się na pierś.

Wzniósł ręce, wyciągając przed siebie dłonie, ale atak był zbyt zaciekły. Z szyi płynęła krew. Miał wrażenie, że jego własne ręce nie należą już do niego. Całe ciało wydawało się odległe. Wirując, opadał w ciemność.

Cichy, głuchy odgłos.

I żelazne szczęki zwolniły uścisk.

Kolejny łoskot.

Oczy Sama uciekły w tył, ale zanim stracił przytomność, dostrzegł przez ułamek sekundy dziką, potarganą dziewczynę, która stała nad nim. Wznosiła splecione dłonie nad głową. Dla Sama wszystko odbywało się w zwolnionym tempie. Zobaczył wszystkie gwiazdy, gdy dziewczyna opuściła coś ciężkiego, żółtego i prostokątnego na łeb kojota.

ROZDZIAŁ 32

97 GODZIN, **43** MINUTY

Lana zapaliła jedną z lamp Jima Pustelnika i rozejrzała się dookoła. Domek wyglądał dokładnie tak jak wtedy, gdy go opuściła. Tyle że teraz były w nim dwa martwe kojoty, troje przestraszonych nastolatków, dziwny czterolatek o nieruchomym wzroku i jeden półżywy chłopak leżący na podłodze.

Kopnęła Gryza. Żadnej reakcji, głowę zmiażdżyła mu sztabka złota. Waliła w niego raz za razem, aż zmęczyły jej się ręce.

Drugiego kojota nie znała na tyle dobrze, by nadać mu imię. Ale zginął w ten sam sposób, zbyt skupiony na zdobyczy, by dostrzec niebezpieczeństwo.

Patrick leżał w kącie, speszony, zmieszany, nie wiedząc, jak się zachować. Jeden z tamtych trojga, chłopak, który wyglądał na surfera, okazywał takie samo zmieszanie.

– Dobry piesek – powiedziała Lana, a Patrick słabo zamerdał leżącym na podłodze ogonem. – Kim jesteś? – zwróciła się do surfera.

– Quinn. Nazywam się Quinn.

– A ty? – spytała ładna, jasnowłosa dziewczyna.

Lana skłaniała się ku temu, by nie polubić jej od pierwszego wejrzenia: tamta wyglądała jak jedna z tych idealnych dziewczyn, przy których ktoś taki jak Lana zupełnie gasł. Z drugiej strony, osłaniała tego dziwnego chłopczyka, tuląc go w ramionach, więc może nie była taka zła.

Chłopak o okrągłej twarzy i ciemnych, ostrzyżonych na jeża włosach, ukląkł przy rannym.

– Słuchajcie, mocno oberwał.

Blondynka przycupnęła przy nim. Rozdarła leżącemu koszulkę. Po jego piersi płynęła struga krwi.

– O Boże, nie – załkała.

Lana odepchnęła ją i położyła dłoń na krwawiącej ranie.

– Będzie żył – powiedziała. – Wyleczę go.

– Jak wyleczysz? – wykrzyknęła blondynka. – Tu potrzeba szwów. Lekarza. Zobacz, jak krwawi.

– Jak się nazywasz? – spytała Lana.

– Astrid, ale co to ma za znaczenie? On... – W tym momencie urwała i nachyliła się bliżej, by popatrzeć. – Krwawienie ustępuje.

– Tak, też zauważyłam – odparła szyderczym tonem Lana. – Spokojnie. Nic mu nie będzie. Właściwie... – Przekręciła głowę, by lepiej widzieć. – Właściwie myślę, że kiedy nie krwawi, jest całkiem przystojny. To twój chłopak?

– Nieważne – warknęła Astrid. Potem, cichszym głosem, jakby nie chciała, by pozostali usłyszeli, dodała: – W pewnym sensie.

– Wiem, jak to zabrzmi, ale za parę minut dojdzie do siebie. – Lana cofnęła rękę, ukazując szarpaną ranę, która już się zagoiła. Znowu ją zakryła. – Nie pytajcie jak.

– Niemożliwe – pokręcił głową chłopak ostrzyżony na jeża.

Na zewnątrz kojoty szczekały zajadle i rzucały się na drzwi. Ale zasuwa mocno trzymała. Lana wepchnęła oparcie krzesła pod klamkę i zastanawiała się nad następnym ruchem.

Drzwi w końcu puszczą. Ale wataha nie będzie wiedziała, co robić, dopóki Przywódca Stada nie wróci z samotnych łowów.

– Nazywa się Sam – oznajmiła Astrid. – To jest Edilio, to mój młodszy brat, Pete, a ja mam na imię Astrid. Zdaje się, że właśnie uratowałaś nam życie.

Lana pokiwała głową. Teraz lepiej. Dziewczyna okazywała jej szacunek.

– Ja jestem Lana. Słuchajcie, kojoty jeszcze z nami nie skończyły. Musimy się postarać, żeby drzwi nie puściły.

– Już się robi – zakrzątnął się Edilio.

Ranny chłopak ocknął się gwałtownie.

Popatrzył na martwe kojoty. Sięgnął do szyi. Spojrzał na krew na swoich palcach.

– Będziesz żył – oznajmiła Lana. – Resztę też ci zagoję. Tylko pozwól mi przyłożyć rękę.

Sam miał wątpliwości. Zerknął na Astrid.

– Uratowała nam życie – wyjaśniła dziewczyna. – I właśnie uleczyła twoją ranę, z której jeszcze przed minutą tryskała krew.

Sam pozwolił Lanie przyłożyć dłoń do swojej szyi.

– Kim jesteś? – spytał chrapliwym głosem.

– Lana. Lana Arwen Lazar – odrzekła.

– Dzięki.

– Nie ma sprawy. Ale nie przesadzaj z wdzięcznością. Nie wiadomo, ile jeszcze pożyjesz.

Skinął głową. Przez chwilę słuchał odgłosów z zewnątrz i wzdrygnął się, gdy jeden z kojotów rzucił się na drzwi.

– Czy to, czego Edilio używa jako młotka, to sztabka złota? – Edilio połamał łóżko i przybijał jedną z desek do drzwi.

Lana zaśmiała się sardonicznie.
- Tak. Mamy mnóstwo złota. Patrick i ja... jesteśmy bogaci.
Przesunęła dłoń w dół jego szyi, na ramię.
- Podziała lepiej, jeśli zdejmiesz koszulkę.
Skrzywił się z bólu.
- Chyba nie mogę.
Lana wsunęła rękę pod cienką bawełnę, wyczuwając masę drobniejszych ukąszeń.
- Za parę minut będzie lepiej.
- Jak to robisz? – spytał.
- Dzieje się mnóstwo dziwnych rzeczy.
Chłopak skinął głową.
- Tak. Zauważyliśmy. Dzięki za uratowanie życia.
- Nie ma za co, ale jak mówiłam, ten spokój może być chwilowy. Na razie jeszcze tak naprawdę nie próbują dostać się do środka. Kiedy wróci Przywódca Stada, sytuacja może się zmienić. Są silne i mądre.
- Tobie też leci krew – zauważył.
- Poradzę sobie – odparła niemal obojętnie. – W sumie już przywykłam do takich czy innych skaleczeń.
Przycisnęła zakrwawioną dłoń do nogi.
- Kto to jest Przywódca Stada? – spytał Sam.
- Najważniejszy kojot. Wpuściłam go w maliny, żeby pozwolił mi tu przyjść. Miałam nadzieję, że uda mi się uciec. A przynajmniej zjeść coś innego niż padlinę. Kojoty są niegłupie, ale to w zasadzie nadal tylko psy. Jesteście głodni? Bo ja tak.
Sam skinął głową. Potem sztywno dźwignął się na nogi, poruszając się jak starzec.
- Jak tylko skończę leczyć swoją nogę, zajmę się twoją – zapewniła Lana. – Mamy spory zapas żywności i mnóstwo wody, starczy na jakiś czas. Pytanie brzmi, czy Przywódca Stada zdoła odnaleźć tu drogę.

– Mówisz o tym kojocie tak, jakby był człowiekiem – zauważyła Astrid.

Lana roześmiała się.

– Na pewno nie człowiekiem, z którym chciałabyś się zakolegować.

– Czy to... czy to zwykły kojot? – spytała Astrid.

Lana wbiła w nią spojrzenie. Teraz dostrzegała inteligencję pod powierzchownością ładnej dziewczyny.

– Co o tym wiesz? – spytała ostrożnie.

– Wiem, że niektóre zwierzęta przechodzą mutację. Widzieliśmy mewę ze szponami. Widzieliśmy też... węża z czymś, co wyglądało jak małe skrzydła.

Lana skinęła głową.

– Tak, też takie widziałam. Z bliska. Kojoty śmiertelnie się ich boją, tyle wam mogę powiedzieć. Te grzechotniki niezupełnie potrafią latać, ale dzięki tym skrzydłom mają trochę większy zasięg ruchu niż kiedyś. Raz nawet uratowały mi tyłek. Parę godzin temu widziałam, jak zabiły kojota. Przywódca Stada powiedział...

– Powiedział? – powtórzył jak echo Edilio.

– Opowiem wam o tym, ale najpierw coś zjedzmy. Nie miałam nic do jedzenia. Chociaż proponowano mi wiewiórkę na surowo. A teraz mam ochotę na budyń z puszki. Śnił mi się nawet.

Wyciągnęła puszkę i zaczęła gorączkowo manipulować otwieraczem do konserw. Nie czekała na talerz czy łyżkę, tylko zanurzyła dłoń w budyniu i uniosła ją do ust. Przez chwilę stała jak zaczarowana, pochłonięta cudowną słodyczą.

Płakała, gdy odezwała się znowu:

– Przepraszam, zapomniałam o uprzejmości. Przyniosę wam puszkę.

Sam pokuśtykał za nią i wziął budyń.

— Też dawno pożegnałem się z uprzejmością — powiedział, chociaż widziała, że jest nieco zbulwersowany jej wilczym zachowaniem. Uznała, że go lubi.

— Słuchaj, Sam, i wy też, musicie o czymś wiedzieć, żebyście się nie przerazili. Przywódca Stada umie mówić. Znaczy po ludzku. To jakiś mutant czy coś w tym stylu. Wiem, że pewnie uznacie mnie za wariatkę.

Trzymała teraz blaszany kubek Jima Pustelnika i za jego pomocą nabrała kolejną porcję pysznego, wspaniałego budyniu. Astrid otwierała puszkę z sałatką owocową.

— Co wiesz o ETAP-ie? — spytała Astrid.

Lana przestała jeść i popatrzyła na nią.

— O czym?

Astrid wzruszyła ramionami, wyraźnie zmieszana.

— Tak na to mówią. Ekstremalne Terytorium Alei Promieniotwórczej. ETAP.

— Co to znaczy?

— Widziałaś barierę?

Skinęła głową.

— O, tak. Widziałam barierę. Dotknęłam jej, co, nawiasem mówiąc, nie jest dobrym pomysłem.

— O ile wiemy, otacza nas i jest wielkim walcem — odezwał się Sam. — Albo może sferą. Uważamy, że jej centrum to elektrownia. Bariera rozciąga się w promieniu jakichś piętnastu kilometrów, czyli ma ze trzydzieści kilometrów średnicy.

— 94,25 kilometra obwodu, powierzchnia 706,838 kilometrów kwadratowych — powiedziała Astrid.

— Przecinek 838 — powtórzył Quinn ze swojego kąta. — To bardzo ważne.

— To po prostu wynika z wartości pi — ciągnęła dziewczyna. — Wiecie, 3,14159265... Dobra, przestanę.

Lana ciągle czuła głód. Nabrała sobie sałatki owocowej.

– Sam, myślisz, że to elektrownia jest przyczyną?
Sam wzruszył ramionami, po czym na jego twarzy odmalowało się zaskoczenie. Lana domyśliła się, że nie poczuł bólu w ramieniu.
– Nikt nie wie. Nagle wszyscy powyżej piętnastu lat znikają, a jest ta bariera... i ludzie... zwierzęta...
Lana pomału chłonęła nowe informacje.
– Znaczy wszyscy dorośli? Zniknęli?
– Puff – wtrącił Quinn. – Wcięło ich. Wyparowali. Dorośli i nastolatki. Zostały tylko dzieciaki.
– Zrobiłem, co mogłem, żeby wzmocnić drzwi – oświadczył Edilio. – Ale mam tylko gwoździe. Ktoś w końcu może je wyważyć.
– Może oni wszyscy nie zniknęli – zastanawiała się Lana. – Może to my.
Odpowiedziała jej Astrid:
– To na pewno jedna z możliwości, chociaż właściwie nie ma różnicy. Tak naprawdę na jedno wychodzi.
A zatem blondynka bez wątpienia była inteligentna. Lanę zastanawiał jej młodszy braciszek. Jak na małe dziecko, zachowywał się zaskakująco cicho.
– Mój dziadek zniknął, prowadząc półciężarówkę. Samochód się rozbił. A ja już umierałam. To znaczy, z ciała sterczały mi kości. Gangrena. A potem po prostu okazało się, że umiem uzdrawiać. Swojego psa. Siebie. I nie wiem, jakim cudem.
Zza drzwi dobiegł nagły chór podnieconych szczeknięć.
– Dotarł już Przywódca Stada – stwierdziła Lana. Podeszła do zlewu i podniosła nóż Jima Pustelnika. Odwróciła się do Sama z zaciekłym wyrazem twarzy. – Dźgnę go w serce, jeśli tu wejdzie.
Sam i Edilio również wyciągnęli noże. Zza drzwi rozległ się zdławiony, warczący głos.

— Człowieku. Wyjdź.
— Nie! — wykrzyknęła Lana.
— Człowieku. Wyjdź.
— Wypchaj się i ustaw w muzeum zoologicznym — odparła dziewczyna.
Astrid uśmiechnęła się.
— Niezłe — powiedziała.
— Człowieku. Wyjdź. Człowiek naucza Przywódcę Stada. Człowiek mówi.
— Lekcja numer jeden, ty brudny, brzydki, paskudny, wyleniały zwierzaku: nigdy nie ufaj człowiekowi.
Reakcją była przedłużająca się cisza.
— Ciemność — warknął Przywódca Stada.
Lana poczuła, że strach kurczy jej serce.
— Dalej. Idź i powiedz o wszystkim swojemu panu w kopalni. — Chciała powiedzieć, że nie boi się Ciemności. Ale te słowa zabrzmiałyby fałszywie.
— O co chodzi z tą kopalnią? — zainteresował się Sam.
— O nic.
— To dlaczego ten kojot o tym mówi? O co chodzi z tą ciemnością?
Lana pokręciła głową.
— Nie wiem. Zabrały mnie tam. To stara kopalnia złota. Nic więcej.
— Słuchaj, uratowałaś nam życie — powiedział Sam. — Ale nadal chcemy wiedzieć, co się dzieje.
Lana splotła palce na rękojeści noża, by opanować strach.
— Nie wiem, co się dzieje. W tej kopalni coś jest. Nic więcej nie wiem. Kojoty słuchają tego czegoś, boją się i robią, co im każe.
— Widziałaś to?

– Nie wiem. Nie pamiętam. Tak naprawdę nie chcę pamiętać.

Coś uderzyło z łoskotem w drzwi, które zatrzęsły się w zawiasach.

– Edilio, znajdźmy więcej gwoździ – powiedział Sam.

Stołówka Coates Academy zawsze zdawała się Jackowi dziwnym, nieprzyjaznym miejscem. Jeśli chodzi o wystrój, wydawała się przestronna i kolorowa. Miała podłużne, pionowe okna i strzeliste sklepienie. Drzwi wieńczył łuk ozdobiony jasnymi hiszpańskimi kafelkami.

Długie, ciężkie stoły z ciemnego drewna, które Jack pamiętał ze swojego pierwszego roku w Coates i przy których mieściło się po sześćdziesięcioro uczniów, wymieniono ostatnio na dwa tuziny mniejszych, mniej okazałych okrągłych stolików z wykonanymi przez uczniów dekoracjami z masy papierowej.

W najdalszym końcu stołówki powstała mozaika z barwnych, kwadratowych kartonów. Jej tytuł brzmiał „Razem naprzód", a przedstawiała wielką strzałę, biegnącą od podłogi ku sufitowi.

Ale im bardziej próbowano ubarwić pomieszczenie, tym mniej przyjazne się wydawało, jakby te drobne barwne akcenty podkreślały tylko jego przygniatającą wielkość, wiek i formalny charakter.

Panda, którego noga nie była złamana, lecz skręcona, opadł na krzesło z posępną, pełną urazy miną. Diana stała obok. Nie podobało jej się to, co za chwilę miało się rozegrać przed jej oczami, i wcale nie ukrywała swojego zdania.

– Wejdź na stół, Andrew – rozkazał Caine, wskazując jeden z okrągłych stołów pod mozaiką ze strzałą.

– Jak to, wejść na stół? – spytał Andrew.

Do środka zajrzały głowy kilkorga dzieciaków.

– Wypad – powiedział Drake i wścibskie głowy zniknęły.

– Andrew, albo wejdziesz na stół, albo uniosę cię w powietrze i tam postawię – zagroził Caine.

– Włazi, kretynie – warknął Drake.

Andrew wspiął się na krzesło, a z niego na stół.

– Nie rozumiem, co...

– Przywiązać go. Komputerowy Jacku? Zacznij wszystko rozstawiać.

Drake wyciągnął sznur z torby, którą przyniósł z samochodu. Zawiązał jeden koniec na nodze od stołu, odmierzył nieco ponad metr, przeciął sznur i zaplótł drugi koniec na nodze Andrew.

– Co to ma znaczyć? – spytał Andrew. – Co robicie?

– To eksperyment.

Jack zaczął ustawiać reflektory i statywy kamer.

– Tak się nie robi. To nie w porządku, Caine.

– Andrew, masz farta, bo daję ci szansę przeżycia wielkiego mgnienia – powiedział Caine. – A teraz przestań się mazać.

Drake przywiązał drugą nogę Andrew, po czym wskoczył na stół, by mocno skrępować mu ręce na plecach.

– Stary, muszę mieć wolne ręce, żeby używać mocy.

Drake zerknął na Caine'a, a ten skinął głową. Drake rozwiązał ręce Andrew i podniósł wzrok. Przerzucił koniec sznura przez ozdobny, ciężki, żelazny żyrandol, który uczniowie z Coates nazywali w żartach dziesiątym Nazgulem.

Drake przepasał Andrew sznurem, który następnie wsunął mu pod pachy, i podciągnął go tak, że stopy chłopaka ledwie dotykały blatu stołu.

– Postaraj się, żeby nie mógł skierować rąk w tę stronę – polecił Caine. – Nie chcę, żeby ta jego fala uderzeniowa powywracała kamery.

A zatem Drake podwiesił obie ręce chłopaka za nadgarstki, przez co Andrew wyglądał jak ktoś, kto próbuje się poddać.

Jack spojrzał w ciekłokrystaliczny wizjer jednej z kamer. Andrew wciąż mógł uciec z kadru, kołysząc się w jedną albo w drugą stronę. Było mu żal chłopaka, więc nie chciał nic mówić, ale jeśli film nie wyjdzie...

– Hmm. Nadal może się ruszać w prawo i w lewo.

Wtedy Drake przywiązał sznury do szyi Andrew, cztery, przymocowane do stołów po czterech stronach. Zasięg ruchu Andrew wynosił teraz najwyżej trzydzieści centymetrów w każdym kierunku.

– Jack, ile czasu? – spytał Caine.

Jack spojrzał na swój palmtop.

– Dziesięć minut.

Zajął się sprzętem – na statywach stały trzy kamery wideo i aparat fotograficzny. Na Andrew padało światło dwóch reflektorów.

Andrew był oświetlony niczym jakiś gwiazdor filmowy.

– Nie chcę umierać – powiedział.

– Ja też nie – zgodził się Caine. – Dlatego naprawdę liczę, że nie znikniesz.

– Byłbym pierwszy, nie? – rzucił tamten. Pociągnął nosem. Do oczu napływały mu łzy.

– Pierwszy i jedyny – odrzekł Caine.

– To nie fair – powiedział Andrew.

Jack wyregulował obiektyw, by obejmować nim całe ciało chłopaka.

– Pięć minut – oznajmił. – Uruchomię już kamery.

– Rób, co trzeba, Jack, nie opowiadaj o tym – upomniał go Caine.

– Nie możesz mi pomóc, Caine? – błagał Andrew.
– Masz cztery kreski. Może ty i ja, gdybyśmy użyli mocy w tej samej chwili, co?

Nikt mu nie odpowiedział.
— Boję się, wiecie? — jęknął Andrew i teraz łzy popłynęły mu już ciurkiem. — Nie wiem, co się stanie.
— Może ockniesz się poza ETAP-em — powiedział Panda, odzywając się pierwszy raz.
— Może ockniesz się w piekle — rzuciła Diana. — Tam twoje miejsce.
— Będę się modlił — powiedział Andrew.
— Panie Boże, przebacz mi, że jestem świnią, która głodzi ludzi? — podsunęła Diana.
— Minuta — oznajmił cicho Jack. Denerwował się, nie wiedząc, kiedy włączyć aparat fotograficzny. Trudno było przypuszczać, że akt urodzenia Andrew jest precyzyjny co do minuty — w wypadku Benna rozrzut wynosił parę tygodni. Zniknięcie mogło nastąpić wcześniej.
— Jezu, przebacz mi wszystkie złe rzeczy, które zrobiłem i zabierz mnie do mamy, bardzo za nią tęsknię, i proszę, pozwól mi żyć, jestem tylko dzieckiem, więc pozwól mi żyć, dobrze? W imię Ojca, i Syna, i Ducha Świętego, amen.
Jack włączył aparat.
— Dziesięć sekund.
Pomieszczenie wypełniła eksplozja dźwięków z uniesionych rąk Andrew, aż tynk na suficie zaczął pękać.
Jack zakrył uszy i patrzył na to z fascynacją i z przerażeniem.
— Teraz! — nie zapomniał krzyknąć z całej siły. Kawałki tynku spadały niczym grad. Wszystkie żarówki w żyrandolu pękły na kawałki, sypiąc w dół deszczem szklanego pyłu.
— Plus dziesięć! — krzyknął Jack.
Andrew wciąż tam był, z wysoko wzniesionymi dłońmi. Płakał, szlochał, aż wreszcie w jego oczach pojawiła się nadzieja.
— Plus dwadzieścia — powiedział Jack.

- Tylko tak dalej, Andrew! - zawołał Caine. Zerwał się na równe nogi, pełen zapału i wiary, że zniknięcia da się jednak uniknąć.

Sufit pękał głębiej i Jack zastanawiał się, czy się nie zawali. Kanonada dźwięków dobiegła końca.

Andrew stał, wyczerpany, ale wciąż obecny. Nadal stał.

- O Boże - powiedział. - Dzięki...

I zniknął.

Sznury opadły, nagle luźne.

Nikt nie odezwał się nawet słowem.

Jack wcisnął przycisk przewijania na jednej z kamer wideo, nagrywających obraz z wysoką prędkością. Cofnął o dziesięć sekund. Potem zaczął odtwarzanie i oglądał wszystko na małym ekraniku LCD, klatka po klatce.

- No - zaczęła Diana - to tyle, jeśli chodzi o teorię, że nie znikasz, o ile masz moc.

- Przestał jej używać - zauważył Caine. - Dopiero potem zniknął.

- Przestał i dziesięć sekund później zniknął - powiedziała. - Akty urodzenia nigdy nie będą w stu procentach dokładne. Czas zapisuje jakaś położna, to może być pięć minut w tę czy w tę. Niektóre pewnie mylą się o pół godziny.

- Nagrałeś coś, Jack? - spytał Caine. Wydawał się zniechęcony.

Jack przesuwał obraz naprzód, klatka po klatce. Zobaczył, jak Andrew wysyła fale dźwiękowe. Jak wyczerpany, przestaje. Zobaczył nerwowy półuśmiech, chwilę, gdy chłopak otworzył usta, każdą wypowiedzianą sylabę, a potem...

- Musimy to odtworzyć na większym ekranie - powiedział Jack.

Zanieśli kamery do sali komputerowej, zostawiając statywy i reflektory. Znaleźli dwudziestosześciocalowy monitor o wysokiej rozdzielczości. Jack nie tracił czasu na zgrywanie materiału, lecz po prostu podłączył kabel i zaczął odtwarzanie. Caine, Drake i Diana stanęli za jego plecami i patrzyli mu przez ramię, pełne napięcia twarze, oświetlone niebieskawym blaskiem. Panda pokuśtykał do krzesła i usiadł.

– Patrzcie – tłumaczył Jack. – Tutaj. Patrzcie, co się dzieje.

Przesuwał film po jednej klatce.

– Co to? – spytała Diana.

– Uśmiecha się. Widzicie? – powiedział Jack. – I na coś patrzy. Najdziwniejsze, że to niemożliwe, bo ten kadr obejmuje jakąś jedną trzydziestą sekundy, a on zdążył zmienić minę z takiej... – Cofnął film o jedną klatkę. – Na taką. Do tego spójrzcie, jak poruszył głową. A tutaj sznury puszczają, ma wolne ręce. Trzy klatki do przodu i już w ogóle go nie ma.

– Co to znaczy, Jack? – spytał Caine niemal błagalnym tonem.

– Dajcie mi sprawdzić pozostałe kamery – ociągał się Jack.

Z dwóch pozostałych kamer wideo tylko jedna zarejestrowała samą chwilę zniknięcia. Także tu widać było nieostrą postać Andrew, gwałtownie zmieniającego pozę. Sznury były luźne, a jego ręce – wyciągnięte.

– Chce kogoś przytulić – stwierdziła Diana.

Wydawało się nieprawdopodobne, by aparat fotograficzny wychwycił coś przydatnego – Jack dobrze o tym wiedział – ale i tak go podłączył i wybrał odpowiedni znacznik czasowy. Gdy zdjęcie się załadowało, rozległ się chóralny okrzyk.

Andrew był wyraźnie widoczny, uśmiechnięty, szczęśliwy, przeobrażony, z wyciągniętymi rękami. Kierował je ku czemuś, co wyglądało jak raca, odbicie jakiegoś światła, tyle że miało barwę fluorescencyjnej zieleni, a wszystkie światła w pomieszczeniu były białe.

– Zrób zbliżenie na tę zieloną plamę – polecił Caine.

– To problem z głębią ostrości – wyjaśnił Jack. – Spróbuję ją poprawić. – Dopiero po kilku sekundach udało się skupić obraz na zielonym obłoku. Po paru próbach zwiększenia ostrości ujrzeli coś, co wyglądało jak otwór, okolony ostrymi niczym igły zębami.

– Co to jest? – zdumiał się Drake.

– Wygląda jak... nie wiem... – zastanowił się Jack. – Ale nie jak coś, do czego wyciągasz ręce.

– Widział coś innego – stwierdziła Diana.

– To coś zmieniło jakoś bieg czasu, przyspieszyło czas dla Andrew – stwierdził Jack, myśląc na głos. – Czyli dla niego trwało to znacznie dłużej niż dla nas. Dla niego było to dziesięć sekund, a może nawet dziesięć minut, chociaż dla nas wszystko nastąpiło w mgnieniu oka. Mieliśmy mnóstwo szczęścia, że cokolwiek udało się zarejestrować.

Wtedy Caine zupełnie go zaskoczył, klepiąc po plecach.

– Nie umniejszaj swojej roli, Jack.

Odezwała się Diana:

– On nie wyparował tak po prostu. Coś zobaczył. Wyciągnął do tego ręce. To zielone, które dla nas wygląda jak jakiś potwór, dla Andrew musiało wyglądać zupełnie inaczej.

– Tylko co?

– Coś, co chciał zobaczyć – odparła. – Coś, czego w tym momencie pragnął tak bardzo, że wyciągnął do tego ręce. Gdybym miała zgadywać? Obstawiam, że Andrew widział tam swoją matkę.

Drake przemówił pierwszy raz od dłuższego czasu.

– Więc to całe wielkie mgnienie to nie jest coś, co się tak po prostu dzieje.

– Nie, to jakieś oszustwo – potwierdził Caine. – Podstęp. Kłamstwo.

– Uwiedzenie – stwierdziła Diana. – Jak te mięsożerne rośliny, które wabią robaczka zapachem i jaskrawym kolorem, a potem... – Zamknęła dłoń na niewidzialnym owadzie.

Caine wydawał się zahipnotyzowany nieruchomym obrazem. Rozmarzonym głosem powiedział: – Czy da się powiedzieć „nie"? Ciekawe. Czy możemy powiedzieć „nie" jaskrawemu kwiatu? Powiedzieć „nie"... i przeżyć?

– Dobra, czaję, o co chodzi z tą matką. Ale mam inne pytanie – odezwał się ostro Drake. – Co to za zęby?

ROZDZIAŁ 33

88 GODZIN, **24** MINUTY

Przez całą noc kojoty rzucały się na drzwi, próbując je wyłamać. Ale Sam, Quinn i Edilio ogołocili domek ze wszystkiego, co nadawało się do wzmocnienia drzwi, i te musiały wytrzymać. Sam był tego pewien.

Przynajmniej przez jakiś czas.

– Są od nas odcięte – powiedział.

– A my jesteśmy zamknięci – zauważyła Lana.

– Możesz to zrobić? – Astrid zwróciła się do Sama.

– Nie wiem – przyznał. – Chyba. Ale muszę wyjść, żeby to zrobić. Jeśli się uda, to okej. Ale jeśli nie...

– Chce ktoś jeszcze budyniu? – odezwał się Quinn, próbując rozładować atmosferę.

– Lepiej tu zostać – zaproponowała Astrid. – Będą musiały przejść przez drzwi. To znaczy, że wlezą ze dwa naraz. Czy to nie ułatwi sprawy?

– Tak, to będzie pryszcz. – Sam uniósł swój blaszany kubek. – Quinn, ja chcę budyniu.

Po kilku długich godzinach kojoty zmęczyły się atakowaniem drzwi. Więźniowie zdecydowali się spać na zmianę, po dwoje naraz, zawsze pilnując, by dwoje czuwało.

Niebo zaczęło się przejaśniać, nabierając barwy perłowej szarości. Nie było jeszcze dość jasno, by wyraźnie widzieć, ale wystarczająco, by Edilio znalazł dziurę po sęku, przez którą mógł obserwować podwórze.

– Musi ich tam być ze sto – poinformował.

Lana, która cerowała sobie ubranie, podniosła teraz wzrok.

– To więcej niż jedno stado – zauważyła.

– Po czym poznajesz? – spytała Astrid, ziewając i przecierając zaspane oczy.

– Wiem już co nieco o kojotach – odparła Lana. – Skoro tyle ich widzimy, to znaczy, że w okolicy jest ich przynajmniej dwa razy więcej. Niektóre polują. Kojoty polują dzień i noc.

Znowu usiadła i zabrała się do szycia.

– Na coś czekają.

– To znaczy?

– Nie widziałam Przywódcy Stada. Może czekają, aż wróci.

– Prędzej czy później im się znudzi, nie? – spytała Astrid.

Lana pokręciła głową.

– Gdyby chodziło o zwykłe kojoty, to jasne. Ale to nie są zwykłe kojoty.

Czekali nadal i mniej więcej raz na godzinę Sam albo Edilio wyglądał na zewnątrz. Za każdym razem widzieli kojoty.

Nagle usłyszeli, jak stado rozszczekało się podnieconymi głosami.

Patrick wstał, jeżąc sierść.

Sam podbiegł do prowizorycznego judasza. Lana oświetliła go latarką.

– Mają ogień – powiedział.

Lana przecisnęła się obok niego, żeby zobaczyć.

– To Przywódca Stada – potwierdziła. – Ma płonącą gałąź.
– To nie jest po prostu płonąca gałąź, to pochodnia – oznajmił Sam. – Nie znalazł jej, ot tak. Pali się tylko z jednego końca, z gałęzią by tak nie było. Musiał to zrobić ktoś, kto ma ręce. Ktoś mu ją dał.
– Ciemność – szepnęła Lana.
– Ten domek spłonie jak zapałka – stwierdził Sam.
– Nie. Nie chcę się spalić! – wykrzyknęła Lana. – Musimy się wydostać, zawrzeć jakiś układ z Przywódcą Stada.
– Powiedziałaś, że nas zabije – przypomniała Astrid. Dłońmi zakrywała uszy małego Pete'a.
– Chcą mnie żywą, chcą, żebym nauczyła ich ludzkich zwyczajów, tak powiedziała Ciemność, nie może mnie zabić, potrzebuje mnie.
– Spróbuj – powiedział Sam.
– Przywódco Stada! – zawołała Lana. – Przywódco Stada.
– Nie słyszy cię.
– To kojot, usłyszy mysz w norce z piętnastu metrów – warknęła. Potem podniosła głos do krzyku: – Przywódco Stada! Przywódco Stada! Zrobię, co zechcesz.

Sam znowu był przy judaszu.
– Jest tuż obok – szepnął.
– Przywódco Stada, nie rób tego – błagała Lana.
– Wszystkie się cofają.
– O Boże.
– Dym – powiedział Edilio, kierując snop światła z latarki na próg.

Lana podniosła sztabkę złota i zaczęła walić w deski, które przybili do drzwi. Edilio złapał ją za ręce.
– Chcesz się spalić żywcem? – spytała.

Edilio ją puścił.
– Wychodzimy! – krzyknęła Lana, łomocząc w deski.
– Wychodzimy.

Jednak usunięcie desek okazało się równie ciężkim zadaniem, jak wcześniej przybicie ich. Żółty język ognia liznął podłogę pod drzwiami.

Sam nagle odskoczył od judasza.

– Ogień!

– Nie chcę się spalić – załkała Lana.

– To dym zabija – szepnął Sam, patrząc na Astrid. – Musi być jakieś wyjście.

– Znasz wyjście – odparła Astrid.

Dym zaczął wpełzać do środka przez szpary i szczeliny w tylnej ścianie.

Lana waliła w deski. Dym gromadził się pod krokwiami. Domek szybko stanął w płomieniach. Gorąco już stało się nie do zniesienia.

– Na pomoc! – krzyknęła Lana. – Musimy wyjść.

Do akcji wkroczył Edilio, pomagając odrywać deski.

Sam pochylił się nad głową małego Pete'a i pocałował Astrid w usta.

– Nie pozwól, żebym stał się Caine'em – poprosił.

– Będę miała cię na oku – obiecała.

– Dobra. Wszyscy cofnąć się od drzwi – nakazał Sam, zbyt cicho jednak, by pozostali go usłyszeli.

Złapał Lanę za rękę, w której trzymała sztabkę złota.

– Co robisz? – wykrzyknęła.

– Uratowałaś mi życie swoją mocą – odrzekł. – Moja kolej.

Lana, Edilio i Quinn odsunęli się od drzwi.

Sam zamknął oczy. Łatwo było odnaleźć w sobie gniew. Tak wiele rzeczy go gniewało.

Ale z jakiegoś powodu, gdy próbował się skupić na brutalnym ataku, przed oczami jego umysłu nie stawał obraz przywódcy kojotów ani nawet Caine'a. Widział za to własną matkę.

To było głupie. Złe. Nieuczciwe z jego strony, a nawet okrutne.

A jednak, gdy szukał w sobie gniewu, pojawiał się właśnie obraz matki.

– To nie była moja wina – szepnął do tej wizji.

Podniósł ręce, szeroko rozcapierzając palce.

Ale w tym momencie na wpół spalone drzwi otworzyły się na oścież.

Wszędzie były płomienie i dym, dławiący dym.

I z tego piekła wyskoczył kojot wielkości doga niemieckiego.

Sam pomyślał, że to ułatwia sprawę.

Rozbłysk zielono-białego światła wystrzelił z jego wzniesionych dłoni i kojot padł na podłogę. W ciele zwierzęcia widniała wypalona na wylot, dwudziestocentymetrowa dziura.

Drugi błysk, niczym tysiąc lamp błyskowych, i front domku rozpadł się.

Nagłe podciśnienie pochłonęło część płomieni, lecz nie wszystkie. Piekło przygasło tylko na chwilę, więc Sam ruszył, ciągnąc za ramię Astrid, która z kolei ciągnęła małego Pete'a.

Pozostali otrząsnęli się z szoku i ruszyli w ich ślady, przedostając się przez dziurę w drzwiach. Kojoty rzuciły się naprzód. Rzędy groźnych zębów pod zimnymi, skupionymi oczami.

Sam puścił Astrid, wzniósł ręce i znowu eksplodowało światło. Kilkanaście kojotów zajęło się ogniem, jedne padły, inne dostały konwulsji, jeszcze inne czmychnęły z piskiem w noc.

– Przywódca Stada – ostrzegła Lana głosem ochrypłym od kłębiącego się wokół dymu. Opierała się na ramieniu Edilia. Oboje wydostali się z domku, ale na trawniku nie mogli czuć się bezpiecznie.

Domek runął z łoskotem za ich plecami i płonął niczym wielkie ognisko. Pomarańczowy blask wyłowił z ciemności setkę nic nierozumiejących psich pysków. Oczy i zęby zwierząt lśniły.

Przywódca Stada wyszedł spomiędzy innych, stając przed Samem ze zjeżoną sierścią, nieustraszony.

Szczeknięciem wydał rozkaz i całe stado zaczęło poruszać się jak jedno zwierzę, wściekłe, powarkujące.

Z wzniesionych wysoko rąk Sama wystrzeliły strumienie czystego, zielono-białego światła. Pierwsza fala kojotów natychmiast stanęła w ogniu. Przerażone zwierzęta odwróciły się i pognały do tyłu, kryjąc się między swoimi pobratymcami, siejąc całkowitą panikę.

Całe stado pobiegło z podkulonymi ogonami w noc. A Przywódca Stada nie był już nieustraszony, nie prowadził już innych kojotów, lecz podążał za nimi, pędził, by dogonić swą pokonaną armię. Niektóre z uciekających zwierząt płonęły i suche krzaki zajmowały się od nich ogniem.

Sam opuścił ręce po bokach.

Astrid stała przy nim.

– No, stary – odezwał się Quinn pełnym podziwu głosem.

– Nie sądzę, żeby wróciły – stwierdził Sam.

– Dokąd teraz? – spytał go Edilio.

Sam stał, patrząc na pustynię, wciąż tak ciemną, że pochłaniała blask pożaru. Chciało mu się płakać. Nie wiedział, że nosi w sobie tyle złości. Robiło mu się od tego niedobrze. Matka starała się, jak mogła, nie mógł jej winić.

Astrid widziała, że Sam nie nadaje się do rozmowy.

– Wrócimy do Perdido Beach – powiedziała. – Wejdziemy tam i wszystko naprawimy.

– A Caine po prostu ustąpi – odezwał się Quinn. – Łatwizna, co to dla nas.

Astrid poczerwieniała ze złości.

– Nie mówię, że będzie łatwo. To dla nas wyzwanie.

Edilio pokręcił głową.

– Żadne tam wyzwanie. To będzie wojna.

– Słońce niedługo wzejdzie. Będziemy mogli coś zobaczyć – powiedział Drake.

– Co zobaczyć? – zakwilił Panda. – Tam nie ma nic oprócz pustyni.

– Caine mówi, że on pewnie trzyma się blisko bariery, żeby znaleźć drogę powrotną.

– Caine myśli, że Sam wróci? – W głosie Pandy kryło się zdenerwowanie.

Panda wciąż dąsał się z powodu skręconej kostki i był niemal bezużyteczny, więc Drake zabrał dwoje innych dzieciaków z Coates. Pierwszy z nich, grubas chińskiego pochodzenia o imieniu Chunk, zaliczał się do przeciętniaków, z jakimi Drake normalnie by się nie pokazywał. Usta mu się nie zamykały i bez przerwy gadał, głównie chwaląc się tym, jakie zespoły muzyczne widział na żywo i jakie gwiazdy filmowe poznał. Ojciec Chunka był agentem filmowym w Hollywood.

O ile Hollywood jeszcze istniało.

Towarzyszyła im drobna, chuda, czarnoskóra dziewczyna o imieniu Louise, pełniąca funkcję kierowcy. Panda stał się niemal nieprzydatny, więc Drake potrzebował kogoś na jego miejsce.

Po zniknięciu Andrew, Caine i Diana, razem z tym okropnym, małym maniakiem komputerowym – Jackiem – doszli do porozumienia z Frederikiem i próbowali znowu opanować bieg spraw w Coates. Caine wysłał Drake'a, by spróbował odnaleźć Sama.

Drake był wściekły, że musi wykonać ten rozkaz. Chciało mu się spać. W dodatku – jak powiedział Caine'owi – obszar do przeszukania był ogromny, jak więc miał znaleźć Sama, do tego w nocy, nawet jeśli ten nadal trzymał się bariery?

– Jest droga, która prowadzi na górę Piggyback – odrzekł Caine. – Pamiętasz z wycieczki szkolnej? Rozciąga się stamtąd widok na wiele kilometrów.

A zatem pomimo panujących wciąż ciemności, faktu, że Louise w porównaniu z ostrożnym Pandą, jeździła jak szalona, a także ciągłych narzekań Pandy i paplaniny Chunka, wjechali na górę Piggyback i wkrótce znaleźli punkt widokowy.

Spędzili tam jakiś czas, nasłuchując wycia kojotów z doliny. Drake zagroził, że przyłoży Chunkowi, jeśli ten nie przestanie opowiadać, jak to raz spotkał Christinę Aguilerę.

Drake wściekał się, że musi przebywać na takim pustkowiu, bez jedzenia, bez napojów gazowych i w ogóle bez niczego, mając tylko butelkę wody i towarzystwo tych durniów.

– To co się stało z Andrew? – spytała Louise podczas jednej z rzadkich chwil, gdy Chunk milczał.

– Wcięło go. Zrobił wypad – powiedział Panda.

– Został mi jeszcze ponad rok, mam tylko trzynaście lat – oznajmiła Louise, jakby kogoś to obchodziło. – W ciągu roku ktoś przybędzie nam na ratunek, nie?

– Lepiej żeby szybciej – stwierdził Drake – bo ja już mam tylko miesiąc.

– Mnie został czas do czerwca – wtrącił Chunk. – Wiecie, co to znaczy? Jestem Rakiem.

– Święte słowa – mruknął Drake pod nosem.

– Spod znaku Raka – dodał Chunk.

– Wychodzę – powiedział Drake. Wysiadł z terenówki, w której siedzieli i podszedł do skraju punktu widokowego, do barierki. Zaczął się rozglądać i wtedy coś zobaczył.

Wyglądało jak zapałka, niesiona przez ciemność. Nie dało się określić odległości.
— Chunk! Lornetka!
Chunk przybiegł kilka chwil później. Tymczasem Drake patrzył jak małe, migoczące światło pędzi zygzakiem daleko w dole.
Chunk zaczął mówić.
— Jest jak w Hollywood Hills, wiesz? Przy Mulholland Drive, gdzie mieszkają wszyscy ci znani aktorzy i w ogóle. Raz poszedłem do domu takiego gościa, to był reżyser, którego reprezentuje mój tata i...
Drake wyrwał lornetkę z rąk Chunka i spróbował przyjrzeć się lepiej iskrze w dole. Było to niemal niewykonalne. Widział ją przez chwilę, a potem znikała z pola widzenia. Nawet gdy udawało mu się podążać za nią wzrokiem przez kilka sekund, nie mógł rozróżnić szczegółów, był to tylko pomarańczowy płomyk, wędrujący przez pozbawioną wyrazu pustkę. Bez wątpienia jednak poruszał się zbyt szybko, by mógł go nieść człowiek, nawet wyjątkowo szybki.
A potem iskra przestała się poruszać. I Drake zauważył, że płomień stopniowo rośnie.
Wpatrywał się intensywnie i wydało mu się, że w rozprzestrzeniającym się blasku widzi jakąś budowlę, może dom.
Panda podszedł, kulejąc. Drake podał mu lornetkę.
— Jak myślisz, co to jest?
Panda popatrzył i w tym momencie nastąpił rozbłysk. Chłopak oderwał lornetkę od oczu i krzyknął.
Drugi błysk był jeszcze wyraźniejszy, teraz widać było też snopy iskier, ciągnące się przez mrok wczesnego poranka.
Panda spojrzał znowu.
— Jest jakiś dom... i wieża albo coś takiego. I jeszcze, te, no... psy albo coś.

Trzeci wybuch oślepiającego światła przyniósł jeszcze więcej wirujących szaleńczo iskier.

– Nie wiem, stary – wzruszył ramionami Panda.

– Myślę, że znaleźliśmy to, czego szukamy – stwierdził Drake.

Teraz przemówił Chunk, z przestrachem w głosie.

– Myślisz, że to ten dzieciak, którego próbujecie złapać? Koleś ma moc. Jak w tym filmie...

Drake wyszarpnął pistolet zza pasa.

– Nie. To jest moc. I to ja ją mam – oznajmił.

To uciszyło Chunka na parę chwil.

– Ogień się rozprzestrzenia – zauważyła Louise. – Pewnie wszystko tam wyschło i krzaki palą się bez trudu.

Drake też to zauważył. Spojrzał w kierunku, z którego przybyli, próbował zorientować się w topografii.

– Coates jest z tamtej strony. Bariera jest tam. – Wskazał ręką. – Nie ma wiatru, więc ogień podejdzie pod górę. A to znaczy, że pójdą w stronę Coates. Będą przechodzić pod nami.

– Co zrobisz, zastrzelisz ich, jak będą nas mijać? – spytał Chunk, podekscytowany i przestraszony.

– Tak, jasne, z tysiąca metrów zastrzelę ich z pistoletu – odparł z sarkazmem Drake. – Kretyn.

– To co zrobimy? – odezwał się Panda. – Nic dziwnego, że Caine boi się tego gościa. Koleś potrafi robić takie rzeczy...

– Założę się, że ma cztery kreski – ocenił Chunk. – Widziałem w Coates różne akcje Benna, Andrew i Frederica. Żaden nie znał takich numerów. Myślicie, że może załatwić Caine'a?

Drake obrócił się na pięcie i na odlew walnął Chunka w twarz wierzchem wolnej dłoni. Gdy ten zatoczył się w tył, Drake podszedł i kopnął go w krocze.

Chunk złapał się za spodnie i opadł na kolana. Zakwilił:

– O co chodzi?

– Mam cię dosyć – warknął Drake. – Mam dosyć tych wszystkich bzdur o mocy. Widziałeś, co zrobiliśmy z tymi popaprańcami w Coates? Myślisz, że kto się tym zajął? Wszystkie te dzieciaki ze swoimi głupimi tak zwanymi mocami. Wzniecanie pożarów, przenoszenie przedmiotów i czytanie w myślach. Myślisz, że kto wyciągnął ich we śnie z łóżek, spuścił łomot? Jak to się stało, że kiedy się budzili, na ich rękach zastygał właśnie beton?

– To byłeś ty, Drake – powiedział Panda, próbując go udobruchać. – Dorwałeś ich wszystkich.

– Zgadza się. A wtedy nie miałem pistoletu. Nie chodzi o to, kto ma moc, kretyni. Chodzi o to, kto się nie boi. I kto zrobi, co trzeba.

Chunk dźwigał się już na nogi dzięki pomocnej dłoni Pandy.

– To nie Samem Temple powinniście się przejmować, gnojki, ani nawet nie Caine'em, tylko mną – oznajmił Drake. – Pan Laserowe Ręce nawet nie dojdzie do miejsca, w którym mógłby walczyć z Caine'em. Wykończę go na długo przedtem.

ROZDZIAŁ 34

87 GODZIN, **46** MINUT

Było ich sześcioro. Sam, Edilio, Quinn, Lena, Astrid i mały Pete. Porzucili już plany podążania do domu wzdłuż muru ETAP-u. Ogień, o barwie żółci i oranżu, wspinał się na wzgórza na północy, odcinając im drogę. Mogli kierować się tylko na południe.

Nareszcie nadszedł świt – ponura szarość, która wszystkiemu odbierała kolor, nawet płomieniom.

Widzieli już, gdzie stawiają stopy, lecz i tak ciągle się potykali. Ze zmęczenia nogi mieli jak z ołowiu.

Mały Pete upadł bezgłośnie i został z tyłu, dopóki Astrid tego nie zauważyła. Potem Edilio i Sam na przemian nieśli go na plecach, przez co ich marsz był jeszcze wolniejszy i bardziej niebezpieczny.

Pete spał przez jakiś czas, może przez dwie godziny, a później, gdy chłopcy nie mogli już zrobić następnego kroku, obudził się i zaczął iść na własnych nogach. Teraz wszyscy podążali za nim, zbyt zmęczeni, by się z nim spierać albo próbować go prowadzić, tym bardziej, że zmierzał w zasadzie we właściwym kierunku.

– Musimy się zatrzymać – stwierdził Edilio. – Dziewczyny są zmęczone.

– Nic mi nie jest – odezwała się Lana. – Biegałam z kojotami. Chodzenie z wami to odpoczynek.

– Ja mam dosyć – oznajmił Sam i stanął w miejscu, obok czegoś, co było albo wyjątkowo dużym krzewem, albo małym drzewem.

– Petey! – krzyknęła Astrid. – Wracaj. Zatrzymujemy się.

Mały Pete przystanął, ale nie chciał wracać. Astrid powlokła się do niego, z każdym krokiem odczuwając ból.

– Sam! – zawołała. – Szybko!

Sam sądził, że jest zbyt wyczerpany, by zareagować, ale w jakiś sposób znów wprawił swoje nogi w ruch i podszedł do miejsca, gdzie stał mały Pete, a obok klęczała Astrid.

W pyle drogi leżała dziewczyna. Miała poszarpane ubranie i potargane czarne włosy. Była Azjatką, ładną, choć nie piękną, bardzo wychudzoną, niemal skóra i kości. Ich uwagę zwróciły jednak przede wszystkim ręce, uwięzione w twardym bloku betonu.

Astrid przeżegnała się szybko i przycisnęła dwa palce do szyi dziewczyny.

– Lana! – wykrzyknęła.

Lana momentalnie oceniła sytuację.

– Nie widzę żadnych obrażeń. Może jest wygłodzona albo na coś chora.

– Skąd się tu wzięła? – zastanawiał się na głos Edilio. – O rany, co ktoś zrobił z jej rękami?

– Nie umiem leczyć głodu – stwierdziła Lana. – Próbowałam tego na sobie, kiedy wędrowałam ze stadem. Nie podziałało.

Edilio odkręcił swoją butelkę wody, ukląkł i ostrożnie polał wodą policzek leżącej, tak że kilka kropel spłynęło jej do ust.

– Patrzcie, przełyka.

Edilio odłamał kawałek batonika, po czym wsunął jej go delikatnie do ust. Po chwili usta dziewczyny poruszyły się z trudem – żuła.

– Tam jest droga – powiedział Sam. – Przynajmniej tak mi się wydaje. Polna droga.

– Ktoś tędy przejeżdżał i wyrzucił ją tutaj – zgodziła się Astrid.

Sam wskazał ślad w pyle.

– Widać, jak ciągnęła ten blok.

– To jakieś chore – mruknął ze złością Edilio. – Kto by zrobił coś takiego?

Mały Pete stał, przyglądając się dziewczynie. Astrid to zauważyła.

– Zwykle nie patrzy na ludzi w ten sposób.

– Pewnie nigdy nie widział, do czego zdolne są niektóre kanalie – powiedział Edilio.

– Nie – powiedziała z namysłem Astrid. – Petey raczej nie odczuwa więzi z innymi ludźmi. Dla niego nie są zupełnie prawdziwi. Kiedyś skaleczyłam się w kuchni nożem, naprawdę mocno, leciała mi krew, a on nawet nie mrugnął. A jestem dla niego najbliższą osobą na całym świecie.

Odezwała się Lana.

– Sam, możesz... no wiesz, wypalić ten beton z jej rąk?

– Nie. Nie umiem tak precyzyjnie celować.

– Nawet nie wiem, co można zrobić – powiedział Edilio, karmiąc dziewczynę kolejnym maleńkim kęsem. – Jeśli spróbujemy rozbić to młotem albo nawet młotem i dłutem, będzie bardzo bolało. Pewnie połamalibyśmy jej wszystkie kości w dłoniach.

– Kto mógł jej to zrobić? – zastanawiała się Lana.

– To mundurek Coates Academy – odparła Astrid. – Pewnie jesteśmy niedaleko od tego mrocznego miejsca.

– Cśśś – syknęła Lana. – Coś słyszę.
Wszyscy skulili się instynktownie. W ciszy wyraźnie słyszeli dźwięk silnika. Ktoś prowadził go niezbyt umiejętnie, zrywami, to przyspieszając, to zwalniając.
– Chodźcie, dowiemy się, kim ona jest – powiedział Sam.
– Jak mamy zabrać tę dziewczynę? – spytał Edilio. – Może dałbym radę ją nieść, ale nie z tym kawałem betonu, stary.
– Ja złapię ją, a ty weźmiesz blok.
– Jest strasznie ciężki – powiedział Edilio. – Wolałbym nie spotkać palanta, który to zrobił. Postąpić tak z innym człowiekiem? Co za bestia może zrobić coś takiego?
Samochód okazał się terenówką. Prowadził go, o ile Sam dobrze widział, samotny chłopiec.
– Znam go – stwierdziła Astrid. Pomachała. Samochód zatrzymał się gwałtownie. Astrid nachyliła się w stronę otwartego okna.
– Komputerowy Jack?
Sam widywał tego maniaka techniki w mieście, ale właściwie nigdy z nim nie rozmawiał.
– Cześć – odezwał się chłopak. – O, świetnie. Znaleźliście Taylor. Szukałem jej.
– Szukałeś jej?
– Tak. Jest chora. Wiecie, na głowę. Oddaliła się od szkoły, więc szukałem jej i...
W tym momencie Sam zorientował się, że to pułapka. O ułamek sekundy za późno.
Drake podniósł się zza trzeciego rzędu siedzeń. Trzymał pistolet, wymierzony w głowę Astrid, ale patrzył prosto na Sama.
– Nawet o tym nie myśl. Nawet jeśli ci się wydaje, że jesteś bardzo szybki, mnie wystarczy tylko nacisnąć spust.
– Nie ruszam się – powiedział Sam. Podniósł ręce w geście kapitulacji.

– O nie, koleżko. Wiem wszystko o mocy. Ręce masz mieć opuszczone.

– Muszę pomóc nieść tę dziewczynę.

– Nikt jej donikąd nie zaniesie. Już po niej.

– Nie zostawimy jej tutaj – oświadczyła Astrid.

– Decyzje podejmuje ten, kto ma broń – odparł Drake i wyszczerzył się w uśmiechu. – Na twoim miejscu, Astrid, siedziałbym cicho. Caine chciał, żebym spróbował wziąć ciebie i twojego braciszka żywcem. Ale jeśli wykonacie swój numer ze znikaniem, zastrzelę Sama.

– Jesteś psychopatą, Drake – powiedziała Astrid.

– No, no. Jakie wielkie słowo. Pewnie dlatego nazywają cię Genialną Astrid, co? Wiesz, jakie jeszcze słowo jest dobre? Debil.

Astrid skuliła się, jakby ją uderzył.

– Mój brat to debil – przedrzeźniał ją Drake. – Szkoda, że tego nie nagrałem. No dobra. Wsiądziecie do samochodu, pojedynczo. Grzecznie i powoli.

– Nie zostawimy tej dziewczyny – stwierdził kategorycznie Sam.

– Właśnie – zgodził się Edilio.

Drake wydał z siebie teatralne westchnienie.

– Dobra. Podnieście ją i wrzućcie na przednie siedzenie obok Jacka.

Wymagało to nieco wysiłku. Dziewczyna żyła, ale była niezupełnie przytomna i zbyt osłabiona, by się ruszać.

Quinn zesztywniał ze strachu i niezdecydowania. Sam widział konflikt, malujący się na jego twarzy. Czy powinien trzymać się Sama, czy raczej przypodobać się Drake'owi?

Sam zastanawiał się, co kumpel postanowi. Na razie patrzył szeroko otwartymi oczami, wargi mu drżały, spoglądał to tu, to tam, szukając odpowiedzi.

– Nic mi nie będzie, Quinn – szepnął Sam.

Quinn nawet go nie usłyszał.

Astrid wsiadła do samochodu. Zajęła miejsce dokładnie za Jackiem.

– Naprawdę myślałam, że jest dla ciebie jakaś nadzieja, Jack.

– E tam – powiedział Drake. – Jack jest jak śrubokręt albo obcęgi. To tylko narzędzie. Robi, co się mu każe.

Mały Pete i Lana dzielili środkowy rząd siedzeń. Edilio i Sam siedzieli z tyłu. Drake przycisnął pistolet do potylicy Edilia.

– To ze mną masz problem, Drake – powiedział Sam.

– Podjąłbyś ryzyko, gdyby chodziło tylko o twoje życie – odparł tamten. – Ale nie narazisz swojego ulubionego Meksykańca ani swojej dziewczyny.

Jechali zrywami, Jack często skręcał na pobocze. Ale nie rozbili się, na co Sam liczył. Zatrzymali się przed Coates Academy.

Sam już raz tam był, przyprowadzony, by zobaczyć miejsce pracy matki. Ponury, stary budynek wyglądał jak po ostrzale. Jedno z pomieszczeń na piętrze było odsłonięte. Głównie drzwi zostały wysadzone.

– Wygląda jak pole bitwy – skomentował Edilio.

– ETAP to jest pole bitwy – odparł złowrogo Drake.

Widok tego miejsca wywołał u Sama przypływ smutnych wspomnień. Mama robiła, co mogła, by przedstawiać swoje zajęcie w sposób entuzjastyczny, a Coates jako miejsce, w którym uwielbiała pracować. Ale nawet Sam wiedział, że nie zatrudniłaby się tutaj, gdyby nie zniszczył jej małżeństwa.

Odkrył w sobie resztki gniewu na matkę. To było dziecinne, wręcz karygodne, złe. I wybrał fatalny moment, by o tym myśleć, teraz, w tym miejscu, biorąc pod uwagę to, co miało nadejść.

Jak to powiedział Edilio? *Cabeza de turco?* Kozioł ofiarny? Chciał obarczyć kogoś winą, a gniew na matkę narastał w nim już na długo przed ETAP-em.

„Ale chociaż jestem wściekły – myślał – Caine musi czuć się jeszcze gorzej. To ja byłem tym synem, którego zatrzymała przy sobie. A on tym, którego oddała."

Gdy się zatrzymali, czekał na nich Panda z paroma uczniami, których Sam nie znał. Trzymali kije bejsbolowe.

– Chcę się zobaczyć z Caine'em – powiedział Sam, gdy wysiadł.

– Nie wątpię – odparł Drake. – Ale najpierw musimy się zająć innymi sprawami. Stańcie w rzędzie. Gęsiego obejdziecie budynek.

– Powiedz Caine'owi, że jest tu jego brat – nie dawał za wygraną Sam.

– Nie masz do czynienia z Caine'em, Sammy, tylko ze mną – odparł Drake. – Najchętniej bym cię zastrzelił. Najchętniej zastrzeliłbym was wszystkich. Więc mnie nie wkurzaj.

Zrobili, co kazał. Skręcili za róg i znaleźli się na dziedzińcu za głównym budynkiem. Wznosiła się tam niewielka scena, wyglądająca jak altana.

Ponad dwadzieścioro uczniów otaczało niską poręcz wokół altany. Wszyscy byli do niej przywiązani sznurem, który zostawiał im niewielką swobodę ruchów. Sznur sięgał od poręczy do szyi, jak u koni. Ciążyły im bloki betonu, którym zalano ich ręce. Mieli pusty wzrok i zapadnięte policzki.

Astrid użyła słowa, którego Sam nigdy się po niej nie spodziewał.

– Ładnie się wyrażasz – powiedział z szyderczym uśmiechem Drake. – I to przy Pe-tynie.

Przed każdym z więźniów postawiono tacę ze stołówki. Najwyraźniej zrobiono to niedawno, bo niektórzy wciąż wylizywali tace, skuleni, twarzą w dół, niczym psy.

– Oto banda popaprańców – oznajmił Drake, ręką wykonując zamaszysty gest konferansjera.

Troje dzieciaków mieszało beton w starych, skrzypiących taczkach za pomocą łopat z krótkimi trzonkami. Jedno z nich wrzuciło do środka garść żwiru i pracowały dalej, jakby mieszały gęsty sos.

– O nie – powiedziała Astrid, cofając się. Jeden z uczniów Coates uderzył ją z tyłu w zgięcie kolana kijem bejsbolowym, aż upadła na ziemię.

– Trzeba coś zrobić z bezużytecznymi popaprańcami – stwierdził Drake. – Nie możecie tak sobie biegać. – Widocznie zobaczył u Sama jakąś reakcję, bo przytknął pistolet do głowy Astrid. – Twoja decyzja, Sam. Tylko drgnij, a przekonamy się, jak naprawdę wygląda genialny mózg.

– Ej, ja nie mam mocy – przypomniał Quinn.

– To chore, Drake. Ty jesteś chory – odezwała się Astrid. – Nie mogę z tobą nawet rozsądnie dyskutować, bo jesteś zbyt pokręcony.

– Zamknij się – warknął Drake. – Dobra, Sam. Ty pierwszy. To łatwe. Po prostu wtykasz ręce, a potem, hokus-pokus, mocy nie ma.

Quinn przybrał błagalny ton.

– Sam to popapraniec, ale ja nie, stary, nie mam mocy. Jestem normalny.

Sam na drżących nogach podszedł do taczek. Dzieciaki, które mieszały beton, wydawały się bardzo nieszczęśliwe z powodu wykonywanej czynności, ale Sam nie miał złudzeń: będą robiły to, co się im każe.

W ziemi wykopana była dziura o długości mniej więcej trzydziestu centymetrów i dwa razy mniejszej szerokości, głęboka na jakieś dwadzieścia centymetrów.

Mieszający wlali do dołka łopatę betonu, wypełniając go w jednej trzeciej.

– Włóż tam ręce, Sam – nakazał Drake. – Zrób to albo paf i nie ma naszego geniusza.

Sam zanurzył ręce w betonie. Dzieciak z łopatą dorzucił jeszcze trochę, po czym upchnął beton kielnią. Jeszcze pół łopaty i znów użył kielni, tym razem do wygładzenia betonu, po czym wrócił do taczek.

Sam klęczał z unieruchomionymi rękami i umysłem oszalałym od rozpaczliwych planów i obliczeń. Jeśli się ruszy, Astrid zginie. Jeśli nic nie zrobi, zostaną niewolnikami.

– Dobra, Astrid, twoja kolej – powiedział Drake.

Kolejny dołek w ziemi i procedura zaczęła się od nowa. Astrid płakała, mówiąc przez łzy:

– Wszystko będzie dobrze, Pete, wszystko będzie dobrze.

Jeden z mieszających beton zabrał się za kopanie trzeciej dziury. Robił to szybkimi, wprawnymi ruchami, odgarniając ziemię kielnią.

– To trwa jakieś dziesięć minut, Sam – odezwał się Drake. – Jeśli planujesz jakiś akt odwagi, masz jakieś osiem minut.

– Tak trzeba z popaprańcami – powiedział Quinn. – Nie ma wyboru, Drake.

Sam czuł, że beton twardnieje. Już teraz, gdy chciał poruszyć palcami, okazało się, że są unieruchomione. Nigdy nie widział Astrid tak zdenerwowanej. Płakała, nie próbując tego ukryć. Jej strach podsycał jego własne obawy. Nie mógł tego znieść. Sytuacja była dla niego wystarczająco trudna, ale widząc ją w takim stanie...

A jednak Astrid nie odpowiadała na jego spojrzenie, jej uwagę skupiał wyłącznie mały Pete. Zupełnie jakby płakała na jego użytek, przekazując mu swoje przerażenie.

I tak właśnie było. Ale pomysł nie zdawał egzaminu. Mały Pete był pogrążony w swojej grze, w swoim świecie.

– Zdaje się, że twój czas się kończy, Sam – powiedział ze śmiechem Drake. – Spróbuj wyciągnąć ręce. Nie możesz, prawda?

Stanął za nim i pacnął go w tył głowy.

– No, Sam. Nawet Caine się ciebie boi, więc musisz być twardy. No, pokaż, co potrafisz. – Znowu go uderzył, tym razem lufą pistoletu. Sam padł twarzą na ziemię.

Podniósł się. Pociągnął z całej siły, ale jego dłonie były uwięzione. Swędziały go. Zaczął się zmagać z ogarniającą paniką. Miał ochotę kląć, ale dostarczyłby tylko Drake'owi rozrywki.

– Tak, znieś to jak mężczyzna – zapiał Drake. – W końcu masz czternaście lat, nie? Ile ci zostało do zniknięcia? ETAP to tylko etap przejściowy, prawda?

Chłopcy z łopatami wydobyli blok betonu z ziemi. Próbując teraz wstać, Sam poczuł jego potworny ciężar. Utrzymywał się na nogach, ale z ogromnym wysiłkiem.

Drake podszedł do niego bliżej.

– To kto tu jest mężczyzną? Kto dał radę tobie i pozostałym popaprańcom? Ja. I to bez żadnej mocy.

Sam usłyszał trzaśnięcie drzwiami. Odwrócił głowę i zobaczył Caine'a i Dianę, idących przez trawnik.

Caine zbliżał się do niego wolnym krokiem, a jego uśmiech z każdą chwilą stawał się szerszy.

– Proszę, proszę, oporny Sam Temple – powiedział. – Uścisnę ci rękę. A, przepraszam, pomyłka. – Roześmiał się, lecz brzmiało to bardziej jak rozładowanie napięcia niż cokolwiek innego.

– Dorwałem go – oznajmił Drake. – Dorwałem wszystkich.

– Widzę – przyznał Caine. – Dobra robota. Bardzo dobra. Widzę, że małych przyjaciół Sama też udało się złapać.

– Może podrapiesz Drake'a za uchem? Był takim dobrym psem – podsunęła Diana.

Młodzi kopacze wydobyli ręce Astrid z ziemi. Płakała histerycznie, nie mogąc do końca wstać. Mały Pete podszedł do niej, poruszając się jak we śnie, z głową zwieszoną nad Game Boyem.

Astrid stuknęła małego Pete'a blokiem betonu.

I nagle Sam zorientował się, co dziewczyna robi. Musiał odwrócić uwagę od Astrid i małego Pete'a.

– Lepiej zostaw w spokoju tamtą dziewczynę, nazywa się Lana – powiedział, wskazując ją ruchem podbródka. – To uzdrowicielka.

Brwi Caine'a uniosły się.

– Co? Uzdrowicielka?

– Umie uleczyć wszystko, każde obrażenie – potwierdził Sam. Astrid, ledwie zdolna do ruchu, powoli, rytmicznie machała swoim betonowym blokiem, zataczając nim niewielki łuk i uderzając w Game Boya swojego braciszka.

– Uleczyła mnie – ciągnął Sam. – Ugryzł mnie kojot. Chcesz zobaczyć?

– Mam lepszy pomysł – odparł Caine. – Drake, daj dziewczynie coś do uleczenia.

Drake wybuchnął głośnym, radosnym śmiechem. Przytknął lufę pistoletu do kolana Sama.

– Nie! – krzyknęła Astrid.

Huk był straszliwy. Z początku ból nie przedarł się do świadomości Sama, który jednak upadł. Przewrócił się na bok niczym ścięte drzewo. Noga, która wydawała się na wpół urwana, wygięła się pod nim, wykręciła.

A potem nadszedł ból.

Drake uśmiechnął się szeroko i z podnieceniem wykrzyknął: – Ha!

Wstrząśnięta Astrid tak mocno zamachnęła się betonowym blokiem, że wytrąciła braciszkowi konsolkę z rąk i odepchnęła go o krok w tył.

Diana zmarszczyła z niepokojem brwi. Dopiero teraz w ogóle zauważyła obecność małego Pete'a.

Przez czerwoną mgiełkę bólu Sam zobaczył, że jej oczy otwierają się szeroko, a palec celuje w chłopczyka.

– Drake, ty idioto, dzieciak. Dzieciak!

Astrid opadła na kolana, opuszczając beton na Game Boya.

Nastąpił rozbłysk światła. Nie rozległ się żaden dźwięk.

Jednak beton nagle zniknął z dłoni Astrid. Po prostu zniknął.

Podobnie jak blok z rąk Sama.

I wszystkich pozostałych.

Astrid klęczała, wciskając kłykcie w miękką ziemię.

Betonowe bloki zniknęły, jakby nigdy nie istniały, chociaż dłonie tych, których więziono przez dłuższy czas, pokrywała blada, martwa, łuszcząca się skóra.

Caine był szybki. Cofnął się, odwrócił i uciekł w stronę budynku. Diana zdawała się rozdarta, niepewna. Po chwili jednak pognała za Caine'em.

Mały Pete podniósł swoją grę. Blok zniknął na ułamek sekundy przed jej zmiażdżeniem. Teraz konsolka była brudna i przylepiły się do niej źdźbła trawy, wciąż jednak działała.

Drake stał jak wryty. Wciąż miał w ręce pistolet, dymiący po strzale w kolano Sama.

Zamrugał powiekami.

Podniósł broń i strzelił w kierunku małego Pete'a. Ale nie mógł dokładnie wycelować. Spudłował z powodu oślepiającego, zielonkawego rozbłysku.

Jego ręka, cała ręka trzymająca pistolet, zajęła się płomieniem.

Krzyknął. Pistolet wypadł mu z poparzonych palców. Ciało czerniało od ognia. Dym był brązowy.

Drake krzyknął i patrzył z przerażeniem, jak ogień pochłania jego ciało. Puścił się biegiem, a pęd powietrza tylko podsycał płomienie.

– Dobry strzał, Sam – stwierdził Edilio.

– Celowałem w głowę – odparł Sam, zaciskając zęby z bólu.

Lana uklękła przy nim i przycisnęła dłonie do krwawej miazgi, w którą zmieniło się jego kolano.

– Musimy się stąd wynosić – zdołał wykrztusić Sam. – Zostawcie mnie, trzeba uciekać. Wracać do... Caine...

Użycie mocy pochłonęło resztkę jego sił. Miał wrażenie, że wchłania go czarna dziura. Wirując, spadał coraz głębiej, w nieświadomość.

ROZDZIAŁ 35

86 GODZIN, **11** MINUT

– Gdzie jesteśmy? – Sam przebudził się gwałtownie i ze wstydem stwierdził, że Edilio i jakiś nieznajomy dzieciak wloką go drogą.

Edilio zatrzymał się.

– Możesz wstać?

Sam sprawdził swoje nogi. Uzdrawianie kolana dobiegło końca.

– Nic mi nie jest. W sumie czuję się nawet nieźle.

Obejrzał się i stwierdził, że wyglądają jak banda dzikusów. Astrid szła obok małego Pete'a, którego za rękę trzymała Lana, podczas gdy jej pies pognał do lasu w pogoni za wiewiórką. Quinn wlókł się sam poboczem drogi, z zawstydzenia stroniąc od reszty. Towarzyszyło im jeszcze ponad dwadzieścioro dzieciaków, uwolnionych z Coates.

Edilio dostrzegł wyraz jego twarzy.

– Zyskałeś zwolenników, Sam.

– Caine nie zaczął nas ścigać?

– Jeszcze nie.

Grupa rozciągnęła się na drodze, rozproszyła, wędrując bez żadnej dyscypliny.

Sam skrzywił się, ujrzawszy dłonie dzieciaków z Coates. Beton wyciągnął z ich skóry całą wilgoć. Skóra była biała i sflaczała, w niektórych wypadkach wisiała w strzępach, niczym podarte bandaże u jakiejś mumii z filmu grozy. Na nadgarstkach widniały czerwone kręgi – beton obtarł je do krwi. Byli brudni.

– Tak – Edilio zorientował się, na co Sam patrzy. – Lana zajmuje się nimi po kolei. Leczy ich. Jest niesamowita.

Samowi wydało się, że słyszy w głosie Edilia coś jeszcze.

– Jest też ładna, prawda?

Edilio szeroko otworzył oczy i zaczerwienił się.

– Ona tylko... no wiesz...

Sam klepnął go w ramię.

– Powodzenia.

– Myślisz, że ona... Znaczy, znasz mnie, ja tylko... – wyjąkał Edilio i umilkł.

– Stary, zobaczymy, czy uda nam się przeżyć. A potem możesz się z nią umówić czy jak tam będziesz chciał.

Sam rozejrzał się po okolicy. Znajdowali się na drodze z Coates, za żelazną bramą. Od Perdido Beach wciąż dzieliło ich wiele kilometrów.

Astrid zauważyła, że się ocknął, i przyspieszyła kroku.

– Nareszcie się obudziłeś – stwierdziła. – Najwyższy czas.

– Wiesz... – Za jej przykładem przybrał żartobliwy ton. – Zwykle jak mnie postrzelą, a potem wypuszczam lasery z rąk, lubię się trochę zdrzemnąć. – Spojrzał jej w oczy i bezgłośnie dodał: – Dzięki.

Wzruszyła ramionami, jakby chciała powiedzieć: „drobiazg".

– Caine nie zaakceptuje takiego stanu rzeczy – spoważniała.

– Nie. Będzie nas ścigał – zgodził się Sam. – Ale jeszcze nie teraz. Najpierw musi opracować plan. Stracił Drake'a.

I będzie się bał, że wszystkie dzieciaki, które posiadają moc i które go nienawidzą, są z nami.

– Dlaczego myślisz, że nie ruszy w pościg?

– Przypomnij sobie, jak pierwszy raz wjechał do Perdido Beach – odparł. – Miał plan. Wydał instrukcje swoim ludziom, ćwiczyli to.

– Czyli wracamy do Perdido Beach?

– Ciągle jest tam Orc i paru innych. Mogą być z nimi problemy.

– Musimy zdobyć jedzenie dla tych dzieciaków – zauważył Edilio. – To priorytet.

– Mamy jakieś pięć, może sześć kilometrów do Ralph's – myślał na głos Sam. – Dadzą radę?

– Chyba muszą – stwierdził Edilio. – Ale też się boją. Jest tu trochę trudnych przypadków. Wiesz, przez co oni przeszli i w ogóle.

– Wszyscy się boimy i niewiele możemy na to poradzić – oznajmił Sam. Nie podobały mu się jednak własne słowa. Nic nie znaczyły. To prawda, że wszyscy się bali, ale owszem, mogli coś na to poradzić. A nawet musieli.

Zatrzymał się pośrodku drogi i zaczekał, aż inni go dogonią.

– Słuchajcie. – Wzniósł ręce, by zwrócić na siebie uwagę i uspokoić ich, ale wcześniej widzieli, co się stało, gdy wykonał ten gest. Skulili się, najwyraźniej gotowi uciekać do lasu.

Sam pospiesznie opuścił ręce.

– Przepraszam. Zacznę jeszcze raz. Mogę prosić wszystkich o uwagę? – odezwał się łagodniejszym głosem. Dłonie trzymał przy biodrach. Cierpliwie poczekał, aż był pewien, że wszyscy słuchają. Quinn ciągle stał w oddaleniu.

– Wszystkich nas spotkały ostatnio złe rzeczy – powiedział Sam. – Bardzo złe. Jesteśmy zmęczeni. Nie wiemy, co się dzieje. Cały świat stał się dziwny. Nasze własne ciała i umysły zmieniły się w sposób jeszcze dziwniejszy niż za sprawą dojrzewania.

Odpowiedziało mu kilka uśmiechów, ktoś bez przekonania zachichotał.

– Tak. Wiem, że wszyscy jesteśmy roztrzęsieni. Przestraszeni. Ja na pewno tak – dodał ze smutnym uśmiechem. – Nie próbujmy więc udawać, że to nie jest straszne. Bo jest. Ale czasami to sam strach jest najgorszy. Wiecie? – Gdy jego wzrok prześlizgiwał się po ich twarzach, znowu zdał sobie sprawę, że mają jeszcze inne zmartwienie, poważniejsze nawet od strachu. – Chociaż głód to też nie żarty. Mamy kilka kilometrów do sklepu spożywczego. Tam wszyscy się najecie. Wiem, że część z was przeszła przez piekło. Chciałbym wam powiedzieć, że to już koniec, ale to nieprawda.

Twarze obecnych sposępniały.

Sam wyartykułował wszystko, co zamierzał, ale oni potrzebowali czegoś jeszcze. Rzucił okiem na Astrid. Była równie poważna, jak wszyscy, ale skinęła głową, zachęcając go, by mówił dalej.

– Dobrze. Dobrze – ciągnął tak cicho, że niektórzy musieli podejść bliżej. – Coś wam powiem. Nie poddamy się. Będziemy walczyć.

– Dobrze mówi! – wykrzyknął ktoś.

– Pierwsza rzecz, którą musimy wyjaśnić: tu nie ma rozróżnienia na popaprańców i normalnych. Jeśli masz moc, jesteś potrzebny. Jeśli nie masz, też jesteś potrzebny.

Kiwano głowami. Wymieniano spojrzenia.

– Dzieciaki z Coates, dzieciaki z Perdido Beach, teraz jesteśmy razem. Razem. Może robiliście różne rzeczy, by przetrwać. Może nie zawsze byliście dzielni. Może porzuciliście nadzieję.

Jakaś dziewczyna zaniosła się nagle szlochem.

– Teraz już po wszystkim. Zaczynamy od nowa. Tu i teraz. Jesteśmy braćmi i siostrami. Nieważne, że nie znamy swoich imion, jesteśmy braćmi i siostrami. Przeżyjemy, wygramy i spróbujemy być szczęśliwi.

Zapadła długa, głęboka cisza.

– Dobra – odezwał się wreszcie Sam. – Mam na imię Sam. Jestem z wami. Przez cały czas. – Odwrócił się do Astrid.

– Jestem Astrid. Też jestem z wami.

– Nazywam się Edilio. Tak jak mówili. Bracia i siostry. *Hermanos*.

– Thuan Vong – przedstawił się szczupły chłopak z nieuleczonymi jeszcze dłońmi, które wyglądały jak martwe ryby. – Wchodzę w to.

– Dekka – odezwała się silna, mocno zbudowana dziewczyna z włosami zaplecionymi w cienkie warkoczyki i z kolczykiem w nosie. – Wchodzę. Potrafię to i owo.

– Ja też – zawołała chuda dziewczyna z rudymi kucykami. – Nazywam się Brianna. Ja... no, potrafię być bardzo szybka.

Po kolei deklarowali swoją determinację. Ich głosy brzmiały z początku słabo, ale przybierały na sile. Każdy był głośniejszy, pewniejszy, bardziej zdecydowany od poprzedniego.

Tylko Quinn zachował milczenie. Zwiesił głowę, po policzkach popłynęły mu łzy.

– Quinn! – zawołał go Sam.

Ten nie odpowiedział, tylko patrzył w ziemię.

– Quinn – powtórzył Sam. – Wszystko zaczyna się teraz od początku. Nie liczy się nic, co było wcześniej. Nic. Jesteśmy braćmi, stary?

Quinn miał ściśnięte gardło. Ale w końcu cicho odezwał się:

– Tak. Jesteśmy braćmi.

– Dobra. Teraz chodźmy po jedzenie – powiedział Sam.

Kiedy znowu ruszyli w drogę, nie rozchodzili się już na wszystkie strony. Nie maszerowali jak wojsko, ale trzymali się na tyle blisko siebie, na ile może grupa przerażonych nastolatków. Wznieśli głowy nieco wyżej.

Ktoś się nawet roześmiał. Był to przyjemny dźwięk.

Astrid odezwała się przyciszonym głosem:

– Jedynym, czego powinniśmy się bać, jest sam strach.

– Chyba nie powiedziałem tego tak jasno – uznał Sam.

Edilio klepnął go w plecy.

– Wystarczająco jasno, stary.

– Sam wraca.

– Co?

– Sam. Idzie tu autostradą.

Mięśnie Howarda naprężyły się. Był w połowie ratuszowych schodów, w drodze do McDonald'sa, po gofrowego hamburgera od Alberta.

Wieść przyniósł Elwood, chłopak Dahry Baidoo. W jego głosie pobrzmiewała ulga, nie dało się ukryć. Wydawał się zadowolony. Howard zanotował w myślach, że Elwood jest nielojalny, ale w tej samej chwili uświadomił sobie, że może mieć większe zmartwienia niż lojalność Elwooda.

– Jeśli Sam wróci, to na smyczy, którą trzyma Drake Merwin – wybuchnął Howard.

Elwood jednak pognał już przekazać informację Dahrze i go nie słyszał.

Howard rozejrzał się, czując się nieco zagubiony, niepewny, co robić. Zauważył Mary Terrafino, pchającą w stronę przedszkola sklepowy wózek, w którym wiozła soki w kartonach, maść A&D i parę poobijanych jabłek. Zbiegł ze schodów i ją dogonił.

— Co słychać, Mary? — zagadnął.

— Chyba twój czas się kończy — odparła i zaśmiała się.

— Tak myślisz?

— Sam tu idzie.

— Widziałaś go?

— Trzy osoby mówiły mi, że idzie tu autostradą. Lepiej się pospiesz i go zatrzymaj — powiedziała z triumfem w głosie.

— On jest tylko jeden, skopiemy mu tyłek.

— Powodzenia — odrzekła.

Howard żałował, że nie ma z nim Orca. Gdyby miał Orca u boku, nie musiałby tolerować gadania Mary. Ale sytuacja sam na sam to co innego.

— Chcesz, żebym powiedział Caine'owi, że stoisz po stronie Sama? — spytał.

— Nie powiedziałam, że stoję po czyjejś stronie. Tylko po stronie maluchów, którymi się opiekuję. Ale coś zauważyłam. Zauważyłam, że prawie się posikałeś, gdy usłyszałeś o Samie. Więc wiesz co? Może to ty jesteś nielojalny. W końcu skoro Caine jest taki świetny, dlaczego miałbyś bać się Sama? Mam rację? — Oparła się o wózek, który znów potoczył się naprzód.

Howard przełknął ślinę i zaczął się zmagać z własnym strachem.

„To nic wielkiego", powiedział sobie. „Mamy Caine'a, Drake'a i Orca. Wszystko gra. Wszystko gra."

Wierzył w to przez dobrych dwadzieścia sekund, zanim się złamał i pobiegł po Orca.

Orc był w domu, który zajął i który teraz dzielił z Howardem, naprzeciwko miejsca, gdzie mieszkał Drake.

To była krótka ulica, a bliżej ratusza mieszkać się już nie dało. Dzieciaki nazywały ją Aleją Osiłków.

Orc spał na kanapie, oglądając film kung-fu na DVD z głośnością ustawioną na cały regulator. Nabrał zwyczaju życia nocą i spania za dnia.

Zdaniem Howarda dom był kiepski, marnie urządzony i cuchnący czosnkiem, ale Orc o to nie dbał. Chciał być blisko wydarzeń w mieście. Na tyle blisko, by mieć też oko na Drake'a po drugiej stronie ulicy.

Howard znalazł pilot i wyłączył telewizor. Na szklanym blacie stolika do kawy walały się puszki po piwie, a w popielniczce – papierosy. Orc wypijał ostatnio po parę piw dziennie.

Od czasu Bette. To wtedy zaczął pić na dobre. Howard martwił się o Orca. Nie żeby go szczególnie lubił, ale ich losy były ze sobą powiązane. Czasem wyobrażał sobie, jak by wyglądał jego świat, gdyby Orc go porzucił, i ta wizja wcale mu się nie podobała.

– Orc, wstawaj, chłopie.

Bez odpowiedzi.

– Orc. Wstawaj. Mamy kłopoty. – Dźgnął go w ramię.

Orc odemknął jedno oko.

– Czemu zawracasz mi tyłek?

– Sam Temple wraca.

Orc potrzebował chwili, by przetworzyć te słowa. Potem usiadł gwałtownie i złapał się za czoło.

– O rany. Łeb mnie boli.

– To się nazywa „kac" – wypalił Howard. Potem, gdy Orc posłał mu mordercze spojrzenie, złagodniał. – Mam w kuchni paracetamol – rzucił. Napełnił szklankę wodą, wytrząsnął sobie na dłoń dwie tabletki i przyniósł je Orcowi.

– W czym problem? – spytał Orc. Nigdy nie był zbyt bystry, ale teraz jego tępota zaczęła działać Howardowi na nerwy.

– Problem? Sam wraca. W tym problem.
– No i?
– Daj spokój. Pomyśl. Uważasz, że jeśli Sam idzie do miasta, to nie ma jakiegoś planu? Caine'a nie ma, jest na górze. Drake też. A to znaczy, że za wszystko tutaj odpowiadamy ty i ja.

Orc sięgnął po jedną z puszek, potrząsnął nią i westchnął z zadowoleniem, gdy usłyszał, że w środku chlupocze jeszcze trochę piwa. Wlał je sobie do gardła.

– Czyli musimy skopać Samowi tyłek? – spytał.

Howard nie myślał tak daleko naprzód. Jeśli Sam wróci, będzie niedobrze. Jeśli Sam wróci, a Caine nie? Ciężko było to sobie wyobrazić.

– Pójdziemy go śledzić. Wybadamy, co kombinuje.

Orc zmrużył oczy.

– Jak go zobaczę, to mu przyłożę.

– Musimy się przynajmniej połapać, o co mu chodzi – odparł z rozwagą Howard. – Powinniśmy zebrać wszystkich, którzy są blisko ratusza. Może Młotka. Chaza. Każdego, kogo znajdziemy.

Orc wstał i beknął.

– Muszę się odlać. Potem weźmiemy hummera. Skopiemy parę tyłków.

Howard pokręcił głową.

– Orc. Posłuchaj mnie. Wiem, że nie chcesz tego słyszeć, ale popieranie Caine'a może nie być najlepszym wyjściem.

Orc wbił w niego swoje tępe spojrzenie.

– Stary, a jeśli to Sam wygra? Jeśli pokona Caine'a? Gdzie wtedy będziemy?

Tamten nie odpowiadał bardzo długo i Howard sądził już, że nie dosłyszał. W końcu Orc wydał z siebie westchnienie, które brzmiało niemal jak szloch. Złapał Howarda za ramię – niemal nigdy tego nie robił.

– Zabiłem Bette.

– Nie chciałeś – odparł Howard.

– Niby jesteś mądry – powiedział Orc ze smutkiem. – Ale czasami bywasz głupszy ode mnie, wiesz?

– Dobra.

– Zabiłem kogoś, kto nic mi nie zrobił. Astrid już nigdy nawet na mnie nie spojrzy, chyba że z nienawiścią.

– Nie, nie, nie – spierał się z nim Howard. – Sam będzie potrzebował pomocy. Będzie potrzebował kogoś silnego. Jeśli teraz pójdziemy do Sama, pokajamy się, wiesz, powiemy: „Ty teraz rządzisz, Sammy..."

– Jak kogoś zabijesz, to idziesz do piekła – odrzekł Orc. – Mama mi tak powiedziała. Raz tata mnie bił, to było akurat w garażu, więc złapałem młotek. – Zaczął odtwarzać tamtą scenę. Chwycił niewidzialne narzędzie, popatrzył na nie, podniósł do góry. A potem opuścił. – Powiedziała: „jak zabijesz ojca, będziesz się smażył w piekle".

– I co się potem stało?

Orc podniósł lewą rękę. Podsunął ją pod twarz Howarda. Widniała na niej blizna, niemal dokładnie okrągła, mniej więcej półcentymetrowa.

– A to co? – spytał Howard.

– Wiertarka udarowa. Wiertło trzy szesnaste. – Orc roześmiał się posępnie. – Pewnie mam szczęście, że nie trzy czwarte, co?

– To pokręcone, stary – powiedział Howard. Od dawna wiedział, że Orc pochodzi z trudnego domu. Ale wiertarka – to już nie mieściło się w głowie. On sam wychował się w dość przeciętnym domu, jednak żadne z jego rodziców nie upijało się, ani nie stosowało przemocy. Howard robił, co musiał, by przetrwać, a był mały, słaby i nielubiany. Lubił mieć władzę, lubił budzić lęk u innych, więc przyjaźń z Orkiem mu odpowiadała.

Zaczynał jednak rozumieć, że Orc, choć głupi, ma rację. On i Sam Autobus, ten wielki bohater, nigdy się nie dogadają.

Howard znalazł się w tej samej pułapce co Orc.

W pułapce.

– No dobra – zdecydował. – Idziemy do Caine'a.

Orc beknął głośno.

– Caine jest na nas zły.

– Tak – potwierdził Howard. – Ale nadal nas potrzebuje.

ROZDZIAŁ 36
84 GODZINY, **41** MINUT

– Przytrzymaj go! – krzyknęła Diana.

Jej głos dobiegał z oddali. Drake Merwin słyszał, jak przebija się poprzez czerwony hałas, który wypełniał mu mózg.

Krzyki, krzyki, wszędzie krzyki. Zalewały jego umysł, dobiegały z milionów ust, które otwierały się i zamykały, nie mogąc złapać tchu.

– Mogę go trzymać – odezwał się inny głos. Caine. – Cofnąć się na trzy. Raz... dwa...

Drake zaczął rzucać się szaleńczo, krzycząc i wierzgając. Robił sobie krzywdę, ale nie mógł przestać. Ból... nigdy takiego nie czuł, nawet nie wyobrażał sobie czegoś podobnego.

Coś go przycisnęło, jakby tysiąc rąk trzymało go z całej siły.

– Masz piłę? – spytał głos Diany. Nie słychać w nim teraz zadowolenia z siebie. Był chrapliwy i przerażony.

Drake zmagał się z niewidzialną siłą, ale Caine przyparł go do ziemi swoją mocą telekinezy. Drake mógł tylko wrzeszczeć i przeklinać, ale mięśnie twarzy odmawiały mu posłuszeństwa i nawet to mu nie wychodziło.

– Nie zrobię tego – załkał Panda. – Nie odpiłuję mu ręki.

Po tych słowach do bólu dołączyło przerażenie. Ręki? Oni chcą...

– Zabije mnie, jeśli to zrobię – ciągnął Panda.

– Ja też tego nie zrobię – dołączyły do niego inne głosy. – Nie ma mowy.

– Ja się tym zajmę – powiedziała Diana z odrazą. – Też mi twardziele. Dajcie mi piłę.

– Nie, nie, nie! – wydarł się Drake.

– To jedyny sposób, żeby powstrzymać ból – odparł Caine, niemal okazując jakieś emocje, jakąś odrobinę współczucia. – Z tej ręki nic już nie będzie, stary.

– Ta dziewczyna... – jęknął Drake. – Mogłaby to uleczyć.

– Nie ma jej tu – wyjaśnił gorzko Caine. – Poszła razem z Samem i całą resztą.

– Nie odcinajcie mi ręki! – wołał Drake. – Lepiej dajcie mi umrzeć. Zastrzelcie mnie.

– Przykro mi – powiedział Caine – ale nadal jesteś mi potrzebny. Nawet bez jednej ręki.

Ktoś wpadł do pomieszczenia.

– Znalazłem tylko tylenol i advil – oznajmił Komputerowy Jack.

– Miejmy to już za sobą – warknęła Diana.

Niecierpliwiła się, by go okaleczyć. Nie mogła się doczekać.

– Jeśli to zrobisz, zabije cię – ostrzegł Panda.

– A tam, Drake już i tak postanowił, że chce to zrobić – odparła. – Zaciśnijcie opaskę uciskową.

– Wykrwawi się na śmierć – uprzedził Jack. – W ręce ma na pewno ważne tętnice.

– Racja – powiedział Caine. – Musimy jakoś zabezpieczyć kikut.

– Jest już zasklepiony – stwierdziła Diana. – Muszę tylko ciąć poniżej oparzenia.

– No, dobra – zgodził się Caine.

– Nie mogę go dosięgnąć przez twoje pole siłowe. Odsuń je tak, żeby miał lewą stronę sparaliżowaną, a Panda albo inny z tych rzekomych twardzieli przytrzyma kikut.

– Pozwólcie mi przynajmniej wziąć ręcznik. Nie chcę tego dotykać – stwierdził Panda z obrzydzeniem.

– Nikt nie obetnie mi ręki – wychrypiał Drake. – Zabiję każdego, kto mnie dotknie.

– Puść go, Caine – warknęła Diana.

Niewidzialny, ogromny ciężar ustąpił z piersi Drake'a i chłopak znów mógł się ruszać. Ale teraz twarz Diany znalazła się o centymetry od jego twarzy, a jej ciemne włosy dotykały śladów łez na jego policzkach.

– Słuchaj, ty tępy łajdaku – powiedziała. – Usuwamy ból. Dopóki masz ten przypalony kikut, będziesz w takim stanie. Będziesz krzyczał, płakał i się moczył. Tak, zsikałeś się, Drake.

Z jakiegoś powodu ten fakt uciszył Drake'a.

– Masz jedną szansę. Tylko jedną. Jeśli odetniemy martwą część twojej ręki i to nie wywołując ponownego krwawienia.

– Kto mnie potnie, ten umrze – odparł Drake.

Diana cofnęła się poza pole jego widzenia.

Odezwał się Caine:

– Zróbcie to. Panda. Chunk. Złapcie ten kikut.

Drake znowu poczuł ciężar, który go unieruchomił. Nie czuł ręcznika, którym owinięto mu rękę, ani ucisku dłoni. Ta część była nagą kością, mięśnie się wytopiły, a spalone nerwy były martwe. Ból zaczynał się wyżej, gdzie pozostało wystarczająco wiele zakończeń nerwowych, by bombardować jego rozgorączkowany mózg kolejnymi falami męczarni.

– To nie Diana ani Panda, ani nawet ja – odezwał się Caine. – To żadne z nas, Drake. To Sam. Sam ci to zrobił. Chcesz, żeby uszło mu to płazem? Czy jednak wolisz żyć na tyle długo, by zadać mu cierpienie?

Drake usłyszał rozedrgany, metaliczny dźwięk. Piła była zbyt duża i Diana z trudem sobie z nią radziła. Brzeszczot trząsł się lekko, gdy zabierała się do pracy.

– Dobra – powiedziała Diana. – Trzymajcie go. Zrobię to najszybciej, jak umiem.

Drake stracił przytomność, ale jego sny były równie pełne bólu jak rzeczywistość. Raz po raz budził się i znów omdlewał. Gdy odzyskiwał świadomość, krzyczał, gdy spał – płakał.

Usłyszał odległy, głuchy odgłos, gdy resztki jego ręki spadły na podłogę.

A potem zaczęła się nagła bieganina i krzyki. Padały rozkazy, panował chaos, przez ułamek sekundy widział Dianę, zakrwawionymi palcami nawlekającą nić na igłę. Wszędzie na sobie czuł ręce, nacisk wypompowywał mu powietrze z płuc.

Podnosząc wzrok z dna głębokiej studni, Drake ujrzał obłąkane twarze, patrzące na niego dzikimi oczami. Wydawało mu się, że to jakieś potwory.

– Chyba przeżyje – stwierdził jakiś głos.
– Niech Bóg ma nas w opiece, jeśli przeżyje.
– Nie. Niech Bóg ma w opiece Sama Temple'a.
A potem nicość.

– Astrid, powinnaś zacząć rozmawiać z tymi dzieciakami – powiedział Sam. – Poznać ich moce. Dowiedzieć się, na ile nad nimi panują. Szukamy każdego, kto może pomóc w walce.

Astrid popatrzyła na niego niepewnie.
– Ja? Czy nie powinien tego robić Edilio?
– Dla Edilia mam inne zadanie.

Znajdowali się na placu, a żeby odpocząć, usiedli na schodach ratusza – Sam, Astrid, mały Pete i Edilio. Quinn gdzieś zniknął i nikt nie wiedział, dokąd poszedł. Uwolnieni uczniowie z Coates – Popaprańcy z Coates, jak teraz sami dumnie się określali – najedli się w sklepie Ralph's, a teraz znowu karmił ich Albert, który krążył pośród nich i rozdawał hamburgery. Niektórzy zjedli zbyt dużo naraz i zwymiotowali. Ale większość znalazła jeszcze miejsce na hamburgera, nawet jeśli zrobiono je z mięsa na podgrzanym gofrze z wiórkami czekoladowymi.

Lana już prawie skończyła leczyć dłonie uciekinierów. Chwiała się na nogach ze zmęczenia i w końcu Sam zobaczył, jak kolana się pod nią ugięły i padła na trawę. Zanim zdążył się podnieść, żeby jej pomóc, część uczniów Coates ułożyło ją z delikatnością, która graniczyła z czcią. Zrolowali kurtki, by zrobić jej poduszkę, i zabrali koc z małego namiotu, by ją przykryć.

– Dobra, pogadam z nimi – obiecała Astrid. Ale wciąż wydawała się temu niechętna.

– Nie umiem odczytywać ludzi tak jak Diana.

– To cię gryzie? Nie jesteś moją Dianą. I mam nadzieję, że ja nie jestem Caine'em.

– Chyba miałam nadzieję, że to wszystko się skończy. Przynajmniej na jakiś czas.

– Myślę, że się skończy. Na jakiś czas. Ale najpierw musimy ułożyć plan i upewnić się, że jesteśmy gotowi na powrót Caine'a.

– Masz rację. – Uśmiechnęła się słabo. – W każdym razie nie jest tak, że marzyłam tylko o obfitym posiłku, gorącym prysznicu i całych godzinach snu.

— Tak. Nie chciałabyś teraz zmięknąć, co? — Przyszło mu do głowy coś innego. — Ale czekaj, postaraj się, żeby mały Pete był zadowolony. Nie chcę, żebyś nagle zniknęła.

— Szkoda by było, co? — odparła z drwiną w głosie.

— Może spróbuję sztuczki Quinna: — Hawaje, Petey, Hawaje.

Podeszła do swojego brata, upewniła się, że nic mu nie jest, po czym wmieszała się w tłum.

Sam przywołał Edilia.

— Edilio. Chcę, żebyś coś zrobił.

— Co tylko każesz.

— Trzeba będzie prowadzić samochód. I dotrzymać tajemnicy.

— Tajemnica to nie kłopot. Samochód? — Teatralnie przełknął ślinę, niczym postać z kreskówki w obliczu zagrożenia.

— Chcę, żebyś skombinował ciężarówkę i pojechał do elektrowni. — Wyjaśnił, o co mu chodzi, a mina Edilia chmurniała wraz z każdym słowem. Skończywszy, Sam spytał: — Poradzisz sobie z tym? Będziesz musiał zabrać jeszcze przynajmniej jedną osobę.

— Mogę to zrobić — odparł Edilio. — Choć niezbyt mnie to cieszy.

— Kogo weźmiesz ze sobą?

— Chyba Elwooda, o ile Dahra go puści.

— Dobra. Idź i przez godzinę czy dwie spróbuj nauczyć się prowadzić.

— Raczej przez dzień czy dwa — odparł Edilio. Ale potem oddał Samowi parodię salutu i dorzucił: — Nie ma sprawy, generale.

Sam siedział teraz przygarbiony, a w głowie szumiało mu od braku snu i następstw bólu oraz strachu. Powiedział sobie, że musi się zastanowić i przygotować. Caine na pewno snuł plany.

Caine. Jego brat. Jego brat.

Ile mieli czasu? Trzy dni. Za trzy dni Sam... zniknie. Podobnie jak Caine. Może umrze. Może w jakiś sposób się zmieni. Może tylko przeniesie się bezboleśnie z powrotem do starego wszechświata, mając mnóstwo niewiarygodnych historii do opowiedzenia.

I zostawi Astrid.

Gdyby Caine był normalnym człowiekiem, mógłby spędzać czas na przygotowaniach do tego, co mogło oznaczać zniknięcie: śmierć, unicestwienie, ucieczkę. Ale Sam wątpił, by faktycznie się tym zajmował. Caine będzie chciał zatriumfować nad Samem. To pragnienie będzie silniejsze niż strach przed końcem.

– Nigdy nie lubiłem urodzin – mruknął Sam.

Albert Hillsborough skończył rozdawać hamburgery dzieciakom z Coates, które reagowały na to z wdzięcznością. Wspiął się po schodach do Sama.

– Cieszę się, że wróciłeś – powiedział.

Z jakiegoś powodu Sam poczuł, że powinien wstać i podać mu rękę. Albert uścisnął ją z powagą.

– Super, że to zrobiłeś. Że paśnik ciągle otwarty.

Albert wydawał się lekko poirytowany.

– Nie nazywamy tego paśnikiem. To restauracja McDonald's. I zawsze nią będzie. Chociaż – przyznał – niezbyt trzymam się instrukcji.

– Widziałem gofro-burgery.

Albertowi wyraźnie coś chodziło po głowie. Cokolwiek to było, Sam nie miał dość czasu ani energii, ale Albert stał się ważną osobą, kimś, kogo nie wypadało po prostu spławić.

– O co chodzi, Albercie?

– No, zrobiłem inwentaryzację w Ralph's i myślę, że gdybym dostał odpowiednią pomoc, mógłbym upichcić przyzwoitą kolację na Święto Dziękczynienia.

Sam wbił w niego wzrok. Zamrugał.
- Co?
- Święto Dziękczynienia. To w przyszłym tygodniu.
- No tak.
- W Ralph's są piekarniki. Bardzo duże. I nikt nie zabrał mrożonych indyków. Myślę, że to będzie jakieś dwieście pięćdziesiąt osób, jeśli pojawią się prawie wszyscy z Perdido Beach, prawda? Jeden indyk wystarczy, powiedzmy, dla ośmiu, więc potrzebujemy trzydziestu jeden, trzydziestu dwóch indyków. Tu nie ma kłopotu, bo w sklepie jest ich czterdzieści sześć.
- Trzydzieści jeden indyków?
- Z sosem żurawinowym nie ma problemu, z farszem też nie, nikt na razie nie brał zbyt wiele farszu, chociaż muszę zobaczyć, jak zmieszać siedem różnych rodzajów i sprawdzić, jak to smakuje.
- Farsz - powtórzył z powagą Sam.
- Mamy za mało batatów w puszkach, trzeba będzie użyć świeżych, a także pieczonych ziemniaków. Poważnym problemem będzie bita śmietana i lody do deserów.

Sam chciał parsknąć śmiechem, ale z drugiej strony fakt, że Albert poświęcił tej kwestii tyle myśli, wydał mu się ujmujący i podniósł go na duchu.
- Przypuszczam, że lodów już prawie nie ma.
- Tak. Zostało ich bardzo mało. Dzieciaki brały też bitą śmietanę w sprayu.
- Ale ciasto będzie?
- Jest trochę mrożonych ciast. Mamy też trochę takich do upieczenia.
- Byłoby fajnie - odrzekł Sam.
- Muszę zacząć trzy dni wcześniej. Będę potrzebował przynajmniej dziesięciu osób do pomocy. Mogę wytaszczyć stoły z podziemi kościoła i ustawić na placu. Chyba dam radę.

– Na pewno dasz – powiedział serdecznym tonem Sam.
– Mateczka Mary zrobi z przedszkolakami dekoracje.
– Słuchaj...
Albert uniósł dłoń, przerywając wypowiedź Sama.
– Wiem. Wiem, że wcześniej może nas czekać ciężka walka. I słyszałem, że niedługo twoje piętnaste urodziny. Może się zdarzyć masa złych rzeczy. Ale, Sam...
Tym razem to Sam nie dał mu skończyć.
– Bierz się za planowanie tej wielkiej uczty.
– Tak?
– Tak. Ludzie będą mieli na co czekać.

Albert poszedł i Sam stłumił ziewnięcie. Dostrzegł Astrid, pochłoniętą rozmową z trojgiem uczniów Coates. Pomyślał, że doznała najróżniejszych potworności, ale pomimo niezbyt czystej bluzki, przetłuszczonych blond włosów w strąkach i ubrudzonej twarzy, wciąż wygląda pięknie.

Gdy podniósł wzrok, widział drugą stronę placu oraz budynki naprzeciwko i sięgał spojrzeniem aż do nazbyt spokojnego oceanu.

Urodziny. Święto Dziękczynienia. Puff. I rozgrywka z Caine'em. A co dopiero codzienność, jeśli w jakiś sposób wszyscy przeżyją. Co dopiero szukanie drogi ucieczki albo przetrwanie ETAP-u. Chciał tylko wziąć Astrid za rękę i zaprowadzić ją na plażę, rozłożyć koc na gorącym piasku, położyć się przy niej i spać przez jakiś miesiąc.

– Zaraz po wielkiej kolacji na Święto Dziękczynienia – obiecał sobie. – Zaraz po deserze.

ROZDZIAŁ 37

79 GODZIN, **00** MINUT

Cookie przekręcił się na bok, po czym wstał. Nogi wciąż miał słabe i drżące. Żeby utrzymywać równowagę, musiał opierać się o stół.

Ale pomagał sobie ręką, która wcześniej została zupełnie strzaskana.

Była tam Dahra Baidoo, a także Elwood. Oboje patrzyli z nabożeństwem, jakby byli świadkami cudu.

– Nieźle – mruknęła do siebie Lana.

– Nie boli – stwierdził Cookie.

Roześmiał się. W tym śmiechu pobrzmiewało niedowierzanie. Zatoczył ręką koło, wyciągnął ją w przód i w górę. Zacisnął palce w pięść.

– Nie boli.

– Nigdy nie myślałem, że coś takiego zobaczę – odezwał się Elwood, powoli kręcąc głową.

Do przekrwionych oczu Cookiego napłynęły łzy.

– Nie boli. Zupełnie nie boli – szepnął do siebie.

Spróbował zrobić krok. Potem następny. Sporo stracił na wadze. Był blady, a nawet więcej niż blady, niemal zielony na twarzy. Trząsł się niczym niedźwiedź, chodzący na tylnych łapach, który lada chwila się przewróci. Wyglądał jak ten, kim był: dzieciak, który odbył podróż do piekła i z powrotem.

— Dziękuję — szepnął do Lany. — Dziękuję.

— To nie moja zasługa — odparła. — To po prostu... sama nie wiem co.

Była zmęczona. Leczenie Cookiego zajęło wiele czasu. Przebywała w szpitalu od ósmej rano, budzona udręczonymi krzykami Cookiego.

Jego obrażenia były jeszcze gorsze niż jej własna złamana ręka. Wyleczenie go zajęło jej ponad sześć godzin i nie odczuwała już dobroczynnych skutków spania w parku. Znowu ogarnęło ją zmęczenie. Była niemal pewna, że na zewnątrz świeci słońce, ale teraz tęskniła tylko za łóżkiem.

— To coś, co umiem robić — powiedziała, tłumiąc ziewnięcie i przeciągając się, by rozprostować plecy. — Po prostu... takie coś.

Cookie pokiwał głową. A potem zrobił coś, czego nikt się nie spodziewał. Padł na kolana przed oszołomioną Dahrą.

— Opiekowałaś się mną.

Dahra wzruszyła ramionami. Wyglądała bardzo nieswojo.

— Nie ma sprawy, Cookie.

— Nie. — Ujął jej dłoń i pochylił czoło. — Wszystko, czego tylko zechcesz. Wszystko. O każdej porze. Zawsze. — Głos drżał mu od wstrzymywanych łez. — Wszystko.

Dahra podciągnęła go, by stanął na nogach. Kiedyś był wielki i ciężki jak Orc. Nadal górował nad dziewczyną.

— Musisz zacząć jeść — rzekła.

— Tak, jeść — powtórzył Cookie. — A potem co mam robić?

Dahra zdawała się lekko zirytowana.

— Nie wiem, Cookie — odparła.

Lana wpadła na pewien pomysł.

— Idź poszukać Sama. Szykuje się walka.

– Umiem walczyć – potwierdził Cookie. – Jak tylko coś zjem i, wiecie, odzyskam siły.

– McDonald's jest otwarty – oznajmiła Dahra. – Spróbuj hamburgera z tostem. Smakuje lepiej, niż by się wydawało.

Cookie poszedł. Dahra zwróciła się do Lany.

– Wiem, że chodzi głównie o Cookiego, ale czuję się, jakbyś i mnie uratowała życie. Odchodziłam od zmysłów, kiedy się nim opiekowałam.

W obliczu wdzięczności Lana czuła się zakłopotana. Zawsze tak było, nawet gdy chodziło o drobiazgi. Teraz dziękowano jej za dokonywanie cudów.

– Znasz jakieś miejsce, w którym mogłabym się przespać? – spytała. – Wiesz, w łóżku?

Elwood zaprowadził ją i Patricka do swojego domu. Znajdował się o kilometr od placu i Lana niemal zasypiała na stojąco, zanim tam doszli.

– Wejdźcie – zaprosił Elwood. – Chcecie coś zjeść?

Lana pokręciła głową.

– Wystarczy mi miejsce... na tej kanapie.

– Możesz skorzystać z którejś sypialni na piętrze.

Lana leżała już twarzą w dół na kanapie. Momentalnie zasnęła.

Gdy się obudziła, była już noc. Dopiero po chwili zorientowała się, gdzie jest.

Elwood wykazał się troską i nakarmił Patricka. Na kuchennej terakocie stał teraz wylizany do czysta talerz. Pies zwinął się w kłębek przed gazowym kominkiem, choć nie płonął w nim ogień.

Lana była głodna jak wilk. Przeszukała kuchnię, czując się jak złodziej. Lodówkę opróżniono ze wszystkiego oprócz soku cytrynowego, sosu sojowego, kartonu mocno przeterminowanego mleka i bardzo, bardzo starej sałaty.

Zamrażarka wyglądała trochę lepiej. Znalazła skrzydełka kurczaka, coś w plastikowym pojemniku i pizzę peperoni do przygotowania w mikrofalówce.

– O, tak – powiedziała Lana. – Zdecydowanie.

Włożyła pizzę do mikrofalówki i wcisnęła odpowiednie klawisze. Patrzenie, jak się obraca, fascynowało ją. Pociekła jej ślina. Mogła tylko czekać, aż rozlegnie się dzwonek kuchenki.

Zjadła pizzę, rozrywając ją gołymi rękami, rolując lepkie kawałki. Nie zostawiła nawet tego, co spadło na blat.

– Też chcesz? – spytała, gdy pojawił się Patrick, merdając ogonem i spoglądając łapczywie. Rzuciła mu kawałek pizzy, a on złapał w locie.

– Wyszliśmy z tego, co, piesku?

Znalazła prysznic na piętrze i spędziła pół godziny pod strumieniem gorącej wody. Do odpływu ściekały zabarwione czernią i czerwienią strużki.

Potem wpuściła do środka Patricka, natarła go szamponem, opłukała i wypchnęła z kabiny. Otrząsnął się, rozpryskując kropelki wody po całej łazience.

Owinęła się ręcznikiem i poszła zwiedzać dom w poszukiwaniu ubrań. Elwood najwyraźniej nie miał siostry, ale jego mama była drobna, więc podwijając rękawy i ściskając się paskiem, Lana zdołała skompletować sobie strój.

Podniosła swoje stare ubrania i omal nie zemdlała od smrodu.

– O mój Boże, Patrick, czy ja tak cuchnęłam? Trzeba gdzieś spalić te rzeczy.

W końcu jednak zadowoliła się wepchnięciem zakrwawionych, brudnych, śmierdzących potem i postrzępionych ubrań do worka na śmieci. Niestety, musiała zachować stare buty, bo obuwie matki Elwooda okazało się o dwa numery za duże.

Zeszła po schodach. Od dawna nie czuła się tak dobrze. Potem zauważyła telefon. Nie mogła się powstrzymać i podniosła słuchawkę. Chciała zadzwonić do mamy. Powiedzieć jej... cokolwiek. Wiedziała tylko to, co powiedziano jej na temat ETAP-u. A jednak...

– Nie ma sygnału, Patrick.

Pies nie okazał zainteresowania.

– Wiesz co? Usiądę sobie i chwilę popłaczę.

Łzy jednak nie chciały płynąć. Po chwili westchnęła, wzięła ciepłą dietetyczną pepsi i wyszła na ganek.

Był środek nocy. Na ulicy panowała cisza. Dziewczyna znalazła się w mieście, w którym się wychowała, ale którego nie odwiedzała przez całe lata. Natknęła się na kilkoro dzieciaków, które kiedyś znała, ale większość z nich nie poznała jej pod skorupą brudu. Może teraz przynajmniej ludzie zaczną ją zauważać. Chociaż przyszło jej do głowy, że z kolei Sam, Astrid i Edilio pewnie nie rozpoznają jej takiej czystej.

– Mam ochotę dokądś iść – powiedziała do Patricka. – Ale nie wiem dokąd.

Na ulicę wjechał samochód. Poruszał się bardzo powoli. Ten, kto go prowadził, wyraźnie nie był doświadczonym kierowcą.

Lana zesztywniała, gotowa wbiec z powrotem do domu i zaryglować drzwi. Pomachała ostrożnie, ale nie widziała kierowcy, a ten najwyraźniej nie chciał zatrzymać się na pogawędkę. Samochód pojechał dalej, po czym skręcił i zniknął jej z oczu.

– Jakiś patrol – zwróciła się Lana do psa.

Postała jeszcze trochę na ganku, zanim wróciła do środka.

Natychmiast rozpoznała chłopaka stojącego w kuchni. Patrick zawarczał i zjeżył sierść.

– Cześć, świrusko – powiedział Drake.

Cofnęła się, ale za późno. Drake wymierzył do niej z pistoletu.

– Jestem praworęczny. A przynajmniej byłem. Ale z tej odległości i tak trafię.

– Czego chcesz?

Drake wskazał kikut swojej prawej ręki. Została ucięta tuż nad łokciem.

– A jak myślisz?

Do tej pory tylko raz widziała Drake'a Merwina i wtedy przywiódł jej na myśl Przywódcę Stada: silny, bardzo czujny, niebezpieczny. Teraz wydawał się wychudły, uśmiech rekina zmienił się w ściągnięty grymas, wokół oczu widniały czerwone obwódki. Jego spojrzenie, niegdyś groźne, lecz leniwe, teraz było natarczywe. Wyglądał jak ktoś, kogo poddano torturom przekraczającym granice ludzkiej wytrzymałości.

– Spróbuję – zapewniła.

– Zrobisz więcej, a nie tylko spróbujesz – odparł. Zwinął się z bólu, wykrzywił twarz. Z jego gardła dobył się niski, upiorny jęk.

– Nie wiem, czy zdołam sprawić, żeby cała ręka odrosła – powiedziała Lana. – Daj dotknąć.

– Nie tutaj – syknął. Machnął pistoletem. – Wyjdźmy tylnymi drzwiami.

– Jeśli mnie zastrzelisz, nie pomogę ci – zauważyła Lana.

– Umiesz leczyć psy? Może rozwalę mu łeb? Uzdrowisz go, świrusko?

Samochód, który wcześniej przejechał obok, parkował z włączonym silnikiem w zaułku za domem. Za kierownicą siedział chłopak, którego nazywano Pandą.

– Nie zmuszaj mnie – poprosiła Lana. – Pomogłabym ci bez względu na wszystko. Nie musisz mi grozić.

Ale spór nie miał sensu. Jeśli nawet Drake kiedykolwiek wiedział, co to sumienie, umarło ono wraz z jego ręką.

Odjechali przez śpiące miasteczko.

W ciemną noc.

Howard na własne oczy widział niewielką armię, którą zebrał Sam. Widział, jak szli do Ralph's. Sklep nie był strzeżony, co świadczyło o tym, że inni szeryfowie postanowili zejść Samowi z drogi i zniknąć.

– Jest ich zbyt wielu – stwierdził Howard.

A zatem razem z Orkiem ukradli samochód i ruszyli do Coates Academy. Gdzieś po drodze źle skręcili i z zapadnięciem zmroku znaleźli się na drodze, prowadzącej na pustynię.

Zawrócili, kierując się po swoich śladach z powrotem na główną drogę, ale to też nie zdało egzaminu. Wreszcie skończyła im się benzyna.

– To ty miałeś taki głupi pomysł – mruknął Orc.

– A co chciałeś zrobić? Zostać w mieście z Samem? Było z nim ze dwadzieścia osób.

– Skopałbym mu tyłek.

– Orc, nie bądź kretynem – warknął Howard, nie wytrzymując. – Jeśli nie ma Caine'a i nie ma Drake'a, a Sammy dumnie wkracza do miasta, co to oznacza? Daj spokój.

Świńskie oczka Orca stały się wąskie jak szparki.

– Nie nazywaj mnie kretynem. Jak będzie trzeba, wybiję ci zęby.

Howard stracił dwadzieścia minut, próbując załagodzić zranione uczucia Orca. A potem nadal siedzieli w unieruchomionym samochodzie na zupełnym odludziu.

– Widzę światło – stwierdził Orc.

– Faktycznie. – Howard wyskoczył z samochodu i puścił się biegiem. Orc począłapał za nim.

Dwa snopy światła z samochodu przesuwały się w ich stronę, ale pod kątem. Jeśli zwolnią, samochód ich ominie i nie zauważy.

– Szybciej! – zawołał Howard.

– Zatrzymaj! – popędził go Orc, przerywając pościg i zwalniając.

– Dobra! – odkrzyknął Howard. Jego stopa na coś natrafiła i runął jak długi na ziemię. Pozbierał się i dopiero wtedy poczuł ostry ból w kostce. – Co to... – Zamarł. W ciemnościach coś było. Nie Orc, lecz coś, co obrzydliwie śmierdziało i dyszało jak pies.

Howard w mgnieniu oka podniósł się i rzucił do ucieczki.

– Coś mnie goni! – krzyknął.

Reflektory samochodu zbliżały się ku niemu. Jeszcze mógł zdążyć. Jeszcze mógł. O ile znowu się nie przewróci. O ile potwór go wcześniej nie dopadnie.

Pod nogami poczuł asfalt, oświetlił go biały blask. Samochód zahamował z piskiem i zatrzymał się.

Potwora nie było widać.

– Howard?

Poznał ten głos. Z okna wychylił się Panda.

– Panda? Stary, cieszę się, że cię widzę. Byliśmy...

Coś ciemnego i szybkiego skoczyło, łapiąc Pandę za ramię. Chłopak wrzasnął.

Wewnątrz samochodu rozbrzmiało gorączkowe szczekanie psa.

Coś uderzyło Howarda w plecy. Upadł na asfalt, podpierając się rękami. Samochód szarpnął naprzód. Zderzak zatrzymał się o piętnaście centymetrów od głowy Howarda.

Rozległ się krzyk. Męski głos. Orc. Orc został gdzieś w ciemnościach.

Wszędzie wokół Howarda tłoczyły się psy. „Nie, nie psy, – pomyślał – wilki. Kojoty."

Drzwi samochodu otworzyły się i ze środka wypadł Panda, niemal spleciony z kropelkami.

Głośny huk i pomarańczowy błysk. Zwierzęta jednak nie stanęły.

Następny strzał i jeden z kojotów zaskamlał z bólu. Drake zatoczył się i stanął w blasku reflektorów, wyglądając niczym strach na wróble.

Kojoty cofnęły się poza krąg światła, ale nie odeszły. Howard powoli dźwignął się na nogi.

Drake wycelował pistolet w twarz Howarda.

– Nasłałeś na mnie te psy?

– Mnie też pogryzły – zaprotestował Howard. Potem odwrócił się w stronę pustyni i krzyknął: – Orc! Orc, stary! Orc!

Rozległ się głos, który brzmiał jak chrzęst żwiru, ale z dziwną, wysoką nutą.

– Daj nam samicę.

Howard wlepił wzrok w ciemność, próbując coś zobaczyć. To nie Orc. Gdzie był Orc?

– Jaką samicę? – spytał Drake. – Kim jesteś?

Pustynia poruszała się powoli wokół samochodu, ze wszystkich stron. Cienie podpełzały bliżej. Howard skulił się, ale Drake nawet nie drgnął.

– Kto tam jest? – zapytał.

W krąg światła wkroczył pokryty świerzbem kojot z blizną na pysku, przez którą wyglądał, jakby uśmiechał się złowrogo. Howard omal się nie przewrócił, gdy się zorientował, że to właśnie kojot mówił.

– Daj nam samicę.

– Nie – odparł Drake, szybko otrząsając się z szoku. – Jest moja. Potrzebuję jej, żeby mnie uleczyła. Ma moc, a ja chcę odzyskać rękę.

– Jesteś niczym – warknął kojot.

– Jestem człowiekiem z pistoletem – odparł Drake.

Jeden i drugi – w oczach Howarda wyglądali bardzo podobnie – świdrowali się nawzajem wzrokiem.

– Czego od niej chcesz? – spytał Drake.

– Ciemność mówi: przyprowadź samicę.

– Ciemność? Co to niby znaczy?

– Daj nam samicę – powiedział Przywódca Stada. – Albo zabijemy wszystkich.

– Zabiję wiele z was.

– Zginiesz – odrzekł z uporem kojot.

Howard poczuł, że teraz on powinien się odezwać.

– Ej, ej! Mamy tu sytuację patową. A może da się wypracować jakiś układ?

– O czym ty mówisz?

– Słuchaj, Drake, mówiłeś coś o samicy, która uleczy twoją rękę?

– Ona ma moc. Chcę odzyskać rękę.

– Panie, eee... kojocie... Ma pan zabrać ją do jakiegoś innego psa, który wabi się Ciemność?

Przywódca Stada popatrzył na Howarda tak, jakby się zastanawiał, w jaki sposób zagryźć go i zjeść.

– Dobra – powiedział Howard drżącym głosem. – Myślę, że możemy się dogadać.

ROZDZIAŁ 38
74 GODZINY, **10** MINUT

– Astrid – powiedział Edilio. – Tak mi przykro z powodu twojego domu.

Ścisnęła jego rękę.

– Muszę przyznać, że trudno mi było pogodzić się z takim widokiem.

– Możesz zostać w remizie ze mną, Samem i Quinnem – zaproponował Edilio.

– Nie trzeba. Petey i ja pomieszkamy przez jakiś czas u Mateczki Mary i Brata Johna. Prawie nigdy nie ma ich w domu. A kiedy są... wiesz... dobrze mieć towarzystwo.

Cała trójka – Edilio, Astrid i mały Pete – przebywała w gabinecie, należącym kiedyś do burmistrza Perdido Beach, a ostatnio zajmowanym przez Caine'a Sorena. Sam oparł się pokusie zajęcia biura, uważając, że wyszedłby na ważniaka. Ale Astrid przekonywała, że symbole są ważne, a dzieciaki chcą wiedzieć, że ktoś jest u władzy.

Posadziła małego Pete'a na krześle i podała mu foliowy woreczek, pełen ryżowych płatków Chex. Chłopczyk lubił jeść je na sucho, bez mleka.

– Gdzie Sam? – spytała Astrid. – I dlaczego tu jesteśmy?

Edilio wydawał się niespokojny.

– Chcemy ci coś pokazać.

Sam otworzył drzwi. Nie uśmiechnął się do Astrid. Nieufnie zerknął na małego Pete'a. Przywitał się, po czym powiedział:

– Astrid, powinnaś coś zobaczyć. I myślę, że Pete nie powinien.

– Nie rozumiem.

Sam opadł na fotel, zajmowany niedawno przez Caine'a. Astrid była zdumiona ich fizycznym podobieństwem. I własnymi reakcjami, tak różnymi pomimo ich zbliżonej powierzchowności. Podczas gdy Caine ukrywał arogancję i okrucieństwo pod łagodnością i opanowaniem, Sam pozwalał, by emocje malowały się na jego twarzy. W tej chwili był smutny, zmęczony i przejęty.

– Pomyślałem, że mały może posiedzieć z Ediliem w drugim pokoju.

– Brzmi złowieszczo – stwierdziła Astrid. Wyraz twarzy Sama nie zaprzeczył tym słowom.

Zdołała nakłonić braciszka do przenosin, choć nie bez wysiłku. Został z nim Edilio.

Sam miał w ręce płytę DVD.

– Wczoraj – zaczął – wysłałem Edilia do elektrowni po dwie rzeczy. Pierwsza to broń automatyczna z wartowni.

– Pistolety maszynowe?

– Tak. Nie tylko po to, żeby je mieć, ale żeby nie wzięła ich druga strona.

– To mamy już wyścig zbrojeń – stwierdziła Astrid.

Jej ton najwyraźniej rozdrażnił Sama.

– Chcesz, żebym zostawił je Caine'owi?

— Nie krytykowałam cię, tylko... no wiesz. Dziewiątoklasiści z pistoletami maszynowymi. Trudno, żeby wynikło z tego coś dobrego.

Sam rozluźnił się. Nawet się uśmiechnął.

— Owszem. Po słowach „dziewiątoklasiści z pistoletami maszynowymi" trudno spodziewać się życzeń „miłego dnia".

— Nic dziwnego, że miałeś taką ponurą minę. — Powiedziała to i od razu wiedziała, że się myli. Miał jej coś jeszcze do powiedzenia. Coś gorszego. Chodziło o tę płytę DVD.

— Zastanawiałem się, tak jak ty, czemu centrum ETAP-u znajduje się właśnie w elektrowni. No i Edilio przejrzał cześć zapisu z kamer przemysłowych w elektrowni.

Astrid wstała tak gwałtownie, że zaskoczyła nawet samą siebie.

— Naprawdę nie powinnam zostawiać Pete'a samego.

— Wiesz, co zobaczysz na tym nagraniu, prawda? — To właściwie nie było pytanie. — Odgadłaś już pierwszego wieczoru. Pamiętam, że patrzyliśmy na mapę na ekranie. Objęłaś małego Pete'a i bardzo dziwnie na mnie spojrzałaś. Wtedy nie wiedziałem, co o tym myśleć.

— Wtedy cię nie znałam — odrzekła. — Nie wiedziałam, czy można ci ufać.

Wsunął płytę do odtwarzacza i włączył telewizor.

— Dźwięk ma dość kiepską jakość.

Astrid ujrzała nastawnię elektrowni, ukazaną w szerokiej perspektywie, z wysoka.

W pomieszczeniu znajdowało się pięcioro dorosłych, trzej mężczyźni i dwie kobiety. Był wśród nich ojciec Astrid. Na ten widok ścisnęło ją za gardło. Jej ojciec kołysał się na krześle, żartując z kobietą przy następnym stanowisku, która nachyliła się, by wypełnić jakieś papiery.

A na krześle przy przeciwległej ścianie, z twarzą oświetloną blaskiem nieodłącznego Game Boya, siedział mały Pete.

Jedynym dźwiękiem był niewyraźny, niezrozumiały gwar rozmów.

– Zaczyna się – powiedział Sam.

Nagle rozległa się syrena, której brzmienie w głośnikach było ostre i zniekształcone.

Wszyscy w nastawni podskoczyli, ruszając do monitorów, do wskaźników. Ojciec Astrid rzucił zaniepokojone spojrzenie na synka, ale potem nachylił się do swojego monitora i wbił weń spojrzenie.

Do pomieszczenia wpadli inni ludzie i z ogromną sprawnością zajęli opuszczone stanowiska.

Wykrzykiwano polecenia głosami nabrzmiałymi paniką.

Rozbrzmiał drugi alarm, bardziej piskliwy od pierwszego. Zamigotało stroboskopowe światło ostrzegawcze. Na wszystkich twarzach malował się strach. A mały Pete kołysał się jak oszalały, przyciskając dłonie do uszu. Jego niewinną buzię wykrzywiał ból.

Dziesięć dorosłych osób, które znalazły się teraz w pomieszczeniu, odgrywało budzącą grozę pantomimę skrywanej rozpaczy. Naciskano klawisze, przesuwano przełączniki. Jej ojciec złapał grubą instrukcję i zaczął przewracać strony. Cały czas ludzie krzyczeli, alarmy wyły, a mały Pete wrzeszczał i wrzeszczał, zasłaniając uszy.

– Nie chcę na to patrzeć – stwierdziła Astrid, ale nie umiała odwrócić wzroku.

Pete zerwał się na nogi.

Podbiegł do ojca, ale ten, rozgorączkowany, odepchnął go. Chłopczyk upadł na krzesło i znalazł się przed długim stołem, patrząc na monitor, na którym raz po raz rozbłyskiwało jaskrawe, czerwone ostrzeżenie.

Liczba czternaście.

– Kod jeden-cztery – powiedziała Astrid z przygnębieniem. – Raz słyszałam, jak tata o tym mówił. Ten kod określa topnienie rdzenia. Żartował z tego. Kod jeden-jeden to drobne kłopoty. Kod jeden-dwa, zaczynasz się martwić. Kod jeden-trzy, dzwonisz do gubernatora. Kod jeden-cztery, modlisz się. Następny etap, kod jeden-pięć to... zagłada.

Na nagraniu mały Pete oderwał ręce od uszu. Syrena wyła nieustępliwie.

Nastąpił błysk i wizja zanikła. Kilka sekund zakłóceń. Gdy obraz się ustabilizował, alarm milczał.

A mały Pete był sam.

– Astrid, zauważ, że znacznik czasu na nagraniu pokazuje dziesiątego listopada, godzinę dziesiątą osiemnaście. Dokładnie wtedy zniknęli wszyscy powyżej czternastego roku życia.

Na ekranie mały Pete przestał płakać. Nawet się nie rozejrzał, tylko wrócił do krzesła, na którym siedział wcześniej, wziął swoją grę i zajął się znów zabawą.

– Mały Pete spowodował ETAP – stwierdził beznamiętnie Sam.

Astrid ukryła twarz w dłoniach. Zaskoczyły ją łzy, które napłynęły jej do oczu z wielką siłą. Robiła wszystko, by się nie rozpłakać. Minęło kilka minut, zanim znów mogła mówić. Sam cierpliwie czekał.

– Nie wiedział, że tak się dzieje – powiedziała cichym, drżącym głosem. – Nie wie, co robi. Nie w takim sensie, jak my. Nie rozumuje w taki sposób: jeśli coś zrobię, to coś się stanie.

– Wiem.

– Nie możesz go winić. – Podniosła głowę. W jej oczach płonął buntowniczy ogień.

– Winić? – Sam usiadł przy niej. Na tyle blisko, że dotknęli się nogami. – Astrid, nie wierzę, że ci to mówię, ale zdaje się, że czegoś nie zauważasz.

Odwróciła ku niemu poznaczoną łzami twarz.
- Astrid, nastąpiła awaria, topnienie rdzenia. Nie zanosiło się na to, by mieli ją opanować. Wydawali się mocno wystraszeni.
Astrid wydała stłumiony okrzyk. Miał rację: przeoczyła to.
- Powstrzymał topnienie, które mogło zabić wszystkich w Perdido Beach.
- Tak. Nie zachwyca mnie sposób, w jaki to zrobił, ale być może uratował wszystkim życie.
- Powstrzymał topnienie - powtórzyła, wciąż nie do końca to ogarniając.
Sam uśmiechnął się. Nawet się zaśmiał.
- Co cię tak śmieszy? - spytała.
- Wpadłem na coś wcześniej niż Genialna Astrid. Ale frajda. Przez chwilę będę się tym napawał.
- Proszę bardzo, bo to się może już nie powtórzyć.
- Wierz mi, dobrze o tym wiem. - Wziął ją za rękę i bardzo się ucieszyła, czując jego dotyk. - Ocalił nas. Ale przy okazji stworzył ten cały dziwny świat.
- Nie cały - odparła, kręcąc głową. - Mutacje poprzedziły ETAP. Doprawdy, były dla niego warunkiem sine qua non. Bez nich ETAP by się nie zdarzył.
Na Samie nie wywarło to wrażenia.
- Możesz sobie do woli mówić „doprawdy" i „sine qua non". I tak jestem z siebie dumny.
Uniosła jego dłoń do ust i pocałowała palce.
Potem go puściła, wstała, przespacerowała się po pomieszczeniu w jedną i w drugą stronę, a w końcu stanęła.
- Diana mówi o tym jak o wskaźnikach zasięgu w telefonach komórkowych. Dwie kreski, trzy kreski. Caine ma cztery. Ty pewnie też. Petey... domyślam się, że ma sześć albo siedem.
- Albo dziesięć - przyznał Sam.

– Czyli Diana uważa, że chodzi o odbiór. Jakby niektórzy z nas lepiej odbierali sygnał. Jeśli to prawda, to znaczy, że nie wytwarzamy mocy, a jedynie jej używamy, nadajemy jej kierunek.
– No i?
– No i skąd ona się bierze? Idąc za tym porównaniem: gdzie jest antena sieci komórkowej? Co wytwarza moc?

Sam wstał z westchnieniem.

– Jedno jest pewne: to nie może się rozniećć. Wie Edilio, wiem ja, wiesz ty. Nikt więcej nie może się dowiedzieć.

Astrid skinęła głową.

– Ludzie by go znienawidzili. Albo spróbowali wykorzystać.

Sam pokiwał głową.

– A gdyby...

– Nie – powiedziała Astrid i bezradnie wzruszyła ramionami. – W żaden sposób nie da się go skłonić, żeby to odkręcił.

– Szkoda – odrzekł Sam i na jego ustach pojawił się cierpki uśmiech, który nie objął oczu. – Wiesz, mój zegar tyka.

Lana, potykając się, szła przez mrok nocy. Znowu z kojotami. Koszmar powrócił. A teraz na domiar złego towarzyszyli jej Drake i Howard. Drake trzymał swój pistolet. I przeklinał ból. Howard zaś co i rusz wołał w mrok:
– Orc! Orc!

A gorszy od wszystkich nieszczęść był lęk przed kopalnianą sztolnią i przed tym, co znajdowało się na jej końcu.

Nie usłuchała Ciemności. Co rozwścieczony potwór jej zrobi?

– Zatrzymajmy się i spróbujmy naprawić rękę Drake'a, dobra? – poprosiła.

– Nie zatrzymujemy się – warknął Przywódca Stada.

- Daj mi przynajmniej spróbować.

Kojot ją zignorował. Biegli, potykali się, podnosili i biegli dalej.

Teraz nie było szans na ucieczkę. Najmniejszych. Chyba że...

Postarała się znaleźć bliżej Drake'a.

- A jeśli nie pozwoli mi cię uleczyć?
- Nie próbuj ze mną pogrywać – odparł krótko.
- Tak czy siak, teraz chcę zobaczyć to, co cię tak przeraziło.
- Uwierz mi, że nie chcesz – zapewniła.
- Co to takiego? – spytał nerwowo, niemal równie przestraszony, jak ona.

Lana nie znała odpowiedzi.

Każdy krok był trudniejszy od poprzedniego i Przywódca Stada poskubywał ją kilka razy, by szła szybciej. Gdy tego nie robił, wyręczał go Drake, wymachując pistoletem, grożąc jej słowem, gestem i spojrzeniem.

Dotarli do opuszczonej osady górniczej, gdy księżyc już zaszedł, a gwiazdy bladły, zapowiadając brzask.

Nigdy jeszcze nie czuła takiego przerażenia. Miała wrażenie, że wypompowano z niej całą krew i zamiast niej w jej żyłach krążył teraz zimny szlam. Ledwie mogła się ruszyć. Czuła jak serce bije głośno, jak się kołacze. Chciała pogłaskać Patricka, uzyskać od niego odrobinkę pocieszenia, ale nie mogła się zmusić, by się pochylić, by przemówić. Była usztywniona, milcząca, surowa.

Umrę tutaj, pomyślała Lana.

- Ludzkie światło – wymamrotał Przywódca Stada. Chodziło mu o latarkę, wciśniętą między skały. Howard przyskoczył i zapalił ją. Ręka tak mu się trzęsła, że światło tańczyło po skalnych ścianach, a poruszające się szybko cienie wyglądały jak duchy.

Teraz nawet Drake wydawał się nieufny, przestraszony czymś, czego nie umiał do końca wyjaśnić. Zadawał pytania, jeszcze bardziej rozemocjonowany, odkąd weszli do zimnej niczym lodówka kopalni.

– Ktoś musi mi powiedzieć, co zobaczymy – nalegał. – Chcę wiedzieć, co nas czeka – mówił. – Może powinniśmy pogadać o naszej umowie – proponował. – Daleko jeszcze? – pytał.

Przez cały czas szli w dół sztolni.

Lana zmuszała się do każdego oddechu. Nakazywała sobie: oddychaj. Oddychaj.

Patrick zniknął. Porzucił ich przy wejściu do jaskini.

– Kurczę, ja... nie mogę – odezwał się Howard. – Muszę... ja... – Z trudem łapał powietrze.

– Zamknij się – warknął Drake, zadowolony, że ma na kim wyładować swoją frustrację.

Howard odwrócił się nagle i pomknął przed siebie, zabierając latarkę. Przywódca Stada szczeknął jakiś rozkaz i dwa kojoty rzuciły się w pościg.

Bez światła latarki Lana widziała słaby, zielony blask ścian. Z tyłu Ciemność. Z przodu Ciemność.

– Puśćcie go – powiedział Drake. – Howard nie jest ważny – dodał. – Ja jestem ważny – stwierdził. Mówił cichym głosem.

Lana zacisnęła powieki, ale zielone światło w jakiś sposób przedarło się do jej oczu, jakby przeświecało przez ciało, przez kości czaszki.

Nie mogła iść dalej. Opadła na kolana.

Już blisko. Była tam, niedaleko, tuż za ostatnim zakrętem, poruszająca się, pełzająca, chrzęszcząca sterta świecących kamieni.

Bezgłośne słowa były jak werble, uderzając ją w głowę. Ciemność wbiła jej w umysł niewidzialne, lodowe palce i Lana wiedziała, że to ona przemawia.

– Uzdrowicielka – wykrzyknęła w udręce. Jej głos brzmiał, jakby sama siebie przedrzeźniała.

Wciąż miała zaciśnięte powieki, ale wyczuła, że Drake klęka obok niej.

– Dlaczego do mnie przyszedłeś? – zawyła. Czuła, że jest tylko narzędziem w rękach Ciemności, niczym więcej.

– Kojot... – wydusił z siebie Drake.

– Wierny Przywódca Stada – powiedziała Ciemność za pośrednictwem Lany. – Posłuszny, choć jeszcze nieporównywalny z człowiekiem.

„Otwórz oczy – powiedziała sobie w duchu Lana. – Bądź dzielna. Bądź dzielna. Zobacz to, postaw się, walcz." Ale Ciemność wypełniała jej czaszkę, rozpychała się, zaglądała w jej sekrety, śmiała się z jej żałosnego oporu.

A jednak otworzyła oczy. Długoletni nawyk nieposłuszeństwa dał jej siłę. Trzymała oczy spuszczone, wystarczająco silna, by je otworzyć, ale zbyt przerażona, by spojrzeć w twarz niebezpieczeństwu.

Kamienie pod jej kolanami świeciły. Dotykała krawędzi tego czegoś. Przywódca Stada płaszczył się przed tym, przypadając do podłoża kopalni obok Lany, pełzając na brzuchu.

Nagle dziewczyna poczuła elektryczny wstrząs o porażającej sile. Jej plecy wygięły się w łuk, głowa opadła w tył, ramiona rozwarły się szeroko. Ból, przypominający sopel lodu, dźgał ją w oko i palił jej mózg. Próbowała krzyczeć, ale nie mogła wydobyć z siebie dźwięku.

A potem ból zniknął, nogi pod Laną ugięły się i dziewczyna upadła na plecy. Chwytała powietrze jak ryba wyrzucona na brzeg, nie mogła jednak napełnić nim płuc.

– Bunt – wychrypiała głosem, który nie należał do niej.

– Miała naprawić mi rękę – powiedział Drake. – Jeśli ją zabijesz, nie będzie mogła mi pomóc.

– Śmiały jesteś, skoro stawiasz żądania – przemówiła Ciemność ustami Lany.

– Ja nie... chcę odzyskać rękę! – zawołał bez ładu i składu Drake.

Lana odkryła, że znowu może oddychać. Wciągnęła tlen. Odepchnęła się od podłoża i pełznąc zaczęła centymetr po centymetrze oddalać się od Ciemności.

Drake krzyknął z bólu. Dziewczyna zobaczyła, że dzieje się z nim to samo, co przedtem z nią, wyglądał, jakby złapał przewód elektryczny. Jego ciało podrygiwało.

Ciemność puściła go.

– Ach – powiedziała i wykrzywiła usta Lany w zastygłym grymasie uśmiechu. – Znalazłem dla ciebie znacznie lepszego nauczyciela, Przywódco Stada.

Przywódca Stada odważył się wstać. Głowę i ogon wciąż miał opuszczone, w pozie poddaństwa. Zerknął na Drake'a, który zgiął się w pół i ściskał obolały kikut.

– Ten człowiek nauczy cię zabijać ludzi – przemówiła Ciemność przez Lanę.

Drake zaczął mówić, ale tak, jakby każda sylaba sprawiała mu trudność.

– Tak. Ale... moja ręka.

– Podaj mi ją – powiedziała Lana i wbrew własnej woli podczołgała się do Drake'a.

Drake wstał, roztrzęsiony, ale zdecydowany. Wyciągnął spalony, odpiłowany kikut.

– Dam ci taką rękę, jakiej nigdy nie miał żaden człowiek – przemówiła Ciemność poprzez Lanę. – Nie nosisz w sobie magii, człowieku, ale dziewczyna będzie ci służyć.

Drake poruszał się ze zdumiewającą prędkością. Obrócił się i szarpnął Lanę za włosy.

– Weź moją rękę – syknął.

Przytknęła drżącą dłoń do stopionego ciała, czując pod nim świeżo uciętą kość. Zbierało jej się na wymioty.

Blask stał się głębszy. Lana poczuła, że wypełnia całe jej ciało. Nie był jednak ciepły, lecz zimny. Zimny jak lód.

Ręka Drake'a odrastała.

Czuła ruch pod palcami. Ale to nie było ludzkie ciało. Nie było w tym nic ludzkiego.

– Nie – szepnęła.

– Tak – wydyszał Drake. – Tak.

ROZDZIAŁ 39

36 GODZIN, **37** MINUT

„*And sometimes when you lie to me*
Sometimes I'll lie to you
And there isn't a thing you could possibly do
All these half-destroyed lives
Aren't as bad as they seem
But now I see blood and hear people scream
Then I wake up
And it's just another bad dream..."*

Sam śpiewał razem z zespołem Agent Orange, którego słuchał ze swojego iPoda, mając wrażenie, że znajomy tekst ze zwykłej, trochę niepokojącej piosenki zmienił się w opis jego życia.

Był w remizie i bez przyjemności samotnie jadł obiad. Quinn był... Ostatnio już nie wiedział, gdzie jest Quinn.

---

* „*I czasem gdy mnie okłamujesz / Czasem ja okłamuję ciebie / I zupełnie nic nie możesz zrobić / Wszystkie na wpół zniszczone żywoty / Nie są tak złe, jak się zdaje / Lecz teraz widzę krew i słyszę ludzkie krzyki / wtedy się budzę / I to tylko kolejny zły sen...*"

Jego przyjaciel – czy to odpowiednie słowo? Jego przyjaciel stał się cieniem, który pojawiał się i znikał, czasami żartował, jak dawniej, czasami siedział naburmuszony i oglądał na DVD film, który widział już setki razy.

W każdym razie nie przyszedł na obiad do remizy, chociaż Sam zrobił tyle zupy, by starczyło dla innych.

Edilio zmaterializował się bezgłośnie w drzwiach. Wydawał się nieswój. Sam zdał sobie sprawę, że śpiewał głośno i z zawstydzeniem wyłączył muzykę, po czym wyjął z uszu słuchawki.

– Co znalazłeś, Edilio?

– Jeśli jest gdzieś w Perdido Beach, to świetnie się ukrywa – odrzekł tamten. – Szukaliśmy. Rozmawialiśmy ze wszystkimi. Lany nie ma. Nie ma też jej psa. Była w domu Elwooda, a potem zniknęła.

Sam rzucił odtwarzacz na stół.

– Mam zupę. Chcesz?

Edilio opadł na krzesło.

– Co to za piosenka?

– Co? A! „A Cry For Help In A World Gone Mad"*.

Obaj roześmiali się z przekąsem.

– Potem puszczę ten stary kawałek, jak on się nazywał? – Sam poszukał w pamięci. – A, tak. R.E.M. „It's the End of the World as We Know It"**.

– Właśnie – skomentował Edilio. – Szukałem tej uzdrowicielki, i przez jakiś czas uczyłem się strzelać z broni maszynowej.

– I jak ci poszło?

– Mam czterech chłopaków, którzy radzą sobie jako tako, wliczając Quinna. Ale nie jesteśmy marines, wiesz?

---

* „Wołanie o pomoc w oszalałym świecie".
** „To koniec świata, jaki znamy".

Taki jeden Tom omal mnie nie zastrzelił. Musiałem zrobić „padnij" prosto w psią kupę.

Sam starał się nie parsknąć śmiechem, ale żaden z nich nie mógł już się powstrzymać.

– Tak, myślisz, że to śmieszne. Poczekaj, aż przyjdzie kolej na ciebie – wyartykułował wreszcie Edilio.

Sam znowu spoważniał.

– Nie wiem, co powstrzymuje Caine'a. Minęły dwa dni. Co mu przeszkodziło?

– Po co się spieszyć? Im więcej mamy czasu, tym lepiej się przygotujemy.

– Stary, jutro w nocy mnie tu nie będzie – przypomniał Sam.

– Nie wiesz tego na pewno – odparł zakłopotany Quinn.

– Szkoda raczej tego, że nie wiem, co się dzieje w Coates.

Edilio natychmiast załapał.

– Mówisz o tym, żeby ich szpiegować?

Sam odepchnął swoją zupę.

– Nie wiem, o czym mówię. Zaczynam myśleć, że powinniśmy sami do nich iść, wiesz? Wejść na górę i zrobić to.

– Mamy broń. Mamy gości, którzy umieją prowadzić. Oprócz ciebie mamy jeszcze czterech innych mutantów, dysponujących mocami, które mogą się przydać. No wiesz, mocami, którymi można walczyć. A nie jak ta jedna dziewczyna, która umie zniknąć, ale tylko wtedy, gdy się bardzo zawstydzi.

Sam uśmiechnął się wbrew sobie.

– Żartujesz.

– Nie, stary, jest naprawdę nieśmiała i w ogóle, więc wystarczy powiedzieć coś w stylu „masz ładne włosy" i nagle staje się niewidzialna. Możesz jej nawet dotknąć, ale jej nie widzisz.

— To raczej nie powstrzyma Caine'a.

— Taylor pracuje nad teleportacją. Umie się już przemieścić o parę przecznic. — Edilio wzruszył ramionami. — Ale jeśli chodzi o sprawy naprawdę użyteczne, mamy tego chłopaka, dziewięciolatka, który umie robić ze światłem to co ty, ale nie tak dobrze.

— Dziewięciolatka. Nie możemy nakłaniać dziewięciolatka, żeby zrobił komuś krzywdę.

— A ta jedenastoletnia dziewczyna, która porusza się tak szybko, że prawie jej nie widać?

— Brianna?

— Teraz mówi o sobie Bryza. Że niby jest szybka jak wiatr.

— Bryza? Jak imię superbohaterki? — Z żalem pokręcił głową. — Świetnie. Tylko tego nam brakowało. — To było jedno z ulubionych zdań jego matki — „tylko tego nam brakowało". Poczuł silne ukłucie w piersi, szybko mu jednak przeszło. — Co Bryza może dla nas robić, kiedy będzie tak śmigać dookoła?

Edilio wydawał się nieswój.

— Chyba damy jej pistolet. Będzie strzelać, błyskawicznie się oddalać i znowu strzelać.

— O Boże. — Sam zwiesił głowę. — Jedenastoletnia dziewczynka, a my dajemy jej pistolet? Żeby strzelała? Do ludzi? To chore.

Edilio nie miał na to odpowiedzi.

— Przepraszam, Edilio, nie zwalam winy na ciebie. Po prostu... to szaleństwo. To naprawdę jest złe. Złe już w wypadku dzieciaków w naszym wieku, a co dopiero czwarto- i piątoklasistów?

Rozległ się tupot stóp na schodach. Zarówno Sam, jak i Edilio zerwali się na nogi, spodziewając się najgorszego.

Dekka, jedna z uciekinierek z Coates, wpadła do pomieszczenia i poślizgnęła się na wypastowanej podłodze. Na czole miała pięciocentymetrowe rozcięcie, którego nie pozwoliła Lanie wyleczyć.

— To ślad po bucie Drake'a, kiedy mnie kopnął — powiedziała wtedy. — Wylecz mi ręce po tym betonie, ale głowę zostaw w spokoju. Chcę mieć jakąś pamiątkę.

Sam pomyślał, że to druga interesująca cecha Dekki. Pierwszą było zapewne to, że jej moc najwyraźniej pozwalała wyłączać siłę ciążenia w niektórych miejscach.

— O co chodzi? — spytał Sam.

— Ten chłopak, Orc. Właśnie przyszedł do miasta, cały poobijany.

— Orc? Tylko Orc? Bez Howarda?

Dekka wzruszyła ramionami.

— Nie widziałam nikogo więcej. Po prostu przyszedł i Quinn poprosił, żebym ci powiedziała. Mówił, że będzie go śledził w drodze do domu.

Chodziło o dom, który Orc dzielił z Howardem. To nie było daleko.

— Może przyniosę pistolet — powiedział ponuro Edilio.

— Myślę, że teraz dam sobie radę z Orkiem — odparł Sam. Zaskoczyła go własna pewność siebie. Nigdy wcześniej nie pomyślał, że mógłby dać sobie radę z Orkiem.

Quinn czekał przed domem. Sam podziękował mu w niemal oficjalnej formie.

— Jestem ci wdzięczny, że przysłałeś do mnie Dekkę i że masz na wszystko oko.

— Robię, co mogę — powiedział Quinn, a zabrzmiało to bardziej gorzko, niż zapewne chciał.

Sam i Edilio stali obok, gdy Quinn zapukał do drzwi. Rozległ się aż nazbyt znajomy głos osiłka.

— Wejdźcie, kretyni.

Orc otwierał właśnie puszkę piwa.

— Dajcie mi to wypić — mruknął. — A potem możecie mnie zabić, czy co tam chcecie.

Miał za sobą kilka kiepskich dni. Był podrapany, poobijany, posiniaczony. Jedno oko miał napuchnięte i poczerniałe. Spodnie miał podarte i brudne. Koszula przestała przypominać koszulę. Była porwana w strzępy, prowizorycznie pozszywane.

Wciąż był potężny, ale wyglądał mniej groźnie niż przedtem.

— Gdzie Howard? — spytał Sam.

— Z nimi — odparł Orc.

— Z kim?

— Z Drakiem. Z tą dziewczyną, jak ona się nazywała... Laną. I z gadającym psem. — Uśmiechnął się. — Tak, zwariowałem. Gadający pies. To psy mnie załatwiły. Zrobiły mi dziurę w bebechach. Zżarły mi udo.

— O czym ty mówisz, Orc?

Napił się. Westchnął.

— Kurde, ale dobre.

— Mów z sensem, Orc — warknął Sam.

Orc beknął donośnie. Powoli wstał. Odstawił piwo. Sztywnymi rękami podciągnął poszarpaną koszulę i zdjął ją przez głowę.

Edilio jęknął. Quinn odwrócił wzrok. Sam tylko patrzył.

Duże fragmenty klatki piersiowej i brzucha Orca pokrywał żwir. Kamyki miały zielono-szarą barwę mętnej wody. Gdy Orc oddychał, żwir unosił się i opadał.

— To się rozszerza — powiedział Orc. Wydawał się speszony. Dotknął tego palcem. — Jest ciepłe.

— Orc... Jak to się stało? — spytał Sam.

— Mówiłem. Psy zżarły mi nogę i bebechy. I inne części, o których wam nie powiem. A potem to coś tak jakby wypełniło te miejsca.

Wzruszył ramionami i Sam usłyszał cichy odgłos, niby kroki na wilgotnym żwirowym podjeździe.

– Nie boli – ciągnął Orc. – Wcześniej bolało. Ale teraz już nie. Chociaż trochę swędzi.

– Matko Boska – mruknął cicho Edilio.

– Tak czy owak – mówił dalej Orc – wiem, że wszyscy mnie nienawidzicie. Więc albo mnie zabijcie, albo spadajcie. Chce mi się pić i jeść.

Zostawili go.

Na zewnątrz Quinn przyspieszył, potem zatrzymał się gwałtownie i zwymiotował w krzaki.

Sam i Edilio dogonili go. Sam położył mu rękę na ramieniu.

– Przepraszam – powiedział Quinn. – Chyba jestem słaby.

– Będzie jeszcze gorzej – odrzekł posępnie Sam. – Ale to, że ktoś po prostu znika, nie wydaje się już takie straszne, co?

– Drake'a nie ma od dwóch godzin – powiedziała Diana. – Powinniśmy popatrzeć, co tu mamy.

– Jestem zajęty – warknął Caine.

Stali na trawniku przed Coates Academy. Caine nadzorował prace, mające na celu naprawę dziury, która powstała podczas poprzedniej walki z użyciem mocy. Teleportował cegły, po kilka naraz, w górę, gdzie Młotek i Chaz usiłowali wbetonować je na miejsce.

Wszystko już dwa razy się zawaliło. Wlewanie betonu w dołek w ziemi nie nastręczało problemów, ale układanie cegieł okazało się znacznie trudniejsze.

– Musimy zawrzeć jakiś układ z... z miastowymi – powiedziała Diana.

– Miastowi. Bardzo uważasz, żeby nie powiedzieć „Sam". Albo „twój brat".

– Dobra. Masz mnie – przyznała. – Musimy zawrzeć jakiś układ z twoim bratem Samem. Oni jeszcze mają jedzenie. U nas się kończy.

Caine udał, że jest bardzo skupiony na lewitacji kolejnej partii cegieł przez drzwi wejściowe do szkoły na piętro, gdzie Młotek i Chaz uchylili się przed nadlatującym ładunkiem.

– Coraz lepiej mi idzie – ocenił Caine. – Zyskuję panowanie. Precyzję.

– Super!

Caine przygarbił się.

– Mogłabyś czasem okazywać mi trochę wsparcia. Wiesz, co do ciebie czuję. A ty tylko mi dowalasz.

– A co chcesz zrobić, wziąć ślub?

Caine poczerwieniał, a Diana wybuchnęła głośnym śmiechem.

– Pamiętasz, że mamy po czternaście lat, nie? Wiem, że uważasz się za Napoleona ETAP-u, ale nadal jesteśmy dziećmi.

– Wiek to rzecz względna. Jestem jedną z dwóch najstarszych osób w ETAP-ie. I najpotężniejszą.

Diana ugryzła się w język. Miała w zanadrzu przemądrzałą odpowiedź, ale dokuczyła Caine'owi już wystarczająco, jak na jeden dzień. Miała na głowie poważniejsze sprawy niż jego szczenięca miłość. Bo też jego uczucie było niczym więcej. Caine nie był zdolny do prawdziwej miłości, głębokiej, która z czasem by się rozwijała.

– Oczywiście, ja też nie jestem – mruknęła pod nosem.

– Co?

– Nic. – Patrzyła na pracującego Caine'a. Nie na czynności, które wykonywał, lecz na samego chłopaka. Był najbardziej charyzmatycznym człowiekiem, jakiego kiedykolwiek poznała. Mógłby zostać gwiazdorem rocka. I wyraźnie myślał, że się w niej zakochał. Z tego powodu tolerował jej zuchwałość.

Wydawało jej się, że go lubi. Ciągnęło ich do siebie niemal od samego początku. Byli przyjaciółmi... nie, to nie było dobre słowo. Wspólnikami. Tak, właśnie: wspólnikami. Zostali nimi, gdy tylko Caine odkrył swoje zdolności.

Była pierwszą osobą, przed którą dokonał ich demonstracji. Zrzucił książkę ze stołu, stojąc po drugiej stronie pomieszczenia.

To ona zachęciła go do pracy nad mocą, do rozwijania jej, do sekretnych ćwiczeń. Za każdym razem, gdy osiągał jakiś nowy poziom, popisywał się przed nią. A gdy okazywała mu choćby cień życzliwości, gdy wypowiadała jakąś pochwałę czy choćby tylko z podziwem kiwała głową, puszył się i zdawał świecić jakimś odbitym światłem.

Tak niewiele było trzeba, by nim manipulować. Nie wymagało wcale prawdziwej czułości, wystarczyła jej namiastka.

Diana prosiła Caine'a, by używał dla niej swojej mocy. Przewrócił jakiegoś snoba, którego nie lubiła, upokorzył nauczyciela, który dał jej się we znaki. A gdy doniosła mu, że nauczyciel fizyki próbował ją obmacywać w pustym laboratorium, Caine posłał go w dół schodów i do szpitala.

Sprawiało jej to przyjemność. Zyskała obrońcę gotowego robić, o co się go poprosi, i nie żądającego nic w zamian. Caine, pomimo swojego przerośniętego ego, przystojnej twarzy i uroku, czuł się bardzo nieswojo w kontaktach z dziewczynami. Nigdy nawet nie spróbował jej pocałować.

A potem przyciągnął uwagę Drake'a Merwina, który już zyskał opinię najniebezpieczniejszego łobuza w szkole, w której od łobuzów aż się roiło. Od tego momentu Caine napuszczał ich na siebie nawzajem, to robiąc coś dla Diany, gdy o to poprosiła, to znów coś dla Drake'a.

Gdy moce Caine'a się rozwinęły, obie relacje uległy zmianom.

A potem szkolna pielęgniarka, matka Sama – jak również Caine'a, choć wtedy żadne z nich o tym nie wiedziało – zaczęła się domyślać, że jej dawno zaginiony synek ma w sobie coś bardzo dziwnego.

Cegły runęły niespodziewanie. Rozległa się seria łoskotów, gdy spadały na ziemię, a także seria jęków i przekleństw z ust Chaza i Młotka.

Caine wydawał się niemal tego nie zauważać.

– Jak myślisz, co to było? – zagadnął Dianę, jakby czytał jej w myślach.

– Podejrzewam, że nie ułożyli ich wystarczająco równo – odparła, dobrze wiedząc, że nie o to mu chodzi.

– Nie to. Ona. Siostra Temple. – Powtórzył nazwisko, by w pełni je poczuć. – Siostra. Connie. Temple.

Diana westchnęła. Nie miała ochoty na tę rozmowę.

– Właściwie jej nie znałam.

– Ma dwóch synów. Jednego sobie zostawia. Drugiego oddaje do adopcji. Byłem wtedy niemowlakiem.

– Nie jestem psychologiem – odparła.

– Zawsze to czułem, wiesz? Że moja rodzina nie jest moją prawdziwą rodziną. Nigdy nie powiedzieli, że byłem adoptowany, ale moja matka... no, kobieta, którą za nią uważałem, nie wiem, jak ją teraz nazywać. W każdym razie nigdy nie opowiadała, jak mnie urodziła. Wiesz, zwykle słyszysz, jak matki mówią o porodzie i tak dalej. Ona o tym nie wspominała.

– Szkoda, że nie ma tu doktora Phila. Mógłbyś mu o tym opowiedzieć.

– Myślę, że musiała być dość zimna. Siostra Temple. Moja tak zwana matka. – Patrzył teraz na Dianę, przechylając głowę, marszcząc brwi ze sceptycyzmem. – Trochę jak ty.

Wydała nieprzyzwoity dźwięk.

– Postaraj się tak w to nie zagłębiać, Caine. Pewnie była wtedy pokręconą nastolatką. Może doszła do wniosku, że da sobie radę z jednym dzieckiem, ale nie z dwójką. A może próbowała oddać was obu do adopcji, ale nikt nie chciał wziąć Sama.

Caine był zaskoczony.

– Chcesz mi się podlizać?

– Chcę, żebyś się w tym nie babrał. Kogo obchodzą sprawy twojej mamusi? Mamy jedzenie na dwa, może trzy tygodnie. Potem zrobi się kiepsko.

– Widzisz, co mam na myśli? Założę się, że była zupełnie taka, jak ty. Zimna i samolubna.

Diana już miała odpowiedzieć, gdy usłyszała jakiś dźwięk. Obróciła się na pięcie i ujrzała stado dzikich, potarganych, płowych zwierząt. Kojoty zdawały się nadbiegać ze wszystkich stron naraz – zdyscyplinowana, wytrwała inwazja, która wkrótce pochłonie ją i Caine'a.

Caine podniósł ręce, wyciągając dłonie, uzbrojony i gotowy.

– Nie! – krzyknął jakiś głos. – Nie rób im krzywdy, to przyjaciele.

Był to Howard, który maszerował w ich stronę i wymachiwał rękami. Za nim podążała ta uzdrowicielka, Lana, która wyglądała na zupełnie wstrząśniętą.

A za nimi szedł Drake.

Diana zaklęła. Ciągle żył.

A potem zobaczyła jego rękę. Spalony kikut – resztki kończyny, którą odcięła, podczas gdy Drake krzyczał, płakał i groził – zupełnie się zmienił.

Był rozciągnięty na kształt ciemnej, czerwonej ciągutki. Owijał się dwa razy wokół jego ciała.

Nie. Niemożliwe.

Howard przybiegł pierwszy.

– Czy Orc się pojawił?

Ale ani Caine, ani Diana nie odpowiedzieli. Oboje gapili się na Drake'a, który kroczył w ich stronę, odzyskawszy całą pewność siebie – już nie był poszarpanym strachem na wróble, który płakał na widok stopionych szczątków swojej ręki, leżących na posadzce.

– Drake – odezwał się Caine. – Myśleliśmy, że nie żyjesz.

– Wróciłem – odparł Drake. – I jestem jeszcze silniejszy, niż dotąd.

Czerwona macka odwinęła się z jego talii, niczym pyton, wypuszczający swoją ofiarę.

– Podoba ci się, Diano? – spytał.

Ręka – ten nieprawdopodobny, czerwony wąż – oplątała głowę Drake'a, wiła się, drgała. A potem, tak szybko, że ludzkie oko ledwie mogło dostrzec ruch, świsnęła jak pejcz.

Rozległ się głośny trzask. Podobny do huku po przekroczeniu bariery dźwięku tylko cichszy.

Diana krzyknęła z bólu. W oszołomieniu spojrzała na swoją rozciętą bluzkę i strużkę czerwieni, płynącą z ramienia.

– Przepraszam – powiedział Drake, nawet nie siląc się na szczery ton. – Nadal pracuję nad celnością.

– Drake – przemówił Caine, a potem, pomimo krwi, pomimo rany zadanej Dianie, uśmiechnął się szeroko. – Witaj z powrotem.

– Sprowadziłem pomoc – oznajmił Drake. Wyciągnął lewą rękę i Caine uścisnął ją niezgrabnie prawą dłonią. – To kiedy idziemy załatwić Sama Temple?

ROZDZIAŁ 40

26 GODZIN, **47** MINUT

– Przyjdą jutro wieczorem – powiedział Sam. – Myślę, że Caine czuje potrzebę, by mnie pokonać. Zdaje się, że ma problem z własnym ego.

Ostatnią naradę wojenną odbyli w kościele. Tym samym, w którym Caine tak gładko przejął władzę. Krzyż został oparty o ścianę. Nie znajdował się na swoim właściwym miejscu, ale przynajmniej nie leżał już na podłodze.

Spośród dzieciaków z Perdido Beach w naradzie uczestniczyli Sam, Astrid, mały Pete, Edilio, Dahra, Elwood i Mateczka Mary. Albert dostał zaproszenie, ale był zajęty planowaniem Święta Dziękczynienia, a także eksperymentami z tortilla-burgerem. Uciekinierów z Coates reprezentowały trzy dziewczyny: Dekka, mała Brianna, czyli Bryza, oraz Taylor.

– Caine to gość, który musi wygrać. Musi wygrać, zanim zniknie. Albo zanim ja zniknę. W każdym razie nie pogodzi się z faktem, że uwolniliśmy wszystkie te dzieciaki z Coates i zajęliśmy Perdido Beach – mówił Sam. – Musimy więc być gotowi. Musimy też być gotowi na coś jeszcze: jutro moje urodziny. – Zrobił cierpką minę. – Niespecjalnie na nie czekam. Tak czy owak, musimy zdecydować, kto zajmie moje miejsce, jeśli... kiedy... stąd zniknę.

Kilka osób rzuciło pełne współczucia albo otuchy komentarze, że Sam niekoniecznie musi zniknąć albo że ucieczka z ETAP-u to dobra rzecz. Sam jednak uciszył wszystkich.

– Słuchajcie, dobra wiadomość jest taka, że kiedy ja zniknę, to Caine też. Gorzej, że zostaną Drake, Diana i inne dranie. Orc... Nie do końca wiemy, co się z nim dzieje, ale Howarda przy nim nie ma. A Lana... Nie mamy pojęcia, co się z nią stało, czy sobie poszła, czy co.

Strata Lany była poważnym ciosem. Wszyscy uciekinierzy z Coates uwielbiali ją za to, jak uleczyła ich dłonie. A świadomość, że umie uleczyć każdego, komu się coś stanie, podnosiła na duchu.

Odezwała się Astrid.

– Wyznaczam Edilia do przejęcia rządów, gdyby... no wiecie. Potrzebujemy numeru dwa, wiceprezydenta, wiceburmistrza, czy jak to nazwiemy.

Edilio z początku nie zrozumiał, jakby mówiła o jakimś innym Ediliu. W końcu przemówił.

– Nie ma mowy. Astrid jest z nas najmądrzejsza.

– Muszę się opiekować małym Pete'em. Mary zajmuje się przedszkolakami i pilnuje, żeby nic im się nie stało. Dahra odpowiada za leczenie tych, którzy zrobią sobie jakąś krzywdę. Elwood był tak zajęty w szpitalu z Dahrą, że nie miał do czynienia z Caine'em, Drakiem ani nikim z Coates. Edilio stawił już czoło Orcowi i Drake'owi. No i zawsze był dzielny, sprytny i sprawny. – Mrugnęła do Edilia, zauważając jego skrępowanie.

– Słusznie – potwierdził Sam. – Czyli o ile nikt nie wnosi sprzeciwu, niech tak będzie. Jeśli coś mi się stanie albo jeśli zniknę, Edilio wszystkim kieruje.

– Szacun dla Edilia – odezwała się Dekka – ale on nawet nie ma mocy.

– Ma, umie zdobywać zaufanie i umie przetrwać, kiedy trzeba – odparowała Astrid.

Nikt już nie zgłaszał zastrzeżeń.

– No dobra – powiedział Sam. – Mamy ludzi na stanowiskach, Edilio powie im, kiedy ruszać. Taylor, wiem, że to dla ciebie nudne, a może i trochę straszne. Wybierz kogoś, kto z tobą pójdzie, śpijcie na zmianę, ale dopilnuj, żeby jedna osoba zawsze czuwała. I nie przestawaj ćwiczyć. Bryzo, twoja rola jest zasadnicza: kiedy się zacznie, staniesz się naszym systemem łączności. Dekka? Jak tylko wysłuchamy Taylor, ty i ja wyruszamy.

– Super – rzuciła Dekka.

– Wygramy – stwierdził Sam.

Wszyscy zebrali się do wyjścia. Astrid została z tyłu. Sam trącił Edilia w ramię.

– Słuchaj, stary, jeśli znajdziesz Quinnowi jakieś pożyteczne zajęcie...

– Załatwione. Nieźle strzela. Postawię go na dachu przedszkola z pistoletem maszynowym.

Sam skinął głową, poklepał Edilia po plecach, po czym przez chwilę patrzył, jak ten wychodzi.

– Quinn z pistoletem maszynowym – mruknął. – Proszę przyjaciela, żeby strzelał do ludzi.

– Prosisz go, żeby bronił siebie i przedszkolaków – odparła Astrid.

– Tak, to wszystko zmienia – potwierdził z sarkazmem.

– A czego oczekujesz ode mnie? – spytała. – Nie przydzieliłeś mi zadania.

– Chcę, żebyś znalazła bezpieczne miejsce i schowała się tam, dopóki nie będzie po wszystkim. Tego właśnie oczekuję.

– Ale...

– Ale... Jeśli chodzi o jutrzejsze popołudnie, potrzebuję cię tam. – Wyciągnął palec w górę.

– W niebie? – spytała z uśmiechem.

– Chodź ze mną.

Poprowadził Astrid i jej braciszka na dzwonnicę. Ażurowe okiennice były wyłamane, tak jak zostawił je Drake. Z tej wysokości światła Perdido Beach wydawały się niezupełnie normalne. Wiele domów wciąż było oświetlonych. Płonęły nieliczne latarnie. Jaśniał żółty neon McDonald'sa. Wiatr niósł zapachy frytek i igliwia, słonej wody i wodorostów.

W przytulnej przestrzeni rozłożone były dwa śpiwory. Przy papierowej torbie na zakupy leżała lornetka oraz dziecięce walkie-talkie.

– Do torby spakowałem ci trochę jedzenia i baterie do gry Pete'a. Nie sądzę, żeby walkie-talkie działało zbyt dobrze, ale drugie mam ja. Stąd widać prawie wszystko.

Panowała tu ciasnota. Mały Pete od razu usiadł w zakurzonym kącie. Astrid i Sam stali blisko siebie przy dzwonie, czując się nieswojo.

– Zostawiłeś mi pistolet?

Pokręcił głową.

– Nie.

– Wszystkich innych prosisz, żeby robili straszne rzeczy. A ja mam wyłącznie patrzeć.

– Jest pewna różnica.

– Jest? Jaka?

– No... Potrzebuję twojej inteligencji. Twoich spostrzeżeń.

– Tylko tyle – stwierdziła.

Skinął głową.

– Tak. Nie ćwiczyłaś strzelania. Pewnie postrzeliłabyś się we własną stopę.

– Pewnie – mruknęła bez przekonania.

– Słuchaj, wiem, że to wariactwo, ale może powinnaś przemyśleć pomysł Quinna, wiesz, żeby mały Pete wysłał was na Hawaje. Albo dokądkolwiek. Ma taką moc. Gdyby coś nie wyszło...
– Nie chcę, żeby mnie dokądś wysyłał – odparła Astrid.
– Tak naprawdę myślę, że nic by z tego nie wyszło, to po pierwsze. A po drugie...
– Tak?
– A po drugie, nie chcę cię zostawiać.
Delikatnie przyłożył jej dłoń do policzka, a ona zamknęła oczy i nachyliła się do niego.
– Astrid, to ja odejdę. Wiesz o tym.
– Nie. Nie wiem. Modliłam się, żeby tak się nie stało. Poprosiłam Marię o wstawiennictwo.
– Mary Terrafino?
– Nie, no co ty. – Parsknęła śmiechem. – Ale z ciebie poganin. Najwiętszą Marię Pannę.
– Aha.
– Wiem, że nie za bardzo wierzysz w Boga, ale ja tak. Moim zdaniem wie, że tu jesteśmy. Słyszy nasze modlitwy.
– Myślisz, że to wszystko wielki plan Boga? ETAP i tak dalej?
– Nie. Wierzę w wolną wolę. Uważam, że sami podejmujemy decyzje i wykonujemy własne działania. A nasze działania mają swoje skutki. Świat jest taki, jakim go uczynimy. Ale myślę też, że czasami możemy prosić Boga o pomoc, a On pomoże. Czasami mi się wydaje, że siada i mówi: „Jejku, co te głupki teraz wyprawiają. Chyba lepiej trochę im pomóc."
– Z radością przyjąłbym pomoc – stwierdził Sam.
– A ja żałuję, że nie mam pistoletu.
Pokręcił głową.
– Zrobiłem krzywdę swojemu ojczymowi. Zrobiłem krzywdę Drake'owi. Mogłem go zabić. I nie wiem, co się

dalej stanie. Ale coś wiem: kiedy zrobię komuś krzywdę, zostawia to we mnie ślad. Coś w rodzaju blizny. To jak...
– Szukał słów, a ona ciasno oplotła go ramionami. – Jak moje kolano, kiedy Drake mnie postrzelił. Jest już wyleczone, dzięki Lanie, jakby nigdy nic się nie zdarzyło. Ale spalenie Drake'a? To siedzi we mnie, w mojej głowie, i Lana tego nie wyleczyła.
– Jeśli nastąpi walka, inni to odczują.
– Ty nie jesteś „inni".
– Nie?
– Nie.
– Czemu?
– Bo cię kocham.

Astrid długo milczała i Sam pomyślał, że ją zdenerwował. A jednak go nie puściła, nie odsunęła się, lecz ciągle wtulała twarz w jego szyję. Czuł jej ciepłe łzy na swojej szyi. W końcu odpowiedziała:
– Ja też cię kocham.

Odetchnął z ulgą.
– No, mamy to za sobą.

Ale nie przyłączyła się do jego nerwowego śmiechu.
– Muszę ci coś powiedzieć, Sam.
– Jakaś tajemnica?
– Nie byłam pewna, więc nic nie mówiłam. Ciężko oddzielić to od IQ. Intuicja to zwykle nazwa, którą nadajemy podwyższonej, lecz normalnej percepcji, która mieści się poniżej poziomu świadomej myśli.
– Mhm – mruknął, używając swojego „głosu tępaka".
– Przez długi czas nie miałam pewności, czy to coś więcej niż zwykła intuicja.
– Moc – stwierdził. – Zastanawiałem się, czy wiesz. Diana mówiła, że masz dwie kreski. Nie chciałem, wiesz, zmuszać cię, żebyś o tym myślała.

- Miałam podejrzenia. Ale to dziwne. Dotykam czyjejś ręki i czasami widzę coś, co w moim umyśle wygląda jak smuga ognia na niebie.

Przytrzymał ją na wyciągnięcie ramienia, by lepiej przyjrzeć się jej twarzy.

- Smuga?

Wzruszyła ramionami.

- Dziwne, co? Widzę ją jasną albo ciemną, długą albo krótką. Nie wiem, co to znaczy, nie panuję nad tym i nie zaczęłam się jeszcze w to wgłębiać. Ale mam wrażenie, że widzę jakąś miarę, bo ja wiem, ważności czy czegoś podobnego? Zupełnie jakbym widziała duszę danej osoby, a może jej los, ale w bardzo metaforycznym sensie.

- Bardzo metaforycznym - powtórzył. - Twoja moc to moc metafory?

Po tych słowach wreszcie doczekał się uśmiechu i szturchnięcia.

- Mądrala. Po prostu od początku wiedziałam, że jesteś w jakiś sposób ważny. Jesteś spadającą gwiazdą, ciągnącą za sobą iskry.

- Czy jutro wpadnę prosto na ceglany mur?

- Nie wiem - przyznała. - Ale wiem, że jesteś najjaśniejszą gwiazdą na niebie.

Komputerowy Jack obudził się i poczuł jej miękką dłoń na swoich ustach. Na zewnątrz panowała ciemność, ale pomieszczenie skąpane było w błękitnym blasku ekranu komputera. Jej oczy błyszczały.

- Ćśś - przestrzegła i położyła mu palec na ustach.

Serce mu waliło. Coś było nie tak, bez wątpienia.

- Wstawaj, Jack.

- Co się dzieje?

- Pamiętasz naszą umowę? Pamiętasz swoją obietnicę?

Nie chciał powiedzieć „tak". Nie chciał. Zawsze wiedział, że czegokolwiek zechce Diana, będzie to niebezpieczne. I czuł większe przerażenie, niż kiedykolwiek.

Drake wrócił. Drake był potworem.

Diana pogładziła go koniuszkami palców po policzku, aż poczuł dreszcz przebiegający po plecach. Po chwili bardzo lekko klepnęła go w policzek.

– Pytam, czy pamiętasz swoją obietnicę.

Milczał. Miał w głowie zbyt duży mętlik, by wydobyć z siebie głos, za mocno odczuwał jej bliskość, za bardzo bał się, czego może chcieć.

Skinął głową.

– Ubieraj się. Szybko.

– Która godzina? – grał na zwłokę.

– Odpowiednia godzina, żeby zrobić, co należy. – Jej usta wykrzywiły się w cierpkim uśmiechu. – Nawet jeśli z niewłaściwych powodów.

Jack wyszedł z łóżka, bardzo, bardzo zadowolony, że ma na sobie dół od piżamy. Pokazał, by się odwróciła, po czym szybko się ubrał.

– Dokąd idziemy?

– Na przejażdżkę.

– Prowadziłem tylko raz i prawie wjechałem do rowu.

– Mądry z ciebie chłopak. Nauczysz się.

Wykradli się z pokoju na ciemny korytarz. Zeszli po schodach, bardzo ostrożnie. Diana lekko uchyliła drzwi i wyjrzała na dziedziniec. Jack był ciekaw, czy ma gotową wymówkę, gdyby ktoś ich zatrzymał.

Ich trampki na żwirze podjazdu wydawały się głośniejsze w mglistym, nocnym powietrzu. Zupełnie jakby starali się oboje narobić hałasu.

Diana poprowadziła go do terenówki, zaparkowanej byle jak na trawniku.

– Kluczyki są w środku. Wsiadaj. Od strony kierowcy.
– Dokąd jedziemy?
– Do Perdido Beach. I nie my. Tylko ty.
Jack poczuł niepokój.
– Ja? Tylko ja? Nie, nie, nie! Jeśli pojadę, Caine pomyśli, że to mój pomysł. Wyśle za mną Drake'a.
– Jack, albo mnie posłuchasz, albo zacznę krzyczeć. Przyjdą i powiem, że przyłapałam cię na próbie ucieczki.
Poczuł, że jego opór kruszeje. To brzmiało wiarygodnie. Była gotowa to zrobić, a Caine by jej uwierzył. A potem... Drake. Zadrżał.
– Po co? – spytał błagalnym tonem.
– Znajdź Sama Temple. Powiedz, że uciekłeś.
Jack przełknął ślinę i kiwnął głową.
– Albo lepiej znajdź tę dziewczynę, Astrid. – Znów przybrała swój drwiący ton. – Genialną Astrid. Będzie chciała za wszelką cenę ocalić Sama.
– Dobra. Dobra. – Uspokoił się. – Pojadę.
Diana dotknęła jego ramienia.
– Powiedz im o Andrew.
Jack zamarł z dłonią na kluczyku.
– Tego ode mnie chcesz?
– Tak. Jeśli Sam zniknie, Drake zwróci się przeciwko mnie, a Caine nie zdoła go powstrzymać. Drake jest silniejszy niż przedtem. Potrzebuję Sama żywego. Potrzebuję kogoś, kogo Drake będzie nienawidził. Potrzebuję równowagi. Powiedz Samowi o pokusie. Powiedz, że będzie go kusiło, by wykonał skok, ale może... może, jeśli powie „nie"... – Westchnęła. Nie był to dźwięk, który budziłby nadzieję. – A teraz idź.
Odwróciła się na pięcie i pomaszerowała z powrotem do szkoły.
Jack odprowadził ją wzrokiem aż do drzwi. Teraz i ona miała szansę ucieczki. Mogła zostawić Caine'a i Drake'a

i wszystko, co oni reprezentują, postanowiła jednak zostać. Czyżby naprawdę kochała Caine'a?

Zrobił głęboki wdech, by się uspokoić, i przekręcił kluczyk. Silnik ryknął. Za mocno nacisnął pedał gazu. Za dużo hałasu.

– Ćśśś, ćśśś – syknął.

Wrzucił bieg. Wcisnął gaz. Nic się nie stało. Omal nie wpadł w panikę. Po chwili sobie przypomniał: hamulec ręczny. Zwolnił dźwignię i znowu nacisnął pedał. Terenówka w ślimaczym tempie potoczyła się z chrzęstem po żwirze.

– Ej, dokąd jedziesz?

Howard. Co on tu robił w środku nocy?

No jasne: dalej szukał swojego koleżki Orca.

Mina Howarda szybko się zmieniła: wcześniej był zaintrygowany, teraz zaniepokojony.

– Ej, koleś, stój. Stój!

Jack przejechał obok.

W lusterku zobaczył, że Howard pędzi z powrotem do szkoły.

Powinien jechać szybciej. Ale prowadzenie samochodu przerażało Komputerowego Jacka. Wymagało zbyt wielu decyzji, zbyt wiele uwagi, było zbyt niebezpieczne.

Zatrzymał się przy żelaznej bramie. Była zamknięta. Wysiadł i szybko ją otworzył.

Przez chwilę stał i nasłuchiwał. Odgłosy lasu. Krople wody kapiące z liści, małe zwierzęta buszujące w poszyciu i lekki wietrzyk, który ledwie poruszał listowiem. A potem warkot silnika.

Z powrotem do terenówki. Bieg, szarpnięcie i przejazd przez bramę.

Zostawił ją otwartą i pojechał. Brama nikogo by nie zatrzymała. Już go ścigali. Panda prowadził, bez wątpienia, miał największe doświadczenie jako kierowca, znacznie większe niż Jack.

Panda. A obok Drake. Drake ze swoją potworną ręką.

Jack poczuł, że narasta w nim lęk. Ścisnął kierownicę. Za mocno. Jej górna część pękła mu w rękach.

Wyrzucił piętnastocentymetrowy, plastikowy łuk i zapiszczał ze strachu. Zmusił się do ostrożniejszego trzymania resztek kierownicy, starał się powstrzymać panikę i skupić na prowadzeniu. Droga wiła się w dół zbocza, przechodziła z gęstego lasu na bardziej otwarty teren i zakręcała.

Światła w lusterku.

O Boże! Zabiją go. Drake użyje tej ręki, która wyglądała jak bicz.

— Myśl, Jack! — wykrzyknął z niespodziewaną gwałtownością. — Myśl.

To nie była kwestia informatyczna. Ani techniczna. To było coś prostrzego. Chodziło o siłę przeciwko sile, o przemoc przeciwko przemocy, o nienawiść i strach.

Ale czy na pewno?

Może chodziło o prześwit. Nadwozie terenówki znajdowało się wysoko nad drogą. Samochód, który szybko zmniejszał dzielący ich dystans, był nisko zawieszony.

Terenówka. Napęd na cztery koła.

Jack zerknął na boki. Głęboki rów wzdłuż prawego skraju drogi. Stroma ściana z ziemi i kamieni po lewej.

Tamten samochód zbliżał się z dużą prędkością. Był tylko kilkadziesiąt metrów za nim.

Tam. Droga gruntowa po prawej. Mogła prowadzić donikąd, a mogła się kończyć po kilkunastu metrach. Nie było wyboru. Jack szarpnął kierownicę w prawo i mimo niewielkiej prędkości miał wrażenie, że może się wywrócić.

Terenówka jednak nie przewróciła się. Wjechała na wyboistą drogę. Reflektory oświetliły jasny krąg ziemi i krzewów pośród atramentowej, bezksiężycowej czerni. Nic nie widział... nic nie wiedział... Jechał, polegając na szczęściu, z nadzieją, że droga nie skończy się nagle urwiskiem.

Ciężko było trzymać kierownicę, która gwałtownie podskakiwała razem z całym samochodem. Nie mógł jednak trzymać jej zbyt mocno, bo gdyby się rozpadła do reszty, wtedy naprawdę byłoby po nim.

Reflektory sedana szalały z tyłu, podskakiwały, skręcały to w jedną, to w drugą stronę. Temu autu droga sprawiała większe kłopoty. Terenówce trudno było tędy jechać. Dla goniącego ją samochodu jazda była wręcz niemożliwa.

Jack powoli oddalał się od ścigającego pojazdu. W końcu snopy światła z reflektorów oddaliły się i stało się jasne, że samochód się zatrzymał.

Jack zwolnił, by ułatwić sobie prowadzenie terenówki.

Zostawił pościg za sobą. Jak jednak miał teraz dotrzeć do Perdido Beach? Znał tylko dojazd główną drogą. Czy ta polna dróżka mogła go dokądś doprowadzić?

Wiedział tylko jedno: nie mógł zawrócić.

ROZDZIAŁ 41

3 GODZINY, **15** MINUT

Jasne godziny dnia szybko mijały.

Wiedział, że niedługo się zacznie. A za parę godzin się skończy.

Sam wystawił warty na obrzeżach miasta, ale pozostałym radził spać, jeść, odpoczywać. Caine zjawi się wieczorem. Sam był tego pewien.

Próbował pójść za własną radą, ale nie był w stanie zasnąć.

Zmieniał ubranie i myślał o konieczności zjedzenia czegoś pomimo nieprzyjemnego uczucia w żołądku, gdy w remizie pojawiła się nagle Taylor. Sam miał akurat na sobie tylko bokserki.

– Nadchodzą – powiedziała bez wstępów. – Ej, ładny masz kaloryfer na brzuchu.

– Mów.

– Sześć samochodów jedzie autostradą od strony Coates. Za jakąś minutę będą przy Ralph's. Jadą powoli.

– Widziałaś jakieś twarze? Caine'a albo Drake'a?

– Nie.

Sam poszedł do drugiego pomieszczenia, potrząsnął łóżkiem Edilia, kopnął łóżko Quinna i zawołał:
– Chłopaki! Wstawać!
– Co? – spytał Quinn, zaspany i zdezorientowany. – Myślałem, że kazałeś nam trochę pospać.
– Trochę pospaliście. Taylor mówi, że tamci ruszyli.
– Już wstaję. – Edilio wytoczył się z łóżka kompletnie ubrany. Odwiązał groźnie wyglądający pistolet maszynowy od wezgłowia.
Sam wciągnął dżinsy i zaczął szukać butów.
– Co mam teraz zrobić? – spytała Taylor.
– Skocz z powrotem i zobacz, czy wchodzą do Ralph's, czy dzielą się na grupy.
– Bądź przygotowany – uprzedziła – że wrócę za chwilę.
– Idź prosto na plac. Będę tam – odrzekł Sam.
Taylor już nie było.
– Gotowy? – zwrócił się Sam do Edilia.
– Nie. A ty?
Sam pokręcił głową.
– Tak czy siak, postarajmy się, żeby się udało.
Quinn sturlał się z łóżka.
– Już czas?
– Tak. Wieczór. Tak jak myśleliśmy – powiedział Sam. – Wiesz, dokąd idziemy, prawda?
– Prosto do piekła? – mruknął Quinn.
Sam i Edilio zjechali po strażackiej rurze, lądując w garażu. Walkie-talkie przy pasku Sama zatrzeszczało, bardzo głośno. Odezwał się głos Astrid, zniekształcony, pełen napięcia:
– Sam. Widzę ich.
Sam zmniejszył głośność i nacisnął guzik.
– Taylor już mi powiedziała – oznajmił. – U ciebie i małego Pete'a wszystko gra?

— W porządku. Widzę sześć samochodów. Minęli Ralph's. Zdaje się, że mogą skręcić w stronę szkoły.
— Czemu tam?
— Nie wiem.
Sam przygryzł wargę i zastanowił się.
— Siedzicie tam, Astrid.
— Sam... — zaczęła.
— Wiem — szepnął. — Ja też.
Zaczął iść szybko, ale nie biegł. Bieg kojarzyłby się z paniką. Zwrócił się do Edilia.
— Domyślam się, że przyjadą tak samo jak za pierwszym razem. To najkrótsza droga do centrum miasta.
— Myślałem, że mogą zająć sklep i zmusić nas, żebyśmy po nich przyszli — powiedział Edilio.
— Nie rozumiem — przyznał Sam. Dotarli do placu i Edilio pobiegł przodem, do ratusza, by sprawdzić swoje oddziały.
Taylor pojawiła się cztery metry od nich, patrzyła w złym kierunku.
— Taylor, tutaj!
— A! Jadą w kierunku szkoły. Caine na pewno z nimi jest. Caine i Diana. Drake'a nie widziałam. Może nie żyje.
— Ostatnie zdanie wypowiedziała z nadzieją w głosie. A potem, na wypadek, gdyby Sam nie dosłyszał, dodała:
— Mam nadzieję, że nie żyje, ten wredny...
— Widzieli cię?
— Nie. Zresztą nie mogą mnie tknąć. Jestem w tym już za dobra. Mogę skoczyć od razu do szkoły, sprawdzić, co kombinują.
Sam wyciągnął palec w jej stronę.
— Lepiej przestań kozaczyć. Nie chcę cię stracić. Trzymaj się z daleka. Idź.
Taylor puściła do niego oko i zniknęła.
Astrid zgłosiła się przez walkie-talkie.

– Wysiadają z samochodów i idą do szkoły.

Sam podniósł wzrok na wieżę. Była tam, tak blisko, że mógł do niej krzyknąć, lecz wzrok kierowała na szkołę, a nie na niego. Nagle dostrzegł Quinna, biegnącego z pistoletem maszynowym na ramieniu.

– Powodzenia, bracie – rzucił.

Quinn stanął jak wryty.

– Dzięki. Słuchaj, Sam... ja...

– Nie ma na to czasu – odparł Sam, z naciskiem, ale łagodnie.

Stał na placu, z nogą opartą o brzeg fontanny. Szkoła. Dlaczego? I po co przyjeżdżać za dnia, czemu nie zaczekać, aż zapadnie noc?

Albert wyszedł z McDonald'sa. Podał Samowi torebkę.

– Trochę nuggetsów, chłopie. Gdybyś był głodny.

– Dzięki, stary.

– Wierzymy w ciebie, Sam. – Albert zawrócił.

Sam chrupał kawałek kurczaka i usiłował myśleć. Ten ruch ze szkołą był niespodziewany. Czy to zwiększa ich szanse? Jeśli Caine będzie poza samochodem, pieszo, w budynku szkolnym, który Sam znał o wiele lepiej od niego...

Nacisnął guzik walkie-talkie.

– Czy coś świadczy o tym, że wychodzą ze szkoły?

– Nie. Zostawili jednego gościa na zewnątrz jako wartownika. Zdaje się, że to Panda. W ogóle nie widzę Drake'a.

Może dałby radę to zakończyć. Już teraz, pojedynkiem z Caine'em. Wtedy nikt z pozostałych nie musiałby się angażować. Nikt nie musiałby ciągnąć za spust.

Dekka biegła w jego stronę.

– Sam! Przepraszam, nie mogłam cię znaleźć.

Może tylko ich dwoje, Sam i Dekka. To by podwoiło szanse. Tak by było najlepiej: jedno z Perdido Beach, drugie z Coates, ramię przy ramieniu.

— Caine jest w szkole — oznajmił Sam. — Myślę, czy by do niego nie iść.

— Jest tam Drake? — spytała Dekka.

— Nikt go nie widział. Może... może nie chce się pokazywać.

— I dobrze — powiedziała bez ogródek.

— Nie mieliśmy wiele czasu, by się poznać — stwierdził Sam. — A teraz, po prostu nie mam wiele czasu i tyle. Jak dużą masz kontrolę nad swoją mocą?

Dekka wypuściła powietrze i zastanowiła się nad tym pytaniem. Spojrzała na swoje dłonie, jakby miały dać jej odpowiedź.

— Muszę być dość blisko. Umiem nieźle zatrząść ścianą albo posłać kogoś w powietrze, ale tylko z małej odległości.

— Tak?

— Wchodzę w to — oznajmiła zdecydowanie.

Pojawiła się Taylor.

— Wszyscy są w szkole. Jeden wartownik, o ile dobrze widziałam. I z całą pewnością nie ma Drake'a.

— Dobra — powiedział Sam. — Słuchajcie, co zrobimy. Dekka i ja idziemy do nich. Taylor, powiadom Edilia. A potem musisz wspiąć się na wieżę, do Astrid. Jeśli Dekka i ja wpadniemy w kłopoty, możemy potrzebować czegoś, co odwróci ich uwagę.

— Kolego, ja się nie wspinam, tylko się pojawiam. Już się robi. — Taylor zniknęła.

— Pewnie kiedyś się przyzwyczaję, że tak to wygląda — mruknął.

Wziął przeciągły, urywany oddech. To była jego pierwsza poważna decyzja taktyczna, dotycząca nadchodzącej walki. Miał nadzieję, że nie popełnia błędu.

Jack przez cały dzień siedział w terenówce ukrytej w kępie drzew. Spał niespokojnie, wciśnięty w fotel kierowcy, zamknąwszy wszystkie drzwi, zbyt przestraszony, by bardziej rozłożyć oparcie.

Jack nie dbał o to, jak bardzo Dianie zależy, by dotarł do Sama, ani nie zamierzał oddawać za nią życia. Dopiero gdy słońce w końcu zaszło, przekręcił kluczyk i wytoczył się z zacienionej kryjówki.

Jechał polnymi dróżkami bez drogowskazów, z wyłączonymi światłami, w ślimaczym tempie. Mijał ledwie widoczne wzniesienia i zakręty, w górę i w dół, w lewo, w prawo. Terenówkę wyposażono w kompas, wbudowany w lusterko wsteczne, ale jego wskazania nie miały sensu. Pokazywał najpierw południe, a w następnej sekundzie już wschód, mimo że Jack nie skręcił.

Nie miał pojęcia, dokąd jedzie. Mógłby włączyć światła i lepiej widzieć drogę, ale wtedy inni też by go dostrzegli. Prowadził więc po ciemku, poruszając się niewiele szybciej niż piechur. Nawet przy tej niewielkiej prędkości samochód tak bardzo podskakiwał i się trząsł, że Jack był cały obolały, jakby zebrał od kogoś cięgi.

To, że musi się bezwzględnie przedostać do Sama, było oczywiste. Caine nigdy nie wybaczy mu zdrady. Sam stanowił ostatnią deskę ratunku, ale tylko pod warunkiem, że przeżyje zniknięcie. Jeśli Sam zniknie, Caine wygra. A wtedy ETAP stanie się za mały, by Jack zdołał ukryć się przed Caine'em i Drakiem.

Spojrzał na zegarek na desce rozdzielczej. Znał datę i godzinę urodzin Sama. Zostało mu nieco ponad dwie godziny.

Księżyc wzeszedł i droga biegła dalej prosto, więc jechał z nieco większą prędkością niż dotąd, by znaleźć się w bezpiecznym miejscu. Przed nim przemknął zając. Jack szarpnął kierownicą i ominął zwierzaka, ale zjechał z drogi na pole.

Gwałtownie skręcił kierownicą i wrócił na drogę niemal dokładnie w chwili, gdy minął go pickup, zmierzający w przeciwnym kierunku.

Jack zaklął i obejrzał się. Zajaśniały światła stopu, półciężarówka wyhamowała z piskiem.

Jack wcisnął pedał gazu. Terenówka skoczyła naprzód. Pickup już jednak zawrócił i zaczął się zbliżać.

W ciemności nie było widać, kto siedzi za kierownicą, ale w umyśle Jacka pojawiła się tylko jedna osoba: Drake.

Łkając, Jack przyspieszył. Wskaźnik poziomu paliwa zbliżał się do zera. A półciężarówka go doganiała.

Jedynym sposobem ucieczki wydawał się zjazd na leżące odłogiem pole, gdzie pickup mógł się okazać niezdolny do pościgu. Jack lekko zwolnił i skręcił. Ziemia była zaorana, miękka, więc terenówka podskakiwała jak szalona.

Pickup nie zmniejszył tempa.

Na polu przed Jackiem zapłonęły potężne reflektory. Jakiś traktor nadjeżdżał z zaskakującą prędkością, by odciąć mu przejazd. Za nim widniał ciemny, walący się wiejski dom, zbudowany z dala od drogi.

Jack poczuł falę mdłości. Mieli go. W jakiś niewytłumaczalny sposób złapali go w pułapkę.

Nie zauważył koryta wyschniętego strumienia. Terenówka na kilka chwil wzbiła się w powietrze, poczuł się dziwnie lekki, a potem samochód uderzył w przeciwległy brzeg i gwałtownie stanął. Rozległ się głośny huk odpalanej poduszki powietrznej, potem okropny zgrzyt i Jack stwierdził, że leży jak długi na plecach, na ziemi. Nie był ranny, ale zanadto oszołomiony, by się ruszyć.

Światła terenówki oświetlały pole, na którym leżał. Blask wyławiał z mroku sylwetki dwojga dzieciaków, chłopaka i dziewczyny. Żadne z nich nie było Drakiem Merwinem.

Jack ośmielił się oddychać. Nie odważył się jednak wstać.

– Widzieliśmy, jak jeździsz bez świateł – powiedziała dziewczyna oskarżycielskim tonem.

Jack zastanawiał się, jak mogli go zobaczyć w tak ciemną noc. Nie zapytał, ale i tak uzyskał odpowiedź.

– Nawet jak masz zgaszone reflektory, światła stopu i tak świecą. Pewnie o tym nie pomyślałeś.

– Nie mam wielkiego doświadczenia w jeździe samochodem – przyznał Jack.

– Kim jesteś? – spytał chłopak, na oko w jego wieku.

– Ja? Jestem... Jack. Nazywają mnie Komputerowym Jackiem.

Dziewczyna trzymała w rękach strzelbę. Wymierzyła ją w twarz Jacka.

– Nie strzelaj – powiedział błagalnym tonem.

– Jesteś na naszej ziemi, a my jej bronimy – odparła. – Dlaczego mielibyśmy cię nie zastrzelić?

– Muszę... Słuchaj, jeśli nie dotrę do Perdido Beach, stanie się coś strasznego.

Dziewczyna robiła dziwne wrażenie. Dziecinne kucyki podkreślały surowość twarzy, która wyglądała jeszcze surowiej w ostrym, białym świetle z terenówki. Wydawała się nieporuszona. Miała może jedenaście, może dwanaście lat i Jack zauważył, że jest bardzo podobna do chłopaka, najwyraźniej swojego brata.

Chłopak przemówił.

– Nie wygląda na groźnego – ocenił. Zwrócił się do Jacka: – Dlaczego nazywają cię Komputerowym Jackiem?

– Bo dużo wiem o komputerach.

Tamten rozmyślał o tym przez chwilę i w końcu spytał:

– Umiesz zreperować Wii?

Jack energicznie pokiwał głową, wcierając sobie ziemię we włosy.

– Mógłbym spróbować. Ale naprawdę muszę się dostać do Perdido Beach. To bardzo ważne.

– A dla mnie ważne jest moje Wii. Jeśli je naprawisz, nie pozwolę, żeby Emily cię zastrzeliła. Przypuszczam, że to równie ważne, jak dotarcie się do Perdido Beach, co?

– Cześć, Mary – zagadnął Quinn. Spotkali się przy drzwiach do sali w przedszkolu. – Idę na górę.

Mary szybko zamknęła za sobą drzwi.

– Nie chcę, żeby dzieci widziały broń – wyjaśniła. Sama wbijała wzrok w pistolet.

– Mary, ja też wolałbym jej nie oglądać – odparł.

– Boisz się?

– Jeszcze jak.

– Ja też. – Dotknęła jego ramienia. – Niech cię Bóg prowadzi.

– Tak. Miejmy nadzieję. – Chciał zostać i z nią porozmawiać. Wszystko, byle nie wspinać się na dach z pistoletem maszynowym. Ale Mary miała swoje obowiązki, a on swoje. Poczuł wstyd, gdy zdał sobie sprawę, że pragnie wejść do tej przedszkolnej sali i po prostu schować się tam z Mary.

Przeszedł przez przedszkole, wychodząc na alejkę na tyłach. Starannie przewiesił sobie broń przez ramię i zaczął się wdrapywać po chwiejnej aluminiowej drabinie.

Przedszkole i sklep z narzędziami miały wspólny dach. Był płaski, kryty papą i smołą, a widok urozmaicało jedynie kilka pionowych rur i dwa przestarzałe klimatyzatory. Dach okolony był glazurowanym murkiem wysokości około metra.

Quinn zajął pozycję w rogu od strony kościoła i ratusza. Patrzył, jak Sam i Dekka wychodzą.

– Nie nawal dzisiaj – nakazał sobie. – Tylko nie nawal.

Drabina zagrzechotała i na dachu pojawił się jakiś ciemny kształt. Quinn odwrócił się z bronią. Z plamy wyłoniła się sylwetka Brianny.

– Nie rób tak więcej, Brianno – ostrzegł dziewczynę.

Uśmiechnęła się.

– Bryzo. Nazywam się Bryza.

– Za mocno się w to angażujesz – mruknął. – Ile ty masz lat? Dziesięć?

– Jedenaście. Za miesiąc skończę dwanaście. – Zza paska wyjęła młotek z pazurem do wyciągania gwoździ i zważyła go w dłoni. – Caine i Drake głodzili mnie, z blokiem betonu na rękach. Dla nich nie byłam za młoda, żeby zginąć.

– No tak. – Quinn chciał, żeby sobie poszła i zostawiła go w spokoju, ale jej zadaniem było poruszanie się między nim, Edilem a Samem i przekazywanie wiadomości. – Jak szybko umiesz chodzić?

– Nie wiem. Na tyle szybko, że ludzie niemal mnie nie widzą.

– To cię nie męczy?

– Właściwie nie. Ale buty się niszczą. – Podniosła jedną nogę, by pokazać mu zużytą podeszwę trampka. – I muszę wiązać włosy, bo inaczej wpadają mi do oczu. – Dotknęła zaplecionego w warkocz mysiego ogonka.

– To musi być dziwne uczucie. Mieć taką moc.

– Ty żadnej nie masz?

Pokręcił głową.

– Nie. Żadnej. Ja to po prostu... ja.

– Bardzo dobrze znasz Sama, nie?

Skinął głową. Dzieciaki z Coates często zadawały mu to pytanie.

– Myślisz, że wygra?

– Chyba powinniśmy mieć taką nadzieję.

Brianna popatrzyła na swoje ręce, jeszcze nie tak dawno uwięzione w betonie.

– Dlatego właśnie to nieważne, że mam dopiero jedenaście lat. Musimy wygrać.

Sam usiłował się zagłuszyć w sobie poczucie nadciągającej zagłady, gdy szedł z Dekką w stronę szkoły. Właściwie nie bał się, że coś mu się stanie. W końcu i tak spodziewał się końca w dniu, w którym zniknie, a wtedy... Tak naprawdę, nie wiedział, co wtedy.

Prawdziwą grozę wywoływał lęk przed porażką. Cokolwiek miało się z nim stać, musiał myśleć o Astrid. I o jej bracie, bo Astrid byłaby zdruzgotana, gdyby coś złego spotkało małego Pete'a. Nie wspominając o tym, że właśnie ten chłopczyk mógł być jedyną istotą zdolną zakończyć ETAP.

Sam musiał pokonać Caine'a dla niej. Dla nich, dla wszystkich dzieciaków. I ta świadomość ciążyła mu tak dotkliwie, jakby dźwigał na swoich plecach cały świat.

Musiał zwyciężyć. Musiał mieć pewność, że Astrid jest bezpieczna. Potem mógł nawet zniknąć, skoro to było nieuniknione.

Ale im bliżej podchodził do szkoły, tym mocniej wątpił w swoje postanowienie. Odbiegał od planu, co oznaczało, że nikt nie będzie naprawdę wiedział, jaką ma rolę do odegrania. Caine, kierując się do szkoły, wszystko zmienił.

Zatrzymali się o jedną przecznicę od szkolnego terenu. Sam włączył walkie-talkie.

– Coś się zmieniło?

– Nie – odparła Astrid. – Samochody zaparkowane. Panda stoi przy drzwiach. Światła jest coraz mniej, więc nie mam pewności. Sam?

– Tak?

– Zdaje się, że Panda ma broń.
– Dobra.
– Uważaj.
– Mhm. – Rozłączył się. Chciał jeszcze raz powiedzieć jej, że ją kocha, ale miał wrażenie, że igra z losem. I tak zbyt często myślał o Astrid i zbyt rzadko o Cainie.
– Słuchaj, Dekko, nie mamy jak się tam zakraść. Muszę się pokazać, zanim dotrę do Pandy.
Dekka skinęła głową. Usta miała zaciśnięte, jakby w ogóle nie mogła ich otworzyć. Oddychała ciężko, z napięciem. Bała się.
– Policzę do trzech. Na trzy ruszamy. Gazem. Jak tylko będę mógł, spróbuję poradzić sobie z Pandą. Ty rób, co trzeba, jak dotrzemy do drzwi. Gotowa?
Nie odpowiedziała. Przez chwilę, która zdawała się ciągnąć bardzo długo, wpatrywała się w ciemność. W końcu wychrypiała: – Jestem gotowa.
– Raz, dwa, trzy.
Wypadli z kryjówki i puścili się biegiem, widoczni jak na dłoni. Pokonali dystans, dzielący ich od ogrodzenia, i pędzili już przez boisko, zanim Panda ich zauważył i krzyknął.
– Nie rób tego. – uprzedził go Sam, najgłośniej, jak umiał, nie przerywając biegu.
Panda zawahał się, ważąc pistolet w dłoni, ale nie unosząc go do strzału.
– Nie chcę ci zrobić krzywdy! – zawołał Sam.
Piętnaście metrów.
Panda wymierzył i strzelił.
Pocisk chybił celu.
Panda wlepił spojrzenie w broń, jakby widział ją pierwszy raz w życiu.
– Nie! – krzyknął Sam.

Dziesięć metrów.

Panda znowu uzniósł pistolet. Na jego twarzy zastygła maska strachu i przerażenia.

Sam padł na ziemię, przeturlał się i przykucnął, gdy tamten strzelił jeszcze raz.

Po czym Sam wyciągnął rękę, rozcapierzając palce. Zielono-białe światło minęło Pandę i wypaliło dziurę w cegle przy jego głowie.

Panda rzucił pistolet, odwrócił się i zaczął uciekać.

Trzy metry.

– Dekka, drzwi!

Dekka wysoko podniosła ręce i siła ciążenia pod drzwiami przestała działać. Cała ściana, włącznie z futryną, zatrzęsła się niespodziewanie, jakby od drugiej strony uderzyła w nią ciężarówka. Drzwi powoli się otworzyły. Pył i kawałki tynku wystrzeliły w niebo.

Dekka opuściła ręce i pył opadł z powrotem na ziemię. Cegły rozpadały się z trzaskiem, ościeżnica wybrzuszyła się i rozłupała.

Światło strzeliło z rąk Sama przez otwarte drzwi do ciemnego wnętrza. Razem z Dekką wpadli do środka i oparli plecami o przeciwległe ściany, dysząc ciężko, w gotowości. Papierowe ogłoszenia i kolorowe niegdyś plakaty na ścianach spłonęły i pozwijały się od uderzenia mocy Sama.

Nie było słychać żadnego dźwięku.

Zerknął na Dekkę. Wydawała się równie przestraszona, jak on. Ostrożnie ruszyli korytarzem, drżąc z napięcia, zaglądali w każde drzwi.

Sekretariat był po prawej, za przejrzystą ścianą ze wzmocnionego szkła. Sam podszedł bliżej. Zajrzał do środka. Nic. Lampy wciąż się paliły, tak jak codziennie, odkąd zaczął się ETAP.

Czy powinien iść dalej, nie sprawdziwszy dokładnie sekretariatu? Jeśli w środku krył się jeden z ludzi Caine'a, on i Dekka mogli zostać otoczeni. Dał jej znak: wejdź tam.

Gwałtownie pokręciła głową.

– Dobra – powiedział. – Ja to zrobię.

Szybko przemierzył korytarz i otworzył drzwi. Poleciało na niego coś dużego, instynktownie się uchylił, ale został trafiony. Siła uderzenia aż go obróciła.

Na blacie biurka sekretarki przycupnął ciemnowłosy chłopak. W ręce trzymał drewnianą pałkę, krótką i grubą. Uśmiechnął się. A potem znowu skoczył, szybki niczym dziki kot.

Sam dał się zaskoczyć i upadł ciężko, waląc głową o podłogę. Zobaczył gwiazdy.

Odwrócił się, ale dość niemrawo. Przeciwnik odskoczył na bezpieczną odległość i szykował się do kolejnego ataku.

Nagle tamten, razem z papierami na biurku, a także z samym biurkiem, oderwał się od podłogi, poleciał prosto w górę i grzmotnął w niski sufit.

Miał dość czasu, by zdać sobie sprawę z własnego zaskoczenia i strachu, zanim Dekka przywróciła siłę ciążenia i zanim spadł jak kamień. Sam dopadł do niego, wbił kolano w jego klatkę piersiową i złapał go obiema rękami za głowę.

– Tylko drgnij, a twoja głowa zmieni się w popiół.

Chłopak zesztywniał.

– Dobra decyzja – pochwalił Sam. – Dekka, zabierz mu pałkę. Znajdź srebrną taśmę klejącą. – Chłopaka zaś zapytał: – Kim jesteś? I gdzie Caine?

– Nazywam się Frederico. Nie spal mnie.

– Gdzie Caine?

– Tu go nie ma. Wszyscy wyszli tylnymi drzwiami, jak tylko tu dotarliśmy. Zostawili mnie i Pandę.

Sam poczuł, że skręca go w środku.

– Wyszli?

Frederico dostrzegł strach w jego oczach.

– Nie pokonasz Caine'a. On i Drake mają wszystko rozpracowane.

– Znalazłam taśmę – oznajmiła Dekka. – Mam go związać?

– Chcieli odwrócić naszą uwagę – stwierdził Sam.

Uderzył Frederica w nos, na tyle mocno, by przestał gadać. Chłopak ryknął z bólu.

– Skrępuj go taśmą. Szybko. – Włączył walkie-talkie. – Astrid.

Jej głos był ledwie słyszalny.

– Sam? O mój Boże!

– Co się dzieje?

Jej głos był zbyt zniekształcony, by cokolwiek zrozumieć. Ale wśród zakłóceń słyszał w nich strach.

– Nawaliłem – powiedział. – To była ściema.

ROZDZIAŁ 42

2 GODZINY, 23 MINUTY

– Quinn. Quinn!
– Ktoś woła mnie po imieniu? – zastanawiał się Quinn.
Brianna wskazała wieżę. Quinn zmrużył oczy i zobaczył ciemną sylwetkę Astrid, wymachującą gwałtownie rękami. Gestykulowała, krzyczała coś.
– Pójdę zobaczyć, czego chce – zaproponowała Brianna. Zmieniła się w plamę, po czym nagle zatrzymała się, dotarłszy ledwie do szczytu drabiny. – O mój Boże, patrz.
Ulicą od południa gnała cała masa płowych psów. Przemykały po zaparkowanych samochodach, przeskakiwały hydranty, przystawały na chwilę, by obwąchać śmieci, ale i tak poruszały się ze wstrząsającą prędkością.
Kierowały się prosto do przedszkola.
Brianna zaczęła wciągać drabinę. Quinn przyskoczył, by jej pomóc. Wciągnęli ją na górę w chwili, gdy w dole przebiegły pierwsze kojoty.
– Co robić? – wykrzyknął Quinn.
– Strzelaj do nich – powiedziała dziewczyna.
– Do kojotów? Strzelać do kojotów?
– Nie znalazły się tu przypadkiem! – odparła.

Jeden z czworonogów usłyszał ich i spojrzał w górę.

– Cicho – syknął Quinn. Przykucnął za murkiem i przycisnął pistolet maszynowy do piersi.

– Quinn, one idą do maluchów – nagliła Brianna.

– Nie wiem, co robić.

– Owszem, wiesz.

Gwałtownie pokręcił głową.

– Nie. Nikt mi nie kazał strzelać do kojotów.

Brianna wyjrzała za krawędź i bardzo szybko usiadła z powrotem.

– To on. Drake. I... coś jest z nim nie tak.

Quinn nie chciał patrzeć, ale spopielała ze zgrozy twarz Brianny sprawiła, że patrzenie zdało się mniej przerażające. Podniósł się na tyle, by mieć widok na ulicę.

Za kojotami dumnie kroczył Drake Merwin.

W ręce trzymał długi i gruby, czerwony bicz.

A właściwie nie trzymał go w ręce. Bicz i ręka stanowiły całość.

– Zastrzel go – błagała Brianna. – Zrób to.

Quinn odblokował broń. Oparł krótką lufę o kafelki i wycelował. Drake nie biegł, poruszał się powoli, szedł samym środkiem ulicy, na widoku.

– Nie mogę wycelować – wymamrotał Quinn.

– Kłamiesz – oskarżyła Brianna.

Quinn oblizał wargi. Wymierzył. Owinął spust palcem.

Stąd nie mógł spudłować. Drake znajdował się najwyżej dziesięć metrów od niego. Quinn ćwiczył strzelanie z pistoletu maszynowego. Strzelał do drzewa i widział, jak pociski wgryzają się w drewno.

Wystarczy nacisnąć spust i w taki sam sposób wgryzą się w Drake'a.

Nacisnąć spust.

Drake przeszedł dokładnie pod nim.

– Poszedł – szepnął Quinn. – Nie mogłem... – zająknął się. Z przedszkola poniżej dobiegły krzyki przerażonych dzieci.

Mary Terrafino miała bardzo zły dzień. Tego ranka objadła się nieprzyzwoicie. Znalazła pudełko z małymi paczkami chipsów Doritos. Usiadła i uporała się z dwudziestoma czterema paczuszkami.

Potem wszystko zwymiotowała. Ale i tak wydawało jej się, że to za mało, by oczyścić się ze wstrętnej żywności, wzięła więc silny środek na przeczyszczenie, przez który przez cały dzień musiała raz po raz biegać do łazienki.

Teraz bolał ją brzuch, była wykończona, dyszała gniewem na samą siebie, przepełniał ją wstyd.

Mary zwykle łykała rano tabletki, prozac i witaminy. Ale dziś czuła się tak wyczerpana, że wzięła też diazepam, znaleziony w szafce z lekarstwami w łazience matki. Ten lek nadał jej umysłowi łagodną miękkość, jakby w tryby umysłu ktoś wlał melasę. Wszystko zdawało się powolne, drażniące, rozmazane. By zniwelować skutki diazepamu, nalała sobie kawy do kubka z przykrywką, posłodziła i zabrała ze sobą do sali.

Właśnie wtedy przez przedszkole przeszedł Quinn, niosąc broń. Uchroniła dziećmi przed tym widokiem, ale nawet dla niej samej pistolet maszynowy miał w sobie coś głęboko niepokojącego w prawdziwym świecie – nie w telewizji czy grze wideo, ale tuż przed jej nosem.

Teraz siedziała po turecku, a kilkanaścioro dzieci z mniejszą lub większą uwagą słuchało, jak czyta „Kocia mama ma trzy kocięta" i „Stado bizonów". Czytała wszystkie książki już tyle razy, że znała je niemal na pamięć.

Inne dzieci bawiły się w różnych częściach sali, przebierając się, malując, układając klocki.

Jej brat John sprawdzał pieluchy maleństwom, jak nazywali dzieci, które ciągle nosiły pieluchy.

Jedna z pomocnic Mary, dziewczyna imieniem Manuela, podrzucała na kolanie małego chłopczyka, jednocześnie próbując usunąć plamę po flamastrze ze swojej bluzki. Mruczała coś pod nosem.

Isabella, która chodziła za Mary jak cień, odkąd trafiła do przedszkola, też siedziała po turecku i zaglądała jej przez ramię. Mary podążała palcem za czytanym tekstem, słowo po słowie, myśląc, że może uczy Isabellę czytać i czując się z tym całkiem miło.

Usłyszała odgłos otwieranych drzwi z tyłu. Pewnie Quinn wrócił do środka.

Krzyk. Odwróciła się, by spojrzeć.

Krzyki i strumień brudnych, żółtych kształtów, wdzierających się do pomieszczenia.

Krzyki, gdy kojoty odpychały dzieci na bok, obalały je na podłogę, przewracały krzesła i sztalugi.

Krzyki z małych gardeł, krzyki i drobne twarze, przepełnione strachem, błagalne spojrzenia.

Isabella skoczyła w panice. Jeden z kojotów błyskawicznie znalazł się przy niej, przewrócił ją i stanął, warcząc, z obnażonymi zębami. Jego zaśliniony pysk był o piętnaście centymetrów od jej gardła.

Mary nie krzyknęła ani nie zapłakała, lecz ryknęła. Skoczyła na równe nogi, wywrzaskując słowo, którego przedszkolaki nie powinny słyszeć. Uderzyła pięściami w barki kojota.

– Zostaw ją! – krzyknęła. – Zostaw ją, ty wstrętna bestio!

John próbował podbiec jej na pomoc i wydał z siebie zduszony okrzyk. Któryś kojot trzymał w zębach tył jego bluzy z kapturem i potrząsał, niczym pies szarpiący maskotkę, przyduszając chłopaka z każdym ruchem.

Manuela stała jak sparaliżowana w kącie, z rękami na ustach, zesztywniała ze strachu.

Kojoty, podniecone, dzikie, rozemocjonowane, szczekały, podskakiwały i kłapały szczękami na wszystkich dookoła. Mały chłopczyk, który nazywał się Jackson, krzyknął do jednego z nich:

– Niedobry piesek! Niedobry!

Zwierzę kłapnęło zębami i trafiło, pozostawiając krwawe zadraśnięcie na kostce Jacksona.

Chłopiec jęknął z bólu i strachu.

– Mary! – zawołał. – Mary!

Po chwili stary, wyliniały kojot warknął i zwierzęta trochę się uspokoiły. Ale wszystkie dzieci płakały i jęczały, John dygotał, a Manuela tuliła do siebie dwoje maluchów i starała się wyglądać odważnie.

A potem do pomieszczenia wkroczył Drake.

– Ty! – krzyknęła z wściekłością Mary. – Jak śmiesz tak straszyć dzieci?!

Drake trzasnął swoim wężowatym ramieniem. Jego koniuszek zostawił czerwony ślad na policzku dziewczyny.

– Zamknij się, Mary.

Trzask pejcza uciszył część dzieci. Patrzyły z przerażonym zdumieniem, jak dziewczyna, którą zaczęły uważać za swoją opiekunkę, dotyka rany na swojej twarzy.

– Caine'owi się to nie spodoba – ostrzegła. – Zawsze mówił, że chce bezpieczeństwa dzieci.

– Będziecie bezpieczni – zapewnił Drake. – O ile będziecie trzymać buzie na kłódkę i robić, co mówię.

– Zabierz stąd te zwierzęta – powiedziała Mary. – Już prawie pora do łóżek. – „Do łóżek", jakby to mogło cokolwiek znaczyć dla psów albo dla potwora, który stał przed nią.

Tym razem pejcz, świsnąwszy, owinął się wokół szyi Mary. Poczuła krew pulsującą w skroniach i bez skutku próbowała zaczerpnąć tchu. Wbiła paznokcie w łuskowate mięso bicza, ale ten ani drgnął.

— Którego słowa w „zamknij się" nie rozumiesz? — Drake przyciągnął ją do siebie. — Robisz się czerwona na twarzy, Mary.

Opierała się, ale na próżno. Żywy pejcz był silny niby pyton.

— Wiesz, musisz coś zrozumieć, Mary: dla tych psów te małe dzieci są jak mnóstwo hamburgerów. Zjadłyby je, jak zjadają króliki.

Odwinął swoją mackę z jej szyi. Osunęła się na podłogę, wciągając powietrze przez gardło, które zdawało się wąskie niczym słomka.

— Czego chcesz? — wycharczała. — Drake, musisz zabrać stąd te kojoty. Możesz wziąć mnie na zakładniczkę. Ale dzieci nie wiedzą, co się dzieje, i się boją.

Drake roześmiał się okrutnie.

— Ej, Przywódco Stada! Twoi nie zjedzą dzieci, prawda?

Ku zdumieniu Mary wielki, wyliniały kojot przemówił:

— Przywódca Stada się zgadza. Nie zabijać. Nie jeść.

— Chyba że... — ponaglił Drake.

— Chyba że Biczoręki każe.

Drake promieniał.

— Biczoręki. Nadały mi takie czułe przezwisko.

Isabella, która wcześniej kuliła się w kącie, wyszła z wyciągniętą ręką, jakby chciała pogłaskać Przywódcę Stada.

— Umie mówić — powiedziała.

— Cofnij się — syknęła Mary.

Ale Isabella nie zwróciła na nią uwagi. Położyła dłoń na karku Przywódcy Stada. Kojot zjeżył się i wydał z siebie niski, bulgoczący pomruk. Ale nie kłapnął zębami.

Isabella pogłaskała jego szorstką sierść.

— Dobry piesek — powiedziała.

— Tylko nie podchodź za blisko — uprzedził chłodnym tonem Drake. — Dobry piesek może zgłodnieć.

— Połknął haczyk — zameldował Panda. — Jest z nim dziewczyna. Ma jakąś zwariowaną moc, jakby... sam nie wiem, jak to nazwać. Sprawia, że rzeczy odrywają się od ziemi.

Odezwała się Diana Ladris:

— To na pewno Dekka. Przewidywaliśmy, że sprawi kłopoty. Ona i Brianna. Może jeszcze Taylor, o ile rozwinęła swoje umiejętności.

Znajdowali się w jakimś domu, który nie należał do żadnej ze znanych im osób. Po prostu dom przy bocznej uliczce, o przecznicę od szkoły. Story były zaciągnięte, światła paliły się tak jak zwykle. Nikt nie wchodził ani nie wychodził przez drzwi frontowe.

— Teraz mój brat pędzi do przedszkola — stwierdził Caine. Nie potrafił ukryć swojej radości. — Dał się nabrać. Widzisz, wiedziałem, że spróbuje zgrywać bohatera i przyjdzie po mnie.

— Tak, jesteś genialny — powiedziała szyderczo Diana. — Jesteś mistrzem we wszystkim, za co się weźmiesz.

— Nawet ty nie zdołasz mnie wkurzyć. Taki jestem szczęśliwy. — Caine uśmiechnął się drwiąco.

— Gdzie Jack? — spytała Diana. Gdy Caine się skrzywił, dodała: — Widzisz? Nadal potrafię zagrać ci na nerwach.

Diana wiedziała, że Jack zjechał z autostrady na pustynię. Panda i Drake o tym zameldowali. Nie miała jednak pojęcia, co stało się później. Nie wątpiła, że jeśli Caine dorwie technicznego geniusza w swoje ręce, ten ją wyda. Jak wtedy zachowa się Caine?

Tymczasem musiała sprytnie działać, udając przejętą ucieczką Jacka czy też dezercją. Dzięki temu Caine i Drake nie wpadną na właściwy trop.

Chyba że złapią Jacka.

Opanowała w sobie falę strachu i zamaskowała ją tak zwykłą czynnością, jak nalewanie do szklanki wody z kuchennego kranu.

W domu, oprócz Diany i Caine'a, przebywali jeszcze Howard, Chunk, Młotek i Panda. Panda był mocno wstrząśnięty po starciu z Samem i Dekką. Co jakiś czas mruczał:
– Normalnie dziura wypalona w ścianie. To mogła być moja głowa.

Chunk próbował ich zabawiać tymi samymi hollywoodzkimi opowieściami, które słyszeli już tysiące razy. Caine zagroził, że odda go Drake'owi, jeśli nie zamilknie.

Howard budził nie mniejszą irytację. Siedział, użalał się nad sobą i od czasu do czasu jęczał, że trzeba iść szukać Orca.

– Orc to żołnierz, stary, jeśli udało mu się wrócić, to będzie w domu, w którym mieszkaliśmy. To nie tak daleko. Mógłbym się tam przekraść. Dobrze byłoby mieć go tutaj.

– Orc leży martwy na pustyni – odparł ostro Panda. – Wiesz, że kojoty go dorwały.

– Zamknij się! – wydarł się Howard.

Kolejną osobą w domu była Lana. Odkąd ujawniły się jej uzdrowicielskie zdolności, Caine nalegał, by mieć ją przy sobie. Dla Diany pozostawała niepokojącą tajemnicą. Jej oczy zawsze zdawały się patrzeć na coś odległego. Odrzucała próby nawiązania rozmowy. Nie gniewnie, nie tak, jakby ją drażniły, raczej jakby przebywała w zupełnie innym miejscu, przejęta, zamyślona, widząca coś niedostępnego dla innych.

Wokół Lany czaił się cień. W jej oczach widniała pustka.

Caine krążył w tę i z powrotem, między otwartą kuchnią a salonem. Znowu zaczął przygryzać kciuk w ten sobie właściwy głupi sposób. Zatrzymał się, wzniósł ręce i zwrócił się do Diany:

– Gdzie on jest? Gdzie Robal?

Robal był jednym z dziwolągów, który trzymał z Caine'em od samego początku. Jeszcze na długo przed ETAP-em, gdy Caine dopiero odkrywał swoją moc, uczył się nad nią panować i rozpoznawać innych, sobie podobnych. W tamtych czasach chodziło przede wszystkim o kontrolę nad szkolnym środowiskiem. Coates nigdy nie było przyjemnym miejscem. Połowę uczniów stanowiły takiego czy innego rodzaju łobuzy. Caine'a uznano za naczelnego łobuza, takiego, którego już żaden inny łobuz nie mógł dręczyć.

W oczach Diany Robal zawsze był nędzną kreaturą. Nie osiągnął poziomu prawdziwego chuligana, zawsze przypominał Howarda, był lizusem, wazeliniarzem. Zaledwie dziesięcioletnim, zadzierającym nosa mistrzem ordynarności. Aż pewnego dnia ujawniła się jego moc, kiedy to Federico zagroził, że spuści mu manto. Przerażony Robal zniknął.

Tyle że tak naprawdę nie zniknął, zdawało się raczej, że wtopił się w tło, niczym kameleon. Wciąż można go było dostrzec, o ile się wiedziało, że tam jest. Ale jego skóra, a nawet ubranie przybierały barwy ochronne, naśladujące to, co znajdowało się za nim, na podobieństwo lustra, odbijającego tło. Efekt nieraz przyprawiał o gęsią skórkę. Robal stojący przed kaktusem wydawał się zielony i porośnięty kolcami.

– Znasz Robala – powiedziała Diana. – Pojawi się, żeby zebrać swoją porcję pochwał. Chyba że Sam albo jeden z jego ludzi go zauważył.

W tym momencie drzwi frontowe otworzyły się i zamknęły. Coś się poruszyło, coś trudnego do dostrzeżenia i rozpoznania, niczym fala, przesuwająca się po tapecie.

– No i już jest Robal – oznajmiła Diana.

Caine przyskoczył do niego.

– Co widziałeś?

Robal zrzucił kamuflaż i pojawił się wyraźnie, niski, z kasztanowymi włosami, wystającymi zębami i piegowatym nosem.

– Wiele widziałem. Sam jest w mieście, dokładnie naprzeciwko przedszkola. Wygląda, jakby nic nie robił.

– Co to znaczy, że nic nie robi?

– To znaczy, że stoi i je żarcie z McDonald'sa.

Caine wbił w niego wzrok.

– Co?

– Je. Frytki. Pewnie jest głodny.

– Wie, że Drake i Przywódca Stada mają dzieci?

Robal wzruszył ramionami.

– Raczej tak.

– I tak sobie po prostu stoi?

– A czego się po nim spodziewasz? – spytała Diana.

– Wie, że mamy gnojków. Czeka, aż się dowie, czego chcemy.

Caine gorączkowo przygryzł kciuk.

– Coś kombinuje. Pewnie się domyśla, że w jakiś sposób możemy go obserwować. Więc się stara, żebyśmy go widzieli. Tymczasem knuje.

– Co może zrobić? Drake i kojoty są tam z dzieciakami. Nie ma wyboru. Zrobi, co mu każesz.

Caine nie był przekonany.

– Coś kombinuje.

Lana drgnęła, popatrzyła na Caine'a, jakby dopiero teraz pierwszy raz go usłyszała.

– Co? – spytała Diana.

– Nic – powiedziała Lana. – Zupełnie nic.

– Muszę teraz iść i to zrobić – stwierdził Caine.

– Zgodnie z planem mieliśmy czekać, aż zbliży się godzina urodzin. Wtedy przegra, bez względu na wszystko.

– Myślisz, że może mnie pokonać, tak?

– Myślę, że miał parę dni na przygotowania – odparła Diana. – I zebrał więcej ludzi. A niektórzy z tych ludzi, zwłaszcza popaprańcy z Coates, naprawdę życzą ci śmierci. – Podeszła bliżej, stanęła z nim twarzą w twarz. – Niby słuchasz mnie, a potem robisz dokładnie to, co ci odradzałam. Mówiłam, żebyś puścił tych, którzy nie chcą się podporządkować. Ale nie, musiałeś posłuchać paranoicznej rady Drake'a. Mówiłam, żebyś pojechał do Perdido Beach i zawarł szybką umowę na dostawę żywności. Musisz spróbować przejąć władzę. Teraz zrobisz, co chcesz, i pewnie w końcu wszystko zawalisz.

– Twoja wiara we mnie jest wzruszająca – stwierdził Caine.

– Jesteś mądry. Uroczy. Masz całą tę moc. Ale twoje ego wymyka się spod kontroli.

Mógł wpaść w szał, lecz zamiast tego szeroko rozłożył ręce w geście bezradności.

– A co miałem zrobić? Coates? I już? Jak możesz nie dostrzegać szansy? Jesteśmy w zupełnie nowym świecie. Bez dorosłych. Bez rodziców, nauczycieli, gliniarzy. To doskonały świat. Doskonały dla mnie. Muszę się tylko zająć Samem i paroma innymi, a potem będę mógł przejąć pełną kontrolę. – Pod koniec tyrady bezwiednie zacisnął pięści.

– Nigdy nie przejmiesz pełnej kontroli, Caine. Ten świat bez przerwy się zmienia. Zwierzęta. Ludzie. Kto wie, co dalej? Nie stworzyliśmy tego świata, jesteśmy tylko biednymi głupcami, którzy w nim żyją.

– Mylisz się. Nie jestem głupcem. To będzie mój świat. – Klepnął się w pierś. – Ja będę rządził ETAP-em, a nie ETAP mną.

– Za późno, żeby się cofnąć.

Uśmiechnął się – i było w tym mroczne echo jego dawnego uśmiechu.

— Nie masz racji. Pora wygrać. Pora posłać Robala do Sama z moimi warunkami.

— Ja pójdę — zgłosiła się Diana. Było to niemądre. Wiedziała, co Caine powie. I widziała podejrzliwy błysk w jego oczach.

— Robal. Wiesz, co masz mówić. Idź. — Popchnął go i kameleon wtopił się w tło. Drzwi otworzyły się i zamknęły.

Caine wziął Dianę za rękę. Chciała cofnąć dłoń, ale tego nie zrobiła.

— Wszyscy wyjść — polecił Caine.

Howard ciężko dźwignął się na nogi. Podobnie Lana. Gdy zostali tylko we dwoje, Caine przytulił się do Diany w niezdarnym uścisku.

— Co ty wyprawiasz? — spytała sztywno.

— Dzisiaj pewnie umrę.

— To chyba dość melodramatyczne? W jednej chwili jesteś niepokonany, a zaraz potem...

Przerwał jej pospiesznym, gwałtownym pocałunkiem. Pozwalała mu na to przez kilka sekund. Potem go odepchnęła, choć nie na tyle mocno, by uwolnić się z jego uścisku.

— Po co? — spytała.

— Przynajmniej tyle jesteś mi winna, nie? — Jego głos brzmiał dziecinnie.

— Jestem ci winna?

— Jesteś. Poza tym myślałem, że ty... no wiesz! — Pewność siebie Caine'a ustąpiła miejsca rozdrażnieniu, a po chwili rozdrażnienie ustąpiło wstydowi i zmieszaniu.

— Nie jesteś w tym zbyt dobry, co? — zakpiła.

— Co mam powiedzieć? Niezła z ciebie laska, tak?

Diana odrzuciła głowę w tył i parsknęła śmiechem.

— Laska? To mi chciałeś powiedzieć? Najpierw jesteś panem ETAP-u, a po chwili zachowujesz się jak żałosny dzieciak przy swoim pierwszym pocałunku.

Twarz mu pociemniała i od razu wiedziała, że posunęła się za daleko. Jego rozcapierzona dłoń znalazła się przed jej twarzą. Dziewczyna naprężyła się, czekając na uderzenie energii.

Przez dłuższy czas stali w ten sposób, jak sparaliżowani. Diana ledwie oddychała.

– A jednak się mnie boisz, Diano – szepnął Caine. – Cała ta twoja poza i w ogóle... ale pod tym wszystkim się boisz. Widzę strach w twoich oczach.

Nic nie powiedziała. Wciąż był groźny. Przy tej odległości moc pozwalała mu zabić ją za pomocą myśli.

– Nie chcę wyglądać jak żałosny dzieciak przy pierwszym pocałunku – ciągnął. – Więc może po prostu daj mi to, czego chcę? Może od tej pory rób, co ci każę?

– Grozisz mi?

Pokiwał głową.

– Jak sama mówiłaś, nie stworzyliśmy ETAP-u, tylko tu żyjemy. Tutaj, w ETAP-ie, liczy się władza. Ja ją mam. A ty nie.

– Zobaczymy, czy jesteś tak potężny, jak ci się zdaje – powiedziała Diana, ostrożna, lecz nieugięta. – Myślę, że się przekonamy.

ROZDZIAŁ 43

2 GODZINY, **22** MINUTY

W przedszkolu nie było okna, wychodzącego na plac. Sam zakradł się w boczną uliczkę, by zajrzeć w jedno z wysokich okien. Widział już kojoty. Potem wzdrygnął się na widok Drake'a.

Kojoty od razu zauważyły jego obecność. Nie sposób było skrycie je podejść. Drake, patrząc mu w oczy, rozwinął swój bicz i leniwie zaciągnął zasłonę.

Dzieci trwały zbite w ciasną grupkę, poważne, przestraszone, lecz jednym okiem spoglądały na ekran telewizora, na którym wyświetlano „Małą syrenkę".

Sam wrócił na plac. Tam nie mógł go widzieć ani Drake, ani kojoty. Mimo wszystko zdawało mu się, że czuje na sobie ich spojrzenia. Dopiero po dłuższej chwili zdał sobie sprawę z obecności jakiegoś chłopaka obok siebie.

– Kim jesteś? I skąd się tu wziąłeś?

– Mówią na mnie Robal. Jestem dobry w podkradaniu się do ludzi.

– Na to wygląda.

– Mam dla ciebie wiadomość.

– Tak? I czego chce mój brat?

— Caine mówi, że albo ty, albo on.
— Tyle wiem.
— Mówi, że jeśli nie zrobisz, czego chce, puści Drake'a i kojoty na przedszkolaki.

Sam stłumił w sobie ochotę, by dać temu małemu potworowi pięścią w nos za ten zadowolony z siebie ton, jakim przekazał tę bezwzględną groźbę.

— No!
— Dobra. Więc wszyscy muszą wyjść na otwartą przestrzeń. Wszyscy wasi ludzie. Na otwartą przestrzeń, na plac, gdzie każdy może ich zobaczyć. Jeśli wszyscy będą się ukrywać, wiesz, co się stanie.
— Co jeszcze?
— Twoi ludzie składają pistolety czy co tam mają, na schodach ratusza. Wszyscy twoi popaprańcy wchodzą do kościoła.
— Chce, żebym się poddał, zanim w ogóle zaczęliśmy walczyć.

Robal wzruszył ramionami.

— Powiedział, że jeśli będziesz się stawiał, Drake zacznie spuszczać kojoty, po jednym na dzieciaka. Masz to wszystko zrobić, a potem Caine i ty zaczniecie pojedynek. Jeśli wygrasz, nie ma sprawy, Drake puszcza maluchy. Wszyscy twoi idą wolno. Caine wraca do Coates.
— Dlaczego to robisz? Dobrze się z tym czujesz? Tak grozić małym dzieciom?

Robal wzruszył ramionami.

— Chłopie, nie zamierzam zadzierać z Caine'em ani z Drakiem.

Sam skinął głową. Jego myśli błądziły już gdzie indziej, próbowały odnaleźć jakiś sposób.

— Powiedz Caine'owi, że odpowiem mu za godzinę.

Robal uśmiechnął się bezczelnie.

– Wiedział, że tak powiesz. Widzisz? Sprytny jest. Powiedział, że masz przesłać odpowiedź za moim pośrednictwem. Tak albo nie, bez żadnych dodatkowych warunków.

Sam zerknął na wieżę. Żałował, że nie było przy nim Astrid. Ona mogłaby znać odpowiedź.

Te warunki były niemożliwe do spełnienia. Był pewien ponad wszelką wątpliwość, że nawet jeśli wygra, nawet jeśli jakimś cudem Caine uzna swoją porażkę, Drake tak po prostu sobie nie pójdzie.

Tak czy owak, musiał pokonać Drake'a, nie tylko Caine'a.

Tysiące myśli kłębiło mu się w głowie, tysiące lęków, zagłuszających się nawzajem, domagających się uwagi, a Robal patrzył niecierpliwie, i czekał tylko, by ruszyć z powrotem. Nie było czasu na rozmyślanie. Nie było czasu na planowanie. Dokładnie tak, jak zamierzał Caine.

Ramiona Sama opadły.

– Powiedz Caine'owi, że się zgadzam.

– Dobra – odparł Robal przejęty w takim stopniu, jakby właśnie usłyszał, że dostanie na obiad kurczaka.

Kameleon wtopił się w tło i niemal zniknął. Sam patrzył za nim, widząc tylko poruszające się zniekształcenia światła i obrazu. Wkrótce już nawet tego nie dało się zauważyć.

Sam włączył walkie-talkie.

– Astrid. Teraz.

Edilio obserwował wszystko ze swojego stanowiska w sklepie z narzędziami. Truchtem wybiegł na zewnątrz.

Sam wyrównał oddech, z uwagą utrzymując minę pokerzysty. Zbyt wiele oczu się w niego wpatrywało. Zbyt wiele osób chciało w niego wierzyć.

Wtedy, w tym szkolnym autobusie, tak już dawno, nikt nie zdawał sobie sprawy, że pojawił się jakiś problem, dopóki Sam nie wziął spraw w swoje ręce. Ale trudniej było wykazywać się odwagą, gdy cały świat zdawał się śledzić każdy jego ruch.

Mając przy sobie Astrid i Edilia, Sam szybko zreferował warunki Caine'a.

– Zostało bardzo mało czasu. Caine znów wyśle tego kameleona na przeszpiegi. Będzie działał szybko, nie zechce dać nam czasu na przygotowania.

– Masz plan? – spytała Astrid.

– Coś w tym stylu. A przynajmniej zarys planu. Musimy trochę zagrać na zwłokę. Ta gnida gada z Caine'em, wraca. To pewnie potrwa z pięć minut, niezależnie od tego, gdzie jest Caine, może ciut więcej. Potem Robal ma sprawdzić, czy robimy to, co nam powiedzieli. Sprawdzi, czy nasi ludzie są na placu i czy nasi koledzy z Coates idą do kościoła. Potem zamelduje Caine'owi. Caine powie: „Dopilnuj, żeby wszyscy znaleźli się w środku".

– Więcej czasu. – Astrid skinęła głową na znak zgody. – Nie spieszmy się. Może trzeba będzie przekonywać niektóre dzieciaki, może będą się opierać. Masz rację, Caine się nie pojawi, dopóki nie zyska pewności.

– Jeśli dopisze nam szczęście, mamy pół godziny – stwierdził Edilio. Spojrzał na zegarek, niełatwo było odczytać cyfry w szybko zapadającym mroku.

– Tak. Dobra. Wszystko, co do tej pory zrobiłem... zawaliłem. Więc jeśli mój plan to wariactwo, niech mi ktoś powie.

– Jesteś naszym szefem, Sam – oznajmił Edilio.

Astrid ścisnęła jego dłoń.

– No to do roboty.

Mary czytała. Śpiewała. Robiła niemal wszystko z wyjątkiem stepowania. Ale żadnym sposobem nie umiała odwrócić uwagi dzieci od widniejącej przed ich oczami grozy. Z poważnymi, zalęknionymi minami śledziły niemal każdy ruch Drake'a. W każdym oku odbijała się zakończona biczem ręka.

Niektóre kojoty poszły spać. Inne jednak zerkały na dzieci wzrokiem, który można określić tylko jako głodny.

Mary żałowała, że nie ma już żadnej tabletki diazepamu, a może trzech albo i dziesięciu. Ręce jej się trzęsły. Wnętrzności paliły. Musiała iść do łazienki, ale nie wolno jej było zostawić dzieci.

Jej brat John zmieniał pieluchę jakiemuś maluchowi, nic niezwykłego, tyle że jego wargi drżały i miały kształt odwróconej litery U.

Mary czytała:

– Nie chcę jeść zielonych jaj, coś innego wnet mi daj.

A w jej głowie, niby szalona karuzela, której nie mogła zatrzymać, wirowała myśl: Co robić? Co robić, jeśli... Co robić, kiedy... Co robić?

Mały Jackson podniósł rękę.

– Mateczko Mary? Psy śmierdzą.

Mary czytała dalej.

– Choćbym zjeździł cały kraj, choćby cały rok był maj, nie chcę jeść zielonych jaj.

Rzeczywiście kojoty śmierdziały. W powietrzu unosiła się dusząca, ciężka woń piżma i padliny. Bez oporów oddawały mocz na nogi łóżeczek i stołów, a na defekację wybrały sobie kąt z kostiumami.

Kojoty jednak wcale nie były spokojne, w żadnym razie. Zachowywały się nerwowo, nienawykłe do przebywania w zamkniętej przestrzeni – i do towarzystwa ludzi. Przywódca Stada utrzymywał porządek za pomocą warknięć i szczeknięć, ale nawet on był podenerwowany.

Tylko Drake wydawał się rozluźniony. Wylegiwał się na bujanym fotelu, na którym Mary karmiła maluchy i kołysała je do snu.

Był bezbrzeżnie zafascynowany swoją ręką-pejczem, podnosił ją i oglądał, zwijał i rozwijał, rozkoszował się nią.

Uratować dzieci? Johna? Czy mogła kogokolwiek uratować? Czy mogła uratować samą siebie? Jak się zachować? Co robić, kiedy zaczną zabijać?

Nagle pojawiła się dziewczyna. Taylor. Ot tak, pośrodku pomieszczenia.

– Cześć, przyniosłam jedzenie – oznajmiła. Trzymała plastikową tacę z McDonald'sa. Leżała na niej wysoka sterta surowych hamburgerów.

Głowy wszystkich kojotów odwróciły się gwałtownie. Drake, zaskoczony, nie zdążył zareagować.

Taylor cisnęła tacą w ścianę, dzielącą przedszkole i sklep z narzędziami. Mięso zsunęło się po kolorowo pomalowanych pustakach.

Macka Drake'a strzeliła. Ale Taylor już zniknęła.

Kojoty wahały się tylko przez chwilę, po czym rzuciły się w stronę mięsa. Warczały i kłapały zębami na siebie nawzajem, przepychały się, potrącały, właziły jeden na drugiego w szale żerowania.

Drake skoczył na równe nogi.

– Przywódco Stada, zrób z nimi porządek! – wrzasnął.

Ale Przywódca Stada dołączył do ogólnego szaleństwa, zaciekle odpychając osobniki wokół siebie, by podkreślić swoją dominację i prawo do niespodziewanej zdobyczy.

I wtedy niemal jednocześnie wydarzyły się dwie rzeczy. Ściana zadrżała i popękała, a znajdujące się najbliżej niej kojoty nagle zawirowały w powietrzu, wymachując łapami.

– Dekka – warknął Drake.

Rozbłysło oślepiające, zielono-białe światło i w ścianie, zupełnie jakby rozciął ją palnik acetylenowy, pojawiła się półmetrowa dziura. Znajdowała się wysoko, ponad głowami dzieci, niemal dokładnie tam, gdzie unosiły się nieważkie nagle kojoty. Jednego trafił promień, rozcinając go równo na pół. Obie połówki ciała kojota wisiały w powietrzu, rozpylając pozbawione ciężaru kuleczki czerwieni.

Dzieci krzyczały, John krzyczał, a Drake cofał się spod ściany, jak najdalej od strefy nieważkości.

W otworze pojawiła się głowa Edilia.

– Mary! Na podłogę!

– Wszyscy na ziemię! – krzyknęła Mary, a John rzucił się na uciekającego malca.

– Dawaj, Sam! – krzyknął Edilio.

Nowa dziura powstała niżej, na wysokości klatki piersiowej nastolatka, i tym razem promienie przeczesywały salę, niszcząc ściany, pokryte wyblakłymi rysunkami, trafiając kojoty, które stawały w płomieniach i unosiły się niczym ogniste balony.

– Dobra, Dekko! – zawołał Edilio.

Kojoty z dużą siłą uderzały o podłogę, jedne martwe, inne wciąż żywe, ale bez najmniejszej chęci do walki. Drzwi otworzyły się, pociągnięte jakąś niewidzialną ręką, i zwierzęta rzuciły się do panicznej ucieczki, przeskakując przez siebie nawzajem.

– Przywódco Stada! – ryknął Drake. – Ty tchórzu!

Śmiercionośny promień wystrzelił w jego stronę. Przeklinając padł na podłogę i potoczył się w kierunku drzwi.

Quinn nie tylko usłyszał, ale też poczuł, jak pęka i wali się ściana pomiędzy przedszkolem a sklepem z narzędziami.

Kilka chwil później zobaczył kojoty, wypadające w panice na uliczkę i biegające to tu, to tam.

A potem pojawił się Drake.

Quinn skulił się za murkiem. Brianna śmiało przyskoczyła, by się przyjrzeć.

– To Drake. Teraz masz szansę.

– Schowaj się, idiotko – syknął.

Odwróciła się do niego, rozwścieczona.

– Daj mi broń, mięczaku.

– Nawet nie wiesz, jak strzelać – jęknął. – Poza tym pewnie już go nie ma. Biegł.

Brianna spojrzała jeszcze raz.

– Schował się. Jest za śmietnikiem.

Quinn odważył się wyjrzeć, tylko odrobinkę, na tyle, by coś zobaczyć. Brianna miała rację: Drake kucnął za śmietnikiem i czekał.

Tylne drzwi sklepu z narzędziami otworzyły się i wyszedł z nich Sam. Rozejrzał się w lewo i w prawo, ale nie mógł zobaczyć ukrytego Drake'a.

Brianna krzyknęła:

– Sam, za śmietnikiem!

Obrócił się, ale Drake był zbyt szybki. Strzelił pejczem, chlasnął wyciągniętą w obronnym geście rękę Sama i rzucił się prosto ku niemu.

Sam wylądował na plecach i przeturlał się szybko, lecz nie dość szybko. Bicz z niesamowitą prędkością przeciął powietrze, zostawiając jasny pas na plecach Sama, rozrywając mu koszulkę.

Sam krzyknął.

Brianna zaczęła ciągnąć aluminiową drabinę w stronę krawędzi dachu, ale zdradziła ją własna szybkość. Straciła panowanie nad drabiną, która z łoskotem spadła na ulicę.

Drake zaplótł teraz mackę na szyi Sama, ściskał, dusił. Próbował zabić.

Quinn widział, że twarz kumpla czerwienieje. Sam wyciągnął ręce do tyłu i strzelił na ślepo.

Promienie osmaliły twarz Drake'a, ale to go nie powstrzymało. Mocno cisnął Samem o ścianę. Quinn usłyszał budzące grozę chrupnięcie, gdy czaszka uderzyła o cegły. Sam osunął się, ledwie przytomny.

– Zapomnij o Cainie – triumfował Drake. – To ja cię załatwię.

Wzniósł swój bicz, gotów opuścić go z taką siłą, by rozpłatać Sama od bioder po szyję.

Quinn strzelił.

Odrzut pistoletu w rękach zaskoczył go. To nastąpiło bez jego świadomej decyzji. Nie celował, nie ściskał starannie spustu, tak jak się tego uczył, po prostu strzelił, polegając na instynkcie.

Pociski zostawiły ślady na cegłach.

Drake obrócił się na pięcie, a Quinn wstał, cały roztrzęsiony, tak, że każdy go widział.

– Ty – powiedział Drake.

– Nie chcę nikogo zabijać – oznajmił Quinn drżącym, ledwie słyszalnym głosem.

– Zginiesz za to, Quinn.

Quinn głośno przełknął ślinę i tym razem wycelował starannie.

Tego było zbyt wiele dla Drake'a. Z rykiem wściekłości uciekł z uliczki.

Sam wstawał bardzo powoli. Przypominał starca, który staje na nogi po tym, jak poślizgnął się na lodzie. Podniósł jednak wzrok i wykonał gest na kształt salutu.

– Jestem ci coś winien, Quinn.

– Przepraszam, że go nie załatwiłem – odparł Quinn.

Sam pokręcił głową.

– Nigdy nie żałuj, że nie chciałeś kogoś zabić. – A potem, zauważywszy Briannę, otrząsnął się z wyczerpania i nakazał: – Bryza? Za mną. Quinn, jeśli ktoś będzie wracał w stronę przedszkola, nie musisz zabijać, dobra? Ale strzelaj w powietrze, żebyśmy wiedzieli.

– Z tym sobie poradzę – zapewnił Quinn.

Sam pobiegł w stronę placu, przekonany, że Brianna szybko go dogoni. Istotnie znalazła się przy nim w ciągu paru sekund.

– Co tam? – spytała.

– Wszyscy odstawiają przedstawienie, że niby spełniają warunki Caine'a. Jeśli dopisze nam szczęście, Robal zamelduje, że posłuchaliśmy, zanim Drake wróci i powie Caine'owi, że odbiliśmy przedszkole.

– Chcesz, żebym poszła za Drakiem?

– Użyj swoich szybkich nóg. Znajdź go, jeśli zdołasz, ale nie próbuj z nim walczyć, po prostu mi powiedz, gdzie jest.

Zniknęła, zanim zdążył dodać: „uważaj na siebie".

Sam puścił się biegiem, który wydawał się żałośnie powolny w porównaniu ze sposobem, w jaki poruszała się Brianna. Dzieciaki, te zwykłe – była ich ponad setka, wszystkie, które dało się zgromadzić w krótkim czasie – kłębiły się na skraju placu. Sam liczył, że Caine nie wie dokładnie, ile dzieci mieszkało w Perdido Beach, czy ile z nich przebywało w miasteczku, a ile kryło się w domach. Musiał się postarać, by wszystko wyglądało wiarygodnie, ale żądanie Caine'a umożliwiało pozostawienie kilku osób z Ediliem.

Astrid i mały Pete, Dekka, Taylor i pozostałe dziwolągi z Coates wchodziły do kościoła, głośno protestując, odgrywając swoje role.

Sam podszedł do fontanny i wskoczył na jej krawędź.

– Dobra, Robalu, wiem, że patrzysz. Idź i powiedz Caine'owi, że zrobiliśmy, czego się domagał. Powiedz mu, że czekam. Powiedz, że jeśli nie jest tchórzem, niech tu przyjdzie i stawi mi czoło. Jak mężczyzna.

Zeskoczył, nie zwracając uwagi na spojrzenia ponad setki przestraszonych dzieci, stłoczonych na placu.

Czy Robal widział, co zaszło w przedszkolu? Bez wątpienia słyszał strzały. Oby uznał, że to Drake strzelał albo że ktoś ćwiczył celność.

Równie groźna była możliwość, że Drake zdoła ostrzec Caine'a. Wkrótce wszystko się okaże. Tak czy owak, Sam wątpił, by Caine oparł się pokusie konfrontacji twarzą w twarz. Tego się domagało jego ego.

Zatrzeszczało walkie-talkie. Sam zmniejszył głośność i musiał przycisnąć krótkofalówkę mocno do ucha, by usłyszeć Astrid.

– Sam.
– Nic wam nie jest w tym kościele?
– Nikomu nic nie jest. Co z przedszkolem?
– Bezpieczne.
– Dzięki Bogu.
– Słuchaj, każ wszystkim się położyć. Niech wejdą pod ławki, to może zapewnić im jakąś ochronę.
– Czuję się tu niepotrzebna.
– Dbaj o spokój małego Pete'a, bo to wielka niewiadoma. Przypomina ładunek dynamitu. Nie wiadomo, co może zrobić.
– Myślę, że fiolka nitrogliceryny to trafniejsze porównanie. Dynamit jest w zasadzie dość stabilny.

Sam uśmiechnął się.

– Wiesz, że lubię, jak wymyślasz trafne porównania.
– A myślisz, że czemu to robię?

Świadomość, że dziewczyna tam jest, zaledwie piętnaście metrów dalej, uśmiecha się smutno, przestraszona, ale dzielna, sprawiła, że Sama ogarnęła fala tęsknoty i niepokoju, a oczy mu zwilgotniały.

Żałował, że Quinn nie potrafił wyeliminować Drake'a. Ale podejrzewał, że w takim przypadku dusza przyjaciela doznałaby uszczerbku. Niektórzy ludzie potrafili robić takie rzeczy. Inni nie. Ci drudzy byli zapewne szczęśliwsi.

– Chodź, Caine – szepnął Sam do siebie. – Załatwmy to.

Brianna pojawiła się obok niego.

– Drake poszedł do swojego domu. Wiesz, tego, w którym mieszkał.

– Jest tam Caine?

– Nie sądzę.

– Dobra robota, Bryzo. A teraz idź do kościoła. Powoli, żeby Robal cię zobaczył, jeśli patrzy.

– Chcę pomóc.

– Właśnie tego od ciebie oczekuję, Brianno.

Oddaliła się teatralnym krokiem. Zwykłe dzieci tłoczyły się po przeciwległej stronie placu, tak jak kazał Caine. Dziwolągi – Sam nie znosił tego słowa, ale trudno go było nie używać – przebywały w kościele.

Teraz chodziło już tylko o niego i Caine'a. Czy Caine przyjdzie? Czy będzie sam?

Zerknął na zegarek. Za nieco ponad godzinę nie będzie to miało znaczenia.

Z niezbyt dużej odległości dobiegło wycie kojota.

ROZDZIAŁ 44

1 GODZINA, **06** MINUT

– Robią to! – wrzasnął Robal, wpadając przez drzwi.
– W porządku – odezwał się Caine. – Pora na przedstawienie. Wszyscy do samochodów.

Zaczęła się przepychanka do drzwi. Chaz, Chunk, Młotek i mocno speszony Frederico, który w końcu uwolnił się ze srebrnej taśmy, rzucili się do kombi w garażu. Diana, emanująca wszystkimi porami skóry tłumionym gniewem, poszła w ich ślady. Panda złapał Lanę za ramię i pchnął ją w stronę drzwi.

Dopiero wtedy Caine się zorientował, że kogoś brakuje.
– Gdzie Howard?
– Nie... nie wiem – przyznał Panda. – Nie widziałem, jak wychodził.
– Bezużyteczny gnojek. Bez Orca stanowi tylko balast – stwierdził Caine. – Zapomnijmy o nim.

Drugim samochodem w garażu było luksusowe audi z szyberdachem. Panda usiadł za kierownicą, a Diana miała wszystko obserwować z siedzenia pasażera. Caine zajął miejsce z tyłu.

Panda nacisnął guzik na pilocie, sterującym automatycznymi bramami garażu. Obie bramy uniosły się.

Samochody ruszyły. Subaru kombi niemal natychmiast uderzyło w bok audi.

Chaz prowadził kombi. Opuścił szybę.

– Przepraszam.

– Świetnie się zaczyna – uznała Diana.

– Jedź – rozkazał krótko Caine.

Panda nacisnął gaz i wyjechał na ulicę, ograniczając prędkość do bezpiecznych trzydziestu pięciu kilometrów na godzinę. Kombi trzymało się o kilkadziesiąt metrów z tyłu.

– Tada dam tada dam tada dam tam tam – Diana zaczęła nucić uwerturę z *Wilhelma Tella*.

– Przestań – rzucił Caine.

Pokonali dwie przecznice, gdy Panda wcisnął hamulec.

Przez ulicę przechodziło kilkanaście kojotów.

Caine wysunął się przez szyberdach i zawołał:

– Co robicie? Dokąd idziecie?

Przywódca Stada stanął i popatrzył na niego swoimi żółtymi oczami.

– Biczoręki odszedł – warknął.

– Co? Co się stało w przedszkolu?

– Biczoręki odszedł. Przywódca Stada odchodzi.

– Niemożliwe – powiedział Caine. Następnie zwrócił się do Diany: – Mają przedszkole. Co robić?

– Ty mi powiedz, Nieustraszony Przywódco.

Caine palnął pięściami w dach samochodu.

– Dobra, Przywódco Stada, jeśli nie jesteś tchórzem, chodź za mną.

– Przywódca Stada podąża za Ciemnością. Inni idą za Przywódcą Stada. Stado głodne. Musi jeść.

– Mam dla was jedzenie – zapewnił Caine. – Jest tam plac pełen dzieciaków.

Przywódca Stada się zawahał.

– To proste – ciągnął Caine. – Możecie iść z nami i wziąć tyle dzieciaków, ile chcecie. Zabierz wszystkie swoje kojoty. Co do jednego. To istny bufet.

Przywódca Stada wydał szczeknięciem jakąś komendę. Kojoty zawróciły ku niemu.

– Chodźcie z nami! – wołał Caine, ogarnięty szaleństwem już bez reszty, toczący dzikim, podnieconym wzrokiem. – Jedziemy na plac. Pójdziecie prosto do tych dzieciaków. Wszystko się uda.

– Ognista Pięść tam jest?

Caine zmarszczył brwi.

– Kto? A, Sam. Ognista Pięść? Tak, będzie tam, ale ja się nim zajmę.

Kojot wyraźnie miał wątpliwości.

– Jeśli Przywódca Stada się boi, może ktoś inny powinien zostać przywódcą.

– Przywódca Stada nie zna strachu.

– No to jazda – rozkazał Caine.

– O rany – jęknął Howard. – O Boże, o Boże, co ci się stało, Orc?

Wymknął się z kryjówki Caine'a i przedostał do domu, w którym kiedyś mieszkali we dwóch z Orkiem. Zastał tam swojego protektora, siedzącego na kanapie, która złamała się pod jego ciężarem i zapadła pośrodku. Wszędzie walały się puste butelki po piwie.

Orc podniósł pada od konsoli.

– Moje palce są za duże, żeby się tym posługiwać.

– Orc, chłopie, jak to... Znaczy, co ci się stało?

Twarz Orca nadal w połowie była jego własną twarzą. Lewe oko, lewe ucho i włosy nad nimi, a także całe usta pozwalały rozpoznać go bez żadnych wątpliwości. Cała jednak reszta wyglądała jak jakiś kruszący się posąg, wykonany ze żwiru. Był przynajmniej o głowę wyższy niż przedtem. Nogi miały średnicę drzewnych pni, a ręce grubością przypominały hydranty. Rozerwał sobą ubranie, które teraz zwieszało się z niego, pozwalając na zachowanie tylko minimum przyzwoitości.

Kiedy poruszył się na kanapie, rozległ się dźwięk przypominający szuranie mokrych kamieni.

– Jak to się stało, stary?
– Spotkała mnie kara – odparł beznamiętnie Orc.
– Co to znaczy?
– Za to, że uderzyłem Bette. To Bóg. Zesłał na mnie karę.

Howard zwalczył w sobie chęć, by się odwrócić i uciec z krzykiem. Starał się patrzeć na ludzkie oko Orca, ale nieustannie zerkał na to drugie, wyglądające jak żółta ostryga pod kamienną brwią.

– Możesz się ruszać? Możesz wstać?

Orc stęknął i wstał z większą łatwością, niż się Howard spodziewał.

– Tak. Wciąż muszę wstawać, żeby się wysikać – odparł.
– Co się stanie, kiedy to się przeniesie na twoje usta?
– Chyba już się nie rozprzestrzenia. Przestało parę godzin temu.
– Boli?
– Nie. Ale swędzi, kiedy się rozprzestrzenia. – Jakby dla podkreślenia, jednym ze swoich kamiennych palców o rozmiarach kiełbasy przeciągnął po linii pomiędzy żwirowym nosem a ludzkim policzkiem.

– Jak jesteś taki ciężki, chłopie, to musisz mieć mnóstwo siły, żeby tylko wstać.

– Tak. – Orc zanurzył ręce w chłodziarce u swoich stóp i wyciągnął puszkę piwa. Odchylił głowę w tył i otworzył usta. Ścisnął górną część puszki, aż trysnął płyn i piana. Orc przełknął to, co trafiło do jego ust. Reszta spłynęła mu po twarzy na kamienną pierś. – Tylko tak mogę je teraz otwierać. Mam za duże palce, żeby pociągnąć kółko.

– Co ty wyprawiasz, stary? Cały czas siedziałeś i chlałeś piwo?

– A co mam robić? – Orc wzruszył ramionami, wyglądającymi jak hałdy kamieni. Jego ludzkie oko albo płakało, albo się zatarło. – Rzecz w tym, że prawie skończyło mi się piwo.

– Musisz wrócić do gry. Zbliża się wojna. Musisz wziąć w niej udział, stanąć po jakiejś stronie, jasne?

– Chcę tylko więcej piwa.

– No dobra. Tak zrobimy. Przyniesiemy więcej piwa.

Niebo było pełne gwiazd.

Blask księżyca odbijał się od dzwonnicy.

Zawył kojot. W powietrzu poniósł się dziki lament, upiorny krzyk rozpaczy.

Oczyma duszy Sam zobaczył mutantów w kościele. Zobaczył Edilia, ukrytego z garścią zaufanych dzieciaków w wypalonych ruinach kamienicy. Zobaczył dzieci, kłębiące się, zagubione, przestraszone, na południowym krańcu placu. Mary z maluchami w przedszkolu. I Dahrę w podziemiach kościoła, czekającą na ofiary.

Drake się wycofał. Na razie.

Co zrobi Orc?

Gdzie był Caine?

I co się stanie za godzinę, gdy zegar zatyka, wyznaczając upływ dokładnie piętnastu lat, odkąd Sam przyszedł na świat, połączony – choć o tym nie wiedział – ze swoim bratem o imieniu Caine?

Czy mógł pokonać Caine'a?

Musiał go pokonać.

W jakiś sposób musiał zniszczyć też Drake'a. Jeśli – kiedy – Sam zniknie, dokona wielkiego skoku, wyparuje... nie chciał zostawiać Astrid na łasce Drake'a.

Wiedział, że powinien bać się końca. Bać się tajemniczego procesu, który sprawi, że po prostu zniknie z ETAP-u. Ale nie martwił się o siebie tak bardzo, jak o Astrid.

Niecałe dwa tygodnie temu była abstrakcją, ideałem, dziewczyną, na którą mógł ukradkiem patrzeć, nigdy nie przyznając się otwarcie do swojej fascynacji. A teraz jego myśli wciąż do niej wracały, podczas gdy zegar odmierzał bezlitośnie czas do nagłego i być może śmiertelnego odejścia Sama.

Jak Caine rozegra finał – tym bez przerwy zajmowała się pozostała część umysłu Sama. Czy wkroczy do miasta niczym rewolwerowiec w jakimś starym westernie? Czy staną o trzydzieści kroków od siebie i wyciągną broń? Kto okaże się potężniejszy? Bliźniak z mocą światła czy ten z mocą przemieszczania materii?

To wszystko spowijał mrok.

Sam nie cierpiał mroku. Zawsze wiedział, że kiedy nadejdzie jego kres, to w ciemności. I w samotności.

Gdzie czaił się Caine? Czy Robal obserwował go także w tej chwili? Czy Edilio dokona tego, na co Quinn nie umiał się zdobyć? Jaką niespodziankę Caine trzymał w zanadrzu?

Taylor pojawiła się tuż obok. Wyglądała, jakby właśnie wróciła z wywiadu z wampirem. Twarz miała pobladłą, oczy szeroko otwarte, połyskujące w blasku latarń.

– Idą – zakomunikowała.

Sam skinął głową, naprężył ramiona, świadomie opanował bicie swojego serca, które nagle przyspieszyło.

– To dobrze – stwierdził.

– Nie, nie on – wyjaśniła. – Kojoty.

— Gdzie?

Taylor wskazała przez swoje ramię.

Sam odwrócił się. Nadbiegały z dwóch kierunków, kierując się prosto na pozbawiony ochrony tłum dzieci.

Zupełnie jak w jakimś filmie przyrodniczym, wyświetlanym w szkole. Jakby patrzył na lwy, atakujące stado antylop. Tylko że stado składało się z ludzi. Niedysponujących zawrotną prędkością.

Bezradnych.

W panice rzucili się ku środkowi tłumu; dzieciaki bliżej krawędzi widziały już swoją zagładę, zbliżającą się na szybkich łapach.

Sam puścił się biegiem, podniósł zdrową rękę, rozglądając się za celem i krzycząc. Wtem jednak rozległ się głośny ryk silnika samochodu.

Zatrzymał się, znowu odwrócił. Światła reflektorów migały wzdłuż ulicy przy kościele. Zakurzona terenówka uderzyła o krawężnik otaczający plac, wskoczyła na chodnik, zatrzęsła się i stanęła, rozsypując grudki wilgotnej ziemi. Za nią pędziły inne samochody.

Rozległy się krzyki, gdy kojoty zbliżyły się do ludzkiego stada.

Sam wyciągnął rękę i zielony ogień wystrzelił w kierunku grupy kojotów po lewej.

Nie mógł strzelać do drugiej kolumny, zasłoniętej tłumem uciekających w panice dzieci, które biegły teraz do Sama, licząc że je obroni, uniemożliwiając mu tym samym działanie.

— Na ziemię, na ziemię! — wrzeszczał gorączkowo.
— Padnij! — Ale na nic się to nie zdało.

— Ratujcie mnie! — krzyknął Komputerowy Jack, wypadając z samochodu.

Przed kościołem wyhamowało audi. Ktoś wychylał się przez szyberdach.

W powietrze wzniósł się krzyk czystego przerażenia i bólu. Ktoś padł na ziemię i walczył z kojotem, dwa razy większym od siebie.

– Edilio! Teraz! – ryknął Sam.

– Masz kiepski wieczór, bracie? – wykrzyknął Caine z triumfem. – Będzie jeszcze gorzej.

Caine wzniósł ręce i wycelował, lecz wcale nie w Sama. Zamiast tego skierował nieprawdopodobną energię telekinezy na kościół. Zupełnie jakby niewidzialny olbrzym oparł się o stare wapienne płyty. Kamień zaczął pękać. Witrażowe okno rozleciało się. Drzwi kościoła, najsłabszy punkt, wpadły do środka, wyrwane z zawiasów.

– Astrid! – krzyknął Sam.

Na placu rozległy się pełne paniki wrzaski, wymieszane z dzikim warczeniem i szczekaniem kojotów wpadających na dzieci.

Nagle rozbrzmiał niesamowicie głośny terkot broni maszynowej. Z dachu przedszkola otwarto ogień.

Edilio wybiegł ze spalonego budynku wraz z trzema innymi, ruszając do ataku na kojoty.

Caine wycelował ponownie i tym razem niewidzialny potwór nacisnął z ogromną siłą na frontową ścianę kościoła.

Boczne okna, wszystkie stare i nowe witraże eksplodowały barwnym, błyszczącym deszczem. Dzwonnica zakołysała się.

– Jak chcesz ich ocalić, Sam? – triumfował Caine. – Jeszcze jedno pchnięcie i się zawali.

Jack padł do nóg Sama, chwytając go, przewracając, zaskakująco silny.

Przewracając się, Sam strzelił na oślep do Caine'a.

– Mogę cię uratować! Ratuj mnie! – błagał Jack. – Mogę cię uratować przed zniknięciem.

Sam upadł ciężko, kopnął Jacka w ręce, wywinął się i wstał w samą porę, by zobaczyć, jak frontowa ściana kościoła wybrzusza się i powoli, powoli wali się do wewnątrz.

Dach zatrząsł się i zapadł. Dzwonnica zaczęła się chwiać, ale nie runęła. Całe tony wapna, tynku i potężne drewniane belki spadały z hukiem, jakby nastąpił koniec świata.

– Astrid! – wykrzyknął znowu bezradnie Sam.

Ruszył prosto na Caine'a, nie zważając na pogrom za sobą, nie słysząc krzyków, żarłocznych warknięć i terkotu broni maszynowej.

Wycelował i strzelił.

Promień trafił w przód samochodu Caine'a. Blacha zaczęła się wyginać i Caine wygramolił się niezdarnie przez szyberdach, podczas gdy pozostali – których tożsamość Sama nie obchodziła – wypadli przez drzwi.

Sam znów strzelił. Caine zrobił unik.

Sam poczuł uderzenie i stanął jak wryty, jakby wpadł na ścianę. Gorączkowo rozejrzał się za Caine'em. Gdzie on się podział?

Stłumione krzyki z wnętrza kościoła dołączyły do ryku w tle; hałas rodem z dziecięcego piekła, piskliwe wezwania zanoszone do matek, krzyki męczarni, desperackie, błagalne.

Sam dostrzegł jakiś ruch i strzelił.

Caine, wciąż niewidoczny, w odpowiedzi zwalił z cokołu posąg, zdobiący fontannę, a ten z pluskiem wpadł do cuchnącej wody.

Sam już biegł. Musiał znaleźć Caine'a, musiał go znaleźć, zabić, zabić.

Kolejne strzały z pistoletów maszynowych i krzyk Edilia.

– Nie, nie, nie, nie strzelać, trafiacie w te dzieciaki!

Sam okrążył płonące audi. Caine biegł przed nim, wskoczył na hydrant.

Sam strzelił i ziemia pod nogami tamtego buchnęła płomieniem i czarnym dymem. Nawet chodnik się palił.

Caine runął na ulicę, przeturlał się szybko, wstał na jedno kolano. Sam otrzymał potężne uderzenie energii, po którym upadł płasko na plecy, oszołomiony, krwawiąc z ust i uszu, niezdolny do...

Caine, dzika, skrwawiona, krzycząca twarz.

Sam poczuł, że nienawiść pali go i tryska z jego dłoni.

Caine odskoczył w bok, zbyt wolno, i promień światła niczym pejcz smagnął jego bok. Koszulka zapłonęła, a chłopak z krzykiem wymachiwał ręką, by ją zgasić.

Sam próbował wstać, ale wirowało mu w głowie.

Caine wpadł do wypalonego budynku, przez te same drzwi, przez które kiedyś wbiegł Sam, chcąc ratować małą podpalaczkę.

Sam zachwiał się, ale pognał za nim.

Po schodach w górę, do osmalonego korytarza, wciąż cuchnącego dymem. Górne piętro wypełniła plątanina spalonych belek i fragmentów spadzistego, smołowanego dachu, które przypominały dziecięce zjeżdżalnie, kawałków ścian i dziwacznie sterczących rur.

Kolejny huk i Sam zobaczył, jak na wpół zburzona ściana pod nim faluje od uderzenia.

– Caine, skończmy to – wychrypiał.

– Chodź po mnie! – wykrzyknął tamten zdławionym z bólu głosem. – Zwalę ten budynek na nas obu.

Sam zlokalizował źródło dźwięku i pobiegł korytarzem, pod blaskiem gwiazd, strzelając śmiercionośnymi promieniami ze swoich dłoni.

Caine'a nie było.

Skrzypiące drzwi, wciąż wiszące na zawiasach, mimo że ściana dookoła zniknęła, uchyliły się z wolna.

Sam kopnął je, obrócił się i wystrzelił do wnętrza pomieszczenia.

Zwęglona belka poleciała w jego stronę. Sam uchylił się. Następna trafiła go w lewą rękę, roztrzaskując łokieć. Istny strumień gruzu zmusił go, by się cofnął.

Nagle zobaczył Caine'a ledwie kilka metrów przed sobą. Dłonie miał uniesione nad głowę, palce rozcapierzone. Sam prawą ręką złapał się za zgruchotany lewy łokieć.

– Gra skończona – powiedział Caine.

Za jego plecami mignęła jakaś niewyraźna plama i Caine odwrócił się. Złapał się za głowę.

Brianna stała nad nim, dzierżąc młotek.

– Bryzo, uciekaj! – krzyknął Sam, ale za późno. Zataczając się, Caine strzelił z najbliższej odległości i Brianna poleciała w tył, na ścianę i przez ścianę. Caine skoczył za nią przez otwór.

Sam strzelił w mur, wypalił w nim dziurę. Dostrzegł Caine'a, wysadzającego następną ścianę. Poczuł, że podłoga pod nim się odkształca. Budynek się walił.

Odwrócił się i rzucił do ucieczki, ale w jednej chwili podłoga zniknęła i biegł w powietrzu, spadał, a budynek razem z nim, wokół niego i na niego.

Sam upadł i świat pogrzebał go pod sobą.

ROZDZIAŁ 45

14 MINUT

Quinn, zamarły z przerażenia, patrzył, jak kojoty atakują dzieci.

Widział, jak Sam celuje i chybia.

Widział jego ból w chwili, gdy Caine atakował kościół.

Sam biegł w stronę budowli.

– Nie! – krzyknął Quinn.

Wymierzył.

– Nie traf w dzieciaki, nie w dzieciaki – załkał i zacisnął spust. Celował w kłębowisko kojotów. Było ich znacznie więcej niż dotąd.

Kojoty niemal go nie zauważały.

Jeden, drżąc na całym ciele, przewrócił się, zupełnie jakby się potknął, ale już nie wstał.

Quinn nie mógł strzelać, bo bestie przemieszały się z dziećmi. Pobiegł do drabiny, poślizgnął się i ciężko runął na ziemię.

Uciekaj, krzyczał jego umysł, uciekaj stąd. Zrobił trzy paniczne kroki w kierunku plaży, potem puścił się biegiem, lecz po chwili przystanął, jakby pochwyciła go jakaś niewidzialna siła.

– Nie wolno ci uciekać, Quinn – powiedział do siebie. – Nie wolno.

I już gdy wypowiadał te słowa, biegł z powrotem, do przedszkola. Przepchnął się obok Mary, trzymającej w ramionach jakieś dziecko, i pognał na plac, dzierżąc teraz pistolet jak pałkę. Biegnąc i krzycząc na całe gardło, uderzył pistoletem w czaszkę jednego z kojotów. Rozległo się obrzydliwe chrupnięcie.

Był tam Edilio, który krzyczał „nie, nie, nie" do strzelających dzieciaków, i po chwili krew zalała oczy Quinna, zalała mu mózg, krew była wszędzie i chłopak stracił zdrowy rozsądek, wymachując pistoletem, krzycząc i uderzając raz za razem.

Mary przycisnęła do siebie Isabellę i przytuliła się do Johna. Dzieci płakały, słysząc hałas za oknem, krzyki, warknięcia, wystrzały.

– Jezu, ocal nas, Jezu, ocal nas – powtarzał ktoś przejmującym, łkającym głosem i choć dobiegał jak z oddali, Mary wiedziała, że wydobywa się z jej ust.

Drake usłyszał pośród nocy wycie kojota i w głębi swojego czarnego serca wiedział już, co ono oznacza.

Dosyć lizania ran. Zaczęła się bitwa.

– Już czas – powiedział. – Już czas im wszystkim pokazać.

Kopniakiem otworzył drzwi i pomaszerował w stronę placu, krzycząc i żałując, że nie umie wyć do księżyca jak kojot.

Usłyszał strzały, wyciągnął pistolet zza paska, po czym rozwinął swoją rękę-bicz i machnął nią, rozkoszując się trzaskiem, który wydawała.

Z przodu dojrzał dwie postacie, które oddalały się od niego, także kierując się ku zgiełkowi bitwy. Jedna zdawała się niewiarygodnie mała. Ale to druga była nadzwyczaj wielka. Jak zawodnik sumo. Stwór o grubych kończynach, który potykał się i powłóczył nogami.

Dwie niepasujące do siebie sylwetki znalazły się w plamie światła, rzucanego przez latarnię. Drake rozpoznał jedną z nich.

– Howard, ty zdrajco! – zawołał.

Howard stanął. Towarzyszący mu stwór szedł dalej.

– Nie radzę ci się w to mieszać, Drake – ostrzegł.

Drake smagnął chłopaka przez klatkę piersiową, rozerwał mu koszulkę, pozostawiając smugę krwi, która zdawała się czarna w ostrym świetle.

– Lepiej, żebyś szedł pomóc załatwić Sama – uprzedził Drake.

Wielka bestia przystanęła. Odwróciła się powoli i zawróciła.

– Co to jest? – spytał ostrym tonem Drake.

– Ty – mruknął stwór.

– Orc? – wykrzyknął Drake, na poły zafascynowany, na poły przerażony.

– Właśnie przez ciebie to zrobiłem – powiedział z przygnębieniem Orc.

– Zejdźcie mi z drogi – nakazał Drake. – Trwa walka. Chodźcie ze mną albo zaraz zginiecie.

– On chce tylko trochę piwa, Drake – wyjaśnił pojednawczo Howard, trzymając się za ranę na piersi, skulony z bólu.

– Kara Boża – wymamrotał Orc.

– Ty głupi wałkoniu. – Drake machnął swoją macką i trafił Orca z całej siły w ramię.

Orc ryknął z bólu.

– Rusz się, kretynie – rozkazał Drake.

I Orc się ruszył. Ale nie w stronę placu.

– Mało ci Biczorękiego, popaprańcu? – spytał Drake.
– Potnę cię na kawałki.

Astrid czuła przytłaczający ciężar na dolnej części pleców i na nogach. Leżała twarzą w dół, a pod nią znajdował się mały Pete. Była oszołomiona, ale zachowała dosyć przytomności umysłu, by rozumieć swoją sytuację.
Wzięła głęboki wdech.
– Petey – szepnęła. Własny głos brzmiał obco. W uszach jej dzwoniło i dźwięki z zewnątrz dochodziły jakby z oddalenia.
Mały Pete się nie ruszał.
Próbowała podciągnąć nogi, ale nawet nie drgnęły.
– Petey, Petey! – wykrzyknęła.
Otarła z oczu pył, brud i pot, po czym zamrugała powiekami, by skupić wzrok na braciszku. Osłoniła większą część jego ciała przed walącą się ścianą, ale odłamek tynku wielkości plecaka wylądował na głowie dziecka.
Przygryzła wargę, tłumiąc szloch. Przycisnęła dwa palce do jego szyi, by wyczuć puls. Czuła pod sobą jego płytki oddech, unoszącą się i opadającą pierś.
– Pomocy – wychrypiała, niepewna, czy krzyczy, czy też szepcze, nic nie słysząc przez to dzwonienie w uszach.
– Niech nam ktoś pomoże. Niech nam ktoś pomoże. Ratujcie mojego brata. Ratujcie go! – błagała i błaganie przerodziło się w modlitwę. – Ratuj Sama. Ratuj nas wszystkich.
Zaczęła z pamięci recytować modlitwę, którą kiedyś słyszała. Jej głos był odległy, brzmiał jak głos należący do kogoś innego.
– Święty Michale Archaniele, broń nas w walce. Przeciw niegodziwości i zasadzkom złego ducha bądź nam obroną.

– Bardziej czuła, niż słyszała własne łkanie, przejmujące spazmy, które zniekształcały słowa w jej ustach.

Niczym drwiąca odpowiedź na jej błagania o litość, wokół spadł deszcz kawałków szkła i tynku.

– Niech go Bóg poskromić raczy, pokornie prosimy. A Ty, książę wojska niebieskiego...

Mały Pete poruszył się i jęknął. Przekręcił głowę i zobaczyła głębokie skaleczenie, sięgające w głąb głowy, niczym ślad po uderzeniu tasakiem.

– ...szatana i inne złe duchy, które na zgubę dusz ludzkich po tym świecie krążą, Mocą Bożą strąć do piekła.

Ktoś stał na stercie ruin nad nią. Uniosła głowę z trudem i zobaczyła ciemną twarz, odcinającą się na tle wysokiego sklepienia w nagłym rozbłysku zielonego blasku.

– Amen.

– Raczej nie jestem aniołem, a co dopiero archaniołem – odezwała się Dekka głosem, który Astrid ledwie rozpoznała. – Ale mogę to z ciebie ściągnąć.

Caine zeskoczył ze szczątków zburzonej budowli. Udało mu się.

Sam znajdował się pod rumowiskiem. Pogrzebany. Pokonany.

Ale Caine ledwie był w stanie cieszyć się tą chwilą. Ból w zdruzgotanym lewym boku nasilał się potwornie. Niebezpieczne zielono-białe światło spaliło mu koszulę, tak że wtopiła się w ciało, a skutkiem były męczarnie, jakich nawet sobie nie wyobrażał.

Zataczając się, poczłapał w stronę zburzonego kościoła. Próbował ogarnąć otaczający go chaos. Strzelanina się skończyła, wciąż jednak rozlegały się krzyki, płacz i warczenie. I coś jeszcze, seria cichych eksplozji, trzask bicza. A do tego wszystkiego bęben, wybijający bezładny rytm.

Caine zatrzymał się i patrzył, na chwilę zapominając o bólu.

Na schodach ratusza toczył się tytaniczny bój pomiędzy Drakiem a jakimś potworem o grubo ciosanych kształtach. Drake strzelił swoją biczowatą ręką i wypalił z pistoletu. Potwór rzucał się do przodu, zadając niezdarne ciosy, które raz po raz chybiały, podczas gdy Drake tańczył wokół niego, smagając pejczem, co jednak nie skłaniało bestii do odwrotu.

Stwór zamachnął się i minął Drake'a o centymetry. Kamienna pięść gruchnęła w jedną z wapiennych kolumn przed ratuszem. Kolumna pękła i omal nie rozpadła się na kawałki. Wokół unosiły się małe kamienne odpryski.

Warczący, chrapliwy głos o wysokiej nucie ściągnął spojrzenie Caine'a w dół.

– Samica mówi, żeby Przywódca Stada przestał – oznajmił gniewnie kojot.

– Co? – Caine nic z tego nie rozumiał, aż zobaczył Dianę, kroczącą ku niemu z rozwianymi ciemnymi włosami i wściekłością w oczach.

– Powiedziałam temu brudnemu psu, żeby przestał – powiedziała dziewczyna, ledwie panując nad sobą.

– Co przestał? – zdziwił się Caine.

– Ciągle atakują dzieci – wyjaśniła Diana. – Wygraliśmy. Sam nie żyje. Odwołaj je.

Caine ponownie skupił się na bitwie pomiędzy Drakiem a potworem.

– To kojoty – rzekł chłodnym tonem.

Diana przyskoczyła do niego.

– Straciłeś rozum. Trzeba to skończyć. Wygrałeś. Dość już tego.

– Bo co? – spytał. – Lepiej idź po Lanę. Jestem ranny. Przywódco Stada, rób, co chcesz.

– Może dlatego matka cię porzuciła – rzuciła Diana z wściekłością. – Może widziała, że nie jesteś po prostu nieposłuszny, tylko pokręcony, chory i zły.

Caine zareagował nagłym wybuchem, zapominając o swojej mocy i wymierzając jej siarczysty policzek.

Od uderzenia Diana zatoczyła się w tył i ciężko usiadła na kamiennych stopniach.

Wtem Caine ujrzał jej twarz nadspodziewanie wyraźnie w blasku, bijącym od słupa oślepiającego zielono-białego światła.

To światło mogło mieć tylko jedno źródło.

Wyglądało jak włócznia, wymierzona w niebo. Wyrastało w górę ze środka ruin budynku mieszkalnego.

– Nie – odezwał się Caine.

Ale światło jaśniało, wypalając gruz, unicestwiając przytłaczający ciężar zwalonego budynku.

– Nie! – powtórzył Caine. Światło zgasło.

Za jego plecami Drake i Orc dalej toczyli swoją bitwę, jeden szybko, drugi wolno, jeden zwinnie i drugi ociężale. Caine jednak widział tylko czarną, pokrytą sadzą, jasnooką postać, która teraz kierowała się w jego stronę spomiędzy gruzów.

Wyciągnął ręce w kierunku potrzaskanego drewna i tynku frontowej ściany kościoła. Następnie machnął nimi w kierunku Sama, posyłając na niego zawartość wywrotki gruzu.

Sam podniósł ręce. Odłamki cegieł i ciężkie drewniane belki wybuchły w zielonym ogniu. Spłonęły w powietrzu, obracając się w popiół, zanim zdążyły w niego uderzyć.

Dekka uniosła gruz, przygniatający Astrid i małego Pete'a.

Nie było to łatwe. Umiejętność niwelowania siły ciążenia zniwelowała ją także pod Astrid i dziewczyna wraz z małym

Pete'em lewitowała pośród wirującej chmury odłamków drewna i tynku.

Dekka wolną ręką wyciągnęła stamtąd Astrid, która spadła na ziemię razem z małym Pete'em.

Następnie puściła gruz, który runął z donośnym łoskotem.

– Dzięki – jęknęła Astrid.

– Jest tu jeszcze wiele uwięzionych osób – oznajmiła Dekka i nie tracąc czasu, ruszyła na pomoc innym.

Astrid nachyliła się, próbując podnieść braciszka. Jego ciało było bezwładne, a przez to jeszcze cięższe. Otoczyła ramionami jego klatkę piersiową i przytuliła go mocno niczym przerośnięte niemowlę, po czym niezgrabnie powlokła się przed siebie, oddalając się od kościoła, na wpół ciągnąc Pete'a po ziemi i potykając się na rumowisku.

Lana mogła go uleczyć, ale Lany nie było. Astrid myślała tylko o tym, by dojść do piwnicy, do Dahry. Ale co Dahra mogła zrobić? Czy w ogóle dało się dotrzeć do tak zwanego szpitala, czy może wejście zablokował spadający gruz?

Dopiero teraz zauważyła, że frontowa ściana kościoła po prostu zniknęła. Astrid widziała nocne niebo i gwiazdy. Widziała też jednak jakieś straszne, zielonkawe światło.

Słuch jej powracał, a dzwonienie w uszach ustępowało. Docierało do niej warczenie zwierząt, ostre trzaski bicza i mnóstwo płaczących głosów.

Wtem nagromadzony wokół gruz wzbił się w powietrze.

Astrid padła na ziemię, znów osłaniając małego Pete'a. Fragmenty muru i kawałki boazerii, a także pojedyncze, metalowo-drewniane złącza, unosiły się niczym startujące odrzutowce i szaleńczo nabierały prędkości, wylatując sznurem przez zwalony front kościoła.

Zielone światło rozbłysło i rozległ się dźwięk eksplozji, istny ryk, a potem światło stało się jeszcze jaśniejsze.

Kawałki gruzu przestały lecieć.

Astrid znowu dźwignęła się na nogi, ciągnąc małego Pete'a.

Ktoś biegł do niej od strony ulicy. Zatrzymał się, dysząc, łypiąc wzrokiem, niby przerażone, osaczone zwierzę.

– Caine – warknęła Astrid.

Nie odezwał się. Widziała, że jest ranny, że cierpi. Twarz miał brudną od potu i kurzu. Patrzył na nią tak, jakby zobaczył ducha.

W jego zamglonych oczach zaświtał groźny błysk.

– Znakomicie – szepnął.

Astrid poczuła, że odrywa się od ziemi. Desperacko trzymała małego Pete'a, który jednak wyślizgnął jej się z rąk.

– Chodź się pobawić, bracie! – zawołał Caine. – Mam tu twoją przyjaciółkę.

Astrid unosiła się w powietrzu, bezsilna, bezradna, a Caine przeszedł za nią, używając jej jako tarczy. Przed front kościoła, na schody z widokiem na koszmarną scenę, pełną wściekłych psów i zaciekłych walk.

Sam stał u stóp schodów. Był zakrwawiony i posiniaczony, a jedna jego ręka zwisała bezwładnie.

– No chodź, Sam, spal mnie teraz – zapiszczał Caine. – Pokaż bracie, na co cię stać.

– Chowasz się za dziewczyną, Caine? – spytał Sam.

– Myślisz, że mnie sprowokujesz? – odrzekł Caine. – Liczy się tylko zwycięstwo. Więc daruj sobie.

– Zabiję cię, Caine.

– Nie. Nie zabijesz. Chyba że przy okazji zabijesz też swoją dziewczynę.

– Obaj znikniemy stąd za mniej więcej minutę. To koniec dla nas obu – stwierdził Sam.

– Może dla ciebie. Dla mnie nie. Znam sposób. Wiem, jak zostać. – Roześmiał się dziko, z triumfem.

Odezwała się Astrid:

— Sam, musisz to zrobić. Zniszcz go.

Diana wdrapywała się po schodach.

— Tak, Sam, zniszcz mnie — wyśmiewał się Caine. — Masz moc. Wypal dziurę dokładnie pod nią, a wtedy załatwisz i mnie.

— Caine, postaw ją na ziemi — odezwała się Diana. — Przynajmniej raz bądź mężczyzną.

— Zostaw ją, Caine — powiedział Sam. — To koniec. Kończymy piętnastkę i wypad. Nie wiem, co to jest, może śmierć, ale po co umierając mieć na rękach jeszcze więcej krwi.

Caine zaniósł się wymuszonym śmiechem.

— Nic o mnie nie wiesz. Nie dorastałeś, nie wiedząc, kim jesteś. Nie musiałeś tworzyć sam siebie przy użyciu własnej wyobraźni, własnej woli.

— Wychowywałem się bez ojca — odparł Sam. — Bez słowa wyjaśnienia. Bez prawdy. Tak samo jak ty.

Caine zerknął na zegarek.

— Zdaje się, że twój czas się skończył, Sam. Ty pierwszy, pamiętasz? I chcę, żebyś coś wiedział, zanim odejdziesz. Ja przeżyję. Dalej tu będę. Ja, twoja kochana Astrid i cały ETAP. Wszystko będzie moje.

— Sam, żeby nie zniknąć, trzeba... — zaczęła Diana.

Caine odwrócił się do niej, podniósł rękę i trafił ją w pół słowa. Poleciała w górę, zrobiła salto w tył i wylądowała po drugiej stronie ulicy, na trawniku na placu.

Ten wysiłek odwrócił uwagę Caine'a. Upuścił Astrid.

Sam wyciągnął rękę.

ROZDZIAŁ 46 | 1 MINUTA

Miał pole do strzału. Bez namysłu mógł zabić Caine'a.

W tym momencie świat wokół niego zbladł. Astrid, która leżała bezładnie, wydawała się wyprana z barw, niemal przejrzysta. Caine wyglądał jak duch.

Żadnego dźwięku. Krzyki dzieci dobiegały z oddali. Walka Drake'a z Orkiem rozgrywała się w zwolnionym tempie, podobnie jak ataki kojotów, wszystko klatka po klatce, człowiek, zwierzę, potwór.

Ciało Sama było odrętwiałe jakby obumarło, tylko mózg jeszcze pracował.

Już czas, powiedział jakiś głos. Znał ten głos – jego dźwięk był niczym nóż, wbijający mu się w trzewia.

Przed nim stała matka. Była piękna, taka, jaką zawsze mu się jawiła. Jej włosy falowały na wietrze, którego on nie czuł. Jej błękitne oczy były jedynymi plamami prawdziwej barwy.

– Wszystkiego najlepszego z okazji urodzin – powiedziała.

– Nie – szepnął, chociaż jego usta się nie poruszyły.

– Naprawdę jesteś już mężczyzną – jej usta wykrzywił cierpki uśmiech. – Mój mały mężczyzna – dodała.
– Nie.
Wyciągnęła do niego rękę.
– Chodź.
– Nie mogę – odparł.
– Sam, jestem twoją matką. Kocham cię. Chodź ze mną.
– Mamo...
– Po prostu wyciągnij rękę. Jestem bezpieczna. Mogę zabrać cię z tego miejsca.
Sam wolno pokręcił głową, bardzo wolno, jak mucha w smole. Coś działo się z czasem. Astrid nie oddychała. Nic się nie poruszało. Cały świat zamarł.
– Będzie jak dawniej – przekonywała matka.
– Nigdy nie było... – zaczął. – Okłamałaś mnie. Nie powiedziałaś...
– Nigdy nie skłamałam – przerwała i zmarszczyła czoło, rozczarowana.
– Nie powiedziałaś mi, że mam brata. Nie powiedziałaś...
– Po prostu chodź – odrzekła, zniecierpliwiona, lekko trzęsąc dłonią, jak wtedy, gdy był mały i nie chciał wziąć jej za rękę przy przechodzeniu przez jezdnię. – Chodź ze mną, Sam. Będziesz bezpieczny z dala od tego miejsca.
Zmieniając się w małego chłopca instynktownie zareagował na ten maminy głos, ten głos, który mówił: „bądź posłuszny". Wyciągnął do niej rękę.
I zaraz ją cofnął.
– Nie mogę – szepnął Sam. – Jest ktoś, dla kogo muszę tu zostać.
W oczach matki zajaśniał gniew, zielone światło, niesamowite, aż zamrugała oczami i błysk zniknął.
I wtedy, z pozbawionego kolorów, nierealnego świata, w to światło wstąpił Caine.

Matka Sama uśmiechnęła się do niego, a on popatrzył na nią ze zdumieniem.

– Siostra Temple – powiedział.

– Mama – poprawiła. – Najwyższa pora, żeby obaj moi chłopcy do mnie dołączyli, odeszli stąd razem ze mną. Jak najdalej od tego miejsca.

Caine wydawał się zauroczony, nie mógł oderwać wzroku od tej łagodnej, uśmiechniętej twarzy, od tych przeszywających, błękitnych oczu.

– Dlaczego? – spytał głosem małego dziecka.

Matka nic nie powiedziała. Znowu przez krótką chwilę jej oczy zalśniły tą upiorną zielenią, zanim przybrały barwę chłodnego błękitu.

– Dlaczego on, a nie ja? – dopytywał Caine.

– Teraz pora iść ze mną – upierała się kobieta. – Będziemy rodziną. Daleko stąd.

– Ty pierwszy, Sam – powiedział Caine. – Idź ze swoją matką.

– Nie – odparł Sam.

Twarz tamtego pociemniała z gniewu.

– Idź, Sam. Idź. Idź z nią! – Teraz już krzyczał. Zdawało się, że chce fizycznie pochwycić Sama, pchnąć go w stronę matki, która nie do końca należała do nich obu, ale jego ruchy były chaotyczne, nerwowe, dziwaczne, jak we śnie.

Przestał próbować.

– Jack ci powiedział – stwierdził z przygnębieniem.

– Nikt mi nic nie mówił – odparł Sam. – Mam tu coś do zrobienia.

Matka wyciągnęła do nich ręce, zirytowana, domagając się uwagi.

– Chodźcie do mnie. Chodźcie.

Caine powoli pokręcił głową.

– Nie.

— Jesteś teraz głową rodziny, Sam — zmieniła podejście matka. — Moim małym mężczyzną. Należysz do mnie.

— Nie — odrzekł Sam. — Należę tylko do siebie.

— A ja nigdy nie byłem twój — zakpił Caine. — Za późno, matko.

Twarz matki zafalowała. Delikatne ciało zdawało się rozpadać na fragmenty układanki. Łagodnie uśmiechnięte, błagalne usta zapadły się w tył. W ich miejsce pojawiły się inne, wypełnione ostrymi jak igły zębami. Oczy jarzące się zielonym ogniem.

— Jeszcze was dopadnę — powiedział potwór gwałtownie, z wściekłością.

Caine patrzył na niego z przerażeniem.

— Czym jesteś?

— Czym jestem? — przedrzeźniało go monstrum. — Jestem waszą przyszłością. Przyjdziesz do mnie w ciemnym miejscu, Caine. Przyjdziesz chętnie.

— Nie — zaprotestował Caine.

Potwór roześmiał się, okrutny śmiech dobiegł z potwornego pyska.

A potem zaczął powoli znikać. Jego kolory wtapiały się w świat wokół Sama i Caine'a. Orc i Drake znów poruszali się ze swoją normalną prędkością. Powietrze znowu pachniało prochem strzelniczym. Astrid zaczerpnęła powietrza.

Sam i Caine stali naprzeciwko siebie.

Świat był światem. Ich światem. ETAP-em. Diana patrzyła bez słowa. Astrid wydała stłumiony okrzyk, szeroko otwierając oczy.

Caine był szybki. Uniósł ręce, wyciągając przed siebie dłonie.

Lecz Sam okazał się jeszcze szybszy. Skoczył w stronę Caine'a, znalazł się w jego zasięgu, i zdrową ręką chwycił brata za głowę.

Dłoń Sama znalazła się na skroni tamtego, palce wplotły się we włosy.

– Nie zmuszaj mnie do tego – uprzedził.

Caine nie próbował się cofnąć. Wzrok miał wściekły i pełen sprzeciwu.

– Dalej, Sam – szepnął.

Sam pokręcił głową.

– Nie.

– Litość? – wyszczerzył się Caine.

– Musisz odejść, Caine – powiedział łagodnie Sam. – Nie chcę cię zabijać. Ale nie możesz tu być.

Brianna pojawiła się, wyhamowała i opuściła pistolet, mierząc w Caine'a.

– Jeśli Sam cię nie załatwi, ja to zrobię. Na pewno nie jesteś szybszy od Bryzy.

Caine zignorował ją ze wzgardą. Nie miał już jednak szans, by zaatakować Sama. Brianna była zbyt szybka, by się jej przeciwstawić.

– To błąd, że puszczasz mnie żywego, Sam – ostrzegł Caine. – Wiesz, że wrócę.

– Nie rób tego. Nie wracaj. Następnym razem...

– Następnym razem jeden z nas zabije drugiego – dokończył Caine.

– Odejdź. I nawet się tu nie zbliżaj.

– Nic z tego – odparł tamten, częściowo odzyskując dawny rezon. – Diano?

– Może zostać tutaj – odezwała się Astrid.

– Możesz, Diano? – spytał ją Caine.

– Genialna Astrid – powiedziała Diana swoim drwiącym tonem. – Tak inteligentna. A taka durna.

Zbliżyła się do Sama, dotknęła jego policzka i złożyła lekki pocałunek w kąciku jego ust.

– Przykro mi, Sam. Zła dziewczyna wybiera złego

chłopaka. Tak to już jest na świecie. Zwłaszcza gdy dotyczy to tego świata.

Podeszła do Caine'a. Nie ujęła jednak jego wyciągniętej ręki, nawet na niego nie spojrzała. Minęła go i zeszła po schodach.

Walka pomiędzy krańcowo wyczerpanym Drakiem a Orkiem nie została rozstrzygnięta. Drake jeszcze wzniósł biczowatą rękę, by wymierzyć cios w szerokie niczym pylony ramiona przeciwnika, lecz jego ruchy były ciężkie, ołowiane.

– Przestań, Drake – rzuciła Diana. – Nie umiesz poznać, kiedy walka się kończy?

– Nigdy – wydyszał Drake.

Caine wzniósł rękę i niemal niedbale pociągnął za sobą miotającego się, przeklinającego Drake'a.

Kojoty, te, które nadal żyły, wyszły z miasta w ślad za nimi.

Edilio podniósł broń i wymierzył w wycofujące się bestie, także te ludzkie. Jego wzrok spotkał się ze spojrzeniem Brianny, oboje byli gotowi.

Odezwał się Sam:

– Nie, stary. Wojna się skończyła.

Edilio z ociąganiem opuścił pistolet.

– Odłóż to, Bryzo. Daj już spokój – nakazał Sam.

Brianna usłuchała, czując przede wszystkim ulgę.

Quinn wspiął się po schodach, by stanąć przy Ediliu. Był zachlapany krwią. Odłożył swój pistolet maszynowy na ziemię. Posłał Samowi posępne spojrzenie, przepełnione nieskończonym smutkiem.

Wtedy u stóp schodów pojawił się Patrick, a w ślad za nim – Lana.

– Sam, pokaż tę rękę – powiedziała.

— Nie — odparł. — Nic mi nie jest. Idź do innych. Ratuj ich, Lano. Ja nie mogłem. Może ty zdołasz. Zacznij od małego Pete'a. On... on jest bardzo ważny.

Astrid wróciła do kościoła, by znaleźć brata. Pojawiła się z powrotem, trzymając go pod ręce i ciągnąc za sobą.

— Pomóż mi — powiedziała błagalnym tonem i Lana podbiegła do niej.

Sam chciał iść do Astrid. Musiał. Był jednak tak wyczerpany, że nie mógł ruszyć się z miejsca. Wsparł zdrową rękę na silnym ramieniu Edilia.

— Chyba wygraliśmy — powiedział.

— Tak — zgodził się Edilio. — Wezmę szpadel. Muszę wykopać wiele grobów.

ZAKOŃCZENIE

Stoły uginały się niemal pod ciężarem jedzenia. Indyki z farszem, sos żurawinowy i największy stos placków, jaki Sam kiedykolwiek widział.

Na początku stoły ustawiono od południowej strony placu. Potem jednak Albert zdał sobie sprawę, że ludzie nie chcą znaleźć się daleko od grobów po stronie północnej, lecz wolą zostać blisko. Po prostu chcieli włączyć zmarłych w to Święto Dziękczynienia.

Jedli z papierowych talerzy i używali plastikowych widelców, siedząc po kilku na krzesłach albo na trawie. Rozbrzmiewał śmiech. Było i pociąganie nosem, a także łzy, gdy przypominano sobie przeszłe Święta Dziękczynienia. Ze sprzętu stereo, który podłączył Komputerowy Jack, płynęła muzyka.

Lana całymi dniami pracowała bez chwili przerwy, lecząc wszystkich, których dało się wyleczyć. Dahra pomagała jej, organizując wszystko, ustalając kolejność zajmowania się najgorszymi przypadkami, podając środki przeciwbólowe tym, którzy musieli czekać. Cookiego bitwa zupełnie ominęła, został jednak nieodłącznym pielęgniarzem Dahry, używając swoich gabarytów i siły, by nosić rannych.

Mary wyprowadziła maluchy na wielką ucztę. Wraz ze swoim bratem Johnem przygotowała dla nich talerze, karmiła niektóre z nich, a także zmieniała pieluchy na kocach, które rozłożono na trawie.

Orc i Howard siedzieli na uboczu. W walce z Drakiem Orc doprowadził do sytuacji patowej. Ale nikt – z Orkiem na czele – nie zapomniał o Bette.

Plac wyglądał strasznie. Ze spalonego budynku została ruina. Kościół miał teraz tylko trzy ściany, i zapewne wystarczyłaby byle burza, by dzwonnica runęła.

Skremowali martwe kojoty. Ich prochy i kości wypełniły kilka sporych koszy na śmieci.

Sam obserwował zebranych, stojąc nieco z boku, balansując pełnym talerzem i starając się nie rozchlapać sosu.

– Astrid, powiedz mi, czy to szaleństwo? Myślę, że jeśli zostaną jakieś resztki, powinniśmy wysłać je do Coates – powiedział. – Wiesz, na znak pokoju.

– Nie. To nie szaleństwo – odparła. Objęła go ręką w pasie.

– Wiesz, od jakiegoś czasu coś mi się marzy.

– Co?

– Ty i ja siedzimy na plaży.

– Tylko siedzimy?

– Wiesz...

– ...powiedział Sam, a jego wieloznaczny ton zdawał się implikować różne rzeczy.

Sam uśmiechnął się.

– Wieloznaczne implikacje to moja specjalność.

– Powiesz mi, co się wydarzyło podczas zniknięcia?
– Powiem. Ale może nie dzisiaj. – Ruchem głowy wskazał małego Pete'a, który pochylał się nad pełnym talerzem i kołysał w przód i w tył. – Cieszę się, że nic mu się nie stało.
– Tak – odrzekła krótko. A potem dodała: – Myślę, że ten uraz, uderzenie w głowę... a, nieważne. Przynajmniej raz o nim nie mówmy. Wygłoś swoją mowę, a potem chodźmy sprawdzić, czy w ogóle wiesz, co to znaczy „implikować".
– Mowę?
– Wszyscy czekają – uświadomiła mu.

Rzeczywiście, zdał sobie sprawę, że zebrani rzucają w jego stronę wyczekujące spojrzenia, a w powietrzu wisi atmosfera niedokończonych spraw.

– Masz jeszcze jakieś dobre teksty, które mógłbym spapugować?

Zastanawiała się przez chwilę.

– Dobra, mam jeden. „Bez złośliwości wobec nikogo, z życzliwością wobec wszystkich, ze stanowczością w tym, co dobre, bo Bóg pozwala nam wszystkim widzieć dobro, dążmy do tego, by dokończyć pracę, którą wykonujemy, by zabliźnić rany narodu...". Prezydent Lincoln.

– Tak, właśnie tak będzie – odparł Sam. – Wygłoszę mowę, która będzie tak brzmiała.

– Nadal się boją – powiedziała. A potem się poprawiła: – Wszyscy nadal się boimy.

– To nie koniec – stwierdził. – Wiesz o tym.

– Na dzisiaj koniec.

– Mamy placki – zgodził się. A potem z westchnieniem wdrapał się na skraj fontanny. – Słuchajcie.

Nietrudno było zwrócić ich uwagę. Zebrali się wokół. Nawet najmłodsi przestali głośno chichotać, przynajmniej odrobinę.

– Przede wszystkim dziękuję Albertowi i jego pomocnikom za ten posiłek. Brawo dla prawdziwego Mac-Taty.

Rozległy się gromkie oklaski i śmiechy, a Albert nieśmiało pomachał do wszystkich. Zmarszczył też lekko brwi, bez wątpienia z uwagi na zastosowanie przedrostka „Mac", które nie było przewidziane w podręczniku McDonald's.

– Muszę też wspomnieć o Lanie i Dahrze, bo bez nich byłoby nas tu mniej.

Teraz aplauz pełen był niemal nabożnej czci.

– Nasze pierwsze Święto Dziękczynienia w ETAP-ie – powiedział Sam, gdy oklaski ucichły.

– Miejmy nadzieję, że ostatnie! – zawołał ktoś.

– Tak. Święte słowa – zgodził się Sam. – Ale jesteśmy tutaj. W miejscu, w którym nigdy nie chcielibyśmy się znaleźć. I boimy się. A ja nie będę kłamał i wmawiał wam, że od tej pory wszystko będzie łatwe. Nie będzie. Będzie ciężko. I pewnie przed nami jeszcze więcej strachu. I smutku. I samotności. Stały się różne straszne rzeczy. Straszne rzeczy... – Na chwilę stracił wątek. Ale potem znowu się wyprostował. – Ale i tak składamy dzięki Bogu, jeśli w niego wierzycie, albo losowi, albo samym sobie, nam wszystkim, tutaj zgromadzonym.

– Tobie, Sam! – krzyknął czyjś głos.

– Nie, nie. – Zamachał ręką, jakby się opędzał. – Nie. Składamy dzięki dziewiętnaściorgu dzieciakom, które są tu pogrzebane. – Wskazał na sześć rzędów po trzy groby i jeden, stanowiący początek siódmego rzędu. Na schludnych, ręcznie malowanych, drewnianych nagrobkach widniały nazwiska Bette i zbyt wielu innych.

– I składamy dzięki bohaterom, którzy stoją w tej chwili wokół i jedzą indyka. Zbyt wiele imion, by wszystkich wymienić, zresztą poczuliby się tylko zakłopotani, ale i tak wszyscy ich znamy.

Nastąpiła długa, przeciągła fala oklasków i wiele twarzy zwróciło się w stronę Edilia i Dekki, Taylor i Brianny, a niektóre także w stronę Quinna.

— Wszyscy mamy nadzieję, że to się skończy. Wszyscy mamy nadzieję, że wkrótce znajdziemy się w zwykłym świecie, wśród ludzi, których kochamy. Ale na razie jesteśmy tutaj. W ETAP-ie. I będziemy pracować razem, opiekować się sobą nawzajem, pomagać jedni drugim.

Słuchający kiwali głowami, niektórzy przybijali piątki.

— Większość z nas pochodzi z Perdido Beach. Niektórzy z Coates. Niektórzy są... no, trochę dziwni... — Tu i ówdzie rozległy się nerwowe chichoty. — A inni nie. Ale teraz jesteśmy tu wszyscy, siedzimy w tym razem. Przetrwamy. Jeśli to jest teraz nasz świat... To znaczy, to jest nasz świat. Nasz. Więc postarajmy się, żeby ten świat był dobry.

Wszyscy milczeli. Sam zszedł z fontanny.

A potem ktoś zaczął rytmicznie klaskać i skandować:

— Sam, Sam, Sam!

Inni dołączyli i wkrótce wszyscy obecni na placu, nawet niektóre przedszkolaki, powtarzali jego imię.

Także Quinn, i Edilio, i Lana.

Sam zwrócił się do Quinna.

— Zrobisz coś dla mnie? Możesz mieć na oku małego Pete'a?

— Nie ma sprawy, bracie.

— Dokąd się wybierasz? — spytał Edilio.

— Idziemy na plażę. — Sam złapał Astrid za rękę.

— Chcecie, żebyśmy poszli z wami? — spytał Edilio.

Lana wzięła go pod ramię i odpowiedziała.

— Nie, Edilio. Nie chcą.

Chłopak szedł na sztywnych nogach, uważając na częściowo zagojone oparzenie na boku. Kojot podążał przed nim, wskazując drogę przez pustynię. Słońce chyliło się ku zachodowi, rzucając długie cienie z głazów i krzewów, malując zbocze góry na niesamowity, pomarańczowy kolor.

– Daleko jeszcze? – spytał Caine.

– Nie – odparł Przywódca Stada. – Ciemność jest tuż.